GIOVANNA GIORDANO

SO VIELE PARADIESE

ROMAN

Übersetzung aus dem Italienischen
von Elisa Harnischmacher

eichborn

Dieser Titel ist auch als E-Book erschienen.

Die Bastei Lübbe AG verfolgt eine nachhaltige Buchproduktion. Wir verwenden Papiere aus nachhaltiger Forstwirtschaft und verzichten darauf, Bücher einzeln in Folie zu verpacken. Wir stellen unsere Bücher in Deutschland und Europa (EU) her und arbeiten mit den Druckereien kontinuierlich an einer positiven Ökobilanz.

FSC www.fsc.org MIX Papier | Fördert gute Waldnutzung FSC® C014496

Eichborn Verlag

Titel der italienischen Originalausgabe:
»Il profumo della libertà«

Umschlaggestaltung: © zero-media.net, München
Einband-/Umschlagmotive: © FinePic®, München; © getty-images
Satz: Dörlemann Satz, Lemförde
Gesetzt aus der Adobe Garamond
Druck und Einband: GGP Media GmbH, Pößneck

Printed in Germany
ISBN 978-3-8479-0131-0

2 4 5 3 1

Sie finden uns im Internet unter eichborn.de

FRANKREICH
GENUA
WÜRFEL-
INSEL
ITALIEN
ISCHIA
NEAPEL
SPANIEN
STROMBOLI
GESSO
Mittelmeer
GIBRALTAR
TUNESIEN
ALGERIEN

Giovanna Giordano
So viele Paradiese

Für meine Tochter Antonia

Mein Haus ist klein, aber seine Fenster
öffnen sich auf eine unendliche Welt.

KONFUZIUS

O bona libertas, pretio, pretiosior omni.
Oh süße Freiheit, kostbarer als jeder Schatz.

MARCELLUS PALINGENIUS STELLATUS

I

Das Haus in den Hügeln von Gesso

Es stand einmal, und steht noch immer, ein Haus in den Hügeln von Gesso auf Sizilien, zu seinen Füßen das Meer und die Liparischen Inseln, und dort lebte 1923 ein argloser Bursche mit Namen Antonio Grillo.

Er hatte eine kluge, schöne Stute namens Aurora und zwei weiße Gänse, und diese Tiere, die liebte er sehr.

Doch vor allem liebte er die Freiheit.

Schön, wem er gefiel, mit blauen Augen, die man gesehen haben musste, kein Freund vieler Worte. Nie geriet er in Wut, er hasste Krieg und betrachtete die Welt mit großer Zartheit. Frauen, Tavernen und Glücksspiel, das alles liebte er. Raufereien mied er wie die Pest, und wenn er im Dorf eine sah, dann ging es mit seinem Pferd in gestrecktem Galopp zum Meer hinunter. Viele sagten, er könne mit Tieren sprechen.

Wer bis hierher gelesen hat und denkt: Antonio Grillo aus Gesso ist eine Märchenfigur, der liegt nicht ganz richtig. Dies ist kein Märchen, sondern die Geschichte eines einfachen, ehrlichen Jungen von zwanzig Jahren.

Antonio Grillo war der Bruder meines Großvaters Placido, vieles weiß ich über die beiden, anderes habe ich mir ausgedacht. Familienpapiere, die in einer Kommode aus Kirschholz lagerten, haben das Bild abgerundet. Sechzehn Schubladen voller Briefe, Papiere und Fotografien sind immer noch dort, in dem einsamen Haus mit dem Meer zu Füßen.

Und nun mag die Geschichte beginnen.

Am ersten Frühlingstag, dem 21. März 1923, wurde Antonio zwanzig Jahre alt. Die ganze Familie war versammelt auf der Terrasse des Hauses, der Schirokko wehte warm an diesem Nachmittag, und der Stromboli rauchte vor sich hin. Die Liparischen Inseln lagen friedlich im Wasser. Ein Schwarm Vögel kreiste über dem Mandelbaum im Obstgarten und ein weiterer über den Ruinen der byzantinischen Burg, die langsam, aber stetig noch heute verfällt.

Antonio mit den zauberhaften blauen Augen wandte sich an seinen Vater.

»Lieber Vater, heute, am 21. März ist mein zwanzigster Geburtstag, und bald gehe ich für immer fort«, sagte er, das Meer still zu Füßen.

»Was redest du da, mein Sohn? Du verlässt Gesso und Sizilien, um wohin zu gehen?«, wollte der Vater, Lio Grillo, bestürzt wissen.

»Nach Amerika.«

»Das sind bittere Worte für mich. Warum willst du denn fort?«

»Weil ich einen Traum habe, der Freiheit heißt.«

»Was soll denn das sein, Freiheit?«

»Etwas ungeheuer Schönes, vielleicht wie eine Traube voller Sterne im Bauch. Frei, das ist ein Blauwal in den Tiefen der Meere. Nicht frei, das ist ein Frosch in einem brodelnden Weiher«, erwiderte Antonio.

»Und was hast du vor?«

»Ich will Wunder jagen in der ganzen Welt.«

»Du willst also wirklich fort? Für immer?«

»Ja, ich will nach Amerika. Für immer«, antwortete Antonio.

Der Vater schloss die Augen und sank schweigend in seinen Korbstuhl zurück.

Ein Sonnenstrahl traf auf das Porzellan und die Silberlöffel auf dem Tisch, alles war erfüllt von Licht. Pferde wieherten, Vögel flatterten umher, Spinnen webten ihre Netze, und eine Amsel flog zu ihrem Nest im Feigenbaum. Die Reblinge über ihren Köpfen waren noch kahl.

Antonio sah in die Wolken.

Der Vater ins Nichts.

Die Frau des Vaters, Donna Tina Oliva, hob ihre zu Boden gefallene Häkelarbeit auf, die Katzen spielten mit Wollfäden, und der Bruder Placido hatte eine Handvoll Kirschen in der Faust und eine Handvoll Erinnerungen im Kopf.

Das war alles, was sich Vater und Sohn an jenem Tag sagten, in der Sonne, die den Himmel ausbleichte über den Liparischen Inseln und dem weinfarbenen Meer. So ist es Brauch auf Sizilien nach einer derartigen Verkündigung: Schweigen oder die große Tragödie.

An jenem Abend wurde geschwiegen.

Jeder war in seine Gedanken vertieft.

Ein zarter Mond stieg auf.

Sanft legte sich die Nacht über die Berge.

Sie ist immer sanft, die Nacht.

Vom gigantischen Mandelbaum rief eine Eule.

Wie in jeder Nacht schlug die Kirchturmuhr in Gesso die Stunden, es läutete die Glocke, Esel riefen ihr I-ah, Säuglinge weinten, und dann stand alles still.

Antonio fand keinen Schlaf in jener Nacht unter seinem Leinenlaken, übermannt von einer Woge aus Freude, Glück, Hoffnung und unhaltbarer Angst. Die Reise seines Lebens stand kurz bevor, und das fühlte sich an wie ein brodelnder Gefühlsvulkan.

Also öffnete er die Augen und blickte über die Bucht, mit seinen unglaublichen Augen, die ihre Farbe änderten, je nachdem, was sie sahen.

Tiefblau, wenn er aufs Meer blickte.

Azur, wenn er in den Himmel blickte.

Dunkelgrün bei Nacht.

Grau, wenn ihn Verzweiflung überkam.

Durchscheinend in der Welt der Wunder.

Das war seine Lieblingswelt, die mochte er lieber als die richtige Welt.

Er öffnete also die Augen und sah über die Bucht.

Die Hügel badeten im Mondschein, die nahen Dörfer hingen an den Berghängen wie Krebse, eine Welt der Frösche im brodelnden Weiher, und der Wildbach Gallo sah aus wie eine Natter, die das Weite sucht, so wild schlängelte er sich bis zum Meer hinunter. Auf dem fernen Ätna lag eine Lavaschicht und die Spitze ganz oben war schneebedeckt, die Melodie einer Trompete schwebte aus einer alten Burg, die Luft war frisch, roch ein wenig nach Stall und war angefüllt mit dem Bimmeln unzähliger Glocken und Glöckchen von Schafen und Ziegen.

Die Gänse schnatterten die Sterne an, das Pferd schlug im Stall aus, und eine Eule sang ihr *Schu-hu*.

Einige träumen Schönes in der Nacht.

Einige haben Albträume in der Nacht.

Doch die Nacht geht immer vorüber, schön oder weniger schön, und am Morgen danach saß die Familie wieder beisammen auf der Terrasse, jeder mit einer Tasse frisch gemolkener Ziegenmilch und einem zimtgepuderten Kringel vor sich. Der Himmel rosig, die Inseln friedlich, doch von den Menschen konnte man das nicht behaupten.

»Warum willst du denn so weit fort?«, wollte der Vater wissen und strich sich über den grauen Schnauzbart.

»Weil ich die weite Ferne abenteuerlich finde«, gab Antonio zurück.

»Ja, weil du zwanzig Jahre alt bist«, seufzte der Vater.

Er ließ seinen Blick über die noch unreifen Aprikosen gleiten, die Schwalbennester, die ankernden Schiffe und über eine Handvoll weißer Boote, die sich auf dem Meer tummelten.

Die Frau des Vaters richtete die Heiligen-Anhänger an ihrem Hals und den bestickten Kragen. Kalt, wie sie war, so kalt, dass kein Lächeln und überhaupt nie etwas Gutmütiges über ihre Lippen kam, sagte sie: »Wenn du Gesso und deine Familie satthast, wenn du wirklich alles satthast, dann geh doch nach Messina, Lipari, Siracusa oder nach Palermo. Warum willste so weit fort?«

»Adler fliegen weit fort, Würmer nicht«, gab Antonio zurück, ohne sie anzusehen, denn er mochte sie nicht.

Sie war nicht seine Mutter, sie war bloß die Frau des Vaters. Seine richtige Mutter war 1903 gestorben, gleich nachdem sie ihn zur Welt gebracht hatte. Sie hatte ihm keine Milch aus ihrer Brust geben können, nicht einmal einen Kuss. Der Vater hatte rasch wieder geheiratet, um dieses kräftige Kind mit den blauen Augen großzuziehen, und ein Jahr später wurde noch ein Kind geboren, Placido. Tina Oliva hatte die beiden Kinder mit Milch, Biskuits und Vorwürfen aufgezogen, ihren eigenen Jungen überhäufte sie stets mit Zärtlichkeit, den anderen nie.

Antonio hungerte es nach Zärtlichkeit, mehr noch als nach Brot und Feigen.

An diesem Morgen wirkte Tina Oliva noch düsterer als sonst, ungefähr wie eine der schwarzen Katzen, die um ihre Beine strichen.

Auf den Hügeln standen die weißen Häuser wie jemand, der auf ein großes Ereignis wartet. Auf Sizilien gibt es immer jemanden, der auf große Ereignisse wartet, doch die Ereignisse warten auf nichts und niemanden, und die Abreise stand bald bevor.

»Wann? Wann … wann fährst du?« Der Vater klang wie eine gesprungene Schallplatte.

»In einem Monat, ja, ich glaube, ich fahre in einem Monat, und in Amerika will ich ein langes Leben leben.«

»Das Leben muss nicht lang sein, sondern reichhaltig«, stellte der Vater klar. »Ein reichhaltiges Leben ist viel mehr wert als ein langes«, fügte er hinzu.

Weisheiten, die ihm besonders gefielen, griff er gern noch einmal auf.

Er bot seinem Sohn Antonio Orangenmarmelade und Honig an, eine Schale Jasmineis und ofenwarmes Brot. Seinem Sohn Placido bot er dasselbe an.

»Geh nicht nach Amerika, hier auf Sizilien lässt du ein Paradies zurück, und du weißt nicht, was es da gibt, wo du hinwillst«, raunte der Vater. »Denk an das Obst, den Wein und die Blumen. Die Leute in Amerika reden, als hätten sie den Mund voll, in jedem Haus gibt es Waffen, und es wird mehr Milch als Wein getrunken … Außerdem haben die kein Olivenöl.«

Menschen, in deren Leben Olivenöl keine Rolle spielte, hielt Don Lio für ehrlos. Wie auch Menschen, die keinen Wein tranken.

»Gesso ist ein Paradies, und ob Amerika auch eins ist, kann man nicht wissen.«

»Lieber Vater, nichts kann mich aufhalten. Nicht die lieben Menschen und auch nicht mein Pferd. Nicht die sanften Felder, Trauben oder Wein … Etwas, das stärker ist als ich, zieht mich fort«, erklärte Antonio.

Der Vater ließ den Blick über das tiefblaue Meer gleiten.

»Die Strömung reißt uns Menschen mit sich fort«, bemerkte er. »Tausende von Strömungen reißen uns Menschen mit sich fort«, griff er seine Weisheit abermals auf. Dann stahl sich eine Träne über seine Wange.

Sein Sohn war groß geworden, und nun wollte er für immer in die Fremde. Die liebliche Landschaft ringsherum war nun kümmerlich und kahl, und auch die Marmelade schmeckte nicht mehr.

»Du bist doch wirklich ein Tölpian. Du fährst nicht, das schwör ich dir«, sagte Tina Oliva.

»Verlass mich nicht, lieber Bruder«, ergriff Placido nun das Wort.

»Die Welt ist unendlich, aber das Leben kann so klein sein«, erwiderte Antonio.

»Jede Reise steckt voller Gefahren. Das Meer ist unheilvoll«, warnte der Vater.

»Nein, Vater, das Meer ist ganz sanft.«

»Du wirst sehen … wirste noch sehen, wie viel Schlimmes es auf der Welt gibt«, mahnte Tina Oliva.

»Hast du denn keine Angst?«, wollte sein Bruder wissen.

»Angst tut der Seele nicht gut«, antwortete Antonio.

»Angst vor gar nichts?«

»Doch, vor dem Krieg.«

»Der Krieg von 1915 bis '18 … Als im Karst unser Ignazio gestorben ist«, murmelte Placido.

Armer Ignazio, dachten alle, und tiefe Trauer überkam sie bei dem Gedanken an den jungen Soldaten, der im Krieg sein Leben gelassen hatte.

Schwalben durchkreuzten den Himmel, Falken machten sich auf die Jagd nach Kaninchen, und in der Ferne brannte ein Wald. Der Stromboli stieß eine Flamme gen Himmel, und der Schirokko heulte zwischen den Zypressen.

»Ob du nun fährst oder nich, du bist und bleibst ein Tölpian«, höhnte Tina Oliva.

Aber Antonios Beine wollten schon loslaufen, sein Pferd rief ihn hinaus aufs Land, und er erklärte: »Schluss jetzt, ich sage überhaupt nichts mehr. Die Wolken raten mir zu gehen und auch mein Pferd Aurora … Wolken und Pferde gehen, wohin es ihnen beliebt. Lasst mich gehen. Mehr verlange ich nicht. Und mehr habe ich nicht zu sagen.«

Und so war es auch, er sagte kein einziges Wort mehr.

Der Vater blickte gen Himmel und bat: »Verlass unsere Welt nicht, mein Sohn.«

Da sattelte Antonio die Stute Aurora, und los ging's im Galopp zwischen uralten Olivenbäumen hindurch und über gelb blühende Ginsterfelder.

So fängt unsere Geschichte an, die Geschichte von Antonio Grillo. Einiges ist wahr, anderes dazugedichtet.

Mond und Sterne über Sizilien, das Meer und die Grillos werden uns noch eine Weile begleiten.

II

Eines Nachts in Stromboli

Am nächsten Morgen standen die beiden Brüder auf der Türschwelle und blickten in die Wolken.

»Was guckt ihr euch die Wolken an?«, erkundigte sich Tina Oliva.

»Die Wolken sind schneller als ich in Amerika«, erwiderte Antonio.

»Ach, was du dir alles vorstellst …« Sie winkte ab.

»Ich seh mir die Wolken an, die es auf den Gemüsegarten regnen lassen«, sagte Placido.

»Na, wenigstens einer von euch Jungens ist vernünftig«, fand sie.

Und während die Familie über Himmel und Erde parlierte, über Reisen, die es zu unternehmen galt oder auch nicht, hörte man von der Straße, die ins Dorf führte, *Ding Ding Dong* und das Gebimmel ankommender Fuhrwerke.

Eine Pauke schlug, ein Tamburin rasselte, und dann erhob sich eine Stimme über die Piazza: »Der Zirkus ist da, liebe Kinder und alle anderen, wir haben Tiere dabei, die habt ihr noch nie gesehen. Kommt schnell, kommt rasch! Jetzt oder nie … Hierher, zu euch nach Gesso kommt ein Tier …«, und dann wurde die Stimme von Trompeten, Trommeln und ihrer Fanfare verschluckt.

Gaukler, ein Feuerspucker in einem Streifenhemd, das seine Brust kaum zu fassen vermochte, eine Ballerina in knallgrünem Tutu und eine Frau mit fuchsroter Haarmähne zogen die Bewohner von Gesso ganz in ihren Bann.

Alle liefen an die Fenster, um den Zug der Zirkusleute auch ja nicht zu verpassen, und als jeder die Augen weit genug aufgerissen hatte, da wurde ein großer Käfig aus dickem Holz und schwarzem Eisen gebracht.

Antonio verabschiedete sich rasch von seinen Gänsen, sattelte die Stute Aurora und machte sich auf zur Piazza. Dort näherte er sich dem Käfig, um den schon viele Menschen herumstanden, doch vom Pferderücken aus hatte Antonio eine hervorragende Sicht. Inmitten all der Menschen wieherte das Pferd nervös, und er strich ihm beruhigend über das Fell. Schließlich sah er auf und erblickte im Käfig das große Tier, nach dem alle die Hälse reckten.

Ein Gorilla.

Riesenhaft, schwimmende tellergroße Augen, der Nacken ein Fels. Um den Lärm der Trompeten und Fanfaren nicht ertragen zu müssen und den Beleidigungen des Publikums zu entgehen, presste er beide Hände fest auf die Ohren.

»He, Affe, komm her, na komm schon, hab Nüsse für dich.«

»Willst du 'n Halsband?«

»Von Schönheit hat deine Mutter aber nich viel verstanden …«

Der Gorilla erhob seinen Arm und versetzte den Gitterstäben einen donnernden Faustschlag, woraufhin die Menge auseinanderstob und sich erschrocken in alle Himmelsrichtungen verteilte. Da blickte Antonio dem Gorilla in die Augen, und diesen Moment sollte er niemals vergessen. Der Gorilla blickte Antonio gleichfalls in die Augen, und wer weiß, ob er nicht vielleicht das Gleiche verspürte wie ein freiheitsliebender junger Mann von zwanzig Jahren.

Einen Moment lang versank Antonio in den schwimmenden Augen des Gorillas und spürte seine Trauer. Er spürte seine Verzweiflung darüber, verspottet in einem Käfig leben zu müssen, eingesperrt von hier nach dort gebracht zu werden, anstatt durch die unendlichen Weiten der Welt zu streifen.

Antonio sah ihn an, wie er nie zuvor jemanden angesehen hatte, dann schlug er die Augen nieder, denn er ertrug den Blick des Tieres nicht, und eilte nach Hause zu seinem Bruder Placido.

»Was ist los, Bruder? So blass habe ich dich noch nie erlebt.«

»Ich habe einen Gorilla gesehen, eingesperrt im Käfig.«

»Verstehe. Dann hast du zum ersten Mal einen Gorilla gesehen.«

»Nicht nur das. Irgendetwas Magisches ist in mir drin passiert. Ich habe noch nie jemanden mit so tiefgründigen Augen gesehen.«

»Jemanden?«, wollte der staunende Bruder wissen.

»Ja, für mich war er wie ein Mensch, keine ›Bestie‹, wie alle behaupten.«

Placido war an die Merkwürdigkeiten des Bruders gewöhnt, doch er versuchte, dessen Gefühlssturm zu besänftigen.

»Nur die Ruhe. Gestern noch wolltest du in Richtung eines neuen Kontinents alles stehen und liegen lassen, und heute hat es dir dieser eingesperrte Gorilla angetan.«

»Ich verzichte weder auf die Reise noch auf die Freiheit. Weder auf meine Freiheit noch auf die meines Freundes, des Gorillas.«

»Was meinst du denn damit?«

»Meine Freiheit ist ebenso wichtig wie seine. Nein, erst kommt seine und dann meine«, erklärte Antonio. Dann öffnete er die Stalltür der Stute und anschließend das Gehege der weißen Gänse, die ihm stets über Berg und Tal folgten und vor ihm wussten, ob Regen bevorstand, ein Vulkanausbruch oder die Ankunft der Postkutsche.

Er verließ Haus und Bruder und galoppierte stundenlang auf den Feldwegen umher. Fast brach schon der Abend herein, ein sanftes Mondlicht stand am Himmel, als er durch die breiten und engen Gassen Gessos ritt und schließlich zum Gorilla.

Der Gorilla war allein in seinem Käfig auf der Piazza.

Antonio streckte Nase und Arme durch die Gitterstäbe und sagte: »Lieber Freund, was dir fehlt, das nennt man Freiheit: für dich wie für mich wichtiger als die Luft zum Atmen. Und hiermit verspreche ich dir feierlich, dass ich alles tun werde, um dir die Freiheit wiederzugeben.« Nach diesen Worten streichelte er ihn kurz und sanft am Handgelenk, und der Gorilla erwiderte die Geste.

Ergriffen und voller Kummer ritt Antonio zurück und ging zu Bett.

Glühwürmchen schwirrten durch die Nacht, ab und zu ertönte ein rauer Gorillaschrei auf der Piazza.

Als am nächsten Morgen Fanfaren und Trompeten die Abreise des Zirkus ankündigten, weckte Antonio seinen Bruder und sagte: »Komm mit, lieber Bruder, ich weiß, dass du mich sonderbar findest, manchmal verstehst du mich und manchmal nicht … aber lass mich bitte nicht allein in diesem Abenteuer.«

»Sonderbar bist du, das ist wohl wahr. Manchmal weiß man nicht, ob du zu viel denkst oder zu wenig. Tiere sind dir lieber als Menschen … Doch was soll ich machen, ich muss dir wohl folgen, auch, weil du in einem Monat nach Amerika gehst.« Und so sattelten Antonio und Placido ihre Pferde und ritten zum Zirkus.

Der Zirkus verließ das Dorf im Sonnenuntergang Richtung Milazzo mit seinen Jasminfeldern. Dort im Hafen wartete ein Schiff nach Stromboli, das Waren, Karren und Fuhrwerke einlud. Das Meer war dermaßen aufgewühlt, dass man die Kutschpferde abspannte und so an den Seiten festband, dass sie nicht stürzen konnten. Nur den Gorilla ließen sie in seinem Käfig in der Mitte stehen. Ganz allein.

So sahen ihn die Brüder Grillo, die mit ihren Pferden ebenfalls an Bord gekommen waren.

Der Gorilla sah auf zum Mond, dann blickte er die Menschen an und schüttelte den Kopf. Ab und zu murmelte er etwas, das Antonio zu verstehen glaubte.

»Seine Mutter fehlt ihm«, erklärte er seinem Bruder.

»Du redest von dir. Dir fehlt deine Mutter.«

»Stimmt. Die Mutter, die ich nie hatte. Dem Gorilla fehlt eine Frau«, erwiderte Antonio.

So verging die Nacht auf See, Antonios erste Nacht an Bord eines Schiffes. Bei ihm waren Placido und der Gorilla, und Antonio fühlte sich beiden gleichermaßen stark verbunden.

Hin und wieder verfing sich Mondlicht in den Augen des Gorillas, dann senkte er den Blick auf die See.

Vor Sonnenaufgang erzählt das Meer bei Stromboli von Feuer und Schwefel. Auf der Sciara stürzte ein langer, immerzu lebendiger Lavafluss zischend ins aufbrodelnde Wasser, und in den Tiefen der See flüchteten alle Tiere, auch die Seesterne.

Als das Schiff anlegte, erhoben sich zwei dröhnende Laute gen Himmel; einer entsprang dem Vulkan, der andere dem Gorilla.

Wie zwei Brüder, die einander zurufen.

Der Gorilla blickte zum Krater, der noch bis zu den ersten Sonnenstrahlen Feuer spie.

Antonio, und mit ihm sein Bruder Placido, war die ganze Zeit beim Gorilla.

Mit Fanfaren und Pauken rollten die Zirkuswagen aus dem Bauch des Schiffs, und auch hier am Hafen kamen die Bewohner von Stromboli gelaufen, um den Gorilla zu sehen.

»He, du«, lockten ihn die Leute und gaben ihm Trauben, Kaktusfeigen und Nektarinen. Er nahm alles gerne und bedankte sich, doch sein Blick war fest auf den Vulkan geheftet.

Der Tag verstrich in einer Duftwolke sonnengesättigter Jasminblüten und dem Summen der Bienen, die frische Kapern umschwirrten.

Die Nacht kam sanft, und der Feuerschein auf dem Krater wollte nicht verlöschen.

Antonio wartete, bis die Insel schlief, dann schlich er zum Käfig.

Nie werden wir erfahren, wer nun ärger zitterte, Mann oder Gorilla.

Nie werden wir erfahren, wer sich mehr fürchtete.

Lange blickten sie einander in die Augen, einer in kleine und einer in große.

Die Mondsichel stand am Himmel, flammende Lava über dem Vulkan, da öffnete Antonio den Riegel des Käfigs. Dankbar blickte der Gorilla den Jungen an, doch er berührte ihn nicht. Schließlich erhob er sich mühevoll auf die Beine, die er so viele Jahre im eisernen Käfig nicht mehr hatte strecken können. Seine ersten Schritte waren unsicher wie die eines Kindes, das gerade laufen lernt. In tiefen Zügen sog er die jasmin- und schwefelgeschwängerte Luft ein und entfernte sich schließlich mit riesigen Sprüngen durch Ginsterbüsche auf einen Wald zu.

»Geh in Freiheit, so wie jede andere Kreatur auf der Welt«, murmelte Antonio, und als er nur noch einen schwarzen Punkt sehen konnte, der sich auf den Feuerschein zubewegte, da fügte er leise hinzu: »Geh in Freiheit, und leb so lange, wie es geht. Vielleicht findest du in einer der Grotten hier ein neues Zuhause.«

Drei Tage hatten die Brüder auf Stromboli verbracht, um den Gorilla zu befreien.

Als sie nach Gesso zurückkehrten, wurden sie nicht von Fanfaren empfangen, sondern von langen Gesichtern. Vater und Mutter hatten tausend Fragen darüber, wo sie denn gewesen waren.

Dem Vater sagte Placido: »Antonio ist einem dunklen Wesen nach Stromboli gefolgt.«

Der Vater dachte an eine flüchtige Liebesgeschichte und schwieg.

Der Mutter sagte Placido: »Antonio wollte sich noch von Stromboli verabschieden, bevor er Sizilien für immer verlässt.«

Die Mutter schüttelte den Kopf und schimpfte: »Was Besseres fällt diesem Strolchian wohl nich ein. Aber das Kind is wohl ohnehin in den Brunnen gefallen, ich sag's ja.«

Ohne es besprochen zu haben, befanden die Brüder es für besser, die wahre Geschichte ihres Ausfluges nach Stromboli zu verschweigen. Doch als die Familie vor dem Schlafengehen noch zusammen auf der Terrasse saß, eine Schüssel frisch gepflückter

Kirschen auf dem Tisch, sagte Antonio: »Oh, süße Freiheit, kostbarer als jeder Schatz …«

Gemurmel erhob sich, mürrisches wie hoffnungsfrohes, und so sahen sie einer Nacht voller Träume entgegen.

III

Pläneschmieden und die Magierin Vittoria

Von wegen Träume. In jener Nacht waren alle viel zu aufgewühlt.

Nur die Gänse spazierten seelenruhig zwischen den Pflanzen umher.

Antonio war froh, Tiere um sich zu haben, und alle Tiere hatten ihn gern; die Laubfrösche im Weiher, die Kröte im Schacht hinter der Küche, die Igel, deren Stachel sich aufstellten, wenn die Katzen herbeischlichen, und der hinkende Fuchs, der bei Vollmond kam und um etwas zu essen bat. Das tat er nur bei Antonio, und wenn der das schüchterne Winseln hörte, öffnete er das Fenster, legte ein Ei oder etwas Brot mit Öl in einen Korb, an dem er eine Schnur befestigte, und ließ ihn hinunter auf die Terrasse.

Wie wohl fühlte sich Antonio mit seinen beiden fetten weißen Gänsen, die fröhlicher waren, als man es bei irgendwelchen Menschen je gesehen hat. Meistens schnatterten sie lustig, watschelten davon, wenn ein langweiliger Zeitgenosse des Weges kam, und pickten Lügner in die Waden. Wenn es zum Meer gehen sollte, dann wussten sie immer den besten Weg und verliefen sich nie. Einige Himmelsvögel nannten sie ihre Freunde, und sogar für Hühner hatten sie etwas übrig.

Ihrem Freund Antonio lauschten sie stets aufmerksam, und sie wussten, wann die Postkutsche kam oder ein Gewitter im Anmarsch war, bevor irgendwer sonst es ahnte. Fuhrwerke und Donner hörten sie über viele, viele Kilometer.

»Ihr lieben Gänse, freut ihr euch, dass ich abreise?«, wollte Antonio von dem Federvieh wissen.

Die Gänse hüpften freudig auf und ab.

»Was meint ihr, werde ich der wunderbarsten Frau der Welt auf meiner Schiffsreise begegnen?«

Die Gänse nickten.

»Und wenn ich doch hierbleibe, sagt mal, was geschieht dann mit mir?«

Da ließen sich die Gänse in den Dreck fallen und blieben reglos liegen.

Schlau waren sie, diese Gänse.

So verbrachte Antonio die ersten Stunden der Nacht mit den Gänsen.

Die anderen hatten es nicht so heiter.

In ihren Köpfen herrschte Dunkelheit, und keiner von ihnen fand Schlaf.

Wir werden ja sehen, ob du abreisen kannst, du Tölpian, sagte sich Tina Oliva und sann weiter darüber nach, wie sie diese Seereise vereiteln könnte.

Während die Katzen Gänse und Motten jagten, und die Stute wieherte, weil sie nicht still im Stall stehen wollte, grübelte der Vater darüber nach, was er wohl falsch gemacht habe.

Placido hörte, wie Antonio durchs Haus irrte und draußen umherwanderte, und auch ihm war mitnichten nach Schlaf zumute. Er blickte aus dem Fenster auf die letzten Sterne der Nacht, hier und da war schon vor Sonnenaufgang ein Lichtschein zu sehen, und er dachte, wie schön doch die Lichter von Gesso waren.

Antonio hingegen waren die Lichter der Ferne lieber als die aus der Nachbarschaft. Er sah immer das, was gar nicht da war. Der Südwind brachte ihm Klänge und Düfte aus den Wüsten Afrikas, der Nordwind den Duft von Birken und Kaminfeuern. Und der Schirokko brachte in jener Nacht die klingelnden Glöckchen der Wüstenkarawanen, den Duft von Datteln, die er noch nie gekostet hatte, und den Gesang der in den Dünen umherirrenden Männer.

Er stellte sich vor, dass in Amerika weite Prärien lagen, unendliche grüne Wiesen, frisches Gras, am Morgen taubenetzt. Ganz anders als die verdorrten Wiesen und das dürre, spärliche Gras auf Sizilien.

Bestimmt gab es in Amerika alles in Hülle und Fülle; jeden Tag unzählige Mahlzeiten, bergeweise Frischkäse, Biskuits, so viel man nur wollte, Cognac, der es in sich hatte, Frauen mit Samtbeinen und perlender Champagner gleich aus den Wasserhähnen. Weit und breit nur fröhliche Menschen – ohne die Spur von Heimweh würde er jeden Sonnenuntergang lachend begrüßen. Die Leute dort wären höflich und kümmerten sich nur um ihre eigenen Angelegenheiten. Es gäbe keine Erdbeben und keine Vulkanausbrüche, denn in Amerika gab es gar keine Vulkane, dafür ein sämiges Schlaraffenland, wo Milch, Honig und Whisky jeden Tag im Wechsel flossen.

Und als Antonio so vor sich hin träumte, bemerkte er nicht, dass seine Stute Aurora sich, wie so oft, losgemacht hatte und schon vogelfrei zum Meer hinunterlief, gefolgt von den Gänsen, die sich bei dem Lauf Richtung Wellen an ihre Fersen geheftet hatten.

In jener Frühlingsnacht waren alle ruhelos. Jeder auf seine eigene Art.

Der Morgen des 25. März war klar, doch der Vater bemerkte es gar nicht, rastlos ging er in seinem Zimmer auf und ab, Schritt um Schritt um Schritt.

Seine Frau wollte allen im Dorf die neuesten Flausen dieses Sohnes erzählen, der gar nicht ihr Sohn war, schließlich hatte sie ihn ja nicht auf die Welt gebracht, und das tat sie dann am Morgen auch.

Sie lief von Haus zu Haus und erzählte, was sich zugetragen hatte, und überall plauderte sie bei einem Kaffee gegenüber jedem, der es hören wollte, in Tränen aufgelöst das neue Familiengeheimnis aus.

Sie verließ ein Haus, ging in das nächste und wiederholte

flüsternd überall die gleichen Worte, als würde sie ein Geheimnis lüften: »Wisst ihr, was dieser Luftikus vorhat? Will dieses Paradies hier, Land und Meer, alles zurücklassen, und wofür? Für ein Land, in dem es vielleicht noch mehr Dummköpfe gibt als hier.«

In Windeseile wurde die Nachricht von Antonios Reise weitergetragen, hatte vom Schirokko angestoßen Fahrt aufgenommen, und schon wenige Stunden später murrte das ganze Dorf: »Was soll das? Hat wohl den Verstand verlor'n! Fehlt ihm doch nix hier! Unsinniger Unsinn, dass er hier wegwill. Die Grillos ham doch genug Wein und Brot, seinem Vater Lio gehört doch der Gipssteinbruch … Die ham 'ne ganze Menge Arbeiter, die Gips da rausholen, und außerdem ham die noch 'n paar Morgen Land, das is wertvoller als Garibaldi höchstselbig.«

Placido suchte auf dem Dachboden nach einem geeigneten Koffer für die lange Reise des Bruders. Von Spinnweben und Staub bedeckt standen etliche herum, aber entweder hatte sich Schimmel in ihnen eingenistet, oder sie waren zu klein oder morsch. Keiner war geeignet, vielleicht sollte man einen neuen kaufen. Einen ledernen Überseekoffer mit Beschlägen und einem Schloss, sodass ihn niemand einfach so öffnen konnte. Fahrkarte in der Tasche und Koffer in der Hand, aber zu schwer durfte der nicht sein, sonst würde Antonio noch Rückenschmerzen bekommen. Helles oder dunkles Leder? Mit rotem Futterstoff, um Unglück abzuwenden, oder blauem? Blau wie das Meer? Das waren Placidos Sorgen.

Antonio wollte an jenem Tag ausreiten, doch die Stute war schon fort, wie so häufig. Alles um ihn herum war aufgescheucht, seine Familie wie auch die Tiere, und selbst die Natur war ruhelos. Die ersten Frühjahrsknospen reckten schon die Köpfe gen Himmel, und die gelben Blumen streckten ihre Blätter, um die Wärme in sich aufzunehmen. Falken kreisten wachsam über uralten Oliven, und an den Bäumen zeigten sich zaghaft erste Spuren von Mispeln und Pflaumen.

Antonio saß vor dem Haus und hatte all das vor Augen, und als die Sonne neben dem Vulkan ins weinfarbene Meer glitt, da sagte er sich: Es gibt so viele Paradiese auf dieser Welt, und rasch lief er los, um vor der Rückkehr von Pferd und Gänsen noch die ersten Dinge zusammenzusuchen, die er einpacken wollte.

Der Wind frischte auf, ein Tosen und Tönen, und er dachte: Vögel haben es gut, werden vom Wind getragen und brauchen kein Gepäck.

Am nächsten Morgen saß Antonio auf der Terrasse, es hungerte ihn nach der Welt, und Meer, Berge und Grashalme hatten für ihn Stimme und Klang. Das Meer flüsterte ihm zu: »Pack deine Sachen«, die Berge riefen: »Geh fort«, und die in der Erde verhafteten Grashalme, die der Schirokko beständig hin und her warf, wären am liebsten gleich mitgegangen. Und während er so schaute und vor sich hin träumte, wurde er stark wie nie zuvor.

Der Blick des Vaters glitt über den Körper seines Sohnes, er bewunderte dessen wunderschönen Hals, die so kräftigen Hände, kräftiger als seine eigenen, und diese blauen Augen, die ihn an seine verlorene Frau erinnerten. Nur wenige Monate hatte er sie lieben können, dann war sie für immer zwischen den Schatten verschwunden.

Placido vermisste den Bruder jetzt schon und ahnte, wie sein Duft bald aus den Zimmern weichen würde. Gesso mit seinem Zauber zu verlassen, das war für Placido undenkbar. Antonio hatte hier doch alles: Frauen, sein Pferd, mit dem er zum Meer reiten konnte, frische Luft, Feigen, warmes Brot und in sternenklaren Nächten auch eine Eule. Außerhalb Gessos war das Leben für Placido so anziehend wie ein Glas warmes Wasser im flirrend heißen Sommer. Fern von hier gab es keinen Likörwein, es gab nicht den stillen Mond und keine grünen Glühwürmchen im Sommer. Außerdem war seine Mutter hier. Wie könnte er bloß leben ohne ihre Mostarda, ihre Hackbällchen, die Saubohnensuppe, wie könnte er ohne seine Mutter leben?

Auf Sizilien gibt es Mütter, die salben sorgfältig jeden Tag die Nabelschnur zu ihren Söhnen mit Zucker und Öl, Tag für Tag. Diese Nabelschnüre sind nicht zu durchtrennen, was man auch tut, und je größer die Söhne werden, umso fester binden die Mütter sie an sich, mit Worten und vor allem mit ihren Kochkünsten.

Warum sollte man eine solche Nabelschnur auch durchschneiden? An jenem Tag huschten Tina Olivas Augen genauso flink umher wie ihre Gedanken. Sie mühte sich, Saubohnen zuzubereiten, und während sie die Bohnen aus den Schoten pulte und die Bohnenkäfer zerquetschte, die sich an den Saubohnen gütlich taten, legte sie sich im Kopf zurecht, wie sie Antonio von seinem Reisevorhaben abbringen könnte. Wenn Antonio wegging, dann würde Placido ihm früher oder später folgen, und sie überlegte noch immer fieberhaft, wie sie das vereiteln könnte. Nein, dachte sie, Placido in Amerika, auf keinen Fall, auf gar keinen Fall. Was soll ich nur tun?

Es trug sich zu, dass zu jener Zeit ein ihr wohlbekanntes bildhübsches Bauernmädchen aus dem Dorf schwanger ging, und niemand wusste, von wem. Eigentlich war sie ein fröhliches Ding, doch seitdem sie schwanger war und ihren runden Bauch wie einen Ballon vor sich hertrug, wurde sie gemieden wie die Pest. Niemand öffnete ihr mehr die Tür, wenn sie mit ihrem Korb voller Eier, die sie verkaufte, klopfte.

Zu ihr ging Tina Oliva. »Mach auf, ich meine es gut mit dir«, rief sie.

Neugierig öffnete das Mädchen. »Huch, was macht Ihr denn hier, Donna Tina, so eine Signora wie Ihr kommt zu einer wie mir?«, rief sie, und die ein oder andere Träne kullerte ihre Wange hinunter.

»Wenn du mir ’nen Gefallen tust, dann will ich’s dir reichlich vergelten«, und um erst gar keine Missverständnisse aufkommen zu lassen, legte Tina Oliva ein Goldstück auf den wurmstichigen Holztisch.

»Donna Tina, jetzt fall ich gleich in Ohnmacht, obwohl ich noch gar nich so weit bin. Womit hab ich das verdient?«

»Musst mir ’nen Gefallen tun.«

Das Mädchen ließ sich auf einen kaputten Stuhl fallen, und Tina Oliva weihte sie in ihren Plan ein.

»Morgen früh bei Sonnenaufgang stellst du dich hin und trällerst ’n Liedchen, dann fängst du das Jammern an und rufst laut nach dem Vater von deinem Kind, und den Bauch streckst du dabei schön in alle Himmelsrichtungen.«

»Wenn ich das tu, dann schlitzt mir seine Frau den Bauch auf, schlitzt die mir, Donna Tina, so wahr mir Gott helfe.«

»Nein, doch nich nach dem richtigen Vater, nach unserem Sohn, Antonio, nach dem sollste rufen. Stell dich auf den Balkon und ruf, so laut du kannst, dass du ihn liebst und dass das Kind in deinem Schoß von ihm is.«

»Aber Signora, mit dem Antonio, mit dem hab ich noch nie ein Wort geredet, hab ich nich«, wandte das Mädchen ein.

Doch ein zweites und drittes Goldstück beseitigten ihre Zweifel, und am nächsten Morgen stand das Mädchen mitsamt ihrem dicken Bauch unter dem Balkon und rief und flötete zärtlich nach Antonio.

»Antonio, Liebster, dein Kind is es, das ich im Leib trag, komm zu mir und gib mir hundert Küsse.«

Schlaftrunken blickte Antonio vom Balkon, Träume schwirrten noch in seinem Kopf umher, und er rief: »Eigentlich hab ich noch nie ein Wort mit dir geredet, ich kenn dich gar nicht, aber du gefällst mir, du hast ja noch mehr Fantasie als ich.«

Damit schloss er das Fenster, kam herunter, und vor den Augen der Katzen, der Gänse und der ganzen Familie sagte er: »Eine, die mehr Fantasie hat als ich, ist mir noch nie untergekommen.« Er nahm das Mädchen liebevoll in den Arm und fuhr fort: »Weißt du was? Komm mit mir. Wir nehmen zusammen das Schiff, du und ich, und das Kind wird in einer neuen Welt geboren.«

Auf ein so verheißungsvolles Angebot war das Mädchen nicht gefasst, und entgeistert darüber, was ihr nun für eine vielversprechende Zukunft entging, stürzte sie in Tränen aufgelöst davon. Immerhin blieben ihr die drei Goldstücke.

Tina Olivas Plan war also gescheitert.

Doch am nächsten Tag hatte sie eine neue Idee.

1923 gab es noch Malaria auf Sizilien. In Gesso nicht, denn in Gesso waren keine Seen oder Sümpfe, aber an den Seen in Ganzirri, in der Nähe vom Meer in Messina, bei Punta Faro, da waren ganze Schwärme von Malariamücken unterwegs, und die Einwohner kippten abends Chinin in ihren Wein. Tina Oliva machte sich heimlich auf den Weg, ganz in Schwarz gekleidet, mit Handschuhen und einem Schleier vor dem Gesicht, und damit niemand sie sah, mietete sie eine Kutsche ganz für sich allein. Am See angekommen, kaufte sie ein Glas voller Malariamücken. Und während die Kutsche lustig durch die Straßen klapperte, stellte sie sich schon vor, wie die Mördermücken nachts im Zimmer der Jungen umherfliegen und Antonio stechen würden, und wie er tage- oder gar monatelang im Delirium darniederläge.

Von wegen Schiffe und Reisen, dachte sie. Deine Träume steck ich in eine Schublade, und die sperr ich ab.

Wenn er da erst mal herumdeliriert und das Schiff weg ist, wird ihm die Reiselust gründlich vergangen sein.

Als sie einem Muschelfischer von den Ganzirri-Seen das Glas mit den Mücken abgekauft hatte, stieg eine tiefe Freude in ihr auf, ähnlich der, die sie in ihrer Hochzeitsnacht verspürt hatte. Sie fuhr wieder nach Hause, wartete auf die Dämmerung, und als die beiden Jungen tief in der Nacht schliefen, jeder seine eigenen Träume träumte, stellte sie das Glas auf das Fensterbrett und drehte den Deckel auf. Flugs fiel die Mückenfamilie über das nur von einem Mondstrahl erhellte Zimmer her, flugs schloss Tina Oliva die Tür und suchte das Weite.

Eine der Malariamücken flog zielsicher in Placidos Nase, der schreckte auf, öffnete das Fenster, bemerkte den Mückenschwarm und blickte zu Antonio hinüber. Rasch warf er ein Laken über ihn, lief in Windeseile zur Terrasse, wo er eine Handvoll Citronellablätter pflückte, die er hier und dort verteilte und dann erst sich und schließlich den Bruder damit einrieb. Angewidert machte sich der Mückenschwarm davon, einzelne Mücken flüchteten sogar durch die Schlüssellöcher.

Auch wenn er nichts davon wusste, hatte Placido doch sowohl sich als auch seinen Bruder vor der Malaria bewahrt. Aber er dachte, er habe sich und Antonio nicht mehr als ein paar harmlose Mückenstiche erspart, und kehrte zufrieden ins Reich der Träume zurück.

Am nächsten Morgen hatte Tina Oliva dunkle Augenringe, die ihr bis auf die vor Enttäuschung herabhängenden Mundwinkel reichten.

»Was hast du?«, erkundigte sich ihr Mann.

»Ich finde keinen Frieden, das hab ich.«

»Diese Schiffsreise liegt dir im Magen …«, vermutete er.

»Stimmt, und ich hab Angst, dass Placido auch fährt.«

»Mich zerreißt es auch, das Herz zerreißt es mir, aber manchmal glaube ich, dass so was auch Gutes mit sich bringt … Vielleicht wird Antonio dort ein gemachter Mann, hat ein schönes Leben … Es gibt nur eine Möglichkeit, das herauszukriegen«, gab Don Lio zu bedenken, doch er erwartete keine Antwort, denn sie wussten beide, wie die ausfallen würde.

Die Antwort lautete: Donna Vittoria.

Sie war die Einzige in Gesso, die wusste, was niemand sonst wusste: was die Zukunft bringt und was sich in den Tiefen menschlicher Seelen verbirgt.

Donna Vittoria war die Magierin des Dorfes Gesso. Sie verfügte über die Gabe, klar zu sehen, wo für andere nur Nebel herrschte. Man fragte bei ihr, was zu tun oder zu lassen sei, wenn Wichtiges anstand. Die Magierin gab ihren Rat, und seit Menschengedenken hatte sie damit nie falschgelegen.

Ihr Haus und das darum liegende Land waren von Zypressen umstanden, als Eingang diente ein Tor mit zwei rostigen Türklopfern, die an einer verrotteten Schnur baumelten wie Mädchenzöpfe. Das Haus war schmal und lang mit einem Säulengang von vierundzwanzig runden, weiß gekalkten Säulen, auf deren Querbalken blaue Trauben rankten. Im Nutzgarten gab es reichlich Obst und Gemüse, ihr Stück Land ließ es Donna Vittoria an nichts fehlen, wie auch Donna Vittoria es ihrem Stück Land an nichts fehlen ließ.

Sie sprach liebevoll mit den Bäumen, fragte sie: »Wie geht es denn heute? Was habt ihr geträumt? Habt ihr Angst?«

Und auch den Pflanzen im Gemüsegarten redete sie gut zu: »Na los, Kinder, das schafft ihr schon, nicht den Mut verlieren, immer schön weiterwachsen.«

Die Erde füllte ihre Körbe mit allem, was das Herz begehrt. Gab es keine Tomaten mehr, kamen Zucchini, Borretsch, Rotkohl und Wirsing, außerdem Zitronen, Mandarinen, Pfirsiche, Aprikosen, Birnen und kleine Ätna-Äpfel, Lotospflaumen und Nektarinen.

Lieber als Menschen mochte Donna Vittoria Bäume und Tiere.

Auf ihrem Dach wohnte ein Wanderfalke, außerdem leistete ihr ein Dutzend weißer Tauben Gesellschaft, einige rundliche schwarze Schweine, das ein oder andere Stachelschwein, Ziegen mit Hörnern und ohne, Hammel und Schafe, eine alte Kuh, ein abgemagerter Stier, eine Froschfamilie, eine Kolonie Fledermäuse, ein Rudel Katzen und ein Tintenfisch in einer Badewanne auf dem Hof.

Die Magierin hatte blaue Augen, in ihrem dichten, hochfrisierten Haar steckten stets einige Margeriten, sie trug goldene Kreolen, die ihre Ohren kanulang zogen, tags tummelten sich Schmetterlinge auf ihren Ohren, nachts Motten.

Donna Vittoria empfing ausschließlich bei Sonnenuntergang, danach warf sie alle hinaus. Sie arbeitete den ganzen Tag auf dem

Feld, und nachts besuchte der Fuchs die Magierin, und der mochte andere Menschen nicht.

Die vier Grillos nahmen also eine Kutsche und verließen die Hügel und ihr Haus mit den im Wind schlagenden Fensterläden.

Der Vater und seine Frau zogen düstere Gesichter in der Kutsche, Antonio hingegen war zahm wie ein Lämmchen und sah verträumt in die Landschaft. Bienen und gelbe Blumen boten ein wunderbares Bild, und in den Tulpen mit den gesenkten Kronen machte er Kalifen mit Turban aus, die sich beim Anblick der Kutsche respektvoll verneigten.

Respektvoll blickte auch Antonio, als er seinen Vater ansah, gerne hätte er es ihm recht gemacht, doch den größten Respekt hatte er vor dem eigenen Leben.

Lustig ruckelte die Kutsche durch die Landschaft und erreichte schließlich das Haus der Magierin.

Der Falke saß oben auf dem Dach auf der dem Stromboli nachempfundenen Wetterfahne, die erzitterte, als die Kutsche vor dem Tor hielt und die vier Grillos ausstiegen, um der Wahrheit ins Auge zu blicken.

Als die Familie eintrat, verstummten alle Schweine, Hunde und Katzen, Pfauen, Tauben und Hühner, Rotkehlchen und Papageien, ließen voneinander ab und regten sich nicht mehr, denn in ihrer Welt ist der Mensch ein Eindringling. Immer.

Und in der Stille des sich neigenden Tages und der anbrechenden Nacht schritt die Magierin leichtfüßig in Strohsandalen heran. Ihr kräftiges Becken war das einer Frau, die Kinder zur Welt gebracht hatte, und die tägliche Arbeit auf dem Feld hatte ihre Hände knorrig wie Baumwurzeln werden lassen. Sie sah nicht jung aus, aber auch nicht alt, nur rund um die Augen strahlten einige Sonnenfältchen wie die Speichen eines Schirms.

Als Erstes rieb sie ihre Hände mit frischem Knoblauch ein, dann sprach sie: »Knoblauch hält böse Geister fern, die gehen hin, wo sie wollen. Wen sie erwischen und wen nicht, weiß man nich, nie ist Friede im Leben, so isses nun mal.« Dann rieb sie auch die Hände des Vaters ein, die der Mutter und die der Brüder, die stocksteif vor ihr standen, wie Flitzebögen gespannt, einen Blick auf das Schicksal werfen zu können.

Das Schicksal liegt allen am Herzen.

Und doch liegt es immer im Nebel.

Zuerst sprach der Vater, so gehörte es sich: »Allerverehrteste Donna Vittoria, dieser Tölpian hier will ab nach Amerika. Was tun? Sollen wir ihn gehen lassen oder nicht? Besser, dass er bleibt? Oder besser, dass er fährt?«

»Nun mal langsam, eine Frage nach der anderen. Zu viele Wörter machen mich wuschig«, ermahnte sie ihn.

Also nahm Tina Oliva die Zügel in die Hand, die zwei Jungen schwiegen.

»Der Galgenstrick hier will nach Amerika. Was tun, lassen wir den gehen oder nich?«

»Kinder sind wie Schwalben; irgendwann fliegen sie auf und davon«, erklärte Donna Vittoria, und dann blickte sie zu den Abendschwalben hinüber, die wie Glückspfeile den Himmel durchkreuzten.

»Ob in die Ferne oder nich, das bleibt ihnen überlassen«, fügte sie hinzu.

Antonio, der sich im Hintergrund hielt, seufzte tief.

»Das war die erste Frage. Dann eine zweite, und nach der dritten geht ihr, sonst komm ich durcheinander, und ich schlaf schlecht.« Donna Vittoria fingerte an ihren goldenen Ohrringen, die im Abendrot das Licht eines Sonnenstrahls einfingen und violett aufleuchteten. Zwei Margeriten segelten von ihrem Kopf hinunter auf die Strohsandalen.

»Und wenn er bleibt, was is so schlimm daran?«, wollte Tina Oliva wissen.

Da setzte sich die Magierin in die letzten Sonnenstrahlen auf einen strohgedeckten Stuhl, nahm auf die Knie zwei schwarze Katzen, die packte sie an den Ohren und sah hinein. In dieses Geflecht aus Haaren und Flöhen murmelte sie sodann magische Formeln: »Vier Brote und fünf Fische, der böse Blick verwische … versenkt gehört der böse Blick tief in den Meeresschlick. Fort mit dir, böser Blick, fora malocchio, fora malocchio.«

Um mehr über das Schicksal des Jungen zu erfahren, zog sie den Katzen an den Schwänzen, dann blickte sie hoch zu den Knospen der neuen Weinreben.

»Die Frage? Hab's schon vergessen«, brummte sie, und Tina Oliva fragte noch einmal: »Und wenn er bleibt, was is so schlimm daran?«

Da beugte die Magierin sich hinunter zu den Katzen, kam mit dem Mund ganz nah an die Ohren und flüsterte die Frage hinein. Die Katzen schreckten hoch, dann erbrachen sie eine grüne Brühe, in der Stückchen einer Eidechse, Klee und sogar ein Natterschwanz trieben.

Die Magierin seufzte schwer und erklärte: »Besser, er geht nach Amerika.«

Jetzt rührten sich die Katzen nicht mehr, lagen reglos wie zwei Sphinxe da, nur die Schwanzspitzen zitterten wie Fahnen im Frühlingswind.

Dann fügte Donna Vittoria hinzu: »Besser, er geht. Wer geht, macht sein Glück. Wer bleibt, versauert nur.«

Da sprangen die Katzen mit einem Mal auf, und los ging's den Enten und Mücken hinterher.

Jetzt kam die letzte Frage.

Und wenn er fuhr, was würde dem jungen Antonio in Amerika widerfahren?

Die Magierin wurde immer rätselhafter.

»Es gibt kein tieferes Geheimnis als ein Menschenleben. Klein ist die Welt, dein Leben ist nur ein bisschen größer als das einer Grille. Mir reicht zum Leben ein Blätterhaus, ein Haus aus Zitronen- oder Lorbeerblättern, Hauptsache, es duftet. Ich habe geträumt, Engel kämen mich besuchen, es war ein Traum, aber ich hörte deutlich ein Flap Flap auf dem Dach. Engel haben überall Augen, das hätte ich auch gern, um immer in den Himmel sehen zu können, auch wenn ich mit anderem beschäftigt bin. Denk dran, junger Mann, denk immer dran, in den Himmel zu blicken.«

Und so hätte sie vielleicht noch lange weitergeredet, doch die Sonne war bereits untergegangen, und die Magierin stimmte nun einen seltsamen Singsang an, jedoch so tief, dass man die Hälfte nicht verstand: »Alla Catalla né ski né skó neppassallà gehe ich ins glückliche Reich … Kindheit ist, wenn jemand froh ist … Die Welt dreht sich, sodass mir manchmal schwindelt … Wie schön es ist, keine Erinnerung zu haben …«

Die Margeriten fielen von ihrem Kopf herab, und je näher die Nacht rückte, umso größer wurde ihr Bedürfnis, allein zu sein. Und als der Himmel die Farben der Landschaft rings herum immer mehr verwischte und die Umkehr der Planeten kurz bevorstand, da wachte sie auf wie aus süßem Schlaf, blickte zu den zwei neben ihr liegenden Ziegen, Ziegen ohne Hörner, deren Euter so prall gefüllt waren, dass sie es kaum erwarten konnten, gemolken zu werden.

So molk die Magierin die Ziegen, denn sie ertrug es nicht, wenn sie so blökten, und ließ die Milch in ein Eimerchen strömen.

In ihren Augen leuchtete die Vorahnung, ihr Atem ging kurz, und die blauen Augen sahen ins Leere, eines nach rechts, eines nach links, obgleich dies ja eigentlich gar nicht möglich war.

Die Raben warteten auf den Mond.

Pfauen fauchten im Sonnenuntergang, und am Himmel leuchteten die ersten Sterne der Nacht.

Da sprach die Magierin: »Halt dich von bösen Menschen fern, Antonio, dann verschwindet der Malocchio. Jeder Mensch sucht seinen Platz in der Welt, und so auch du. Du bist wie Goldstaub. Alle wollen dich, und niemand kriegt dich zu fassen. Auch wenn die Welt brennt, du wirst dir nicht die Finger verbrennen. Du wirst über Feuer laufen und Felsen und sogar übers Wasser, und wie du das machst, das weiß niemand außer dir.«

Ein wenig konnte man verstehen, was sie da sagte, aber auch nur ein wenig.

Und da kamen auch schon die ersten Motten, näherten sich den Margeriten in ihrem Haar, eine erste Grille sang ganz für sich allein. Donna Vittoria entzündete ein Licht auf einem Korb mit Nüssen und eines in einer Wasserschale voller Jasmin.

Gebannt warteten alle auf eine verständliche Weissagung, Menschen wie Tiere. Die Tiere lagen und saßen im Kreis um sie herum, auch das schwarze Schwein und die Eule auf dem Ast des Pfirsichbaums und eine weiße Taube mit angelegten Flügeln.

Vater und Mutter und die zwei Grillo-Jungen, die beiden zurückhaltend mit den Händen auf den Knien und gekreuzten Füßen, so schickte sich das damals. Mit einem Mal versetzte die Magierin dem Eimerchen einen kräftigen Tritt, die frisch gemolkene Milch ergoss sich über den Boden im Hof, floss immer weiter, formte Pfützen, Linien und Umrisse von Vögeln, und bei jeder neuen Form sprach die Magierin: »Ich sehe, sehe, sehe …«, und ihre blauen Augen suchten den Sinn in dieser Milchstraße zu ihren Füßen zu ergründen.

»Was seht Ihr? Was seht Ihr? Donna Vittoria, was seht Ihr?«, rief die Mutter.

»Was seht Ihr in der Zukunft von meinem Sohn?«, fragte der Vater mit zitternder Stimme.

»Alles Mögliche sehe ich«, murmelte die Magierin, und das erschreckte Vater und Mutter Grillo, für die der Ausdruck »alles Mögliche« schlechte Nachrichten und Unglück bedeutete. Für die beiden Jungen jedoch verhieß »alles Mögliche« ein buntes Leben, bunt wie ein Regenbogen oder wie das Karussell, das zur Freude aller Kinder manchmal auch nach Gesso kam.

»Was heißt denn das, Donna Vittoria?«

Aber solch unumwundenen Fragen wich Donna Vittoria immer aus.

»Ich sehe Perlen auf Felsen, Propheten und Diebe, Hiebe und Zärtlichkeiten, Träume und Lehren, furchtbare Kriegsangst, Häuser, die sich bis in den Himmel schrauben, und Ställe, die schlimmer stinken als meine Schweine hier.«

Die Schweine bemerkten sehr wohl, dass es um sie ging, und ließen hinten wie vorne alles Mögliche heraus, und die Magierin, der dieser Gestank offensichtlich lästig fiel, fuhr fort: »Nur wer sein Leben verliert, findet es wieder. Die Sterne tragen keine Schuld, wir allein, wir selbst sind schuld, wenn wir ein Leben als Sklaven fristen. Freiheit fällt einem nicht einfach zu, Freiheit muss man sich erobern.«

Antonio hatte die ganze Zeit nichts gesagt, und nun, bei dem Wort »Freiheit«, fingen seine Wangen an zu glühen. Er setzte sich aufrecht hin und wartete gespannt auf weitere Ausführungen. Sein Blick fiel auf eine im Spinnennetz gefangene Motte, und auch er war gefangen, gefangen in den Worten der Magierin.

»Jungchen, alles Mögliche wirst du erleben, und das Dunkle, das wird für dich weiß, rosa und gelb sein, denn das entspricht deiner Natur. Du bist ein bisschen verträumt und ein bisschen wie ein Kind, wirst wohl immer so bleiben, wie eine Zwergpalme.«

»Werde ich mich verlieren?«

»Nur kleine Hunde fürchten, sich in der Welt zu verlieren, du aber bist kein kleiner Hund. Die Welt ist großzügig zu den Großzügigen. Wenn du Frieden willst, dann schweige mindestens eine Stunde täglich.«

»Aber welche Kriege werden mir begegnen?«

»Unendlich viele. Jeden Tag eine neue Schlacht. Wenn du jedoch das Leben jeden Tag mit Fantasie lebst, dann bist du vor Kriegen gefeit. Denn Kriege sind die Fäulnis des Lebens, und Fäulnis hat nur jemand im Kopf, der sein Leben nicht liebt.«

»Und wen werde ich treffen?«

Die Magierin blickte in die Sterne.

»Mehr Menschen als Sterne in deinem Leben in Amerika und auch auf der Reise dorthin. Wie viele Menschen trifft man in einem Leben. Und dann, ja dann …«

Alle hielten gespannt den Atem an, den Erwachsenen fiel bei diesem »Und dann, ja dann« sofort Mord und Totschlag ein. Die zwei Jungen hingegen dachten an Begegnungen mit ganz wunderbaren Menschen. Und während die Ziegenmilch immer noch in Richtung Gemüsegarten rann und man die Rufe der Eule in der Ferne hörte, sagte die Magierin: »Ich sehe, ich sehe, dass du Riesen begegnest, unglaublichen Riesen, guten wie schlechten. Wie merkwürdig du doch bist! Und eines Tages in Amerika triffst du den größten aller Riesen. Meine Güte, ist der riesig, dieser Riese, so einen habe ich noch nie gesehen, in meinem ganzen Leben noch nicht.«

Die Augen des Vaters waren weit aufgerissen, seine Hände zu Fäusten geballt. »Dieser Riese tut ihm doch nichts?«, stieß er angsterfüllt hervor.

»Anfangs schon, aber dann wirft Antonio ihn zu Boden. Dieses Jungchen ist mit allen Wassern gewaschen, er ist kein Tölpel, ganz und gar nicht. Armes Jungchen, unser Antonio ist ohne Mutter geboren, ist er, alle dachten, er wär ganz schwach, dabei ist er so stark.«

Donna Vittoria wandte sich ab, ihr Blick verlor sich im kobaltblauen Himmel. Schließlich rief sie ihre Tiere eins nach dem anderen zu sich. Streichelte hier und dort, patschte in die Wanne mit dem Tintenfisch, strich über einen Katzenkopf, zog dem Schweinchen zärtlich am Ohr und war mit den Gedanken schon ganz woanders.

Die Familie Grillo saß noch abwartend da, bis die Magierin mahnte: »Vergiss nich, das Grab deiner Mutter zu besuchen, bevor du fährst, Antonio. Und jetzt, husch, husch. Geht. Der Fuchs kommt, mir eine gute Nacht zu wünschen, aber nur, wenn er keine anderen Menschen sieht.«

Sie öffnete das Tor, band die abgenutzte Schnur auf, deren Enden im Wind baumelten. Die Kutschpferde scharrten schon unruhig mit den Hufen, und als der Vater den Tieren das Signal zur Abfahrt gab, sah die Familie einen roten Fuchs durch das Tor huschen, das sie gerade in entgegengesetzter Richtung durchquert hatten. Hühner und weiße Tauben flüchteten bei seinem Anblick, wie schöne Erinnerungen, wenn ein Ungeheuer kommt.

IV

Abschied von Lebenden und Toten

Wild schwirrten die Worte der Magierin in Antonios Kopf umher, er dachte an Riesen, einen, keinen, hunderttausend, die ihn durch die amerikanische Prärie hetzten, bis seine Lunge zu platzen drohte. Nach dem Besuch bei Donna Vittoria waren seine Vorstellungen bezüglich Amerika nicht mehr ganz so glänzend und süß, eine bittere Note hatte sich hineingeschlichen, vielleicht wie bei einem herben Honig. Diese neue Welt bestand für ihn nun nicht mehr nur aus Frauen mit samtigen Beinen, weiten Prärien, aus fässerweise Cognac und fröhlicher Gesellschaft. Sie wurde in seinem Kopf nun auch von Riesen bevölkert, von Blutlachen und Gewehren, Schlägereien, Weissagern und Scharlatanen, von Häusern, die bis in den Himmel reichten, und stinkenden Ställen, von Kriegen und schließlich dem riesigsten Riesen, den es je gegeben hatte.

Doch wie immer tröstete ihn ein Blick in den Himmel, in die seidige Nacht. Vor dem Schlafengehen blickte er auch noch einmal ins Tal hinunter, sah, wie es still im Mondlicht badete. Etwas weiter hinten lag das Meer, und über Stromboli glühte Feuer. Eine Kröte hüpfte auf das Fensterbrett, in ihrem schwimmenden Auge spiegelte sich der Mond, fand ganz in dem Augapfel Platz.

Er blickte diesen Mond an, der plötzlich so klein und nahe war, und als die Kröte wieder vom Fensterbrett hinunterhüpfte, verschwand auch der Mond, und Antonio fing an, die Sterne am Himmel zu zählen.

Aber je mehr er sich anstrengte, umso weniger wollte es gelingen. Wie viele Sterne, warum gibt es so viele?, fragte er sich. Alles ist möglich in meinem Leben, und doch gibt es etwas, das unmöglich ist. Der Mond findet im Auge einer Kröte Platz, doch drei Leben reichen nicht aus, um die Sterne zu zählen. So viele Sterne, die Tage in einem Menschenleben jedoch sind so wenige. Ich muss sie gut leben, meine Tage, und will nach den Sternen greifen, sagte er sich, denn jetzt bin ich zu allem bereit.

Auch für immer sein Tal zu verlassen, das Meer, sein Pferd und seine Lieben und die Feuer des Stromboli, denn woanders, in seinem neuen Leben, würde es andere Täler, andere Monde, andere Meere, andere Pferde geben. Er war bereit, von allem Abschied zu nehmen. Mit Herz und Kopf, von heute auf morgen.

Er schlief den sorglosen Schlaf eines Jungen von zwanzig Jahren, und als er wieder erwachte, dachte er: Heute nehme ich Abschied von den Toten. In den nächsten Tagen von den Lebenden. Und auch von all den Herrlichkeiten, die ich hier zurücklasse. Dann kann ich gehen.

Erst die Toten verabschieden.

Dann die Lebenden.

Dann die Herrlichkeiten ringsherum.

Und dann fortgehen.

Den ganzen Tag blieb er im Haus und ruhte sich aus, nicht etwa, weil er träge gewesen wäre, sondern um seine Gedanken zu ordnen. Sonne stahl sich durch die Ritzen der Fensterläden und schlich sich langsam wieder hinaus. Antonio wartete auf die Nacht, um zum Friedhof zu gehen. Lieber sprach er in der Nacht mit den Toten, ohne Menschen um sich herum, die mit Blumen in den Händen und Tränen auf den Wangen dastanden.

»Der Arme hier und die Arme dort, ruhe in Frieden … Die Zeit heilt alle Wunden … Er hat ein Vermögen hinterlassen, die Witwe kann's sich gut gehen lassen … Wie hat er doch im Leben gelitten, nun kann er ruhen … Nun findet sie endlich Frieden …«, und so weiter. Leere Worte. Auch das Geschwätz der Lebenden zwischen den Gräbern mochte er nicht.

Er sattelte sein Pferd, und los ging's.

Am nachtblauen Himmel zogen Raben und Störche ihre Kreise, der Weg führte über Stock und Stein, und Antonio versuchte, sich alles einzuprägen, jede Kleinigkeit, nichts zu vergessen, worauf sein Blick auch fiel.

Schwermütig aber war sein Blick nie, sondern leidenschaftlich und liebevoll.

Schwermut ist schwarz.

Leidenschaft leuchtet.

Schwermut und Leidenschaft vertragen sich nicht.

Wenn es das eine gibt, dann das andere nicht.

Voller Leidenschaft also betrachtete er die frischen Blätter der Feigenbäume, den Flug der Schwalben, die ersten Fliegen in der warmen Luft, die Schnecken, die nachts von den Wiesen auf die Straßen kriechen.

Alles wird schön, wunderschön, bevor man für immer fortgeht, Mond und Schnecken, sprechende Wesen und Tiere, Bruchsteinmauern und eingemachte Tomaten, Wäsche und Basilikum und Jasmin, kaputte Gläser und kahle Katzen, kleine und große Dinge. Geht man fort, dann lässt man alles zurück für eine andere Welt, in der es genauso viele kleine und große Dinge gibt, Mond und Schnecken.

Und wie er da so zum Friedhof ritt und versuchte, seine Gefühle zu ordnen und dabei die Schnecken nicht zu übersehen, verfing sich sein Blick in allem, was er zurücklassen würde; Sträucher und Lavendelblüten, Ginsterknospen, hüpfende Wildkaninchen.

Er kletterte nicht über das von einer Kette verschlossene Haupttor, sondern über ein von Zypressen verborgenes seitliches, das niemand je öffnete, nur die Totengräber mit Leichenwagen und Särgen. Dieses vor den Blicken der Dorfgemeinschaft verborgene Tor befand sich am Ende einer scharf in den Berg geschnittenen Seitenstraße inmitten von Maulbeerbäumen und alten Weingärten. Das Tor war hoch, mit Eisenspitzen obendrauf, und um auf die andere Seite zu gelangen, kletterte er auf die Begrenzungsmauer, lief über den hohen schmalen Rand, bekam dann den Eisenpfosten des Tors zu fassen, schwang sich an ihm hinüber und fiel schließlich auf die Wiese zu Füßen der Gräber, die ihm so viel bedeuteten.

Es war Ende März 1923, und der violette Himmel über ihm war voller Fledermäuse. Der Mond tauchte die Wolken in schillerndes Licht, und der Schirokko wehte ganz sanft.

Er lief an alten und neuen Gräbern vorbei, der Marmor der neuen Grabplatten war noch weiß, und Blumen standen davor, an den alten wucherte dunkelgrünes Moos, und die Totennamen waren verwittert.

Ihm war, als sehe er am Himmel ein grünes Licht aufblitzen, wie eine Sternschnuppe, deren Licht kürzer blinkt als ein Aufseufzen.

Ich bin hier wirklich nur von Toten umgeben, was bin ich froh, dass ich lebe, sagte er sich. In der Ferne war das *Schu-hu* zweier Eulen zu hören.

Vor zwei uralten Zypressen im oberen Teil des Friedhofs hatte er einen guten Blick über die Gräber.

Wohin zuerst gehen? Zu seiner Mutter oder zu seinem im Krieg gefallenen Freund?

Von ihnen wollte er Abschied nehmen, bevor er fortging, sonst von niemandem, die anderen bedeuteten ihm nicht viel.

Am Grab seiner Mutter verspürte er einen süßen Schmerz, bei seinem Freund, den der Krieg dahingerafft hatte, nur Wut.

Er beschloss, erst zu seiner Mutter zu gehen, Filippa D'Agostino, am 26. April 1875 geboren, verstorben am 21. März 1903, nachdem sie ihn in der Nacht auf die Welt gebracht hatte. Kein Kuss, nicht ein Tropfen Milch aus ihrer Brust, nichts. Unendlich traurig.

Wenn etwas unendlich traurig ist, dann geht es nicht vorbei. Niemals.

Sie hatte ihn nicht einmal in den Arm nehmen können, zu rasch war sie im Reich der Finsternis verschwunden.

Manchmal ist das Leben so eisig kalt.

Man kann schreckliche Sehnsucht haben nach jemandem, den man gar nicht kennt.

Wenn er die Hand auf die marmorne Grabplatte legte, dann war es, als betrete er eine eisige Grotte, er weinte nie, keine einzige Träne. Er hatte ohne seine Mutter leben müssen, sie waren beide ihrer Wege gegangen; Antonios Weg ging durch die Sonne, der seiner Mutter unter die Erde.

Wie erklärt man einem Kind, dass die Mutter tot ist, für immer tot? Ohne Mutter ist jeder auf immer verlassen. Am Grab sagte er ein paar Worte, berührte die Grabplatte, so gehörte es sich, und schon war er wieder weg.

Manche sagen, die Toten sind in den Gräbern.

Manche sagen, die Toten sind überall.

Jene Nacht war die Nacht des Abschieds.

»Mamma, ich verlasse das Leben hier in Gesso, ich gehe für immer weg, weg von diesem kalten Grab, wir werden uns nicht mehr sehen … Aber sei's drum, wir haben uns noch nie gesehen, nie gesprochen, nie berührt, du bist ohne Abschiedsgruß verschwunden. Manche sagen, dass du immer bei mir bist, aber ich glaube das nicht. Manche sagen, dass eine Mutter niemals ihre Kinder verlässt. Ich weiß eigentlich nichts über mich, ich weiß nur, dass ich weg will aus Sizilien, ich fühle mich hier wie auf einem treibenden Floß. Ich bin auf der Suche nach einem anderen Horizont, anderen Gesichtern, das Leben hier im Dorf ist immer gleich. Wenn sich das Leben nicht ändert, dann muss man selbst es ändern.«

Nebelhauch stieg von der feuchten Erde auf, die Fledermäuse hatten sich verkrochen, es war tiefe Nacht. Er meinte, einen Schatten zwischen den Zypressen zu erkennen, und schrak auf. Vielleicht ein Fuchs, dachte er und ließ ihn links oder eher rechts liegen, ehe er weiterschwankte an den Gräbern entlang, betrunken nicht von Wein, sondern von Schmerz.

Unten stand seine Stute und wieherte, die Wolken türmten sich auf wie ein ungemachtes Bett, und Antonio ging zwischen den Gräbern umher und trat herumliegende Marmorstücke zur Seite. All die ruhigen Seelen schwiegen und hörten weder das Froschquaken noch das Weinen von Antonio, der wie gebannt vor dem Grab seines besten Freundes stehen blieb. Sein bester Freund, im Krieg gefallen. Die eingravierten Buchstaben glänzten noch, denn Ignazio La Rosa war erst vor sechs Jahren, 1917, im Krieg gestorben.

Auf der Grabplatte war ein ovales Foto hinter Glas angebracht, auf dem er lächelte, ein Bajonett im Arm. Das Bild war, kurz nachdem er sich gemeldet hatte, in Messina aufgenommen worden, vor dem Zug, der ihn an die Front bringen sollte. Der Dampf der Lokomotive zerwühlte seine schwarzen Locken. Erstarrt in einem glücklichen Moment, die Augen voller Zuversicht.

Antonio hingegen, wie er da vor dem Grab stand, wirkte alles andere als zuversichtlich. Sein Gesicht war tränenüberströmt und die Hände erdverkrustet, weil er eben noch das Unkraut neben dem Grab ausgerupft hatte.

Folgendes sagte er zu seinem Freund, der im Krieg gefallen war: »Warum stirbt jemand mit achtzehn Jahren? Du warst schöner als ein normannischer Kaiser, und dann kriegst du zehn Kugeln in die Brust …« Er weinte.

Dann hob er den Kopf gen Himmel. »Wenn es einen Gott gibt, dann soll er mir mal erklären, warum ein Junge im Krieg sterben muss. Zehn Kugeln in die Brust am 24. März 1917, so ein furchtbarer Tag. Hier auf Sizilien war gar kein Krieg, du bist in den Krieg im Karst gezogen. Warum hast du das getan, du Dummkopf? Wenn du hiergeblieben wärst, dann wärst du nicht tot, warum musstest du unbedingt in den Krieg ziehen, und das auch noch freiwillig? Du hast den Tod ja förmlich gesucht, nicht der

Tod war's, der dich gesucht hat. Den Tod sollte man nicht suchen. Man sollte fortgehen aus Gesso, um das Leben zu suchen, nicht den Tod. Du hast ein so großes Herz gehabt, hast mich immer beschützt vor den Schlägen der größeren Kinder, weißt du noch? Jetzt muss ich allein zurechtkommen, niemand beschützt mich mehr. Und zehn Pferde und zehn Kinder wolltest du haben, weißt du noch? Und dann hast du zehn Kugeln in die Brust gekriegt. Schöne Geschichte. Was hast du davon gehabt, in den Krieg zu ziehen? Du warst so jung und stark, und jetzt bist du tot. Du hast Granita getrunken wie nichts, und jetzt gibt's für dich nur noch Würmer und Erde, von wegen Granita. Es kann keinen Grund geben, in den Krieg zu ziehen.«

Ein Rabe landete auf einem Grab neben dem des toten Freundes. Auch in diesem Grab lag ein toter Soldat, und der Rabe hüpfte darauf herum und jagte Fliegen, und wie er so lärmte und krächzte, hörte es sich an wie Gelächter.

Wenn man jung ist, lacht man viel, dachte Antonio Grillo, aber wenn man alt ist, dann lacht man nicht mehr so viel, nach zwei, drei, vier Toten, da vergeht einem das Lachen. Ich erinnere mich nicht, jemals einen alten Menschen gesehen zu haben, der sich vor Lachen ausschüttete. Und er lief weiter über den Friedhof.

So viele Gräber.

So viele Leben darin.

So viele Leben, so viele Gräber.

Er lief an den Gräbern vorbei, von denen jedes seine eigene Geschichte hatte.

Da war es ihm, als höre er eine Stimme zwischen den beiden Zypressen, die sich am Fleisch der Toten nährten. »Wer bist du, der da zwischen den Toten wandelt?«

Seine Knie wurden weich, und er ließ Raben und friedlose Seelen zurück und beschloss, sich auf den Heimweg zu machen.

Er sprang auf Auroras Rücken, und gemeinsam flogen sie los, mit heißem Blut ging es durch die Weinberge mit den frischen

Blättern, die Mispelbäume mit den reifenden Früchten und dem Blütenstaub der Olivenbäume in der Luft.

Zu Hause erwartete ihn die Katze Cleo zwischen den Laken. Antonio schlummerte gerade ein, als sein Bruder Placido sagte: »Hör auf, mit den Toten zu reden. Jemand, der lebendig ist, sollte auch mit anderen Lebendigen reden.«

Träume senkten sich über die Brüder herab, beide träumten von einem atemlosen Pferderitt, einer in der amerikanischen Prärie, der andere in Richtung Ätna.

Am nächsten Morgen lag der letzte Brief von Ignazio aus dem Krieg auf dem Tisch. Dort stand:

> Ich sitze unter einem Baum voller roter Kirschen, und bevor ihr diesen Brief bekommt, habe ich sie schon alle aufgegessen.

Das hatte er vor seinem Tod geschrieben, während Kugeln über seinen Kopf im Schützengraben hinwegschwirrten.

Eine Cousine von Antonio, Daria, hatte zu Hause einen ganz ähnlichen Brief:

> Ich sitze unter einem Baum voller roter Kirschen, die gleich alle in meinen Bauch wandern.

Er hatte die Kugeln »rote Kirschen« genannt, um die Zensur zu umgehen. Von der Front durften keine Worte von Soldaten kommen, denen der Tod im Nacken saß, nur von solchen, die glücklich waren, für ihre Heimat sterben zu dürfen.

Der Brief ging also durch die Zensur und gelangte langsam von der österreichischen Front nach Sizilien, und die Verwandten begriffen sofort, dass »rote Kirschen« eigentlich Kugeln waren und dies Ignazios letzter Brief. Die Nachricht von seinem Tod erreichte die Familie eine Woche nach dem Brief mit den roten Kirschen.

Zwei unbewaffnete Soldaten marschierten feierlich durch das

stille Dorf, dann das Klopfen an die Tür seiner Eltern, das unterdrückte Weinen des Vaters, der verzweifelte Schrei der Mutter.

Die üblichen Worte über Ehre und Tod: »Es ist rühmlich und ehrenvoll, für die Heimat zu sterben.«

Eine Woche später wurde Ignazios Leiche überführt. Oder das, was von ihm übrig war.

Sie öffneten den Sarg, die Verwesung hatte schon eingesetzt, die Beine waren blau, sein schönes Lächeln nur noch die Grimasse zweier Reihen gelber Zähne. Die Hände verkrallt wie eine ins Feuer geworfene Spinne. Und dann seine Brust, seine von Kugeln, die er »rote Kirschen« genannt hatte, durchlöcherte Brust. Unter Tränen zählte Antonio zehn Wunden, zehn klaffende Wunden in dieser Brust, in der einst so viele schöne Worte gewohnt hatten. Das von diesen zehn Schüssen hervorgerufene Blut war nicht mehr rot, sondern schwarz und hatte auf jedem dieser wenigstens einen Finger tiefen Löcher dicke Krusten gebildet. Die Leiche war zusammengekauert wie ein Kind in der Wiege, sodass sie an der Front einen breiteren Sarg als üblich hatten zimmern müssen, mit einem schwarzen Kreuz auf dem Deckel und zugenagelt mit in Schützengräben gefundenen alten Nägeln. Das Holz war dunkel, ebenso wie die Ränder unter seinen Augen, an denen sich die Fliegen schon gütlich getan hatten.

Oh weh, einen Toten ansehen, den der Tod schon entstellt hatte.

Die erste Leiche vergisst man niemals.

Auch wenn man noch weitere sehen wird; die erste vergisst man nicht. Sie nistet sich auf immer im Kopf ein.

Man kann auch nicht den Blick abwenden.

Als er seinen vom Krieg zerfetzten Freund ansah, konnte Antonio sich nicht bewegen, versteinerte, seine Tränen versiegten, und dann war da nur noch diese eisige Kälte in ihm.

Sie legten dem Toten ein Heiligenbildchen von Antonio Abate in die spinnenartig verkrampften Hände und breiteten ein besticktes Leinenlaken über ihn, nagelten den Deckel mit Hammerschlägen zu und trugen den Sarg auf ihren Schultern zum Friedhof.

Und als Padre Luvarà zur schweigenden Menge sprach: »Christus ist am Kreuz gestorben, Ignazio im Krieg, der Krieg ist das neue Kreuz der Christen«, da, genau in diesem Moment bei dem Wort »Krieg«, befiel Antonio ein starker Brechreiz, und dieser Brechreiz blieb.

Hörte er das Wort »Krieg«, wurde er bleich und wandte sich ab. Der Krieg hatte ihm seinen besten Freund genommen, den Einzigen, der ihn liebte und ihn vor den Ungerechtigkeiten der Welt beschützte.

An jenem Tag schloss er mit dem Krieg ab.

Einen ganzen Monat lang hatte er sich elend gefühlt und geglaubt, wahnsinnig zu werden. Er lag im Bett, weinte in der Nacht leise vor sich hin.

Die Leichtigkeit der jungen Jahre war mit dem Tod des Freundes verflogen, da war Antonio gerade einmal vierzehn Jahre alt. Früher oder später ist jede Kindheit vorbei, doch es kommt den meisten so vor, als verschwände sie Stück für Stück. Antonios Kindheit hingegen verschwand genau mit dem Tod seines Freundes im Krieg.

Seit jenem Tag hasste er den Krieg und die, die ihn führten.

Warum sollte er noch in Gesso bleiben? Wo doch sein bester Freund im Krieg gestorben war.

Dies gehörte mit zu den Gründen, die ihn zum Aufbruch drängten.

Nach der Beerdigung hatte er sich in seine Laken gewickelt wie eine Raupe im Todeskampf, wollte nicht mehr essen und nicht mehr trinken und mit niemandem sprechen, bis er eines Tages eine Frauenstimme unten auf dem Weg singen hörte.

Die Frau hieß Rosa Di Maggio, sie hatte rosa Lippen, und auch ihr Kleid war rosa. Das war ihr Stil, ziemlich auffällig, denn sie war anders als alle anderen, sie war die Dorfdirne. Diese Kunst hatte sie in Palermo bei einer Cousine aus Turin erlernt, und in Gesso musste sie sich regelrecht verstecken, weil sich ein Erzbischof in sie verliebt hatte und sie ständig verfolgte. Sie lebte abgeschieden in einem rosa Haus, einige mochten sie, aber die meisten mieden sie wie die Pest.

An jenem Tag sang Rosa unter seinem Fenster. Man hatte ihr gesagt, dass da ein Junge halb tot vor Schmerz liege, weil sein Freund im Krieg gefallen war. Rosa war eine herzensgute Frau, die es gern sah, wenn alle glücklich waren, Verzweiflung konnte sie nicht leiden. Also sang und sang sie ein altes Liebeslied unter dem Fenster. So schön sang sie, dass Antonio aufstand, zum Fenster ging und hinuntersah.

»Was machst du da?«, erkundigte er sich.

»Das hörst du doch, ich singe«, erwiderte sie.

»Und warum singst du?«

»Um dich ein wenig aufzuheitern, du bist ja zu Tode betrübt«, antwortete sie, und flinker als eine Katze war sie auch schon in seiner Kammer, und noch flinker zog sie sich aus. Sie hatte pralle Brüste, und etwas so Schönes hatte Antonio noch nie gesehen. Ihre Hüften sahen aus wie der Stromboli höchstpersönlich, und das sagte er ihr auch, und da wurde Rosa fast ein bisschen böse, denn sie hatte schon alles Mögliche zu hören bekommen, aber Hüften wie ein Vulkan, also wirklich, und sie zog eine Schnute. Um sie wieder aufzuheitern, gab Antonio ihr einen Kuss auf die Wange, sie ihm einen auf den Mund und immer so weiter, Kuss für Kuss, und so kam er wieder zu Kräften. Sie war die erste Frau für ihn, und wie den ersten Toten vergisst man auch die erste Frau nicht.

Die Wärme seiner Küsse noch auf der Haut sagte sie an jenem Tag: »Liebster, wir sind wie Glühwürmchen, wir leben nur einen Sommer lang. Der Tod hat uns schon durchdrungen. Hör auf mich, es ist besser, sich zu lieben, als Trübsal zu blasen.«

Dem stimmte er zu und gab ihr hundert und aberhundert Küsse.

In jener Nacht fing er wieder an zu leben, aber in einer Ecke seines Kopfes blieb der Anblick des im Krieg gefallenen Freundes und seiner Hände, die verkrallt waren wie eine ins Feuer geworfene Spinne.

Er war erst vierzehn Jahre alt, begriff jedoch, dass jeder mit den Lebenden und den Toten auskommen muss. Und wenn du von jemand Lebendigem mit Küssen bedeckt wirst, dann ist das allemal besser.

V

Zu Pferd auf der Suche nach Wundern und das Billett in die Freiheit

Antonio hatte sich schon immer gefragt, ob wohl auch Placido Rosa Di Maggio manchmal besuchte, aber sein Bruder war sehr zurückhaltend. Sicher, Antonio mochte ihn, aber besonders vertraut waren sie nicht miteinander. Unzertrennlich, das ja, doch mit viel Abstand.

Am Abend wartete Placido oft auf Antonio, und er schlief erst ein, wenn der Geruch seines Bruders das Zimmer erfüllte. Wenn Antonio kam, fragte Placido: »Alles gut?«, und Antonio antwortete: »Herrlich, ganz wunderbar«, ohne darauf einzugehen, was genau denn so herrlich und wunderbar gewesen sei.

Sie fühlten sich verbunden, doch sie waren sehr unterschiedlich, wie alle Geschwister auf der Welt.

Der eine liebte das Meer, der andere die Berge.

Antonios Augen waren blau, Placidos braun. Antonios Brauen zwei schmale Bögen, Placido wuchs ein ganzes Dickicht über den Augen. Einer war kräftig, der andere weniger. Die beiden Jungen lebten das gleiche Leben, doch die Lichter des einen waren die Schatten des anderen.

»Ich will nicht, dass du uns verlässt, aber ich muss dich gehen lassen. Einen Arm würde ich geben, damit du in Gesso bleibst, aber ich gäbe zwei, um dich glücklich zu sehen«, beteuerte Placido am Morgen auf der Terrasse unter einem lauen Frühlingshimmel.

»Ich will fort, aber der süße Vorgeschmack der Reise kann bitter werden, wenn du nicht bei mir bist. Denn wer holt mich aus den Wolken, aus meinen Luftschlössern, um das Korn auszusäen?

Wer zeigt mir, wie man Schnüre von Knoten befreit und Nächte von Ängsten? Ohne dich bin ich so hilflos.«

»Ohne dich kann ich nicht froh sein.«

»Geh zu Rosa Di Maggio, die nimmt dir noch das letzte bisschen Schwermut.«

»Oben in den Bergen von Gesso löst sich ein Stück von einem schönen runden Hügel ab. Wenn du nach Amerika gehst, dann werde ich mich genau so fühlen; als würde ich in tiefste Tiefen stürzen«, murmelte am Morgen der noch unrasierte Placido.

»Du gehst an Bord eines Schiffs und kommst mir nach, ich hole dich am Hafen in New York ab, und alles ist gut«, versicherte Antonio.

»Hast du überhaupt eine Fahrkarte?«, erkundigte sich Placido. Aber Antonio blickte nur in die Wolken und auf das Meer.

»Du bist wirklich ein unverbesserlicher Träumer«, stellte Placido fest. »Komm, bevor du fährst, lass uns die Pferde nehmen und noch mal alle Herrlichkeiten besuchen. Du solltest sie dir gut einprägen, bevor du das alles hier verlässt. Komm, wir verabschieden uns vom Meer.«

»In Amerika gibt es auch Meer.«

»Aber es ist nicht dasselbe Meer.«

»Natürlich ist es das.«

»Das werden wir ja sehen«, winkte Placido ab und gab Audacio die Sporen.

Antonio nahm Aurora, saß auf und folgte mit lockeren Zügeln. Gemächlich, denn so wollte es die Stute.

Stolz ritt Placido auf Audacio vorneweg, Antonio folgte verträumt auf Aurora.

Audacio trabte, wohin sein Reiter wollte.

Aurora bestimmte den Weg selbst.

Wenn Placido morgens aufwachte, dann packte ihn sofort der Ehrgeiz, er wollte der Beste sein, jeden Tag, und das war schon immer so gewesen. Er war tatendurstig und hätte am liebsten alle gerüttelt und geschüttelt, die es nicht waren. Und tatendurstig galoppierte er auch durch das Dorf. Selbstsicher musterte er die Häuser.

»Es geht mir gut, ich habe alles, was ich will, mehr brauche ich nicht«, das strahlte sein ganzes Wesen aus, unausgesprochen.

Von zu Hause aus ritten sie hinunter zur Burg, die Brüder kannten jeden Stein auf dem Weg. Die Bruchsteinmauern, den wilden Spargel, die von Bienen bevölkerte Burg, den Kohlgarten, die Einfassungen mit Lavendel, Minze, Salbei und Rosmarin, die Blumen, die ihre winterlichen Hüllen von sich warfen. Die Veilchen fingen schon an zu blühen, und die ersten Schmetterlinge flogen tief. Die weißen Köpfe der Callas neigten sich dem Boden entgegen, und die Aprikosen trachteten nach Sonne, um endlich zu reifen. Ein Rudel Kater strich um eine rollige Katze herum, die grünlich schimmerte. Raupen hatten die Blätter der Pfirsichbäume zerknittert, die Apfelbäume zeigten erste Knospen, die Olivenbäume waren geschmückt mit reichlich zartgelben Blüten, die üppiges Öl für das Jahr versprachen.

Weil den Brüdern diese Landschaft schon bis ins Kleinste vertraut war, mussten sie hier nicht noch einmal durchreiten. Jede noch so kleine Ecke war wie eine Liebkosung, etwas Gutes und Liebevolles, das immer da ist, sommers wie winters, und wohltut.

Wenn sie hier auf dem Land waren, überkamen sie tiefer Friede und Lebenskraft.

Diese Landschaft war einfach da, Punkt. Wie die Sonne.

Man fügt sich in die Landschaft ein, lebt mit ihr.

Und die Sonne steht am Himmel. Immer.

Manchmal streckte Antonio sich auf der Erde aus.

Dann fühlte er sich eins mit ihr.

Sie mussten also nicht noch einmal dort durchreiten, denn auf dem Land war es immer gleich schön, nichts hatte sich verändert, jeder Ameisenhügel, jede neue und jede alte Rebe war ihnen in Fleisch und Blut übergegangen. Nicht einmal zum Friedhof mussten sie, denn für Placido war es besser, bei den Lebenden zu sein als bei den Toten, auch wenn die Lebenden einem den letzten Nerv raubten.

»Auf dem Friedhof treiben sich die Seelen der Toten ohnehin nicht herum, eher zwischen Bäumen, Blättern, in Schränken, Häusern und Blumen. Auf dem Friedhof gibt's nur morsche Knochen«, behauptete er.

Die Brüder ritten geradewegs auf das Dorf zu, das ihr erstes Ziel in Sachen Herrlichkeiten war. Alle Menschen dort wollten sie grüßen, wenn auch nur mit einem kurzen Winken oder Kopfnicken.

Die Steinhäuser mit den Geranien vor den Fenstern kannten sie alle; die der Bauern klein, mit einem Maultier unten drin, die der Signori groß und mit Ställen und Kutschen davor, und auch die Geschichten darin kannten sie gut, auch die von früher. Etwa die Geschichte der Hauptkirche mit der Glocke, die einem in den Ohren dröhnte und im ganzen Tal zu hören war, wenn sie die Stunden schlug. Ein altes Bild hing dort, das ein Ahne der Grillos gestiftet hatte. Unter dem Bild, das den Kindermord von Bethlehem darstellte und zeigte, wie Furcht einflößende Männer Säuglingen die Kehle durchschnitten und verzweifelte Mütter sich die Haare rauften, stand auch tatsächlich geschrieben:

Dieses Bild wurde 1716 gestiftet von Antonio Grillo, geachtet wie ein Baron, in Erinnerung an seine ehrenvolle Familie.

»Und was findest du an diesem Bild schön?«, fragte Antonio.

»Wir, die Grillos, einst aus Spanien gekommen, sind seit vielen Jahren hier …«

»Na, wenn schon. Was mich betrifft, verspreche ich dir, dass ich irgendeiner Kirche in Amerika ein Bild schenken werde, aber nicht so ein trauriges, sondern eines mit dem irdischen Paradies drauf.«

»Gesso ist für mich ein Paradies, ein verzaubertes Paradies«, erwiderte Placido und blickte in die Wolken über den Dächern.

»Was sind das für wunderbare Dinge, die du hier in Gesso

siehst? Lieber Bruder, du zeigst mir nur die immer gleichen Gesichter und Häuser, langweilt dich das alles nicht zu Tode? Immer und immer dasselbe – zum Verrücktwerden ist das. Wenn ich noch einen Monat länger hierbleiben muss, gehe ich ein, ich brauche einen neuen Horizont. Du fühlst dich hier wie ein König, aber um herauszubekommen, ob du wirklich einer bist, musst du hier weg. Mit zwanzig kann man nicht bleiben, wo man ist, und Wurzeln schlagen.«

Placido seufzte. »Versprich mir, dass du mir schreibst, mein Bruder. Versprich mir, dass du mich einlädst in dein neues Zuhause, eines mit rotem Dach mitten in der Prärie.«

Antonio lachte. »Natürlich, lieber Bruder, ich schreibe dir jede Woche, und sobald ich kann, schicke ich dir eine Schiffskarte.«

»Erst musst du eine Schiffskarte für dich selbst besorgen.«

»Das mache ich morgen, lass uns erst mal das Meer grüßen«, erwiderte Antonio.

Das Meer lag leuchtend blau und still da, die Liparischen Inseln waren am Horizont aufgereiht wie Juwelen in einem Schaufenster. Antonio sah zu, wie die lichten Wolken langsam weiterzogen.

»Siehst du, lieber Bruder, wie die Wolken weiterziehen, ohne jemals um Erlaubnis zu fragen, ohne um Entschuldigung zu bitten? Niemals stehen sie still. So wie wir. Begreifst du denn nicht, dass auch Menschen immer in Bewegung sind und nicht einfach nur zu Hause hocken bleiben? Sie stehen nie still, wie Sternenstaub. Wir alle sind immer in Bewegung, Menschen und Sterne, bis zum Ende der Welt. Sogar Mäuse wollen immer weiter und bleiben nicht stehen, obwohl sie doch so kurze Beine haben, und wir wollen erst recht immer weiter, wo unsere Beine doch lang sind. So sehe ich das.«

Sie ritten aufs Meer zu, und die Pferde waren hellauf begeistert, denn der Weg von Gesso zum Meer führt bergab, und sie liefen leichtfüßig darauf zu. Über Straßen und Wege ging es hinunter bis zu den Wellen und dann den einst von Piraten erschaffenen Strand entlang, dessen Sand fein war wie Mehl. Am Ufer tummelten sich temperamentvolle Wildpferde, die dem Wind trotzten.

Die Brüder trabten auf Aurora und Audacio durch das Wasser. Von ihren Sätteln aus sahen Antonio und Placido einen Schwarm Delfine, der sich rasch dem Ufer näherte, und weiter hinten ein Boot, das einsam in den Wellen schaukelte wie eine Nussschale. Die Delfine sprangen hoch, ihre Rückenflossen glänzten in der Sonne, und dann tummelten sie sich wieder wie ein unauflösbarer Knoten. Blau und azurn flitzten sie mit ihren Silberflossen durchs Wasser. In ihrer Mitte erahnte man etwas Undefinierbares, das sie mit den Köpfen vorwärtsstießen und vorantrieben.

Am Ufer hörte man das Weinen einer Frau, sie war barfuß und ihr Haar unordentlich, schön war sie, wenn auch übermäßig sonnengegerbt. »Liebster Mann, mein Liebster, was is denn bloß gewesen aufm Meer, du warst doch so lang Fischer, warst du doch … Das Boot, das Boot …«

Die Brüder sahen, dass das Boot umgekippt war und die Delfine etwas oder jemanden in ihrer Mitte hatten, und zwischen Sprüngen und Flossen konnte man mal einen Arm, mal einen Fuß hervorblitzen sehen. Wie ein totes Blatt trieb der Mann auf dem Wasser, umringt von den Delfinen, die ihn zur Küste schubsten und stießen, und wenn es einem von ihnen zu anstrengend wurde, den Mann vorwärts zu bugsieren, dann löste ein anderer ihn ab.

So brachten nun also die Delfine den Mann ans Ufer.

Die Frau hörte nicht auf zu weinen und rief alle Heiligen und die Madonna höchstpersönlich an und schluchzte laut den Namen ihres Mannes.

»Nino, Nino, mein Liebster … immer warst du aufm Meer, immer, und das Meer hat uns gegeben, was wir gebraucht ham, und jetzt zieht's dich in die Tiefe, und die Delfine bringen dich heim, ihr heiligen Delfine aus dem Paradies und diesem höllischen Leben, ich danke euch …«

Erst erschien der Kopf, dann Beine und Arme, wie Ringe an

einer Kette schleppten die Delfine den halb toten Fischer an den Strand. Sie schubsten ihn ganz nah ans Ufer, und dort nahm die Frau ihn tränenüberströmt in die Arme.

Sie umschlang ihn wie einen Säugling, seine Augen waren noch geschlossen, aber er atmete, sein Hals schlenkerte hin und her wie ein Pendel. Schließlich spie er Wasser aus, dann öffnete er die Augen.

Erst blickte er die Frau an, dann die beiden Männer auf ihren Pferden und schließlich dankbar den Delfinschwarm, der sich rasch wieder vom Ufer entfernte. »In meinem ganzen Leben war dieser Tag, an dem ich gekentert bin, der allerbeste. Nur wenn einer fast umkommt, wird ihm klar, wie schön das Leben is. Jeden Tag hab ich mich über die Mühen in meim Leben beschwert, und jetzt, wo ich fast ertrunken bin, wird mir klar, was fürn schönes Leben ich hab.«

Weinend berührte der Fischer die Flosse des letzten Delfins, der schließlich den anderen aufs weite Meer hinaus folgte.

Die Nacht brach wie immer schnell herein, die Delfine schwammen dem Mond entgegen, und die beiden Brüder, die für heute genug von Land und Meer gesehen hatten, machten sich auf den Nachhauseweg. Die Pferde trotteten langsam den Weg hinauf, gestärkt von den schwarzen Karuben, den Früchten des Johannisbrotbaums, welche die Brüder ihnen gaben. Hell schimmerten ihre Zähne im Mondlicht, wie sie so kauten, um dann mit neuer Kraft weiterzutraben.

Auch mit den Hoffnungen der beiden Jungen ging es steil bergauf.

Placido wollte neue Bäume pflanzen auf dem Land und eine Familie gründen. Antonio dachte an seine lange Seereise, an Abenteuer mit Frauen und an Heldentaten, an die Trinksprüche bei seiner Ankunft, an den Champagner, den es in Amerika anstatt Ziegenmilch geben würde. Alles wurde riesig in seiner Vorstellung, und er sah einen Ballon, der ihn vom Hafen in New York bis nach

Nevada brachte, tägliche Massagen, dampfende Lokomotiven und weiße, wolkige Matratzen ohne Knubbel darin.

Jeder hing seinen eigenen Gedanken nach, und so gelangten sie schließlich nach Hause – die Pferde erschöpft davon, die Jungen vom Hügel zum Meer und vom Meer zum Hügel getragen zu haben, und die Jungen rammdösig vom vielen Nachdenken.

Vater und Mutter mit blitzenden Augen wartend auf dem Balkon. »Ihr Lümpel, ihr Tölpiane, um diese Uhrzeit kommt ihr nach Haus?«

Placido senkte beschämt den Blick – die Schelte demütigte ihn, sie waren doch schon zwanzig Jahre alt, was sollte das hier? Antonio hingegen hob die Augen zu den Sternen, die kleiner waren als die auf der amerikanischen Flagge. »Fort von hier, ich will frei sein.«

»Was hältst du von all den Herrlichkeiten, die wir heute gesehen haben?«, wollte Placido vor dem Einschlafen wissen. »Unser Land, das Dorf, das Bild unserer Vorfahren und der Ritt zum Meer, die Delfine …«

»Herrlichkeiten gibt es überall, auch auf dem Boden eines Glases. Man muss sie nur sehen«, erwiderte Antonio.

»Du bist wie ein wildes Pferd«, bemerkte Placido.

»Und du wie ein gezähmtes«, erwiderte Antonio.

Am nächsten Morgen wetteiferte der Duft der Freesien mit dem der Frittelle, und die Mutter brummelte: »Auf Reisen gehen, ja, ja, träumen …«, und briet Knoblauch an.

Antonios Nasenflügel standen in Flammen. Da fiel ihm ein, dass er ja noch immer keine Schiffskarte hatte, und hastig stürzte er die Treppe hinunter.

Der Gedanke an die Reise brannte wie Feuer in ihm.

Alles in ihm pulsierte für Amerika, Brust, Kopf, Fantasie, nur dieses farbige Stück Papier fehlte noch, und dann stünde seiner Reise nichts mehr im Wege.

Das war seine Art; erst träumte er, dann schritt er zur Tat.

Manche schreiten gleich zur Tat, ohne zu träumen.

Wenige träumen nur und schreiten nie zur Tat.

Mutter und Vater waren gegen die Reise, aber sein Bruder Placido hielt zu ihm, und nun musste er die Fahrkarte besorgen, einfache Fahrt: zweitausend Lire.

Wo sollte er eine solche Summe auftreiben?

Seine Ersparnisse beliefen sich auf zweihundert Lire.

»Lieber Bruder, ich kann dir nicht das Geld geben, aber ich kann dir helfen. Sag mir, was du vorhast«, bat Placido mit einem Gläschen Amarena in der Hand.

Antonio blickte ihn nur verträumt an. Wenn irgendetwas Ernstes anstand, dann trugen ihn seine Gedanken woanders hin, das war schon immer so gewesen, und es war seine Art, Kraft zu schöpfen. Eine halbe Stunde Gedankenreise reichte, dann war sein Kopf wieder klar und er zum Handeln bereit.

In Gedanken sah er dieses riesige Schiff, bereit für die unendliche See. Ja, dort an Bord gehen, an Bord des Schiffes, das er sich groß wie eine Stadt vorstellte, mit Salons voll verspiegelter Wände und verspiegeltem, blitzeblankem Fußboden. Stapelweise Sandwiches würde es geben, dünnes Brot mit Fleisch und Soße drinnen, viel feiner als das dunkle Brot aus Sizilien, das beim Essen zwischen den Zähnen knirschte, weil Steinchen oder ganze Körner hineingeraten waren. Oh ja, amerikanisches Weißbrot. Und erst die Passagiere; alles gebildete Männer, feine Signori, die Frauen mit duftigen Schleiern und die Männer mit Panamahüten, damit ihnen auf Deck nicht die Sonne auf den Kopf brannte, wenn das Schiff durch die Wellen schnitt wie ein Messer durch weiche Butter. Und Butter, ja, in Amerika ist auch die Butter hell, nicht zitronig-gelb wie auf Sizilien.

So fing er wieder an zu träumen, trunken in seiner Vorfreude, doch wie sollte er zweitausend Lire für die Reise auftreiben, wann und wo? Um noch tausendachthundert Lire zusammenzukratzen, musste man eine Menge Steine spalten und Gips gewinnen und

Erde umgraben und Mauern errichten und Säcke voller Trauben schleppen, und das alles mindestens drei Jahre lang.

Nein, viel zu anstrengend, und vor allem viel zu lang.

Träume muss man verwirklichen, wenn sie frisch sind, nicht kalt und abgestanden. Er wollte nicht mit dreißig, vierzig oder, schlimmer noch, mit fünfzig nach Amerika.

Er wollte sofort und jetzt die Luft auf dem weiten Ozean einatmen.

Während er durch seine Träume glitt wie am Tag zuvor die Delfine durch das Meer, ließen sich die beiden weißen Gänse zu seinen Füßen nieder.

»Ihr schönen Gänse, helft mir doch … Liebe Gänse, ihr seid immer so zufrieden, nicht wie die Menschen hier, die alle unzufrieden sind. Ihr könnt mir helfen, ich bin nur ein Verwirrter unter Verwirrten auf einem verwirrten Planeten.«

Die Gänse pickten auf die Stuhlbeine und Antonios Beine ein, öffneten die Flügel, flogen jedoch nicht davon, aber ein Wind erhob sich und glitt über die Brüder hinweg, und die Gänse sahen noch immer zufrieden aus.

Stumm begriffen sie den Wunsch ihres Menschenfreundes und liefen los, einmal durch den Schlamm, und als sie wiederkamen, troff der Dreck nur so an ihnen herunter. Und dann taten sie etwas, von dem nur sie wussten, dass sie es konnten: Sie zeichneten drei Buchstaben in den Dreck auf dem Terrassenboden, wenigstens hielt unser Träumer es für drei Buchstaben.

Der erste Buchstabe war ein S. Ein wenig schnörkelig, aber doch ein S.

Der zweite Buchstabe war ein G. Ein wenig glibberig, aber doch ein G.

Der dritte Buchstabe war ein P. Ein wenig plump, aber doch ein P.

Und unter den tausend und abertausend Worten, die mit S anfangen, mit G und mit P, wählte Antonio einer Eingebung folgend entschlossen drei Worte aus. Er nahm Papier und Stift, spielte erst ein wenig mit dem Stift herum, ließ ihn vom Ohr zum Mund, vom Knie zur Hand fahren, und schließlich schrieb er:

Der Buchstabe S, den meine Gänse geschrieben haben, bedeutet zweifellos »Schatz«.
Ich muss einen Schatz suchen.
Der Buchstabe G bedeutet zweifellos »Glück«.
Ich muss mein Glück versuchen.
Der Buchstabe P bedeutet zweifellos »Pakt«.
Ich muss einen Pakt schließen.
Einer dieser drei Wege ist der richtige.
Wir werden sehen, welcher.

Bei einem bordeauxroten Glas Amarena blickte er den vorbeiziehenden Wolken nach, beobachtete zwei Eidechsen auf der Wiese, warf einen Blick auf seine Gänse, die sich ihren Frohsinn durch nichts verderben ließen, und sattelte schließlich die Stute Aurora, um sich auf die Suche nach einem Schatz zu machen.

Und wie er da so ritt und wie immer die Zügel locker ließ, sprach er zu sich und seiner Stute dieses eine Wort: »Munafò.«

In Gesso gab und gibt es immer noch die Schatzlegende von Munafò, die hier erzählt werden soll.

Einst lebte ein alter Notar mit Namen Ludovico Munafò in Gesso. Dorthin war er 1908 geflüchtet, nach dem schrecklichen Erdbeben in Messina, das von der Stadt nur Staub übrig gelassen hatte und Tote unter Trümmern. Drei Monate nach dem Erdbeben kam er nach Gesso in einer roten Kutsche mit goldenen Beschlägen und drei weißen Pferden, so was hatte man überhaupt noch nicht gesehen. Woher hatte er nur all seine Reichtümer?

Vom Erdbeben, dem mit neunzigtausend Toten, das Männer und Frauen in der kalten Nacht des 28. Dezember 1908 im Schlaf überraschte. Während die Leichen zwischen zerstörten Häusern und herrenlosen Habseligkeiten langsam verwesten, blieben in den Trümmern Juwelen und Tafelsilber, Preziosen und Eheringe, Goldmünzen und Perlenketten zurück. Kurz: ein Fest für Plünderer aller Zeiten und Länder.

Die Plünderer gruben, scharrten und buddelten sich mit ihren klauenartigen Händen und Spaten durch all die Knochen hindurch. Und einer von ihnen war Munafò. Damals waren seine Hände noch gar nicht so; klauenartig und vertrocknet, um raffen zu können, was zu raffen war, nein, damals waren seine Hände jung. Erst später wurden sie zu Klauen. Auf jeden Fall fand er Kostbarkeiten über Kostbarkeiten zwischen all den Leichen.

Ketten, Kettchen und Kettelchen, Rubine, Rubinchen und Saphire, das alles fand er zwischen Schienbeinen, Zähnen, Oberschenkeln, Kniescheiben und Gedärm.

Säckeweise raffte er zusammen, was er kriegen konnte, und ließ alles von der Dienerschaft in einer kalten Nacht mit seiner Kutsche nach Gesso bringen. Dann entließ er die Dienerschaft und blieb sieben Tage und sieben Nächte allein auf seinen Ländereien, um dort zu vergraben, was er gestohlen hatte oder eher geplündert. Meistens grub er nachts und, wie man sich erzählt, in mondlosen Nächten ohne Laternenlicht, aus Angst, von den Dorfbewohnern oder der Polizei ertappt zu werden.

Wo genau er all die Dinge vergraben hat, das weiß bis heute niemand.

Zehn Jahre lang lebte er bescheiden, nicht einmal eine Brotkruste ließ er verkommen oder ein Fitzelchen Tabak, oder eine faulige Karotte, die kochte er mit Chicorée. Aber im zehnten Jahr, 1918, da war er noch nicht alt, starb er an der Spanischen Grippe. Zusammengekauert in seinem Bett, mit hohem Fieber, Krämpfen und Husten holte er verzweifelt Luft.

All seine Schätze hätte er hergegeben, um noch ein wenig zu leben, aber kein Geld der Welt vermag Gevatter Tod zu besänftigen, und so verschied er ohne einen Hinweis, wo sein Reichtum vergraben lag.

Als er starb, sagte er nur entnervt: »Mann, escht, Mann« und seine Verwandten dachten, dass dieses delirierte »Mann, escht« vielleicht ein Hinweis auf den Schatz war, und so gruben sie drei Meter in die Tiefe unter den Manna-Eschen, von denen gab es auf Munafòs Ländereien drei Stück. Alle drei stürzten um, schenkten ihr Laub der schwarzen Erde und verschwanden für immer. Doch der Traum, den Schatz zu finden, der verschwand im Dorf nie.

An diesen Schatz dachte Antonio bei dem Buchstaben S, den seine Gänse gemalt hatten. An den Schatz von Munafò.

Antonio wollte ihn ja nicht ganz, ein Armreif würde ihm schon ausreichen, um die Überfahrt zu bezahlen, und er sagte zu sich, dass er den Rest den Armen von Gesso geben würde. Er schlug also den ersten Weg ein, den die Gänse ihm geraten hatten, und am Morgen begab er sich zu Munafòs Sohn, Giovanni, der ebenso bescheiden lebte wie sein Vater. Er trug ein mottenzerfressenes Hausmützchen und Pantoffeln aus Maroquinleder, die so durchgelaufen waren, dass die großen Zehen vorne Löcher hineingestoßen hatten und wie Schiffsmasten herausragten.

Antonio nahm also die beiden weisen Gänse, die bestimmt schlauer waren als eine Magierin oder ein studierter Professor, und suchte den jungen Munafò auf. Dem stand die Mutlosigkeit förmlich ins Gesicht geschrieben, überzeugt wie er war, den Rest seiner Tage in kaputten Pantoffeln und einer mottenzerfressenen Mütze fristen zu müssen. Zehn Jahre lang hatte er mit Freunden und Verwandten jedes Stückchen Erde auf dem Besitz umgegraben, hatte Brunnen trockengelegt und jeden Stein des Hauses gedreht, gewendet und mit der Spitzhacke bearbeitet, sodass die Mauern nun so viele Löcher wie ein Ameisenhügel aufwiesen.

Und in den ganzen zehn Jahren hatten sie nichts und wieder nichts gefunden.

Als Antonio bei ihm klopfte, zeigte er sich also keineswegs begeistert, sondern gähnte nur ausgiebig.

»Was willst du?«

»Ich helfe dir, den Schatz zu finden.«

»Ich bin es leid, Schätze zu suchen. Das Einzige, was ich noch will, ist ausruhen. Das Leben langweilt mich.«

»Du wirst noch tausend Jahre schlafen, aber jetzt bist du auf dem Fest des Lebens, also tanz.«

Bei dem Wort »tanz« zuckten die großen Zehen, woraufhin die Löcher noch etwas größer wurden. Schweigend blickten die beiden Männer sich an, die Gänse zu ihren Füßen hingegen schnatterten. Sie pickten an Waden, Knöcheln, an Flaschen und sogar auf den Kopf einer von Munafòs Katzen, die eilig auf einen Schrank flüchtete.

»Diese Gänse haben magische Kräfte, sie sehen und begreifen, was wir Menschen in zehn Jahren nicht verstehen.«

Munafò hob die rechte Schulter, was bedeutete: »Kostet mich ja nichts, mach du mal, ich bin des Lebens müde, ich nehm alles, wie's kommt«, und so schritten sie auf die Felder, Munafò, wie er vorhin die Tür geöffnet hatte, in Mützchen und Pantoffeln, und Antonio mit einem Spaten über der Schulter, wie einer der Tausend von Garibaldi mit einer Fahne. Die Gänse vorneweg über die verlassenen Ländereien, wo die Brombeersträucher den Goldsuchern über die Köpfe wucherten.

So bahnten sich also zwei schon bald an Stirn und Händen vollkommen zerkratzte Männer und zwei Gänse langsam ihren Weg, hindurch zwischen Aprikosenbäumen, die schon lange von einem anständigen Beschnitt träumten, und verlassenen, verzweifelt krumm gewachsenen Weinstöcken. Die Gänse waren fröhlich über ihr freies Leben, aber eigentlich sind Gänse ja immer fröhlich, deshalb sagen Menschen auch manchmal: »So eine Gans«, weil gemeinhin angenommen wird, dass Frohsinn mit Dummheit gleichzusetzen ist. Doch an solcherlei Dinge glaubte Antonio nicht, für ihn war das Federvieh magisch, und als die Gänse plötzlich stehen blieben, die Hälse reckten, wie verrückt zu schnattern anfingen und eine beträchtliche Hinterlassenschaft ausschieden, da blieb Antonio fast das Herz stehen, und er sagte: »Da sind wir, das ist ein Zeichen«, bevor er einen kleinen Sprung machte und sofort anfing zu graben, wo die Gänse stehen geblieben waren. Der Spaten teilte die weiche Hinterlassenschaft des Federviehs, drang in die harte Erde, und Antonio grub und grub und grub mit aller Tatkraft seiner zwanzig Jahre.

»Was machst du?«, erkundigte sich Munafò.

»Ich grabe, wo meine magischen Gänse mir sagen, dass ich es tun soll, denn sie haben immer recht«, erwiderte Antonio.

Ohne sich weiter um den staunenden Munafò zu kümmern, schaufelte er Loch um Loch ohne Pause, und die Gänse verrichteten ihr Geschäft noch wenigstens zwei Dutzend Mal. Antonio hieb den Spaten in Erde und Tuffstein und riss die Brombeersträucher aus, die eigentlich schon zu Bäumen ausgewachsen waren. Womöglich hatten die Gänse Bauchweh, oder sie fanden dieses Spiel mit ihrem Herrchen lustig, denn so glücklich wie an diesem Morgen waren sie noch niemals darüber gewesen, überall ihr Gänsegeschäftchen zu verrichten.

Schließlich waren die Gänse müde, ihre Därme leer, und sie ruhten sich unter einem Aprikosenbaum aus. An der Rinde schärften sie ihre Schnäbel, rollten sich an der Wurzel zusammen wie Kätzchen und schliefen dort ein. In ihre Träume vertieft, ruckten sie dann und wann die Hälse, verstrickt in unsichtbare Abenteuer.

Dieser Schlaf wurde als ein noch magischeres Zeichen verstanden als die anderen zuvor. Zwei Gänse, die inmitten knorriger Wurzeln, abgefallener Äste und wilder Rosen schliefen, das schien ein wahrer Wink des Schicksals zu sein.

Antonio grub noch eifriger.

Er grub um den Stamm herum, und je mehr er grub, je mehr knirschte der morsche Stamm wie eine alte, von Holzwürmern befallene Treppe. Als schließlich Schweißtropfen über seine Brust rannen, der Stamm des Aprikosenbaums sich müde neigte und auf eine Seite fiel, da fielen auch die Vogelnester heraus, und die Vögel flogen aufgeschreckt gen Himmel, und die Bienen, die in einer Wabe ganz oben im Baum ihren Platz hatten, schwärmten aus. Und während die nun obdachlosen Vögel und Bienen schmerzerfüllt durch die Lüfte sausten, stieß Antonios Schaufel auf etwas Hartes, und er sah eine rostige Biskuitdose, auf deren Deckel ein Bild des Ätna prangte, von dem Lava ins Tal hinunter auf einige Mandelbäume zulief.

Das waren wohl Mandelbiskuits, dachte er und holte die Dose heraus wie den Heiligen Gral.

Sie war verschlossen, durch den Rost wie versiegelt, und Antonio machte sich mit Fingernägeln und Zähnen darüber her und sah einige Momente nichts anderes mehr. So war es immer, wenn ein starkes Gefühl ihn übermannte, schön oder weniger schön, er wurde blind für alles andere, doch danach sah er klarer als zuvor. Und als er wieder sehen konnte, öffnete er mit zitternden Händen die Dose mit dem Bild des Ätna darauf.

Drinnen lag schön ordentlich ein Packen alter Spielkarten. Handbemalt in Kobaltblau, Türkis und Gold, zusammengehalten von einem rosa Seidenband. Außerdem ein Stück vergilbtes Papier, das beinahe zerfiel, als er es berührte. Darauf stand:

Spiel dein Spiel, denn schon morgen kannst du tot sein. Ludovico Munafò.

Sofort nahmen die beiden Goldsucher den Satz beim Wort.

Die Karten wurden auf einen glatten Stein geworfen, vergessen waren die Gänse und der Schatz, sogar sich selbst vergaßen die beiden. Sie spielten *Scopa*, *Tressette* und *Asso Pigliatutto*, die Sonne ging unter, die Gänse wachten wieder auf, und die Glocken läuteten schon zur Abendmesse.

Als die ersten Lichter im Dorf entzündet wurden, sagte der junge Munafò: »Behalt die alten Karten, schließlich hast du sie auch gefunden.«

Antonio betrachtete die soeben aufgetauchte Mondsichel, die Handvoll Häuser auf dem Hügel, seine erdverkrusteten Hände und die Dose mit den Karten und dachte, was er doch für ein glücklicher Mann sei.

»Jeden Tag macht mir das Leben ein Geschenk.« Und damit hob er seine Gänse hoch, die von der Schatzsuche ganz erschöpft waren, stieg mit den beiden Vögeln auf dem Arm aufs Pferd, und Aurora brachte Gänse und Antonio nach Hause.

Zufrieden ging er zu Bett, voller Zuversicht für seine Zukunft, die der Gänse und der ganzen Menschheit.

»Unter einem solchen Himmel kann mein Leben nur gut werden. Ein solcher Himmel macht glücklich, es geht gar nicht anders. Ich gehe den richtigen Weg, ja, mein Weg ist der richtige. Das Glück ist mit mir«, erklärte er den Gänsen und der Stute.

Morgen versuche ich mein Glück mit den Karten, dachte er bei sich, und dann schlief er mit friedlichen Wünschen ein.

Es gibt friedliche Wünsche und solche, die weniger friedlich sind. An jenem Abend waren seine friedlich.

Nach dem ersten Weg, dem Weg des Schatzes, wollte er nun den zweiten einschlagen, den Weg des Glückspiels.

Gleich am nächsten Abend versuchte er sein Glück.

In der Nähe gab es ein Schloss, in dem nachts heimlich gespielt wurde. Mit den Karten in der Hand und dem Willen zu siegen, steckte Antonio seine zweihundert Lire ein, überzeugt, dass die restlichen tausendachthundert ihren Weg über den Spieltisch schon zu ihm finden würden.

Zweitausend Lire für die Schiffskarte zur Freiheitsstatue im Hafen von New York.

Was für ein vorzügliches Volk, dachte er, hier im Hafen von

Messina steht die Madonnenstatue, in New York aber die Freiheitsstatue ... Freiheit scheint in Amerika ja eine ernste Sache zu sein.

Über schmale Wege, Kehren und Windungen, an Ginster, Mandel- und Olivenbäumen vorbei, ritt er also mit seinem kleinen Vermögen von zweihundert Lire in der Tasche zum Schloss Bauso, wo sich mit der Dämmerung zahlreiche Glücksspieler mit rauchenden Zigarren, Hüten oder Zylindern einfanden.

Fast heimlich hatte er die Stute Aurora gesattelt und nicht die Kutsche genommen, denn er wollte nicht gesehen werden auf seinem Weg zum Meer hinunter, der schließlich in der Welt des Glücksspiels enden würde, die Tina Oliva resolut als »Hölle« oder auch »das Wohnzimmer des Teufels« bezeichnete.

Spielern ist die Nacht lieber als der Tag.

Nicht jeder mag die Nacht auf die gleiche Weise.

Die Nacht zu lieben, das ist etwas für Tunichtgute, für Verliebte, Diebe, Hexen, aber auch für Poeten, Musiker, Bäcker, Schmuggler und eben für Spieler.

Auch Misanthropen mögen die Nacht, denn lästige Leut und Lästigkeiten schlafen.

Spieler mögen die Nacht, denn in der Nacht können sie sich ganz den schillernden Karten hingeben. Die Spielleidenschaft ist der Liebesleidenschaft ähnlich, die gleichen Dünste, der gleiche Zauber in einem herrlichen Nebel.

Ja, die Leidenschaft für das Spiel.

Im Spiel wie in der Liebe gibt es keinen Mittelweg.

Entweder läuft es gut oder nicht.

Die Spielrunden im Schloss Bauso gingen von Sonnenuntergang bis Sonnenaufgang. Siebzig Jahre zuvor war Alexandre Dumas an diesem Schloss vorbeigekommen und hatte dort die Schädelreste eines Räubers gesehen, den man in einem Eisenkäfig aufgehängt hatte, Elstern hatten sich schon darüber hergemacht. Man hatte dem Gesetzlosen den Kopf abgeschlagen, damit auch ja niemand auf den Gedanken käme, unter die Wegelagerer zu gehen, und zur Abschreckung ließen die Gendarmen ihn dort vor aller Augen verrotten.

So machte man das damals mit Galgenvögeln.

Damals wie heute gab es absurde Gesetze.

Antonio langte also bei Sonnenuntergang am Schloss an, die Sonne war gerade erst ins Meer getaucht, sodass noch ein blassorangefarbener Schimmer darüber flimmerte. Der Hauptsaal des Schlosses war schon voller Männer, und wabernde Rauchschwaden hingen schwer unter der Decke, darunter hoben und senkten sich geschäftig Kappen, Hüte und Zylinder. Schiebermützen in der dunklen Ecke, der ohne Fenster, daneben Hüte und die Zylinder unter einem Lüster in der Mitte. Die Lichter des Lüsters brannten mit Lavendelöl, dessen Duft sich angenehm mit dem der Zigarren vermischte. Sie flackerten unter gläsernem Windschutz und spiegelten sich schillernd auf all den Zylindern, Adlernasen, wohlgenährten Bäuchen und goldenen Taschenuhren, ein Strahlen und Glänzen, wie es sonst nur Sonnenlicht über verhangener See zustande bringt.

Antonio spielte am Tisch der Hüte, der mittelkostbaren Zigarren und fadenscheinigen Samt- und Flanellhosen. In der Tasche hatte er seine zweihundert Lire, die noch am selben Abend zu zweitausend werden sollten. Wer sagt denn zweitausend? Er dachte durchaus auch an zwanzigtausend, seine Zuversicht kannte keine Grenzen.

Nein, seine Zuversicht kannte keinerlei Grenzen.

Mit dem ersten Blatt gewann er fünfhundert. Mit dem nächsten tausend. Er gewann tausendzweihundert, das Herz schlug ihm bis zum Hals, und er musste sich alle Mühe geben, in dieser gedämpften Stille, inmitten dieser schweigenden Männer ruhig sitzen zu bleiben. Einzig das Klicken der nach Benzin stinkenden Feuerzeuge und das Fächern der Karten waren zu hören, hier und da das Rücken eines Stuhls auf dem verblichenen grünen Marmorboden. Doch bei tausendfünfhundert verließ ihn das Glück wieder, und in zwei Spielen schrumpfte sein Vermögen rasch auf fünfhundert zusammen. Mit fünfhundert hätte er sich zufriedengeben können, aber das ist nicht die Überlegung eines Spielers. Wer spielt, der befindet sich in einem weichen, schönen Traum. Wer sein Geld schwinden sieht, denkt nie daran, dass er alles verlieren könnte, sondern dass die nächste Glückssträhne schon auf dem Weg zu ihm ist.

Es gibt nichts Besseres, als zuversichtlich auf eine neue Glückssträhne zu warten.

Aber für Antonio wurde sie in einem einzigen Augenblick zu einem Strick.

Die letzten fünfhundert Lire landeten in den Taschen eines Mitspielers an seinem Tisch, einem kleinen Mann mit schmutzigen Schuhen, der zu Hause eine kranke Frau und vier hungrige Kinder hatte, und der blickte die Geldscheine an wie Himmelsbrot.

»Danke, danke«, rief er tränenüberströmt und reckte die Hände gen Himmel.

Die Sonne ging schon auf, und die Kutscher der Signori draußen konnten kaum noch die Pferde ruhig halten, die Dienerschaft der müden Signori drinnen zog in den Sälen von Schloss Bauso die Vorhänge beiseite, und fahles Licht legte sich über blasse Gesichter und von Rauch und Müdigkeit gerötete Augen.

Der Qualm der Nacht drang durch das erste geöffnete Fenster hinaus wie ein Spatz, und alle Männer gingen nach Hause. Ehefrauen und Eltern waren es zufrieden, wenn der Spieler gewonnen hatte. Doch wenn er verloren hatte, dann war das Geschrei groß: »Du Lümpel«, »Hab ich's dir nich gesagt«, »Tracht Prügel und nix sonst haste verdient, fürwahr«, »Tagedieb«, »waghalsiger Tölpian« und ähnliche Freundlichkeiten mehr.

Gemeinsam mit dem Mann, der all sein Geld gewonnen hatte, machte Antonio sich auf den Heimweg. Alles war verloren, bis auf die letzte Münze. Auch die zweihundert Lire.

Auf dem Rücken seines Esels pfiff der kleine Mann vor sich hin. »Oh, wie wunderbar, was für 'n Glück, jetzt umarm ich erstma meine Frau, und wir tanzen 'n schönen Tango. Man weiß nie, wohin das Glück sich wendet, mein Freund, heute trifft's mich, morgen dich.«

Von seinem Esel aus sah er zum Horizont in den Sonnenaufgang, und schließlich klopfte er an die Tür seines Hauses, doch niemand öffnete ihm. Ein, zwei Schläge mit dem rostigen Türklopfer, doch seine Frau zeigte sich nicht. Er rief nach seinen Kindern, aber alles blieb still. Erst als er lautstark weiterklopfte und mehrfach rief, steckte der Kleinste, vielleicht drei oder vier Jahre alt, sein Gesichtchen zum kaputten Fenster heraus und rief: »Papitto, Mamma ist gestorben.«

Der Mann sank zu Boden, Antonio stützte ihn und gab ihm seine letzten Münzen. »Nimm, mein Freund, für einen Kranz roter Rosen für deine Frau«, und traurig, jedoch keineswegs mutlos, machte er sich auf den Heimweg.

Zu Hause versuchte er zu schlafen, stand indes nach kurzer Zeit wieder auf. Er hörte die Totenglocken für die Frau des Freundes, trank einen Schluck Amarena und beschloss, den letzten der drei von den Gänsen vorgeschlagenen Wege einzuschlagen. Der »Schatz« des Munafò war gar kein Schatz, das Karten-»Glück« hatte sich abgewandt, und nun dachte er an den Weg, den er selbst als »Pakt« bezeichnet hatte.

Die Gänse hatten soeben auf der Terrasse sieben große Eier ausgebrütet, und fröhlich, wie sie waren, pickten sie nun nach den Schwänzen der Katzen. In der glasklaren Luft waren auch Antonios Augen glasklar.

Ein Pakt, ein Pakt … Mit wem könnte ich einen Pakt schließen?, fragte er sich. Er ging die Namen aller möglichen Freunde und Bekannten durch, aus dem Dorf und von außerhalb, ging auf viele Jahre zurück, und am Ende seiner Überlegungen stand schließlich in aller Besonnenheit ein Name, der Name des einzigen Mannes mit Kisten voller Geld, so hieß es zumindest.

Er hieß Ciraolo.

Ciraolo ist der Einzige, der mir hier im Dorf helfen kann, stellte Antonio fest, während er Parfüm auf seine Jacke sprühte, an der immer noch der Rauch hing.

Zu jener Zeit lebte Ciraolo in Gesso, ein Händler von allem, was das Herz begehrte, ganze Fuhren Krimskrams und Herrlichkeiten wurden in sein Lager gekarrt und verließen es wieder, und weil er mit tausend Dingen handelte, hatte er es zu einem gewissen Vermögen gebracht.

Antonio hatte in den Kleidern geschlafen, die er beim Kartenspiel im Schloss Bauso getragen hatte, und die ließ er auch an, denn es waren seine Sonntagskleider. Er bürstete sie sorgfältig aus und ging dann zum Haus des Händlers. Er klopfte, und als er keine Antwort erhielt, ging er zum Lager und schlug den Türklopfer in Form eines Hufeisens an das Tor. Langsam öffneten sich die beiden Flügel des großen Eichenportals und gaben den Blick frei auf eine Unzahl verschiedenster Dinge: Weinfässer und Ölkrüge, Säulenkapitelle aus eingestürzten alten Häusern, Kutschräder, Theaterkleidung, verrostete Straßenbahnschwellen, Öllämpchen, Schiffsrahen, Meerjungfrauen aus Terrakotta, griechische Vasen und Schwerter aus nächtlichen Ausgrabungen, kaputte Barbierstühle, Gefäße mit Blutegeln, Säcke voller Nüsse und Fässchen eingesalzener Sardellen, Messbücher, Wollspindeln, ein ausgestopfter Schimpanse und ein Papagei, Jockeygerten und noch vieles mehr.

Es gab dort Dinge, die der eine nicht mehr haben wollte, nach denen es den anderen jedoch verlangte, mancher brachte seinen Krempel her, und manch anderer kaufte ihn. Wer also Blutegel, Meerjungfrauen aus Terrakotta, Säcke voller Nüsse und Fässchen mit Sardellen oder irgendetwas anderes brauchte, kam zu ihm und kaufte zu erhöhten Preisen. Er, Ciraolo, kaufte, wo man verkaufen wollte, und er verkaufte, wo man kaufen wollte: eine runde Sache, derer niemand jemals müde wird. Die Dinge kommen und gehen von Haus zu Haus, verharren nirgendwo, wie auch die meisten Menschen nicht.

Ware und Geld waren für Ciraolo ein und dasselbe.

Zweitausend Lire sind für Ciraolo so was wie für mich ein Päckchen Streichhölzer, dachte Antonio, als er das Lager betrat und über die nach dem Erdbeben abmontierten Räder der Straßenbahn von Messina stieg. Sodann blickte ihm sein Spiegelbild aus einem der alten Theaterspiegel entgegen, deren Heim in Messina ebenfalls dem Erbeben zum Opfer gefallen war. Er bestaunte Hochzeitstruhen und Matrosenuniformen, Schiffssegel, Krüge voller Murmeln und Bonbons, Gänsefedern und Tintenfässchen, Schulbänke und einen Schaukelstuhl, bis sein Blick schließlich auf den stattlich mittendrin sitzenden, Pfeife rauchenden Händler von Gesso fiel.

»Was willst du? Wie du siehst, habe ich alles, was das Herz begehrt«, versicherte der.

»Lieber Ciraolo, ich möchte einen Pakt mit dir schließen. Mich zieht es nach Amerika, in das Land der Freiheit. Kannst du mir zweitausend Lire geben für die Schiffskarte? Ich habe nichts, das ich dir dafür anbieten kann, nur zwei magische Gänse, und damit kannst du vielleicht nichts anfangen, man kann sie auch nicht mehr essen, denn sie sind schon alt und bestimmt zäh wie Schiffstau. Aber wenn du mir zweitausend Lire gibst, dann verspreche ich dir etwas.«

»Hm, hm«, brummelte Ciraolo mit der Pfeife im Mund, »Versprechen, davon sind die Gräber voll«, und er kratzte sich am Kopf.

»Der Pakt ist folgender: Wenn du mir zweitausend Lire gibst, gebe ich dir zweitausend Dollar, sobald ich in Merika reich werde. Zweitausend Dollar, das hat man hier in Gesso noch nie gesehen.«

Bei Antonios Beschreibung seiner Gänse hatte Ciraolo das Gesicht verzogen, doch als er »zweitausend Dollar« hörte, wanderte ein Lächeln über seine Lippen. Zu jener Zeit waren Dollar auf Sizilien etwas, das vom Himmel kam wie Himmelsbrot und dazu auch noch grün war, grasgrün. Das Wort »Dollar« gefiel den Sizilianern ganz außerordentlich.

Und die Italoamerikaner schwenkten sie stolz, wenn sie durch die Straßen von Gesso gingen. Eine raschelnde Dollarnote war besser als ein Frauenhintern, besser als ein Riesenteller Cannoli, ja, besser sogar noch als ein Tresor voller Goldmünzen.

Eine unglaubliche Verlockung.

Ciraolo war im siebten Himmel: »Du bist irgendwie anders, und das gefällt mir. Deine Gänse kannst du wegen mir in Salz einlegen, du bist einer, der ein Boot hat und die passenden Ruder, um auf der Insel der Glückseligkeit zu landen. Das Glück, ja, das Glück, hier auf Sizilien wollen alle welches haben, aber niemand ist bereit, etwas dafür zu tun. Niemand will hart rudern, um das Glück zu erreichen. Ich gebe sie dir, deine zweitausend Lire, und ich vertraue auf dein Wort, aber bis 1933 will ich deine zweitausend Dollar hier auf diesem Tisch haben, nicht später. Wenn ich sie nicht kriege …«, und damit legte er zweitausend Lire auf einen Tisch.

»Was passiert denn dann?«, wollte Antonio ängstlich wissen.

»Dann schicke ich dir aus Gesso Verdammnis und Verwünschungen, dass dir die Zunge eintrocknet, die merikanische Polizei auf dich eindrischt und die merikanische Mafia das Bett anzündet, in dem du schläfst …«

Antonio war ein Junge, der glaubte, was man ihm sagte, und so lief es ihm kalt den Rücken hinunter, seine Lippen zitterten, aber er nahm das Geld, hielt die Scheine hoch in die Luft wie ein Pfarrer die Hostie und sagte: »Da wo man redet, schwört und verspricht, vergiss die kleinen Zeichen nicht.«

Das war vielleicht die einzige grammatikalische Regel, die er in der Schule gelernt hatte, und sie erfüllte ihren Zweck, denn Ciraolo, sichtlich von seiner Schlichtheit berührt, vom himmlischen

Klang des Wortes »Dollar« und von dem Reim, den er für einen Zauberspruch hielt, schlang seine Arme um Antonio, etwas, das er sonst nie tat.

»Du bist 'n anständiger Kerl, geh deinen Weg, und vergiss bloß den heiligen Antonio Abate nicht.« Damit klopfte er ihm auf die Schulter und gab ihm ein Bildchen, das den Dorfheiligen mit weißem Bart inmitten einer Schar Tiere zeigte. Im Hintergrund stürmte das Meer, und ein Schiff bahnte sich den Weg durch die Wellen, schließlich war der Heilige ja auch ein Mann der Ferne und der See gewesen.

Alle Bewohner von Gesso und auch die außerhalb Gessos besitzen ein Heiligenbildchen von ihrem Schutzheiligen, und das tragen sie immer bei sich, es begleitet sie den ganzen Tag durch Höhen und Tiefen. Das Bildchen mit dem Heiligen inmitten der Tiere und dem Meer im Hintergrund nahm Antonio mit nach Hause, er steckte es in eine Schublade, um es dann später in seinen Koffer zu packen, damit der Heilige ihn auch seine ganze Lebensreise über begleiten würde.

Dann nähte er die geborgten Geldscheine in den Futterstoff seiner Hose ein und seufzte vor einem Glas Rotwein.

Der Traum nimmt nun Form an, sagte er sich, und der Wein sprach ihm Mut zu.

Der dritte von den Gänsen aufgeführte Weg war der richtige gewesen.

Der Pakt.

Der Pakt mit Ciraolo war gemachte Sache.

Zweitausend Lire jetzt.

Zweitausend Dollar 1933.

Alles in trockenen Tüchern.

Er gab den Gänsen zwei saftige Küsse auf die Schnäbel.

Wer ihn so sah, wie er die Schnäbel seiner Gänse küsste, sagte, er sei verrückt. Zeit, hier wegzukommen.

In Gedanken war er bereit, sein Wille war da, unverrückbar,

und in seinem Inneren wirbelten die tollsten Bilder und Herrlichkeiten Amerikas wild durcheinander.

Nicht die Spur von Schwermut an jenem Tag wegen all der Dinge, die er für immer zurücklassen würde. Wie konnte er schwermütig sein mit gerade einmal zwanzig Jahren? Schwermut ist etwas für alte Leute.

Er atmete eine Begeisterung, so warm und tröstlich wie der Schirokko und ebenso bevölkert von Tausenden Stimmen und Gestalten, die von salziger Seeluft und Wüstensand verwischt waren. In Gedanken schon mehr in der Ferne als in der Heimat, so waren seine letzten Tage in Gesso.

Die Füße standen noch in Gesso, doch der Kopf war schon in Amerika.

VI

Die alte Welt verlassen

War Antonio unterwegs, trug er die zweitausend Lire für die Schiffskarte im Futterstoff seiner Hosen, war er zu Hause, versteckte er sie in einer blauen Glasvase.

Auf seinen Spaziergängen spürte er die Lebendigkeit von Grashalmen und Bäumen, sie waren ebenso lebendig wie er, doch Grashalme und Bäume gehen nicht auf Reisen.

Was für ein Glück für die Menschen, dass sie reisen können, dachte er.

Auch Vögel und Fische reisen viel, kurzum: Es gibt auf der Welt Reisende und Nichtreisende, und er, dessen Reise nun kurz bevorstand, schätzte sich dessen glücklich. Stundenlang blickte er in die Wolken und die Landschaft, sah den Vögeln hinterher, betrachtete die alten und neuen Weinreben, das glänzende Fell von Aurora, die schon ausschlug, wenn sie nur einen Sattel sah, und die ersten Bienen, die sich begeistert auf die neuen Blüten stürzten.

Nur sein Bruder weckte ihn aus seinen Tagträumereien und sagte: »Du schwärmst ja nur noch Drachen und Montgolfieren hinterher, willst du dein Luftschloss nicht mal verlassen und dich auf die Erde begeben? Du musst noch Koffer packen oder eine Tasche, was weiß ich, musst die Schiffskarte kaufen und dich verabschieden.«

»Stimmt«, bestätigte Antonio, der aussah, als wäre er soeben aus einer Hängematte gepurzelt.

Doch da er nicht vollends aus seiner Versunkenheit aufgetaucht war, ließ er seinen verträumten Blick noch ein wenig weiterschweifen, bis er ihn in die Katzen vertiefte, die sich miauend über eine glücklose blaue Libelle und ein paar Fischgräten hermachten.

»Hörst du auch die Katzen sprechen?«, fragte Antonio den Bruder.

»Du bist doch wirklich närrisch. Dein Schiff fährt ab, und du vertiefst dich erst mal in ein Gespräch mit Katzen.«

»Ich beschäftige mich gerne mit kleinen Dingen, bevor ich die großen angehe«, erklärte Antonio.

Aber Placido brachte ihn wieder zur Vernunft: »Du hast nicht mehr viel Zeit. Lass uns jetzt sofort in die Stadt reiten und die Schiffskarte besorgen.«

Stolz schwellte den beiden Jungen die Brust.

Die Reise nach Amerika an sich war schon nicht von dieser Welt, und allein bei dem Gedanken daran, das Dorf in Richtung Messina zu verlassen, um dort das ersehnte unabdingbare Billett zu erstehen, erfasste die Brüder erwartungsvolles Kribbeln. Dieser Ritt würde nur der Anfang zu einem sehr viel größeren Abenteuer sein.

Sie sattelten die Pferde und stiegen auf wie zwei gefeierte Helden.

Die Straße war voller Kehren und Windungen. Sie führte vom Dorf in die Stadt erst bergauf, dann bergab, und die Pferde schnauften schon bei dem Gedanken daran. Denn Pferde, Katzen und Gänse wissen alles im Voraus.

Um sie zu ermutigen, pflückten die Brüder Karuben für ihre Schlachtrösser, die gar keine Schlachtrösser waren, sondern einfache Landpferde, aber heute schienen sie den beiden Jungen mit Flügeln bewehrt.

»Na los, das schaffst du«, ermutigte Placido seinen Audacio.

»Na los, das schaffst du«, ermutigte Antonio seine Aurora, und da sie äußerst sensibel war, überfiel auch sie ein erwartungsvolles Prickeln.

Im Trab ging es also los über die uralte Straße, die sich in messerscharfen Kurven an wenigen Häusern vorbeiwand, dann weiter durch Eichen-, Tannen- und Pinienwälder und schließlich hinunter zum Meer.

1923 war Messina eine nagelneue Stadt, wiederaufgebaut nach dem Erdbeben 1908, und mit ihren glänzenden Häusern wirkte sie wie das neunte Weltwunder auf die beiden Brüder. Die Straßen waren gerade, die Ladenschilder der Konditoreien blau, es gab jede Menge Kutschen und Pferde mit Federbüschen, die Frauen trugen Schleier vor den Gesichtern und Sonnenschirmchen, weiße und rosa Geranien standen vor jedem Fenster, die ganze Stadt flimmerte wie eine Fata Morgana. Die Brüder waren frohen Mutes, erwartungsvoll, nun endlich diese Stadt, diese andere Welt zu besuchen, und dort die ersehnte Schiffskarte zu kaufen. Endlich einmal nicht die sonnengegerbten Gesichter der Bauern aus Gesso, keine Esel und Schafe, die auf den Straßen herumliefen, keine brüchigen alten Mauern, keine fahlen Lichter und nachts nur Kerzenschein, nein, nichts von alledem, sondern die auferstandene Stadt in ihrer ganzen Herrlichkeit, schillernd und glänzend, und an den Tischchen der Cafés Geplauder noch und nöcher.

Außerdem zeigten die Frauen in Messina ihre Fesseln und Waden, undenkbar in Gesso, wo Frauen noch bodenlange Röcke trugen, die auf der Erde schleiften.

Allein die Vorstellung sorgte bei den Brüdern in ihren Sätteln für helle Aufregung.

Eine Vorstellung kann bisweilen aufregender sein als die Wirklichkeit.

Die beiden Jungen hatten sich rasiert, die Wangen mit Kölnisch Wasser besprenkelt, ihre Schuhe glänzten, und sie trugen helle Anzüge. Um einen der Pferdehälse hing ein Jutesack mit Wegzehrung: ein Napf Ricotta, Brot, Birnen, aus dem Fruchtfleisch der Karuben hergestellte Schokolade und Rotwein.

Als man sie im Dorf so sah, war das Gerede groß: »Was is denn nu schon wieder los? Einer von den zwei Tölpianen is ja noch halbwegs in Ordnung, aber dem andern is nich mehr zu helfen, is dem nich.«

Wenn es im Dorf irgendetwas Neues zu sehen gab, waren sofort alle Feuer und Flamme. Die Dörfler besahen sich also diese beiden fröhlichen Jungen auf ihren stolzen Pferden und murmelten: »Wo die wohl hinwoll'n? Nach Bauso ja wohl nich, da gibt's gerad mal paar verfallne Häuser, nach Locanda sowieso nich, da sind doch alle dösig, Milazzo is viel zu weit, und außerdem gibt's in Milazzo nix zu seh'n, vielleicht ja nach Messina? Aber wieso sollte einer nach Messina? Vielleicht um Eier zu verkaufen? In Messina verkauft man Eier, weil's da keine Hühner gibt, gibt's in der Stadt nich. Aber Eier, nee, die Grillos haben's ja wohl nich nötig, Eier zu verkaufen. Die ham doch 'nen Gipssteinbruch. Also, nee, also da muss ja irgendwas hinter sein, muss da ja ...«

So überlegten sie im Dorf hin und her, von Haus zu Haus.

Neugier ist der Motor einer jeden Sprache.

Während also die Dörfler sich die Mäuler zerrissen, freuten sich die Brüder ihres Lebens. Mutiger Blick, aufrechte Haltung und in Gedanken schon beim großen Sieg. Placido wollte nun endlich seine Mission zu Ende bringen und die Schiffskarte in den Taschen des Bruders sehen, der sie sich so sehnlich wünschte.

Auch Antonio hatte seine Mission: die Schiffskarte erstehen und dann auf Wunderjagd gehen, der Freiheit und vielleicht sogar der Liebe nach.

Wunder und Freiheit sind ja schon eine ganze Menge, da verlangt man nicht mehr viel.

Sie ließen also Tratsch und Dorf hinter sich, und wie zwei Hauptmänner nahmen sie vor dem Friedhof die Hüte ab, um die Toten zu grüßen.

»Einige Tote haben Wundervolles getan, aber jetzt liegen sie hier und können nichts mehr tun. Jetzt müssen wir Wundervolles tun«, erklärte Antonio.

»Mal schauen, ob du es bist, der etwas Wundervolles tut, wir werden sehen«, bemerkte Placido, dann fuhr er fort: »Glückselig sind die Gräber, wo einer hingeht und sagt: ›Dieser Mann hier hat Großartiges vollbracht.‹ Bei den meisten Gräbern, wenn man mal so schaut und die Geschichten rundherum kennt, sagt man doch: ›Dieser Mann hat eine Dämlichkeit nach der nächsten gemacht.‹« Da fiel Audacio in Galopp, denn er mochte den Friedhof ganz und gar nicht.

Als sie den Totenacker hinter sich gelassen hatten, kamen sie zu einer kleinen Kirche, die sich an eine Gruppe Felsen schmiegte. Sie war so uralt und mit dem Gestein verwachsen, dass man sie kaum noch davon unterscheiden konnte. Ein Kruzifix ragte von dem kleinen Turm empor, und in diesem Turm war auch ein Fensterchen, und aus diesem Fensterchen hinaus schaute Bruder Alessio, ein Basilianermönch mit Rauschebart und kugelrundem Bauch. Er rief zu ihnen hinunter: »Ihr Jungens, schön seid ihr, wie Engel. Unsere Erde ist ein Felsen im unendlichen Meer, und dieser Felsen ist herrlich. Gebt gut acht auf euer schönes Leben. Und schaut immer in den Himmel, denn wenn man wirklich zu schauen vermag, dann sieht man, dass der Himmel voller Engel ist. Und du bist auch ein Engel, Antonio, ein bisschen jedenfalls. Gib auf deine Flügel acht, jeden Tag in deinem Leben. Ich segne dich.« Damit schloss er das Fensterchen wieder, und dann läutete er die Glocken.

Als sie die byzantinische Kirche hinter sich gelassen hatten, kamen sie in das kleine Dorf Locanda, eine Reihe Häuser nah an der Straße. Früher kehrten dort Reisende, Soldaten, Abenteurer und Händler ein, um ihre Pferde und Kutschen auszuwechseln, um zu schlafen und zu trinken. In den Gasthäusern gab es Strohbetten und Flöhe und Wein in rauen Mengen, und nach einer Nacht brach man wieder auf zu neuen Abenteuern.

Hinter Locanda kamen sie in ein Örtchen, das den Namen Monachelle trug, »junge Nonnen«, und überall sahen Nonnen in weißen Gewändern zu den Fenstern hinaus, vor denen Töpfe mit Basilikum standen. Die Nonnen beteten, aßen, kümmerten sich um ihren Gemüsegarten, um zwei oder drei Ziegen, eine Kuh und noch einiges mehr, und in der verbleibenden Zeit beobachteten sie die vorbeifahrenden Kutschen und Reiter. Eine von ihnen hatte Dumas vorbeireiten sehen, eine andere erzählte von einem Kuss Garibaldis, und noch eine andere bewahrte ein Leinentaschentuch von Goethe auf, das ihm aus dem Mantel gefallen war.

Die Nonnen, die dort alles Mögliche sahen und hörten, waren aber auch Plaudertaschen, und oft plauderten sie mehr, als dass sie beteten, und sie brauchten nicht länger als einen Wimpernschlag, um ihr Urteil über einen Vorbeireitenden zu fällen.

Als sie die beiden Brüder hoch zu Ross sahen, da sagten sie: »Der eine steht mit beiden Füßen auf dem Boden, der andere ist ein Luftikus.«

Der mit den Füßen auf dem Boden, das war Placido, der Luftikus, das war Antonio.

Und dann sagten sie noch: »Der eine blickt auf den Boden der Tatsachen und sieht die Dinge, die wirklich da sind. Der andere aber blickt in den Himmel, und dort sieht er Dinge, die es nur in seinem Kopf gibt, jeden Tag andere, wie Wolken.«

Auch an diesem Tag blickte Antonio immerzu in den Himmel und dem Wind hinterher, denn der Wind brachte die Luft ferner Länder mit sich. Messina war nicht weit, doch sie ritten langsam, damit sie die Zeit miteinander vor der Abreise des einen Bruders noch genießen konnten.

Sie trabten zwischen Beerenbüschen und Eichen, gegen Mittag wurde sie hungrig, da banden sie die Pferde an einen Baum, öffneten ihren Jutesack mit Brot, Ricotta, Birnen und Wein darin und setzten sich ins Gras. Doch beim ersten Bissen hörten sie die Pferde wiehern und schnauben, es gefiel den Pferden ganz und gar nicht, angebunden auf ihre Signori warten zu müssen. Sie witterten die Waldluft, und es verlangte sie nach frischem Gras und Freiheit.

»Lass uns sie losmachen. Du weißt, wie schön die Freiheit ist, für Menschen wie für Tiere«, meinte Antonio, und so band Placido die Pferde los, und sie liefen in den Wald.

Die Brüder aßen mit großem Appetit, und ganz unten im Sack

fand sich noch ein Gefäß mit Minestrone aus Bohnen, Erbsen und Artischocken, das Tina Oliva heimlich hineingesteckt haben musste. Die Suppe verlangte nach Wein, und der Wein machte müde, und so schliefen die Brüder im Gras ein, während ihre Pferde zwischen den Bäumen verschwunden waren.

Viele Stunden später wachten sie im Sonnenuntergang auf, noch ganz verträumt und glücklich.

Ihre Köpfe waren voller Abenteuer und die Wiese ohne Pferde.

Placido rief: »Audaciooo«, und das Echo hallte zwischen den uralten Bäumen wider, die mit jeder Minute dunkler wurden.

Antonio rief: »Auroraaaa«, und das Echo hallte über die Hügel, doch kein Wiehern antwortete.

Nicht die geringste Spur von den Pferden, nur eine Eule flog auf.

Und dann setzte unversehens die Stille vor der Dunkelheit ein.

Sie dauert nicht lang, kündigt aber zuverlässig die Nacht an.

Jäh schweigen die Tiere, noch kurz zuvor herrscht ein großes Durcheinander von Tierstimmen, Rascheln und Kampfgetümmel, und dann, plötzlich, schweigt alles. Wenn die Tiere, die in der Nacht schlafen, sich zur Ruhe begeben und die, die am Tag schlafen, noch schlummern, in diesem Moment, und nur in diesem, legt sich tiefe Stille über das Land, durch die kein lebendiges Geräusch dringt.

Wo waren die Pferde?

Da standen die Brüder nun, Reiter ohne Pferde, und die Nacht brach wie immer schnell herein.

»Auroraaa …«

»Audaciooo …«, tönte es weit über das Tal, und vielleicht reichten ihre Rufe sogar bis zum Meer, denn nun bekamen es die beiden Jungen mit der Angst, so allein im Wald, Träume im Kopf und die Taschen voller Geld.

»Auroraaa …«

»Audaciooo …«

Keine Spur von den Pferden, doch plötzlich ein Schnaufen, ein Wiehern so laut, dass sich sogar die Eule zwischen die Zweige flüchtete. Die Brüder bogen einige wilde Dornen und Beerensträucher zur Seite, und da sahen sie ihre Pferde; Stute und Hengst eng an eng waren fröhlich dabei, sich laut schnaufend zu paaren. Er auf ihr, und sie gab sich ihm vollkommen hin. Sie sahen aus wie ein einziges Pferd, brodelnd wie ein Vulkan, und wie Vulkane schnaubten sie auch, rieben ihre Schnauzen aneinander, die Schwänze schlugen wild durch die Luft, die Ohren der Stute waren aufgestellt.

Ihr Atem wurde zu Wind, und das Wiehern kündete von fantastischem Genuss. Es war fast Nacht und die Stadt noch viele Stunden entfernt.

Placido und Antonio, noch ohne Schiffskarte nach Amerika, weit fort von zu Hause und Messina, konnten den Pferden keinen Vorwurf machen, auch sich selbst nicht für ihre Zerstreutheit und den Genuss ihres Weins. Es war einfach passiert, basta.

Die Nacht war da, die Eule sang im Mond.

Es war eine vollkommene Nacht.

Eine dieser Nächte, in denen nur unsere Seelen umherwandeln, eine Sternendecke am Himmel, aber keine über dem Körper, dafür eine Handvoll Hoffnungen. So fühlten sich die Brüder, sie spürten den Atem der beiden liebesmüden Pferde, während die nächtliche Kälte sie schaudern ließ. Doch sie schauderten erst recht, als sie Schritte hörten, die sich knirschend über die trockenen Zweige näherten.

Wer schritt um diese Uhrzeit noch durchs Laub? Die beiden rührten sich nicht, angstgelähmt, so allein in der Nacht und noch dazu ohne Waffe.

Wie schwer Angst wiegen kann, weiß niemand.

Herzschlag hämmerte ihnen in den Ohren, Blut pulsierte durch die Venen, und als der Schatten endlich seine wahre Gestalt preisgab, da waren die beiden nahezu in Tränen aufgelöst.

Es waren zwei Frauen.

Sie gingen nebeneinanderher, jede mit einem Korb in der Hand, die eine dunkel, die andere blond. Erdfarbene Umhänge um die Schultern, breitkrempige, von Wind und Wetter verbeulte Hüte tief in die Gesichter gezogen. Nur einige dunkle und blonde Strähnen hatten sich aus den Hüten herausgestohlen und wogten auf und ab wie Wasserpflanzen.

Zwei Frauen, dann müssen wir uns ja nicht fürchten, dachte Antonio, aber dann warf er einen Blick auf die Körbe, die die beiden Frauen fest an sich drückten, und sah, dass sie voller Knochen waren, und zwei blutbeschmierte Messer lagen auch darin.

Da drehte sich ihm alles vor Augen, und er hatte das Gefühl, in einen tiefen Abgrund zu stürzen, oh Hoffnung, jetzt weiß ich, dass du keinen Pfifferling mehr wert bist, mein Leben ist dahin, noch bevor es wirklich angefangen hat, dachte er und sank kraftlos zu Boden.

Placido, der Knochen und Messer ebenfalls gesehen hatte, begriff, dass nun alles an ihm hing, sein Bruder war ja fast ohnmächtig.

Er pumpte also Luft in seine Lungen, heftete den Blick auf die Frauen, auf das, was von ihren Gesichtern zu sehen war, und sprach: »Nehmt uns nicht das Leben, ihr zwei Frauen, wir sind jung und voller Tatendrang, nun, mein Bruder wohl eher voller Träume ... Wenn es euch nach Geld verlangt, dann können wir euch unseres geben«, und dann schenkte er ihnen sein schönstes Lächeln, wie in einem Theater in Paris.

Die Frauen blickten sich an, lösten die Bänder ihrer Umhänge, nahmen gleichzeitig die breitkrempigen Hüte ab und machten dann mit Kopfbedeckung in der einen und dem Korb voller blutiger Knochen in der anderen Hand eine altmodische Verneigung.

»Signori«, sagte die Dunkle, »verzeiht, dass wir euch geängstigt haben.«

»Signori«, sagte die Blonde, »fürchtet nicht um euer Leben, es ist noch in eurer Hand ...«

Die Dunkle hatte eine lange, kluge Nase – eigentlich kann man das ja von einer Nase nicht behaupten, aber es gibt tatsächlich Nasen, die begreifen genau, was um sie herum vorgeht, und das sieht man ihnen an. Sanfte Augen, die keinen Moment stillstanden, und ein breites Lächeln, das lange in ihrem Gesicht blieb.

Die Blonde machte ein wenig den Eindruck eines Kindes, obgleich sie keines war, aber sie hatte sich den unsteten, hüpfenden Gang aus der Kindheit bewahrt und große staunende Augen.

Mit Staunen, ob nun freudigem oder misslichem, blickten nun auch die Brüder die beiden Frauen an. Was für ein Witz war das denn hier? Erst Knochen und Messer und dann Verbeugungen, Getue und Lächeln? Placido, der als Einziger den Durchblick zu haben schien, fragte geradeheraus: »Wer seid ihr?«

»Wir sind Brigantinnen.«

»Brigantinnen?«, wunderte sich Placido.

»Es macht uns Spaß, den Männern, die hier vorbeikommen, einen ordentlichen Schreck einzujagen …«, erklärte die Blonde, und dann erzählte sie freudig: »Ich heiße Adele und komme aus Triest, und sie heißt Italia und kommt aus Spanien, aber sie ist ein Wandervogel, bleibt nie zu Hause … Wir streifen so herum und haben ein schönes Leben, kein Tag ist gleich, und es wird nie langweilig.«

Antonio rappelte sich hoch, jetzt war er nicht mehr blass, sondern verstimmt wegen des unnötigen Schrecks, den er ausgestanden hatte.

»Was soll das denn für ein Handwerk sein, Brigantinnen?«, ereiferte er sich.

»Lieber Freund, auf der Welt haben wir viele Männer gesehen, die Frauen unterdrückt, sie beleidigt und schikaniert haben. Böse Worte gegen sie gewandt, Hände und Messer gegen sie erhoben, wenn es besonders schlimm war. Zu viel Leid haben Männer schon über uns Frauen gebracht. Also haben wir eines Tages beschlossen, Brigantinnen zu werden, aber nur so, aus dem Bauch heraus, wir wollten es nur ausprobieren, wir sind nicht wirklich bösartig«, erklärte Italia, mit einem in die Ferne schweifenden Blick, der durch die aufgewirbelten Staubwolken der Vorbeireisenden ging, durch Schatten von Pinien und gelben Ginstersträuchern.

»Und die Knochen in den Körben? Da habt ihr ja wohl irgendwen abgeschlachtet, ihr Brigantinnen, oder etwa nicht?«, erkundigte sich Antonio misstrauisch.

Italia erwiderte prompt: »Das sind Schafs- und Ziegenknochen vom Schäfer aus dem Peloritanigebirge, der schlachtet das alte Vieh. Wir fragen ihn immer, ob er uns ein paar Knochen gibt, und füllen unsere Körbe damit, um Männern Angst einzujagen, die normalerweise Frauen Angst einjagen. Nur ein wenig Angst für die, die viel Angst in den Herzen der Frauen säen.« Und damit wandte sie ihnen den Rücken zu.

Auch Adele drehte sich nun um, und bevor sie in die dunkle Nacht verschwanden, murmelten sie: »*Nabushi kanekte.*«

»*Nabushi kanekte*«, sagte die dunkle Italia noch einmal.

»Was heißt das denn?«, erkundigte sich Antonio.

»Das ist ein Zauberspruch von einer moldawischen Magierin. Es heißt: ›Tut den Frauen nicht, was ihr selbst auch nicht erleben wollt, sonst werdet ihr es bitter bereuen.‹« Damit verschwanden sie in die Nacht, so wie sie gekommen waren, die zwei Brigantinnen Italia und Adele. Ihre Schritte gingen leicht und flink, und die offenen Umhänge wehten hinter ihnen her, sodass sie fast aussahen wie Fledermäuse.

Antonio und Placido blieben allein in jener Nacht und schliefen unter einer Sternendecke, ängstlich, aber auch freudig glitten sie durch ihre Träume.

Die Nacht neigte sich, und der Sonnenaufgang malte den Himmel rosa.

Tasche seitlich, Jacke über den Schultern, Hintern im Sattel, Flohstiche an den Beinen, so ging es los: zwei tatendurstige junge Löwen auf der Jagd nach ihrer Beute; einer Schiffsfahrkarte.

Voller Wagemut und ohne Furcht.

Eine graue Krähe folgte ihnen noch den Weg hinunter, und schließlich ließen sie das Reich der Tiere für immer hinter sich, um in die Stadt der Menschen zu gelangen. Als sie aus dem Wald traten, konnten sie vom Gipfel aus Messina sehen.

Da war also die Stadt, schmiegte sich mit ihrem sichelförmigen Hafen an die Ufer einer unendlich blauen, strömungsreichen See. Das Meer war rosig orange, die Boote der Nachtfischer schon wieder eingelaufen. Alte Segelboote lagen still wie Muscheln, die Dampfschiffe aber fanden, wie kleine Städte auf dem Wasser, keine Ruhe, erzitterten unter den Vibrationen der Motoren. Jeder Schornstein sah aus wie ein schwarzer Schlossturm, der sich hoch in den Himmel reckte. War eines dieser Schiffe abreisebereit, wurden Horizont und winkende Hände von Qualm verschluckt, der sich mit Einholen des Ankers schließlich in den Weiten des Himmels auflöste.

Eines dieser zur Abreise bereitstehenden Dampfschiffe sahen die beiden Brüder von ihren Sätteln aus, zahlreiche Waren stapelten sich davor, Männer tummelten sich zu Hunderten, und Frauen in frisch gestärkten weißen Gewändern boten Fisch und Eier feil, die sie in Körben auf ihren Köpfen balancierten. Das Schiff fuhr nach Australien, und die Passagiere waren schon an Bord, klammerten sich dort fest wie Trauben an ihren Reben, die Hüte zum Schwenken bereit. Im Hafen hingegen holten die Zurückbleibenden ihre riesigen weißen Taschentücher hervor, nicht nur für einen letzten Gruß, sondern auch, um ihre Tränen zu trocknen. Die meisten Männer hielten die Tränen zurück, den Frauen jedoch entrangen sich raue Klagelaute und herzzerreißende Schluchzer, und ihre Tränen liefen ungehindert über den Hals bis hinab zu den Brüsten.

Es wurden keine klaren Worte gesprochen, eher gemurmelt: »Das Herz reißt's mir aus, reißt's mir. Warum muss er so weit weg? Warum nur kann er nich bei mir bleiben, mein Junge?«

Doch zwischendrin waren auch einige hoffnungsfrohe Sätze

zu hören: »Wer mutig is, dem steht das Glück zur Seite, schön is das Leben, wenn's hoch hergeht, die Madonna beschützt dich.« Am Hafen in Messina stand nämlich eine Madonnenstatue, deren Sockel die Aufschrift schmückte: VOS ET IPSAM CIVITATEM BENEDICIMUS. Man erzählt sich, dass die Madonna die beiden Ritter von Messina damit segnete.

Im geschützten Hafenbecken sind die Wasser ruhig wie die eines Sees, aber dahinter gibt es zahlreiche Strömungen, und die Wellen schlagen hoch. Die beiden Brüder blickten also die Madonnensäule mit der Aufschrift an und das Schiff, das nach Australien auslaufen würde und die Reisenden und die Nichtreisenden. Jeder der Menschen am Hafen blickte auf einen festen Punkt, auf den Sohn oder den Bruder, der in die Ferne zog. Und jeder versuchte, sich das letzte Lächeln einzuprägen, die Angst zwischen den aufeinandergepressten Lippen, die Locke auf der mit Parfum besprenkelten Stirn, die schicke Jacke, das blaue Hemd, das er an jenem verfluchten Abschiedstag trug.

Denn wenn man damals ein solches Schiff bestieg, dann kam man nicht mehr wieder.

Das Schiffshorn erklang einmal, zweimal, dreimal, die Matrosen zogen Anker und Taue hoch, und als diese das Schiff nicht mehr hielten und der Bug schon anfing sich zu drehen, da ging ein Beben durch die Menge. Menschen weinten, strauchelten, waren der Ohnmacht nahe. Tiefe Seufzer erhoben sich im Gewühl, man umarmte sich und zitterte miteinander, spürte die menschliche Nähe, die Kraft nimmt oder gibt, schmerzerfüllte Klagen erhoben sich, es war ein Durcheinander ohnegleichen. Die Frauen hielten ihren Schmerz nicht zurück, vor allem die Mütter, sie schlugen sich hart gegen die Brust und klagten in rauen, verzweifelten Tönen.

Die Brüder sahen sich das alles schweigend vom Rücken ihrer Pferde aus an, nicht etwa inmitten der trostlos hin und her wogenden Menge. Verzweifelt waren die Zurückbleibenden, zuversichtlich die Reisenden.

»Das ist doch wirklich übertrieben, wenn einer fortgeht, dann stirbt er doch nicht«, bemerkte Antonio.

»Ich hoffe, du wirst glücklich, da, wo du hingehst«, sagte der Bruder nur.

»Ich kann das Wort ›Hoffnung‹ nicht mehr hören.«

»Gehe in Freiheit, Bruder, mit windgeblähten Segeln.«

»Ja, das will ich: ein Leben in Freiheit.«

»Zwischen Leben und Überleben besteht ein großer Unterschied«, stellte Placido fest, und dieser Satz wurde weder verstanden noch irgendwann erklärt.

Doch er blieb dem Volksmund erhalten, und noch heute sagt man hier und da: »Zwischen Leben und Überleben besteht ein großer Unterschied.«

Antonio sagte den Satz ein bisschen anders gleich noch einmal vor dem Fahrkartenverkaufsstand: »Leben wie Überleben sind mit viel Leid verbunden«, dann stieg er vom Pferd, und mit unendlich blauen Augen und heller Stimme sagte er zum Fahrkartenverkäufer: »Signore, ich möchte ein Billett nach Amerika.«

Der Kartenmann trug eine rote Kappe mit blauem Schirm, auf seinem Tisch lag eine Menge Papier und in den sechzehn Schubladen seines Schreibtischs eine Menge Geld. »Junge, Amerika ist groß«, erklärte er, »wo willst du denn hin? Welche Schiffsroute?«

Antonio kannte beileibe nicht alle Worte, schließlich war er nur bis in die vierte Klasse gegangen, und bei dem Wort »Route« klingelten seine Alarmglocken. »Wie, das Schiff ruhte, fährt es dann nicht?«

Sein Bruder kam ihm zu Hilfe, er hatte etwas mehr von der Schule behalten: »›Route‹ bezeichnet die Richtung, die das Schiff nimmt, die Stationen und das Ziel. Wenn einer ein Schiff nimmt, dann muss er doch wissen, wo er hinwill und über welche Wege.«

»Aber auf dem Meer gibt es doch gar keine Wege«, entgegnete Antonio, denn wenn er aufgeregt war, warf er alle Wortbedeutungen durcheinander. Doch sein Bruder half ihm noch einmal und verhandelte mit dem Fahrkartenverkäufer über das Billett nach Amerika: »Mein Bruder will nach New York, und weiter weiß er noch nicht, vielleicht schaut er, wo noch andere Leute aus Gesso sind, dann ist er da nicht so allein, weil amerikanisch spricht er noch nicht.«

»Niemand kann Amerikanisch, wenn er aus Sizilien weggeht«, bemerkte der Mann mit der tief in die Stirn gezogenen Kappe und machte sich daran, die möglichen Routen herauszusuchen. Er dachte ein wenig nach, blätterte in schwarzen Heften und Papieren, auf denen die Routen in Rot und Blau aufgezeichnet waren, und dann sagte er: »In zwei Wochen fährt ein schönes großes Schiff. Es macht Halt in Neapel, da steigen die Neapolitaner ein, dann in Genua, da steigen die Genueser ein, dann in Cádiz, da steigen die Spanier ein, und wenn's der Ozean zulässt, dann fährt's geradewegs nach New York. Die Karte kostet zweitausend Lire, einschließlich Mahlzeiten und Bett in einer Kabine für zehn. Zehn Männer in einer Kabine, die Frauen schlafen woanders. Es gibt noch eine andere Karte, die kostet tausend Lire einschließlich Mittag- und Abendessen, aber ohne Frühstück und ohne Bett, man schläft irgendwo auf dem Boden an Deck, wenn es warm genug ist. Wenn es kalt ist, dann schläft man im Laderaum, bei den Motoren. Dann gibt es noch eine Karte zu dreitausend für die Signori, aber so seht ihr mir nich aus … Da schläft man in der Kabine zu zweit mit Matratze und Leinenlaken, einem englischen Mahagonitisch, glänzenden Türklinken, und man isst im Saal mit Silberbesteck und trinkt Wein. Du siehst aus wie einer, der das Billett für zweitausend nimmt, oder nich?«

Der Kartenverkäufer war es gewohnt, ungeduldige, reiselustige Gesichter zu sehen, und er wartete die Antwort der Brüder Grillo gar nicht erst ab. Schon streckte er die Hand aus, um die rote Karte für zweitausend Lire abzureißen, die Karte für tausend war gelb, die für dreitausend grün, da sagte Placido: »Warte mal, mach uns einen guten Preis …«

»Wieso?«, wollte der Kartenverkäufer wissen, in der Warteschlange wurde schon ungehaltenes Murren laut, aber Placido war es gewohnt zu handeln, und er überzeugte ihn: »Hör mal, was ist, wenn mein Bruder in der ersten Woche nicht mit den anderen Passagieren das Schiffsessen isst, sondern das, was er sich von zu Hause mitbringt, also Provolonekäse und Obst, Bohnen und Erbsenfrittata, Minestrone und Maronenkrem, und für wenn er nachts nicht schlafen kann und Kummer hat, nimmt er Amarena mit, damit kann er sich trösten. Wenn er dann also nicht mit den Passagieren und der Besatzung isst und trinkt, dann kannst du doch mit dem Preis etwas runtergehen.«

Um wie viel er das tun konnte, das wurde lang und breit diskutiert, und die Wartenden wurden schon mürrisch, als man sich schließlich auf den Betrag von 1923 Lire einigte.

1923, weil das schließlich das Jahr der Reise und eine Lira pro Jahr sei, und außerdem vergelte es ihm Gott, denn ihre Familie sei ehrenhaft und arbeitsam, und mit dem übrig gebliebenen Geld, um genau zu sein siebenundsiebzig Lire, könne Antonio Geschenke kaufen, Blumen für die Toten und eine Kette für seine Mamma. Dass Wort »Mamma« ließ den Widerstand des Verkäufers endgültig schmelzen, und er gab ihm Billett und Quittung.

»Und dass ihr mir bloß nicht vergesst: In zwei Wochen, am 18. April 1923 um sechs Uhr am Nachmittag, also fast am Abend. Das Schiff fährt auch bei Wind und schlechtem Wetter. Die Schiffskarte ist nur und allein für diese Strecke gültig. Erster Halt Neapel, dann Genua, dann Cádiz und dann geradewegs nach Amerika zum Hafen in New York, wo keine Madonna della Lettera steht, sondern die Freiheitsstatue, aber das wisst ihr bestimmt. Gott steh euch bei, ihr Jungens.«

Dann umarmten sie sich, was keineswegs üblich war, aber Antonio zeigte seine Dankbarkeit immer mit Umarmungen, die hier und da schon den ein oder anderen Erstickungsanfall ausgelöst hatten. Mit diesen siebenundsiebzig Lire konnte er vor der Abreise noch wunderbare Dinge tun, und außerdem hatte der Verkäufer das Wort »Freiheit« benutzt, und jedes Mal, wenn Antonio dieses Wort hörte, bekam er Schmetterlinge im Bauch und gute Laune, und er lachte, auch wenn es nichts zu lachen gab.

In der Brusttasche die rote Schiffskarte, zwei Handbreit lang, aus Papier, das feuchter Meeresluft und Tränen standhielt und einen Anflug von Vanilleduft verströmte – diese letzte Tatsache blieb allen bis zum Schluss ein Rätsel –, kehrten sie ohne Pause und weitere Verzögerungen noch vor dem Abend nach Hause zurück.

Obwohl sie eigentlich schon eine Pause machten, aber nur eine kurze. Antonio ging nämlich zu einem Juwelier, der Mirenda hieß. Das mit goldgerändertem blauem Samt ausgeschlagene Schaufenster hatte ihn angezogen, und er ging kurz hinein und kaufte etwas. Doch als Placido ihn fragte: »Für wen?«, da errötete er und murmelte etwas, und Placido begriff, dass es Antonios Geheimnis war.

Raus ging es aus der Stadt und dann in gestrecktem Galopp bis Gesso. Es blieben ja nur noch vierzehn Tage bis zur Abreise, und Tage vergehen schneller, als Wasser den Fluss hinunterfließt. Aurora und Audacio hatten die Stadt, ihren Lärm und die Städter satt und flogen regelrecht nach Gesso, furchtlos und ohne innezuhalten.

Viele Träume bevölkerten den Schlaf der zwei Brüder, Träume und kein bisschen Angst.

Viel Liebe bevölkerte den Schlaf der beiden Pferde.

Noch zwei Wochen bis zur Abreise.

Wie zuvor das Geld für die Schiffskarte versteckte Antonio nun das Billett in der Vase aus blauem Glas. Blau war seine Lieblingsfarbe.

VII

Die Grillos sind große Lotospflaumenesser

»Sind die Pferde gestern lahm geworden, bei dem Ritt nach Messina?«, fragte Tina Oliva, einen Hauch Bordeauxrot auf den Lippen und das Kinn wie immer spitz.

»Habt ihr ein Billett mit Bett, Mahlzeiten und allem Drum und Dran gekauft?«, wollte der Vater wissen.

In den verbleibenden vierzehn Tagen bis zur Abreise schwankte Antonio zwischen Frohsinn und Schwermut. Der Frohsinn lag ihm mehr, aber hin und wieder überwog die Schwermut, kroch schwarz und zäh durch seine Venen und kehrte die Dinge um: Naheliegendes entglitt ihm, und Dinge, die schon lange schlummerten, wanden sich aus den Tiefen in sein Bewusstsein herauf.

Den bitter-süßen Geschmack des Amarena etwa nahm er gar nicht wahr, doch er löste eine Erinnerung aus: Vor seinem inneren Auge erschien die Großmutter, wie sie vor vielen Jahren wilden Spargel in Amarena getunkt und ihn dann im Teigmantel frittiert hatte. Und ihm war, als hörte er Bienensummen nahe einem alten Kirschbaum, der schon lange keine Früchte mehr trug.

Was er sah oder berührte, veränderte seine Gestalt.

Über allem schwebte ein nächtlicher Dunst, über den Dächern, Schränken, Stimmen, über der Tafel des Vaters, auf der die Löhne der Arbeiter vermerkt wurden, über jedem Streifen Erde, sandfarben oder schwarz, über den Muskeln eines Arbeiters, der schimmernden Gips aus dem Steinbruch holte. Er schwebte über den Glyzinien, deren Farbe mit jedem Tag ein wenig mehr verblasste, und über den Ausscheidungen, die ein Insekt auf einem Grashalm hinterlässt, einem durchscheinenden Tropfen, in dem sich die ganze Welt spiegelt … Im Angesicht der Schwermut veränderte sich alles.

Jeder Mensch trägt Frohsinn und Schwermut in sich, durch Höhen und Tiefen seines Lebens. Meistens halten sie sich die Waage, manchmal nicht.

Wenn die Schwermut Antonio überfiel, dann piesackte sie ihn wie eine wilde Rose auf dem Feld, nur auf Auroras Rücken kehrte der Frohsinn wieder in ihn ein, dann ging es zum Meer und hinein in die Fluten.

Er lief umher oder saß da und seufzte, und sein Vater ließ ihn nie aus den Augen, beobachtete seinen Sohn, der bald nicht mehr bei ihm sein würde, und konnte sich nicht an ihm sattsehen. Immerzu redete er Antonio an und folgte ihm, wohin er auch ging, sogar bis ins Badezimmer hinein. Manchmal gab er ihm ein gutes Wort mit, einen Satz, einen Ratschlag. Er wollte ihn nicht mit Brot und Provolone nähren oder ihm Geld und Kostbarkeiten für seine Reise geben, sondern einen großen Wortproviant. Worte waren für Lio Grillo ebenso wichtig und gehaltvoll wie alles andere.

Er sagte etwa: »Wer nichts pflanzt, der erntet nichts«, »Du musst wissen, wer du sein willst, aber auch, wer du nicht sein willst«, »Das Leben muss nicht lang sein, sondern reichhaltig«.

Dann seufzte er, der Vater, und schlief immer weniger.

Auch Tina Oliva war dieser Tage durchaus nicht fröhlich oder mit dem sprießenden Frühling beschäftigt. Antonios Reise interessierte sie nicht die Bohne, mürrisch, wie er immer zu ihr war, nein, aber die Angst, Placido könnte ihm folgen, wurde immer schlimmer.

Denn die Brüder standen sich so nahe, dass sie seit Kindertagen im selben Bett schliefen.

Tina Oliva war sehr gläubig und ging Tag für Tag mit einem Schleier vor dem Gesicht zur Messe, und dort saß sie dann mit den anderen Frauen in ihrer Ecke, damals saßen die Frauen in der Kirche ja noch getrennt von den Männern. Sie betete mit Inbrunst zu allen Heiligen, einen Sturm zu schicken oder den Blitz in das Schiff einschlagen zu lassen. Und sollte Antonio doch in Amerika ankommen, dann möge er bloß nicht auf die Idee kommen, seinem Bruder Placido die fernen Prärien schmackhaft zu machen.

Damals dachte man in Sizilien noch, Amerika sei das Paradies, denn dort wuchsen unendliche Wiesen, »Prärien« hießen die. Die spärlichen Wiesen auf Sizilien sind strohfarben und vertrocknet, ein Dickicht aus wild wachsendem Kraut, das sich im Wind wiegt, Brombeeren, Disteln, Dornen, Unkraut, Klee und Ackerbohnen, und wenn man sich mal ausstreckt, dann rücken ganze Armeen von Ameisen und Zecken an.

Aber die amerikanischen Prärien ... unendliche Weiten samtiggrünen Grases, von Gott und dem Schicksal erschaffen. Tina Oliva betete also, dass Antonio nicht dort ankäme und wenn doch, dass er dann nicht auch ihren leiblichen Sohn Placido dafür gewinnen würde. Sie betete und bangte, und sie kochte, weil das Hantieren mit Töpfen und Pfannen sie ungemein beruhigte. Sehr viel Essig benutzte sie dieser Tage, reinen Essig, wie man ihn für süßsaure Frittelle braucht, Antonios Lieblingsgericht, das sie angesichts seiner bevorstehenden Reise täglich zubereitete. Süßsaure Frittelle am Mittag und am Abend, und wenn welche übrigblieben, wurden sie am nächsten Morgen zum Kaffee gereicht. Gebratener Knoblauch, Tomaten und dann die Frittelle, noch einmal schnell in der Pfanne aufgewärmt mit einem Schuss Essig und ganz zum Schluss Zucker obendrauf. Irgendwann konnte Antonio das Gebäck nicht mehr sehen, hungerte jedoch nach den Worten des Vaters, der ihm Rat um Rat gab, gepeinigt bei dem Gedanken an die baldige Abreise.

Mittags, abends und morgens verkündete der Vater nun seine Weisheiten am Esstisch, bündelte sie nur für seinen Sohn, den er vielleicht nie mehr wiedersehen würde, sein Sohn Antonio mit den sagenhaften blauen Augen, die schon in Kindertagen von Abenteuern und hoher See erzählt hatten. Zwischen einer Frittella und einem Biancomangiare, einem Zitronen-Zimt-Eis oder frisch zubereitetem, warmem Ziegenricotta, sagte er etwa: »Du wirst in deinem neuen Leben auf viele Menschen treffen. Menschen sind wie Mandeln: Von außen sehen sie alle gleich aus, wenn man sie aber öffnet, dann findet man eine, die gut ist, eine ranzige, eine vertrocknete und in einer Schale ist überhaupt nichts drin. Gute Mandeln gibt es nicht viele.«

Um seine Theorie zu bestätigen, gab er Antonio vier Mandeln, und der fand tatsächlich eine gute, eine ranzige, eine vertrocknete, und die letzte Schale war leer.

Oder der Vater sah in die Ferne, ließ den Blick über seine Ländereien und die der Allgemeinheit schweifen, so weit das Auge reichte. Die Olivenhaine erstreckten sich bis zum Meer hinunter, das jeden Tag ein neues Fest war mit den sieben Liparischen Inseln, azurblau am Horizont aufgereiht, jede mit einer darüber schwebenden Wolke, mit Sonne, Mond, Sternen und Marienkäferchen, und er sagte: »Es ist bitter, diese Welt hier zu verlassen.«

Diese Feststellung galt für ihn selbst und für alle anderen. Sie war so allgemeingültig, dass sie wie Salz in eine beliebige Soße immer und für jeden passte, aber vor allem für seinen Sohn.

»Es ist bitter, diese Welt hier zu verlassen« hieß etwa, dass er auf keinen Fall sterben wollte, denn trotz seiner Trauer war die Welt doch wunderschön.

»Es ist bitter, diese Welt hier zu verlassen« hieß auch, dass niemand gerne stirbt und sich alle an ihrem Leben in dieser Welt festklammern wie die Zecke an der Katze. Und zu guter Letzt hieß es: Deine Welt hier, Sizilien, zu tauschen gegen eine neue, ob schön oder nicht, das sei mal dahingestellt, wirst du noch bereuen, du wirst das alles hier schmerzlich vermissen, ja sogar deinen schweigsamen Vater. Jetzt kannst du dir das noch nicht vorstellen, denn noch überwiegt dein Abenteuerdurst, dein absurder Freiheitstraum, aber allem den Rücken zu kehren, das ist schlimmer, als einen ganzen Berg Gips allein abzutragen.

Das war es mehr oder weniger, was sein Vater dachte, und

dann, nach jedem seiner feierlichen Sätze, ging er wieder in seinen Gipssteinbruch, zu den Arbeitern, die aussahen wie griechische Statuen, schweißglänzend und mit nackten Oberkörpern, an denen sich die glatten Muskeln wölbten. Die Steinbrüche lagen nicht weit vom Dorf entfernt in einem kleinen runden Tal. Für den Abbau musste nicht wie beim Schwefel unter Tage gegraben werden, denn der Gips hatte sich an den Felswänden abgelagert, wo ihn die Minenleute jeden Tag abtrugen und dann mahlten. Die Felswände erstrahlten tausendfach im Sonnen- wie im Mondlicht, ein fast unwirkliches Schauspiel, jeder Splitter ein Diamant, Sternenstaub gleich. Die Männer lösten große Steine von den Felsen, luden sie sich auf die Schultern und brachten sie zum Brennofen, wo sie zu weißem Pulver für Kreide oder Baustoff zerrieben wurden.

Gips sieht aus wie von einem anderen Planeten, dabei ist er doch von dieser Welt. Und es kommt vor, dass in Bruchsteinmauern, Schweinefuttertrögen oder auch Petersilientöpfen, die aus Steinresten der Gipsbrüche bestehen, ein Gipslicht explodiert wie das einer kleinen Galaxie.

Wenn Lio Grillo weiß gekleidet zu seinem Steinbruch ging, dann schimmerte auch er wie das helle Gipsgestein, mit dem er handelte, und wenn man ihn grüßte, dann dankte er stumm mit sanftem Seidenblick und einem Handzeichen.

»Gott segne Euch, Don Lio Grillo«, sagten die Arbeiter.

»Don« war damals eine Respektbezeichnung von »Dominus«, Signore, vielleicht aber auch eine Erinnerung an die Spanier auf Sizilien, und die Bauern, die Unterdrückten, erkannten mit diesem »Don« in Lio Grillo den Mann an, der den Witwen und Waisen half, der sein Brot mit den Arbeitern teilte, ohne ihnen das Leben mit zu vielen Pflichten zu versauern.

Alle grüßten ihn, und er grüßte zurück, jeder Schritt ein Gruß und jeder Gruß ein Schritt, immer das Gleiche, »Gott segne Euch, Don Lio Grillo«.

Nachdem er im Steinbruch und auf seinem Weg hin und zurück geschwiegen hatte, kam er stets mit einem neuen Satz auf den Lippen wieder nach Hause, murmelte ihn vor sich her, als wollte er ihn dem einprägen, der ihm zuhörte, wie ein Meißel, der langsam in Stein graviert.

Vor einem Teller Kirschen, echter Kirschen, keine Kugeln wie die von Antonios im Krieg gefallenen Freund, sagte er etwa im April 1923 beim Essen: »Seltsam, Dinge, die tot sind, kommen mir gerade lebendig vor, und Dinge, die leben, tot. Heute hat ein alter Schrank zu mir gesprochen, und ich habe einen Mann gesehen, der wie tot war. Manche Leute leben und sind doch schon tot. Innen drin sind sie tot, man sieht das in ihren Augen.«

Da sagte seine Frau: »Du bist ja närrischer als ein Pferd.«

»Das ist nicht wahr, Pferde sind überhaupt nicht närrisch. Manchmal meint man das, aber nur, weil sie immer in der Nähe von Menschen sind«, erklärte Placido, und so kamen sie vom Hölzchen aufs Stöckchen.

»Ich habe schon mal ein fliegendes Pferd gesehen«, behauptete Antonio.

»Erzähl!«, forderte sein Vater ihn neugierig auf, der nicht genug von den Geschichten des Sohnes bekommen konnte, der bald schon in der Ferne sein würde.

»Es war einmal ein Pferd, das lief und lief am Rand der Berge entlang, eigentlich wollte es an diesem einen Tag nichts tun als laufen, aber während es mit wehender Mähne so dahergaloppierte, da bröckelte der Berg unter seinen Hufen. Und so lief es weiter und weiter in der Luft, bevor es abstürzte, und das habe ich gesehen, ja, das habe ich gesehen … Es flog ohne Flügel, und das Pferd war glücklich über diese Schwerelosigkeit, und bevor es starb, da dachte es bestimmt: ›Wie fabelhaft, ich bin ein fliegendes Pferd‹, und wer es sah, dachte auch: ›Wie fabelhaft, es gibt also tatsächlich fliegende Pferde‹, und uns allen blieb der Mund offen stehen beim Anblick dieses fliegenden Pferds.«

Nach dieser Anekdote gab es Fischklößchen, schneefein mit

Mehl bestäubt, Kichererbsen mit Sardellen, Petersilie und Peperoni, Spaghetti mit Kapern und Malvasia, Stockfisch alla Messinese und Nüsse in Schokolade mit Feigenkakteensoße.

Bei jeder Mahlzeit wurde versucht, den bald flüchtigen Sohnemann zu mästen, denn in Amerika gab es diese ganzen Köstlichkeiten doch gar nicht, und nach jedem Essen fragte Tina Oliva dasselbe: »Warum gehst du weg? Was fehlt dir hier? Ist es wegen einer Frau?«, und er antwortete immer das Gleiche, variierte aber den Wortlaut: »Ich will nur frei sein; was mir fehlt, das nennt man Freiheit; wenn ich frei bin, dann liebe ich mein Leben … Ich gehe auf Wunderjagd …«

An jenem Tag gab er die übliche Antwort, doch er fügte noch etwas hinzu: »Ich gehe, weil ich euren ganzen Kokolores hier dicke hab.«

Doch nach einem so vorzüglichen Essen mit ebensolchen Geschichten und Anekdoten kam das Wort »Kokolores« bei Vater, Mutter und Bruder keineswegs gut an, und so folgte eine Flut an Schimpf und Schelte.

»Unseren Kokolores?«, fuhr Tina Oliva auf, und wie zuvor ging es wieder vom Hölzchen aufs Stöckchen. »Unseren Kokolores wie mit viel Liebe zubereitete Mahlzeiten vielleicht? Kokolores wie ein Essen mit flandrischem Leinentischtuch und Servietten aus feinstem Batist und vorzüglichen Fischklößchen? So viel Kokolores, dass du unbedingt wirklich alles mit Tomatensoße vollkleckern musstest? Unseren Kokolores hast du dicke, wo wir dich doch jetzt schon alle vermissen? Für wen hältst du dich eigentlich? Für König Salomon höchstpersönlich? Und uns hältst du anscheinend für eine Herde dämlicher Schafe, oder was? Du Lümpel, du ehrloser Tölpian, du.«

Und so endete das Essen schließlich, mit Schluchzern, hilflosen Schlägen auf den Tisch, kurz: mit Zeter und Mordio.

Das passiert auf Sizilien ziemlich oft.

Erst Komödie, dann Tragödie.

Tragödie und Komödie, zwei gegenüberliegende Flussufer.

Erst Tränen, dann Lachen, rasende Wut und Ohnmacht, echte und gespielte, und zum Schluss sitzen alle in Frieden beim Kaffee zusammen – ein einziges Wort reicht, um die Hölle losbrechen zu lassen oder genau das Gegenteil.

Und am Ende dieses Essens stand eine neue Weisheit Don Lios, die Placido sich notierte: »Immer mit der Ruhe, lasst ihn ziehen … Wer auf dem Meer zu Hause ist, der rastet nie.«

Während Placido schrieb: »Wer auf dem Meer zu Hause ist, der rastet nie«, sprang Antonio auf, denn jemand rief ihn unten von der Straße aus einer Kalesche.

»Antonio Grillo, Antonio Grilloooo … Hab eine Lieferung für Euch«, kündigte ein kleiner Mann mit rauer Stimme und Hakennase an, »Ihr müsst mir helfen, es hochzutragen, ist nicht schwer, aber groß. Es braucht vier Hände, mit vier anstatt zwei Händen klappt alles besser«, und das hörte sich an wie ein Befehl.

Antonio war neugierig genug, um über diesen Befehlston hinwegzuhören. Die Kiste auf der Kalesche war aus hellem Holz mit kleinen Nägeln darin, und sie roch fabrikneu. Das Pferd war verschwitzt, schnaufend und schweifschlagend konnte das Tier es kaum erwarten, die Kiste loszuwerden. Antonio und der Mann mit der Hakennase brachten sie auf die Terrasse, und als Antonio den Deckel von den Nägeln befreite, traf ein Sonnenstrahl auf den Messingbeschlag und das Schloss.

Es war ein Zwischending aus einfachem Koffer und Überseekoffer. Das Leder war weicher, als er jemals zuvor welches gesehen hatte, und obendrein sorgfältig gearbeitet. Der Koffer war mit zwei Griffen anstatt einem ausgestattet, und die Messingbeschläge, an jeder Ecke einer, glänzten wie Goldbarren und waren wohlgeformt und anschmiegsam. Sogleich fingen Antonios Augen an zu leuchten: Dies war sein Koffer, oder Überseekoffer, für seine Habseligkeiten. Begleiter seiner Abenteuer auf der Reise über den Ozean bis zu den weiten Prärien Amerikas.

»Wer schickt mir das?«, erkundigte Antonio sich neugierig.

»Hier ist eine Karte, Signore«, antwortete der Mann.

Antonio hob den Deckel mit zitternden Händen an. Innen drin war alles mit blauem Samt ausgeschlagen, glänzend und fest, nicht einmal die Naht war zu sehen, so fein hatte jemand ihn angebracht, und in den Ecken war das Blau weicher, wie Wellen auf See. Auf dem ovalen Schild am Deckel glänzten zwei in Großbuchstaben eingravierte Worte: WAG ES.

»Das ist wahr, ich muss alles wagen. Etwas wagen, das ist das Schönste im Leben. Im Leben braucht es Mut, und wenn einer keinen hat, dann kann er daran arbeiten. Ich etwa fürchte mich vor Stürmen, aber ich wage es trotzdem. Was ist schon ein Sturm, wenn am Ende ein anderer Mann aus mir wird, aus Antonio wird ein Tony oder so …«, und er lachte, als er das sagte, schüttete sich regelrecht aus vor Lachen, während sein Vater matt seufzte, Tina Oliva an ihren Fingernägeln knabberte und sein Bruder Placido Audacio sattelte.

Dann klappte Antonio die Karte auf, die dem Inhalt der Kiste beigefügt war, eine schäbige Karte aus billigem Papier in einem gelben Postumschlag:

> Wage alles, lieber Bruder, das rate ich dir hier und jetzt und immer. Wage alles an jedem Tag in deinem Leben. Dein Bruder auf immer, Placido Grillo.

Antonio wollte ihn umarmen, doch Placido war schon über alle Berge, man sah ihn gerade noch auf seinem schwarzen Pferd in Richtung Meer davongaloppieren.

Die immer näher rückende Reise versetzte Antonio in Unruhe, und so lief er bald hierhin, bald dorthin, streifte durch das Haus, durchwühlte Schubladen und Schränke nach Dingen, mit denen er seinen Koffer für die Reise von der alten in die neue Welt füllen könnte. Um nicht durcheinanderzukommen, beschloss er, alles aufzuschreiben, was er für die Ozeanüberquerung und das Land der Freiheit brauchen würde.

Kleidung und Wäsche lasse ich hier, dachte Antonio, in Amerika gibt es doch ohnehin alles. Ich nehme nur mit, was es dort nicht gibt, Dinge aus meinem Leben hier in Gesso, Köstlichkeiten und Glücksbringer.

Vorsichtig legte er den Koffer auf sein Bett, auf eine gehäkelte Decke mit Rosen und Volants, alles handgemacht. Im Zimmer hing Rosenduft. Behutsam öffnete er das Gepäckstück, vielleicht wie man eine Kirchentür öffnet, maß die Ecken und wie viel wohl hineinpassen würde und dachte darüber nach, was er wie einpacken solle. Ganz voll wollte er den Koffer nicht packen, Gepäck, das aus allen Nähten platzt, ist doch unerträglich, er wollte lieber etwas Platz lassen, vielleicht nimmt man ja auf der Reise noch das ein oder andere mit, oder man bekommt ein Geschenk, wer weiß. Der Koffer sollte voll, aber nicht übervoll sein, beschloss er.

Antonio blickte sich um und überlegte, ob er etwas aus dem Zimmer mitnehmen sollte. Bonbonnieren nicht, Heiligenfiguren auch nicht, nicht die Blumenvase, aber das Bildchen mit dem heiligen Antonio Abate, das schon. Der Heilige mit dem langen weißen Bart, der wie Wellen auf seine Brust hinabfiel, auch er war ein Mann der Reisen und der See, der heilige Antonio, und als er in Gesso vorbeigekommen war, da hatte er mit seinen eigenen Händen einen Sturm zur Ruhe gerufen, hatte das Meer beruhigt und konnte dann ganz gemächlich in Sizilien anlegen, mit all den Tieren, die wie die Kletten an ihm hingen. Mit einem Stock, an dem ein Glöckchen befestigt war, lief er durch Felder und Wälder, gefolgt von Grillen und Schmetterlingen. Dieses Bildchen legte er in den Koffer, zusammen mit dem kleineren Bildchen, das Ciraolo ihm gegeben hatte als Erinnerung an das Dorf und seine Schuld ihm gegenüber.

Dann folgten sechs Likörgläser, die einst seiner Mutter gehört hatten, kleine blaue Gläser mit goldenen, sechszackigen Sternen darauf, einige Flaschen Amarena, außerdem Munafòs Karten, die handbemalten, die Antonio vergraben gefunden hatte und mit denen er auf dem Schiff und an Land sein Glück versuchen könnte. Aber es gibt Dinge, die lassen sich gar nicht einpacken – Sonnenstrahlen, Sternenstaub, Insoliatrauben, Grillen und Katzen, frischer Spargel, der Duft von Brot, Minestrone mit wilden Kräutern, der Schirokko.

Es gibt eben Dinge, die haben ihren festen Platz, und von dort kann man sie nicht wegnehmen, dachte Antonio und tröstete sich mit anderem.

Er steckte also etwas in den Koffer, das normalerweise keine Reise antritt: einen Mineralstein, der glänzt, wenn ihn das Mondlicht berührt, ein Stück Schwefel der Insel Vulcano und eines der Insel Stromboli, Schwefel ist gut für den Atem, für die Haut und hält Teufel fern, außerdem ein Stück Bimsstein, die schaukeln vor Lipari in der See und werden mit der Strömung nach Gesso getragen.

Kein Stein bewegt sich von hier nach da, nur der Bimsstein, der schwimmt übers Meer, sinnierte Antonio.

Noch mehr Dinge, denen ein langes Leben beschieden ist, fanden ihren Weg in den Koffer: ein Muschelfossil und Korallen, alles in den Feldern gefunden, ein Marmorsplitter der byzantinischen Burg, nicht größer als eine seiner Locken – der Koffer durfte ja nicht schwer wie ein Dinosaurier werden. Also suchte Antonio noch nach etwas Leichtem.

Aus der Aussteuertruhe seiner Mutter, die er nie kennengelernt hatte, nahm er ein von ihr besticktes Handtuch und einen ebensolchen Kissenbezug. Das Handtuch aus Leinen-Seide-Gemisch war mit zwei ineinander verflochtenen Nelken bestickt, eine rosa, die andere rot, und mit langen Wabenfransen verziert. Der Bezug zeigte weiße Callas, rosa Rosen und die mit verzierten Initialen versehenen Worte: *Seid immer glücklich.*

So würde es sein, als striche seine Mutter ihm jeden Morgen über die Wange, auf dem Schiff und auch nach der Ankunft, und an ihre Worte geschmiegt würde er Schlaf finden.

Seid immer glücklich, gibt es einen schöneren Wunsch?

Dieses *immer* … Glücklich sein an sich ist schon selten genug, aber »immer« ist ja nun tatsächlich übertrieben, immer glücklich zu sein, das ist wie auf dem Mond zu leben.

Von seinen Büchern nahm er nur zwei mit, zwei Hefte, die er als Kind schon geliebt hatte: die Geschichte von Odysseus und Polyphem und die von David und Goliath, eigentlich zwei ähnliche Geschichten, in denen es darum geht, wie ein kleiner Mensch einen Riesen besiegt. Kurz überlegte er, welche von beiden er einpacken sollte, doch dann nahm er beide.

Auch ein einfacher Mann kann einen Riesen besiegen, sinnierte Antonio.

Der Koffer wog nun schon einiges, gefüllt wie er war mit Büchern, Steinen, Mineralien, Amarenaflaschen und -gläsern und dem Heiligenbild, das sogar gerahmt war.

Wenn man weit kommen möchte, dann sollte man leichtes Gepäck haben, sagte er sich, ich kann ja nicht ganz Sizilien mitnehmen, oder vielleicht doch, wer weiß, murmelte er weiter, und in seinen Augen blitzte es.

Antonio zerbrach sich den Kopf. Um nach Amerika Meer und Sonne aus Sizilien mitzunehmen, seinen Bruder, Freunde, die Magierin Vittoria, das Grab seiner Mutter, Katzen, die Stute Aurora, seine Gänse, Delfine, Bienenstöcke, die Burg mit den Olivenbäumen, süßsaure Frittelle, Bäume und Jasmin, gab es nur eine Lösung: die Fotokamera.

Auf jedem Foto ein Stück seiner Welt.

Die Kodak seines Vaters.

Auf dem dünnen Fotopapier würde er tausend Dinge mitnehmen können, vollkommen ohne Gewicht, denn ein Foto ist leicht. Was für ein herrlicher Apparat, diese Kodak seines Vaters, eine magische Schachtel, diese Balgenkamera mit Blende, die in wenigen Sekunden das vorbeilaufende Leben auf einen Film bannen konnte.

Als er die Idee mit der Kamera hatte, da ging also ein Leuchten über seinen Blick, ein Blitz nicht aus Magnesium, sondern aus Begeisterung, und dieser Blitz ließ seine fabelhaften blauen Augen aufleuchten wie ein Vulkan.

Er griff sich die Kodak, bestieg Aurora und ließ ihr freien Lauf. Und wo sie stehen blieb, da fotografierte er.

Die Stute trabte an Häusern vorbei, durch die Felder und dem Wind hinterher, und alles um ihn herum, all die schweren Dinge, wurden auf seinen Fotos federleicht. Er fotografierte überall, unten und oben und geradeaus und quer, so, wie es ihm vor die Linse kam.

Antonio bat seinen Vater, vor der Pergola zu posieren, und den Bruder, wie ein römischer Feldherr auf Audacios Pferderücken. Auf den Marmor von Ignazios Grabstein legte er eine Handvoll roter Kirschen, nicht von den schwarzen, die man ihm ins Herz geschossen hatte und die noch im Sarg steckten. Dann lief er kreuz und quer durch das Dorf, blieb stehen beim Barbier Don Ninai, beim hölzernen Karussell, der gewellten Steinmauer der Hauptkirche und auch beim Bild des Kindermords von Bethlehem. Er fotografierte den Schuster, den Dorfarzt mit seiner jungen Frau, den Konditor und seine Granita, die von Garibaldis Soldaten als Wachturm erbaute Burg und vor allem sein Zuhause. Das helle Bett und das Kopfteil, das Sofa aus bordeauxrotem Samt, die Küche mit dem Vorratsschrank mit den bunten Glastürchen, hinter denen Gläser, Pasta, Schinken, Marmelade, Eierkuchen und Silbertabletts lagerten. Er fotografierte den Schrank mit geschlossen Türen und dann mit geöffneten Türen, gleichermaßen Ordnung wie Unordnung, und die eine oder andere pasta- oder bohnenverrückte Motte flog auf und davon. Amarena stand dort und auch Limoncello, der aber ganz oben im Regal, sodass man eine Leiter brauchte, um hinzulangen, denn die Jungen sollten den Likör nicht auf einmal austrinken. Bienenhonig und einige aufgehängte, zusammengebundene Tomatenbündel, Gläser mit Oregano und Graupen und vor allem Schokolade.

Wer weiß, ob es in Amerika Schokolade gibt, überlegte Antonio, aber ein Volk ohne Schokolade, das wäre doch buchstäblich todtraurig.

»Buchstäblich«, das Wort benutzte er nur, wenn er einem Satz Wichtigkeit verleihen wollte, um ihn nicht zu vergessen.

Und dann, nach »ein Volk ohne Schokolade, das wäre doch buchstäblich todtraurig«, fotografierte er die Schokolade. Die Frau seines Vaters kaufte sie in Barren, die aussahen wie schwarzer Stein. Erst musste man diese Barren mit einem Hammer entzweischlagen und dann mit einem Messer weiter zerkleinern. Einmal in eine Büchse gesteckt, konnte jeder sich davon nehmen, wie er wollte. Auch die Pferde mochten Schokolade, wenn sie davon aßen, dann wieherten sie lauter und liefen schneller. Antonio steckte in den Mund, so viel er konnte, und weiter ging es. Er kletterte ganz oben auf die Ruine der byzantinischen Burg, wo tausend Jahre zuvor Araber und Byzantiner mit Pfeil und Bogen und Steinen und kochendem Öl gegeneinander gekämpft hatten. Lange Zeit hatten die Byzantiner der Belagerung Widerstand geleistet, halb tot vor Hunger und Elend, doch sie waren auf der Burg geblieben, da sie von dort oben das Tal bis zum Meer überschauen konnten und inmitten von Zypressen, Palmen, kreisenden Falken und Störchen den Feind und seine Bewegungen genau im Blick hatten. Ganz Sizilien war den Arabern in die Hände gefallen, nur dieser Hügel nicht, dieser Hügel, der sein Zuhause war. Von der Burg standen nur noch Steine und verfallene Mauern, auf denen sich Sukkulenten ausbreiteten, deren Samen der Wind einst von weit hergetragen hatte. Antonio fotografierte die Burgruine, die Gänse dort und eine hinkende Amsel, die ihm ein Liedchen pfiff.

Außerdem Katzen, die sich lauernd einander anpirschten, doch was aussah wie Kampf, war in Wirklichkeit nur Spiel.

Für Katzen ist Krieg nur ein Spiel, dachte Antonio, die Glücklichen. Für uns Menschen hingegen ist Krieg eine ernste Sache.

Und wenn Menschen etwas ernst meinen, dann ist es keineswegs vergnüglich, dachte er noch, stieg wieder von der Burgruine herunter und fing an, die Bäume zu fotografieren. Bäume, die er gut kannte, und so fotografierte er jeden einzelnen, denn sie unterschieden sich alle voneinander, viel mehr als Menschen.

Jeder Baum ist ein Lebewesen … Aber das hat noch niemand bemerkt, sagte er sich und bat den Bruder nun, vor einer uralten Zypresse zu posieren.

Er machte Bilder von den endlosen, als Windschutz gepflanzten Zypressenreihen, vom großen Mandelbaum und seinen etwas zierlicheren Nachkommen, Bäumchen mit erschlafften Blättern, er schoss ein Foto von den mit unbedingtem Lebenswillen ausgestatteten, über die Pergola wuchernden Insoliareben, vom großen Mispelbaum, dessen Früchte so hoch hingen, dass nur die Vögel sie kosten konnten. Und er fotografierte seine liebsten Gewächse: weinfarbene Pflaumenbäume, deren Früchte eine fast likörartige Konsistenz haben und auf der Zunge zergehen, weich und bittersüß. Zu Hause hatten sie Marmelade aus diesen Pflaumen, die für ein ganzes Jahr ausreichte, sodass sie sogar im Winter den Sommer schmecken konnten. Er lichtete auch die niedrigen Zitruspflanzen ab, die so voller Blüten hingen, dass der Duft einen schwindeln machte. Die Lotospflaumenbäume trugen schon Früchte, doch die waren noch erbsengrün, orange wurden sie erst im September, doch dann so strahlend wie die untergehende Sonne.

Ob es in Amerika wohl auch Lotospflaumen gibt?, fragte er sich, wir Grillos sind doch große Lotospflaumenesser.

Auch die Früchte an den Aprikosenbäumen waren noch hart, und die unreifen Maulbeeren an den Zweigen sahen aus wie dicke Raupen. Einen Film verbrauchte er für Haus und persönliche Kostbarkeiten, einen für Menschen, und den dritten Film widmete er den Bäumen und Tieren auf seinem Land.

Aurora war diese ganze Umherstreiferei, das ständige Stehenbleiben und Fotografieren, diese ununterbrochene Bewunderung gehörig leid, und als sie den unverwechselbaren Geruch von Audacio wahrnahm, galoppierte sie über die Felder und war auf und davon.

Antonio ging also zu Fuß zum Dorfapotheker und -chemiker, der sich auch mit Fotos auskannte und hinter dem Zimmer, in dem er die Dörfler rasierte, eine Dunkelkammer hatte. Zwischen Ampullen, Blutegeln, Säuren, Kräutern und Arzneien entwickelte er dort nachts Fotos. Eingehüllt in rotes Licht, sah Antonio zu, wie seine Bilder in den Schalen mit chemischen Säuren langsam und schillernd Gestalt annahmen. Er sah in den Schalen Häuser, Kostbarkeiten, Menschen, Bäume und Tiere erscheinen, alles, was er an jenem Tag fotografiert hatte. Diese Papiere mit dem wahren Leben darauf wurden schließlich zum Trocknen aufgehängt, und als sie ganz trocken waren, nahm Antonio sie mit nach Hause und legte sie in eine blecherne Mandelgebäckdose.

Das war sein Schatz, seine ganze Welt befand sich in dieser Dose.

Sein ganzes Leben aus Gesso war darin, auf allen Meeren der Welt würde er es anschauen können, wann immer ihm danach zumute war.

Alles wandelt sich, vergeht, eine Fotografie aber trotzt der Zeit, sie bleibt immer gleich.

Eine Briefmarke der Ewigkeit.

Mit der Blechdose unter dem Arm lief er im Schein eines runden Mondes nach Hause. Er hatte die Schiffskarte, seine Welt in einer Blechdose, und der Koffer war so gut wie gepackt. Jetzt musste er sich nur noch bei allen Dorfleuten verabschieden, und dafür braucht man auf Sizilien viel Zeit und viele Worte, fürwahr.

Gern hätte er darauf verzichtet, doch in dem Punkt war sein Vater das erste Mal unnachgiebig: »Wenn du dich nicht verabschiedest von den Menschen, die du hier für immer zurücklässt, dann komm ich nicht mit zum Hafen, um dir Lebewohl zu sagen.« Dann fügte er hinzu: »Du musst den Mut aufbringen, den Leuten von hier Lebewohl zu sagen. Wenn du das nicht tust, dann komm ich nicht zum Hafen.«

Als Antonio am Tag der Abschiede aufwachte, sah er das Meer.

Er versuchte, mit seinem Blick ganz ins Meer einzutauchen, und das gelang ihm.

Die Liparischen Inseln schaukelten wie Körbe auf dem Wasser.

»Ich möchte nicht in einem Meer aus Worten ertrinken«, erklärte er seiner Stute.

Aber was wusste Aurora schon von den Strudeln der Worte, die Menschen in die Tiefe reißen können.

VIII

Die Welt hält wunderbare Überraschungen bereit

»Die Menschen reden viel zu viel dummes Zeug, liebes Pferdchen«, seufzte Antonio, während seine Stute am Horizont unter einem kristallblauen Himmel verschwand, einem Himmel, der vieles offenbarte und noch viel mehr der Fantasie überließ, und machte sich auf den Weg, Abschied zu nehmen.

Als Erstes ging er zu Antonio Sciabà, Barbier mit wucherndem Augenbrauengestrüpp, der immer wenigsten zwei Arbeitswerkzeuge zur Hand hatte, momentan einen schaumigen Rasierpinsel und ein Rasiermesser. Als der Barbier ihn sah, rief er: »Antonio Grillo, bereitest dich auf 'ne große Reise vor, stimmt's? Und in der Tasche haste bloß 'ne Fahrkarte, paar Münzen und 'ne Handvoll Träume, stimmt's?« Eine Antwort erwartete er gar nicht, denn er wusste ja, dass es so war. Da er Tag für Tag von morgens bis abends mit Menschen zusammen war, war sein Gespür für sie und ihre Angelegenheiten untrüglich.

Er fuhr fort: »Is besser, jung zu fahren und nich alt, wenn man alt is, dann hat man nur noch eine Reise vor sich, und die is ohne Rückfahrt. Das Leben is in null Komma nix vorbei, zack, zack, fahr, solang es noch geht.« Und er fuhr mit dem Rasiermesser durch die Luft wie mit Saladins Säbel.

»Die Jahre zieh'n schnell ins Land, Junge. Bist hier, um Lebewohl zu sagen, stimmt's? Angst haste ja wohl nich, denn – je mehr Angst du hast, umso mehr kann auch schiefgehen. Diese Welt hier hält wunderbare Überraschungen bereit.«

Und er holte aus dem Eiskeller die erste Zitronengranita des Jahres, die man damals noch mit Schnee zubereitete, den man mit

Eseln vom Ätna herunterholte. Man grub ganz oben auf dem Berg tiefe Löcher, in denen sich der Schnee so lange wie möglich hielt. Dort holten ihn dann Männer heraus und brachten den Schnee in mit Blättern ausgeschlagenen Körben auf Eseln zum Meer hinunter, damit daraus Granita mit Mandeln, Zitrone oder Jasmin hergestellt werden konnte.

Den Mund voll seidiger Eisesfrische wiederholte Antonio glücklich: »Diese Welt hält wunderbare Überraschungen bereit.«

Er verließ den Barbier Sciabà rasiert, das Haar modisch mit Brillantine zurückgekämmt, was sein Gesicht strahlend zur Geltung brachte, doch noch viel strahlender leuchtete seine innere Begeisterung.

Der Schumacher Don Minico schenkte ihm ein Paar Pantoffeln mit dem Schriftzug »Ibbiso« darauf, so hatte man Gesso einst genannt, denn »Egal wo du hingehst, Gesso bleibt dir für immer im Kopf, auch wenn du vor 'nem merikanischen Wolkenkratzer stehst, siehst du vor deinem inneren Auge die Liparischen Inseln.«

Antonio betrachtete die spitzen Pantoffeln, die aussahen wie die aus den Märchen von Tausendundeiner Nacht, und dann sagte der Schuster: »Ich schenk dir die Pantoffeln, damit du auch mal zu Haus bleibst und ausruhst. Nich immer arbeiten, sonst wird die Arbeit irgendwann zur Hölle.«

Als Nächstes machte sich Antonio auf den Weg zu dem rosa Haus, in dem Rosa Di Maggio lebte, die Frau, die Schreckliches in Wundervolles zu verwandeln wusste.

Sie war die einzige Prostituierte im Dorf, und die Männer gingen heimlich in der Nacht zu ihr, oder noch vor Sonnenaufgang, denn sie wollten von niemandem dabei gesehen werden. Die Frauen mieden Rosa Di Maggio wie die Pest oder die Spanische Grippe, und wenn sie Rosa auf der Straße sahen, taten sie, als wäre sie unsichtbar. In die Kirche ging Rosa nicht, was hätte eine wie sie dort schon verloren. Aber wie es im Wald mit Vipern und Kaninchen zugeht, so geht es eben auch im Dorf zu. Vipern, das waren die, die sie des Nachts besuchten und am Tage verachteten. Kaninchen, das waren die Männer, die die liebevollen Stunden nicht vergaßen und ihr etwas zu essen brachten, wenn sie nichts hatte, oder Medizin, wenn sie krank war, und das geschah oft in ihrem feuchten Haus, das dem Mistral im Tal schutzlos ausgesetzt war.

Da war der Schäfer Abramo, der brachte ihr Ricottakäse, und der Küster brachte ihr Medizin, die er von den Gaben der Gläubigen kaufte. Und wenn die Gläubigen sich empörten darüber, wie der Küster so großzügig ihr Geld verteilte, dann sagte er ihnen frank und frei: »Ihr seid doch Christen. Oder vielleicht doch eher Unmenschen? Sieht mir fast so aus.«

Rosa warf jedem Kusshände zu; ihre Hände waren hübsch und sorgfältig gepflegt, nicht übersät von Schwielen und Frostbeulen wie die der anderen Frauen.

An jenem Tag warf Rosa Di Maggio mit den Samthänden auch Antonio einen Kuss zu, sie kannte ihn gut, hatte seinen Schmerz wegen des Todes von Ignazio gelindert und auch anderes Leid hier und dort im Laufe der Zeit. Wenn Antonio schwermütig war, dann ging er zu ihr, manchmal auch nur zum Reden. Sie selbst sprach nicht viel, aber sie hörte zu und fühlte mit, und das nicht zu knapp, denn sie war, wie man so schön sagt, nahe am Wasser gebaut.

Nach dem ersten schmatzenden Kuss liefen auch sogleich große glitzernde Tränen, so viele, dass man damit ein Amarenagläschen hätte füllen können: »Ich habe gehört, du gehst fort … Stimmt das? Lässt mich hier allein unter den Wölfen?«

Dann massierte sie seinen nackten Körper mit ihren Beinen und Füßen einmal ganz durch, das tat sie jedes Mal.

»Vergiss nicht, dass das Leben ein großes Elend ist, zum Glück gibt es die Liebe, die ist das einzig Schöne«, sagte Rosa, und schon liefen wieder die Tränen. »Denk an mich, jetzt und zu jeder Zeit, bis in alle Ewigkeit.« Niemand wusste, wo sie gelernt hatte, in Reimen zu sprechen, aber wenn sie ergriffen war, tat sie das jedes Mal.

»Geh nicht fort an einen weit entfernten Ort, denn ohne dich wird mir ganz schwindelig«, und weiter liefen die Tränen.

Antonio versuchte sie zu beruhigen, und je liebevoller er sie umarmte, umso fester drückte sie sich an ihn. Dann zog sie ihn auf das Sofa, das mit rotem Samt bezogen war, damals war das so üblich, aber am Saum des roten Samtes hing eine Reihe goldener Sterne, die *dingding* klingelten, wenn es auf dem Sofa auf und ab ging. Rosa streifte ihr Leibchen ab und zog auch die restliche Kleidung aus, und die goldenen Sterne begannen ihr *Dingding*. Doch da sagte Antonio: »Nein, bitte, das ist jetzt kein guter Zeitpunkt«, und Rosa zog eine Schnute.

»Dann ist es jetzt wohl an der Zeit, ins Dorf zu gehen«, seufzte sie.

»Nein, da sind wir ja schon, jetzt ist es an der Zeit für eine Überraschung.« Lächelnd steckte er die Hand in seine Hosentasche, und darin war etwas Langes, Schmales und Hartes. Rosa Di Maggio erschauderte, denn sie hatte in einem Stummfilm gesehen, wie eine Frau genau so ermordet wurde; erschossen auf ihrem Sofa mit einer Pistole aus der Hosentasche heraus. Und fast wäre sie ohnmächtig geworden, aber Antonio hielt sie fest.

Der will mich hier ermorden, wenn ich halb ohnmächtig bin, dachte Rosa, und bevor sie fiel, ergriff sie mit ihren langen Fingern einen schweren Kerzenhalter, um ihrem Mörder eins überziehen zu können.

Er strich über ihr reines Gesichtchen, das reiner nicht hätte sein können.

Dann blickte er sie reglos an.

Jetzt hat mein letztes Stündlein geschlagen, dachte sie.

Doch schließlich holte er nicht eine Pistole aus der Tasche, sondern eine Schatulle. Er öffnete sie, und auf dem mit blauem Samt ausgeschlagenen Inneren lag eine goldene Kette mit einem Anhänger, der einen winzigen Saphir umfasste, und einen Diamanten, der noch winziger als winzig war.

Da schwanden Rosa tatsächlich die Sinne.

Das war der Schmuck, den er nach der Schiffskarte gekauft hatte. Für Rosa hatte er ihn gekauft.

Rosa lag da, ohnmächtig.

Er bedeckte sie über und über mit Küssen und kniff sie in den Po, und sie murmelte erst Unverständliches, dann rief sie »Au, au«, und als Antonio immer weiter kniff und küsste, da wurde sie schließlich wieder munter und küsste ihn überall mit tränennassen Schmatzern. Nie hatte jemand ihr ein Schmuckstück geschenkt, und nie hatte er erlebt, dass eine Frau seinetwegen weinte. Alle sagten zu ihm: »Nicht fortgehen, nicht fortgehen«, doch niemand weinte.

»Komm zum Hafen und sag mir dort Lebewohl«, forderte er sie auf, und dann ging er, noch ganz aufgewühlt und die Knie weich, und führte seine Abschiedsrunde durch das Dorf fort, wo er ja vielleicht auch noch die ein oder andere Weisheit zu hören bekommen würde.

Es gehörte wohl zum guten Ton, sich vom Dorfarzt zu verabschieden, Dottor Stampella, der sich auch bei Wind und Wetter um Antonios Familie gekümmert hatte, stets bereit mit seiner außen wie innen abgewetzten Ledertasche. Nichts auf der Welt hätte ihn dazu gebracht, eine andere Tasche zu benutzen, denn er war so geizig, dass er nie etwas fortwarf, und wenn er seine Fingernägel schnitt, dann gab er sie seinen Hühnern zu essen. Stampella trug stets sein Stethoskop um den Hals wie eine kaiserliche Kette, und wenn er sich aufregte, dann hob er es hoch wie eine Monstranz in der Kirche.

»Junge, du willst also in die Ferne, das freut mich. Du gehst an einen besseren Ort und lässt uns in diesem Trauertal zurück. Und doch fehlt diesem Land der Wiesen und Wälder wohl das gewisse Etwas, das man für die Abenteuer im Kopf braucht ...« Damit holte er aus der Kommode mit den geschliffenen blauen Glastürchen eine durchscheinende Flasche bordeauxroten Amarena hervor und goss eine Winzigkeit in ein nussgroßes Glas. »Lass es dir schmecken, Junge, solang 's geht. Mein Leben und dein Leben sind wie der Amarena; süß und bitter. Alle glauben, das Leben hier auf Erden wär so bitter und voller Leid, und wer weiß, vielleicht ham sie ja recht. Aber, aber … Diese Welt hält wunderbare Überraschungen bereit, und der Amarena hier ist eine davon.«

Antonio trank den Amarena gerne, doch es war so wenig, dass er gerade mal die Lippen benetzte. Den durchdringenden Geschmack auf der Zunge, blickte er auf das rubinrote Restchen am Glasboden. Und bass erstaunt von der Flut an Eindrücken, Erinnerungen und Aromen, die dieses einzige kleine Schlückchen mit einem Mal in ihm hervorrief, fragte er geradeheraus: »Schenkt Ihr mir ein wenig von diesem Amarena? In immerwährender Erinnerung an Euch auf meiner Reise ins ferne Amerika? Ich werde auf Eure Gesundheit trinken, und wenn es nur ein Tropfen ist, der meine Lippen benetzt.« Und das hatte er ja schon eben getan, seine Lippen mit diesem Gottesnektar benetzt, und er wollte es immer wieder tun.

Der Dottore war tief beeindruckt von diesem »in immerwährender Erinnerung«, er hielt doch so viel darauf, einen guten Eindruck zu machen, hatte er doch lange studiert und noch länger mit Kranken und Elenden zu schaffen gehabt, und so nahm er die Flasche und schenkte sie Antonio. »Trink, Junge, dieser Amarena is das Blut der Erde, trink und vergiss Trauer und Sünde. Und denk dran, dass Trinken auch eine Kunst is. Kleine Schlucke, niemals große, so steigt er langsam zu Kopf, dorthin, wo alle Freude und Verzweiflung wohnt.«

Gemeinsam legten sie gelbes Stroh um die Flasche und packten sie in eine nachtblaue Kiste. Nun war die Flasche reisefertig, ebenso wie Antonio, und ein weiteres Mal wiederholte er das Versprechen: »Ich werde in der neuen Welt auf Eure immerwährende Erinnerung trinken.«

Nachdem er also vom Barbier Sciabà eine Granita bekommen hatte, Küsse von Rosa Di Maggio und von Dottor Stampella eine

Flasche Amarena, war Antonio einmal mehr davon überzeugt, dass »diese Welt wunderbare Überraschungen bereithält«.

Noch eine Woche bis zur Abreise, das Billett hatte er, den Koffer auch und die Abschiede zur Hälfte hinter sich. Der menschlichen Worte womöglich müde, ging er zu seinen Gänsen. Gänse lieben Luft, Wasser und Erde und lassen sich auch lustig vom Wind ein wenig in die Höhe heben.

Für ihr Glück brauchen Gänse nicht viel, sinnierte er, und im Schlamm sind sie ganz besonders glücklich. Tatsächlich waren die beiden meist vollkommen schlammverdreckt, von den Beinchen bis zu den Schnäbelchen, und je verdreckter sie waren, umso fröhlicher waren sie. Manchmal wurden die zwei Gänse von seltsamer Raserei ergriffen, niemand kannte den Grund dafür, dann rannten sie wie von Sinnen über die Terrasse, und irgendwann nach tausend wilden Wirbeln sanken sie entrückt zu Boden.

So fand er sie, die Köpfchen gesenkt, die Augen glühend, und sagte: »Ich könnte euch eigentlich mit aufs Schiff nehmen, aber wenn andere Menschen euch sehen, dann gute Nacht, dann geht es ab in den Schmortopf mit euch, ein paar Kartoffeln dazu, und das war's. Ihr werdet mir unendlich fehlen, viel mehr als irgendwelche Menschen. Menschen sind ungefähr so lästig wie Mücken, Tiere so angenehm wie Engel.«

Die Gänse erhoben ein lautes Geschnatter, und Antonio murmelte: »Menschen schnattern und nennen das Worte, ihr schnattert und habt es gar nicht nötig, es irgendwie zu benennen. Die Augen meiner Freunde aus der Tierwelt sagen mehr als tausend Worte der Menschenwelt.«

Da lachten die Gänse, und Antonio beteuerte: »So wie ihr möchte ich lachen, auch im Schlamm«, und darauf trank er einen Schluck Rotwein.

Nach diesem Lobgesang legten die Gänse zwei schöne Eier, aus denen sogleich eine schöne Frittata bereitet wurde, groß und breit wie ein riesiger Teller, und sie schmeckte nach Gänsegelächter.

»Morgen erwarten mich noch mehr Worte von Menschen, aber erst morgen. Der Tag der Abreise rückt näher, und alles wird sich noch in Rauch auflösen«, murmelte er und blickte zum Mond, der durch das Fenster hereinschaute, dann schlummerte er ein und schlief so tief und sorglos, wie es nur junge Leute vermögen.

Weitere Abschiede erwarteten ihn am nächsten Morgen, und auch der Vater erwartete ihn auf der Schwelle, in helles Licht gehüllt. »Verschwende deine Zeit nicht mit Geschwätz, Sohn. Auf schlechtere Art und Weise kann man seine Zeit gar nicht verschwenden«, mahnte er, und Antonio ging ins Dorf, schwirrte umher wie eine Wespe und verabschiedete sich von den Bewohnern Gessos.

Vom Haus oben in den Hügeln sah er die Dächer mit den dunklen Ziegeln. Nur ein Haus hatte ein helles Dach, denn der Besitzer hatte zur Sonne hin einen Brennspiegel angebracht, so wie einst Archimedes am Hafen von Syrakus, um die feindlichen Schiffe in Brand zu stecken. Der hiesige Archimedes von Gesso hingegen verbrannte mit diesem Spiegel die Tauben, die sich an seinem Dach zu schaffen machten.

Die Vögel machten also einen großen Bogen um das Haus von Lino Merlino, und tat einer es nicht, musste er wenigstens mit ein paar verbrannten Schwanzfedern rechnen. Auf dem Hausdach also Spiegel gegen die Taubenplage, drinnen im Haus unzählige Spinnen, frei herumlaufend oder in Ampullen, denn der Wissenschaftler Lino Merlino beobachtete und bewunderte sie. Er nannte sich auch Alchimist, und um wie ein solcher auszusehen, trug er einen blauen, bodenlangen Mantel, der vorne von einem Goldkettchen zusammengehalten wurde.

Er sammelte unzählige Dinge in seinem Haus, das über und über voller Spinnennetze hing, und wenn ein Windstoß eindrang, dann wogten die Fäden auf und ab wie graue Gespenster. Er sammelte alles: russische Samoware, Mineralien, orientalische Farben, Pferdebürsten, Magnete, Amethyste, Fossilien, Spielwürfel, kleine

Splitter Eichenrinde, von der er behauptete, sie stamme aus Hebron, Vergrößerungslinsen, durch die kleine Dinge groß wurden, Perlmuttknöpfe und Großwesir-Pantoffeln.

Wenn er so vor seinen tausend Dingen stand und den Blick darüber schweifen ließ, raunte er: »*Mirabilia, mirabilia.*« Antonio konnte kein Latein, und so wusste er nicht, dass sich hinter diesen Worten Wunderdinge verbargen.

»Wunder« war Lino Merlinos Lieblingswort. Für ihn war eine Spinne ein Wunder, ein Reiskorn, das auf den Boden fällt und dabei ein Geräusch macht, der Ring des Saturn und der eines skelettierten Rückgrats, das er im Wald gefunden hatte. Um winzig kleine Dinge gut betrachten zu können, stand in der Mitte des Zimmers auf einem schwarzen Tisch ein Mikroskop, auch dieses schwarz, aber glänzend, das abwärts gerichtete Objektiv zeigte auf drei Glasplättchen, die er an jenem Tag mit einer Briefmarke, einer Staubfluse und einem Haar bestückt hatte.

Und dort saß vollkommen versunken also Lino Merlino, eine Haarsträhne im Gesicht, die er wie einen Vorhang beiseiteschob.

»Mein Freund, ich weiß, dass du bald fortgehst und all diese Wunder zurücklässt für andere Wunder, von denen du noch nichts weißt. Aber Wunder gibt es überall, das glaube ich jedenfalls. Man darf nur nicht aufhören, sie zu suchen. Man muss gar nicht viel dafür tun, überall finden sich welche, von den Ringen des Saturn bis zur Gänsefeder. Apropos …« Er kramte in einem Lederkoffer mit aufgebrochenem Schloss. Der Deckel quietschte, und schon zog er eine schöne Gänsefeder heraus, die man einst zum Schreiben benutzt hatte, und legte sie dem Freund in die Hand.

»Bitte schreib dann und wann von deiner Reise und von deiner Ankunft … Aber nicht von den unschönen Dingen. Damit sind ja alle Bücher schon voll, wo es doch so viel Schönes gibt. Diese Welt hält wunderbare Überraschungen bereit«, sagte er, und um diesen soeben ausgesprochenen Gedanken zu unterstreichen, holte er aus dem Koffer einen – etwas vertrockneten – mit Ricotta gefüllten

Cannolo heraus und wickelte ihn für Antonio in ein Stück gelbes Papier. »Und jetzt verschwinde, mein Freund, ich muss meine zwanzig Stunden Schlaf täglich halten. Ein Lob dem Schlaf in all seinen Formen.«

Antonio freute sich über die Worte, die Gänsefeder und den vertrockneten Cannolo und verschwand, doch vorher beteuerte er noch: »Danke, Merlino, ich werde mir Mühe geben, das Schöne zu sehen, und dann erzähle ich dir davon.«

Vielleicht lauschte ihm der Wind, denn er hüllte ihn ganz ein, wie er da durch die Gassen lief, in denen es nach violetten Disteln duftete, nach hitzegebeugtem Klee, einer ganzen Flut Orangenblüten, es duftete nach frisch gezapftem Essig, der in schiffsbauchgroßen Fässern lagerte, nach trocknenden Laken auf den Balkonen.

Seinen Hut musste Antonio festhalten, damit er nicht auf und davon flog. Anderes flog in seinem Kopf umher, doch das war sein Geheimnis.

Der Geschmack von Liebe im seichten Wasser mit einer Frau, Sonnenstrahlen auf seinen Schultern, das Meer wie warmer Honig, eine Welt aus Wasser und ein Leben nur aus kleinen Dingen.

Mit dem Hut in der Hand erwartete der Vater ihn auf der Schwelle: »Na, genug schwadroniert? Und zugehört auch? Manchmal sind Worte zuckersüß, manchmal gallenbitter. Es gibt Menschen, die reden, und Menschen, die zuhören, und die, die viel reden, hören meistens nicht zu. Zu welchen gehörst du? Bist du einer, der redet, oder einer, der zuhört? Na sag schon.«

Doch der Vater erwartete gar keine Antwort, er selbst gehörte wohl eher zur ersten Sorte, war es gewöhnt, mit Worten um sich zu werfen, so, wie ein Matrose das Tau auswirft, und manchmal schlang sich sein Tau aus Worten um jemanden herum, wenn auch nur kurz.

Und dann ging es zu Tisch, wo sie ein reichhaltiges, mit Worten garniertes Mittagsmahl erwartete.

Süßholzig oder zeterig, wer weiß das schon?

Nie weiß man, ob es beim Essen süßholzig oder zeterig zugehen wird.

Doch an jenem Tag hörten sie im Hause Grillo eine Nachricht im Radio, unter der jedes Gabelklappern, jedes Messerklirren verklang, alle Münder erstarrten, und die Pasta mit Rosmarin und der in Zitronenblättern geröstete Zackenbarsch wurden kalt und zäh, und alle zusammen blickten durch das Fenster hinauf in den Himmel.

Ihr Radio liebten die Grillos über alles, es war der Mittelpunkt des Hauses und wurde jeden Sonntag poliert und die Holzseiten sorgfältig gewachst. Obenauf stand auf einem gehäkelten Deckchen stets eine Vase mit frisch gepflücktem Jasmin oder Margeriten. Das Radio war bei den Grillos wie ein Altar, und alle begegneten ihm ehrfürchtig, dankbar, dass dieser Zauberkasten Stimmen, Musik und Nachrichten aus aller Herren Länder bis zu ihnen ins Haus trug.

Die Nachricht aus dem Radio versetzte alle in helle Aufregung.

Eigentlich war sie gar nicht so spektakulär, aber die Grillos waren überaus empfänglich für alles, was sich am nächtlichen Himmel abspielte, und niemand rührte mehr etwas von der Rosmarinpasta oder dem in Zitronenblättern gerösteten liparischen Zackenbarsch an, nur ein bisschen Brot wurde noch nervös geknabbert.

Alle ruhelosen Familien gleichen einander.

Jede ruhelose Familie ist ruhelos auf ihre Weise.

Die Grillos versetzte der Himmel in Ruhelosigkeit.

Vor allem der Mond.

Und die Radionachricht, die sie an jenem Tag aufbrachte, war folgende: »Sehr geehrte Damen und Herren, in der heutigen Nacht wird es einen besonders erdnahen Vollmond geben, und zwar genau um elf Uhr und drei Minuten. Nicht vorher und nicht nachher. Dieses Phänomen wurde das letzte Mal 1717 in Genf beobachtet. Die Astronomen der Vatikanischen Sternwarte sagen voraus, dass der Mond hell wie die Sonne strahlen wird.«

In anderen Familien wurden bei dieser Nachricht vielleicht

die Schultern gehoben, bei den Grillos jedoch nicht, denn ihnen war der Mond heiliger als der Heilige Geist. Eigentlich war der Heilige Geist für sie eher etwas Ungreifbares wie der Rauch einer Kerze, der Mond hingegen, nein, der war doch immer sichtbar und herrschte über Pflanzen wie Tiere. Bei den Grillos wurde kein Nagel eingeschlagen, kein Salat gepflanzt, kein Baum und keine Weinrebe beschnitten oder gepfropft, keine Ehe geschlossen, ohne vorher den Mond zu befragen. Und nicht nur den Mond selbst, auch der blaue Mondkalender in der Küche wurde konsultiert, auch vor jeder Geburt tat man das.

Die Familie war also völlig aus dem Häuschen wegen dieses Vollmondes, schon fürchtete man um Antonios Reise am 18. April, ein Abend, an dem sich abnehmender Mond ankündigen würde, aber noch ruheloser wurden alle bei den folgenden Worten aus dem Radio: »Astronomen der Vatikanischen Sternwarte werden mit Teleskopen das Phänomen um elf Uhr und drei Minuten beobachten. Warum sich der Mond so nah an der Erde befindet, ist unbekannt, ebenso die möglichen Folgen. Das Phänomen ist bislang ungeklärt.«

Die Astronomen der Vatikanischen Sternwarte waren eine Autorität, und wenn nicht einmal sie Gründe und Folgen für die plötzliche Erdnähe des Mondes kannten, dann die schlichten Bewohner eines kleinen Dorfes am Meer schon mal gar nicht. So schlicht die Grillos jedoch waren, suchten sie gleichwohl nach Erklärungen für ihre Fragen.

Wo konnte man hingehen, wen fragen? Den Wissenschaftler Lino Merlino nicht, der war zu wuschig im Kopf und wunderlich. Besser war jemand, der nicht so viel gelesen und studiert hatte und deshalb nicht ganz so wirr im Kopf war, und nachdem sie sich kurz beraten hatten, standen Don Lio Grillo und seine Frau Tina Oliva auf, ungeachtet des noch gedeckten Tisches, und fuhren mit der Kutsche zu Donna Vittoria, einen üppigen Korb Eier als Präsent dabei.

»Donna Vittoria, wisst Ihr, was passiert is, oder eigentlich, was noch passiert in dieser Nacht, wisst Ihr das?«

»Nix weiß ich, gar nix. Nichts und noch mal nichts«, erwiderte Donna Vittoria und hielt sich die weiße Haarkrone auf dem Kopf fest, die heute als Nest für ihr Lieblingshuhn diente, das die üblichen weißen Margeriten rigoros mit dem Schnabel hinabstieß.

»Der Vollmond heut Nacht fällt uns fast auf den Kopf, nich gut für uns«, stellte Donna Vittoria fest, die blauen Augen weit aufgerissen, und dann orakelte sie mit Teller, Wasser und heiligem Öl über Antonios Amerikareise nach diesem unfasslichen Vollmond, und die sorgenvollen Eltern lauschten den Worten der Magierin mit gesenkten Köpfen.

Nur noch wenige Stunden, und der riesige Mond würde über Gesso und den Hügeln stehen, über dem Meer in der Ferne. Und wenn alles in sein Schimmerlicht getaucht war, was würden dann die Eulen tun, die Katzen und Hühner, und erst die blutrünstigen Werwölfe, die doch ganz verrückt nach dem Mond sind, was würden sie alle tun?

Die Magierin Vittoria raunte also ihre Prophezeiung, und Don Lio und Tina Oliva hingen an ihren Lippen.

Sie lauschten, zitterten und weinten, und zutiefst betrübt kehrten sie nach Hause zurück, wo sie diesem lumpigen Sohn, der fortgehen und sein behütetes Leben gegen ein ungewisses eintauschen wollte, servieren würden, was die Magierin gesagt hatte. Es blieb gerade noch die Zeit, das Abendessen zuzubereiten. Im Sonnenuntergang sah Antonio den Vater finster dreinblickend auf der Schwelle stehen, und er konnte sich denken, dass es beim Abendessen mal wieder ein Donnerwetter geben würde.

Da ist doch was im Anmarsch, is da doch, dachte er, aber er war so hungrig, dass er das Abendessen auf keinen Fall auslassen wollte.

Familienessen, das ist wie eine Ehe, ein notwendiges Übel. Auf dem Tisch lag gebügelt die helle Tischdecke aus flämischem Leinen, Fettuccine mit dem letzten Kürbis der Saison waren schon aufgetragen, Bohnensuppe und frische Erbsen gab es, und in der Mitte der Tafel lag ein noch warmer gepfefferter Käselaib des Schäfers Abramo.

Doch das Donnerwetter ging schon beim ersten Bissen nieder.

Tina Oliva ergriff das Wort: »Keine Widerworte. Kannst unmöglich fahren, lass ich nich zu. Heut Nacht is der Vollmond über uns groß wie ein See und so nah an der Erde, dass hier alle verrückt werden. Als ob wir das nich ohnehin schon alle wären, aber mit 'nem solchen Mond, herrje ... Wenn du nach 'nem solchen Mond fährst, dann wird deine Reise ganz sicher zu 'ner schlimmlichen Unglücksreise. 'ne Unglücksreise, auf der alles schiefgeht, mit Malefizkerlen und nur Maläsen und Elend. Und dein ganzer Katzenjammer, der kommt bis zu uns rüber, mit den großen Wellen rollt das alles bis rüber zu uns ...«

Dann schnitt sie das warme Brot und wurde noch deutlicher: »Keine Fahrt. Ab in den Hafen der Ehe mit dir und Füße still halten. Ich schwör dir, wenn du fährst, dann setzt es was. Du bleibst hier, heiratest und machst keine Sperenzien mehr.«

»Einem Falken kannst du nicht einfach die Flügel stutzen, ein Falke muss fliegen«, entgegnete Antonio und schloss die Augen, um diese Gesichter nicht mehr sehen zu müssen. Und dann klappte er auch die Ohren zu.

Wenn er so giftige Worte hörte, dann geschah das immer, es passierte ohne sein Zutun: Seine Ohren verschlossen sich ganz von selbst. Sein Kopf wurde zu einem Heißluftballon und konnte, wann immer er wollte, sich in die Lüfte erheben, weit fort von all diesem Zinnober.

Nicht zu den Engeln, aber doch über die Wolken.

Vielleicht zu einem Planeten, den es gar nicht gab, wo jedoch Stille herrschte.

Antonio sah also keine zornesblitzenden Augen mehr, hörte keine Fäuste auf den Tisch poltern, nahm kein heftiges Stuhlrücken mehr wahr, nein, er hörte jazzige Trompeten, Schiffstuten und das Knattern windgepeitschter Fahnen, sah Glocken, Glockenblumen und vom Meer glatt geschliffenes Glas am Strand.

Er blickte also Tina Oliva an wie eine Fremde, seinen Vater wie eine römische Marmorstatue, seinen gelassenen Bruder wie eine Katze, vergewisserte sich noch einmal, dass der Koffer in Sicherheit war, sein Billett in dem neuen Versteck, nämlich im Kissen, und dann sattelte er die Stute Aurora.

Draußen wehte ein warmer Wind, und Antonio ritt zwischen Bäumen entlang kreuz und quer durch die Natur.

»Pferdchen, liebes Pferdchen, wie unerträglich Menschen doch sein können«, vertraute er seiner Stute an, und die stimmte ihm zu.

Im langsamen Vorbeireiten streifte er Bäume und Blätter. Von den Menschen hatte er schon Abschied genommen.

Nun war es Zeit, sich von den Bäumen zu verabschieden.

Er flüsterte das eine oder andere Wort, und es war ihm, als hörte er das eine oder andere Wort, denn so ist das bei Menschen, die die Sprache der Pflanzen verstehen.

Bei den Pflanzen blieb er und wartete auf den riesigen Mond, der über die Hügel steigen würde, und wie immer, wenn er durch die Natur ging, verschwand der Rest der Welt. Seine Welt wurde eine Welt aus Blättern und Zweigen, und er fühlte sich eins mit ihr.

Jeder Baum atmet und spricht und lebt auf seine eigene Art. Ein Baum bewegt sich nicht vorwärts, er wird nie ruhelos und streckt seine Arme immer dem Himmel entgegen. Er lebt schweigend, und schweigend stirbt er einst, er klagt nicht und gewährt Tieren, Vögeln und Insekten gerne Obdach.

Ein Baum ist unglaublich geduldig.

Auch wenn es brennt.

Und an jenem Tag brannte es.

Antonio betrachtete gerade erwartungsvoll die alte und neue

Rinde der Obstbäume, lauschte dem Gesang der Vögel, und plötzlich war da eine Art Pfeifen in der Luft. Ein Schreckensstoß fuhr in sein Herz, und sein Kopf geriet in Aufruhr. Wer Bäume liebt, der wird verrückt, noch bevor die Flammen ihn erwischen.

Das Feuer griff von den Brombeersträuchern eines nahe gelegenen Landstücks über, und Kaninchen, Nattern und Schwalben flohen in heller Panik. Gierig fraßen sich die Flammen weiter in die Landschaft, zielstrebig auf den ältesten Baum zu, einen Nussbaum, dessen obere Äste von Zeit zu Zeit noch manche Nuss hervorbrachten, obgleich eine Baumseite schon abgestorben war. Außerdem beherbergte er ein Amselnest, und die Amsel musste als Allererstes fliehen, und während im Nest hilflos drei frisch geschlüpfte Vögelchen fiepten, schwirrte die Mutter wie wahnsinnig um den Baum herum und erstickte fast im Rauch.

Auch Antonio war von Panik ergriffen und rannte kopflos von hier nach dort, einen Zypressenzweig in der Hand, mit dem er versuchte, die Flammen zu ersticken. Vom Zweig getroffen, duckten sich die Flammen, doch sobald Antonio sich anderswo hinwandte, schlugen sie wieder hoch. Überallher nahm das Feuer neue Kraft. Doch da kam zwischen den Sträuchern etwas angerannt, berserkerte sich grunzend und quiekend vorwärts, und dahinter berserkerte und grunzte und quiekte es in klein, und dieses Quieken hörte sich an wie die Klage eines Trauerzugs. Es waren ein Wildschwein und seine drei Frischlinge, die da kopflos flüchteten, ihnen auf den Fersen der Bauer Tino Zulli, der dieses Stück Land schon von klein auf bewirtschaftete und geschickter mit dem Feuer umzugehen wusste als Antonio. Mit dem Spaten in der einen Hand und einem grünen Zypressenzweig in der anderen, bändigte er sowohl das Feuer als auch das wutschnaubende Wildschwein.

Schweiß- und rußbedeckt wuschen sich Antonio und Tino dann am Brunnen unter den Zitronenbäumen.

»Don Antonio, wer so 'n Feuer macht, der soll darin verbrennen, soll der, elendig, jawoll, und auch dem seine Mutter«, hustete Tino Zulli.

Antonio wusch sich die Asche aus dem Gesicht: »Die Flammen fressen sich durch die Landschaft, ohne auf irgendwen Rücksicht zu nehmen.«

»Recht habt Ihr, jawoll, wie der Tod geht das Feuer um, und niemand entkommt, nee, niemand«, meinte Tino und machte sich wieder daran, unter den jungen Bäumen Bewässerungsgräben zu ziehen.

Rundherum standen alte und junge Bäume, und Antonio fuhr fort, sich zu verabschieden, sagte allen Lebewohl, einem nach dem anderen. Unterdessen kletterte der riesige Mond immer höher.

Von Stute und Katze Cleo dicht gefolgt, nahm er mit Händen, Augen oder Seufzern Abschied von einigen vergessenen wild wachsenden Weinreben, von den Olivenbäumen, die jeder für sich einzigartig waren und sich alle in Sorte wie in Alter unterschieden, vom Mispelbaum, den die Vögel schon geplündert hatten, von den Kirschbäumen mit den kleinen Früchten. Er nahm Abschied von uralten Birnbäumen, deren Früchte so samtweich waren, dass sie auf der Zunge zergingen, von weißen und schwarzen Maulbeerbäumen, von roten und gelben Pflaumen und grünen und schwarzen Feigen.

Gab es bei einem Baum nichts mehr zu ernten, dann konnte man bei einem anderen damit anfangen, so viele Bäume gab es dort, dass es Menschen wie Tieren bei den Grillos nie an Nahrung fehlte.

Der Mittelpunkt war der größte Baum von allen, ein alter Mandelbaum, verehrt wie eine Kathedrale. Antonio umarmte ihn, doch seine Arme vermochten den Stamm nicht zu umfassen.

Die ganze Zeit folgte ihm die dreifarbige Katze Cleo auf Samtpfoten; sie war weiß, rot und schwarz.

»Meine Katze weiß nicht, wer ich bin, aber sie weiß als Einzige, wie ich bin«, sprach er vor sich hin, während die violetten Disteln die Pferdehufe piksten.

Die Stute war still, wieherte und schnaubte nicht, doch sie hatte immer ein Auge auf ihn, wie er da unter einem Dach von Insolia-, Zibibbotrauben und Kornelkirschen umherstreifte.

»Also wirklich, sie weiß, dass ich fortgehe, und lässt mich nicht allein. Oh, liebes Pferd, du trägst den, der nicht wiederkehrt …«, sprach Antonio leise vor sich hin.

Die Nacht brach nun auch über der Burg herein, und die gelben Margeriten neigten ihre Köpfchen schon hinunter auf die alten Steine.

Vor tausend Jahren haben diese Steine den Krieg zwischen Byzantinern und Moslems gesehen, dachte Antonio, wie schade, dass Steine nicht sprechen. Oder vielleicht tun sie es doch, und ich verstehe sie nur nicht. Vieles verstehe ich nicht, Pferd und Katze wissen viel mehr als ich. Wenn ich alt bin, dann wird vielleicht jemand Klügeres als ich herausbekommen, was die Steine sich erzählen. Grillen, Katzen und Wölfe sprechen doch auch, warum sollten Steine es nicht tun?

Und während er so vor sich hin sinnierte, wurde die Nacht tiefer und tiefer.

Die Vögel, die in der Nacht schlafen, hatten schon aufgehört zu singen, und die, die am Tag schlafen, noch nicht angefangen.

Antonio kletterte ganz oben auf die Burg, wo Kapern und Salat wucherten und sich das Mondlicht schon schimmernd auf die Blätter und seine Schritte legte. Die ängstlichen Spatzen waren bereits fortgeflogen, davongehuscht die Eidechsen. Doch sieben von jeher mondverrückte, schwarz-weiß-rot gefleckte Katzen saßen starr wie Wächter dort. Auch Antonio war mondverrückt, aber jene Nacht versetzte ihn in besondere Unruhe. Der Mond stieg hoch über die Berge und Hügel, über das Dorf, und rasch zog er zum Meer hinüber, wo die Inseln geduldig warteten.

Im Dorf liefen die Leute noch umher, und eine Stimme rief:

»Alle Mann rein, alle Mann rein, heute gibt's 'n Riesenmond, dass uns da bloß nich der Himmel auf 'n Kopf fällt, geht alle rein ...«, und schon wurden Fenster und Türen geschlossen.

Aber Antonio hatte keine Angst vor dem Mond.

Der Mond kam.

Totenstille im Dorf, niemand unterwegs, nur Antonio.

»Mond, ich bin verrückt nach dir«, rief Antonio, als er ihn riesenhaft über dem Tal hängen sah, wie er alles bis zum letzten Blatt, zum letzten Grashalm und zum letzten Stein in sein Schimmerlicht tauchte.

»Hätte ich Flügel, dann würde ich zu dir fliegen, lieber Mond, und dann würde ich die Sterne zählen, einen nach dem anderen ... Endlich, endlich frei in einem Meer aus deinem schimmernden Licht ...«

Höher und höher stieg der Mond und überzog die ganze Welt mit seinem Glanz.

Erde und Meer, alles schimmerte wie der Mond, auch Antonios Augen. Und schließlich zog Antonio sich aus, streifte Hemd und Hose ab und legte sich nackt auf eine kleine Anhöhe, auf der ihn »der Duft der Freiheit« umgab, wie er ein ums andere Mal versichert hatte.

Rasch wanderte sein Blick auf der Suche nach Freiheit hierhin und dorthin, und er dachte, dass Freiheit unendlich wertvoll war und die meisten Menschen keine Ahnung davon hatten, dass man sie nicht kaufen konnte, nirgendwo, und wer glaubte, sie in der Hand zu halten, dem war sie auch schon wieder entwischt. Antonio wedelte mit den Armen, versuchte sie zu bewegen wie ein großer Vogel, der über das Tal fliegt. Er schloss die Augen, und ihm war, als könne er in diesem Bad aus Mondlicht bis zum Meer fliegen.

Auch das Meer schimmerte nun wie der Mond, ebenso der Wildbach Gallo, der sich wie eine Schlange zum Sand und den Steinbrüchen hinunterwand, die seinen Lauf säumten. Eine Eule schrie oder eher zwei, eine redete und die andere sang, und im Wasser tönte ein fröhliches Kröten- und Froschkonzert.

In diese Stille hinein kam ihm ein Gedanke. Wie wäre es, den Mond zu fragen: Lieber Mond, hast du mich gern? Wusstest du, dass mich niemand in den Arm nimmt? Willst vielleicht du mich in den Arm nehmen?

Nackt ausgestreckt lag er da im Glimmerlicht, und der Mond sandte ihm eine Welle Frieden.

Erregt war er auch.

Was für ein Mondbad, was für eine Nacht.

Der in dieser Nacht besonders große und erdnahe Mond brachte keinerlei Unglück über ihn.

Im Gegenteil, Antonio fasste eine Menge Mut.

Er fühlte sich reise- und abenteuerbereit wie nie zuvor.

Dann ging er nach Hause und dachte, dass seine Reise schon nahe bevorstand.

Es war drei Uhr in der Nacht, und alles schlief.

In dem stillen Haus ging er in Gedanken noch einmal sein Gepäck durch, dachte über weitere Abschiede nach, malte sich das Abschiedsessen aus und die Kutschfahrt durch die Monti Peloritani mit Freunden und der Familie bis zum sichelförmigen Hafen in Messina, wo das Schiff liegen würde. Und weiter hing er seinen Gedanken nach und befühlte noch einmal das Kissen unten und oben und drinnen, wo das Schiffsbillett versteckt war, nur um es noch einmal anzusehen und sich zu vergewissern, dass es noch da und unversehrt war.

Er durchwühlte die Schafs- und Ziegenwollfetzen. Nichts. Durchwühlte alles noch einmal und noch einmal, doch kein Schiffsbillett. Schließlich warf er das Kissen verzweifelt hin, aber immer noch keine Spur, kein Fitzelchen des roten Papiers.

Seine geliebte Schiffsfahrkarte nach Amerika.

Jemand hatte das Billett gestohlen.

Oder schlimmer noch: verbrannt.

Von wegen sanfter Mond.

Kurz nach drei Uhr in der Nacht hallte Antonios Wutgeheul durch das Haus.

Wie ein Vulkan explodierte der Groll in seiner Brust.

»Fürchtet den Zorn des Gerechten!«, schrie er, und alle taumelten zitternd aus den Betten.

Antonio war nicht gewalttätig, und wenn ihn der Zorn übermannte, dann ließ er ihn nicht an Menschen aus, sondern an Dingen.

Am liebsten waren ihm Teller.

Fliegende Teller.

Wie ein Berserker machte er sich über die Vitrine mit den Sammeltellern her. Er nahm die schönsten, die vom Sonntagsgeschirr, feine Teller aus weißem Porzellan mit zarten blauen Blümchen, gemalt wie Venusmuscheln im Meer, eine hier und eine dort. Als Erstes griff er sich den Servierteller und schmetterte ihn mit voller Wucht auf den Boden, tausend Scherben flogen durch die Luft. Er nahm die bauchige Suppenschale, auch diese weiß mit blauen Blümchen, zuerst flog deren Deckel und zerbrach in drei Teile, dann zersprang die Schüssel in Hunderte Scherben, rund wie Bonbons. Mit einer Hand nahm er nun die Teller und warf sie weit von sich, wie fliegende Untertassen segelten sie in hohem Bogen gegen Ecken, Kanten und Wände, auf immer zertrümmert. Und nachdem er drei, vier, fünf, sechs, sieben Teller so geworfen hatte, standen alle mit aufgerissenen Augen vor dem Zimmer und verfolgten entsetzt die Zerstörung des guten Sonntagsgeschirrs und Antonios Toben.

Ganz besonders bestürzt war Tina Oliva, die Antonios Wut fürchtete und schon am ganzen Körper bibberte.

Das entging ihm nicht. »Du warst das, du alte Hexe«, stieß er hervor, und schon erhob er die Hand in ihre Richtung.

Tina Oliva fürchtete um ihr Leben. »Hör auf, bitte, bitte, hör auf.«

»Wenn du mir die Schiffskarte nicht gibst, dann drehe ich dir den Hals um wie einem alten Huhn, das schwöre ich dir«, drohte er und hatte schon die Hände an ihrem Hals.

Keiner der anderen beiden Männer machte Anstalten, Tina Oliva zu helfen, und die schrie immer ängstlicher und lauter.

»Heiliger Giovanni, heiliger Antonio, er soll aufhören, dieser Verrückte!«, aber Antonio drückte gar nicht zu, und das konnte man sehen, seine Hände berührten ihren Hals nicht mal, nur der Daumen lag ganz leicht an ihrer Kehle, und außerdem redete er, und wenn einer einen anderen erwürgt, dann hält er ja keine langen Reden.

Die Grenze zwischen Tragödie und Komödie ist auf Sizilien eine ziemliche Gratwanderung, man überschreitet sie mir nichts, dir nichts, und deshalb sprangen Tina Oliva weder ihr Mann noch ihr Sohn Placido zur Seite, denn sie spielte den sterbenden Schwan und Antonio den auf Rache sinnenden Sohn. Außer sich drohte er: »Wenn du mir mein Billett nicht wiedergibst, dann ersäufe ich dich, du alte Ziege, ich werf deine Perlenkette in den Graben, und deinen geliebten Hühnern dreh ich die Hälse um. Deinen Ehering werf ich ins Meer und verbrenn deine ganze Bett- und Tischwäsche und reiß dir den Dutt vom Kopf und kratz dir die Augen aus und …«

Tina Oliva wollten die Sinne schwinden.

Als Antonio sagte: »Ich kratz dir die Augen aus«, da wurden ihre Augen riesig, glasig und todesängstlich, und ihre Hände zitterten unsäglich.

Kurz bevor sie zu Boden stürzte, erhob sie die Hand und zeigte auf ein blaues Glas aus böhmischem Kristall, das ganz oben im Vorratsschrank stand. Antonios Augen blitzten, er nahm die Leiter, riss das Glas an sich, nahm den Deckel ab, und unter den Karuben-Bonbons lag doppelt gefaltet seine rote Schiffskarte, ein wenig verknickt, aber unversehrt.

Liebestoll blickte Antonio sein Billett an und küsste es, wie er eine Frau geküsst hätte. »Oh, mein Billett, mein liebstes Billett, meine Lebensfreude, was hat man dir angetan? Was hat diese lumpige Hexe mit dir gemacht?« Er wandte sich zu ihr um, die anderen beiden Männer sahen immer noch stumm zu, und befahl: »Und jetzt holst du das Bügeleisen und bügelst meine Schiffskarte wieder schön glatt, du Ziege, du, schön glatt will ich sie wieder haben, wie neu.«

Tina Oliva richtete sich den zerknitterten Spitzenkragen, und obgleich sie zitterte wie Espenlaub, holte sie schön brav das Bügeleisen aus der Küche, erhitzte es auf glühenden Kohlen, bedeckte das kostbare Stück Papier, diesen Schein in die Freiheit, mit einer perlweißen Serviette aus flämischem Leinen, damit es auch ja nicht anbrannte, und bügelte es sorgfältig, sodass es aussah wie neu, nein, schöner noch als zuvor.

Antonio nahm seine Schiffsfahrkarte, ohne Tina Oliva eines Blickes zu würdigen, hielt sie hoch und rief: »Ich liebe dich, achte dich und segne dich.« Daraufhin küsste er das Billett noch einmal und legte es in ein Buch seines Vaters, *Der Graf von Monte Christo* von Dumas. Wenn der Vater darin las, dann vergaß er alles um sich herum, das behauptete er jedenfalls, dann verschwand alles zwischen diesen Buchdeckeln.

Antonio legte also die Schiffskarte zwischen die Seiten des Kapitels »Das Château d'If«, ganz am Anfang, und rief: »Jede Familie ist ein Kerker, der nicht wie einer aussieht. Und doch ist sie es. Dass niemand mehr wagt, meine Schiffskarte anzufassen! Wer es doch tut, den ersäufe ich bei lebendigem Leib im Meer.«

Es war immer noch tiefe Nacht, doch niemand kehrte ins Bett zurück.

Wer hätte jetzt schon schlafen können, nach dem Zorn des Achilles?

Wer hätte jetzt schon schlafen können, nach diesem Beben und dem durch die Luft fliegenden guten Sonntagsgeschirr?

Dann doch lieber morgens um vier Uhr herumwuseln und das

Mittagessen vorbereiten, im emsigen Bemühen, die Wut des Abenteurers und die eigene Angst zu besänftigen.

Am Mittag, als der Sturm vergangen war, begab sich die gesamte Familie zu Tisch. Es gab Fischfrittelle und Stockfisch, die auf dem Alltagsgeschirr serviert wurden, das gute war ja dem berserkernden Sohn zum Opfer gefallen.

»Der Sturm ist vorüber«, stellte der Vater fest, ein berühmter Satz, von dem er nicht wusste, wer ihn gesagt hatte, den er jedoch nach jeder beendeten Familientragödie verkündete, die sich nun zur Komödie wandeln würde.

Sein Sohn Placido fügte hinzu: »Die muntern Vögel fangen an zu singen«, und so war es dann auch, das Essen wurde ein wahres Fest mit Gelächter und Tränen und Frittelle und Weisheiten.

»Nichts dauert ewig«, meinte der Vater, als das Jasmineis aufgetischt wurde, doch Antonio ließ sie dort sitzen mit ihren Cannoli und ihrem Caffè, denn er hatte noch einige Abschiede vorzunehmen.

Nach Menschen, Bäumen, Tieren und dem Mond war ihm nun nach einer guten Erinnerung und einer Segnung.

Der erste Abschied galt Padre Luvarà, dem Pfarrherrn von Gesso.

Zum Pfarrherrn ging es zu Pferde, die Gänse folgten ihm, und als sie überall in der Kirche ihren Dünnpfiff verteilten, streifte Padre Luvarà sein Messgewand ab und wandte sich wohlwollend an die Gänse: »Mädchens, ihr seid fröhlicher und tiefsinniger als die Leute von hier, mein Gott, wie satt ich die Worte der Menschen doch hab. Schon wieder ein junger Mann, der wer weiß was beichten will, jeder hat ja seine Eigenheiten, aber am Ende seid ihr alle gleich. Noch einer, den es nach Amerika zieht, seinem Luftschloss hinterher. Heilige Madonna, wie leid ich dieses ganze Gefasel doch bin, diese falsche Reue, Unmenschen seid ihr doch fast alle, ein paar Kinder und ihr Gänse ausgenommen«, meinte er und tätschelte den Gänsen die Köpfe. Lustlos und nur aus reiner Höflichkeit wandte er sich schließlich an Antonio. »Warum bist du hier?

Was willst du von mir? Wenn du gesegnet werden willst – mach ich sofort, dann verlieren wir keine Zeit, denn Zeit ist das Wertvollste, was es gibt, aber dösig, wie die Leute nun mal sind, werfen sie sie zum Fenster raus.«

Antonio war kein Mann vieler Worte, und als er dann auch noch sah, wie lustlos der Pfarrherr war, murmelte er nur kurz: »Ich weiß, der Herr weint und lacht darüber, was wir doch für Tölpiane sind und wie wenig Gutes es auf Erden gibt. Ich weiß, dass die Tiere besser sind als wir Menschen. Ich weiß, wer sät, der erntet …«

»Komm zum Punkt, scheinst ja keinen Deut besser zu sein als all die andern Dösköpfe hier«, beanstandete Luvarà, der augenscheinlich für die Gänse mehr übrighatte als für den jungen Mann.

»Padre, sind wir alle Märtyrer? Padre, kann man auch auf offenem Gelände beten? Padre, warum ist Jesus in Bethlehem geboren und nicht woanders, in Gesso zum Beispiel?«

»Basta, meine Güte, mir wird ja ganz wuschig im Kopf«, brauste der Pfarrherr auf. »Deine Fragen zeigen, dass du ein kindliches Gemüt hast, wie deine Gänse. Du hast ein reines Herz. Über deine Fragen muss ich aber erst einmal nachdenken. Gib mir etwas Zeit. Geh mit deinen Gänsen spazieren und komm in einer Stunde wieder.«

Antonio verließ also mit den Gänsen im Schlepptau die Kirche, setzte sich auf die Stufen davor und blickte Menschen und Wolken hinterher.

Ein Auge im Himmel, eines auf Erden.

Er sah die Dorfleute vorbeigehen wie Ameisen und die Wolken vorbeiziehen wie eine Himmelskette. Dann fragte er sich, warum auf der amerikanischen Flagge so viele Sterne waren und ob es in Amerika auch Sternschnuppen gab wie hier und wo überhaupt Sternschnuppen hinfielen.

Niemand weiß das.

Mit solcherlei Fragen und Wolkenzählen und Seufzen verging

rasch eine Stunde, und Antonio ging wieder in die Kirche zu Padre Luvarà, um Antworten auf seine Fragen zu bekommen.

Padre Luvarà hatte inzwischen ein Glas Messwein getrunken, um besser nachdenken zu können, seine Wangen glühten, und seine Augen blitzten aufgewühlt. »Die Zeit der Märtyrer wird niemals enden, Junge. Man muss sich für was Gutes opfern, pass auf, dass du dich nich für die falschen Dinge begeisterst. Beten lässt es sich überall, unter Wasser und im Keller, im Wald oder im Sand. Wo Natur is, da is Gott. Was die Geburt Jesu betrifft, kann ich dir nur sagen, dass er dort auf die Welt kam, weil dieses Land einfach wunderbar ist. Paar Steine, paar verfallene Mauern, das ist das Herz der Welt. Frag mich nich, warum, hab keine Ahnung. Eigentlich hab ich überhaupt keine Ahnung von nichts. Je älter ich werde, umso weniger weiß ich.«

»Danke für Eure Worte«, sagte Antonio.

»Worte sind Wind, mein Junge. Ich segne dich und deine Reise. Aber versprich mir, dass du nach diesem Rummel, der sich Amerika nennt, nach Jerusalem gehst, da ist es wunderschön. Man sieht die Schönheit nicht gleich, sie kommt eher von innen, weil Jerusalem eben die Seele der Welt ist. Aber frag mich bloß nich, warum, ich hab nämlich keine Ahnung.«

Daraufhin ließen sich Gänse und Antonio vom Pfarrherrn segnen und verließen die Kirche. Draußen atmeten sie die frische Luft des Schirokko und das wahre Leben.

Und gerade als sich Antonio auf den Nachhauseweg machte, stellte sich ihm der schlimmste, ja der allerschurkigste aller Dorfbewohner in den Weg. Es gab einige heimtückische oder halunkige unter ihnen, dieser hier aber war der allerschurkigste von allen: Pippo Catania, der Mörder.

Er mordete Christenmenschen wie die Frau seines Vaters Hühnchen, vollkommen nonchalant, um es mal mit einem französischen Wort zu sagen, mir nix, dir nix auf gut Deutsch, und dann bereute er es keinesfalls, sondern sagte: »Ich ermorde ja sowieso bloß Gesindel und nutzlose Leut, die nur schaden, ich bin anständig durch und durch, nicht etwa bösartig.«

Niemand wusste, wie viele Menschen er wirklich auf dem Kerbholz hatte, denn immer wenn jemand starb und nicht offensichtlich war, woran, dann hieß es im Dorf: »Der Schurkenpippo war's, der war's«, obwohl derjenige vielleicht einfach einen Eselstritt abbekommen hatte, und niemand wusste mehr, was Wahrheit war und was Legende.

Tatsache war, dass er nie auf frischer Tat ertappt wurde, weil er sich verdünnisierte wie eine Mücke, und genauso sah er auch aus, wie eine Mücke, klein und mickrig, von unbestimmbarem Alter, vielleicht zwischen dreißig und sechzig, keine einzige Falte im Gesicht und immer einen schäbigen Hut auf dem Kopf und flinke Schuhe an den Füßen, die brauchte er, um rasch das Feld zu räumen.

Plötzlich stand er da vor Antonio und verstellte ihm herausfordernd den Weg, eine Keilerei war ihm allemal lieber als ein Teller Pasta.

»Und du, gehst weg? Weg gehste? Gibt's da in Amerika auch Gesindel? Und wenn ja, was machste dann? Lässte die um dich rum schleichen und sagst nix, oder hauste ihnen was, und gut is?«

Die Gänse neben Antonio erzitterten, ein Schauder lief ihnen vom Schnabel bis zum Bürzel hinunter.

Doch der Mörder fuhr fort: »Schlechte Nachrichten, sag ich. Gibt mehr Gesindel als anständige Christenleuts in der Welt. Die anständigen Christenleuts, die sitzen zu Haus, sitzen die«, und bei diesen Worten blitzte die von einem Lichtstrahl getroffene Klinge in seiner Hosentasche auf.

»Was is, haste Angst?«, raunte Pippo Catania.

Doch Antonio war kein Drückeberger, und so holte auch er gemächlich ein Klappmesser mit rotem Griff hervor. Eigentlich benutzte er es nur für die Pfropfstellen der Bäume, aber das wusste ja der Schurkenpippo nicht.

Ein Messer ist schließlich ein Messer, basta, jeder muss selbst wissen, was er damit macht, genau wie mit Worten.

Als der Mörder sah, dass ausgerechnet Antonio kein Luftikus war, sondern ihm viel ähnlicher, als er gedacht hatte, wurde er sogleich etwas freundlicher. »Dann biste also einer von uns, Compare. Mach ruhig auch in Amerika welche kalt, wenn's Gesindel is. Wo man auch is, überall Gesindel, überall, egal wo. Pass gut auf, Compare, lass dich nich übers Ohr hauen.«

Dann schenkte er Antonio aus brüderlicher Verbundenheit eines seiner Messer. In jeder Tasche hatte er welche, große und kleine, schartige und brandneue.

Eines mit blutiger Klinge fiel zu Boden. »Hab eben 'nen streunigen Hund kaltgemacht, der hatte Schaum vorm Mund, hatte der, war halb verrückt, wie ich«, erklärte er fast entschuldigend, und dann posierte er für eines von Antonios Fotos.

Und so kam es, dass Antonio auch ein Bild vom Schurkenpippo mitnahm nach Amerika.

Die Bevölkerung in seinem Koffer wuchs stetig an. Bäume, Landschaften, Menschen und Tiere, von allem hatte er nun eine Erinnerung. Fotografien brauchen nicht viel Raum. Auf sechs mal vier Zentimetern findet eine ganze Stadt Platz.

Und man kann alle Bewohner von Gesso auf einem einzigen Foto in einen Koffer packen.

An den Toren des Dorfs erwarteten Antonio drei Frauen, die ihm Lebewohl sagen wollten.

Kurze oder lange Abschiede, es kommt doch immer dasselbe dabei heraus: Man wird schwermütig, dachte Antonio.

Die drei Frauen standen am Dorfeingang an einer Straße mit dem schönen Namen »La Grazia«, das Liebesgässchen der Dörfler und Paare. Von dort kann man den Golf von Milazzo mit den ankernden Schiffen sehen und den Ätna mit seinem schneebedeckten Gipfel gleich neben dem Feuerschlund, und je weiter die Berge entfernt sind, umso mehr verschwimmen sie im Nebel.

Wie das Meer – je weiter weg, umso heller wirkt es.

Erst sahen diese drei Frauen aus wie blaue Pinselstriche, doch dann erkannte er sie. Er mochte sie, und sie mochten ihn vielleicht noch ein bisschen mehr.

Wenn man fortgeht, dann vergisst man nach und nach Freunde und Orte und erinnert sich nur noch an zwei oder drei, die anderen verwischt die Zeit. Bleibt man aber, dann wird der Freund in der Ferne zum schillernden Traumbild.

All dies wusste Antonio noch nicht, aber er ahnte es. Die drei blieben.

Er ging.

Das war der Unterschied.

Deshalb blickten die drei Frauen ihn an jenem Tag an wie die Statue des heiligen Antonio Abate in der Kirche: voller Demut. Der heilige Antonio war jedoch uralt gestorben und überhaupt schon seit Jahrhunderten tot, Antonio Grillo hingegen war quicklebendig und jung, die Blicke waren also weitaus inniger.

Die drei Frauen waren unterschiedlichen Alters.

Nina war jung, wunderschön, trug stets Geblümtes und weite Röcke, die im Wind flatterten.

Amalia war mittleren Alters, keine große Schönheit, weder jetzt noch als Mädchen, ihr Körper aber war der einer Statue, kein einziges Gramm Fett daran, mit hübsch ausgeprägten Muskeln, glatt und rund. Schon seit vielen Jahren arbeitete sie als Wäscherin am Fluss, vom Dorf hinunter zum Wasser und wieder hinauf lief sie, bepackt mit Seife und Körben voller Wäsche der Signori, auch die Laken der Grillos wusch sie.

Peppina schließlich war betagt. Einsam gealtert, hatte sie sich ihre Schönheit bewahrt. Ihr Mann war jung gestorben, und sie hatte nie aufgehört, um ihn und ihre Kinderlosigkeit zu trauern. Peppinas Trost waren ihre Hühner, von denen sie sich ein Dutzend hielt. Diese Hühner schliefen bei ihr, und sie redete mit ihnen wie mit Kindern, klitzekleinen Kindern, und die Hühner hingen an ihrem Rockzipfel wie Kinder an dem der Mutter. Tatsächlich öffnete sie auch stets eigenhändig die fertig ausgebrüteten Eier, sodass die Küken zuerst sie sahen, Peppina, sie für ihre Mutter hielten und ihr überallhin folgten. Ihr Spitzname war »Hühnerhuhn«, und auch ihr Hintern sah schon aus wie ein Hühnerhintern. Obgleich sie alt war, wiegte sie sich doch in den Hüften, streckte den Hals und öffnete die Arme wie Hühner die Flügel. Ihr Kleid war ebenso hühnerfarben an jenem Tag, steinfarben mit einigen roten Strichen darauf.

Antonio sah, wie die drei ihm anmutig entgegenliefen. Nina mit flatterndem Rock, Amalia, die wirkte wie ein Fuhrwerk, und Peppina wie ein freilaufendes Huhn, und er erkannte sie nicht nur, sondern begriff auch sofort, dass sie seinetwegen gekommen waren. Jede der drei trug einen Korb mit sich, und als er vom Pferd stieg, da brachen sie in Tränen aus.

Antonio mochte keine Tränen, Stille oder Worte waren ihm lieber. Er fand Tränen so unangenehm wie Katzen ihre Flöhe, hielt sie für unnötig, und außerdem brachten sie ihm Unheil, das glaubte er wenigstens.

»Wenn ihr nicht damit aufhört, gehe ich sofort wieder«, drohte Antonio, und um zu beweisen, dass er es ernst meinte, stieg er auf sein Pferd, das zwei oder drei Schritte machte, aber dann stehen blieb, denn Aurora hatte in Peppinas Korb Karuben gewittert und steckte nun ihre Schnauze hinein. Die drei Frauen, die ihn so mochten, hörten auf sein abweisendes Verhalten hin sofort auf zu weinen, und Tränen, Seufzer und Schnütchen verschwanden in einem einzigen Wimpernschlag.

Und während das Pferd in Peppinas Korb mit den Karuben schnoberte, erhob Nina die Stimme.

»Ich bitt dich, geh nich«, rief sie, und ihre sanften Gesichtszüge wurden noch sanfter, die Lippen weicher und voller, das rabenschwarze Haar fiel geschmeidig auf ihren glatten Pfirsichhals. Ihre Hände waren gefaltet, die Beine zitterten, vielleicht wegen des Windes, vielleicht auch wegen etwas anderem, und ihre rosa Lippen glänzten feucht, als sie fortfuhr: »Geh nich, deine Nina is doch hier, nich in Amerika. Wenn du mich willst, hier bin ich, nach Amerika, da geh ich nich hin«, und sie ließ die Zunge über ihre Lippen huschen und wiegte sich in den Hüften.

Das Pferd bäumte sich auf, doch Antonio blieb starr wie eine Salzsäule, den Blick auf den Horizont geheftet.

Amalia warf noch etwas mehr in die Waagschale: »Geh nich, bitte. Du bist der Einzige hier, der klar im Kopf und auch mal fröhlich is. Wenn du aus Gesso fortgehst, dann wird's hier rabenschwarz, denn wer einmal geht, der kommt nich wieder, meistens isses wenigstens so. Wenn du fortgehst, dann heirate ich niemanden, das schwör ich.« Als sie sagte »kommt nich wieder«, da brachen Schluchzer aus ihrer Brust, und Tränen strömten über ihre Wangen, wild wie der Fluss, an dem sie Laken und Tischwäsche der Signori wusch.

Schluchzer fand Antonio noch schlimmer als Tränen, ach, lumpige Tränen, aber Schluchzen, das ist das Aufstoßen der Seele, und die schweigt doch besser. Also trieb er wieder sein Pferd an, doch wie immer wollte Aurora selbst bestimmen, und Peppinas Korb voller Karuben war einfach unwiderstehlich. Peppina war die Einzige der drei, die ihn nicht heiraten wollte, sie war ja auch schon alt, und außerdem gab es für sie immer noch nur einen Mann, und das war ihr Ehemann, ein Schreiner, der in der Hochzeitsnacht gestorben war, erstickt, wie man sagte, an einer Hühnerfeder im Hals.

Peppina sagte: »Ich mag dich, weil du meinem Mann ähnlich bist, als er noch nich tot war. Du stirbst irgendwann auch, aber nich jetzt und nich in Gesso, ich weiß, dass du in Amerika stirbst, du … Auch wenn ich dich mag, weil du mich an meinen Mann erinnerst, als er noch nich tot war, will ich dich trotzdem nich heiraten, keine Sorge. Ach, deine blauen Augen sind genau wie seine. Ich mag dich wirklich sehr, nein, ein bisschen, denn sehr hab ich nur meinen Mann gemocht, wie das Meer. Dich ein bisschen.«

Und je nervöser Antonio da im Sattel wurde, umso entschlossener stellten sich die drei Frauen ihm und der Stute in den Weg.

»Ihr Frauen, lasst mich gehen. Niemand kann meine Reise mehr aufhalten. Tränen nutzen nichts, auch keine Geschenke und Versprechungen. Ich habe das ganze Leben noch vor mir, mehr sage ich nicht dazu.«

Und als er sagte: »Mehr sage ich nicht dazu«, war es auch so, nichts war mehr aus ihm herauszubekommen, gar nichts. Sein Mund war verschlossen und blieb es, während er bereitwillig die Geschenke der drei Freundinnen annahm.

Nina gab ihm einen Brief, den er jedoch erst später öffnete. Amalia schenkte ihm ein Leinentuch, eines, das man damals benutzte, um das Gesicht am Morgen zu trocknen. Es duftete nach leiniger Frische und Heimat, und da sie es nicht sorgfältig ausgespült hatte, fand sich in den Fältchen noch ein bisschen ihrer mit Frantoio-Olivenöl selbst hergestellten Kernseife. Er wusch das Tuch sorgfältig und wusch es später auch in Amerika immer wieder, aber der frische Geruch von im Fluss gewaschener Wäsche verging seltsamerweise viele Jahre nicht.

Manchmal bleibt ein Geruch für immer, und man weiß nicht warum.

Man tränkt ein Haus, eine Wand, einen Schrank, eine Schublade mit etwas, das dann nicht mehr gehen mag.

Wir herrschen über gar nichts, nicht einmal über Gerüche.

Kein Duft hingegen stieg aus Peppinas Geschenkkorb auf; sie schenkte ihm zwölf Eier.

»Bevor du fährst, koch sie gut durch, und dann iss eins am Tag, zwölf Tage lang. So isst du wenigstens zwölf Tage lang gut und bleibst kräftig. Iss sie, die Eierchen, mehr wert als Garibaldi sind die.«

Brief, Tuch und Eier. So wuchs Antonios Gepäck an. Er steckte Tuch und Eier in den Sack, der um den Hals des Pferdes hing, und verabschiedete sich mit folgenden Worten: »Kommt zum Hafen in Messina, um mir und dem Schiff Lebewohl zu sagen, und vom Schiffsdeck aus werde ich euch segnen, das schwöre ich.«

Er wartete nicht weitere Tränen, Schluchzer, Bitten und Schnütchen ab, denn einer, der fortgeht, der braucht ein leichtes Herz, kein banges. Antonio trieb also die Stute Aurora an, die dieses Mal gehorchte, denn die Karuben hatte sie aufgegessen, und im Galopp ging es nach Hause.

Der Abend brach herein, und der Wind wehte aus Südwest.

Jeder Wind hat seinen eigenen Klang, wie ein Orchesterinstrument.

Unter dem runden Mond öffnete er Ninas Brief und las ihn sich laut vor, während der Südwestwind in den Bäumen spielte:

> Ich hab dich lieb, jetzt und immer, auch wenn du tot bist. Ich will dir mit meinen Tränen nicht das Herz schwer machen. Und ich wart auch nicht auf dich, sondern kümmere mich um meine eigenen Angelegenheiten. Aber denk dran, dass deine Jugend wie eine Blume ist, die verblüht. Du gehst fort, und meine Seele träumt von dir. Mein Körper aber bleibt hier und hat seinen eigenen Willen. Auch du hast deinen eigenen Willen und musst tun, wonach dir der Sinn steht. Das Abenteuerfieber hat dich gepackt, was kann ich da schon machen? Die Welt ist wunderbar, aber sie ist traurig. Jeden Monat kommt ein neuer Mond, und ich werde dir folgen, überallhin, wie der Mond, auch wenn ich hierbleibe. Deine Nina, ich hab dich lieb.

Die Worte berührten ihn mehr, als er gedacht hätte, Abschiedsschmerz ergriff ihn, doch Wind und Mond zerstreuten seine Gedanken sogleich wieder. Unermüdlich sogen die Wolken das Mondlicht auf, er schaute zum Himmel, dann zum Meer, und da sah er plötzlich die Insel Stromboli, wie er sie nie zuvor gesehen hatte.

Immer noch erhob sich der Vulkan mit der stetigen Rauchfahne aus dem Meer, aber der Kraterrand war vollkommen anders, als Antonio ihn noch von Kindertagen in Erinnerung hatte. Glatt und vollkommen war er immer gewesen, wie ein Tassenrand, jetzt aber war er am oberen Rand voller Spitzen, die wie Haifischzähne oder Harkenzinken hervorstachen. Die bei den letzten, andauernden Eruptionen ausgespuckte Lava, die kleinen und großen Steine waren auf dem Gipfel des Kraters erstarrt und hatten den glatten Kraterrand von einst unter sich begraben. Das erste Mal in seinem Leben kam ihm nun der Gedanke, dass sich alles verändert, auch Dinge, die seit Ewigkeiten unverändert sind. Sogar dieser uralte Vulkan mitten im Meer hatte nun ein völlig neues Gesicht.

Und so war es also auch mit Wolken, Bergen, Wasser, mit dem Mond, Planeten, Bäumen und unterirdischen Quellen. Mit Vögeln und Ängsten und Heiligen und Brüdern und Pferden und Schnee und Fahnen; in jeder Stunde, die vorbeigeht, sind sie anders als in der vorherigen.

Und Liebe ist manchmal eine Zitronengranita, die auf der Zunge schmilzt, und manchmal ist sie ein bisschen härter und hält etwas länger, in etwa wie ein geblümter weißer Porzellanteller.

Es gibt immer etwas Neues auf dem Planeten.

»Ein neues Leben erwartet mich«, sagte Antonio laut und blickte zum Mond, der nun nicht mehr weiß war, sondern rot und einmal mehr bereit, in die Meeresfluten hinabzusinken.

Und so tat der Mond es dann auch, sank in die Fluten so ungestüm und flink wie ein Junge von zwanzig Jahren.

»Ich bin zwanzig Jahre alt«, raunte er dem Mond zu.

»Was ein Glück, zwanzig Jahre alt zu sein«, fügte er noch hinzu, und dann schlief er ein, ohne Brief, Eier und Tuch in den Koffer zu packen. Die lagen erst im Kerzen- und dann im Sonnenschein auf dem Tisch, der Brief, die Eier und das Tuch.

IX

Noch eine Falle

Aus der Küche zogen schon am Morgen Wohlgerüche durch das ganze Haus und rundherum. Ganz besonders eifriges Treiben herrschte, denn Antonios Abreise stand kurz bevor.

Jedes Ereignis auf Sizilien wird von einem Abendessen gekrönt, und je größer dieses Ereignis zu werden verspricht, umso übertriebener fällt das Essen aus.

Antonio lag noch in den Federn, da hörte er schon, wie Fleisch geklopft und dann aufgerollt wurde, es wurden wohl Braciole vorbereitet, die im restlichen Italien den Namen Involtini tragen. Sie werden gefüllt mit Brotbröseln und gelagertem Pecorino, aber er muss gut abgelagert sein, und frische Petersilie gehört auch dazu, am besten gerade eben gepflückt, und gehackter roter Knoblauch.

Tina Oliva schärfte die Messer, um ein paar Hühnern an die Kehle zu gehen, und als die Schreie des ersten todgeweihten Tiers erklangen, wachte Antonio endgültig auf.

Der emsige Betrieb in der Küche und der Duft von wildem Fenchel, frisch gemolkener Milch und geschlagenem Eiweiß für den zuzubereitenden Biskuit verhießen den bald bevorstehenden Schmaus all dieser Köstlichkeiten, sehr bald, denn bis zur Abreise waren es nur noch achtundvierzig Stunden, und bis auf das Abendessen war alles bereit: Koffer, Fahrkarte und vor allem Antonios Gemüt.

Er konnte es kaum erwarten, doch zuvor musste er noch eine Flut an Essen, Tränen und Abschiedsworten bewältigen.

Während also die Hühner gackernd und schreiend ihrer Hinrichtung entgegensahen, ging Antonio zur Küche, betrat sie aber nicht, um einen guten Morgen oder Ähnliches zu wünschen, sondern blieb vor der Vorratskammer neben der Tür stehen und überlegte, ob da wohl noch etwas wäre, das er mit auf Reisen nehmen könnte. Auf den mit Flecken von unzähligen Jahren und Lebensmitteln versehenen dunklen Holzregalen in der Kammer standen gläserweise Oliven in Lake, lagen mit Schnüren kunstfertig zusammengeknotete Tomatenbündel, die noch vom letzten Sommer hier im Dunkel nachreiften, außerdem Büschel von Oregano und Salbei, Marmeladen, sieben Provolone-Käse, prall wie die Brüste einer Amme, mit Kordel an Haken gehängt, festgeknotet mit einer Schlinge wie für einen Verurteilten. Die Käselaibe schwitzten ordentlich und überdeckten mit ihrem kräftigen Aroma die sanfteren Gerüche. Anis, Kirschlikör, sonnen- und ofengetrocknete Feigen, getrocknete Tomaten in Öl, von Meeresaroma durchzogene Sardellen in Lake oder Sonnenblumenöl und außerdem Kapern in Hülle und Fülle. Die Kapern der Liparischen Inseln waren die begehrtesten, doch seinem Vater, Don Lio, war es gelungen, auch in Gesso Kapern anzubauen. Die kleineren, in feinem Salz eingelegten liparischen Kapern lagerten ganz oben im Regal, die größeren, von Ameisen angefressenen aus Gesso lagen besser griffbereit unten.

War man einmal in der Vorratskammer, dann mümmelte man ein bisschen hier und dort, doch nicht zu viel, denn Tina Oliva wachte streng über den Lebensmittelvorrat der Familie und hielt das Kämmerchen stets unter Beobachtung. Sie verschloss den Vorrat mit einem Riegel, dessen einzigen Schlüssel sie in ihrer Kitteltasche trug, damit es auch ja niemandem aus der Dienerschaft einfiele, die Lebensmittel des Hauses zu plündern.

An diesem Morgen jedoch war die Vorratskammer nicht verschlossen, Tina Oliva und eines der Hausmädchen, Concetta, kamen und gingen, holten dieses und jenes, und ab und zu steckte Concetta sich heimlich eine getrocknete Feige in den Mund oder ließ ein paar Nüsse in ihrer Kitteltasche verschwinden.

Während Antonio in der Vorratskammer über zukünftige Genüsse sinnierte und ein wenig an der Schokolade knabberte, die in goldbarrengroßen Stücken bei einem Konditor in Palermo gekauft wurde, hörte er die Stimme von Tina Oliva schriller klingen als sonst.

Taten ihr vielleicht die Hühner leid? Hatte sie das alles satt? Ja, aber nicht nur das, denn er wusste, dass sie in ständiger Angst lebte, ihr Sohn Placido könnte nun auch die Flausen kriegen und mit Antonio nach Amerika gehen.

Doch da war noch etwas.

Was murmelte sie vor sich hin?

Verborgen hinter Besen und anderem Gerät lauschte Antonio.

»Der eine ein Tunichtgut, der andere hat die Flausen«, brummelte sie. »Alle beide sind krumm geraten wie der Griff von ’nem Regenschirm.« Sie seufzte, briet Knoblauch und Zwiebeln zusammen an, öffnete Tomatenkonserven und warf unruhig eine Zimtstange in einen Steinmörser. Dann rief sie grummelnd alle möglichen Heiligen an.

Antonio setzte sich auf eine hölzerne Leiter, die an den Regalen lehnte. Niemand hatte ihn bis jetzt bemerkt, vielleicht glaubten sie, er schliefe noch, war ihm doch das Mondlicht der Nacht allemal lieber als der Sonnenschein am Tage.

Nachts, wenn alle schlafen, gibt es viel mehr zu entdecken als am Tag, wenn alle herumlaufen und fuhrwerken, und vor allem, wenn alle reden.

Doch Worte machten ihn neugierig, ganz besonders die heimlich belauschten, denn das sind die ehrlichen. Nicht höflich verschleiert, sondern geradeheraus gesprochen, frei von der Leber weg.

Am Morgen des großen Abschiedsessens hatte Tina Oliva einen so großen, ja riesigen Redebedarf, dass der sanfte Don Lio etwa so sehr zu Wort kam wie eine eingesalzene Sardelle oder ein Huhn mit umgedrehtem Hals. Er stand einfach da, ein wenig traurig und verdrossen, Tina Oliva hingegen zeterte ohne Unterlass.

»Fortgehn und dieses schöne Leben hier aufgeben? Die saubern Laken, die Sonnenuntergänge überm Meer, königliche Mahlzeiten und duftenden Jasmin? Warum? Um Käsepanini unter einer rotblauen Flagge mit Sternen drauf zu essen? All diese Herrlichkeiten, diesen Gemüsegarten verlassen, nur um dann in einer fremden Erde tot und begraben zu liegen, ja, zwischen lauter Menschen und Würmern, die man doch gar nich kennt, von denen man gar nix weiß … und das alles ohne Mutter und Vater. Was wird aus unserm armen Antonio, unserm Schleckermaul? Mit Arbeit für ein paar lumpige Dollar werden sie den schinden, ja, was is das überhaupt mit diesen Dollars, die alle haben wollen?«

Sie strich sich den Kittel glatt und vergewisserte sich, dass der Vorratsschlüssel in der Tasche steckte, dann fuhr sie fort: »Ich seh doch, dass es dich zerreißt, weil dein Sohn fortgeht. Du siehst ja schon wie tot aus, als hätteste nur noch ein Auge, eine halbe Lunge. Und wenn Placido jetzt auch fährt, was dann? Dann stirbst du an gebrochenem Herzen, stirbst du dann, wenn auch noch der andere Sohn fährt.«

Don Lio hörte zu, und vielleicht standen schon Tränen in seinen Augen.

Er war ein Mann, der seine Gefühle zeigte.

»Ja, genau, was wird, wenn erst der eine und nach ’nem Jahr auch noch der andere Sohn geht? Du hast ja nur zwei, nich hundert.«

Antonio hörte, wie sein Vater sich rasch setzte, wie jemand, der sich nicht mehr auf den Beinen hält, der das Gewicht von Trauer und Angst nicht länger zu tragen vermag, aber er schwieg.

Seine Frau keifte weiter: »Gestern, da hatt ich einen schlimmen Schmerz tief in der Brust, ich dachte, ich müsste noch in der Nacht sterben, müsste ich. Und weißt du, was ich gemacht hab? Bin noch mal zu Donna Vittoria, weißt ja, die is schlauer als ein Kardinal …«

»Und was hat Donna Vittoria gesagt?« Don Lio war gespannt

auf den Rat der Magierin, die Trübsinn und Ängste einfach so in Luft auflösen konnte.

»Alles ging drunter und drüber, hantiert hat die wieder mit Wasser und Salz in 'nem Teller, und dann Öl dazu, und der Teller, zersprungen ist der, wie explodiert, einen solchen Fluch hat man noch nich gesehn. Sie sagt, wenn einer geht, dann geht der andere im nächsten Jahr, an einem Tag geht der Ölkrug und dann das Weinfass ...«

»Das Leben macht mich müde«, seufzte Don Lio, »alles tut weh, jeden Tag ein wenig mehr.«

Seine Frau strich ihm über den Hals. Antonio erkannte das daran, dass beide ganz still wurden, das waren sie immer, wenn Tina Oliva seinen Hals streichelte, und je länger sie das tat, je länger dauerte die Stille zwischen den beiden. Tina Oliva wusste, dass mit dieser Liebkosung Don Lios Zuneigung zu ihr wuchs und sein Wille unter ihren Händen schließlich butterweich wurde.

Don Lio schaukelte nun wie ein kleines Boot im stillen Meer der Liebe, ein Fischer im sicheren Hafen, seine Angst war verschwunden, sein Wille auch, und eine große Ruhe überkam ihn.

Mit Tina Olivas Händen an seinem Hals schmolz sein ganzes Wesen zu zarter Buttercreme. Er wurde zu ihrem Kissen, und Missmut und Groll verflogen aus seinem Bewusstsein in unbekannte Weiten.

Die Stille hielt an, Tina Oliva liebkoste ihn also ordentlich. Dann hörte Antonio Don Lio seufzen, so ruhig, wie wenn sich der Schirokko legt und Windstille einsetzt.

Ein weiterer Seufzer, und schließlich sprach sie bedächtig folgende Worte: »Hör mir mal gut zu. Das Schlechte is nie zu Ende, das Gute aber auch nich, und wenn einer was Gutes will, dann muss er manchmal was Schlechtes tun.«

Zu diesen geheimnisvollen Worten schwieg Don Lio, er war vollkommen willenlos und würde tun, was immer sie von ihm verlangte. Antonio hielt es kaum noch aus und sperrte die Ohren auf.

Da sagte sein Vater: »Wir leben in einer seltsamen Welt. Die Leute reden, und ich verstehe nichts davon. Deine Worte bringen mich durcheinander, ich kann nicht folgen. Was hast du vor?«

Tina Oliva aber redete weiter um den heißen Brei herum. »Kann ich dir sagen, aber dann wirst du nur wütend und haust mit der Faust aufn Tisch und gehst weg und redest nix mehr mit mir … Aber das, woran ich denke, ist das Einzige, was man machen kann. Denk dran, wenn einer fortgeht, dann geht der andere auch. Wenn ein Sohn geht, dann geht das halbe Herz mit, wenn dann auch noch der andere geht, dann geht die andere Hälfte mit, und hier in Gesso hört dann dein Herz schneller auf zu schlagen, als du denkst, du bist ja auch nich mehr der Jüngste, und du stirbst einen schmerzvollen Tod.«

Vielleicht schüttelte Don Lio untröstlich den Kopf, Antonio konnte es nicht sehen, doch er stellte sich so einiges vor.

Und plötzlich, mit einer Stimme, die keinen Widerspruch duldete und die er ziemlich gut kannte, verkündete Tina Oliva streng: »Antonio darf nicht gehen. Donna Vittoria hat mir ein starkes Schlafmittel gegeben, wenn wir ihm das untermischen, dann schläft er 'ne ganze Woche lang, und das Schiff fährt ohne ihn ab. Nach 'ner Woche wacht er auf, und das Schiff ist schon auf hoher See in Genua oder Neapel, wo auch immer. Auf jeden Fall fährt das Schiff ohne ihn.«

»Was redest du denn da? Wenn er dann aufwacht, dann fällt er über dich her, wie beim letzten Mal«, gab der Vater mit rauer Stimme zu bedenken.

»Das Schlafmittel mische ich ihm in den Hauptgang. Donna Vittoria hat mir Kräuter gegeben, die ihn ganz ruhig und friedlich machen, und alles geht vorbei. Früher oder später geht alles vorbei …«

Stille legte sich über die Küche, in der die Lebensmittel auf dem Marmor ausgebreitet darauf warteten, für das Abschiedsessen zubereitet zu werden.

Von wegen Abschiedsessen, dachte Antonio, die wollen mich vergiften, einschläfern und mein Leben zerstören. Aber mein Leben, das lasse ich mir von niemandem verderben.

Wut im Kopf und Wut im Bauch, und der Bauch grummelte auch noch vor Hunger und Ärger, und so hörte er die letzten Worte von Tina Oliva: »Du musst dich um nichts kümmern, ich mach das alles. Ich denk an alles, hab ich schon immer gemacht und hab es immer gut gemacht, wie du ja wohl weißt. Ich mach sein Lieblingsessen, das, wonach er sich die Finger leckt. Er isst doch gern, und dann isst er eben das Schlafmittel gleich mit. Das Obst zum Nachtisch erlebt er schon nich mehr, wirst sehen, denn davor hat er sich schon hingelegt und schläft, was das Zeug hält, und träumt schön, und das alles 'ne ganze Woche lang. Überleg doch mal, eine ganze Woche lang nur schlafen und träumen, das würde dir auch gefallen, oder etwa nich? Nix als schlafen und träumen, sieben ganze Tage lang, und währenddessen verschwindet das Schiff auf Nimmerwiedersehen, und unsere Familie is gerettet.«

Zwei Dinge dachte Antonio gleichzeitig.

Erstens: Die Hexe hat recht, wenn ich nicht aufs Schiff gehe, dann ist das Billett nicht mehr gültig, und ich bekomme kein neues, denn es steht ja drauf: *Gültig nur für die Fahrt am 18. April 1923, keine Rückerstattung, keine Rückzahlung*. Wenn dieses Billett also verloren ginge oder er es nicht auf das Schiff schaffte, dann wäre es nichts mehr wert. Nie wieder.

Zweitens: Alle Familien sind niederträchtig. Vielleicht besser, wenn ich in Amerika erst gar keine gründe. Alle Familien sind die Hölle, und zur Hölle machen sie einem das Leben, und hier und jetzt schwöre ich, dass ich ein neues Leben will, brandneu, und zwar eines, das nach Freiheit duftet. Es gibt so viele Paradiese.

Daraufhin verließ er sein Versteck, wobei die Leiter kurz über den glänzenden Boden kratzte, die Leiter, auf der er den betrügerischen Plan und die Hinterlist von Tina Oliva belauscht hatte. Bei dem Geräusch fuhr Tina Oliva zusammen, dachte jedoch, es wäre die Katze Baffo gewesen, denn die war in die Kammer geschlüpft, nachdem Antonio sie verlassen hatte. Baffo war die größte und gefräßigste Katze des Hauses, und für einen Hühnerknochen schnurrte sie eine ganze Stunde lang. Als Tina Oliva nun die verfressene Katze in ihrer Vorratskammer sah, griff sie flugs nach dem Reisigbesen und jagte sie hinaus.

Wütend ließ Antonio seinen Blick über die Möbel und Gegenstände im Haus gleiten und wanderte schließlich von der Terrasse zum Meer, über die Vulkane und Berge, die vom Schirokko gebeugten Baumgipfel.

Denn Natur tröstet bei menschlicher Niedertracht.

Meer, Bäume und Berge, Luft, Himmel und Sterne in der Nacht, ich schwöre, niemand mehr wird mir meine Freiheit nehmen oder mein Verlangen danach ersticken. Freiheit, Freiheit, dein Duft ist überall.

Und als Antonio tief in den Wind hineinatmete, da nahm er genau diesen Duft wahr; den Duft der Freiheit.

Andere Düfte zogen in seine Nase; der von Fischsuppe, Oktopussen und einer frisch gepflückten Zitrone.

Etwas Frisches, Spritziges erhob sich in die Luft, wie Wind auf einem Schiff.

»Niemand wird mich je einsperren«, und während er das sagte, öffnete er den Käfig der Nachtigall und auch den seiner Gänse. Die fröhlichen Gänse steckten die Schnäbel in Töpfe mit weißen Margeriten und rosa Geranien, und die Nachtigall blickte sich staunend um. Antonio trank mit einem Gläschen Amarena auf die Freiheit, erhob sein blaues Glas mit den Sternen darauf, Sterne wie die auf der amerikanischen Flagge.

Von nun an muss ich achtgeben, was man mir zu essen und zu trinken vorsetzt. Von dieser giftigen Familie habe ich doch wirklich nichts mehr zu erwarten, dachte er, ging in sein Zimmer und versteckte die Flasche Amarena im Nachttopf. Hier wird ja wohl niemand suchen, sagte er sich.

Die Stunden verstrichen, und der Duft aus der Küche breitete sich weiter überallhin aus. Alle möglichen Aromen zogen durch die Luft: Jasmin, gebratene Zwiebeln, Hühnerblut, Lake, Katzenurin, in Essig ertränkter Blumenkohl, Eierkuchen, Zwiebelchen süß-sauer, gerösteter Sesam, Schmalz und Senf und welke Rosen, schließlich war ja Frühling.

Doch wie die Hoffnungen der Menschen verflog alles in der Luft.

Antonio berauschte sich am Bratenduft und an den aus den Töpfen aufsteigenden Dämpfen, aber wenn er wirklich nach Amerika wollte, dann durfte er auf gar keinen Fall etwas davon kosten, keinen einzigen Bissen des Abschiedsessens. Nervös stieß er einige Kiesel zur Seite, dieses scheinbar so königliche Essen, mit Liebe zubereitet, war in Wirklichkeit eine Henkersmahlzeit.

Familien vergiften und schläfern ein, jawohl, das tun sie, dachte er traurig. Träge wollten sie ihn machen, wollten, dass er sein Schiff verpasste, wollten in seine Träume eingreifen, kurz, sie wollten eine strohköpfige Marionette aus ihm machen, einen sizilianischen Pupo.

In Wahrheit verachten sie mich und was ich bin, dachte er, doch die niederträchtige Tina Oliva wird alles zurückbekommen, was sie mir angetan hat und noch antun will.

Essen, schlafen, vielleicht träumen, schön und gut, aber dann für immer sein Schiff in die verheißene Zukunft verpassen? Nein und nochmals nein, er würde standhaft bleiben, auch wenn es ihm keineswegs leichtfallen würde. Ein ganzes Buch reichte nicht, um aufzulisten, was im Hause Grillo alles zubereitet wurde. Dieses Essen sollte sich auf immer in das Familiengedächtnis einbrennen, eine Mahlzeit so märchenhaft und opulent, dass sie alle bisherigen Speisen in den Schatten stellen würde. Wie Vögel stiegen die Düfte in den Himmel auf und tanzten dort einen ausgelassenen Reigen, hin und wieder ließ sich einer herausgreifen, doch ein anderer legte sich rasch wieder darüber. Wie der Rattenfänger von Hameln zog diese Flut von Düften nun auch Tiere in ihren Bann; erst Hunde und Katzen, Enten und Maultiere, Schweine und Kaninchen, dann die Wildtiere. Und schließlich wurden auch Männer und Frauen aus dem Dorf von den Gerüchen angezogen, Verwandte, Freunde und Bekannte und vor allem jene, die so arm waren, dass sie nichts zu essen hatten.

Im Hause Grillo gab es immer Essen für Menschen, die keines hatten.

Das Haus auf den Hügeln waberte in einer Duftwolke, die von Weitem aussah wie herbstlicher Nebel. Aber es war ja mitten im Frühling und Nebel ohnehin selten, der kam nur an feuchten Winterabenden, höchstens schwebte mal eine Wolke vorbei, die sich auf das Haus setzte, dann aber vom Wind zum Meer getrieben wurde. In dieser Duftwolke fanden nun die Essenzen von Fleisch, Fisch, Spezereien und Hülsenfrüchten mit Citronella, Minze, Peperoni, rotem Knoblauch, Lorbeer und vielem mehr zu einem strahlenden Babel sizilianischer Aromen zusammen. Familie und Dienerschaft wuselten in emsigem Treiben hektisch umher, doch plötzlich stand alles still. Denn soeben wurde die Ankunft einer Frau angekündigt, die das sicher hervorragende Essen, aber hervorragend sind viele, in eines verwandeln würde, das dem Hof des Großkhans würdig wäre.

Man hätte eine Feder fallen hören können.

Niemand rührte sich mehr.

Und in tiefer, ehrfürchtiger Stille empfing man Marina.

Marina war etwas ganz Besonderes, nämlich eine Monsù, auf Sizilianisch Monzù, eine Köchin hohen Grades, die mit ihrem magischen Löffel einfaches Schmalz in einen zarten Babà zu verwandeln wusste.

Um besser zu verstehen, wie das damals war, muss erklärt werden, wer eigentlich die Monsù waren. Die sizilianische Küche, wie alle anderen Küchen des Südens, bestand wie eine Torte aus zwei Stockwerken, nur dass die beiden Stockwerke ziemlich weit voneinander entfernt waren. Im unteren Stock fand sich das übliche Durcheinander aus Hülsenfrüchten, gebratenem Fleisch, gepfeffertem Käse, hausgemachter Pasta, Frittelle und Fisch mit gedünstetem Knoblauch. Und dann gab es die Küche aus dem oberen Stockwerk, das war die Küche der Monsù, so nannte man die Köche der adeligen Familien, Familien, die ein wenig Französisch radebrechten, Frankreich liebten und deshalb vor Jahrhunderten Köche von dort in ihre Dienste gestellt hatten. Diese französischen Köche nannte man Monsù, was vom französischen Monsieur kam, und sie zauberten aus der Küche des unteren Stockwerks kühnere und gewagtere Kombinationen, die das auch so schon Gute zu etwas Exquisitem erhoben, jenseits allem bisher Dagewesenen, zu etwas, was keiner ihrer Vorfahren jemals gekostet hatte.

Die Monsù mischten ihrem Zitroneneis außer Zucker und Zitrone noch Jasmin oder ein wenig Minze bei, manchmal sogar ein Fitzelchen Chili, und das Eis wurde zu einem vollkommen neuen Geschmackserlebnis. Wer einen Monsù im Hause hatte, der hielt ihn sich warm, entlohnte ihn reich und beschenkte ihn mit allerhand, und wenn es nötig war, dann gab man ihm auch eine Tochter zur Frau, Hauptsache, der Monsù blieb und kochte weiter, versetzte die Geschmacksnerven in Verzückung, wenn andere Verzückungen eingeschlafen waren, die unter den Bettdecken etwa oder auch die über Abenteuer in fernen Ländern.

Je älter man wird, umso mehr isst man bekanntlich, und umso mehr Zinnober wird um das Essen herum veranstaltet. Und nach und nach wird Essen die größte Beglückung, ja, es wird das Opium eines langweiligen Lebens.

Alle kannten die Monsù, jeder träumte davon, einen zu haben, und die Grillos setzten sich die Flause in den Kopf, einen eigenen Monsù für das Abschiedsessen von Antonio in ihre Dienste zu stellen. Sicher, es war sehr schwierig, woher sollte man so einen Monsù bekommen, aber was machte das schon, es gibt Dinge, die muss man wenigstens einmal im Leben tun.

Don Lio wusste, dass in Castanea delle Furie – so hieß der nahe Gesso gelegene Ort, von dem man sagte, dort gebe es Windfurien, die zwischen den Bäumen wie Furien umhertollten – eine Monsù lebte, die den Namen Marina Calipso trug. Man sagte, sie sei groß wie der Eiffelturm und trage zudem ein Toupet, das sie noch größer erscheinen lasse. Marina lachte mehr, als sie sprach: Nach drei Worten sprudelte regelmäßig ein Lachen aus ihr hervor, das ihr nur noch mehr Schwung verlieh, am Herd und auch sonst im Leben.

Als junge Frau hatte Marina Calipso Mathematik studiert, doch das war ihr nicht genug gewesen. Inmitten ihrer Formeln dachte sie eines Tages, dass auch eine gute Mahlzeit eine Formel sei, und dass man mit der Verbindung von Elementen einen Goldenen Schnitt erschaffen kann, ohne sich zu sehr mit Zahlen, Papier und Lehrtafeln herumzuschlagen, die einem auf Dauer den Appetit verderben. Sie fand, dass jedes von ihr kreierte Gericht eine gelungene Formel sei, eine Gleichung, ein Tanz unbegrenzter Kombinationsmöglichkeiten der Elemente von Mutter Natur, nicht von Zahlen. Es war der vollkommene Beweis, dass Mathematik im Leben eines jeden Menschen eine Rolle spielt. »Natur ist genauso präzise wie Mathematik«, beteuerte sie, obgleich sie die Zahlen längst vernachlässigte zugunsten von Besteck, Töpfen und Tellern, die immer erstklassiger Qualität sein mussten, wie die Elemente. Wenn sie also in ihrer Rolle als Monsù andere Häuser besuchte, dann reiste sie mit einer Kutsche an, in der sie eine Kiste mitführte voller Teller und Gläser aus ihrer Sammlung von Limoges-Porzellan aus dem achtzehnten Jahrhundert, und es mussten immer dieselben Stücke sein. Und so hatte sie auch an jenem Tag Arbeitsgerät und Limoges-Teller zusammengepackt und war mit der Kutsche nach Gesso gefahren.

Mit den Jahren war ihr nur noch selten danach, umherzureisen und hier und dort als Monsù zu arbeiten, und sie hatte sich in Castanea häuslich niedergelassen. So ist das im Leben: Es gibt

Zeiten, in denen man reist, und Zeiten, in denen man die Füße still hält, Zeiten der Liebe und Zeiten ohne. Und die gegenwärtige Zeit war eine, in der Marina ihre Sinne zur Ruhe kommen ließ, bis auf den Geschmackssinn. Sie hatte als Monsù in den Häusern Pignatelli Alliata, Alvarez de Toledo, Asmundo, Balsamo und Cultrera gearbeitet, um nur einige zu nennen, und zwischen Neapel und Palermo fuhren die feinen Signori sie den Seeweg in ihren Segelbooten oder Feluken hinauf und hinunter, allein um in den Genuss ihrer Dienste zu gelangen.

Zwischen Neapel und Palermo hatte sie also geliebt und gekocht. Wenn sie bei den Höfen und den Adelshäusern ankam, legte sie erst den Mantel ab und versicherte sich, dass die Kiste mit ihrem Geschirr auch unversehrt war, zog dann die Reiseschuhe aus, schlüpfte in silberne Pantoffeln und sagte: »Ich bin bereit für eure Wünsche, in Einklang mit der Welt.«

Die meisten Menschen stürzte das in Verwirrung, und der ein oder andere stammelte: »Fleisch, Fisch, nein, doch nicht, etwas Süßes, lieber etwas Süßes.« Aber das hatte sie gar nicht gemeint, ihre Frage galt Feinsinnigerem: »Nein, nein, ich meine, in welche Richtung geht das Leben bei euch, oder woran fehlt es euch?«

Wenn daraufhin geschwiegen wurde, half sie noch ein wenig nach: »Seid ihr unausgeglichen? Ist jeder Tag wie der vorherige? Sehnt ihr euch nach dem, was ihr einst gewesen seid? Tratsch ermüdet euch? Eure Träume sind nicht mehr leicht wie einst, ihr habt oft sogar Albträume? Gut. Oder eher schlecht. Doch es gibt für jedes Problem ein heilendes Lebensmittel, eines, das Leid lindert oder Liebe erweckt, wenn Amor keine Pfeile mehr hat. Es gibt Lebensmittel, die unser Innerstes aus den Angeln heben. Einige können das ganze Leben auf den Kopf stellen. Gutes Essen, gutes Leben, schlechtes Essen, schlechtes Leben, so ist das.« Und so lautete auch ihr Motto: »Gutes Essen, gutes Leben, schlechtes Essen, schlechtes Leben.«

Mit ihrem guten Essen gewann sie die Familien für sich und

die Gunst derer, deren Leben sich dank ihr von Grund auf erneuert hatte. Marina Calipso war viel gereist, hatte viel gearbeitet und machte sich nun nur noch selten in eines der nahe gelegenen Dörfer auf. Dann verabschiedete sie sich von Katzen, Pinien und Pfingstrosen und kochte zwei oder drei Tage lang bei Familien, die sie inständig darum gebeten und einen besonderen Anlass hatten. Und Antonios Amerikareise fand sie besonders genug.

Ein Land für ein anderes zu verlassen, das ist kein Pappenstiel. Und ob man die heimatlichen Aromen auch in der Fremde finden wird, das sei mal dahingestellt.

Es gibt Essen, das uns hitzig macht, Essen, das unser Wesen von Grund auf verändert und so auch unseren Lebensweg anders fortschreibt.

Marina warf dem reiselustigen Antonio einen langen Blick zu, tief in seine fabelhaften blauen Augen, und begriff, wie groß seine Sehnsucht nach Freiheit war, wie stark der Drang, fortzugehen. Doch auch ein Hauch Schwermut lag darin, feinen Schwaden gleich, und diesen Hauch Schwermut galt es zu verwehen – indem sie dem Ort, den er hinter sich lassen würde, Glanz verleihen würde. Marina wollte diesem jungen Mann, der sich ins ferne Amerika aufmachte, eine Art Rausch mitgeben, sie wollte, dass er sich der Erinnerung an die Aromen des Abschiedsessens frei würde hingeben können und bei dem Gedanken an das von ihm Zurückgelassene Freude verspürte, nicht Wehmut. Wenn man ein Land verlässt, dann lässt man auch sein Essen zurück, Geschmack, Gerüche und Farben; Mehl, Dianafische, Garnelen und Salat und Kapernäpfel und so weiter und so fort. Der Abenteurer konnte ja schlecht eine Arche mit Essen in die neue Heimat mitnehmen, sicher gab es dort nichts von dem, was es hier gab, und das galt auch andersherum.

»Warum will denn dieser Junge eine so lange Reise antreten?«, erkundigte Marina sich bei Don Lio, während die Dienerschaft die Pferde versorgte.

»Er sagt, dass hier in Sizilien alles schön aussieht, in Wahrheit aber schlimm ist. Und außerdem sagt er, ihm fehlt die Freiheit.«

»Das ist ein ernster Fall«, stellte Marina fest, »wer nicht mehr in Freiheit lebt, bemerkt meistens gar nicht, dass er die Freiheit verloren, oder man sie ihm geraubt hat. Freiheit ist wie etwas Kühles in einer höllenheißen Sommernacht.«

Während sie so daherredete – und kaum jemand den Sinn ihrer Worte verstand –, schlug sie ihr rosa Zutatenbuch auf. Keineswegs ein Rezeptbuch, nein, ein Rezeptbuch hatte sie nie gehabt, denn sie fand, man solle nach Gefühl kochen, und außerdem blockierten Rezeptbücher die Fantasie.

»Fantasie, Fantasie und nochmals Fantasie, mehr braucht's nicht. Das ist das ganze Geheimnis der Monsù.«

Marina war eine Besonderheit, weil die Monsù fast nur Männer waren, und weil sie unbedingt vermeiden wollte, angeschnalzt, unsittlich berührt oder verführt zu werden, hatte sie in jungen Jahren ausschließlich Männerkleidung getragen, weite Knickerbockers und ein dunkelgrünes Cape.

Die Nacht war ihr lieber als der Tag, und als sie in Gesso ankam, da sagte sie sofort, dass sie gerne bis weit in die Dunkelheit koche.

»Der Mittag ist für Hunde, Schweine und schmusige Katzen gemacht, der Abend unter den Sternen hingegen für Dichter. Dichter leben, um zu schreiben, und sie essen, um gut zu leben.«

Monsù Marina stellte also langsam die Weichen für das Abschiedsessen und überzeugte die Grillos mit tausend schmeichelnden Sperenzien rasch davon, dass man den Abschied bis in die tiefe Nacht feiern solle, so wie es ihr gefiel, mit ihrem Freund, dem Mond.

In dem Haus auf den Hügeln schnaufte und sprang alles umher, rannte durcheinander wie in einem Ameisenhaufen, Menschen kamen und gingen, brachten Speck und Lasagne, frische Eier und »Könige der See« genannte Strumpfbandfische, Seeigel und Tintenfisch, Schwertfischfilets, soeben geschlachtete Zicklein, Majoran und Lorbeer, Oregano und Zimt, frisch gepflückte Zitronen und Citronella. Im Gemüsegarten roch es immer nach Basilikum, Petersilie, Oregano und Lavendel, und der Geruch nach Minze war so frisch, dass sich auch die Ohren erfrischten und auf der Zunge eine scharfe Spitze blieb.

Ja, die Zunge. Das Essen war nicht nur zu Ehren des Helden, der fortging, oder vielleicht auch nur mit vollem Bauch in blauen Schlummern liegen würde, nein, das Essen sollte unbedingt auch Zunge und Gaumen zufriedenstellen, was dann im Bauch geschah, war ja nicht so wichtig.

Der Magen tut, was getan werden muss, er zersetzt und mischt. Doch auf der Zunge und im Mund, vor allem, wenn nicht geschlungen, sondern genossen wird, vermag Essen einen wahren Freudentaumel zu verursachen, der mitten in die meist im Dunkel liegende Hirnregion Genuss einschlägt.

Mancher sagt, dass Genuss zu Tisch dem zwischen den Laken gar nicht unähnlich ist.

Mancher sagt sogar, dass er besser ist als der zwischen den Laken.

Ein anderer Teil der Menschheit denkt: »Wen interessiert schon der Genuss zu Tisch, der zwischen den Laken ist doch viel besser«, das ist der jüngere Teil der Menschen. Das Urteil oder der Vergleich zwischen gedecktem Tisch und Vertraulichkeiten zu zweit hängt wie auch sonst alles von Alter und Persönlichkeit ab.

Mancher ist bedauerlicherweise weder dem einen noch dem anderen Genuss zugetan.

Die von allen geliebte Monsù Marina schien dem einen wie dem anderen zugeneigt, Herd wie heißen Küssen, denn kurz nach ihrer Ankunft bei den Grillos in Gesso schwirrte eine ganze Horde Schwerenöter um sie herum, und damit schien sie sich auszukennen – niemand vermochte sie aus der Ruhe zu bringen. Einer brachte ihr ein Schweinefilet, ein anderer Truthahnschenkelchen, einer pflückte ihr Mispeln und die ersten weißen Maulbeeren. Alle waren ihr zu Diensten und gierten nach einem ihrer bernsteinigen Blicke oder einem Hüftschwung. Ihre Hüften waren breit, einladend wie der Hafen von New York, dachte Antonio und betrachtete sie schmachtend. Eine so schöne Frau mit so viel Ahnung von der Kochkunst werde ich wohl nie an meiner Seite haben, sinnierte er und betrachtete ebenso schmachtend, was ihre Hände zubereiteten.

Wie sollte er es anstellen, etwas von diesen Gaumenfreuden zu kosten? Blitzschnell und tückisch würde Tina Oliva das teuflische Schlafmittel auf seinen Teller schmuggeln und ihn so um das Abenteuer seines Lebens bringen, seinen Flug in Amerikas Arme vereiteln. Also gab er sich zufrieden damit, in der Küche und um die Küche herumzuscharwenzeln und Monsù Marinas Düfte einzuatmen oder die, die sie hervorbrachte. Er betrachtete ihre feingliedrigen Hände, die sorgfältig Zwiebeln oder Sellerie schnitten, Salz von Kapern spülten, bis diese wieder frisch und prall aussahen und nur würziger und weniger süß waren. Und ihre Hände, oh, ihre Hände bargen ihr ganzes Wesen in sich, denn Kochen ist reine Aufmerksamkeit, wie im Übrigen alles andere auch. Und Marina schnitt und schnitt, und ihr dabei zuzusehen war eine Wonne.

Sie sagte, dass alles oder fast alles in der Küche vom Schneiden und Schnippeln abhinge, das sei die Grundlage, so wie schöne und passende, deutlich gesprochene Worte für eine Sprache. Sie sagte auch, dass ein gutes Mittagessen wie eine Messe sei – oder endet eine Messe vielleicht nicht mit Brot und Wein von Jesus Christus? Damit meinte sie, dass der Küche etwas Heiliges anhaftet, und dieses Heilige wiederholt sich im alltäglichen Leben.

»Nur Schweine essen schnell und schlecht«, sagte Monsù Marina, »sogar Ziegen kauen mit Genuss, sie richten den Blick zum Himmel empor und betrachten jede Baumknospe als Geschenk.« Zudem vertrat sie die Ansicht, dass man auch Brot anmutig essen und niemals wegwerfen solle.

Marina schnitt, mischte und briet die Zutaten, und manches

kannte und verstand man, manches aber erstaunte. Da waren in Essig eingelegte Zwiebelchen und Karotten und eine Kaninchenfamilie, die kurz zuvor noch fröhlich über die Wiesen gehoppelt war und sich – wie es Kaninchen eben eigen ist – gepaart hatten, jetzt aber lagen sie mit ihren rosa Mäulern schlaff auf dem weißen Marmor, die Ohren nicht mehr in die Höhe gereckt, und warteten auf ihr Schicksal, nämlich erst in Topf oder Ofen zu wandern, dann in Münder und Bäuche und schließlich wohin auch immer. Aber nachdem Essigzwiebeln und Kaninchen vorbereitet waren, kam ein atemloser Bote in einer Kalesche angeholpert und keuchte: »Das ist die beste Schokolade, die ich zwischen Messina und Palermo auftreiben konnte, sie kommt aus Peru und ist mehr wert als tausend Bijoux.«

Marina lächelte, wie nur sie es vermochte, und nach dem Lächeln dröhnte ihr lautes zufriedenes Lachen. Jede gute Zutat ließ ihr Herz höher schlagen, wie Glockengeläut.

Anfangs ging alles gemächlich, doch langsam nahmen ihre Bewegungen Fahrt auf, natürlich immer mit Hingabe an die Kochkunst. Die Monsù murmelte Namen von Gerichten und Speisenfolgen vor sich hin, anderes ließ sie ungesagt, aber es war offensichtlich, dass sie auf etwas ganz Besonderes hinauswollte. Einiges sagte sie also und anderes nicht, und alle wollten wissen, was sie denn nun vorhatte. Erst am späten Nachmittag verriet sie schließlich den wenigen, die um sie herumstanden: »Wenn ich es euch sage, dann dürft ihr es nicht verraten, denn dann wäre ja die Überraschung dahin … Versprecht ihr mir das?«

Familie und Dienerschaft versprachen, das Geheimnis zu wahren.

Da sagte sie mit einem Seufzer der Entzückung: »Kaninchen in Schokolade.«

Einige rümpften die Nase, andere runzelten die Stirn, aber alle versprachen, Stillschweigen zu bewahren.

Überraschung ist die größte Freude.

Angekündigte Freude ist schal und lau.

Auch Kaninchen in Schokolade wird lau serviert, weder heiß noch kalt. Katzen mögen auch nichts Heißes oder Kaltes, es gibt da diesen berühmten Mittelweg, der auch in der Küche gut anzuwenden ist.

Das Geheimnis war eine Zutat, die Monsù Marina sämtlichen Gerichten beimischte. Als sie schließlich alles für das Hauptgericht vorbereitet hatte, Kaninchen, Essigkarotten, Zwiebeln und Schokolade, Zutaten, die in ihrer glücklichen Verbindung etwas Neues erschaffen würden, nämlich Kaninchen in Schokolade, scheuchte sie alle hinaus, wie ein Alchimist in seiner Werkstatt.

Niemand durfte dabei sein, wenn sie die letzten Griffe und Pfiffe an dem Kaninchen in Schokolade vornahm. Es hätte ein Zucken gereicht, ein schlecht aufgeschlagenes Ei, eine schief geschnittene Zwiebel, ein Aufstoßen, ein Wispern, ein Wort, irgendeine Kleinigkeit, und die Makellosigkeit wäre für immer dahin gewesen. Deshalb also schickte sie für den Schlussakt alle hinaus, und immer noch weiß niemand aus der Familie, wie sie dieses Kaninchen schlussendlich zubereitete. Das verstärkte nur noch den Mythos um dieses Gericht, das niemand je wieder so makellos zustande brachte.

Bei den Grillos sagt man heute noch: »Nichts war je wieder wie dieses Kaninchen in Schokolade«, oder »Wenn doch noch einmal jemand für uns dieses Kaninchen in Schokolade zubereiten würde«, in Sehnsucht nach etwas auf immer Verschwundenem, wie Eden und das goldene Zeitalter.

Die Grillos haben sich nie viel um Gold geschert, sie wussten nur zu gut, dass es Erinnerungen und Gefühle gibt, die mit keinem Gold der Welt aufzuwiegen sind.

Auch Antonio wurde von Monsù Marina aus der Küche gescheucht, ebenso der ruhelose Don Lio und Tina Oliva, die, wie Antonio bemerkte, immerzu in der Tasche ihrer Kittelschürze herumtastete, vielleicht versteckte sie dort ja das Teufelsmittel. Alle schwirrten umher wie frisch geschlüpfte Schmetterlinge, die Tischdecke aus flämischem Leinen wurde für den Abend gebügelt, die in der Vitrine in Vergessenheit geratenen, staubigen Kristallgläser poliert, und manch einer strich über die nach Antonios Wutanfall übrig gebliebenen weißen Teller mit den blauen Blümchen der Vorfahren der Grillos. Antonio wurde es ganz flau. Ein Flau-Sein aus Hunger und Angst, aus Beklemmung und Verwirrung.

Weder leerer noch voller Magen fühlen sich gut an.

Wie sollte er bloß dem Kaninchen in Schokolade widerstehen? Wie an einem solchen Abendessen teilnehmen, ohne auch nur einen einzigen Bissen zu kosten? Denn ein einziger Bissen konnte sein ganzes junges Leben zerstören.

Antonio wollte nicht in diesen tiefen, traumlosen Schlaf fallen.

Seine Reise sollte mehr als irgendein Traum sein.

Denn die Reise war *sein* Traum, sein Lebenstraum.

Da kam ihm ein ganz schlichter Gedanke, so schlicht, wie er selbst es war: Wenn ich mich satt an den Tisch setze, sehr satt, dann ist das Bedürfnis, etwas zu essen, nicht so dringend, und vor allem mache ich mich dann nicht über das Kaninchen in Schokolade her. Ich muss der Versuchung widerstehen und schon satt zum Essen kommen, rund und prall wie ein gekochtes Ei.

Und so kam ihm die Idee, vorher einige Eier zu essen, Peppina Hühnerhuhn hatte ihm ja zwölf Stück für die Reise geschenkt.

Ist doch egal, wenn ich sie vorher esse. Geschenkt ist geschenkt, die Eier gehören mir, und vergiftet sind sie bestimmt nicht.

Also kochte er in einem Eckchen der Küche die zwölf Eier schön hart, und drei, vier aß er vor dem großen Abendessen, die restlichen steckte er in ein Säckelchen, um sie hervorholen und verschlingen zu können, wenn der Appetit auf Kaninchen in Schokolade allzu unbezwingbar werden würde. Nur so würde er sich und seine Reise retten können: indem er sich mit hart gekochten Eiern tröstete. Die Eier also ab ins Wasser, sprudel, sprudel, koch, koch, und wer von ihm wissen wollte, warum er bei all den Köstlichkeiten, bei all dem Essen, dem Wein und der Fröhlichkeit, die man am Abend auftischen würde, ausgerechnet zwölf Eier hart kochte, dem antwortete er mit zuckersüßer Stimme, dass sie für eine arme Frau seien, eine Frau mit sechs hungrigen Kindern, und der Mann halb tot und blind auch noch, und deshalb half er ein wenig aus. Da sagte man ihm, die hungrige Familie solle doch zu den Grillos kommen, aber er sagte Nein, er könne sie keineswegs einladen, weil sie am Krankenbett des Vaters wachen müssten.

Diese Lüge überzeugte alle, und niemand sagte mehr etwas zu den zwölf Eiern, die da in der Küche fröhlich vor sich hin kochten.

Antonio betrachtete inzwischen sehnsüchtig das Kaninchen und den gedeckten Tisch, etwa so, wie man die süße Erde vom Mond aus betrachtet.

Die Erde ist so weit weg vom Mond.

Antonio so weit weg vom Kaninchen.

Die allerschönsten Dinge sind oft sehr weit weg.

Mit den Eiern in einem Säckelchen verließ er das Haus und sagte, er ginge zu der zukünftigen Witwe mit ihren sechs hungrigen Kindern, dabei ging er hinaus in die Natur, um ein wenig zur Ruhe zu kommen. Während im Haus noch alle in hellem Aufruhr waren, man die Lampen für den Abend putzte, die Stuhlkissen in Ordnung brachte und die Katzen sich ein ruhiges Eckchen suchten, bepflanzte der Bauer Tino Zulli seelenruhig Don Lios Gemüsegarten. Vielleicht war Tino zum Abschiedsessen geladen, vielleicht auch nicht. Vielleicht ja, denn er war ein liebenswerter Mann, und in der Familie mochte man ihn. Vielleicht auch nicht, denn er hatte keine Tischmanieren, und wenn er redete, dann verstand man die Hälfte nicht. Außerdem hatte er auch nur noch sehr wenige Zähne, und zwischen diesen Zähnen sammelte sich beständig Speichel, und er konnte die Knie nicht beugen und folglich auch nicht richtig sitzen. Tino hatte so lang und viel auf den Äckern geschuftet, dass sein Leben ganz zerschlissen war und eben auch seine Knie. Seitdem er zehn Jahre alt war, beugte er sich über Hacke und Spaten, und heute musste er nach spätestens drei Spatenstichen ein kurzes Päuschen einlegen.

»Tino, was machst du?«, rief Antonio dem Bauern zu, der in Wahrheit gar nicht alt war, allein die Schufterei hatte ihn alt gemacht, vierzig Jahre auf dem Antlitz dieser Erde, Wind und Sonne ununterbrochen ausgesetzt.

»Was ich mach? Das seht Ihr doch, ich pflanz ein, was bei Euch auf die Teller kommt. Dies hier aber wohl nich so bald, so Gott will, denn Salat und Tomaten wachsen sehr langsam.«

»Nein, Salat, Melonen, Kürbis, Zwiebeln und Tomaten, nichts davon ess ich noch, ich gehe nämlich bald nach Amerika.«

»So Gott will«, erwiderte der Bauer leise.

Geflügeltes Wort auf Sizilien.

Irgendwo wird es immer geflüstert, zu jeder Tageszeit.

Tino bepflanzte den Garten seit dem Morgen, und das tat er, wie es außer ihm wohl niemand mehr tat. Er stach den Spaten tief zwischen Steine und Unkraut in die dunkle Erde. Unkraut auf dem Land ist wie die Pest, und wenn er ein Büschelchen sah, dann packte er es, als wollte er ihm den Hals umdrehen, und riss es mitsamt den Wurzeln aus. Er schüttelte die Erde heraus, übrig blieb ein kümmerliches nacktes Büschel, dass Tino dann voller Verachtung auf einen Haufen schon ausgerissenes Unkraut warf, das er am Ende des Tages verbrennen würde. Wie ein Pestfeuer. Und dann befreite er die Erde von Steinen, von größeren und kleineren. Nachdem Tino sich einmal an einem Stück Erde zu schaffen gemacht hatte, war die Erde so locker und weich wie frisch gemahlenes Mehl. Und nur in solche Erde pflanzte er seine Jungpflanzen, die mit Sonnenlicht und dem Wasser, mit dem er sie versorgte, kräftiger und wohlschmeckender wurden als alle anderen.

Er hatte schwielige und dabei zugleich magische Hände, denn aus seiner tagtäglichen Schufterei im Gemüsegarten erwuchs das pralle Leben. Er erweckte Pflanzen und Aromen zum Leben.

Diese zarte Erde bepflanzte er also, stach mit einem alten, spitzen Keil ein zylinderförmiges Loch aus und setzte seine Pflänzchen hinein. Mit dem Keil maß er auch die Entfernung der Pflanzen zueinander. Zwischen den Tomatenpflanzen einmal die lange Seite, zwischen anderem Gemüse die kurze, dann drehten sich auch die schwächsten Blätter zu den letzten Sonnenstrahlen.

»Jetzt, da du sie eingepflanzt hast, musst du sie auch gießen«, meinte Antonio.

»Ja, sicher, Wasser is die Nahrung der Pflanzen«, stimmte Tino zu und gab jeder schön gemächlich etwas Wasser in die Furchen. Doch Tino gab ihnen wirklich sehr wenig Wasser, fast nur tropfenweise, und Antonio glaubte nicht, dass das reichen würde, daher forderte er Tino auf, etwas kräftiger zu gießen.

»Man darf den kleinen Pflänzchen nich zu viel geben, sonst gehen die ein. Sind wie kleine Bälger, die noch nich laufen können. Das Wasser is wie die Hand von der Mamma, an der sie sich festhalten zum Laufen. Die hier sind noch klein und laufen noch nich.« Und er goss weiter Tropfen für Tropfen.

»Jetzt kannst du aber doch nach Hause gehen und ausruhen, Tino, es ist schon spät.«

»Ich ruh nich aus, Don Antonio. Bin zu müde zum Schlafen. Schlummer nur 'n bisschen im Sitzen, und dann wach ich wieder auf. Dann mach ich die Augen noch mal 'n bisschen zu und dös noch was. Bin vor der Sonne wach. Schlaf seit vierzig Jahren nich. Schufte immer nur«, erklärte Tino.

»Und was isst du?«

»Stück Brot mit Tomaten, schaff's nich, paar Kartoffeln zu kochen, bin ja auch allein. Tot is meine Mutter, und 'ne Frau hab ich keine.«

»Und wo wohnst du?«

»Seht Ihr nich die Hütte da neben dem Mandelbaum?«

Antonio hob die Augen der Sonne entgegen, die sich schon anschickte, im Meer unterzugehen, blickte auf dieses Eckchen seines Landes, auf dem eine Hütte mit vom Regen durchlöchertem

Blechdach stand mit allerlei Dingen darin: Körbe, Hacken, Kellen und Rodehacken, Amphoren aus Terrakotta standen da, eine Korbflasche ohne Griff, Sensen und Kordeln für kaputte Korbstühle, alles Dinge, die man so auf dem Land braucht, aber auch alles, was man eben nicht mehr braucht, damals warf man Dinge doch erst weg, wenn sie schon zu Staub zerfielen.

Dort also lebte Tino Zulli.

»Wir ham ja 'n kleines Häuschen gehabt, meine Mutter und ich, aber dann is sie gestorben an der Spanischen, und ich hab's verkauft, weil ich doch das Begräbnis zahlen musste. Und dann hat Euer guter Vater, Don Lio, Gott hab ihn selig, der hat mir die Werkzeughütte zum Schlafen überlassen, hat der mir. Hundert Jahre soll er alt werden, Euer Vater Don Lio.«

Antonio umarmte ihn und sagte: »Ruh dich ein bisschen aus, ich bringe dir später etwas zu essen.«

»Na gut, wenn Ihr meint, aber von Schlaf kann ja nich die Rede sein. Vom Morgen bis zum Abend schufte ich und hab doch keine einzige Lira.«

Antonio lief zwischen den Bäumen hindurch nach Hause. Die Erde roch nach etwas Neuem, hier und da krümmte sich ein Wurm auf der Erde, und die Sterne bereiteten sich auf ihren nächtlichen Tanz vor. Der erste Jasmin blühte, ein Truthahn kollerte jenseits der Pinien, in einem Wasserbecken sprangen die Frösche. Katzen interessieren sich nicht für Menschen, wohl aber für Essen, und so hatte sich, von den Wohlgerüchen angelockt, eine ganze Katzenschar vor dem Haus versammelt.

Immer noch ordnete man im Esszimmer die Stühle um den Tisch an und polierte klappernd das Besteck. Das Essen verbreitete eine angenehme Wärme, ebenso wie die geladenen Gäste, die dem kulinarischen Abenteuer freudig entgegensahen.

»Nur mit der Ruhe, wir machen hier alles ganz langsam, lasst euch Zeit«, rief die Monsù aus der Küche.

Sie saß nicht mit den Gästen am Tisch, denn sie wollte keine

Zeit mit Geschwätz verschwenden. Lieber saß sie allein in einer Ecke der Küche und flüsterte dem Kaninchen letzte Worte zu, und so fand Antonio sie vor, als er hereinkam. Glücklich steckte sie sich gerade einen Finger in den Mund, der nach salziger Schokolade schmeckte, in der Pfanne schmurgelte noch das ein oder andere Essiggemüse vergessen vor sich hin.

Die Küche war wie eine Blumenwiese, durch die ein sanfter Wind fährt.

Draußen wehte schwach der Schirokko, drinnen kam kein Wort über die Lippen der Gäste, die, ein wenig unsicher wegen des so herrschaftlich gedeckten Tischs und des feierlichen Anlasses, ungeduldig auf den ersten Gang warteten.

Alles wies darauf hin, dass etwas Bedeutendes bevorstand.

Die sorgfältig gebügelte Tischdecke aus flämischem Leinen glänzte wie eine frisch gefischte Perle, darauf waren weiße Teller mit glühwürmchenartigen blauen Blümchen arrangiert und venezianische Stielgläser aus sternverziertem Kristall, nie davor oder danach hat es in dem Haus auf den Hügeln von Gesso so etwas gegeben.

Alles glänzte wie neu, dabei war doch alles antik.

Alles glänzte und leuchtete, vor allem die Augen.

Es glänzte das Silberbesteck, von dem jedes einzelne Teil hundert Gramm schwer war, sodass es einige Anstrengung kostete, die Gabeln zu heben, aber man würde jeden Bissen genießen: jeden Bissen Vertrautes und jeden Bissen Neues. Vertraut waren die, deren Aromen und Rezepte nahezu alle schon aus Kindertagen kannten: Bohnen- und Erbsensuppe, Polpette süßsauer, Messineser Stockfisch, Tomatensalat mit Oregano und roten Tropeazwiebeln, weiße Bohnen mit Salbei und einem Hauch dünn geschnittener, geschmorter Zwiebel, Koteletts und Schwertfisch, paniert mit Brotbröseln und geriebenem durchgereiften Pecorino. Alles von erstklassiger Güte und hervorragend zubereitet, sicher, aber nichts Neues.

Neu, das waren die Gerichte von Monsù Marina, allen voran das Kaninchen in Schokolade. Doch davon wusste niemand, denn auf Monsù Marinas ausdrücklichen Wunsch hin wurde den Gästen nicht verraten, dass die karamellisierte braune Soße auf den Kaninchenstückchen aus Schokolade war. Die Traditionalisten und Konformisten unter ihnen würden vielleicht die Nasen rümpfen oder diese Verbindung von vornherein als geschmacklos verurteilen. Wer hingegen für Neues zu haben war, könnte sich über die Maße begeistern. Also wurde vorerst Stillschweigen darüber bewahrt.

Außerdem gab es ihren Blumenkohlsalat mit Citronella, einen Auflauf mit Wildrosenblättern, gebratene Disteln, Panelle aus Kichererbsenmehl, pur und mit Algen, Pasta mit Wildfenchel, Risotto mit Artischocken und Lavendelessenz, Fenchelauflauf mit Fäden ziehendem Tumaziegenkäse.

In der Küche sind der Fantasie keine Grenzen gesetzt, überhaupt sind der Fantasie keine Grenzen gesetzt.

Es herrschte Stille. Der Tisch war gedeckt, der eine oder andere nippte schon am Wein, und die herrlichsten Düfte zogen durch die Luft, der Gaumen war bereit, doch das Essen noch in der Küche.

Auch draußen herrschte Stille.

Die Katzen waren schon auf Mottenjagd, die Hühner rührten sich nicht, denn von den vierzehn einst dagewesenen hatte Tina Oliva zwölf den Garaus gemacht, sie paniert, mit Zitronenschale gebraten oder mit Kartoffeln und Rosmarin zubereitet.

Draußen herrschte Stille, und die ersten Sterne standen am Himmel.

Drinnen herrschte Stille.

Der richtige Moment, um Lebewohl zu sagen.

Nicht Auf Wiedersehen, denn wer 1923 nach Amerika reiste, blieb dort für immer und träumte nicht davon, eines Tages zurückzukehren.

Eine einzige Kirchenglocke läutete, verloren in der Weite des Tals. Der großzügig eingeschenkte Wein lockte schließlich die ersten Worte hervor.

»Freunde, Kameraden, Nachbarn, euch alle sehe ich vielleicht nie mehr wieder«, sagte Antonio. »Bald bin ich fort, aber trotzdem bin ich bei euch und ihr bei mir.«

In den Augen von Vater und Bruder glitzerten schon die ersten Tränen, die Frau des Vaters schluckte.

Nun hatte der Vater das Wort, er hielt den Blick nach oben gerichtet, um nicht dem des Sohnes zu begegnen: »Mein Sohn, man muss stärker sein als die Dinge um einen herum. Du bist stark, von mir kann ich das heute Abend nicht behaupten. Du bist stark, hast das Geld für das Billett aufgetrieben und das Billett gefunden, als wir es vor dir versteckt haben, Prophezeiungen und Verbote ängstigen dich nicht. Wie immer bleiben viele Fragen offen; wie wird die neue Heimat, die merikanische, zu dir sein und wie du zu ihr? Du weißt, dass dein Leben ab morgen ein anderes sein wird, aber wie anders genau, das weiß niemand. Du hast Reisefieber, Freiheitsfieber. Was kann ich da tun? Geh mit dem Wind und geh mit Gott, mein Sohn, mehr kann ich nicht sagen«, und um nicht zu zeigen, wie sehr ihm das alles zu Herzen ging, griff er flugs nach dem Weinglas mit den Sternen.

Die gewöhnlichen Gerichte würden gleich aufgetragen, angeführt von Provola-Sfoglia-Käse mit Olivenöl, Oliven und geriebenen Zwiebeln.

Und bevor man sich dem außergewöhnlichen Teil des Mahls zuwenden würde, hielt auch sein Bruder Placido eine Rede: »Bruder, mein lieber Bruder, seitdem ich geboren bin, schlafen wir zusammen in einem Zimmer, so unterschiedlich wir auch sind: Du bist hell und ich dunkel, du willst weg, und ich will bleiben, ich mag das Land, du das Meer. Doch dir Lebewohl zu sagen ist wie meinem Spiegelbild Lebewohl zu sagen. Du bist ein Teil von mir, ich weiß, was du sagen willst, auch wenn du schweigst. Ich kann dir nicht sagen: ›Nimm mich mit‹, aber ich kann dir sagen, dass ich dich eines Tages besuchen werde.«

Bei diesen Worten erbleichte die Mutter und tastete einmal mehr nach der Tasche ihres blauen Kleids.

»Einer krumm wie ein Schirm«, grummelte sie, »der andere halb verrückt«, und sie ging in die Küche, um beim Anrichten zu helfen.

Das Essen wurde von oben nach unten gereicht, von den Händen der Dienerschaft hinunter auf den gedeckten Tisch und von dort in die Bäuche. Es wurde gekaut und geschluckt, und jedem Bissen folgte ein weiterer.

Herzhaft, scharf, süß, weich und knackig, glänzend und hell, dicht und durchsichtig, saftig oder trocken, alles geriet in den Strudel von Genuss und Sättigung.

Am genussvollsten war es für diejenigen, die sich Zeit ließen.

Wie im Leben.

Diejenigen, die schnell aßen, wenig kauten und sich Teller und Münder gierig füllten, die sich vollstopften, sahen weder die Schönheit dessen, was da vor ihnen stand, noch, wie viel Arbeit darin steckte. Menschen, die hastig essen und hastig leben, die genießen weder Essen noch Leben.

Der Tisch ist wie ein Fluss mit zwei Ufern: An dem einen wird langsam gegessen, am anderen schnell, doch die Dienerschaft tischte an jenem Abend immer im gleichen Rhythmus auf, hatten also die Schnellen schon aufgegessen, mussten sie auf die Langsamen warten, und so fielen die Schnellen über Brot und Reste und vergessene Vorspeisen her wie Termiten über Holz.

Und je mehr Familie und Gäste das Essen genossen, umso heftiger schüttelte Antonio den Kopf und wehrte ab: »Ich kann nicht«, »Nein, danke, ich habe keinen Hunger«, »Nein, danke, das mag ich nicht« oder »Nein, danke, ich bin schon satt«.

Er blieb standhaft, und je mehr er sich weigerte, zu essen, umso mehr verfluchte sich Tina Oliva und lief beunruhigt zwischen Tisch und Küche hin und her. Beunruhigt wie Menschen es sind, die etwas gut geplant haben, und dann geht alles vollkommen unerwartet schief.

Warum isst der Bursche nichts? Was habe ich ihm nur getan?, fragte sie sich hilflos.

Erst hatte sie ihm seine Lieblingsgerichte gereicht, doch er sagte jedes Mal: »Nein.« Dann ließ sie ihn von ihrer lieblichsten Magd bedienen, von der mit der Pfirsichhaut, doch er blieb dabei: »Nein.« Tina Oliva setzte ihre Hoffnung auf das Kaninchen in Schokolade, und Antonio war schon ganz schwach vor Hunger.

Wille ist alles, dachte er.

Der Hunger nagte unerbittlich an ihm, und wann immer ihm die Sinne zu schwinden drohten, holte er heimlich ein Ei von Peppina Hühnerhuhn aus seiner ausgebeulten Hosentasche und mümmelte es schnell weg. Und wenn man ihn kauen sah, dann dachten alle, dass er nun auch endlich essen würde bei diesem Mahl zu seinen Ehren.

Dank dieser Bissen fand kein einziger Tropfen des teuflischen Mittels in seinen Mund. Schlafmittel und Schlafen bedeuteten nicht fahren, hierbleiben auf immer, Lebewohl Abenteuer, Lebewohl Freiheit.

Aber der Wille ist alles, wie Antonio sich sagte.

Er konnte nicht bleiben.

Immer dieselben Sterne, die von Gesso, dabei waren doch die merikanischen Sterne ganz bestimmt viel schöner.

Wenn er kaute, war es Tina Oliva zufrieden, sie hatte ja keine Ahnung. Doch wann immer er eine Portion ihres mit Schlafmittel versetzten Essens ablehnte, fluchte sie innerlich, sah ihren Sieg in Gefahr. Die Gäste waren glücklich, eingelullt von Aromen und Wein, aber das wahre Glück sollte erst noch kommen, und es war Monsù Marina Calipso höchstpersönlich, die das berühmte Gericht auftrug. Als sie mit kräftigen Schritten und ihrem silbrigen Lachen hereinmarschiert kam, da dachten alle: Jetzt kommt das beste Gericht. Und einige dachten sogar: Etwas Besseres gibt es bestimmt überhaupt nicht.

Dass es sich um Kaninchen handelte, war allen sofort klar, die kleinen hübschen Schenkel und die Fleischstückchen, die in der Soße schwammen, ließen keine Zweifel zu. Doch woraus diese dunkel glänzende Soße bestand, die sich da neben den in Essig eingelegten Zwiebeln, Gurken, Möhren, Orangen und Mandelsplittern ausbreitete, das wusste niemand. Die Misstrauischen, die noch nie etwas von Kaninchen in Schokolade gehört hatten und sich diese Verbindung kaum vorstellen konnten, kosteten ein wenig und verlangten sofort nach mehr.

Antonio blickte sehnsüchtig auf seinen Teller, wie einer die geliebte Frau anblickt, die am nächsten Tag einen anderen heiraten wird. Schmachtend und gleichzeitig mit einem Kloß im Hals, denn ausgerechnet dieses Gericht servierte ihm die tückische Frau des Vaters.

Er blickte sie an und erklärte: »Das ist so köstlich, das esse ich lieber draußen unter den Sternen. Bitte entschuldigt mich, ich komme gleich wieder.«

Und schnell rannte Antonio mit dem Teller in der Hand los zur Hütte des Bauern Tino Zulli. Er klopfte und öffnete die etwas schiefe Eisentür, trat ein und fand Tino halb ausgestreckt auf einem Stuhl vor. Sein Hals beschrieb einen Bogen wie ein Regenschirmgriff, müde baumelte sein Kopf daran, bereit zum Schlafen, doch Tino schlief nicht. Vielmehr sah er aus wie jemand, der den ganzen Tag geschuftet hat und sich nun erschöpft auf eine lange schlaflose Nacht einstellt. Zwei runde Augen blickten verloren in die Welt der Träume, in der es für ihn keine Träume gab, seine Knie waren geschwollen, die Schaufel voller Erde stand noch neben ihm. So saß er da mit etwas Brot, Öl und Salz. »Tino, ich bringe dir etwas Köstliches zu essen, iss und schlaf dann ein wenig. Ich bitte dich.«

»Was bringt Ihr denn, Herrschaft?«

»Iss und schlaf, und stell keine Fragen mehr.«

»Das riecht so gut, das weckt ja Tote, weckt das«, meinte Tino, griff nach seiner Zinngabel und fing an zu essen, ein Stück altbackenes Brot und einen Becher Rotwein dazu. Bei jedem Bissen hob er den Blick gen Himmel, doch beim zehnten Bissen wollten die Lider schon nicht mehr gehorchen. Beim zwölften Bissen war er im Reich der Träume, und Antonio ging zurück nach Hause, zu dem immer noch gedeckten Tisch, auf dem sich nun Flecken von großzügig eingeschenktem Wein neben denen von Kaninchensoße tummelten, die von den Serviertellern übergeschwappt war.

Den Gästen hatte man inzwischen süßen Perlwein aufgetischt, Zimt- und Jasmineis und Riso Nero mit Schokolade, und zu dieser letzten Schlemmerei verkündete Antonio: »Liebe Freunde, liebe Familie, bitte entschuldigt mich, aber ich bin so müde, dass ich nicht weiß, ob ich noch wache oder schon träume. Ich danke euch und hoffe, wir sehen uns bei meiner Abreise.«

Daraufhin lief er rasch nach oben, stopfte ein paar Decken unter die Laken in seinem Bett und rannte los. Als er in die sternenklare Nacht verschwand, da dachten alle, er ginge schlafen, doch Antonio hatte etwas ganz anderes vor: Es gab noch einiges, dem er Lebewohl sagen wollte, Dingen und Wesen, denen sonst niemand Lebewohl sagt. Er sagte dem zarten Gemüsegarten Lebewohl, den Tino angebaut hatte, und auch Tino selbst, der nun endlich schlief. Er sagte den gerade zum Leben erweckten Tomaten- und Zucchinipflanzen Lebewohl, den Honigmelonen, Zwiebeln, Petersilie und Basilikum und Wassermelonen und Mais. Den Fröschen in der Regentonne, den Aprikosenbäumen, deren Früchte noch grün waren, aber schon dicht an dicht an den Zweigen hingen. Ein Stück weiter die Hügel hinunter sagte er dem Waldkauz Lebewohl und einem alten Pfau, der immer lärmte, als würde man ihm den Hals umdrehen. Den noch kleinen grünen Trauben, dem alten Mandelbaum, den Bruchsteinmauern, jungen und alten Eichen, den kräftigen, viele Früchte tragenden Nussbäumen, den jüngeren, wenig Früchte tragenden Nussbäumen, den von den Vögeln geplünderten Kirschbäumen und den grünlichen Zitronen, allem sagte er Lebewohl. Auch der Burg sagte er Lebewohl, oder eher der Burgruine, die von Kapern und Baldrian dichter und dichter zugewuchert wurde und deren tausendjährige Mauern die Sträucher mit immer mehr Rissen durchzogen.

Wer weiß, wie lange ich lebe, dachte Antonio. Tausend Jahre bestimmt nicht, aber vielleicht hundert, ich will mein Leben auf dieser seltsamen Welt genießen, und das waren nur einige der Worte, mit denen er in dieser Nacht Dingen und Wesen Lebewohl sagte, denen für gewöhnlich niemand Lebewohl sagt.

Da hörte er Aurora im Stall wiehern, und es wollte ihm das Herz zerreißen. Wie sollte er die wunderbare junge Stute mitnehmen? Er wollte es so gerne, doch wusste er, dass es nicht ging. Ach, ihr stolzes, sanftes Wesen, so einnehmend und ungekünstelt, ihre Standhaftigkeit in dieser so wenig standhaften Welt.

»Ach, Pferdchen, Gefährtin meiner seltsamen Ausritte. Mein Pferd, Freundin meiner schönsten Tage, immer wirst du einen Platz in meinem Herzen haben, galoppiere in die Freiheit, glücklich und ungestüm, wie nur du es vermagst. Warum nur bist du als Pferd geboren? Warum ich als Mensch?«

Er küsste die weiße Blesse auf ihrer Stirn und verjagte die Fliegen, die in den ruhigen Seen ihrer Augen baden wollten.

Pferdeaugen sind so groß, wer weiß, wie viel mehr sie sehen als wir Menschen, dachte Antonio und bürstete den schwarzen Schweif und die ebenso schwarze Mähne der Stute.

In seiner letzten Nacht fand er kein Ende bei seinem Umherstreifen durch die Natur.

Er sagte einer Trockenmauer Lebewohl, und diese gab den Gruß zurück, er sagte den ersten Glühwürmchen Lebewohl, der Flamme des Stromboli, den Mäusen, die den weißen Oregano anknabberten, und dem Schimmerlicht des Mondes.

Er sagte der Natur Lebewohl, und sie antwortete ihm.

Er sagte den Kräuterfamilien und Tierfamilien Lebewohl, und sie taten es ihm gleich.

Ganz benommen von all diesen Abschieden, Seufzern, von dem Flügelschlagen und dem nächtlichen Gesang der Schäfer, ging er wieder nach Hause und legte sich ins Bett.

Sein Vater und Tina Oliva hatten schon in sein Zimmer gelugt, und als sie das Bett mit dem Deckenhaufen unter den Laken erblickten, da dachten sie, er schliefe schon einen tiefen Schlaf.

Doch als sie ihn dann am Morgen sahen, glücklich und schwungvoll, da staunten sie, und sie staunten auch über seine dunklen Augenringe. Aber er hatte ja die ganze Nacht Dingen und Wesen Lebewohl gesagt, denen sonst niemand Lebewohl sagt, und dann hatte er im Licht der Sterne gebadet, wie er sagte, und deshalb hatte er so dunkle Augenringe.

»Manchmal möchte ich nur Wolken und Sterne sehen, keine Menschen«, sagte er laut.

X

Abfahrt aus Messina

Der letzte Morgen.

Nicht der letzte seines Lebens, aber der letzte in Gesso.

Der Himmel vergoss keine Tränen.

Somit würde Antonio es auch nicht tun.

Er spritzte sich Wasser aus der Quelle über Augen und Gesicht.

Ein winziges Lächeln auf den Lippen.

»Heute gehst du fort«, brummte Tina Oliva, eine Tasse Ziegenmilch in der Hand und eine frische Falte rechts unter der Lippe, »das freut mich kein bisschen, freut mich das. Was fehlt dir hier, warum gehst du fort?«, und sie goss einen großzügigen Schuss Kaffee in die Milch.

»In Sizilien ist alles schön, aber grausam«, erwiderte Antonio.

»Die Familie wird dir fehlen.«

»Nein. Es gibt Familien, die sind wie Gräber, nur mit etwas mehr Licht.«

Tina Oliva, deren Kopf heute von einem schwarzen Schleier bedeckt war, tat, als hätte sie das nicht gehört, und fragte: »Hast du keine Angst vor dem ganzen Unbekannten?«

»Was ich nicht kenne, das finde ich interessant. Und was ich kenne, das langweilt mich. Du zum Beispiel langweilst mich.«

Sie überhörte das geflissentlich und gab zu bedenken: »Vielleicht wird in Amerika ’n armer Schlucker aus dir, einer mit ’nem Leierkasten, der mit ’nem Äffchen auf der Schulter bettelt.«

»Ich habe keine Angst vor Armut. Aber vor Engstirnigkeit.«

Tina Oliva schenkte dem keine Beachtung und wandte sich um. Dann raunte sie so leise, dass es sicher niemand hören konnte:

»Ein Teufel bist du, 'n Tunichtgut, 'n Nichts, deine Freunde sind erbärmlich, und du, du bist nix als 'n Tölpian …«

»Die Welt liegt weit und offen vor mir, vor dir liegt bloß eine Schublade. Über uns gibt es so viele Sterne und so viele Sonnensysteme, alles ist so groß, und dein Leben ist so klein und unbedeutend. Alles ist möglich, man muss nur über den eigenen Tellerrand hinausschauen«, meinte Antonio und richtete den Blick zum wolkenlosen Himmel empor.

Dann ließ er sie stehen.

Nur noch wenige Stunden.

Alles war bereit für die Reise, vor allem seine Gedanken.

Er musste hier weg, in die Ferne.

Im Stall scharrte das Pferd mit den Hufen.

Pferde und Kinder scharren mit den Hufen, bevor es losgeht.

Er war ungeduldig, verweilte aber noch mit seinem Blick auf den so vertrauten Gegenständen im Haus, dem blauen Kristallglas, dem klumpigen Kissen aus Schafswolle. Betrachtete alles zum letzten Mal, und dabei änderten seine Augen die Farbe wie der Himmel: grün, blau, azur. Nur in der Nacht behielten sie eine einzige Farbe – dunkelgrün. Heute Nacht würde er schon auf hoher See sein, weit weg.

Der Gedanke an Ferne kann Schwindel bereiten.

Der Gedanke mehr als die Ferne selbst.

Zukunft und Vergangenheit wirbelten in seinem Kopf durcheinander, er wollte Obst pflücken, auch wenn es noch unreif war, er wollte eine Katze mit in den Koffer packen und sich an den Worten seines Vaters berauschen.

Sein Vater strich ihm über den Kopf.

Sein Bruder nahm seine Hand.

Der Wind verteilte ringsherum Frohsinn und Schwermut. Lebt wohl, ihr Hügel von Gesso, lebe wohl, geliebtes Meer und ihr Liparischen Inseln, die ihr der Strömung trotzt, lebt wohl, ihr Früchte, Kräuter und Tiere und Menschen, lebt wohl, ihr alle, und auch das Leben, das ich bis jetzt gelebt habe und nun gegen ein anderes tausche, vielleicht ein besseres, vielleicht auch nicht.

Alles rings um mich herum lebe wohl.

Da keimte plötzlich leiser Zweifel in ihm auf, den wollte er ohrfeigen, diesen Zweifel, der sich da regte und nagte, und er packte ihn am Kragen und stieß ihn fort, aber der Zweifel ließ sich nicht so leicht vertreiben.

Ob ich Freunde finden werde?

Was wird aus meinem Bruder, wenn ich nicht mehr da bin?

Placido hat immer Sehnsucht, auch nach Dingen, die er gar nicht kennt, er sieht lieber zurück als nach vorn, er liebt das Land und nicht das Abenteuer. Ich gehöre zur See, mein Bruder zum Land.

Werden die Äcker und Gärten in Gesso auch gutes Gemüse und Obst hervorbringen, wenn ich nicht mehr da bin?

Gibt es in Amerika gutes Essen?

Und die neue Sprache, die merikanische, kann ich die lernen?

Wenn ich sie nicht lerne, was mache ich dann, wenn ich ins Krankenhaus muss?

Und die Frauen dort, wissen sie, wie man Brot backt?

Lieben sie wie hier, oder lieben sie anders?

Stimmt es, dass die Merikaner alle saufen wie die Löcher und die Feuerwehr immer in Alarm ist, weil die Häuser aus Holz sind in Amerika?

Wenn es da wirklich nur Holzhäuser gibt, dann darf ich nie vergessen, den Ofen nachts auszumachen, sonst werde ich geröstet wie ein Hühnchen in der Pfanne.

All dies schwirrte in seinem Kopf umher, und er saß stocksteif da und ließ den Blick über die Vorhänge gleiten, über Gläser, das Sofa, Himmel, Meer, Inseln und am Himmel auf und ab tanzende Vögel.

»Manchmal möchte ich nur den Himmel sehen, keine Menschen«, sagte er laut.

Da erklang aus dem Feigenbaum der Gesang einer Amsel, einer Amsel im Liebestaumel, die trillerte und schnirpte, und ihr Lied erhob sich in die Luft wie schimmernder Samt.

Und mit ihrem Liebesgesang gab sie alles, diese Amsel.

Vielleicht kommt das Beste in meinem Leben noch, dachte Antonio.

Er beobachtete, wie die Amsel auf dem Zweig entlanghüpfte, und da hüpfte er seinem neuen Leben entgegen.

Jeder Morgen ist ein neuer Morgen, aber der Morgen heute ist ganz besonders neu, sagte er sich, und von dem blauen Balkon, der Meer und Himmel in gleich große Teile schnitt, sah er eine ganze Schar Männer und Frauen aus dem Dorf, Alte und Kinder, die gekommen waren, ihm Lebewohl zu sagen, und schon winkten sie, schwenkten Hüte und Taschentücher.

»Ich warte auf euch«, rief er.

Einige deuteten das als Aufforderung, ihn bis zum Schiff im Hafen zu begleiten. Andere als Einladung, ihm nach Amerika zu folgen, und das führte zu vollkommen unterschiedlichen Handlungen.

Erstere sattelten ihre Pferde – wer eines hatte – oder schnürten die Schuhe, nahmen einen Sonnenhut und stellten sich wie Ameisen in einer Reihe auf, um gemeinsam zum Hafen zu gehen. Die anderen spürten zarte Träume in sich aufkeimen, sehnsüchtige Seufzer entrangen sich den Kehlen bei der Vorstellung, wie sie da am New Yorker Hafen stehen würden und Antonio sie mit einer Kutsche und einer Flasche Champagner abholte.

Dieses »Ich warte auf euch« versetzte alle in helle Aufregung.

Und auch in Antonios Augen loderte die helle Aufregung.

Ein letztes Mal blickte er seine Gänse an, die Bäume, den Gemüsegarten, die Katzen, die Burgruine, Stromboli, junge und alte Pflanzen, schließlich die Berge, und dann wanderte sein Blick bis zum Ätna, dessen Gipfel nun keinen Schnee mehr trug, sondern aussah wie ein blauer Thron.

Nur noch einige Minuten, einige wenige Minuten, da riefen alle schon nach ihm, die Pferde waren vor den Kutschen angeschirrt, die Gäule vor den Karren, und sein Bruder Placido thronte wie ein Feldherr stolz auf dem rabenschwarzen Audacio. Aurora ließ derweil den Kopf hängen.

Rastlos warteten die Dorfleute.

Die Sonne stand schon hoch, und die Männer zogen ihre Jacken aus, kein Wind regte sich, und niemand gab ein Signal zum Abmarsch.

Worauf noch warten?

»Keine Reise ohne Segnung«, rief Tina Oliva da aus der Kutsche.

»Seid ihr Christen oder Unmenschen?«, ertönte Padre Luvaràs Stimme, der auf einem Esel angeschaukelt kam, und auf dem Esel blieb er auch sitzen, zerzaust in seinem verschlissenen Gewand mit geflickten Ellbogen und ausgebessertem Kragen. Der Wind zerwühlte sein spärliches Haar, und seine erhobenen Hände betonten die Bedeutsamkeit seiner Ansprache: »Landsleute, Mitbürger, christliche und weniger christliche Sizilianer … Heute sage ich ein paar Worte mehr … Antonio Grillo geht fort, und ihr bleibt wie alte Bäume und muffige Marmeladen hier …«

Die Dorfleute verdrehten die Augen gen Himmel, aber der Padre fuhr fort: »Etwas im Leben zu bewegen, im eigenen und im allgemeinen, das ist die Aufgabe der Menschen. Jesus blieb dreißig Jahre bei seinen Eltern, und dann verließ er sie und sein Land und ging fort. Fortgehen ist der Anfang von etwas Neuem. Seht euch die Vögel im Himmel des Vaters an.« Er wies mit der Nase auf einen Schwarm Schwalben, die den Himmel durchkreuzten.

»Seht die Vögel am Himmel. Auch sie suchen nach blaueren Himmeln, wie die Schafe nach grüneren Weiden. Alle wollen, dass es ihnen besser geht, und alle wollen ein Leben haben, das so angenehm wie möglich ist.« Padre Luvarà spürte, dass diese Rede ein wenig zu lang geriet.

Die Pferde vor den Kaleschen und Kutschen scharrten mit den Hufen, die nicht angebundenen genauso. Die Frauen nestelten an ihrem Haar und den Kopftüchern herum, die Männer ließen ihre Blicke über das Meer und den Horizont gleiten.

Also verkürzte Padre Luvarà das Ganze ein wenig: »Ich segne Antonio Grillos Reise, auf dass sie ihm nur Gutes bringe.«

Daraufhin wandte er sich an die Eltern und den Bruder Placido: »Seid nicht traurig, blickt stattdessen nach vorn.« Dann schwieg er. Sein letzter Blick galt Antonio Grillo, doch es war kein ermutigender Blick, sondern ein trauriger. Anderen versuchte er Trost zu spenden, doch seiner eigenen Trauer setzte Padre Luvarà nichts entgegen. Vielleicht träumte auch er von einem besseren Leben. Antonio war so aufgewühlt, dass er nichts davon bemerkte, doch er bewahrte die Worte des Padre von Gesso in seinem Herzen, vor allem die letzten: »Alle wollen, dass es ihnen besser geht, und alle wollen ein Leben haben, das so angenehm wie möglich ist. Seid nicht traurig, blickt stattdessen nach vorn.«

Und so blickte Antonio nach vorn. Nicht auf das Meer oder das Dorf, sondern auf die Monti Peloritani, die es zu überwinden galt, um nach Messina zu kommen, wo das Meer blauer ist und die Strömung stark. Er kehrte Heimat und Vergangenheit den Rücken, wandte sich dem neuen Leben entgegen und spornte sein Pferd an. Und mit ihm an der Spitze setzte sich der Menschenzug langsam in Bewegung.

Das Dorf lag seit über tausend Jahren unbeweglich dort, er hingegen trabte los, Wind im Herzen. Die Einzigen, die den Helden nicht begleiteten, waren die Kranken. Sie standen an den Fenstern, verwirrt vom Funkeln der Sonne und der farbenfrohen, festlichen Menschenmenge, doch sie schlossen bald die Läden, denn all dieses Gleißen blendete sie.

An der ersten Kurve hielt Antonio plötzlich Pferd und Zug an und rief: »Wo ist mein Koffer?«

Flugs geschaut und gesucht, in Kalesche und Kutsche, aber

keine Spur von dem Geschenk seines Bruders, dem Überseekoffer aus feinem Leder, mit Beschlägen und ausgekleidet mit blauem Samt, so sorgfältig gepackt.

Den strafenden Blick auf Tina Oliva sparte Antonio sich, stattdessen galoppierte er wieder nach Hause, gefolgt von seinem Bruder, der ein ängstliches Gesicht machte. Die Brüder kehrten im Haus das Unterste zuoberst, wie man so schön sagt, suchten und wühlten überall, und zu guter Letzt fand sich der Koffer im Keller unter einer Wachsdecke.

Als Antonio den Koffer erblickte, schloss er ihn in die Arme wie eine Geliebte, und fast hätte er ihn mit Küssen bedeckt.

»Hab ich doch gesagt, dass Familien die Pest sind«, sagte er zu seinem Bruder. Placido half ihm, den Koffer auf eine Kalesche zu wuchten, und er versprach Antonio, das Gepäckstück bis zum Schiff nicht aus den Augen zu lassen.

Auf der Kalesche sah Antonio nach, ob auch noch alles im Koffer war, was er hineingepackt hatte, und tatsächlich fehlte nichts: zwei Bilder des heiligen Antonio Abate, seines und das von Ciraolo, die Spielkarten des Munafò, ein glitzernder Gipsstein, Schwefelkristalle von Stromboli und Vulcano, Bimsstein, ein Stückchen byzantinischer Marmor, das Tuch mit den ineinander verwobenen Nelken, der Bezug mit der Schrift *Seid immer glücklich* von seiner Mutter, und alles andere war auch da.

Dann sah er unter der festen, mit blauer Seide bespannten Trennwand in der anderen Kofferseite nach: David und Goliath, Odysseus und Polyphem, Amarenagläser und -flaschen, die kleine Welt von Gesso auf Fotografien in einer Blechkiste, Ninas Liebesbrief, das Tuch der Wäscherin Amalia, die Feder von Merlino, dem Wissenschaftler, die Pantoffeln. Und über allem leuchtete das Messingschildchen mit der Aufforderung: WAG ES.

Ja, es war an der Zeit, etwas zu wagen, und er schloss diese Seite des Koffers. Dann klappte er die beiden Seiten gegeneinander, machte Messingverschluss und Schloss zu und band eine rote

Schnur um den Koffer, um ein Malocchio abzuwenden, schließlich weiß man ja nie, und wenigstens würde er damit auch seinen Koffer von den anderen unterscheiden können.

Die Leute scharrten schon ungeduldig mit den Füßen, die Pferde mit den Hufen, als Antonio und Placido wieder zu ihnen stießen.

Da liefen die Gänse herbei und schnatterten klagend, oh, wie klagten sie, als sie ihren Freund fortgehen sahen, schnabelschlagend und gackelnd, als hätten sie den Verstand verloren. Sanftmütig blickte Antonio sie an, so wie er es nur mit Tieren und schwachen Menschen tat. »Meine schönen Gänse, meine großen Gänse, genießt dieses schöne Land mit seiner wunderbaren Erde, das ich jetzt verlasse. Mit Füßen und Schnäbeln wälzt ihr euch in dieser Erde und kämt niemals auf die Idee, das schmutzig zu finden, bitte, versucht doch auch einmal zu fliegen …«

Die Menge murrte.

Einige Frauen gingen nach Hause, um nicht mitansehen zu müssen, wie ein Tölpian zwei Gänsen Lebewohl sagt und dabei die Christenmenschen links liegen lässt.

Aber dann lief noch die Katze Cleo herbei, und Antonio sagte natürlich auch ihr Lebewohl: »Miezemiezekatze, du schönste aller Katzen, mit deinen drei Farben im Fell und deinen gelben Augen. Hab ein gutes Leben. Geh deinen Weg. Du trägst eine Seele in dir, auch wenn sie niemand sieht. Hab keine Angst vor den großen Knurrhunden mit ihren scharfen Zähnen, kletter einfach schnell auf einen Baum, und schon bist du sie los.«

Die Katze miaute, und ein kleines Mädchen weinte.

Die Frauen nahmen ihre Kinder auf den Arm und gingen nach Hause.

Dieser Antonio war doch wirklich ein Tölpian, fürwahr, alles hatte er darangesetzt, fortgehen zu können, und immer noch trödelte er hier rum, nur wenige Stunden bis zur Abfahrt, und wenn das Schiff einmal abgefahren ist, dann auf Nimmerwiedersehen.

Fort. Wie die Geduld der Dorfleute. Was war denn hier los, warum trödelte dieser Tunichtgut von Antonio Grillo so herum?

Weil etwas vollkommen Normales in ihm vorging; einerseits wollte er unbedingt fort, so schnell wie möglich, und anderseits wollte er bleiben, unbedingt. Der Himmel war an diesem Morgen von wunderbarstem Blau, man hätte es für Absicht halten können, die Inseln schaukelten auf dem Wasser, und rings um ihn und sein Pferd blühte der schönste Jasmin.

Sein Vater weckte ihn aus der Starre.

Er strich seine glänzende Jacke glatt, stieg aus der Kalesche, stellte den Korb neben Tina Oliva ab und ging zu seinem Sohn, der vom Pferd abgestiegen war und mit einer Katze sprach.

Don Lio zog Antonio kräftig am Ohr. »Na komm, beweg dich, was ist los mit dir? Hast du etwa Angst? Beweg dich, sonst gebe ich dir einen Tritt in den Hintern, den du nicht mehr vergisst.«

Don Lios Augen leuchteten aufgebracht, und es war klar, dass er keinen Widerspruch dulden würde.

Und so gehorchte der Sohn brav, bestieg sein Pferd und gab ihm die Sporen.

Erst an der ersten Kurve nach der Piazza wandte Antonio sich um und betrachtete ein letztes Mal die Dächer seines Dorfs, und dieser letzte Blick schien ihm wunderschön. Der Kirchturm ragte hoch in den Himmel, Sonne wärmte die nussbraunen Ziegel, auf den Balkonen blühten Geranien, ein Schwarm Schwalben flog tief über das Dorf hinweg, und sogar die räudigen Hunde sahen aus wie edle Tiere. Um nicht in Tränen auszubrechen, senkte Antonio den Blick, lockerte die Zügel, und Aurora setzte sich von selbst in Bewegung.

Ein Stück weiter außerhalb des Dorfs lag das Haus der Magierin Donna Vittoria, und dort stand sie auf dem Weg und wartete auf ihn, obgleich niemand ihr etwas von dem Begleitzug zum Hafen gesagt hatte. Ihr Haar war zu einem Dutt gebunden, aber einige widerspenstige Goldsträhnen wehten mit den Schmetterlingen um die Wette um ihren Kopf herum, und Margeriten fielen aus ihrem Haar auf den Boden.

Ohne ein Wort reichte sie Antonio eine Handvoll Nüsse in einem Korb, in dem außerdem noch drei Mäuse herumtanzten, weshalb die Nüsse fröhlich klick klack machten. Antonio steckte alles in sein Säckelchen.

Dann blickte sie ihn an, wie nur sie es vermochte; nämlich tief in sein Innerstes, und sagte: »Du glaubst, du bist ein Mann, dabei bist du noch ein kleines Mäuschen. Weißt du, dass du in Amerika einem Riesen begegnen wirst, kleines Mäuschen? Ich weiß, dass dir da oben auf deinem Pferd das Herz in die Hosen rutscht, so gerade du da auch sitzt. Du musst dir überlegen, ob du einer sein willst, der Angst hat, oder einer, der Mut hat. Das muss man wissen. Und wenn du einen Weg einschlägst, dann bleib dabei. So, jetzt geh, geh, denn wenn man zwanzig ist, dann wartet die Welt auf einen.«

Sie wusste, dass es ihr nicht gelungen war, Antonios Abreise zu verhindern, weder mit dem Schlafmittel noch mit dem riesigen Mond, aber kommt Zeit, kommt Rat, sie mochte es, wenn das Leben munter seine eigenen Wege ging, auch wenn es nicht die ihrer Magie waren.

Sie freute sich trotzdem für ihn.

Es war gut so.

Das Leben hatte gesiegt, mächtiger als jeder Zauber.

»Fürchte dich nicht, du weißt, dass alles Mögliche geschehen wird, Stürme, böse Geistereien, aber denk ab und zu an die Sterne von Gesso, das wird dir helfen. In Amerika gibt es andere Sterne, Leute mit viel Hirn und welche mit wenig, heruntergekommene Gemüsegärten und riesige Maiskolben, Eis und Granita und öligen Wein und prickelnden Wein. Wenn du was Schlechtes tust, dann bereue es, wenn du was Gutes tust, dann vergiss es. Manchmal sind Tränen heiß und manchmal eisig. Denk dran, du musst den Leuten nur den halben Arsch zeigen, nie den ganzen.« Und damit schritt sie zur Tat.

Sie drehte sich um und zog vor allen Leuten ihren schwarzen Flickenrock über die rechte Hinterbacke. Unterhosen trug sie nicht. Die linke Seite hielt sie bedeckt, die rechte aber streckte sie schön raus und schlug einmal darauf, dass es klatschte. »Nur die eine zeigen, nur den halben Arsch.« Einige der Dorfleute kicherten, andere bekreuzigten sich und senkten die Blicke, doch Donna Vittoria hatte sich noch nie um die Meinung anderer geschert.

Die Menge nahm ihren Weg wieder auf, mit und ohne Schuhe, auf Eseln und Pferden, und über ihren Köpfen kreisten Tauben und Falken, die Luft war glasklar, und die Frauen holten ihre Fächer hervor.

Nur vor dem Friedhof verlangsamten sie ihre Schritte, eisiger Wind schien zu wehen, einige bekreuzigten sich, andere seufzten.

Antonios Blick suchte das Grab der Mutter und das des Soldaten Ignazio, und seine Knie wurden butterweich. Sein Pferd merkte das und auch sein Bruder.

»Du lebst und gehst deinen Weg. Denk nicht an die Toten«, riet Placido ihm.

»Du hast es gut, hast eine Mutter, die dich gestillt und liebevoll umsorgt hat, dein bester Freund ist nicht tot aus dem Krieg zurückgekehrt und wird jetzt von Würmern gefressen.«

»Die Toten sind tot, basta, nur manchmal werden sie zu Schatten. Es ist nun mal so, dass wir mit den Lebenden vorliebnehmen müssen, denn wir sind lebendig«, erwiderte Placido. »Spürst du den Frühling, der in der Luft liegt?«

Antonio spornte sein Pferd an, und zehn Schritte hinter dem Totenhügel sah er am Fenster der byzantinischen Kapelle, die aussah wie eine Grotte, den Basilianermönch Bruder Alessio. Antonio kannte ihn seit Kindertagen, der Mönch hatte ihn einst die Namen der Sterne gelehrt.

»Hallo, Antonio, ich habe gehört, du gehst fort«, rief der und hielt seinen langen Bart über dem bronzenen Kruzifix fest, auf dessen Mitte ein Rubin prangte.

»Ja, Bruder Alessio, ich geh nach Merika.«

»Gut, gut, dann segne ich dich.« Er schüttete ein Eimerchen gesegnetes Wasser auf Antonio und sein Pferd hinunter, aber alle anderen bekamen auch etwas davon ab, auch die Pferde und Maultiere, und wenn's nur ein Tropfen war.

»Gut, gut, ich segne euch alle. Wasser ist leicht, vergiss nicht, dir deine Leichtigkeit zu bewahren, Antonio, Engel haben sie auch. Und Kinder, die sind aus demselben Holz geschnitzt wie Engel. Geht nur weit fort, Hauptsache, ihr bewahrt eure Leichtigkeit«, fügte er hinzu und reichte ihm eine Handvoll frisch gepflückter roter Kirschen, die Antonio flink in seinem Reisesäckelchen verstaute.

Die Dorfleute wischten sich den Schweiß von der Stirn, mittlerweile war es elf Uhr, die aufsteigende lange Straße führte über Quattro Strade hinunter zum Hafen von Messina. Ringsherum gelber Ginster, Brombeeren und Gemüsegärten, ein paar Palmen, Zypressen zeigten die Grenzen einiger Grundstücke an, Johannisbrotbäume, deren braune Karuben auf der Erde darunterlagen, Esel und Pferde aus dem Zug liefen hungrig hin und taten sich gütlich daran. Die ersten Wespen waren unterwegs, die ersten Fliegen und Schmetterlinge, aufgeregtes Insektenschwirren wegen des nahenden Sommers. Bienen flogen den Blumen zu und die Dorfleute den Beeren, Gipsgestein lag noch hier und dort auf dem Weg und den Mauern, und wenn ein Sonnenstrahl auf einen der Steine traf, dann leuchtete es hell auf.

So viel Licht an diesem Tag.

Alles war wie am allerersten Tag, obgleich es doch für Antonio der letzte Tag in dieser Gegend war. Glück und Trauer wechselten sich in seinem Inneren ab.

Es gibt nie nur einen einzigen Gedanken im Kopf eines Menschen.

Der Zug der Dorfleute verlangsamte die Schritte, denn es ging jetzt bergauf, wie Gekröse schlängelte sich die Straße im Schatten riesiger Pinien bergan, im Unterholz tummelten sich Füchse, Marder, Frettchen, Elstern und Amseln.

Bei Quattro Strade teilt sich die Straße in vier Wege, nur einer führt hinunter nach Messina zum Hafen. Von der Wegkreuzung oben kann man beide Meere sehen; das Ionische und das Tyrrhenische, und alle blieben stehen, um dieses Schauspiel zu betrachten.

Das eine Meer ist lau und strahlend blau und beherbergt die Liparischen Inseln, das andere den Hafen von Messina, den eine blaue kalte Strömung durchzieht. Antonio sah noch einmal von oben darauf hinab und wusste, dass es das letzte Mal sein würde. Die Inseln ruhten im Wasser, sechs von ihnen ganz ruhig, die siebte aber, Stromboli, war das keineswegs. Eine schwarze Rauchsäule erhob sich über ihr, die am Himmel mit den Wolken verschwamm, und sogar die Schiffe machten einen Bogen um den tobenden Vulkan. Die anderen sechs Inseln lagen friedlich da und starrten wie immer in die klare See.

Die Inseln und das Meer, das alles schien Antonio von unerreichbarer Schönheit.

»Vielleicht gibt es auf der Welt noch mehr so schöne Dinge«, raunte er seinem Bruder zu.

»Glaube ich nicht«, erwiderte der.

Während die beiden Brüder über schöne und weniger schöne Dinge dieser Welt redeten und wo sie zu finden wären und wo nicht, ließen sich die Dorfleute und Freunde auf der Wiese nieder, tranken den guten Wein und aßen.

Nina, Peppina und Amalia tranken Amarena, Rosa Di Maggio saß mit Merlino etwas abseits von den anderen, Dottor Stampella nahm hier und dort etwas Süßes oder ein Stückchen Salami, der Schäfer Abramo überlegte, ob das Gras hier vielleicht auch etwas für seine Herde wäre, und der Schurkenpippo schärfte sein Messer.

Während also jeder von ihnen mit irgendetwas beschäftigt war, kam eine rote Kutsche des Weges, deren zahlreiche Glöckchen mit ihrem Klingeln die Hufe der Pferde übertönten.

Die Gestalt, die ausstieg, trug einen Mantel, der bis zum Boden reichte.

Es war Monsù Marina, die beim Reden lachte und beim Lachen redete. »Lieber, lieber Antonio Grillo, ich bringe dir für die Reise noch eines meiner bescheidenen Spezialgerichte.« Daraufhin drückte sie Antonio ein mit Muschel- und Kirschenreliefs verziertes Silbergefäß in die Hand, in dem sich ein Berg Schokoladenmilchreis auftürmte.

Die Reiskörner wälzten sich behaglich in der noch warmen Creme, und Antonio wollte schon einen Löffel davon nehmen, doch dann beschlichen ihn Zweifel. Erst blickte er zu seinem Bruder, dann zum Vater. Der saß mit geschlossenen Augen in der Sonne auf der Wiese und ließ sich von Tina Oliva den Hals kraulen, und Antonio dachte: Ob das schon wieder eine Falle ist?

Milchreis mit Schokolade oder mit Schokolade und Schlafmittel? Eine Bredouille sondergleichen.

Höflich bedankte er sich, kostete jedoch nicht. Ein Mann hart wie Stahl war aus ihm geworden, fürwahr, einer, der Schokoladenmilchreis widerstand, weil er eine Falle witterte.

Der Wille ist alles, sagte er sich noch einmal und packte das Gefäß in sein Säckelchen. In der Nacht würde er die Süßspeise über Bord werfen.

So nahm Antonio seinen Weg in die Zukunft wieder auf, dem Schicksal und Marina wohlgesonnen.

Gemeinsam mit dem geordneten Zug aus Dorfleuten und Freunden begann er den Abstieg zum Hafen von Messina, dieser Stadt auf dem Wasser, die sich in die Landschaft schmiegt wie eine zusammengerollte Katze bei großer Hitze, Wind, Strömungen und Überfällen fremder Heere ausgesetzt. Zäh und sanft, von Kriegen gebeutelt, empfängt sie nun Reisende aus aller Welt, das ist Messina.

Mit einem Mal kam Wind auf, Regenwolken verdunkelten den Himmel, der schließlich seine Schleusen öffnete. Doch es gab nicht den wegen der Trockenheit seit Monaten erhofften Regenschauer, nein, ein wahrer Sturzbach rauschte herab. Es prasselte auf Schultern, Kleider durchnässten, Pferde strauchelten, und das Wasser rauschte mit solcher Wucht von oben hernieder, dass Beine darin versanken, Hufe, Kutsch- und Karrenräder. Unendliche Wassermassen stürzten vom Himmel herab, dessen Blau verschwunden war wie auch die Farben der Wälder und der See, ausgewaschen von den Himmelsfluten, die ihre eigenen Regenfarben hinterließen. Die Nässe zog in Knochen, verwischte die Sicht, und der Wind riss trockene Zweige von den sich neigenden Bäumen und schlug sie den Leuten in die Gesichter.

Aurora wieherte ängstlich.

Dorfleute und Freunde klagten und weinten, die Tränen mischten sich mit dem Regen, und alles rann dem schlammigen Boden entgegen.

Nur Antonio saß unerschütterlich auf seinem Pferd, und je heftiger der Regen auf ihn einprasselte, umso dringender wollte er das Schiff erreichen. Ein Blitz schlug gleich neben ihm ein und setzte eine grüne alte Pinie in Brand, die wie ein Streichholz aufloderte.

Da schwang Merlino seinen Umhang wie eine Fledermaus in der Nacht.

»Alla Catalla né ski né skó, nach Merika geh ich so, alles Weh soll in die Tiefen der See …« Der Rest seiner Worte wurde vom Donner verschluckt.

Und während sich noch alle Menschen ängstlich duckten und zitterten und die Pferde strauchelten, wurde der Himmel plötzlich hell. Wie ein Schwert durchbrach ein Lichtschein die Wolkendecke, und ein Regenbogen leuchtete auf.

Ein warmer Wirbelwind blies die Wolken davon, und nun stand nicht mehr nur ein Regenbogen am Himmel, sondern Hunderte, ein wahrer Farbtaumel. Regenbögen überall, und Hände, die eben noch gezittert hatten, wurden in der Sonne wieder warm.

Das alles geschah in einem Augenblick.

Alles endete in einem Augenblick.

Vieles geschieht in nur einem Augenblick.

Rosa Di Maggio zitterte vor Kälte, sie war vollkommen durchnässt und kam nur mühsam voran. Da forderte Antonio sie auf, mit auf sein Pferd zu steigen, und obgleich Aurora wenig erfreut darüber war und noch weniger Tina Oliva, stieg sie auf, und ganz nahe aneinandergeschmiegt ritten sie so das letzte Stück des Weges durch den Wald gemeinsam in Richtung Meer. Rosa reckte den Hals, damit auch jeder den Anhänger mit Saphir und Diamant sehen konnte, den Antonio ihr nur wenige Tage zuvor geschenkt hatte. Sie würde ihn immer tragen, den einzigen Schmuck, der ihr je zum Geschenk gemacht worden war. Als ihr Hals schon runzlig war, schmückte der Saphir ihn immer noch – der Diamant war irgendwann verlorengegangen –, und sie trug ihn stolz zur Schau wie eine Königin ihre Krone.

Mitunter wird ein kleines Geschenk zu etwas von großer Bedeutung.

Niemand schenkt einer Hure Schmuck.

Placido hielt den Blick verschämt gesenkt, doch in Audacios schillerndem großen Auge erblickte er das Spiegelbild von Antonio und Rosa. Pferdeaugen sind groß wie Seen, deshalb zieht es die Fliegen dorthin. Und in diesem großen Auge also sah Placido die beiden das letzte Mal vor Antonios Abreise zusammen. Rosa lehnte den Kopf an Antonios Brust und lauschte dem Schlag seines Herzens.

Der Einzige, der weder Antonio und Rosa auf dem Pferd noch den Zug der Freunde und Dorfleute beachtete, war Don Lio Grillo, er sprach nicht einmal, dabei bekam er doch sonst den Mund nicht zu. Vor dem endgültigen Abschied kam ihm kein Wort über die Lippen. Er blickte nicht zu seiner Frau, nicht zum Hafen, sah nicht die um die Kutsche flatternden Weißlinge, nicht die Ruinen und Gräben nahe der Stadt im Tal, nein, sein Blick war auf etwas gerichtet, das nur er sah.

Ein aus Nichts bestehendes Etwas, wie ein gasgefülltes Glas, denn allein der Gedanke an ein Lächeln des Sohnes, einen Seufzer oder eine Erinnerung hätte Don Lio in tiefe Verzweiflung gestürzt.

Der Verzweiflung entkommt man nicht so leicht.

Er hatte sich also eine innere Leere geschaffen, ein gasgefülltes Glas, also eigentlich leer, nicht gefüllt, um nicht zu tief zu stürzen, um, wie er sagte, einen »Herzstreich« zu vermeiden, der dem sizilianischen Drama zufolge zum sofortigsten Tod führt. Rascher als sofort tritt dieser Tod ein, sofortigst nämlich, was rascher ist als der Tod durch die Pest.

Seine Frau Tina Oliva war kreidebleich, auch wegen eines weißen Gesichtspuders, das er eigens aus Paris für sie hatte kommen lassen; ein Puder aus Reispulver und zugesetztem Perlenpulver aus Malaysia. Hauptsächlich aber war sie bleich, weil ihr Plan, Antonios Reise zu vereiteln, fehlgeschlagen war, und zwar auf ganzer Linie. Ein riesengroßer Kloß steckte ihr im Hals, denn sie fürchtete nun nur noch mehr, ihr geliebter Sohn Placido würde auch bald das Weite suchen. Außerdem wurde ihr von den Kurven übel. So malte sie sich hoffnungsvoll aus, wie das Schiff mit Antonio an Bord schon bei der ersten Strömung zwischen Skylla und Charybdis Schiffbruch erleiden würde. Und düstere Gedanken vertreiben bekanntlich die Gesichtsfarbe.

»Bestimmt sinkt das Schiff, und man fischt ihn mehr tot als lebendig bei Mortelle wieder raus, und dann wird er nach Hause gebracht, und am nächsten Tag sitzt er brav mit mir in der Küche und pult Erbsen, so wie früher …«, brummte sie so undeutlich vor sich hin, dass nur ihr Sohn Placido den Sinn erraten konnte.

Der Zug der Dorfleute und Freunde schlängelte sich immer weiter die Hügel hinunter zum Meer. Die ersten weißen Häuser Messinas tauchten schon zwischen den Pinien auf, und zwischen den Pinien schlich auch der Schurkenpippo Catania, der Mörder, der keinem ins Gesicht sah, weil ihn ja nie jemand anblickte. Seine Augen waren nahezu violett, violett wie der Rock von Nina, die mit jedem Schritt, der sie näher an den Hafen brachte, murrte: »Er guckt mich nich mal an, dieser lumpige Lump, wie er da schön gemütlich mit dieser Vettel Rosa Di Maggio sitzt. Keine Ahnung, warum dieser Tölpian die Ferne sucht, wofür soll's gut sein? Alles, was wir brauchen, ham wir doch hier. Meine Büchse, etwa ... Was hat eine merikanische, das meine nich hat? Sind doch im Dunkel alle gleich«, und in ihr stiegen gleichermaßen Wut und Trauer auf, so ist das, wenn man verzaubert ist von einem Mann, und der beachtet einen nicht.

Denn Antonios Blick von seinem Pferd aus galt allein dem blauen Himmel.

Dunkelblau war auch das Meer, wie der Festtagsanzug von Placido, dem keinesfalls festlich zumute war. Sein Gesicht war düsterer als die tiefe Nacht, obgleich er sich ein Lächeln auf die Lippen gemalt hatte, ein freudloses Alltagslächeln.

Immer gleich, sein Lächeln, und niemand merkte, dass es kein echtes Lächeln war, sondern eines, mit dem er nur seinen Schmerz überzeichnet hatte.

Ich weiß, dass er dort glücklich wird, sagte sich Placido hoch auf seinem schwarzen Ross Audacio, aber trotzdem: Dieses Schiff bringt meinen Bruder für immer fort, und ich muss hier zwischen den maroden engen Dorfmauern ohne ihn weiterleben. Mit all dieser Schwermut. Das Wort »Schwermut« mochte er sehr.

Oft sagte er sich die Verse von Chateaubriand vor: *»Leur souvenir fait tous les jours ma peine«,* die schmerzliche Erinnerung füllt meine Tage, und diesen Vers wiederholte er sich am liebsten bei Sonnenuntergang, der schwermütigsten Stunde von allen.

Weiter liefen Dorfleute und Freunde in Reih und Glied zum Meer hinab, und nur eine von ihnen verpasste Antonios Abreise.

Amalias Augen glänzten aufgewühlt bei der Ankunft in der Stadt. All diese eleganten Frauen, ganz in Weiß gekleidet, diese Signori mit den Panamahüten und glänzenden Schuhen, die bunten Eisentische vor den Cafés. Fast wären ihr die Sinne geschwunden, und ein bisschen taten sie das auch, und ein bisschen schämte sie sich und verbarg ihre rauen Wäscherinnenhände, eine in der Tasche und die andere im Kittel.

Doch ihre Schönheit war größer als ihre Scham, und so fiel sie mit ihren grünen Augen und den sich sanft wiegenden Hüften einem dieser Signori auf, von denen sie sonst nur träumte.

Er blickte sie an und lud sie auf einen Cappuccino ein.

»Wohin des Weges, meine Schöne? Möchtet Ihr einen Cappuccino mit mir trinken?«

Da erschrak sie und sah schon das satanische Ritual mit einem Kapuzinermönch, Frate Cappuccino.

Doch er konnte sie beruhigen.

Diese Einladung führte zu einer Verabredung, einer Verlobung und schließlich zu einer Hochzeit. Und Amalia sollte Antonio und seiner Seereise auf immer dankbar sein.

Das Schiff lag schon im Hafen, als die beiden sich die ersten Liebeswörter zuturtelten, und so riesig war das Schiff, dass Antonio und alle, die ihn begleiteten, es von der Mole aus gar nicht im Ganzen sehen konnten.

»Oh, oh, oooh«, riefen alle durcheinander.

»Sieht aus wie ein Wal«, meinte Rosa.

»Sieht aus wie Saturn«, erklärte Merlino.

»Wie ein Traum«, fand Antonio.

Und bei all diesen Ahs und Ohs – die Erwachsene nur äußerst selten von sich geben – sank in ihren Rücken die Sonne auf die Hügel hinab und tauchte das Meer mit seinen sanften Wellen in zartes Blau.

Ein sichelförmiger Erdwall schützt den Hafen von Messina vor Wellen und den Strömungen der Meerenge. Wenn ein Schiff hereinfährt und ankert, dann sieht es aus, als wäre es zur Ruhe gekommen.

Das Schiff war also riesig, und um es ganz zu sehen, musste man den Hals recken und die Augen ganz weit nach oben rollen, und dann mussten Augen und Hals sich pausenlos von links nach rechts bewegen, wie eine Puppe mit drehbarem Kopf.

Alle waren bass erstaunt, Pferde und Kutschen waren schon den Kutschern überlassen, und Dorfleute und Freunde standen nun hier, hinter einem Tor zwischen Schiff und Hafen, und es gab nur einen schmalen Eingang, durch den die Passagiere das Schiff betreten konnten.

Antonio hielt mit beiden Händen seinen Koffer umklammert, denn er war schwer, und auf dem Rücken trug er das Säckelchen mit dem Proviant, den Blick in den Himmel und auf den schon rauchenden Schiffsschornstein gerichtet.

Bevor Antonio das Schiff betrat, passierte er eine quer gestreifte blaue Linie, wo Billett und Ausweis kontrolliert wurden.

Die Billettkontrolle erledigte sich rasch per Handschlag des Kartenverkäufers mit der rot-blauen Mütze, der ihm einen so guten Preis gemacht hatte.

Die Ausweiskontrolle nahm da ganz andere Ausmaße an. Ein Beamter in Faschistenuniform mit Schlagstock im Gürtel und undurchdringlicher Miene blickte in Antonios strahlend blaue Augen, hielt ihn an und schnappte: »Stopp! Was willst du in Amerika? Brauchen wir unsere jungen Leute vielleicht nicht hier in der Heimat? Warum willst du fort? Was treibt dich an?«

Antonio dachte nicht einen Moment nach und erwiderte nur: »Die Freiheit.«

Das Wort »Freiheit« klang in den Ohren des Beamten wie das Wort »Teufel« in den Ohren eines Priesters, und sein Gesichtsausdruck versteinerte augenblicklich.

»Das hat mir gerade noch gefehlt«, bellte er und versetzte Antonio einen Knüppelschlag auf die Hand. Der ließ vor Schreck den Koffer fallen.

»Und was ist Freiheit, lass mal hören«, forderte der Beamte mit verzerrtem Mund und sah dabei aus wie einer, der an einer Zigarre zieht und gleichzeitig reden will.

Antonio dachte auch diesmal keine Sekunde lang nach, und den Koffer neben sich auf dem Boden, die schmerzende Hand in der Jackentasche erklärte er: »Freiheit ist wie frische Luft. Wenn sie da ist, dann atmet man ganz unbeschwert, aber man sieht sie nicht. Freiheit ist wie Frühlingsduft. Ohne kann ich nicht leben, Signore.«

Den Beamten schien diese Antwort zu verwirren, aber er ließ nicht locker: »Wen verlässt du? Kinder? Denn wenn du vorhast, deine Kinder hierzulassen, dann vergiss es. Kinder lässt man nicht so einfach zurück.«

»Ich verlasse meinen Vater, die Frau meines Vaters, meinen Bruder, ein Stück Land voller Bäume und anderer Schönheiten, Freunde und Verwandte. So wie alle, die in die Fremde gehen.«

»Dass du in die Fremde gehst, steht noch nicht fest, Bürschchen. Du hast einen Kopf wie eine Brioscia, ein Hörnchen, lang und rund, fehlt nur noch Sahne obendrauf«, reizte ihn nun der Beamte.

Doch Antonio war einer, der so etwas an sich abprallen ließ, und entgegnete: »Hier in der Nähe vom Hafen gibt es eine Konditorei, da nehmen sie für ihre Briosce Granita aus frisch gepflücktem Jasmin, lass uns doch mal nachsehen, ob mein Kopf so aussieht wie deren Briosce.«

Die Leute hinter ihm hielten die Luft an, und noch einmal fuhr der Schlagstock auf Antonios Hand herab, auf die andere diesmal.

Der Schmerz erreichte seinen Kopf und mündete in einer List: »Ihr habt einen Schlagstock in der Hand, ich aber trage in meinem Säckelchen eine Flasche süßen Amarena. Wollen wir anstoßen auf unsere Abenteuer? Meine und Eure.«

Mit dem bitter-süßen Amarena brach das Eis, und die Karten wurden neu gemischt.

Der Beamte entspannte sich, ließ den Schlagstock sinken und schwärmte: »Also wirklich, schmeckt genauso wie der von meiner Oma …«

Antonio schenkte ihm die Flasche, und der Beamte drückte sie an sich wie etwas sehr Seltenes. Bordeaux war sie, doch gegen das letzte Tageslicht gehalten wurde sie purpurn, fast rosa.

Auch der Sonnenuntergang war erst purpurn, dann rosa und spiegelte sich auf den Gesichtern der Männer und Frauen, die Antonio verabschiedeten. Auf den Wangen glitzerten schon die ersten Tränen. Noch konnten sie ihn berühren, ihm die Hand drücken.

Doch vor allen anderen sagte Antonio seiner Stute Aurora Lebewohl: »Du bist schön und weise, Aurora. Wie oft sind wir zusammen ausgeritten, Freundin der glücklichsten Tage. Für immer behältst du einen Platz in meinem Herzen. Laufe frei durch die Felder, wie nur du es vermagst. Warum bist du als Pferd geboren? Warum ich als Mensch? Bevor ich abreise, sage ich dir hier und jetzt, dass du freier und weiser bist, als ich es je sein werde.«

Er küsste den weißen Stern auf ihrer Nase und verjagte eine Fliege von ihrem Kopf.

Die Stute begriff.

Sie wieherte.

Aus ihrem großen schillernden Auge rann eine Träne.

Nun war es an der Verabschiedung von Männern und Frauen, dann erst kam das unendliche Meer an die Reihe.

Die letzten Momente von Nähe, Haut an Haut, schwere Blicke, schüchternes Tasten nach Händen und Wangen.

Über Antonios Gesicht stahlen sich keine salzigen Tränen, er blickte nur auf das Meer, die Menschen vor ihm, die Häuserreihen der Stadt, Karren voller Obst und solche voller Fisch, auf Straßen, die sich hoch in die Berge schlängelten, auf kerzengerade Segel und schließlich auf den rosa Streifen Horizont, schillernd über dem Wasser.

Seine Freunde waren trübsinnig, Antonio nicht so sehr.

Er war ruhig wie ein Bergsee.

Ein Bergsee, dessen Ruhe nur von einem hier und da springenden Fisch durchbrochen wird, und Antonios Ruhe wurde nur von den traurigen Gesichtern durchbrochen, die schon auf die Tränenflut und die darauffolgende Schwermut warteten.

Beim ersten Schiffstuten mussten die Passagiere an Deck sein.

Beim zweiten war das Schiff abreisebereit.

Beim dritten war das Meer bereit.

Aber jetzt, beim ersten Tuten, konnte man noch etwas zum Abschied sagen.

Don Lios Augen waren eisig.

Weder die läutenden Glocken der Stadttürme trösteten ihn noch der sich ausbreitende Abendschatten oder die hier und da aufleuchtenden Sterne. Er war tief verzweifelt. Alles tat ihm weh, doch das konnte er nicht sagen.

Er sagte nur: »Ich segne dich, mein Sohn. Auch wenn uns hier diese Welt riesig scheint, ist sie doch für dich zu klein. Geh, wohin dein Mut dich trägt, und vergiss niemals, woher du kommst. Unendlich soll dein Glück von nun an sein …« Er küsste ihn auf die Stirn.

Der Vater blickte seinen Sohn an wie einen wahr gewordenen Traum.

Dann schwieg er.

Ein ganzes Jahr sollten seine Augen eisig bleiben und kein Mucks ihm mehr über die Lippen kommen, doch das erfuhr Antonio erst nach dem Tod des Vaters, viele Jahre später.

»Unendlich soll dein Glück von nun an sein.« Weitere Worte sollte Don Lillos Mund unter dem weißen Schnurrbart also eine lange Weile nicht mehr formen.

Aber viele andere Worte wurden dort im Hafen von Mund zu Mund getragen.

Antonio Sciabà, der Barbier, sagte zu Antonio: »Lass dich bloß nich von Kummerwellen unterkriegen.«

Nina bot ihm die letzte, von ihren Liebestränen ein wenig salzige Granita aus schwarzen Maulbeeren an. Lino Merlino, der Wissenschaftler, schenkte ihm noch eine Feder, eine goldene, eigentlich die eines Wespenbussards, und während er sie Antonio in die Tasche steckte, murmelte er: »Wenn du in die Fremde gehst, dann brauchst du deine Füße und ein Fässchen Tinte. Nur so wird man sich an dein Leben erinnern.«

Süß und salzig war der Abschied von Rosa Di Maggio, ihre Zöpfe hatten sich aufgelöst, und unter heftigen Schluchzern sprengte ihr Busen fast das Mieder. »Ich werde an dich denken, wenn ich nachts allein bin. Aber in der Nacht sind wir alle allein. Vielleicht denke ich unter den Sternen an dich, denk auch du unter den Sternen an mich, unter den merikanischen Sternen, die sind viel größer als die sizilianischen.« Denn das glaubte sie, dass die Sterne unterschiedlich groß sind, Sterne, Monde und Sonnen unterschiedlich in unterschiedlichen Welten.

Dottore Stampella sagte nur vier Worte: »Geh mit dem Wind.«

Der Schurkenpippo Catania raunte ihm zu: »Lass dich bloß von keinem abstechen.«

Sein Bruder Placido wisperte seinen Lieblingssatz: »*Leur souvenir fait tous les jours ma peine*«, die schmerzliche Erinnerung füllt meine Tage.

Beim zweiten Schiffstuten senkte sich Stille herab.

Die Gesichter steif, das Meer ein seidiges Tuch.

Die Sonne verschwunden hinter den Bergen, das Meer weinfarben.

Die Passagiere schon an Bord.

Wer blieb, weinte viel.

Wer fuhr, weinte etwas weniger.

Taschentücher und Hüte wurden geschwenkt, und der eine oder andere Hut flog durch die Luft und verschwand dann in der Menge, andere landeten auf den von der Schiffsschraube aufgewühlten Wellen. Meeresvögel schwebten tief am Himmel, die Schatten ihrer Flügel glitten über den Boden.

Beim dritten Schiffstuten ging ein Beben durch die Menge.

Niemanden hielt es.

Füße und Hände gerieten in Bewegung, im Wind und der salzerfüllten Luft glitten Blicke sehnsuchtsvoll über die Berge, die See und über geliebte Gesichter.

Zeit des Abschieds.

Dornenreich ist die Zeit des Abschieds und voller Spitzen, stachelig wie Igel zu Land und zu Wasser. In der Brust lodert ein Feuer, und in den Ohren dröhnt ein Trauermarsch, und wir spüren jeden einzelnen Stachel, hören jede Note des Trauermarschs.

Die Seele schmerzt.

Rosigrote Wolken und schwarze Vögel am Horizont, die ersten Sterne blitzten auf.

Unter dem Schiff tanzten die Wellen, und von irgendwoher hörte man ein Orchester einen Hochzeitswalzer spielen.

Aurora wieherte.

Die Wellen zitterten unter dem Schiff, glätteten sich sogleich wieder seidig fließend, als das Schiff ablegte, nunmehr leuchteten alle Sterne.

Auf dem Schiff blickten die Menschen in einen tintenblauen Himmel und sahen die Stadt langsam unter dem schwarzen Schleier der Nacht verschwinden. Am Hafen beobachteten die Menschen, wie das Schiff mit dem Horizont verschmolz, erst blieb eine Handvoll Lichter, dann nur noch ein unbestimmtes Glimmen auf dem Meer, das schließlich ganz verlosch.

Den gesamten Rückweg über schwiegen die Grillos.

Die Dorfleute aber plauderten ein wenig, zu Fuß oder zu Pferde.

»Wie schön, zu reisen. Und wie schlimm, zu bleiben«, bemerkte etwa Merlino.

Der runde Mond begleitete sie die Hügel hinauf.

Bei Quattro Strade wurden sie von den beiden Brigantinnen überfallen, die die Kutsche der Grillos und den Schmuck von Tina Oliva raubten, Pferde und Menschen rührten sie nicht an.

Süß der Mond, bitter der Überfall.

Süß und bitter liegen oft so nah beieinander.
Alle Dorfleute gingen nach Hause.
Antonio ließ in dieser Nacht die Vergangenheit hinter sich.
Die Zukunft lag vor ihm.
Salz legte sich auf seine Haut.

XI

Die ersten Wellen und neue Freunde

Verlässt man seine Freunde, dann scheinen die möglichen neuen erst mal wie Fliegen: unbedeutend und lästig. Doch eigentlich braucht es nur ein wenig Zeit zwischen alten und neuen Freundschaften.

So war es auch für Antonio – die Schiffspassagiere mit Gepäck zu Füßen und Träumen in den Taschen fand er leidig wie Fliegen.

Er interessierte sich mehr für das Panorama als für die Menschen, und in dieser Nacht funkelte um ihn herum alles schwarz und blau und durchscheinend.

Eine Nacht auf dem Meer ist nicht nur eine, sondern hunderttausend.

Der warme Schirokko des späten Frühjahrs wärmte Antonios Ohren, und er hörte keine Worte mehr, keine Pfiffe, Paukenschläge, Klagen, Erzählungen oder Gelächter, sondern nur noch eine seufzende Wolken- und Wellenmelodie.

Wenig Wolken, viele Wellen.

Das Schiff fuhr zielstrebig auf Skylla und Charybdis zu.

Strudelig wurde das Meer hier, und die Wellen kraus. Da stoppte das Schiff die Fahrt. Die Küstenvögel waren verschwunden, und unter Wasser wüteten fließende, düstere Kräfte. Das Meer war nicht schwärzer als in anderen Nächten, doch der Mond hatte vergessen, am Himmel aufzusteigen.

Wo ist nur der Mond?, fragte sich Antonio, der doch den Himmel immerzu nach ihm absuchte. Gestern war er halbrund, wo ist er bloß heute? Mit ahnungsvollem Schaudern blickte er in die schwarze See.

Die Schiffsmotoren verstummten.

Der Kapitän warf den Anker aus, und nun fuhr das Schiff weder vor noch zurück, stand still wie ein auf Grund gelaufenes Wrack.

Die Stimme des Kapitäns ertönte, und Stille trat ein: »Liebe Passagiere, geheimnisvolle Strömungen halten uns auf, wir kommen nicht weiter. Fürs Erste bleiben wir hier und warten auf besseres Wetter.«

Am Bug und am Heck wiederholten die Matrosen die Worte des Kapitäns Pasquale Bruno: »Liebe Passagiere, geheimnisvolle Strömungen halten uns auf, wir kommen nicht weiter. Fürs Erste bleiben wir hier und warten auf besseres Wetter.«

Antonio stand auf dem Deck und biss in Panino und Provolakäse, aber nur einmal, denn der Proviant in seinem Säckelchen musste wenigstens eine Woche lang reichen, er steckte sich noch eine getrocknete Feige in den Mund, steinhart, aber süß, und vertiefte sich ganz in das Meer.

»Unendlich und immer wieder neu ist das Meer«, bemerkte er laut, und eine Stimme im Dunkel neben ihm antwortete: »Wie das Leben.«

Antonio wandte sich um und sah ein dunkelhaariges Mädchen mit aufgerollten Zöpfen und einem um die Schultern geschlungenen schwarzen Tuch aus Seide und Taft, bestickt mit gelben Rosen und blauen Akanthusblättern.

Ihre Augen waren schwärzer als ihr Tuch und schwärzer als die nächtliche See.

»Das Leben ist unendlich wie das Meer«, bemerkte sie.

»Was weißt denn du vom Meer?«, erkundigte sich Antonio.

»Ziemlich viel. Elide ist mein Name, und ich bin Fischerin aus Bagnara in Kalabrien. Ich habe ein eigenes Boot und fische jeden Tag. Eigentlich am liebsten nachts.«

»Ich kenne mich nicht so gut mit dem Meer aus, besser mit Land«, erklärte Antonio.

»Dann passen wir ja gut zusammen, du kannst mir beibringen, was es mit dem Land auf sich hat, und ich bringe dir alles über das Meer bei.«

»Ich brauche keine Hilfe, Elide, bin bisher immer gut allein zurechtgekommen«, sagte er und biss ein weiteres Mal in sein Panino mit Provola von zu Hause.

Da holte sie aus ihrem Rock ein Panino mit eingesalzenen Sardellen hervor.

Sie war eher lieblich als schön, hübschlich vielleicht, also fast schön, ein bisschen weniger eben. Ihr Gesicht war abgezehrt, ihre Ohren groß, die Lippen rissig und trocken, doch ihre Augen leuchteten wie zwei Scheinwerfer in die Nacht hinaus.

»Schau mal, da hinten ist mein Dorf Bagnara. Die weißen Häuser da auf den Felsen, siehst du?«, rief sie begeistert.

Vom Schiff aus konnte man Häuser und Boote erkennen.

»Wusstest du, dass in Bagnara die Frauen arbeiten und die Männer mit den Kindern zu Hause bleiben?«, fragte sie.

Antonio, durch und durch Sizilianer, staunte nicht schlecht. »Wirklich? Was ist denn das für eine verkehrte Welt, Elide, die Frauen arbeiten, und die Männer sind zu Hause?«

»Ich kann dir versichern, dass die Dinge so besser laufen«, beteuerte sie lachend. »Wir Frauen gehen fischen, oder wir verkaufen geschmuggeltes Salz, das verstecken wir unter unseren Röcken. Wir haben Geld und Freiheit, die Männer bereiten zu Hause eingesalzene Sardellen zu, rauchen Pfeife, backen Brot und Biskuits, machen Essen und die Betten. Sie machen uns nicht verrückt, und wenn eine Frau der See nach einem Sturm nach Hause kommt, sagt der Mann: ›Amore mio, du bist großartig!‹, dann isst sie etwas, gibt dem Kind einen Kuss und legt sich schlafen.«

Staunend blickte Antonio zum Horizont.

»Verkehrte Welt.«

»Wenn die Welt sich umkehrt, dann ist das immer gut«, meinte sie und ließ den Blick über ihren Heimatstrand gleiten. »Jetzt liegen wir hier schon seit einer Stunde mitten auf See. Was meinst du, gehen wir schwimmen, jetzt, in der Nacht?«

Sie waren zwanzig Jahre alt.

Das Schiff lag regungslos da.

Es würde leicht sein, unauffällig zu verschwinden, eine Strickleiter aufzutreiben, sie gut am Schiff zu befestigen, hinab ins Meer zu steigen und danach unbemerkt wieder herauf.

Und das taten sie dann auch, beinahe ohne zu reden. »Psst, pass doch auf, leise, hier, eine Leiter, psst« waren die einzigen Worte, die ihre vor Kapitän, Matrosen und Passagieren verheimlichte Unternehmung begleiteten.

Sie hatten eine zusammengelegte Strickleiter gefunden, und für Elide, Frau der See, war es ein Leichtes, sie mit zwei Knoten an der Reling festzubinden. Jetzt mussten sie nur noch ihre Kleidung abstreifen. Elide stieg aus dem weiten rosa Rock, unter dem mehrere Unterröcke und ein Unterkleid zum Vorschein kamen. Sie ließ Höschen und Leibchen an, lockerte aber zum Schwimmen die Bänder. Antonio zog die blaue Hose aus, ließ sie jedoch in Sichtweite auf dem Schiffsdeck liegen, wie ein vergessenes Bonbonpapier.

So kletterten sie also die Strickleiter hinab und ließen sich wie Medusen ins Wasser gleiten. Kalt war das Wasser und die Konsistenz wie die von Amarenalikör. Das Meer hier schien nahezu sämig, fast wie eine Creme. Um sich nicht zu weit vom Schiff zu entfernen, bewegten sie die Arme nur so viel, dass sie sich gerade über Wasser hielten. Mit den Händen plätscherten sie ein wenig, und nachdem sie das einige Male getan hatten, leuchteten die Sterne auf. Nicht die Himmelsterne, denn die sind ja im Himmel zu Hause, sondern Wassersterne, winzige grüne und blaue Punkte, Meeresplankton. Leuchtend wie Galaxien veränderten sich beständig die Muster, die rings um Antonio und Elide herum erschienen, wieder verschwanden und erneut auftauchten.

Einige smaragdgrün, andere kobaltblau, eine schier unendliche Farbpalette.

Sie flimmerten und glimmerten, und Elide und Antonio taten es ihnen gleich.

Bei jedem Eintauchen glommen neue Formen auf.

Was ein Wunder, die Himmelssterne sind ja immer dieselben, und bewegen tun sie sich auch nicht, aber die im Wasser, die sausen herum, und Antonio und Elide sausten ihnen hinterher.

Unendliche Sterne in jener Nacht.

Sterne sind immer unendlich.

Antonio und Elide sagten kein Wort, sie lachten nur.

»Das ist das schönste Bad meines Lebens, hier in der Straße von Messina mit all diesen Wassersternen«, stellte Antonio schließlich fest.

»Ja, aber vor allem mit dir«, erwiderte Elide, und noch bevor sie erröten konnte – in der Schwärze der Nacht hätte er es ohnehin nicht bemerkt –, ertönten von der Kommandobrücke die donnernde Stimme des Kapitäns Bruno und die einiger Matrosen: »Mann über Bord, Frau über Bord …«

Bruno stand da auf der Brücke, mager wie eine Bohnenstange, die Augen zu Schlitzen verengt, um Menschen und Horizont schneller erkennen zu können, und sein langes Haar quoll unter der blauen Schiffskappe hervor.

Er stellte alle Schiffsscheinwerfer ein, und die Wassersterne erloschen sofort. Unten im Wasser waren Elide und Antonio geblendet vom plötzlichen Licht und erschrocken von Sirenen und Schreien der Passagiere: »Hilfe, die beiden Kinders ertrinken, zu Hilfe! Ein Mädchen ist da mit einem Mann, so eine Schande, wenn das meine Tochter wär, der gäb ich ordentlich was hinter die Ohren, gäb ich der«, und so regten sich die Leute auf, zeterten Schimpf und Schande und riefen um Hilfe.

Wie Thunfische wurden die beiden jungen Leute aus dem Wasser gefischt. An Deck hüllte der Kapitän Elide in eine Decke, packte Antonio am Ohr, so wie Don Lio es getan hätte, und knurrte: »So eine Reise ist eine ernste Sache, das Leben ist eine ernste Sache, das sollte man durchaus ernst nehmen. Und genau deshalb kannst du nicht einfach vom Schiff runter und mit den Wassersternen schwimmen gehen.« Er zog Antonio kräftig am Ohr.

»Ernst? Das Leben eine ernste Sache?«, versetzte Antonio. »Wenn man jeden Tag sagt, dass das Leben eine ernste Sache ist, dann vergnügt sich ja überhaupt keiner mehr«, und er hatte noch viel mehr zu sagen, doch der Kapitän, in seiner gewohnten Rolle als Befehlshaber und mit dem Kampf gegen Männer wie Stürme vertraut, versetzte ihm einen solchen Tritt in den Hintern – das machte man damals so –, dass der eines Maultiers kaum schmerzhafter hätte ausfallen können.

»Und jetzt ab ins Gefängnis«, befahl er, und Antonio wurde in eine Zelle gesperrt, obgleich doch die Sterne noch in seinen Augen glitzerten. Auch Elides Augen glitzerten, jedoch nicht von den Sternen, sondern von dem Gefühl für Antonio. Der Kapitän übergab sie den Frauen auf dem Schiff, einige ohrfeigten sie gehörig, andere gaben ihr trockene Kleidung und eine Schüssel dampfend heißer Brühe.

Antonio verbrachte die Nacht in einer zwei mal zwei Meter großen Zelle mit Wänden aus altem Eisen, und von Himmel und Meer war nicht das kleinste Fitzelchen zu sehen. Es war tief in der Nacht, das Meer hatte sich beruhigt, das Schiff Skylla und Charybdis hinter sich gelassen, und das Reich der Träume blieb Antonio fern.

Bei Sonnenaufgang hörte er, wie das Schiff die Fahrt verlangsamte und der Anker geworfen wurde, dann brandete Lärm auf, Pfiffe hallten, und in der Luft lag der Geruch nach Feuer und Schwefel.

Und noch bevor er etwas sehen konnte, spürte er, dass Stromboli in der Nähe war, und er schrie, so laut er konnte: »Hallo, hört Ihr mich, Kapitän? Das ist meine Lieblingsinsel. Ich muss mich von Stromboli verabschieden, bitte, das halte ich nicht aus.«

Der Kapitän hingegen hielt es sehr wohl aus.

Noch einmal schrie Antonio: »Wenn ich Stromboli nicht noch mal sehe, sterbe ich, ich schwöre, dann ertränke ich mich, ich muss Stromboli Lebewohl sagen, bitte verzeiht mir, ich werde auch nie wieder nachts ein Meerbad nehmen.«

Doch der Kapitän muckste sich nicht.

»Wie soll ein Mann, ohne Stromboli Lebewohl zu sagen, in die Ferne ziehen?«

Da ließ Bruno das Steuer Steuer sein, kam herunter, öffnete die Zellentür und brummte: »Kann dich verstehen, geht mir genauso. Bin auf Stromboli geboren, und jedes Mal, wenn ich diesen Vulkan hinter mir lasse, diesen Feuer speienden trockenen Fels mitten im Meer, zerreißt es mir das Herz.« Sprach's, nahm Antonio bei der Hand und brachte ihn nach oben, damit er Stromboli noch einmal sehen konnte, die Insel, die mitten im Meer Feuer speit.

Während also Junge und Kapitän den erzürnten, Gestein spuckenden Berg bewunderten, stand über ihnen jemand, der Antonio nicht aus dem Blick ließ.

Zwei orientalisch anmutende braune Augen, eingerahmt von losen Zöpfen, blickten nun nicht mehr zu den Wellen, den Strömungen und Fischen, sondern nur noch auf Antonios breite Schultern, mit denen er an der Reling lehnte. Und als er sich umdrehte, da trafen die dunklen Augen auf seine fabelhaften blauen.

Antonio bemerkte Elides tiefen Blick und wunderte sich. »Was ist? Kannst du nicht woanders hinsehen? Schau dir den Vulkan an, gleich ist er weg, oder eigentlich sind wir gleich weg.«

»So sind wir Frauen aus Bagnara: Wenn wir einen Mann haben wollen, dann nehmen wir ihn uns, wie einen Fisch.«

»Einen Fisch? Jetzt bin ich also zum Fisch geworden, das ist ja unglaublich. Ich schaffe es aus den Fängen meiner Familie heraus, um in denen einer Frau zu landen? Wo werde ich jemals friedlich meine Freiheit leben können?«, entgeisterte Antonio sich. Eine neugierige Menschentraube hatte sich gebildet, die nicht verpassen wollte, wie sich im Jahr 1923 eine Frau auf einem Schiff einen Mann wie einen Fisch angelte.

Einige hielten es mit ihr, andere mit ihm. Die Frauen waren auf Elides Seite, die Männer auf Antonios, doch plötzlich nahm etwas ganz anderes Elides Aufmerksamkeit in Anspruch. Vor Stromboli kreuzte ein Schwarm Schwertfische das Kielwasser des Schiffs und folgte ihm.

Elide war Feuer und Flamme, vergessen der Angebetete. Die Schwertfische folgten dieser Route, um sich in den beiden Meeren zwischen der Straße von Messina und den Liparischen Inseln zu paaren. Doch das wurde ihnen nicht selten zum Verhängnis, denn an beiden Küsten warteten ganze Heerscharen von Fischern in Feluken darauf, das Meer in ein Blutbad zu verwandeln. Schwertfische haben weißes, glänzendes Fleisch, und das war in diesen Gewässern ihr Todesurteil.

Elide stand also wie Diana die Jägerin mit ihrer Harpune auf dem Schiffsdeck, stieß Lockrufe aus und beschirmte die Augen mit der Hand, um nicht von den goldenen Reflexen der das Wasser schlagenden Flossen geblendet zu werden.

Sie warf die erste Harpune auf den größten Fisch, die Harpune landete im Wasser, und das Tier schnellte davon. Mit der zweiten zielte sie auf den Kopf eines Männchens, doch ihre Hand zitterte, als Antonios Blick den ihren kreuzte. Beim dritten Wurf ließ sie sich nicht ablenken, sondern richtete ihre ganze Aufmerksamkeit auf das Meer und traf ihr Ziel mit aller Kraft, die sie in sich trug.

Es war ein junger Schwertfisch, der vielleicht das erste Mal diese Gewässer durchkreuzte, der Liebe wegen. Und der Liebe wegen ließ er sein Leben. Elide holte den Fisch mit derselben Leichtigkeit aus dem Wasser, wie Antonio in Gesso einen Salatkopf geerntet hätte. Und vor den Passagieren, die sich erst an dem Liebesgeplänkel der beiden und dann an der Jagd auf den Schwertfisch ergötzt hatten, zerlegte sie den Fisch vom Kopf, in dem die Augen noch zuckten, bis zum Schwanz, den sie in dünne Scheiben schnitt, damit man ihn in Salz einlegen konnte.

Antonio, der nicht mehr als eine Mandarine zerlegen konnte, staunte, und die Menge um ihn herum rühmte Mut und Geschick von Elide, Fischerfrau aus Bagnara.

Elide war noch stolzer als Diana die Jägerin höchstpersönlich und bot sich an, den Fang für alle zuzubereiten. Schon war sie in der Küche und machte sich mit mehreren Köchen und einer Menge scharfer Messer daran, den Fisch mit Kartoffeln und Kapern zum Abendessen anzurichten.

Die ersten Sterne gingen auf, die Leute, die zuvor neugierig alles beobachtet hatten, fanden sich wieder zusammen und schlossen an jenem Abend die ersten Freundschaften.

Der Wind machte sich an den Zöpfen von Elide zu schaffen, die ausschließlich Augen für Antonio hatte. Neben ihnen saßen ein sizilianischer Bäcker namens Stefano Caravello, ein vornehmer Chinese in einem Gewand aus himmelblauer Seide namens Liu Pu und seine Frau Lia. Außerdem Herman De Gubernatis, der aussah wie ein aristokratischer Franzose. Er reiste in Gesellschaft seines Dieners, eines jungen Inders namens Sanscrit, und eines Papageis, der nur in der ersten Nacht an Bord den Schnabel hielt.

Es hatte sich wie von selbst ergeben, dass sie beieinandersaßen.

Niemand weiß, wie sich so etwas ergibt, vielleicht durch ein Gefühl, einen Geruch, wer weiß.

Mit dem Champagner von De Gubernatis kam Vertrauen auf, und während Elide nach Antonios Hand tastete, die er schnell in der Hosentasche verschwinden ließ, erzählte jeder von sich, ermutigt durch einen Satz, den Antonio gern sagte, wenn er jemanden zum ersten Mal traf: »Erzähl mir deine Geschichte.«

Sanft, wie nur er es vermochte, mit einem Blick aus seinen blauen Augen, sagte er: »Erzähl mir deine Geschichte«, und einige konnten ihm nicht widerstehen, andere aber sahen sich vor und dachten bei sich: Was will der von mir? Ist der etwa von der Polizei?

An jenem Abend, der bald zur Nacht werden sollte, hatte niemand den zweiten Gedanken, denn sie alle waren gelöst und wollten gerne Vertrauen schenken und entgegennehmen. Außerdem hatte Antonio noch eine Frage hinzugefügt, eine, die alle hier unmittelbar betraf: »Warum gehst du nach Amerika?«

Der Erste, der seine Geschichte erzählte, war Stefano Caravello, der auf Sizilien Brot und Biskuits buk, und sogar hier auf dem Schiff war sein Haar voller Mehl und stand in die Höhe wie ein Hahnenkamm, seine Nase sah ein wenig aus wie ein Schnabel, und er bewegte immerzu seine Hände, auch wenn er gar keinen Teig vor sich hatte. Caravello wollte sein kleines mehlbestäubtes Zimmerchen, in dem er schon als Kind Hunderte Biskuits täglich gebacken hatte, eintauschen gegen eine Biskuitfabrik. In Amerika wollte er eine bauen, Stein auf Stein, so groß wie ganz Messina, und er wollte nicht etwa hundert Arbeiter, die für ihn kneten, tun und machen würden, nein, er träumte von einer riesigen Maschine, die alle Arbeit allein bewältigte. Er würde nur einige Knöpfe drücken, und dann würde dieses Getüm aus Öfen und Kolben ganze Wagen- und Schiffsladungen Biskuits ausspucken, die in die weite Welt geliefert würden, sogar bis nach China.

»Bis nach China? Und eine Maschine soll das alles allein machen? Das geht doch gar nicht, dass eine einzige Maschine die Arbeit von hundert Arbeitern erledigt«, zweifelte Antonio, der jedoch für jedes Wunder zu haben war.

Als Liu Pu »China« hörte, öffnete er sein Herz, und auch der Himmel öffnete sich der glasklaren Nacht. Er erzählte, dass er Enkel des Kaisers sei, und seine Geschichte versetzte alle in maßloses Staunen. »Als Kind lebte ich in der Verbotenen Stadt mit meinem Großvater, dem Bruder des Kaisers von China. Seine Majestät der Kaiser mochte mich so gerne, dass die Mandarine am Hof eifersüchtig waren und mich fortbrachten. Als ich drei Jahre alt war, entrissen sie mich meiner Mutter und schafften mich nach Indien. Dort erlernte ich mit den Maharadschas die Kunst des Zuhörens.

Als ich ausgelernt hatte, neideten mir die neuen Maharadschas der Gegenpartei meine Fähigkeiten und brachten mich gewaltsam nach Kairo, wo ein babylonischer Kalligraf mich die Kunst der Schrift lehrte. Als ich etwas größer war, entführte mich ein Dutzend türkischer Piraten nach Alexandria in Ägypten, dort am Hafen war ein Redner, der mich endlich die Kunst des Wortes lehrte. Als ich dreißig Jahre alt war, beschloss ich, dass es nun vorbei sein sollte mit all diesen Entführungen und nie wieder jemand über mein Schicksal bestimmen würde. So flüchtete ich auf einer Feluke aus Alexandria und dann …« Liu Pu fing an zu weinen, und alle Anwesenden fragten sich beklommen nach dem Grund.

»Was ist denn passiert?«, wollte Elide wissen.

»Was kann einem Pechvogel, der so vom Unglück verfolgt ist, denn noch passieren?« Antonio war fassungslos.

Liu Pu hörte nicht auf zu weinen, doch er sprach weiter: »Nein, nein, was seid ihr doch für Esel, dass ihr nicht wisst, was Tränen bedeuten … Ich weine vor Freude, nicht aus Verzweiflung. Die Feluke erlitt Schiffbruch an der sizilianischen Küste, ich war halb tot, und gerettet hat mich die schönste, liebenswerteste und aufrechteste Frau, die mir die vier Winde hätten schicken können. Meine Ehefrau«, und er zeigte auf eine grazile kleine Dame, die zwischen den anderen Passagieren kauerte: Lia.

Die beiden blickten sich an, wie damals, als sie sich am Strand das erste Mal gesehen hatten, er schiffbrüchig und sie seine Retterin. Lia hatte ihm aufmerksam gelauscht, obgleich sie die Geschichte längst kannte.

»Von China in die ganze Welt. Und warum nun nach Amerika?«, wollte Antonio wissen, der von Abenteuergeschichten nie genug bekommen konnte.

»Ich werde von dort ein Telegramm an den Kaiserlichen Palast der Verbotenen Stadt schicken, in dem ich schreibe: ›Ich komme zurück, ja, wirklich, denn es gibt nichts Schöneres, als nach Hause zurückzukehren.‹«

Elide, Antonio, Caravello, De Gubernatis, Sanscrit und sogar der Papagei waren fassungslos und nicht ganz sicher, ob sie die Geschichte von Liu Pu glauben sollten oder nicht. Doch als sie ihn aufforderten: »Liu Pu, zeig uns doch etwas aus deiner Zeit am Kaiserlichen Hof«, da zog er seelenruhig aus einem alten krokodilledernen Sack einen Bronzerahmen hervor, auf dem sich Drachen, Drachenschwänze und Drachenklauen zu einem teuflischen Tanz verwoben.

Er zeigte den Rahmen so stolz vor, dass niemand mehr an seiner Geschichte zweifelte. »Oh, wunderschön, kaum zu glauben«, raunten sie alle, denn der Rahmen war wirklich ganz außergewöhnlich.

Antonio blickte Liu Pu wie gebannt an, dann fiel sein Blick auf die Fotografie, die in der Mitte dieses Geflechts aus Drachen steckte und an der Zeit und Motten schon ausgiebig genagt hatten. Sie zeigte einen Mann in einem riesigen Umhang, größer als eine Wolke, auf einem Thron. Der Mann sog an einer langen Pfeife, und aus den Ärmeln seines Umhangs lugten zwei Möpse hervor.

Rahmen und Fotografie hatten Antonio so sehr beeindruckt, dass er in einen Traum abgetaucht war und gar nicht bemerkte, dass die anderen schon zum Essen aufgebrochen waren, alle außer De Gubernatis.

Antonio, dessen Billett ja keine Verpflegung vorsah, musste auf sein Säckelchen mit dem Proviant von zu Hause zurückgreifen, doch es war nicht mehr allzu viel drin: ein paar Oliven, etwas hartes Brot und trockener Provola. Er knabberte ein wenig, um den größten Hunger zu beruhigen. Doch wie er dasaß und den Blick über Himmel und Meer gleiten ließ, zog ihm der Duft von Schwertfisch mit Kapern und Kartoffeln, von Pasta mit Bohnen und von Frittata in die Nase, und auch das Dingding des Bestecks klapperte zu ihm herüber.

Allem Dingding, herrlichen Düften und dem Geruch brutzelnden Öls zum Trotz, ließ er seinen Blick über den Horizont wandern.

»Ich vertiefe mich ganz in die Schönheit des Horizonts«, sagte Antonio laut zu sich selbst. »Hinter dem Horizont ist der Weltraum und dahinter das All und dahinter … das Universum. Ich bin vollkommen in den Horizont vertieft …« Er hoffte, mit diesen Worten den Hunger vertreiben zu können.

Hornhechte sprangen aus dem Wasser, das taten sie jedes Jahr in diesem Monat. Die Straße von Messina war bereits verschwunden, auch die Liparischen Inseln, vom Süden war nur noch ein Stückchen Meer an der kalabrischen Küste übrig geblieben, wo sich Thunfische, Delfine und Schwertfische tummelten, einige gleich neben dem Schiff.

Und wie Antonio so Fische, Horizont und Meer betrachtete und sein Magen vor Hunger grummelte, sah er im Schatten einen Passagier allein für sich an einem bereits gedeckten Tisch sitzen.

Es war Herman De Gubernatis, den er schon gesehen, dessen Stimme er jedoch noch nicht gehört hatte, denn De Gubernatis hielt sich gern ein wenig abseits, und als Elide den Schwertfisch zerlegt oder Liu Pu seine Geschichte erzählt hatte, da war ihm höchstens so etwas wie »Aha, aha« über die Lippen gekommen, und das leiser als ein Wispern.

Seine ganze Erscheinung und ebenso seine Kleidung wirkten wie aus der Zeit gefallen – sicher war es eine vornehmere Zeit gewesen. Er trug ein fliederfarbenes Seidenjackett, auf der einen Seite eine Brosche in Form eines Geckos, auf der anderen eine in Form eines Froschs. Die Augen von De Gubernatis waren schwärzer als die Nacht und bewegten sich ruhelos auf der Suche nach einem tieferen Sinn der Dinge. Er saß in einem Korbsessel mit Wiener Geflecht auf mehreren rosa Seidenbrokatkissen, die sich gut zu seiner Jacke machten. Nichts überließ De Gubernatis dem Zufall, wenn es darum ging, neue Harmonien zu finden. Manchmal passen tausend unterschiedliche Dinge ausnehmend gut zueinander.

Der abnehmende Mond hing wie ein Komma am Himmel, und er fragte liebenswürdig: »Junger Mann, was treibt dich zur Abreise? Unzufriedenheit? Hoffnungen? Oder vielleicht der Leichtsinn?«

Antonio kamen all diese Worte etwas knifflig vor – »Unzufriedenheit«, »Hoffnungen« und »Leichtsinn« –, doch er fand auch etwas Unbestimmtes darin, wie in der Gischt auf den Wellen.

Oberflächlich lag das Meer still, und die Wellen erhoben sich wie die Kuppeln kleiner Moscheen. Antonio wollte lieber zuhören, als über sich zu sprechen, er war schüchtern, und so drehte er die Frage geschickt um: »Und Ihr, warum fahrt Ihr? Unzufriedenheit? Hoffnungen? Oder vielleicht Leichtsinn?«

»Ach, Hoffnung«, keifte da eine raue Stimme.

Es war der Papagei, ein blau-gelber Ara, im Dunkel hatte man ihn nicht sehen können, doch da saß er, auf der Lehne des Korbstuhls mit Wiener Geflecht voller rosa Brokatkissen, in dem der aus der Zeit gefallene Mann saß, Fragen stellte und Menschen und Meer beobachtete.

Der Mann fuhr fort: »Es ist doch schon ein Traum, dass wie alle hier auf einem Schiff sind, unterwegs zu einem neuen Leben. Der Mensch sucht immer nach einem wunderbaren Leben, jeder auf seine eigene Art. Das Leben, das wir hinter uns lassen, ist vielleicht kein besonderes. Sieh mal, mein Freund, oh, verzeih, jetzt habe ich dich ›Freund‹ genannt, dabei kennen wir uns doch kaum, doch was ich in deinen Augen sehe, ist mir vertraut. Du beobachtest still, dein Blick legt sich auf Gestalten und Formen, und doch bist du nicht von dieser Welt. Etwas Königliches haftet dir an und etwas Selbstvergessenes.«

»Ich habe Glück, Euch bei diesem Abenteuer kennenzulernen, auf diesem Schiff, das uns einem wundervollen Leben entgegenträgt.«

Bei »wundervoll« hob De Gubernatis die Brauen, denn das Wort schien ihm neu, und er bezog sich dann lieber auf das Glück.

»Ja, Glück haben wir, das Glück liebt uns. Gott wohl nicht«, bemerkte der Mann.

»Glück liebt uns, Glück liebt uns«, krächzte der Papagei, doch das Wort »Gott« konnte er nicht aussprechen, und so verschnabelte er sich und schnäbelte gleichzeitig Mohnsamen und Kürbiskerne.

De Gubernatis waren Fragen lieber als Antworten: »Kann man vor Sehnsucht sterben? Wenn jeder Mensch ein Gefühl hat, haben dann tausend Menschen tausend Gefühle? Oder ist es im Grunde immer das gleiche? Sag mir, Antonio, ist dein Leben vielleicht kein flüchtiges Paradies?«

Während er so sprach, trank er in kleinen Schlucken süßen Wein und ließ auch sonst nicht von seinen vornehmen Manieren ab.

Vor dem Korbsessel stand ein runder gedeckter Tisch. Teller aus blauem Porzellan, phönizische Kelche aus dickem Glas, in dem Blasen und transparente Punkte schillerten. Antonio musterte Geschirr, Besteck und Gläser und fragte sich, wann etwas zu essen kommen würde. Seit vielen Stunden schon hatte er fast nichts mehr zu sich genommen, bis auf etwas vom Kapitän angebotenen Amarena war sein Magen leer, und den restlichen Proviant in seinem Säckelchen wollte er für die nächsten Tage aufbewahren.

Herman De Gubernatis schien das Leben zu genießen, der Diener trug nun eine Speise nach der anderen auf: karamellisierte Polpette, süßsaure Oktopus-Caponata und Meloneneis mit dunklen Schokotropfen obendrauf.

Je länger Antonio den gedeckten Tisch betrachtete, umso mehr schwindelte ihn.

Warum bemerkt eigentlich keiner, dass hier ein halb verhungerter Mann sitzt?, fragte er sich. Alle wollen nur essen und essen und trinken, wen kümmert's, wenn da ein Mann vor ihnen sitzt, der seit Tagen nicht isst und sich kaum noch auf den Beinen hält. Dämpfe und Düfte stiegen ihm in die Nase, und ihm war schon ganz flau.

Doch De Gubernatis, Mann von Welt, also ein Mann, der Welt und Leben in vollen Zügen genießt, gleichzeitig alles genau beobachtet und seine Schlüsse daraus zieht, De Gubernatis also bemerkte sofort, dass er einen hungrigen jungen Mann vor sich hatte, davon kündeten eingefallene Wangen und tiefe Augenringe.

Also fragte er ganz nonchalant: »Vielleicht möchtest du von meinen Speisen kosten? Eine gefüllte Olive, ein wenig Barsch, ein Stückchen Sachertorte aus Wien, wo übrigens auch mein Sessel herkommt, oder ein Marzipanschäfchen?«

Welch eine Auswahl an Herzhaftem und Süßem, Antonio war schon ganz außer sich vor Hunger. Kurzerhand stürzte er sich auf alles, was der Tisch bereithielt, wie ein Schiffbrüchiger, der nach Monaten auf dem Meer wieder festen Boden unter den Füßen hat. Mit der einen Hand stopfte er sich etwas in den Mund, und kaum hatte er es hinuntergeschluckt, da hielt die andere Hand schon eine Süßigkeit, eine Erdnuss, eine Pastete zwischen den Fingern, und so kaute und schluckte er munter weiter. Griff willkürlich zu und schlang alles hinunter. De Gubernatis dachte, er habe einen vorzeitlichen Drachen vor sich, er verzog den Mund und rückte mit seinem Sessel ein wenig ab von diesem wahrlich unfeinen Anblick. Antonio bemerkte weder die Missbilligung noch die Verwunderung seines Gastgebers, oder vielleicht doch, aber der Hunger war stärker als seine Scham. De Gubernatis war trotz seines Abscheus vornehm genug, dem hungrigen jungen Mann weiterhin von seinen Speisen anzubieten. Aber als Antonio eine Tasse heiße Schokolade ergriff, mit geschlossenen Augen daran saugte wie an einer Mutterbrust, und sich dann die bekleckerte Nase an der Jacke abwischte, da konnte er sich nicht mehr zurückhalten und bemerkte: »Fürwahr, wenn du liebst, wie du isst, dann bist du weiß Gott eine Katastrophe.«

Antonio hob den Blick zum Mond, das tat er, um seine Scham zu überwinden.

Da sagte De Gubernatis noch einmal: »Fürwahr, wenn du liebst, wie du isst, dann bist du weiß Gott eine Katastrophe.«

Ein anderer hätte nun den Kopf gesenkt, doch Antonio tat genau das Gegenteil.

Wenn er getadelt wurde, hob er den Blick gen Himmel; war die Sonne da, gut, war der Mond da, wie in jener Nacht, besser.

Wenn man betrübt ist, dann erhebt man sich besser, sonst geht man noch unter, dachte er.

Wie stehe ich denn da, wenn Elide das hört, dachte er auch und sah sich um, sah nach oben und wich dem Blick von Herman De Gubernatis aus.

Ein Blick in den Himmel, mit leicht geöffneten Lippen, glänzend von Jugend, fing ihn immer auf.

Während also der Diener von Herman De Gubernatis Krümel aufwischte, Nuss- und Obstschalen wegräumte und Besteck, das liegen geblieben war wie Indianerpfeile, die ihr Ziel verfehlt haben, saß Antonio da und träumte sich in den Mond hinein.

Seine Augen wechselten nun ihre Farbe von blau zu dunkelgrün, und wenn er zum Mond blickte, wurden sie perlweiß.

Da stieß Elide außer Atem zu ihnen. »Liebster, ich habe dir ein Stück Frittata mitgebracht.« Und sogleich stürzte Antonio sich auch auf die Frittata.

»Unersättlich.« De Gubernatis schüttelte den Kopf.

Mit trägen Schritten und vollen Bäuchen strömten nun alle Passagiere auf das Deck, und alle Freunde und der Papagei versammelten sich, um einmal mehr Mond und Meer zu betrachten. Bis auf Elide, sie hatte nur Augen für Antonio, ließ den Blick schweifen über seine Hände, die Schultern, nicht jedoch über die Augen, denn die entglitten ihr wie fliegende Fische.

Und als die kleine Mondsichel unterging, leuchtete der Himmel geheimnisvoll auf, Duft von blühenden Feldblumen lag plötzlich in der Luft. Wo kam dieser Duft her, mitten auf dem Meer?

Da erschien eine Blase hellen Lichts, stieß mit dem Schiff zusammen und löste sich auf. Eine neue Blase hellen Lichts tauchte über ihren Köpfen auf und wurde zu Sternenstaub. Die leuchtenden Teile fanden zusammen, dann tauchte ein Auge auf, ein Büschel schwarzer Locken und ein Kindermund.

»Ooooh«, riefen alle durcheinander.

Aus dem glänzenden Mund kam eine Stimme: »Ich heiße Angelo Lipari und bin ein Engel, ein Engel der Meere, ein Engel der See. Ich schwör's bei Ach und Weh.«

»So was, ein Engel der Meere«, staunten alle.

Da schickte er noch mehr Licht und fuhr fort: »Sanftmut zähmt mein wildes Herz … Wie ein Krieger ohne Schmerz … Erreicht die Sonne das Zimmerchen nicht, dann öffne das Fenster, und alles wird Licht … Glücklich ist, wer den Wind nicht misst …« Als er schwieg, nahm das Licht noch zu.

»Oooh«, riefen Männer und Frauen durcheinander.

»Ich lebe mein Leben als Vagabund … Viele, die leben, sind tot und wund … Freiheit kann sich verwandeln in ein Verlies … Lebe gut in deinem flüchtigen Paradies …«

Bei dem Wort »Paradies« warf jeder einen Blick auf sein ganz eigenes kleines Paradies: Elide sah Antonio an, Antonio den Horizont, Caravello seine Hände und Liu Pu seine Frau, De Gubernatis ein Buch und der Papagei den Himmel.

Nur Sanscrit blickte den Engel an und sonst nichts.

Und dann verschwanden Augen und Blumenduft im Dunkel. Ein plötzliches Zucken, eher Sprung als Flug, hell im dunklen Meer.

Auf den Gesichtern blieb ein Strahlen zurück.

In der Luft um sie herum hatte der Engel der Meere etwas zurückgelassen.

»Wir werden viel Schönes zusammen sehen«, raunte Elide Antonio zu.

»Wer weiß«, erwiderte der.

»Du wirst mir gehören.«

»Nur meine Freiheit hat mich in der Hand, sonst nichts und niemand.«

»Eines Tages wird Elide es sein, die dich in der Hand hat«, sagte sie lachend.

»Das glaube ich kaum«, meinte er. Da hörten sie plötzlich jemanden weinen.

Es war Lia, die von Liu Pu getröstet wurde.

»Oooh, dieses Kind aus Licht hat mir das Herz zerrissen.«

»Liebe Signora, das war doch nur eine Erscheinung, eine Fata Morgana, nichts weiter«, beschwichtigte De Gubernatis sie, und die schwarze Nacht legte sich langsam über das vorwärts schlingernde Schiff.

»Ihr kennt Euch mit Büchern aus, nicht mit Frauen, mein Freund. Wir haben einen Engel in der Nacht gesehen, und dieser Engel hat uns daran erinnert, dass … dass uns ein Kind fehlt. Ein kleines rundes Kind zum Hätscheln und Tätscheln. Wir tragen alles blaue Blut dieser Welt in uns, eigentlich grünes aus China, aber kein Kind«, erklärte Lia und hörte nicht auf zu weinen. Da nahm Elide sie bei der Hand und brachte sie in die Kabine, damit sie sich dort ausweinen konnte.

»Jeder hat seine eigene Welt«, murmelte De Gubernatis, »einen See aus Gefühlen, Ängsten und Eigenheiten, Seltsamkeiten …« Dann versank er vor dem nun etwas helleren Meer in Gedanken.

Die Sonne würde bald aufgehen.

De Gubernatis sah vor seinem inneren Auge die vergangenen Feste in Paris und Stockholm, seine Jugendlektüren, die Igel, denen er als Kind nachgelaufen war, und seine Ländereien in Frankreich, auf denen er exotische Bäume aus aller Welt pflanzte.

Caravello flocht einen Brotzopf, Liu Pu dachte sorgenvoll an seine Frau in der Kabine, Sanscrit strich über die gelbblauen Federn des Papageis, Antonio und Elide sahen zu, wie die aufgehende Sonne den Himmel färbte. Immer anders, immer neu. Schnell ging sie auf, die Sonne, sie war schneller als das Schiff, das nun Neapel anpeilte. Und am Horizont warf der Vulkan schon seine Schatten voraus.

XII

Neapel, Spielmänner, Inseln und Unheil

Der violettblaue Vesuv reichte bei Neapel bis zum Meer herab, und aus seinem riesigen Krater stiegen weder Lava noch Rauch wie aus denen der sizilianischen Vulkane.

Das fiel Antonio sofort auf, und er schrieb an Deck den ersten Brief an seine Familie in Gesso:

Meine Lieben,
ich sehe hier in Neapel einen Vulkan, der nicht spricht. Seltsam. Gestern Nacht habe ich vom Schiff aus einen Engel gesehen, ich glaube, er ist ins Wasser gesprungen. Seltsam. Viele wundervolle Dinge geschehen in meinem Leben. Ich sende euch eine Umarmung vom Meer vor Neapel.
Euer Sohn und Bruder Antonio Grillo

Häuser, Hütten, Baracken und sonstige Behausungen türmten sich fast bis zum Krater des Vesuv hinauf, an dessen Fuß an jenem Morgen wüstes Gedränge herrschte. Die Häuser am Hafen spiegelten sich im Wasser, und wenn Schiffe vorbeifuhren, große oder kleine, Boote voller Netze mit sich wie toll gebärdenden Fischen, dann erzitterten die Spiegelbilder und verschwammen.

Es war nicht genug Platz, um anzulegen, und so ankerte das Schiff auf Reede, während die Passagiere, die hier zusteigen würden, auf dem Kai die Arme schwenkten.

Ganz plötzlich sauste von dort etwas Glänzendes los, leuchtend wie eine Scherbe auf dem Wasser, und bewegte sich rasch und schlängelnd wie eine Kaulquappe vorwärts.

Der Kapitän packte das Fernrohr, das immer um seinen Hals hing, und visierte dieses auf sie zurasende Glitzerding an. Die Sonne wärmte schon das Deck, und auch die Passagiere blickten auf dieses leuchtende Etwas, das Kurs auf sie genommen hatte. Teilweise schwamm es ganz fröhlich über die Wellen, doch dann verschwand es wieder verzweifelt kämpfend unter Wasser.

Es sah aus wie eine übergroße Kaulquappe, die glänzte wie ein Diamant.

Es sah aber auch aus wie ein Diamant, der sich bewegte wie eine Kaulquappe.

Neugierig hefteten alle ihre Blicke darauf und malten sich wer weiß was aus.

Antonio, Elide, Sanscrit, De Gubernatis, Caravello, Lia und Liu Pu, alle waren wie verzaubert, denn so geschieht es, wenn unerwartete Dinge eintreten.

»Eine Riesenkrake«, vermutete Elide.

»Ein Unterseeboot«, glaubte Antonio.

»Es lässt sich treiben«, meinte De Gubernatis.

Jedem der eigene Zauber.

Als das Ding fast am Bug war, ertönte plötzlich der wilde Schrei des Kapitäns: »Mensch im Wasser, Mensch im Wasser«, und die Matrosen warfen sogleich einen Rettungsring über die Reling.

Da brüllte der Kapitän noch wilder: »Kind im Wasser, Kind im Wasser!« Schnell wurde das Mädchen geholt, und ein Matrose brachte es wie ein totes Täubchen auf dem Arm an Deck. Ihr Haar war tropfnass, das Gesichtchen abgezehrt, und um ihren Hals hatten sich einige Algen geschlungen.

Sicher war sie nicht älter als fünf Jahre.

Es war todstill, als der Matrose das schmetterlingszarte Mädchen auf eine von Meerwasser und Weltreisen ziemlich mitgenommene Decke bettete. Sie trug Kleidchen und Jäckchen, beides fadenscheinig, mit rosa und blauen Rüschen, und eine welke Schleife hing schlaff um ihre Kehle, in der sich nichts regte.

»Ein Priester, schnell, ein Priester soll kommen!«, riefen die Frauen durcheinander.

»Schon die letzte Ölung?«, wunderten sich die Männer.

Da kroch aus dem Schiffstau ein kleiner rosa Krebs hervor, setzte sich auf den Fuß des Mädchens und kniff es in den großen Zeh. Das Mädchen hob den Kopf und sagte: »Autsch«, sonst nichts, dann sank ihr Kopf wieder auf die Decke.

Erleichtertes Freudengeschrei ertönte.

Einige trockneten ihr das Haar, andere zogen ihr das nasse Kleid aus und gaben ihr ein trockenes, einige beteten, andere dankten der heiligen Rosalia, Agata, Lucia und allen übrigen auf Sizilien verehrten Heiligen, aber auch dem heiligen Gennaro, der in Neapel ist, was ja gleich vor ihnen lag.

Da seufzte das Mädchen, spuckte etwas Wasser und ein paar Algen aus, und fragte mit dünnem Stimmchen: »Wo bin ich?« Sie konnte kaum den Kopf aufrecht halten, und ihr Blick glitt fragend über die stummen Passagiere.

Die Frauen wollten das kleine Mädchen am liebsten sofort in die Arme nehmen, es drücken und knuddeln. Elide hatte ihren Rock ein Stückchen angehoben, denn das Kind spuckte noch immer Wasser. Lia lehnte an der Reling auf dem Schiffsdeck und war fast bleicher als das aus dem Wasser gezogene Kind.

»Wo bin ich?«, fragte die Kleine noch einmal, denn niemand hatte ihr geantwortet, ihr so dünnes Stimmchen und die Aufregung obendrein hatten alle verwirrt.

Menschen sind ohnehin verwirrt, doch unter manchen Umständen sind sie es noch mehr, und so starrten sie alle das gerettete Mädchen an wie im Theater.

»Verdorri, wo bin ich???«, schrie da die Kleine und spuckte die letzte Ladung Wasser aus, woraufhin sich ihre Wangen sogleich rosig färbten.

De Gubernatis brach schließlich mit seinen gewundenen Worten das Schweigen: »Wir befinden uns auf einer hölzernen Erscheinung und sind auf dem Weg zu einem Ort auf der Welt, der vielleicht unserer Vorstellung von Glück entspricht, Glück, von dem jeder sein eigenes Bild in der Seele trägt.«

Kind und Passagiere blickten ihn an, als wäre er soeben vom Himmel gefallen, doch er gab nichts auf das allgemeine Unverständnis. »Es trocknen Tränen und Blut, es trocknen Lippen, doch in den Wirbeln der Worte wird der Mensch nie aufhören, sich selbst zu täuschen.«

Das Mädchen ächzte, und ihre klugen, aber noch von Verzweiflung gezeichneten Augen blickten fragend nach allen Seiten.

Schließlich nahm sich der Kapitän ihrer an: »Mein liebes Kind, du bist hier auf einem Schiff, das in die ferne Ferne fährt.«

»Dann fährt es wohl nach Capri, das ist ja die ferne Ferne«, vermutete das Mädchen.

»Ferne, Ferne«, krächzte der Papagei, dem das alles ebenso naheging wie den Menschen.

»Nein, nein, mein Kind, viel weiter als Capri«, erwiderte Kapitän Bruno. Dann besah er sich das Mädchen genauer, und mit seinen vom Kartenlesen und Horizontsuchen geübten Augen stellte er fest, dass es von Kopf bis Fuß mit Striemen und blauen Flecken übersät war. Den größten Fleck wies ihr rechter Arm auf, und auf ihren Beinen waren gleich mehrere nebeneinander zu sehen.

Er erblasste.

Schlägereien unter Männern war er gewohnt, Meutereien, Stürme und Schiffbruch, das alles ließ ihn nicht mit der Wimper zucken, doch ein Kind, dem Leid zugefügt worden war, das ertrug er nicht.

Er war erschüttert.

Kapitän Bruno war ein Mann, der sich im Gegensatz zu den meisten Erwachsenen gut daran erinnerte, ein Kind gewesen zu sein. Tiefe Zuneigung ergriff ihn für das Mädchen.

Alle an Deck waren fassungslos, als sie die blauen Flecken des

Mädchens sahen, die ein wenig wie die Zeichnung eines Leopardenfells anmuteten. Doch am allerwenigsten konnte der Kapitän es fassen.

Alles schien vollkommen stillzustehen, und auch das Schiff bewegte sich keinen Millimeter.

»Wer bist du?«, wollte der Kapitän wissen.

»Wer bist du?«, krächzte der Papagei.

»Ein Mädchen«, antwortete sie und sah sich neugierig um.

Der Blick eines Kindes ist leuchtend wie ein Blitz. Der eines Erwachsenen nicht.

»Wie heißt du?«, fragte Bruno weiter.

»Wie heißt du?«, krächzte der Papagei.

»Ich heiße Lucilla, denn als ich geboren wurde, schien ein sehr helles Lichtlein.«

»Lucilla, Lucilla«, murmelten die Frauen.

»Warum bist du ins Meer gesprungen?« Der Kapitän redete nur, um sich nicht von seinen Gefühlen mitreißen zu lassen, denn Gefühle, nicht zuletzt Tränen, neigen bekanntlich dazu, Tatsachen zu verklären.

Noch einmal, diesmal strenger, fragte er: »Also, warum bist du ins Meer gesprungen?«

»Meer, Meer«, kreischte der Papagei.

»Nein, Signore, ich bin gar nicht ins Meer gesprungen, ich wurde reingeworfen.«

»Meer, Meer«, krächzte der Papagei betrübt.

»Oh nein, oh nein, man hat sie ins Meer geworfen, wer kann das nur gewesen sein, was für ein Schurke. Warum nur sind so viele Schurken auf dieser Welt«, riefen die Passagiere durcheinander, und die, die Kinder hatten, drückten sie fest an sich, und die ohne streckten schon die Arme nach dem Mädchen aus.

Aus der Kappe des Kapitäns fiel eine Haarsträhne über seine bangen Augen, und er flüsterte: »Und wer, in Gottes Namen, hat dich ins Meer geworfen?«

»Mein Vater war's, Signore.«

Ein Beben ging durch die Menge.

Mördervater, unwürdiger, dachten die Umstehenden vielleicht.

Der Kapitän war unsicher, ob er die Hafenpolizei rufen oder das Mädchen weiter befragen sollte.

Er beschloss, noch etwas mehr herauszubekommen.

Vorsichtig nahm er ihre Hände in die seinen und forderte sie mit matt klingender Stimme auf: »Erzähle, Lucilla, alles, was dir passiert ist. Dein Vater hat dich ins Meer geworfen?« Und der zweite Kapitän holte Papier und Feder hervor, um den Bericht mitzuschreiben.

»Nein, nein, Signore, mein Vater is gar kein böser Mann, er konnte nur nich mehr, wir waren einfach zu viele. Zwölf Kinder für einen armen Fischer, zu viele Mäuler zu stopfen in einer Hafenbaracke, und dann ist auch noch sein Boot im Meer untergegangen.«

»Meer, Meer«, krächzte der Papagei noch einmal.

Das Mädchen hatte sich schon an den plappernden Papagei gewöhnt und fuhr unbeirrt fort: »Eines Tages, also eigentlich eines Nachts, nämlich gestern, da hat mein Vater uns angeblickt und gesagt: ›Ihr seid zu viele‹, dann hat er meine Hand genommen und gemeint: ›Lucilla, du bist die Klügste und Stärkste, ich mach dich dem Meer zum Geschenk.‹«

»Meer, Meer.« Der Papagei konnte einfach nicht anders, und es war auch unmöglich, das Wort »Meer« auszulassen, weil sich ja die ganze Geschichte darum drehte. Lucilla fuhr fort: »Mein Vater beschloss also, mich dem Meer zum Geschenk zu machen. Nahm mich an der Hand, setzte mich auf 'n Floß aus Holz, weil sein Boot war ja untergegangen, gab mir 'n Kuss auf die Stirn, löste meine Zöpfe und stieß das Floß sanft aufs Meer hinaus. Bevor ich in den Wellen verschwand, hat er noch gesagt: ›Das Meer wird dir das Glück geben, das ich dir nich geben konnte.‹ Hab mich sehr gefürchtet, Signore, in jener Nacht, aber über mir leuchteten die

Sterne, und da bin ich eingeschlafen, und dann kamt ihr.« Daraufhin erhob sie sich, doch weil sie noch zu schwach war, sackte sie gleich wieder zusammen.

Der Kapitän half ihr auf. Nun wollte er alles wissen.

»Warum hast du so viele blaue Flecken, Lucilla?«

»Die blauen Flecken, Signore, die sind von meinen Geschwistern. Wenn wir überhaupt nichts mehr zu essen hatten, dann ließ ich sie immer an meinen Armen und Beinen saugen und beißen, weil dann ham sie aufgehört zu weinen.« Erneut versuchte das Mädchen aufzustehen, wankte aber gefährlich.

Die Frauen hielt es nicht mehr.

Dieser Kapitän schwatzte zu viel. Zu viele Worte und zu wenig Taten, mit gestreckten Armen stürzten sie sich auf das Mädchen, gaben ihr Biskuits, Brot, einige fischten hier und da eine Kirsche aus der Tasche, auch Amarena, eingesalzene Sardellen und Oliven in Lake. Sie wussten nicht mehr, was sie ihr noch in den Mund stecken sollten, doch die Kleine, das Hungern gewohnt, war schon nach einer Sardelle, zwei Biskuits und drei Kirschen satt, dann bekam sie noch eine Tasse heiße Brühe, mit der die Farbe endgültig in ihr Gesicht zurückkehrte, die Wangen blühten wieder rosig.

Von all den Frauen war eine ganz besonders besorgt, strich ihr über den Kopf, legte ihr ein Mäntelchen um die Schultern und rieb ihr Orangenblütenessenz unter die Nase, um sie vollends zu beleben.

Und diese Eine war Lia, die Frau von Liu Pu, die Sizilianerin, die aussah wie eine Libelle. Liebevoll blickte sie das Mädchen an. Die beiden sprachen nicht, das brauchten sie gar nicht. Lia streichelte Lucilla, und diese erwiderte glücklich die Liebkosung.

Liu Pu sah seiner Frau zu und blieb in kaiserlicher Vornehmheit reglos wie eine Jadevase sitzen. Lia war überglücklich und spann die unsichtbaren Fäden der Zuneigung zwischen sich und dem Mädchen, das verlassen nun nicht mehr war.

Liu Pu und Lia brauchten keine Worte.

Bei manchen eng verbundenen Paaren ist das so; sie müssen nicht reden, um einander zu verstehen.

Liu Pu nahm den Kapitän zur Seite und klärte in aller Gelassenheit die Adoption. Kapitän Bruno schrieb wie folgt:

> Ich, der Unterzeichnende, Liu Pu, kaiserlicher Abstammung aus China, verpflichte mich hiermit, von nun an Sorge zu tragen für Lucilla, die auf unbekannten Wegen dem Meer entkam, dem sie von ihrer eigenen Familie in Neapel zum Geschenk gemacht wurde. Ich selbst bin Zeuge der Rettung des goldigen Mädchens gewesen. Wahr ist, dass sie weder chinesisch noch von meinem Blute ist. Doch Blut gleicht sich langsam, aber sicher an. Und von nun an werde ich für sie sorgen, mit Nahrung und Kleidern, sie lieben und ihr mein Vermögen an Bräuchen, Legenden und Worten übertragen, ebenso wie mein geldliches und persönliches Vermögen.
>
> Gesagt, gelesen und unterschrieben von Liu Pu, eines Tages vielleicht am Hofe des Kaisers …

Liu Pu unterschrieb mit chinesischen Schriftzeichen.

Die anderen Passagiere ließen die frischgebackenen Eltern mit ihrer Tochter in ihrer neuen Liebe ein wenig allein und verteilten sich an Deck, wie die Hühner hier und da.

Neapel erwartete sie, das Schiff lag seit nunmehr drei Stunden auf Reede. Der Kapitän riss sich von dem rührigen Bild der neuen Familie los, packte das Steuerrad und nahm Kurs auf den Hafen, der schon vor neuen Passagieren und deren Hoffnungen überquoll. In Trauben drängten sich die Menschen und konnten es gar nicht abwarten, sich nach Amerika einzuschiffen, sie schwenkten die Arme, tanzten und schlugen Trommeln.

»Wie wird das Schiff Meer und Stürmen trotzen, wenn es so viele Männer voller Hoffnung aufnimmt?«, überlegte Antonio.

»Männer voller Hoffnung haben keine Angst«, erwiderte Elide. »Und Frauen voller Hoffnung auch nicht«, fügte sie hinzu.

Dieser Gedanke gefiel Antonio, und damit schrieb er einen weiteren Brief an die Seinen. Was ging in ihm vor? Zwei Briefe an nur einem Tag, seltsam, aber vielleicht spürte er, wie die Entfernung zu seiner Heimat immer größer wurde und es nun kein Zurück mehr gab. Ja, hier sah er neue Gesichter, einen schweigenden Vulkan, Häuser, die größer waren als die in Messina, und die gelbrote Kleidung der Menschen im Hafen.

Er schrieb also einen weiteren Brief an die Seinen und steckte beide Briefe in einen Umschlag.

Ich bin hier vor Neapel, und tausend Menschen wollen sich einschiffen und aus Italien fliehen. Es sind Männer und Frauen voller Hoffnungen, deshalb haben sie keine Angst. Nachdem gestern ein Engel ins Meer gesprungen ist, kam heute ein Kinderengel zu uns an Bord. Was ein Glück; ein Engel geht und ein anderer kommt.

Die Menge schwankte und bebte, und je mehr sich das Schiff dem Ankerplatz näherte, umso größer wurde die Aufregung. Von oben sah die wankende Menge aus wie ein Topf mit kochendem Reis.

»Viele Menschen«, seufzte De Gubernatis.

»So viele Hände, die Italien verlassen«, bestätigte der Bäcker.

Liu Pu, Lia und ihr Kind hielten sich aneinander fest, und Lucilla blickte schon ohne das kleinste bisschen Heimweh auf Neapel.

Kinder gewöhnen sich ohne nachzudenken im Nu an ein neues Leben.

Im Bruchteil einer Sekunde sind sie bereit, alles zu ändern.

Ihr Leben war nun hier, bei ihren neuen Eltern, nicht mehr in den Tiefen Neapels, wo Hunger und Leid herrschten.

Dieses Leben war vergangen, da lohnte kein Gedanke mehr.

Kinder kennen keine Sehnsucht, die Glücklichen.

Elide und Antonio spürten das Gefühlsgetümmel in der Luft und blickten gemeinsam auf die Menge, die Menschen brannten vor Verlangen, an Bord zu kommen, einem neuen Gelingen entgegen.

Der Kapitän fürchtete, man werde das Schiff überrennen, und manövrierte hierhin und dorthin, ohne anzulegen.

»Wenn die alle einsteigen, dann geht das Schiff unter«, raunte er.

Die Menge wartete schon seit vielen Stunden und wurde langsam ungehalten.

Deutliche und weniger deutliche Rufe hallten vom Kai herüber: »Was macht ihr denn da? Hierher, kommt hierher, wir sind Menschen wie ihr auch! Sind wir euch nicht fein genug, oder was? Ihr Bastarde …«

Ein Spielmann sang, klimperte auf seiner Mandoline und rief mit zuckersüßer Stimme: »Kapitän, wisst Ihr, was Hunger ist? Hunger, der einem die Eingeweide zerreißt? Wisst Ihr, wie es ist, kein Dach überm Kopf zu haben? Wenn Ihr Hunger habt und kein Dach überm Kopf, dann, ja dann könnt Ihr uns versteh'n. Wir woll'n auf das Schiff der Hoffnung, denn der Hunger macht uns hier das Leben zur Hölle.« Daraufhin sprang er ins Wasser, vollständig bekleidet und mit der Mandoline in der Hand.

Er trug einen lilafarbenen Turban, schwamm wie verrückt mit nur einer Hand, und unter Keuchen und anfeuernden Rufen der Menge erreichte er schließlich das Schiff und wurde mit einem Tau heraufgezogen. Als sie sahen, dass man den Mann an Bord holte, packte einige Frauen die Raserei, vielleicht auch die Begeisterung, und sie sprangen ins Wasser, konnten jedoch kaum schwimmen und trieben hilflos mit aufgeblähten Röcken wie Seeanemonen auf den Wellen.

Der Kapitän sah ein, dass hier Hopfen und Malz verloren war, und nahm ein Sprachrohr zur Hand: »Immer mit der Ruhe, liebe Leute, hundert von euch können wir mitnehmen, nicht mehr.

Wenn ihr alle an Bord kommt, dann sinken wir, das wollt ihr doch nicht, oder?«

»Neeein«, tönte es vom Kai.

Der Kapitän fuhr fort: »Verzweifelt nicht, heute Nachmittag kommt noch ein Schiff, das nach Merika fährt, dort kann zusteigen, wer jetzt hierbleibt. Nur hundert, langsam, ganz in Ruhe.«

Und nur hundert Leute ließ er zusteigen, schön der Reihe nach, keinen mehr und keinen weniger. Das alles unter den wachsamen Augen des Spielmanns mit dem lilafarbenen Turban, der ins Wasser gesprungen war, um an Bord zu gelangen.

Vielleicht ist der in Neapel ein Volksanführer, dachte der Kapitän.

Der kommt mir ein wenig überkandidelt vor, dachte Antonio.

Was ein mutiger Mann, dachte Elide.

Der Spielmann war stolz, an Deck zu sein, und bewegte sich dort mit seinem viel zu großen Turban wie ein Maharadscha. Er redete in Reimen. Zum Beispiel sagte er: »Per Zufall bin ich geboren, und das Unglück zieht mir nicht an den Ohren … Arm bin ich, hab nichts als mein Talent, doch ich schwör, ich bin kein Delinquent … Auch drüben will ich mich weiter freu'n, diese Fahrt werd ich sicher nicht bereu'n …« Und wenn er so daher sprach, dann lauschten ihm alle.

Als er seine Ansprache beendet hatte, tanzte er wild wie ein Derwisch, öffnete die Arme wie ein Vogel die Flügel, und drehte, drehte und drehte sich, bis er zu Boden stürzte. Am Hafen hatte er über Hunger geklagt, doch er war ziemlich rundlich, nicht dick, jedoch wohlgenährt, aber das bemerkte niemand, alle waren gebannt von seiner Lebensfreude.

Er tanzte weiter wie eine züngelnde Flamme, doch plötzlich stolperte er über ein Schiffstau, stürzte, der Turban löste sich, und heraus sprang wie von der Tarantel gestochen ein Äffchen. Klein, mit listigen Äuglein und salzverkrustetem hellen Fell.

»Ein Affe«, freuten sich die Passagiere.

Und während der Affe wild über ihre Köpfe hinwegsprang und den Kindern auf die Arme hüpfte, zog der Spielmann aus dem Turbanstoff einen Satz Karten hervor. Er warf sie in die Luft, alle vierzig, und fing sie kunstvoll wieder auf – wie er das machte, blieb sein Geheimnis –, dann legte er sie sternförmig aufs Deck.

»Oho«, riefen die Zuschauer, und der warme Wind zerzauste ihre Gedanken und Haare.

Doch da gebot der Kapitän Musik und Spiel Einhalt: »Mein lieber Junge, lieber Spielmann, lieber Was-weiß-ich-nicht-noch-alles, ich habe dich und deinen Affen gerettet, doch ihr habt keine Schiffskarte, denke ich mal … Sieht wohl so aus. Ich heiße euch willkommen hier an Bord, jedoch nur bis zum nächsten Halt, das ist in Genua. Auf diesem Schiff geht es nur mit Schiffskarte nach Amerika, nicht mit Liedchen.«

»Lelio heiß ich. Und der Affe Gennarina«, klärte der Spielmann auf.

»Hört sich an wie Nereo, irgendwie fließend«, fand Antonio.

»Hört sich an wie ein Name, den man sich gut merken kann«, meinte Elide.

»Lelio, Lelio … erinnert mich an eine Figur der antiken Komödie«, sinnierte De Gubernatis, und dann sahen alle wieder aufs Meer hinaus, denn das Meer zieht jeden in seinen Bann, und für jeden ist es ein anderer Zauber. Wer das Meer vor sich hat, kehrt mit seinen Gedanken immer dorthin zurück.

Antonio dachte wenig an Gesso und seine Familie, war er doch hier Tag und Nacht vom unendlichen Meer umgeben. Immer wenn das Leben die vertrauten Pfade verlässt, dann fegt ein Wirbelsturm über die früheren Zeiten hinweg, und nur noch das neue Leben zählt. Stundenlang blickte Antonio in die Wellen, die sich stetig veränderten, denn das Meer ist nicht nur eines, nein, es ist hunderttausend. Und Farben und Wind, Glitzern und Wellenkräuseln gleichen sich nie. Er liebte diesen blanken Horizont, es war, als wäre sein Leben darunter größer, größer und grenzenlos.

Er schaute und schaute und wurde es nicht müde.

An jenem Abend beobachtete er einen weißen Reiher, der dem Schiff schon seit dem Halt in Neapel still folgte, ohne jemals den Flug zu unterbrechen. Antonio fiel auf, dass der Reiher sich niemals gegen den Wind stellte, sondern immer mit ihm flog und die Strömungen für sich nutzte.

So kam er mühelos vorwärts.

»Ich will leben wie dieser Reiher«, sagte Antonio zu Elide, »mich einfach vom Leben treiben lassen, ohne mich abzumühen, sonst nichts.«

»So macht man das auf einem Boot, immer dem Wind folgen, sich ihm niemals entgegenstellen«, erklärte Elide.

Die Nacht brach herein, und unzählige Sterne leuchteten auf.

Lelios Affe sprang hierhin und dorthin, von der Reling ins Beiboot, von den Liegestühlen auf die Hüte der Passagiere, steckte die Pfoten in einen Wassereimer, hüpfte dann nass weiter und hinterließ überall seine Spuren. Plötzlich warf er den Eimer um, und das Wasser lief Antonio über die Füße, woraufhin auch er seine nassen Fußspuren an Deck hinterließ.

Antonio betrachtete die Fußspuren aufmerksam und sagte zu Elide, die ihn keinen Moment allein ließ: »Sieh mal, Elide, die Fußspuren des Affen sind genauso wie meine.«

»Antonio, die Spuren von Menschen sind immer wie die von Affen«, bestätigte sie.

»Das dürfen wir nie vergessen, auch nicht, wenn wir in Amerika sind, dass wir Brüder der Affen sind«, meinte er.

»Alle Menschen sind Affen, sie laufen nur aufrecht. Aber die meisten wissen das nicht, oder sie erinnern sich nicht daran«, erwiderte sie.

»Wir dürfen nie vergessen, dass wir Affen sind, auch nicht, wenn wir vielleicht eines Tages zum Mond fliegen«, raunte Antonio.

Stets waren sie einer Meinung, doch dann geschah immer irgendetwas, das dieses Einvernehmen durchbrach. Diese Nacht war es Lelio, der Unfrieden zwischen ihnen stiftete.

Auch im Dunkeln versuchte er, die Aufmerksamkeit auf sich zu ziehen, und er pfiff dem Mond entgegen, der noch gar nicht am Himmel stand. »Lieber Mond am Himmelszelt, deine runde Form mir gut gefällt, gleichst einer Ciambella, süß und rund, gleich stecke ich dich in den Mund …«

»Jetzt muss ich mir Tag und Nacht diesen Blödsinn anhören«, brummte Antonio.

»Aber das sind doch tiefe Gedanken«, fand Elide, »er hat viel Fantasie, sieht im Mond eine Ciambella.«

Der Spielmann saß in einer dämmrigen Ecke an Deck, die einzig vom Licht einer Kabine erhellt wurde. Man konnte sehen, dass er ziemlich viele Karten in den Händen hielt, viel mehr als den üblichen Satz zu vierzig, und er verteilte sie an unsichtbare Mitspieler, vielleicht aber bereitete er auch nur eine lange Patience auf dem salzzerfressenen Schiffsdeck vor.

Antonio sah all diese Karten und dachte: Mein Leben ist nichts als ein Kartenspiel, und ich muss es gut spielen, das muss ich. Ich kann verlieren oder gewinnen, je nachdem, wie ich mein Blatt spiele, das darf ich nie vergessen. Ja, ich muss es gut spielen, mein Leben.

Und wie er sich so den Kopf zerbrach, sah er am Horizont einige Inseln auftauchen.

Seltsam, dachte er sich, das Schiff sollte doch nach Genua fahren. Aber er ahnte schon, dass es auf Reisen immer zu Unvorhergesehenem kommt, und so dachte er nicht weiter darüber nach. Er genoss den Blick auf die Inseln, die friedlich auf dem Wasser trieben.

Das glaubte er wirklich; dass die Inseln auf dem Wasser treiben und nie wirklich stillliegen. Er war an sizilianische Erdbeben gewöhnt, an Küsten, die jedes Jahr von Neuem kommen, gehen und wieder auftauchen, an Strände, die verschwinden, und Buchten, die sich formen.

Er blickte also auf die still im Meer treibenden Inseln und den hauchdünnen Mond darüber. Die See lag in dieser Nacht so ruhig, dass sich die Oberfläche kräuselte, wenn ein Krümelchen, ein Steinchen oder auch nur ein Haar hineinfiel. Langsam pflügte das Schiff durch die spiegelblanke Wasserfläche, die sich hinter ihm gleich wieder lautlos schloss.

Neapel lag in ihrem Rücken und vor ihnen diese neuen Inseln, alles im selben Meer. Rasch kamen die Inseln näher. Eigentlich näherte sich das Schiff, aber wenn man reist, dann denkt man oft, dass die Orte sich nähern, nicht man selbst.

Der Kapitän hatte das Steuer fest in den Händen, und doch schlingerte das Schiff ein klein wenig, ein winziges Herzflimmern gab dem Kurs eine sanft schillernde Note, wie ein Hüftschwung beim Tanz. Das Schiff war langsam, und niemand fragte sich, warum es so langsam auf die Inseln zusteuerte, nur Antonio, denn niemand war ein so guter Beobachter wie er.

Antonio dachte, dass er zum Kapitän gehen und ihn fragen könnte, aber dann blieb er doch sitzen und sah weiter auf das Kielwasser des Schiffs. Der Mond warf sein schwaches Licht auf das Meer, und Ischia kam immer näher.

Seltsam, das Schiff hielt auf den Hafen zu.

Im Hafen lagen weiße und blaue Kähne und rote Fischerboote vor Anker, Segel, die den Wind liebten, doch das Schiff machte einen Bogen um Hafen- und Wantenklänge und fuhr die Rückseite der Insel an. Tiefes Dunkel herrschte dort, nur hier und da fiel ein fahler Lichtschein aus einer Fischerhütte, einige Kerzen brannten wie rote Glühwürmchen.

»Was machen wir hier?«, wunderte sich Antonio.

»Wer ein Schiff führt, der kennt sein Ziel«, erwiderte Elide.

Das war keine übliche Route, das Schiff fuhr in eine sandige Bucht voller weißer Felsen, die aussahen wie Schafswolle, und ging dort vor Anker.

Das Meer war spiegelglatt.

Manche wunderten sich, andere nicht.

Antonio fragte sich, warum sie hier so abgelegen im Dunkeln lagen. Der Kapitän bemerkte die Unruhe, nahm ein Sprachrohr und rief: »Liebe Passagiere, dies ist nur ein technischer Halt. Das Getriebe muss kontrolliert, der Kurs berechnet werden. Geht schlafen, und sorgt euch nicht, morgen bei Sonnenaufgang fahren wir weiter.«

»Hab ich doch gesagt, dass ein richtiger Kapitän weiß, was er tut«, bemerkte Elide und löste ihre Zöpfe.

»Das verwirrt mich«, sagte Antonio.

»Du bist doch immer verwirrt«, erwiderte sie leichthin.

Noch einmal ertönte die Stimme des Kapitäns: »Macht euch keine Sorgen.« Damit legte sich das allgemeine Gemurmel, und alle gingen schlafen: einige wie De Gubernatis in einer duftenden Kabine, einige in einer Kabine für zwei oder einer für zehn, in der Nähe der Motoren oder weit davon entfernt, und einige an Deck, gebettet in ein Laken aus Glück.

Der Spielmann Lelio schlief an Deck, sein Affe neben ihm in einer Rolle Schiffstau, die ihn umfing wie ein Nest. Alle gingen nun schlafen, alle außer Antonio, der immer nach den Gründen für Dinge suchte, die um ihn herum geschahen.

Lichter verloschen, der Motor verklang, und der Kapitän brütete weder über Seekarten, noch hantierte er am Motor herum. Nein, er zog eine marineblaue Jacke mit Silberknöpfen an, glättete sein Haar, besprengte den Mützenschirm mit Kölnisch Wasser und schlüpfte dann geschmeidig wie eine Katze in der Nacht in ein Beiboot. Mehrfach vergewisserte er sich, dass ihm auch niemand gefolgt war. Dann duckte er sich und ließ das Beiboot ins Wasser hinab.

Er ruderte in Richtung einer kleinen Küsteneinbuchtung, die von hoch aufragenden Felsen nahezu abgeschirmt war.

Antonio sprang ins Wasser und folgte ihm.

»Was machst du denn da?«, wunderte sich Elide.

»Erzähle ich dir später«, rief er und verschwand in der Nacht.

Langsam schwamm Antonio dem Beiboot hinterher.

Weit holte er aus hinter dem Boot mit dem marineblauen Kapitän und passte seine Bewegungen ganz den Wellen an, sodass er unbemerkt blieb. Als der Kapitän das Ufer erreichte, blieb Antonio geduckt im Wasser, nur ein Haarbüschel sah heraus.

Vorsichtig gelangte er hinter das Beiboot.

Der Kapitän stand da einfach nur am Ufer, im Schutz der Felsen. Eine, zwei Minuten verstrichen, und Antonio fröstelte schon im nächtlichen Wasser. Da endlich entzündete der Kapitän eine Laterne mit blauen Fensterchen, die in die Nacht hinausleuchtete, und die schwenkte er auf und ab, wie ein Pfarrer das Weihrauchfass in der Messe.

Drei Minuten schaukelte blaues Licht durch die Dunkelheit.

Kapitän Bruno reglos.

Antonio durchgefroren und mittlerweile an Land.

Die Sterne am Himmel zitterten, da erschien eine in einen Umhang gehüllte Gestalt, und wie zwei Magneten fanden Kapitän und Gestalt gleich zueinander.

Aus der Kapuze löste sich eine lange rote Haarsträhne, woraus Antonio schloss, dass die Gestalt eine Frau sein musste.

Eine leidenschaftliche Umarmung braucht ihre Zeit, doch wer sich auf sie einlässt, bemerkt davon nichts, denn Zeit löst sich in der Liebe auf.

Für Antonio hingegen war die Zeit ziemlich echt, und er nutzte diese Flut von Küssen und Liebkosungen, um sich mit dem warmen Sand, der noch Sonne in sich trug, zu trocknen.

Die Frau und der Kapitän waren unerreichbar in ihrer eigenen Welt.

Das Haar der Frau hatte sich mittlerweile vollkommen gelöst und fiel ihr bis auf die Hüften hinab.

Da bemerkte Antonio auf dem Sand seltsame, leuchtende Steine, lange und kurze, kleine und große, und einige kullerten mit unheimlichem Knirschen ins Wasser.

Was waren das für Steine?

Antonio verengte die Augen, um besser sehen zu können.

Es waren menschliche Knochen.

Ein Riesenberg menschlicher Knochen, die da umherrollten.

Er erkannte Schien- und Schlüsselbeine, Wirbel, Kniescheiben, Zähne und viele, viele Schädel, einige unversehrt, andere ein wenig in Mitleidenschaft gezogen von Regen, Wind und den Schnäbeln der Seevögel, die auch jetzt darüber herfielen. Im Sturzflug stießen die Vögel hinab, und jeder Schnabelschlag, jedes Knirschen und Knacken der Knochen rief ein trockenes Echo in der Stille hervor.

Doch der Atem der beiden Liebenden übertönte das Krickkrack der splitternden Gebeine und das Schwuuusch der Knochen, die ins Wasser abglitten. Plötzlich erschien ein großer Vogel am Himmel und stieß im Sturzflug auf Antonios Kopf hinab, den er wohl mit einem noch auszuhöhlenden Schädel verwechselt hatte.

Lauter als ein Schiffshorn schrie Antonio auf, der Kapitän ließ die Frau Frau sein und rannte in seine Richtung. »Antonio, was ist passiert? Was machst du hier? Warum bist du mir gefolgt?«

»Ich wollte wissen, warum Ihr das Schiff verlassen habt, Kapitän«, erwiderte Antonio noch vollkommen aufgelöst und hielt sich den Kopf.

»Es ist gut, Erklärungen zu suchen, man sollte es aber nicht übertreiben«, seufzte der Kapitän. »Jeder Mann hat das Recht auf ein bisschen Glück.«

Dann blickte er hinüber zu der Frau und sagte: »Jeder Mann auf Erden hat ein Eckchen Glück, und diese Frau hier ist das meinige.«

Stumm nahm die Frau die Hand des Kapitäns, und als sie bemerkte, dass Antonio fror, legte sie ihm ihren Umhang um die Schultern.

»Haben wir wegen ihr angehalten?«, erkundigte sich Antonio.

»Ja, wegen ihr, Peppina Agrati, Tochter eines Fischers aus Ischia und die Frau, die für mich süßer ist als jedes Meer, das ich durchfahren habe. Sie ist ohne Stimme und ohne Gehör, liebt mich mit der Stille ihres Körpers, und das gilt genauso für mich. Auch wenn ich noch nie ein Wort aus ihrem Mund gehört habe, höre ich doch ihre Stimme, wo immer ich bin. Auf jedem mir bekannten und unbekannten Meer, das ich durchfahre, hallt in mir der fantastische Klang ihrer Stimme, eine reine Liebesmelodie. Das ist unsere Geschichte.«

Sie hielt die Hände des Kapitäns, und das rote Haar fiel ihr über die Schultern wie ein Lavastrom.

Knirschend glitten die Knochen ins Meer.

»Kapitän, sie ist so schön und lebendig und dabei doch von all diesen Toten umgeben.«

»Das sind die Knochen der Leute, die vor vielen Jahren auf der Insel an Typhus und der Spanischen Grippe gestorben sind. Wegen der Ansteckung wurden sie hierhergebracht, Leichen oder Dahinsiechende, und sie starben hier am Meer … Sicher ist das friedvoller, als in der Erde von Würmern gefressen zu werden«, vermutete der Kapitän.

»Ach so, Pest und Spanische Grippe«, stellte Antonio nickend fest und betrachtete die Hände der Frau, die am Hals des Kapitäns lagen, seidig wie Flossen eines Feenfischs.

»Genau«, bestätigte der Kapitän kurz angebunden. Dann küsste er die Frau und sagte: »Der Tod kommt jeden Tag näher, deshalb musst du lieben, lieben, lieben und nochmals lieben …« Und damit bedeutete er Antonio zu gehen.

Und Antonio ließ die beiden, in denen das Leben nur so tobte, auf der Insel der Toten zurück.

Vom roten Haar der Frau umweht.

Antonio glitt wieder ins nachtdunkle Meer, und nach wenigen Schwimmzügen hatte er das Schiff erreicht. Dort schliefen alle. Alle, außer Elide.

»Was ist passiert? Wo bist du gewesen?«, rief sie besorgt.

»Du lässt mir ja nicht mal die Luft zum Atmen«, schnappte er.

»Wenn du nicht da bist, mach ich mir Sorgen … Erzähl mir, was du gemacht hast.«

Antonio fasste sich kurz: »Der Kapitän liebt eine Frau von der Insel hier.«

Elides Wangen färbten sich rosig, sie seufzte erleichtert auf und schloss Antonio fest in die Arme. Dieser befreite sich aus der Umarmung wie ein Fisch aus dem Netz, doch das schien Elide nicht zu stören, sie war selig, ihn das erste Mal in ihren Armen gespürt zu haben, hier auf dem Schiffsdeck vor der Insel der Toten.

»Liebe ist Freiheit«, bemerkte er und rückte ein Stück von ihr ab.

»Liebe ist Geduld«, sagte sie, rückte ihm hinterher und zog sich aus.

Leibchen, Rock, Unterrock, Unterkleid sammelten sich wie fallende Blätter zu ihren Füßen, und schon stand sie da, wie Gott sie erschaffen hatte. Sehnig, die Brüste klein, die Hüften ganz leicht gerundet, muskulöse Beine, kräftige Schultern und ein langer, von Mondlicht übergossener Hals.

»Dein Hals ist wunderschön«, fand Antonio. »Der Hals ist das Schönste an dir«, fügte er hinzu, und damit ließ er sie stehen.

Er sah den Kapitän mit schweren Schritten in seine Kabine zurückkehren.

Er sah auch, wie der Kapitän an seinem Arm schnupperte, an dem noch Peppinas Geruch haften mochte, doch der Duft verflog, kann man sich ja denken, und das Schiff lichtete die Anker.

Vielleicht weinte der Kapitän, während sie sich von der Insel entfernten, doch das hätte niemand bemerken können, denn es regnete, als er auf die See hinaussah.

Für ihn gab es nun noch das Meer, so ist das bei Reisenden. Man genießt eine Gegend, verlässt sie wieder, kehrt auf das Meer zurück und hält die Erinnerungen klein. Reisen bedeutet, sich vorwärtsbewegen und das Vergangene hinter sich lassen.

An diesem Morgen sahen die Wolken aus wie Kardinalstiaren,

spitz zulaufend nach oben oder nach unten, einige liegend wie auf den Häuptern schlafender Kardinäle, violett waren sie obendrein, von unglaublichem Violett, und verhießen wahrhaftig nichts Gutes.

Violette Wolken sind schlichtweg abscheulich anzusehen.

Plötzliches Donnergrollen weckte alle Schlafenden. Die, die bereits wach waren, konnten zusehen, wie sich die zartblaue See tiefschwarz färbte. Das Schiff durchschnitt die zähflüssigen Wellen, deren Gischt silberweiß schäumte. Die See brodelte bösartig und unheilvoll, keiner der Reisenden hatte je zuvor etwas Derartiges gesehen.

Sogar der Kapitän war zutiefst erstaunt.

Staunen kann man freudig oder entsetzt.

Und der Kapitän staunte entsetzt. Zutiefst.

Immer höher schlugen die Wellen mit ihrer silbrigen Gischt, eisiger Nebel hüllte das Schiff ein, und ringsherum verlor sich jede Spur von Wahrheit und Leben.

Kein bisschen Land in Sicht, kein Hafen, kein Landungsplatz, nichts, nur die quecksilbrige See und eisiger Nebel. Die Passagiere fingen das Bibbern an und ließen sich auch von den Matrosen nicht beruhigen, die ihnen gut zusprachen: »Es ist alles in Ordnung, das geht vorbei, früher oder später geht alles vorbei.«

Selbst auf den Kapitän wollte niemand hören, der sein Bestes gab: »Das Schiff ist sicher, es wird nicht lange dauern, wir schaffen das, das schwöre ich.«

Einige weinten, riefen die Heiligen ihrer Heimat an, einige fingen an zu saufen, einige knirschten mit den Zähnen, einige lagen nach Luft ringend am Boden, und die Frauen fielen hier und dort in Ohnmacht.

Nur Lelios Affe sprang zwischen den Seilen hin und her, über die Stühle, die Reling und die Schiffstaue. Antonios Hände waren eisig, noch nie hatte er so kalte Hände gehabt, Elide war das erste Mal seekrank und beugte ihren langen Hals, Lelio, der sonst so gern tanzte, saß reglos da. Caravello sah aus wie ein trockenes Stück Brot, De Gubernatis, Sanscrit und der Papagei blickten aufs Meer, als wäre dies ein Theaterstück, Liu Pu, Lia und die kleine Lucilla spielten Würfel, um das Schicksal gnädig zu stimmen.

Doch die Würfel rollten von ganz allein umher.

Warum ist alles plötzlich so trostlos, so bedrohlich?, fragten sich viele.

Und wie Regen brach das Unheil über sie herein. Oder vielmehr ging erst ein Hagelschauer auf das Schiff nieder, und niemand hatte je zuvor solchen Hagel gesehen. Aus den Furcht einflößenden violetten Wolken gingen Pfeile aus Eis und Feuer hernieder. Aus dem Himmel fielen sie gefroren, doch sobald sie menschliche Haut berührten, loderten sie auf. Muskeln, Beine und Arme der Matrosen waren übersät mit Verbrennungen, überall roch es nach angesengtem Fleisch.

Als der Hagel vergangen war, tauchten Schwärme schwarzer Fliegen auf. Die Insekten verkeilten sich ineinander, schlugen sich die kleinen pelzigen Köpfe ein und stürzten zu Boden. Bald war das Schiff vollkommen mit dunklen Insektenleichen bedeckt. Überall tote Stechfliegen, in Ohren und Kehlen und Wimpern, im Wind und an den Bullaugen, in Schubladen und Koffern, in Gläsern und den Fässern mit eingesalzenen Sardellen und im Bettzeug. Und die noch lebenden Insekten flogen ziellos umher, brummten, summten und schissen, und wenn sie in die Eimer voller geschmolzener Hagelkörner fielen, dann wurden sie zu einer dunklen zähen Brühe. Wie der Hagel hatte schließlich auch die Fliegenplage ein Ende.

Doch schon nach einigen Minuten schickte der Himmel mit Heuschrecken eine weitere Plage. Zuerst dachten Passagiere und Matrosen, es wären Grillen, weil sie nur die kannten. Auch Antonio Grillo dachte das: ein Schwarm Grillen. Aber als er genau hinsah, erinnerte er sich, dass Grillen kleiner waren und grün, während die Heuschrecken, die der Himmel da regnen ließ, gelb und viel runder waren. Grillen sind außerdem gerne allein, Heuschrecken aber lieben die Menge, und es tummelten sich Mengen von Heuschrecken ringsherum.

Mit dumpfen Schlägen fielen sie ausgehungert auf das Schiff und fraßen sogar das Stroh der Sessel und die Schalen der getrockneten Zitronen, und Passagiere und Matrosen flüchteten in die Laderäume.

Die Einzigen, die sich diese dritte vom Himmel geschickte Plage ansahen, waren Antonio und De Gubernatis. Antonio war wie immer bass erstaunt, die blauen Augen weit aufgerissen. De Gubernatis hingegen kniff die Augen zusammen und versuchte sich zu erinnern, mit wem und was man diese Plagen vergleichen könnte.

Er zerbrach sich den Kopf, blickte den Freund an und sagte schließlich: »Ich erinnere mich an eine Sache, die ich mir vielleicht auch nur ausgedacht habe. Was in diesen Stunden auf uns niedergeht, erinnert mich an die Plagen in Ägypten. Vielleicht waren die aus dem Alten Testament schlimmer, aber diese hier erinnern doch sehr daran, vielleicht geht es bei uns schneller vorbei ... Wir werden sehen.«

»Wenn man genau hinsieht, dann begreift man immer eine ganze Menge«, meinte Antonio, und eine Fliege setzte sich auf seine Zunge.

»Ja, wir werden sehen«, stimmte Herman De Gubernatis zu. »Nach den Heuschrecken wäre, wenn ich nicht irre, die Viehpest an der Reihe.« Kaum waren die Worte ausgesprochen, ließen auch die Heuschrecken ab, und alle anderen Tiere röchelten und wanden sich.

Die ersten Zeichen der neu hereinbrechenden Plage zeigten der Papagei und der Affe Gennarina. Die Fröhlichkeit verließ den Affen, er begann zu humpeln, und schließlich kroch er nur noch auf dem Boden wie eine erschöpfte Schlange. Dann fiel er Lelio wie ein toter Säugling in die Arme. Elide zog ihn am Schwanz, doch er rührte sich nicht und hielt die Augen geschlossen.

Danach zeigten sich beim Papagei Anzeichen eines nahenden Todes. Schon im Hagel hatte er aufgehört zu sprechen und während der Heuschrecken- und Fliegenplage gar nicht mehr den Schnabel geöffnet. Jetzt aber ließ er den Kopf sinken, und seine rosa Zunge hing ihm kraftlos aus dem Schnabel. Seine gelben und blauen Federn, die sonst schön aufgeplustert waren, neigten sich schlaff und traurig hinab, wie die Blätter an den Bäumen im Herbst.

Ein sterbendes Tier anzusehen bedeutet unvorstellbares Leid für den, der es liebt. Für den, der es nicht liebt, ist sein Anblick nicht schlimmer als der von totem Laub. Die einen auf dem Schiff waren also beim Anblick von Papagei und Affe zutiefst bekümmert, den anderen war es einerlei.

Als aber Passagiere und Matrosen auf dem Schiff weiße Mäuse und Kakerlaken entdeckten, Schaben und eine Ratte mit ihren Jungen, sogar eine Eidechse, die sich wer weiß wann und wo auf das Schiff geschmuggelt hatte, alle mausetot, da wurde den Menschen bange.

Niemand wollte auf De Gubernatis hören: »Die Plagen gehen vorüber, das kann man nachlesen«, denn viele glauben nicht, was in einem Buch steht.

Es blieb ihnen nichts übrig, als sich an den Himmel zu wenden mit Kreuzen, Heiligenbildchen und Rosenkränzen, doch auch wer nichts davon sein Eigen nannte, erhob den Blick gen Himmel.

Wer weiß, warum wir in den Himmel blicken, wenn es uns an den Kragen geht.

Der Bäcker Caravello raufte sich die Haare, die chinesische Familie kniete nieder und entzündete Weihrauch, De Gubernatis und sein Diener blickten einander tief in die Augen, einer in graue, einer in schwarze.

Elide suchte Antonios Hand, und ein wenig ließ er sie in der ihren, doch dann entzog er sie ihr, um dem reglosen Affen und dem ebenso reglosen Papagei einen kleinen Kniff zu verpassen.

»Ihr Ahnengeister, kommt den Lebenden zu Hilfe«, baten die Chinesen.

Einige Frauen sagten zum Affen: »Kleines, Liebes, willst du ’n Stück Zucker?« und versuchten, ihm etwas in den Mund zu stecken, doch der Affe bewegte sich nicht.

»Mehr Schlechtes als Gutes hat es auf mein Haupt geregnet«, seufzte De Gubernatis, während der Diener sich um den halb toten Papagei kümmerte.

Lelio reimte vor sich hin und klimperte auf seiner Mandoline: »Es ist immer zu früh, von der Erde zu scheiden, doch es lässt sich nicht vermeiden, wann immer das Ende naht, fühlt es sich an wie Verrat …«

Doch seine Stimme klang erschöpft und leise.

Antonio beobachtete und schwieg, wie immer.

Er sagte nur: »Es ist immer zu früh, um Träume aufzugeben.« Zaghaft blickte er seine Freunde an, Himmel und Meer ringsum waren bleigrau, die Wolken noch immer von diesem furchtbaren Violett. Dann hob er den Kopf und sah den Kapitän. Bruno stand fest da, kerzengerade wie ein Leuchtturm, und sein strahlender Blick durchbohrte Nebel und Wellen.

Da wurde Antonio ganz ruhig.

Die anderen Passagiere jammerten.

»Was hat mich dazu gebracht, auf dieses Schiff zu gehen?«

»Ich wär besser zu Haus geblieben.«

»Alles is besser als hier diese höllische Hölle.«

So klagten und jammerten sie.

Das erträumte Leben zerplatzt.

Die geliebten Träume.

So viele Hoffnungen auf dem Schiff.

So viel Unglück aus dem Himmel.

Manchmal fallen Dinge vom Himmel herab, die man von dort niemals erwartet hätte.

Nach der Mückenschar tauchte wenig später ein Heer gestreifter Krebse aus dem Laderaum auf, tote Mäuse waren überall, und dann eroberten laut quakende Frösche das Schiff.

Der Kapitän verzog keine Miene.

Er steuerte das Schiff sicher zu einer Flussmündung, und dort hatte es ein Ende mit Mücken, Krebsen, toten Mäusen und der Fröscheschar, und die Passagiere kamen wieder zu Atem. An die Reling gedrängt sahen sie, wie sich Süß- und Salzwasser mischten, blutrot wurden, und dann legte sich Finsternis über das Schiff.

An der Flussmündung war die See zu Blut geworden, der Himmel war nun blaugrün.

Selten war eine Nacht so gräulich gewesen.

Die Finsternis ließ alle erschaudern, wie der Tod. Tod bedeutet, nichts mehr zu sehen.

Antonio, der doch immer alles ansehen wollte, dachte bei sich, dass die Finsternis nicht andauert, und dieser Gedanke tröstete ihn. Ihm wurde wieder warm, das Schaudern legte sich, ein zarter grüner Lichtschein durchbrach das Dunkel, und die Sonne erschien. Die Sonne, schön und strahlend in all ihrer Pracht.

Erscheint die Sonne in dunklen Zeiten, kann man den Himmel wieder sehen, und wenn man den Himmel wieder sehen kann, heilt die Seele.

Das Schiff atmete auf und Männer und Frauen ebenso. Ein Storch und eine Reiherfamilie am zartblauen Himmel. Die Menschen umarmten sich und vergaßen angesichts der klaren Wellen das vergangene Grauen.

Irgendwann geht alles vorüber.

Auch drohende Tragödien, zum Glück.

Das Schiff stampfte weiter, und mit jeder Minute konnten die Menschen ein Stückchen ihrer Angst dem Wind mitgeben und ihre Herzen erleichtern.

Doch der Papagei ruhte noch immer halb tot auf De Gubernatis Schultern, und auf den Schultern Lelios lag der halb tote Affe Gennarina.

Weiße Wolken standen nun bauschig am Himmel, es ging der toskanischen Küste entlang, und die Passagiere vergaßen ihre eigenen Sorgen und blickten auf die schönen Federn des Papageis und das Fell des Affen. Beide Tiere lagen leb- und freudlos da. Ihre Herrchen wiegten sie sanft auf dem Schiffsdeck, und auch das Schiff selbst wiegte mit. Wo ihre Seelen nun wohl sind?, fragten sich alle.

Die Frau von Liu Pu pikste beide Tiere mit einer Nadel, doch es nutzte nichts, sie schienen mausetot. Lelio spielte Mundharmonika, Mandoline und auch eine Trommel, doch sie reagierten nicht. De Gubernatis las seinem Papagei die Fabeln von Aesop vor, versuchte es dann mit der *Odyssee* und verweilte an Stellen, da häufig »unendliches Meer« vorkommt, in der Hoffnung auf ein Lebenszeichen des Papageis, der doch das Wort »Meer« so sehr mochte, aber auch das war vergebliche Mühe.

Mit seinen starken Händen versuchte Caravello es bei beiden Tieren mit einer Massage entlang der Wirbelsäule, nichts. Antonio versuchte, dem Papagei Fenchelsamen und Kürbiskerne in den Mund zu stecken, die hatte er mit noch anderen Samen aus Gesso mitgenommen, doch auch das war erfolglos. Er versuchte, dem Affen Provolastückchen aus seinem Proviant in den Mund zu stecken, und dabei fiel ihm auf, dass der Affe volle Lippen hatte, wie eine schöne Frau, doch auch das war verlorene Mühe. Viehdoktoren waren nicht an Bord, und wenn sich einer mit Tieren auskannte, dann nur mit Kühen, Kälbern, Ziegen, Schafen und vielleicht noch mit Pferden, und zu Hause hielten fast alle Ehefrauen Hühner und Katzen. Doch über Papageien und Affen, Tiere, die man für Wesen einer anderen Welt hielt, wussten die meisten überhaupt nichts.

Über allen, Menschen wie Tieren, schaukelte am blauen Himmel des neuen Tages noch der runde Mond, und es war so wundervoll, Mond und Sonne gleichzeitig am Himmel zu sehen, dass der Schmerz über Affe und Papagei, die nun leblos am Boden lagen, fast vergessen war.

Lelio reimte und begleitete sich auf der Mandoline: »Äffchen mein, verlass mich nicht, sonst bin ich ein armer Wicht. Andere machen sich nichts aus dir, doch für mich bist du viel mehr als ein Tier. Gennarina, lass mich nicht allein, sonst bleibt mir nur noch starker Wein.«

Bei dem Wort »Wein« dachte De Gubernatis, man könne doch gemeinsam ein Gläschen trinken, denn das tat er nicht nur bei schönen Gelegenheiten, sondern auch bei traurigen. Ein gemeinsames Gläschen vermag mitunter Unglück zu vertreiben, das glaubte er wenigstens, und deshalb holte er aus seiner Kiste mit den guten Tropfen eine Flasche Champagner von 1908 hervor. Den gab er für seine Freunde, sich und den Diener in böhmische Kristallgläser in Smaragdgrün, das war seine Lieblingsfarbe.

Als alle die Gläser an die Lippen führten, sagte er: »Lasst uns auf das wunderschöne Leben trinken, das ohne Wein weder Wunder noch Schönes bereithält.«

Klingt ja wie die Ansprache eines Trinkers, dachte er dann und fügte deshalb hinzu: »Wein und Champagner hat ein Mensch erfunden, um schreckliche Momente erträglicher zu machen, aber auch, um schöne Momente schöner zu machen. Um Kraft zu spenden, wenn sie fehlt, dafür hat der Mensch Wein und Champagner erfunden.«

Den Freunden gefiel diese Ansprache, sie gefiel auch Antonio, der doch immer noch den Geschmack seines Amarena und den des guten Weins aus Gesso auf der Zunge trug. Und beim zweiten Glas ging es allen schon viel besser – trotz der sterbenden Tiere.

Aber waren sie nun ganz tot oder nur halb tot?

Niemand wusste, wo das Herz der Tiere schlug, und so wusste niemand, wie man prüfen konnte, ob es das noch tat. De Gubernatis und Lelio versuchten, die Herzen ihrer Tiere zu finden, aber vergeblich.

Trauer verschleierte De Gubernatis' Gesicht, und er brachte noch einen Toast aus: »Rasch naht der Schwarze Tod. Möge er so spät als möglich nahen, darauf lasst uns trinken.« Er erhob sein Glas höher und höher, wie ein Schwert dem Schwarzen Tod entgegen, und aus dem Glas schwappte ein beträchtlicher Teil des Champagners von 1908 auf den Schnabel des leblosen Papageis. Der Schnabel öffnete sich, eine hellrosa Zunge schnellte hervor und leckte die perlenden Tropfen ab. Nun wäre De Gubernatis fast in Ohnmacht gefallen, aber vor Freude, Antonio konnte ihn gerade noch auffangen. Da sprang Lelio auf wie ein geölter Blitz, griff nach einem Glas und kippte es über seinen Affen. Der Affe öffnete mit geschlossenen Augen den Mund, und auch hier schnellte eine Zunge hervor, diese dunkelrosa, um sich den Götternektar aus Gesicht und Fell zu lecken. Affe und Papagei regten sich, kamen langsam auf die Beine und suchten die Schulter ihres jeweiligen Herrn.

Der Champagner floss und mit ihm ein Strom aus Erinnerungen und Hoffnungen, der Affe tanzte, und der noch schweigende Papagei hüpfte auf und ab.

»Sie sahen aus wie tot, aber sie leben … Dieser Champagner ist doch wirklich magisch«, sinnierte Antonio.

Elide trank gleich ein weiteres Glas, und ihre Augen leuchteten noch heller. Menschen wie Tiere waren glücklich, welch seltener Moment.

Das Schiff flog geradezu übers Meer.

»Seht«, rief De Gubernatis, »das Meer ist wie das Paradies. Weder Tore noch Grenzen, es ist für alle da.«

Störche und Delfine flogen über die Wellen, und die kleine Lucilla begeisterte sich: »Seht nur, wie schön, Störche und Delfine brauchen gar keine Pässe, und mit Champagner weckt man Tote.«

Auf Tränen und Gelächter folgten Tänze und Tarantelle, und der Franzose holte noch mehr Champagner hervor. Affe und Papagei dachten vielleicht, dass Menschen ja verrückt sind, und mischten sich hier und da unter die berauschte Menge.

Nach einem langen Tag brach schließlich die Nacht herein, legte sich sanft über Tiere und Menschen.

Antonio schrieb einen weiteren Brief an die Seinen, in dem es hieß:

Meine Lieben,
die eigene Haut gilt es vor einer Menge Unheil zu bewahren. Mit meinen Augen habe ich hier auf dem Schiff Dinge gesehen, die ich mir niemals auch nur hätte vorstellen können. Fliegen sind über uns hergefallen, Heuschrecken, Mücken. Tiere sahen aus wie tot und sind dann auf wundersame Weise wieder zum Leben erwacht. Das Meer schien irgendwann aus Blut, dann kamen tausend Frösche und danach eine Nacht, wie ich sie finsterer noch nicht erlebt habe. Aber jetzt ist alles gut. Die Sonne scheint. Nach der Finsternis kommt die Sonne, so ist es seit Anbeginn der Zeiten. Wir haben das Schicksal nicht immer in der Hand.
Das ist alles für heute.

Diesen Brief bekam sein Vater, Don Lio, nicht zu lesen, denn Tina Oliva und Placido befürchteten, das darin Mitgeteilte könnte ihn in seinem Schweigen noch bestärken. Man wollte ihn nicht mehr als nötig beunruhigen, denn mit der Abreise seines Sohnes zeigte sich immer deutlicher, wie sonderlich Don Lio doch war. Also wurde der Brief mit einem Büschel Lavendel in einer Schublade versteckt. Der Duft des wilden Lavendels haftet diesem Brief noch immer an.

Auch De Gubernatis schrieb einen Brief nach Hause, aber von ganz anderer Art. Bevor er ihn verschickte, wollte er ihn seinen neuen Freunden vorlesen, so unterschiedlich sie auch waren. Zwischen ihnen hatte sich schon das Band gesponnen, das Menschen auch ohne Worte aneinanderschweißt. Sie hatten viel geredet, doch je weiter die Reise fortschritt, umso mehr schwiegen sie auch miteinander, hegten gemeinsam ihre Hoffnungen ohne Worte.

Mit den Blicken über Himmel und Meer schweifend, suchten sie immer öfter die gegenseitige Nähe, tauschten Leckerbissen aus und seufzten gemeinsam. Eine unsichtbare Kraft hatte sie auf geheimnisvolle Weise aneinandergebunden, unwiderruflich.

De Gubernatis also las seinen Brief vor, Antonio nicht, er war ja viel jünger und wusste, dass er sich nicht auszudrücken vermochte wie De Gubernatis, der wer weiß wie lange studiert und unzählige Bücher gelesen hatte. Warum er nach Amerika wollte, das wusste niemand, denn er hatte es noch nicht erzählt. Caravello träumte davon, Biskuits und Brot in die ganze Welt zu schaffen, Liu Pu träumte von der Verbotenen Stadt, Elide wollte riesige Fische fangen, was aber De Gubernatis wollte, das wusste niemand.

Auch über Antonio wusste man nicht viel, denn sein Motto war: »Mal sehen, welche Geschichte das Leben schreibt«, er hatte kein klares Ziel, dafür ständig das Wort »Freiheit« auf den Lippen, das für alle anderen eher etwas Unbestimmtes war. Nur De Gubernatis kannte die Quadratwurzel des Wortes »Freiheit«, durchdrang es in wenigstens zehn Sprachen, einschließlich Armenisch. Er war weit gereist und wusste so vieles von der Welt, diesem weisen Mann lauschten die Freunde gern.

Schließlich gab es auf dem Schiff nicht viel zu tun, außer aufs Meer zu blicken und sich auszuruhen, beim dritten Läuten der Glocke zu den Tischen zu eilen, sich auf den Tag und die Nacht vorzubereiten und Geschichten zu teilen.

Schiffe sind wie geschaffen für Geschichten.

Die Plagen, die aus den violetten Wolken hernieder gegangen waren, hatten ein Ende, Papagei und Affe waren auferstanden, am Himmel standen gleichzeitig Sonne und Mond, und da las nun Herman De Gubernatis mit ruhiger Stimme den Brief vor, den er nach Hause geschrieben hatte:

Familie und Freunde,
ihr, die ihr vielleicht friedlich zu Hause zwischen den gewohnten Laken und Decken ruhen mögt, in eure weichen preußischblauen Pantoffeln schlüpft. Auf dem Schiff ist das Meer immer neu, immer unendlich.

»Meer, Meer«, krächzte der Papagei begeistert.

Tag und Nacht sehe ich vom Schiffsdeck auf die See, und in der Nacht wird die See wieder zu meinem Traum, mein so inniglich ersehntes Meer ist hier, und ich umarme es mit meinem Blick. Es fließt und strömt und kommt und geht, und wir mittendrin sind so zerbrechlich. Jeden Tag haucht es mir aufs Neue Mut ein. Ich fühle mich nicht mehr zerbrechlich, sondern leicht.

»Meer, Meer«, plapperte der Papagei wieder, der nach seinem Todeskampf schöner war denn je, und in seinem Federkleid glitzerte ein Hauch Meerwasser.

De Gubernatis fuhr fort, nun beinahe ein wenig pathetisch:

Euch, die ihr vor einer Limoges-Tasse mit güldenem Henkel, gefüllt mit orientalischem Tee oder, noch besser, mit heißer peruanischer Schokolade sitzt, euch sage ich: Lasst alles Vertraute und die immer gleichen, so schalen Unterhaltungen zurück und geht auf Reisen. Reisen bedeutet Leben. Auf Reisen ist jeder Tag neu, jeder Tag unter einem guten Vorzeichen der Sterne, Himmels- und Wassersterne. Wenn ihr zu Hause bleibt, dann wird euch eines Tages zwischen den Mauern das faulige Wasser träger Gedanken erreichen. Hier springen die Gedanken wie Delfine über die Wellen. Ich habe freundliche Mitreisende, gewöhnliche und ungewöhnliche, wie es sie überall auf der Welt gibt, und jeder trägt eine ganz eigene Leidenschaft in sich, sichtbar oder unsichtbar. Mit diesen Freunden bin ich fröhlich, wenn es Grund zum

Fröhlichsein gibt, und verzweifelt, wenn Anlass zur Verzweiflung besteht. Eines Tages werde ich mein Ziel erreichen, doch ich weiß schon jetzt, dass davor noch eine weitere Reise hinter meiner vor Angst und Aufregung feuchten Stirn entspringen wird. Das ist es, was ich im Leben suche: Gefühle, so aufwühlend wie ein Vulkanausbruch. Wenn ich nicht reise, dann bringt sie mich um, diese Kraft, die immerzu hinauswill. Das Leben wird jeden Tag ein wenig kleiner, doch mit einer Reise wird alles bunt und dreht sich, und wenn es mich verrückt macht – umso besser. Besser als die schalen Worte und das Murren zu Hause, und Türen, die man reparieren muss und tausend andere Dinge. Ihr Götter im Himmel, bringt mich weit fort von jeder Tristesse …

Doch hier wurde er von einem dumpfen Schlag unterbrochen. Das Schiff war auf eine Sandbank gelaufen und kam nicht mehr vor und nicht zurück.

Vor ihnen lag eine Insel.

XIII

Die Würfelinsel

Welch Merkwürdigkeiten die Welt doch bereithält: Diese Insel war ein Würfel.

Ein Kubus aus weißem Marmor, der das Schiff weit überragte, die Ecken vom starken Wind gerundet. Wer hatte einen so großen Würfel vom Himmel ins Wasser geworfen, der obendrein nicht unterging? Nicht nur, dass er nicht unterging, nein, er stand dort unbeweglich, wie ein Soldat, der über die Stürme wacht.

Nie zuvor ward eine solche Insel gesehen.

Ein weißer Würfel mitten im Meer.

Die Würfelinsel war von Sand umgeben, auf dem büschelweise Meerfenchel wuchs, dessen schirmartige gelbe Blüten aussahen wie schlafende Leguane.

Auf der Inselspitze hockten unzählige Vögel, die jedoch weder flogen noch sangen, sie wirkten wie aus Glas.

Auf dem Schiff starrten alle die Würfelinsel an, die da vor ihnen lag.

Flugs geblättert und gesucht in allen Seekarten des Kapitäns, doch sie war nirgendwo eingezeichnet, nicht einmal ihr Name war gelistet, allein in einem Buch über Seevögel war zu lesen, dass sie Wildenten als Rastplatz bei ihren Wanderungen diene.

Was war das für eine Insel?

Als der Kapitän Land erblickt hatte, rief er aus: »Liebe Freunde und Kameraden, irgendeine Hexerei hat das Schiff hierhergeführt.«

Antonio lief zur Kommandobrücke, wo ein Durcheinander aus Handbüchern, Sextanten, einer blauen Ausgabe von *Zwanzigtausend Meilen unter dem Meer*, ein Taucheranzug und ein Taucherhelm den Boden bedeckten, und fragte: »Was ist denn los, Kapitän?«

»In der Nacht haben Steuer, Kompass und Sextanten den Geist aufgegeben, etwas Unbekanntes hat das Schiff hierhergebracht.«

»Wie heißt denn die Insel?«

»In den Seekarten ist sie nicht eingezeichnet«, erwiderte Bruno.

»Aber wir sehen sie doch, also ist sie da«, entgegnete Antonio.

»Nicht alles, was wir sehen, ist tatsächlich da, und das, was wirklich da ist, sehen wir oft überhaupt nicht«, sinnierte der Kapitän.

»Kapitän, gebt mir die Erlaubnis, von Bord zu gehen, und wenn die Insel nur eine Erscheinung ist, eine Kannibalen- oder Geisterinsel, dann … Man wird sehen«, rief Antonio leidenschaftlich.

»Ich weiß, du bist ein mutiger Mann voller Fantasie, und ich weiß, dass du für alles Neue zu haben bist. Aber eine Insel hier auf dem offenen Meer – das sieht mir nach Unheil aus, also nimm dich in Acht.«

Während sie so hin und her redeten, legte sich plötzlich eine blaue Wolkenmasse wie eine Schar Schmetterlinge um die Insel. Sie verdeckte auch das Meer, und nun schien die Insel zu schweben, leicht und licht auf dem Nebel.

Die Insel war klein.

Gleich vor ihnen.

Es brauchte nur eine Strickleiter, und mit drei Sprüngen wäre man schon drüben.

Geht, ihr Gedanken, und leicht wie Federn verlassen Kummer und Trübsal das Herz.

Die Menschen an Bord waren noch in den Anblick der Insel vertieft, die alle in ihren Bann zog, wie ein hübsches Konfekt, etwas Anrührendes, doch der Papagei, der Flügel und darüber hinaus genug von Menschen hatte, der flog ermuntert vom Anblick der reglosen gläsernen Vögel auf dem Gipfel hinüber, ohne dass ihn jemand aufhielt.

Er kauerte sich zwischen die so schönen erhabenen Glasvögel, die nur ihre Hälse bewegten, die Blicke verloren im Nirgendwo. Weder sangen noch flogen sie, waren einfach nur von makelloser Schönheit, und der staunende Papagei fühlte sich wie im Paradies.

Wasserhühner, Mehlschwalben, Weihen, rosa Reiher, Geier, Raben und Kolibris, Ibisse, Gabelweihen, Fasane und Brachvögel, Seeadler, weiße und schwarze Schwäne, Eisvögel, Amseln, Buchfinken und Webervögel und noch viele mehr aus aller Herren Länder, die niemand je zuvor gesehen hatte.

Rote und weiße Federn, lange und kurze Schnäbel, Schwänze und Federbüschel.

Doch keiner dieser Vögel beachtete ihn.

Der Papagei plusterte seine schönsten gelben und blauen Federn auf und krächzte mit seinem gebogenen Schnabel: »Wie geht's, wie steht's, Freunde?«

Keine Antwort.

»Ich bin keine Gans«, erklärte der Papagei.

Wieder nichts.

Er schien unsichtbar für all diese Vögel, doch er gab nicht auf und wandte den Blick nicht von ihnen ab.

Nachdem der Papagei so leicht hinübergekommen war, machte sich nun Antonio Grillo auf den Weg, doch beim Sprung von der Leiter knickte er mit dem Fuß um, und so humpelte er die ersten Schritte. Schon nach wenigen Augenblicken war er, nicht anders als der Papagei, von einem namenlosen Zauber ergriffen.

Wie betrunken schritt er vorwärts, laut pfiff es in seinen Ohren, und jegliche Spur von Wut oder Angst in ihm waren verschwunden, nicht einmal Hunger verspürte er noch. Seine Gedanken flogen umher wie ziellos abgeschossene Pfeile, und wenn ein Sonnenstrahl ihn auf der Stirn traf, dann sah er alles klar. Umgeben von Meerfenchel, Muschelstaub, Albatrosfedern und vom Wasser glatt geschliffenen Scherben entzündete sich ein neues Leuchten in seinen Augen.

Er redete mit sich selbst, barfuß im Sand, der die Würfelinsel säumte:

»Wo bin ich? Ich bin im Frieden.«

»Was will ich? Die Freiheit.«

»Was ist Freiheit? Ein Gefühl.«

Er stellte sich Fragen und beantwortete sie selbst. Dabei veränderte er die Stimme, sodass er sich anhörte wie zwei unterschiedliche Menschen im Gespräch.

Die ihn vom Schiff beobachteten, dachten, er wäre nun vollends verrückt geworden.

Antonio sah, das glaubte er zumindest, an der einen Würfelseite rosa Glockenblumen, Weinreben und Mohnblumen. Ferne Düfte aus Gesso stiegen ihm in die Nase, die von Aprikosen, frisch gekochten Tomaten mit Basilikum und von Schwaden sommerreifen Jasmins. Er hörte Schweinegrunzen und Pferdewiehern, Löwenknurren und das Miauen rolliger Katzen.

Nichts war da, und er sah so vieles.

Kein Duft, und er roch so vieles.

Barfuß lief er über den Sand und streckte dann die Füße ins Wasser.

Die ihn vom Schiff beobachteten, fanden, er sehe glücklich aus.

Die Freunde hielt es schließlich nicht mehr auf dem Schiff, und einer nach dem anderen folgten sie Antonio. Zuerst Elide, dann Lelio und Caravello, die Familie von Liu Pu und zuletzt De Gubernatis und Sanscrit.

Sie streiften die Schuhe ab und gingen barfuß über die Insel, und auch sie übermannte dieser namenlose Zauber, etwas Magisches, das jeden von ihnen Unterschiedliches wahrnehmen ließ, jedem seine eigenen Trugbilder schenkte.

Sie glaubten, blaue Feigenkakteen zu sehen, Mondstrahlen, glühende Sonnen, Fliegen, die einen Schweif hinter sich herzogen, leuchtende Schwerter, Ziegendreck, Schwanenhälse und Flaschenhälse, schaukelnde Lämpchen und Silbermünzen. Sie vernahmen den Klang windgespielter Harfen, Glöckchengeläut fliegender Pferde, afrikanische Trommeln und das Schnaufen einer rasenden Büffelherde.

Und in all diesem Durcheinander verspürte niemand von ihnen Furcht.

Im Gegenteil, alles war glasklar.

Auch die Freunde lächelten nun ins Nichts.

Sie waren in einer anderen Welt.

Schritt für Schritt fand jeder barfuß im Sand ein Eckchen für sich, und jeder sah auf der verzauberten Insel Dinge, die er nie wieder vergessen sollte. Jeder fand seinen eigenen Winkel, und jeder erlebte und sah seine ganz eigene Welt.

Antonio verfiel der Insel und ihrer Magie am meisten von allen. Er stand vor einem Strauch Meerfenchel mit schirmförmigen gelben Blüten, da hörte er eine Stimme: »Wohin gehst du? Warum so eilig?«

Antonio stutzte, niemand war hier, weder klein noch groß, und plötzlich loderte eine Flamme aus dem Busch, Glimmer und Schimmer stiegen auf und formten sich zu dem Gesicht einer Frau mit Kopftuch.

»Wer bist du?«, fragte Antonio.

»Ich war deine Mutter«, raunte die Flamme.

»Bist du es wirklich, Mamma?«, flüsterte Antonio mit einem riesigen Kloß im Hals.

»Ich habe dich geboren, und dann konnte ich dir nicht einmal einen Kuss geben.«

Sie war nicht mehr seine Mutter, doch da vor ihm schimmerte eindeutig etwas von ihr, diese Nase, die seiner so ähnlich war, die durchscheinenden Augen und ihre von der Sonne braun gebrannten Hände. Antonio versuchte die Erscheinung zu berühren, wollte sie an sich drücken, doch je verzweifelter er nach ihr fasste, umso mehr entglitt sie ihm. Ganz ruhig legte sie da die Hände auf den Kopf ihres Sohnes, und er spürte diese Hände warm und wirklich in seinem Haar. Eine Woge Zärtlichkeit ging von ihnen aus, Zärtlichkeit, die er sich immer nur ersehnt hatte.

Niemand hatte ihm je so über den Kopf gestrichen.

»Eine Mutter verlässt ihre Kinder nie, vergiss das nicht«, raunte sie, dann verwischte der Schimmer, das Glimmen verlosch, und zurück blieb ein zarter Veilchenduft.

Antonio blickte in die Büsche, um diesen Traum wiederzufinden, vom Schiff aus sah man, wie er Meerfenchel und Strandlilien durchwühlte, als hätte er dazwischen etwas Wertvolles verloren.

Von der Kommandobrücke aus konnte der Kapitän auch beobachten, was Elide, Lelio und sein Affe, Caravello, die Liu Pus und De Gubernatis und Sanscrit taten.

Elide starrte zum Horizont und gebärdete sich, als hielte sie jemanden in ihren Armen, Lelio schnappte nach etwas, das ihm wohl aus der Luft entgegenflog, Caravello machte sich am Sand zu schaffen, die Liu Pus erteilten Befehle an eine Schar rosa Krebse, die sich ihrerseits im Sand vergruben. De Gubernatis und Sanscrit hielten sich ein wenig abseits auf und prosteten sich zu, jedoch ohne Gläser in den Händen oder eine Flasche vor sich.

Bruno schüttelte bloß den Kopf. Der Affe schien etwas klarer zu sehen als die Menschen, er sprang auf und ab, wirkte nun sehr viel fröhlicher als zuvor.

Elide starrte zum Horizont. Anders als die Passagiere an Deck sah sie Thunfische, Schwertfische, Riesenkraken und Pottwale am Horizont, Makrelenhechte auf ihren Wanderungen, springende Delfine und Blauwale, so viele Fische hatte sie noch niemals auf einmal gesehen, und auch noch niemals so große. Sie malte sich aus, dieses Meer zu befahren – manche Fische würde sie mit bloßen Händen fangen, andere mit Netzen –, und wie ihr Schiff nur langsam vorwärtskäme, mit all dem Fisch an Bord. Und in ihrem Traum drückte sie fester als jeden Thunfisch einen Mann an sich, er war so groß wie sie, hatte breite Schultern, und so fest drückte sie ihn, dass er fast keine Luft bekam.

Dieser Mann war Antonio, und in ihrer Verzauberung sagte sie zu ihm: »Eines Tages wirst du zu mir gehören, denn das habe ich so beschlossen. Liebe siegt über alles. Was auch immer du tust, sie holt dich ein, umfängt dich, und irgendwann weißt du ihr nichts mehr entgegenzusetzen. Ich halte mich still an deiner Seite, auch wenn mein Herz in deiner Nähe so stark klopft, dass ich zittere. Du wirst mein Herz noch lieben lernen, das schwöre ich, ich schwöre es mir selbst und dem unendlichen Meer.«

Und je mehr sie so vor sich hin fantasierte, je mehr Fische und Wale sah sie zum Ufer kommen, fast bis zu ihren Füßen, die im feuchten Sand steckten.

Das alles sah Elide.

Lelio war ganz in der Nähe, und er versuchte wohl, etwas aus der Luft zu fangen, denn er sprang hoch und reckte die Arme. Doch Schmetterlinge konnten es nicht sein, denn die gab es nicht auf der Würfelinsel. Und Vögel flogen auch nicht durch die Lüfte, die saßen ja reglos auf dem Gipfel, auch der Papagei, der seine Bemühungen nun eingestellt hatte.

Es flogen Lelio also weder Schmetterlinge noch Vögel entgegen, sondern, in seiner Einbildung, Schiffskarten – nicht eine, sondern hunderttausend, für alle Reisen, die er sich nur vorstellen konnte. Dass er kein Billett besaß, traf ihn hart, nichts wünschte er sich sehnlicher. Und nun flogen so viele Karten um ihn herum, dass er ganz trunken davon wurde, Schiffskarten von aller Herren Ländern und ihren Hafenstädten: Antwerpen, Normandie, Porto Said, Alexandria, und je mehr Karten durch die Luft wirbelten, je mehr flogen ihm gleich in die Taschen. Der Affe half ihm dabei, sie aufzufangen, einige erwischte er sogar mit dem Schwanz. Lelio und der Affe gaben ein Bild wie von der Tarantel gestochen.

Das geschah mit Lelio.

Und neben ihm erlebte jemand etwas ganz anderes.

Caravello hockte am Strand und knetete Sand.

Er hatte viereckige Muscheln gefunden, auch trichter- und spiralförmige, die füllte er mit feuchtem Sand, ließ sie trocknen, und schließlich sahen sie aus wie die köstlichsten Hörnchen.

»Das sind meine Caravello-Hörnchen, nicht nur gut für Magen und Gaumen, sondern auch für die Seele«, verkündete er, dann blickte er in den Himmel, denn von dort kamen die Heißluftballons geflogen, die die Hörnchen aufluden, um sie in die ganze Welt zu tragen, bis in den Kaukasus und zum Himalaya, so dachte er.

Von seiner Kommandobrücke aus beobachtete Bruno all das Treiben, er begriff das alles, und begriff es doch überhaupt nicht – diese Leute wandelten und schweifen umher, die Köpfe sehnsüchtig zum Himmel erhoben oder aber zu Boden gerichtet, je nachdem was derjenige zu sehen glaubte oder tatsächlich sah. Sie stolperten umher wie Kinder, rannten plötzlich los, hüpften, lachten und weinten, drehten die Köpfe im Irrsinn ihrer Träume.

Nicht ganz so schlimm dran war der Affe.

Auch er schien berauscht, aber weniger gefangen darin. Während die Menschen traumestrunken umherstolperten, hüpfte er lediglich fröhlich auf und ab und ab und auf und konnte anscheinend gar nicht genug davon bekommen.

Das Leben des Affen wie das der Menschen, die sich auf der Insel befanden, war nun lebendiger, vergessen alle Sorgen und Kümmernisse, die eigenen und die der ganzen Welt. Ohne Angst und Eile verharrten sie einige Stunden dort in ihren großen oder kleinen Träumen. Die Zeit hatte sie vergessen und sie die Zeit.

Manchmal verschwindet die Zeit, dann schweben die Menschen selig umher, wie Glühwürmchen.

Während er versuchte, das Schiff aus der Sandbank freizubekommen, kam Bruno Unterschiedliches vor Augen: Antonio schlich zwischen den Sträuchern umher, Lelio und der Affe rannten rundherum oder vielmehr im Viereck, sangen und hüpften, Elide saß auf einem Felsen wie eine Sirene, und Caravello knetete Sand und deutete in die Wolken. Nur De Gubernatis und Sanscrit waren ebenso wenig zu sehen wie die Familie von Liu Pu.

Der Poet und sein Diener prosteten sich zu, hatten jedoch weder Gläser in den Händen noch eine Flasche vor sich stehen. Aus Schilf und Palmenblättern hatten sie am Ufer eine Hütte der Glückseligkeit gebaut, um sich vor der Sonne zu schützen, die nun hoch stand und auf ihre Köpfe brannte.

De Gubernatis und sein Diener tranken nicht, doch sie glaubten es, und der Poet lobte die wunderbare Erfindung des Champagners, der Freiheit durch der Menschen Adern prickeln lasse und sie dazu bringe, auf Tischen zu tanzen, und Sanscrit stimmte ihm mit einem Nicken zu. Daraufhin schwieg De Gubernatis, verlor sich im Nichts, bis Sanscrit das erste Mal sprach: »Mein Signore, Ihr wisst nicht viel von mir, denn Ihr hört nicht zu.« Er wartete nicht auf De Gubernatis' Wortfluss, sondern fuhr rasch fort: »Ich bin nicht, der ich zu sein scheine. Niemand ist das.«

De Gubernatis war ergriffen von der Wahrheit dieser Worte.

»Ich bin nicht nur Diener«, erklärte Sanscrit.

»Wer oder was bist du dann?«, fragte Herman, und blickte ihm tief in die grauen Augen.

»Das könntet Ihr nie erraten. Man meint, sich alles ausmalen zu können, doch meistens kann man sich nur einen Bruchteil des Möglichen ausmalen.«

»Wer bist du denn nun?«, erkundigte sich De Gubernatis neugierig. Sanscrit war von jeher bei ihm gewesen, doch er hatte ihn nie genau betrachtet oder angehört. Zum ersten Mal bemerkte er seine schön gezeichnete Adlernase, die seidige braune Haut. Seine Lippen waren schmal und die Ohren groß geraten, jedoch schön, die Ohrläppchen lang, als hätten viele Jahre schwere Ohrringe daran gehangen.

Aber er trug keine Ohrringe, und es waren auch keine Ohrlöcher zu sehen.

Seltsam, dachte De Gubernatis und wartete auf die Beantwortung seiner Frage. »Wer bist du?«

Sanscrit sagte: »Bevor ich Diener wurde, war ich ein indischer

Prinz. Zadig nannte man mich. Meine Sippe stammt von Ganesha ab, dem Elefantengott. In Indien stellen ihn große Statuen aus Pappmaché und Lehm dar, man schmückt sie mit Blumen und versenkt sie schließlich im Ganges. So löst Ganesha sich in den Wassern des heiligen Flusses auf, wie jedes Leben, wie jede Illusion. Lasst mich weiter von diesen Herrlichkeiten träumen, während ich Euch, einem so ungewöhnlichen Mann, diene.«

Niemals zuvor hatte De Gubernatis seine Augen so weit aufgerissen wie jetzt.

»Ich bin dazu bestimmt, ein Leben im Übergang zu führen, und warte auf meine Zukunft in Tradition und Ehre meiner Ahnen, der Erbprinzen von Ganesha.«

»Also du, nein, Ihr«, verbesserte Herman sich, »Ihr habt Euch immer als jemand anders ausgegeben als der, der Ihr seid. Warum sagt Ihr mir erst jetzt die Wahrheit?«

»Schweigen ist eine königliche Tugend, mein Signore. Oder mein Freund«, erklärte Sanscrit sanft.

Dann strich er ihm schüchtern über die Wange. De Gubernatis, den vielleicht schon seit Jahren niemand mehr auf diese Weise berührt hatte, war tief ergriffen und umarmte den Diener fest.

Bruno hatte von der Brücke aus einen recht guten Blick auf die beiden in ihrer Hütte, und während er weiterhin versuchte, das Schiff wieder flottzubekommen, dachte er: »Da hat sich ja noch eine Liebe auf unserer Reise gefunden.«

Von Weitem sah es aus wie eine neue Liebe, und vielleicht war es das auch. Indischer Prinz und Freund umarmten sich und erzählten sich das erste Mal voneinander. Einer sprach von den Nebeln des Nordens, der andere vom Monsun seiner Heimat. Einer von Blaubeeren und Eichhörnchen und Eis und Schnee, der andere von bengalischen Tigern, von Mangos und Papayas und Lotosblüten, und ihre Worte ließen vor dem Auge des anderen ihre jeweilige Welt entstehen.

»Lebe in Freiheit, Sohn des Nebels«, sagte Sanscrit.

»Lebe in Freiheit, Sohn der weißen Elefanten«, sagte De Gubernatis, als das Schiffshorn erklang und alle aufschrecken ließ.

Die Träumer waren also aufgescheucht, und einige taten schon die ersten Schritte in Richtung Schiff. Nur Liu Pu und seine Familie waren nicht zu sehen. Immer noch erteilten Lucilla, Lia und er Befehle an eine unbeeindruckte rosa Krebsschar. Für Liu Pu waren diese Krebse keine Krebse, sondern ihm unterstellte Arbeiter, Bürger, Hofbeamte und Soldaten, Ritter und Mandarine. Sie schienen ihm nicht klein, sondern genauso groß wie er selbst, einfach gekleidet oder in himmelblauer Seide. Mit Säbeln und Schwertern und spitzen Hüten als Insignien der Verbotenen Stadt.

Sind die Menschen jetzt verrückt geworden?, mochten die Krebse denken, bevor sie davonliefen und sich im Sand vergruben.

Ein zweites Tuten ertönte. Niemand würde immer auf dieser verwunschenen Insel verweilen können, die Reise hatte doch erst gerade begonnen. Andere Abenteuer erwarteten sie, und das Schiff befreite sich nun endgültig aus der Sandbank vor der Würfelinsel, der Insel, die in den Seekarten nicht eingezeichnet ist.

In der Nacht schließlich verschluckte sie der Horizont, und sie verschwand für immer.

Die Sterne glommen unwirklich glitzernd am Himmel auf.

Jedem Menschen wohnt ein Leuchten inne, das mitunter verlischt und neu entflammt. Die Würfelinsel hatte in ihnen allen ein neues Licht entzündet. Als das Eiland im Dunkel verschwand, spürten sie es noch, warm und glimmend, mit dem Hauch von Winden, die es gar nicht gab. Dann sahen sie durch die Bullaugen all die schönen Dinge, die der Himmel bringt, und endlich legte sich Schlaf über das Schiff, senkte sich hinab wie ein Vorhang auf die Welt, die für heute ihre Aufführung beendet hatte.

XIV

Wie ein Traum auf einen Schlag zerplatzt und der erste Sturm

Das Schiff verließ die Insel der Trugbilder und nahm Kurs auf Genua. Nach allem, was sie auf dem Eiland erlebt hatten, hielten sich die Freunde nun nur noch dichter beieinander. Gemeinsam hatten sie die Würfelinsel erkundet, deren Zauber jedem seine eigenen Visionen beschert hatte. Und wer außer ihnen würde je diese schillernde Magie begreifen können?

Nichts bringt Menschen einander näher als das gemeinsam Erlebte, sei es schön oder schrecklich, als gemeinsame Entdeckungen und Unbekanntes, das man miteinander bestaunt.

So waren die Freunde noch unzertrennlicher geworden als zuvor, wenigstens in den ersten drei Tagen, als Windstille herrschte, und nur den Kapitän, der sie in ihren Visionen beobachtet hatte, duldeten sie in ihrem kleinen Kreis.

»Ah«, seufzte Herman, »diese Insel … Wie schrecklich es auf der Welt auch zugehen mag, immer wieder taucht doch etwas so Außergewöhnliches wie dieses Eiland auf.« Und bei der Erinnerung an die Würfelinsel rückten die Freunde noch näher aneinander. Auch ihre Habseligkeiten hatte sie zusammengetragen, Lederkoffer und solche aus Pappe, die wie aus Leder aussahen, Kisten, Bündel und Proviantsäckelchen. Alle hatten etwas von zu Hause mit auf die Reise genommen, alle, außer dem Affen Gennarina und dem Papagei.

Auch Lelio hatte fast nichts dabei, er war der Einzige, der kein Gepäckstück besaß – und auch keine Schiffskarte.

Er hatte ein Äffchen auf der Schulter, eine Mandoline in der

Hand und zwei listige Äuglein, er war ein Habenichts, doch es fehlte ihm nicht an Frohsinn.

Manchmal sang er den Mond an, manchmal die Sterne und manchmal Elide. Das schmeichelte ihr, und während er sein Liedchen trällerte, schaute Elide, ob Antonio das Liebesgeflöte auch hörte. »Bist du kein bisschen eifersüchtig?«, erkundigte sie sich.

»Eifersucht ist ein Kerker. Liebe ist der Verlust von Freiheit, lass mich meinen Weg gehen, allein.«

Elide verzehrte sich nach Antonio, verlor jedoch nicht ihre Würde. Von dem Neapolitaner ließ sie sich Serenaden singen, und ihrem geliebten Antonio brachte sie in der Nacht Fischfrittelle.

»Willst du mir gar keinen Kuss geben?«, wollte sie wissen.

»Ein Kuss ist doch feucht und glitschig …« Antonio winkte ab.

Lelio trällerte also, der Affe sprang umher, Elide wand sich von einem zum anderen, und Antonio vertiefte sich in die tausend Blautöne der See, die mit dem jeweiligen Blau seiner Augen wetteiferten.

Drei Tage nachdem sie Neapel verlassen hatten, Genua lag noch eine Tages- und Nachtreise entfernt, setzte Lelio sich zu Antonio und fragte einschmeichelnd: »Warum willste nach Amerika, mein Freund?«

»Weil es dort Freiheit gibt.«

»Warum glaubste das?«

»Im Hafen von New York steht die Freiheitsstatue, in Messina die Madonna. Es liegt also nahe, dass Freiheit für die Merikaner so wichtig ist wie für uns die Madonna«, erklärte Antonio und war stolz auf diese Eingebung.

Elide bewunderte ohnehin alles, was er sagte.

Doch Lelio hob die Schultern. »Is doch Unfug. Wennde frei bist im Kopf, dann findste überall Freiheit. Wennde nich frei bist im Kopf, dann biste überall eingesperrt«, entgegnete er. Dann verfiel er in Gedanken, und sein Antlitz verdüsterte sich.

Wie windgetriebene Wolken wich auf seinem Gesicht stets eine Miene der anderen.

Antonio wollte sich schon abwenden, doch da fuhr Lelio fort: »Du Glücklicher, Antonio, du hast 'ne Schiffskarte, ich muss in Genua raus und rüberschwimmen, mit oder ohne Affe«, brummte Lelio, und dann fiel sein Blick auf Antonios Koffer.

»Was is drin? Ein Pharaonenschatz? Blaubarts Frau'n?« Alle lachten, und Lelio setzte Antonio weiter zu. »Stumm wie 'n Krebs biste … Wennde nich reden willst, dann lass mich mal reingucken. Traust mir wohl nich, wie? Hab ich Krätze, oder was? Mach ich dich vielleicht nich fröhlich? Und mein Affe, die Gennarina, die hat dich auch gern«, und wie zur Bestätigung schlang Gennarina ihre Arme um Antonio und küsste ihn, doch es sah aus, als würde sie ihn beißen, vielleicht biss sie ihn auch tatsächlich, und dann fuhr ihre Zunge über seinen Hals, als wäre eine süße Creme darauf.

Antonio, der zuvor starr in die Ferne geblickt hatte, taute nun anscheinend ein wenig auf, und Lelio drang weiter in ihn: »Was is drin? Der Schatz von Blaubart, paar Dublonen von englischen Piraten, Taler von Maria Theresia, griechische Vasen aus Sizilien?«, spottete er. »Los, zeig ma.« Er blickte Antonio herausfordernd an.

»Na los«, forderte er noch einmal, und der Affe sprang, wie um den Worten vorauszueilen, auf den Koffer und öffnete ihn mit einem Schwanzhieb – wie er das machte, sollte sein Geheimnis bleiben. Als Erstes purzelte das Bildchen von Antonio Abate von Gesso heraus, das den weißbärtigen Heiligen in der Gesellschaft von Kühen, Schafen und einigen Gänsen zeigte.

Antonio wurde rot, das war ihm ein wenig peinlich.

Um ihm über den unangenehmen Moment hinwegzuhelfen, zeigten nun auch die Freunde ihre Heiligen. Elide trug an einer Kette ein rundes Silberplättchen auf der Brust, das den heiligen Francesco aus Paola zeigte, Lia hatte die zum Himmel emporblickende heilige Lucia von Syrakus dabei, ihrer Heimatstadt. Und

Caravello zog ein etwas abgenutztes Kupferplättchen mit dem Bild des heiligen Giovanni aus der Tasche.

Nachdem nun jeder seine Karten aufgedeckt hatte, war Antonio etwas wohler zumute. Auch seine Mitreisenden hatten einen heiligen Schutzpatron dabei.

Lelio jedoch nicht. Er seufzte: »Ich Armer! Nichmal 'nen Heiligen aus Neapel hatt ich dabei, als ich ins Meer gesprungen bin. Nix hab ich in den Taschen. Aber was im Herzen ...« Dabei sah er Elide an, und er setzte eine so herzzerreißende Miene auf, dass sie dunkelrot wurde. Dann gab er eine Geschichte zum Besten, von der er behauptete, er habe sie keiner Menschenseele zuvor erzählt: »Mein Vater war 'n echter Marchese, und er hat meine Mutter geliebt, die 'ne Küchenmagd war.«

»Oho«, riefen die Freunde aus.

»Als ich geboren wurde, wollte sie mich im Keller begraben.«

»Oh nein, oh nein ...«, erschraken die Freunde.

»'n Schäferhund hat mich gerettet, der hat mein Kinderfleisch unter der Erde gerochen, jawoll.«

Die Frauen waren entsetzt.

»Hab leere Taschen und keine Menschenseele auffer Welt, aber zum Glück teilt die Gennarina mit mir Freud und Leid.« Daraufhin warf er dem Affen einen Blick zu, mit dem man wohl eher einer jungen Frau auf der Straße nachsehen würde.

Dann widmete Lelio sich mit listigem Blick dem weiteren Inhalt des mit blauem Samt ausgeschlagenen Koffers. Unter anderem sah er eine Ricottaform, ein Marmorstückchen, Fotografien von Menschen und Landschaften, einige Flaschen Amarena, Schwefelsteine, und er sagte: »Wer biste überhaupt, der Teufel oder was? Was nimmste denn Schwefelsteine mit, stinkt doch! Machst 'n Tänzchen mit den Hexen am Hafen in New York oder wie?« Lelio lachte, und alle fielen in sein Gelächter ein.

Neben dem Bezug mit der Schrift *Seid immer glücklich* entdeckte er die Mandelkeksdose mit dem ausbrechenden Ätna auf dem Deckel, die Antonio auf Munafòs Ländereien ausgegraben hatte.

Er öffnete die Dose mit dem bunten Kartenspiel, nahm es heraus und staunte – solche Karten hatte er noch nie gesehen, die Rückseiten handbemalt in Kobaltblau, Türkis und Gold, eine Farbpalette wie der Thron des Kaisers von China. Er wurde so aufgeregt wie seine Gennarina: »Is ja doll, lass 'ne Runde spielen. Was is das für 'n Leben, eins ohne Karten?«

Antonio war undurchdringlich.

»Nimm dich in Acht, mein Lieber, das Leben ist kein Spiel, du solltest es ernst nehmen«, warnte Elide.

Die Familie von Liu Pu blickte erhaben und reglos wie ein Satz alabasterne Vasen in die Welt hinaus, Caravello dachte, dass die Wolken aussahen wie riesige Brötchen, und De Gubernatis' Gedanken schweiften zu den Spielern in den prächtigen Kasinos dieser Welt.

Sanscrit sagte: »Jeder Mensch ist ein bisschen wie eine Karte, er besitzt zwei Seiten, und man weiß nie, welche der beiden die Oberhand hat«, dann verfolgte er weiter die Szene. Der eine wollte spielen, der andere nicht. Ein Hin und Her wie beim sizilianischen Puppenspiel.

Antonio schloss seinen Koffer und ließ dann abermals den Blick über die See gleiten, doch Lelio hatte die Lust auf ein Kartenspiel gepackt, und wie um ihn anzufeuern, sprang sein Affe aufgeregt von Tau zu Tau.

»Auch Menschen springen von einem Ding zum nächsten«, sinnierte Sanscrit, und da erst bemerkten die Freunde, dass er bis jetzt kaum etwas gesagt hatte.

»Ihr habt die ganze Reise geschwiegen, und jetzt …«, staunte Elide.

»Die Würfelinsel hat mich gesprächig gemacht, zu lange war mein Mund verschlossen«, erklärte Sanscrit.

»Es gibt Inseln, die sind magisch«, erwiderte Elide.

Die anderen staunten, doch kurz darauf wurde ihre Aufmerksamkeit wieder von dem Duell zwischen Antonio und Lelio in Anspruch genommen, der eine still, der andere gesprächig, schmeichelnde Worte sprudelten nur so aus Lelio hervor: »Antonio, du bist 'n guter Mensch, schlicht und gut, und den guten, denen passiert nix Schlechtes nie. Komm schon, ein Spielchen, such dir eins aus. Spielste gern Scopa? Kannste bestimmt gut.« Lelio rückte immer näher an Antonio heran, wie eine Katze, die eine andere beschnuppert.

Aber je mehr Lelio sich näherte, desto mehr wich Antonio von ihm zurück, denn er mochte den Atem von niemandem auf sich spüren, nur den des Windes, und wie der Wind flog der Affe zwischen ihnen hin und her.

Lelio versuchte es weiter: »Die Welt is so groß, und jeder Winkel is voller Gefahren und Herausforderungen. Wer nich wagt, der gewinnt auch nix. Wir ham alle viel zu viel Bammel. Scopa haste doch bestimmt als Kind gespielt, oder?«

Jäh glomm ein Kindheitsfunken in Antonios Augen auf, er sah sich Karten spielend am Tisch mit seinem Vater, dann mit seinem Freund Ignazio, wie sie für ein Punktespiel ein paar getrocknete Feigen setzten, eine Handvoll Nüsse, eine Handvoll Trauben. Welch ein Glück, im September Trauben zu gewinnen, golden von Sonne zergingen sie auf der Zunge, und bei dieser Erinnerung schwand seine ursprüngliche Vorsicht dahin.

Er hob den Blick gen Himmel, und genau in diesem Moment sauste eine Sternschnuppe herab und verschwand im Meer.

Das schien Antonio ein gutes Zeichen, und er sagte: »In Ordnung, spielen wir.«

Lelio war ein erfahrener Spieler und hielt – so gut es eben ging – seine Freude zurück. Mit der Miene eines Würdenträgers am Bourbonenhof sagte er: »Gut, das sind unsere Karten. Um was spielen wir? Was is der Einsatz?«

Etwas heimtückisch fügte er hinzu: »In deinem Koffer is nix, was mich besonders interessiert, und was mich angeht, du weißt ja, ich hab nix, nur meinen Affen Gennarina, und die … Na ja, die is sofort weg, wenn sie's irgendwo besser hat und morgens und abends was Gutes zu essen kriegt.«

Als hätte sie seine Worte verstanden, schleckte Gennarina Antonio wie zur Bestätigung über Kopf und Hals, wie sie das sonst vielleicht bei einem anderen geliebten Affen getan hätte, und es fehlte nicht viel, und sie hätte ihn gelaust, um ihre Verbindung zu besiegeln.

»Na gut, ich setz meine Gennarina«, seufzte Lelio schließlich.

Eine Träne rann ihm über die Wange: »Sie is alles, was ich hab, mein ganzes Glück.« Damit nahm er die Karten auf.

Doch er legte sie sogleich wieder ab, um seinen Affen zu liebkosen und ihm zuzuflüstern: »Oh, liebste Gennarina, Gefährtin meiner schönsten Tage, aller Merkwürdigkeiten und Schicksalsschläge, was mach ich nur ohne dich, ohne deine Fröhlichkeit … Wenn ich dich verlier, dann bin auch ich verlor'n.« Daraufhin küsste er sie überschwänglich, und dicht aneinandergeschmiegt saßen sie nun da wie zwei Frischverliebte.

Schließlich gab Lelio sich einen Ruck, nahm die Karten wieder auf und fragte: »Spielen wir mit diesen, den sizilianischen, oder hat jemand einen Satz neapolitanische Karten dabei?«, aber alle schüttelten die Köpfe.

Sie würden also die alten von Antonio nehmen. Die handbemalten bunten Karten waren hier und da eingerissen, und doch haftete ihnen etwas Erhabenes an.

Liu Pu, Lia und Lucilla beobachteten das Geschehen, das irgendwie unangemessen wirkte. Caravello begriff nicht, wie man so viel Wind um ein Kartenspiel machen konnte, bei all den sinnvollen Dingen, die es auf Erden zu tun gab. Elide hielt es vor Stolz und fieberhafter Erwartung kaum noch aus: Was würde Antonio gegen den Affen Gennarina setzen? Wie viele Punkte brauchte es zum Sieg?

Da meldete sich De Gubernatis zu Wort: »Liebe Freunde,

Scopa ist doch ein Spiel für Kinder. Wollt ihr nicht vielleicht meine Pokerkarten haben? In den großen Kasinos dieser Welt hat niemand solche Karten, wie ihr sie da habt.«

Lelio antwortete: »Solche Pokerkarten sind was für feine Leuts, nich für einfache Jungens wie uns. Wenn wir alt sind, dann geh'n wir vielleicht auch mal ins Kasino, uns die Augen verderben und den Geldbeutel gleich mit, aber jetzt noch nich.«

Antonio nickte.

Über ihren Köpfen schwebten federleichte Wolken.

Auf Deck fragten sich alle: »Lelio setzt seinen Affen, die Gennarina, und was setzt Antonio?«

Der Neapolitaner hatte seine lebhafte Gennarina sehr gern, die da munter auf und ab hüpfte. Fröhliche Leute erfreuten sich daran, nur gallige kriegten die Pimpernellen.

Antonio schloss den Koffer und verkündete: »Ich setze meinen Koffer. Wenn ich gewinne, dann gehört Gennarina mir. Wenn du gewinnst, dann sei der Koffer dein.«

Lelio war nicht sonderlich begeistert, doch vielleicht glaubte er ja, dass unter dem blauen Samt noch etwas verborgen war, Familienschmuck oder Ähnliches, und er nahm das Angebot an.

Affe und Koffer waren also der Einsatz.

»Wir spielen bis siebzig Punkte«, legte Lelio fest. Die Zahl kam den Freunden ziemlich hoch vor, bei Scopa erreicht man normalerweise gerade einmal elf Punkte. Aber es hatte auch noch niemand erlebt, dass ein Koffer und ein Affe gesetzt wurden.

Auf diesem Schiff geschah allerhand Ungewöhnliches, fürwahr!

Und dann verstummten alle, denn bei einem Kartenspiel wird geschwiegen.

Der Affe erhob den Arm, und das Spiel begann.

Elide verteilte die Karten.

Sie war etwas blass, und beim Austeilen der Karten zitterte hin und wieder ihre Hand.

Sie blickte Antonio in die Augen, doch er sah sie nicht an.

Gennarina hockte auf dem Koffer, leichter Wind wühlte durch ihre Augenbrauen und das Haarbüschel auf ihrem Kopf. Die Fahrt ging ruhig wie nie zuvor, nicht der kleinste Strudel, gemächlich glitt das Schiff Richtung Genua dahin, und nichts drohte am Horizont, weder Stürme, Himmelsplagen noch fantastische Inseln. Viele Passagiere blickten auf die unendliche See, einige blickten auf das Kartenspiel.

Die ersten beiden wertvollen Siebener bekam Antonio, eine Sieben von der Farbe Denari, Gold, die andere von der Farbe Spade, Schwerter. Lelio hatte niedrige Karten auf der Hand und keinen großen Stich. Rasch bekam Antonio fast alle der wertvollen Denari-Karten und die meisten Karten überhaupt. Mit Antonios Punkten wuchs der Missmut von Lelio, dessen Kopf sich bewegte wie der einer kaputten Marionette. Er seufzte ein ums andere Mal, bis er schließlich in tränenloses Schluchzen ausbrach: »Ich Armer, ich Unglücksrabe. Wo isses hin, mein Glück, das mir doch immer treu gewesen is?« Mit gesenktem Kopf teilte Gennarina seinen Schmerz, zusammengerollt zu Antonios Füßen. Antonio hingegen ließ stolz seinen Blick über Karten und Meer schweifen, wie Horatio Nelson über neu erobertes Land.

Elide gab die Karten mit leichter Hand. Antonios Punkte wuchsen immer weiter an, er entspannte sich, seine Muskeln wurden wachsweich. Lelios Finger hingegen krümmten sich, und seine Halsschlagader pulsierte wie der Trommelschlag eines Todeskommandos. Antonio hatte siebzig Punkte, er nur zwei oder drei, für ihn war das Spiel verloren, jegliche Freude war aus seinen Augen gewichen, stumm sah er zu, wie sich Dunkelheit über die See legte und die Sonne unterging.

»Lebe wohl, Gennarina, mein ganzes Leben lang haste mich begleitet, lebt wohl, Glück und Sorglosigkeit. Was wird aus meiner Gennarina? Was aus mir?«

Besitzergreifend hatte Elide schon den Arm um den Affen gelegt, als gehörte er ihr.

Sanscrit versuchte auf seine Art, den Verlierer zu trösten: »Ihr dummen Menschen, die ihr dem Schicksal mehr vertraut als euch selbst.« Das aber machte es nur noch schlimmer, am liebsten hätte Lelio ihm einen Schlag in sein Gesicht mit der undurchdringlich scheinenden Miene versetzt, nur mit Mühe hielt er sich zurück.

Stattdessen wollte er seine Gennarina liebkosen, doch die saß schon auf Antonios Schultern und herzte und küsste ihn.

»Schon für den neuen Herrn bereit«, brummelte Lelio und schwieg betrübt.

Herman De Gubernatis missfiel diese Stille wie auch Lelios Niedergeschlagenheit, er hatte Mitleid mit ihm.

Ein Mann ohne jegliche Hoffnung, das ertrug er nicht.

»Nur Mut! Warum verzweifeln, wenn es eine Lösung gibt? Warum verzweifeln, wenn es keine Lösung gibt? …«

Liu Pu rief aufgewühlt: »Wie wunderbar, diese Redensart kommt aus meiner Heimat China.« Schnell sagte er es für Lucilla noch einmal her.

De Gubernatis richtete sich den Seidenschal, und bevor er in seinen roten Brokatsessel sank, sagte er mit einem Anflug von strenger Ernsthaftigkeit: »Ich fordere Antonio auf, dem Verlierer zeitnah und wie es die Würde verlangt, eine Revanche zu gewähren. Es gibt immer ein neues Spiel zu spielen, auch nach einer Niederlage.«

Mit großzügiger Geste stimmte Antonio zu, und zwar ohne jegliches Zögern. So lange das Eisen heiß ist …, dachte er und blickte hinauf in den Himmel, an dem die Sterne aufgetaucht waren, ein jeder schön an seinem Platz.

Geordnete Sterne, wirre Menschen.

Die Nacht war hereingebrochen, doch niemandem war nach Schlaf zumute.

Der Affe lag seinem neuen Herrn selig zu Füßen, klammerte sich an seine Knie und sah bewundernd zu ihm auf.

Strahlend wand Elide Gennarinas Schwanz um die Finger,

während Lelio seufzte. »Gewarnt hat die Mamma mich, gib im Leben acht auf dich. Bin einsam und allein, kein Zuckerschlecken, so ein Dasein …«

Wieder nahm Elide die glänzenden Karten auf.

Alles war bereit für ein neues Spiel.

Aber mit welchem Einsatz spielen?

»Was setzt ihr jetzt?«, erkundigte sich Caravello. »Lelio hat nichts mehr, nicht mal ein Stück Brot.«

Bei diesen Worten stand Lelio auf, rannte hysterisch über das Deck und schrie: »Ein Elend das alles, nix hab ich mehr, nix, noch nich mal 'n Stück Brot … Ihr habt ja keine Ahnung, wie's ist, arm zu sein, ihr Bastarde, ihr, keine Ahnung habt ihr, wie es is, wenn man nix zu beißen hat.« Lauthals brach er in Schluchzen aus.

Dann stürzte er zum Heck, die Freunde hinterher, er hob ein Bein über die Reling, hinter der das Nichts lauerte, und rief: »Mein Leben, ich biete dir mein Leben … Mach mit mir, was du willst, wenn 'n armer Schlucker wie ich stirbt, merkt's sowieso keiner. Ich verschwind im Meer, und keiner erinnert sich nie wieder an mich, nichmal meine Gennarina. Alles hab ich beim Spiel eben verlor'n, auch meine Ehre und meinen Stolz. Mamma, nimm deinen unglücklichen Sohn zurück.« Fest umfasste er die Reling, hob das andere Bein und schwebte schon fast über dem Abgrund, da ergriff Sanscrit blitzschnell sein Fußgelenk und drückte so fest zu, dass Lelio aufschrie.

»Au, au, heee, bin doch kein Hund, bin ich nich. Du tust mir weh«, schrie der gerettete Lelio mit vor Schmerz erstickter Stimme.

»Wenn du dein Leben wegwirfst, dann findest du es nicht mehr wieder«, mahnte Sanscrit.

Auch die Sterne schienen das zu denken und wurden fahl.

Den Freunden stand der Schreck in die Gesichter geschrieben, nur De Gubernatis vermochte auf seine elegante Art die Schwere des Moments ein wenig aufzulösen. »Wirf dein Leben nicht fort, Freund, ein solches wirst du niemals wieder finden«, sagte er und bot Lelio ein Glas roten Burgunder von 1920 an. »Ein neues Spiel erwartet dich, anstatt dich zu ertränken, könntest du deinem Gegenspieler deine Handreichung anbieten.« Als er bemerkte, dass niemand das Wort »Handreichung« verstand, verbesserte er sich: »Du kannst Antonio zu Diensten sein, hier auf dem Schiff und auch in Amerika.«

Lelios Miene hellte sich auf. »Nein, ich geh nich ins Wasser, werd ihm dienen, seine Schuhe putzen, Socken waschen, helfen, wo's nur geht. Werd ihm Liedchen singen und alte und neue Stornelli, werd ihn zum Lachen bringen, auch wenn ich selbst nich viel zu lachen hab. Aber nur bis nach Genua, weil bis nach Merika hab ich ja gar keine Schiffskarte.«

Da reckte Elide ihren Marmorhals, blickte Antonio an und sagte: »Er, Lelio, hat sein Leben aufs Spiel gesetzt. Und jetzt bietet er an, es in deine Dienste zu stellen. Sag, was bietest du ihm an? Und sag es laut und deutlich.«

»Den Koffer«, verkündete Antonio.

Unstimmiges Murren erhob sich. Wie denn, Lelio bietet sein Leben, und Antonio einen Koffer voller Plunder? Eigentlich wirkte Antonio doch gar nicht so knauserig, nicht wie Kain, der nur haben, nicht aber geben will. Als Antonio die Missbilligung der Freunde bemerkte, sagte er seiner Art getreu rasch und ohne nachzudenken: »In Ordnung, ist ja gut. Ich setze meine Karte nach Merika.«

Damit hatte niemand gerechnet. Nicht einmal Lelio.

Lelio lächelte, Elide erbleichte.

»Oho«, staunten die Freunde.

Das Spiel begann.

Am Anfang bekam Antonio Goldkarten in Hülle und Fülle. Schöne Denari-Karten, Lelio hingegen nur ein paar Spade-Karten, dann erhielt der Sizilianer die wertvollen Siebener, der Neapolitaner einige Könige. Der Affe auf Antonios Schultern blinzelte. Vielleicht ist es zu windig, dachte Antonio, arme Gennarina, und er nahm sie wie ein Kleinkind auf den Schoß, woraufhin sie anfing, auf den Tisch zu trommeln, und niemandem fiel auf, dass mit diesem Trommeln Antonios Niedergang seinen Anfang nahm.

Mehr als auf das Spiel der anderen geben wir auf unser eigenes acht.

Mit Antonios Fall hielt Lelios Glück Einzug. Nun flogen Lelio die Denari-Karten und Siebener nur so zu, ein wahrer Glücksschauer aus Karten und Punkten prasselte auf ihn hernieder wie Mandelblüten im Frühling. Die Hände des Neapolitaners zitterten, die des Affen hielten keinen Moment still, und die von Elide wurden kalt wie Marmor. Jegliche Kraft war aus Antonio gewichen, je mehr er verlor, umso matter schmiegte er sich an den Affen Gennarina.

Er war immer auf der Suche nach körperlicher Nähe.

Hatte er ja nie bekommen.

Was ist schon ein Leben ohne Umarmungen?, dachte er, eine einzige Trübsal, und immer ohnmächtiger drückte er Gennarina an sich, die sich unruhig an ihn drängte und weiter auf den Tisch tappte wie auf ein Klavier. Lelio sammelte indessen Punkte, immer mehr. Bis achtundsechzig spielte Antonio mit einer Hand, mit der anderen presste er die Schiffskarte an sein Herz. Als der Neapolitaner die siebzig Punkte erreicht hatte, gab Antonio seinem roten, ordentlich gefalteten Billett aus reißfestem Papier einen letzten Kuss. Er blickte nach Gennarina, um sie noch einmal zu herzen, doch sie lag schon längst in den Armen des Gewinners.

Es ist hart, Sieg gegen Niederlage einzutauschen. Für einen zwanzigjährigen Mann wie für einen hundertjährigen.

Die Sterne waren verschwunden, und die Freunde zogen sich zurück ins nächtliche Dunkel. Nur Elide und Sanscrit waren noch da.

Sanscrit sagte: »Sieg und Niederlage folgen aufeinander wie Tag und Nacht.« Dann ging auch er davon, und seine Worte legten sich schwer wie eine Grabplatte auf Antonios Herz.

Elide wollte noch bei Antonio bleiben, doch er wehrte sie ab.

»An einem besiegten Mann gibt es nichts zu sehen«, stellte er klar.

»Ich bin gerne bei dir, auch wenn dein Herz schwer ist.«

»Kannst du mir jetzt, in diesem Moment, nichts Klügeres sagen?«, brauste Antonio verzweifelt auf.

»Was wird jetzt aus uns?«, wollte Elide wissen.

»Im Moment lege ich keinen Wert auf deine Gesellschaft«, erwiderte Antonio mit rauer Stimme.

In Tränen aufgelöst verließ Elide das Deck, und nun war Antonio allein.

Einsam ließ er den Blick über das tintenschwarze Meer schweifen und durch die Nacht, die bald der blauen Stunde weichen würde.

Bei Sonnenaufgang informierte ein Matrose Kapitän Bruno über das Vorgefallene.

»Kapitän, ein Mann hat sein Billett beim Kartenspiel verloren, den müssen wir in Genua von Bord lassen.«

»Welcher Dösel hat sein Billett nach Amerika verspielt?«

»Antonio Grillo aus Messina, Signore.«

»Das dachte ich mir schon. Und wer hat das Billett gewonnen?«

»Lelio, der Spielmann aus Neapel, Signore.«

»Auch das dachte ich mir«, schnaubte der Kapitän und ging zum Deck, wo Antonio immer noch reglos wie ein toter Fisch hockte.

Er hatte kein Auge zugetan, sein Kopf ging von links nach rechts wie der einer Marionette, und wie eine Marionette fühlte er sich auch, eine, deren Fäden man durchschnitten hat. Jegliche Freude war aus seinem Gesicht gewichen, die Lider waren halb geschlossen über den blauen Augen, und darunter zeichneten sich dunkle Ringe ab.

»Warum bist du bloß so einfältig?«, schimpfte der Kapitän.

»Ich bin ein schlichter Mann, Kapitän, habe alles gesetzt und alles verloren. So bin ich eben: alles oder nichts.«

»Ja, alles oder nichts, so ist das mit den Karten, das hättest du wissen sollen.«

»Ich wusste es ja. Aber so bin ich, so und nicht anders.«

»Du bist ein Esel.«

»Esel sind wundervolle Tiere, zutraulich und lebensfroh …«

»So lebensfroh, dass sie eine Schiffskarte in den Wind schießen?«

»Ich habe sie nicht in den Wind geschossen, Kapitän, sondern einem tief verzweifelten Mann gegeben, der jetzt sehr glücklich ist.«

Der Kapitän war sich nicht sicher, ob er richtig gehört hatte. »Komm mal mit den Füßen auf den Boden zurück.«

»Meine Füße stehen ja auf dem Boden, nur mein Kopf, der ist in den Wolken«, erwiderte Antonio und erhob sich mühevoll.

»Seitdem ich dich in Messina mit Elide im Sternenmeer habe baden sehen, weiß ich, dass du ein merkwürdiger Kauz bist. Und merkwürdig scheint mir auch, dass du nicht die Frau liebst, die dich liebt …«

Der Kapitän konnte seine Predigt nicht beenden, denn ein dumpfer Schlag erschütterte das Schiff. Er stürzte zur Kommandobrücke, und dort fand er den Affen Gennarina am Steuer vor.

Der Kapitän packte ihn am Schwanz und warf ihn wutentbrannt einmal hoch durch die Luft. Dann erteilte er den Matrosen den Befehl, ihn in den Kerker zu werfen, den gleichen, in dem Antonio nach seinem Sternenbad eingesessen hatte. Zwei mal zwei Meter, von oben bis unten rostig und nichts zu sehen oder zu hören. Doch auch dort unten schrie Gennarina so laut, dass alle es hörten, auch Lelio, der sofort herbeilief und ihre Freilassung forderte.

»Macht Platz, Signori«, rief er an die Menge gewandt, die sofort entstanden war, als der Affe sein ohrenbetäubendes Geschrei erhoben hatte, das sich anhörte, als habe sein letztes Stündlein geschlagen.

»Macht Platz, Signori«, forderte Lelio lauthals, »ich suche

meine geliebte Gennarina, sie ist meine treueste Gefährtin.« Und nichts mehr an ihm erinnerte noch an den Habenichts von zuvor, ein anderer Mann war aus ihm geworden: Kerzengerade war seine Gestalt an diesem Morgen, sein Blick stolz erhoben, die Lippen schmal und ohne den Anflug seines üblichen Grinsens.

Mit seiner neuen Schiffskarte war er nun nicht mehr bedürftig, er war ein vollkommen neuer Mensch.

Auch die reizenden Damen, die ihn bis dahin keines Blickes gewürdigt hatten, beäugten ihn auf einmal neugierig, außerdem hatte er irgendwo eine neue Garderobe aufgetrieben – er trug nun ein sorgfältig gebügeltes weißes Leinenhemd und um den Hals eine bordeauxrote Fliege.

Ein anderer Mann.

Auch aus Antonio war ein anderer Mann geworden.

Sein Hemd war verknittert, und er trug keine Jacke, seine Lider lagen schwer über den glasblauen Augen, die ihr Strahlen eingebüßt hatten. Alles war ihm gleichgültig. Er trug eine helle und eine dunkle Socke in rissigen Lederschuhen, deren offene Schnürsenkel über das Schiffsdeck schleiften, kurz, er gab ganz das Bild eines geschlagenen Mannes, auch wenn Elide ihn immerzu umschwirrte wie ein Schmetterling ohne Flügel. Jetzt standen beide dort, Besiegter und Sieger, zwischen ihnen der Kapitän. Freunde, Reisebekanntschaften und eine Schar Matrosen sahen neugierig herüber, während der Affe im Laderaum Zeter und Mordio schrie.

»Den Affen, Ihr müsst mir meine Gennarina geben, Kapitän«, forderte der Neapolitaner Lelio.

»Bitte«, verbesserte Bruno ihn.

»Den Affen, Ihr müsst mir meine Gennarina geben, Kapitän, bitte«, versuchte Lelio es noch einmal.

»Der Affe Gennarina hat sich äußerst schlecht benommen, hat sich ans Steuer gestellt und das Schiff auf ein Hindernis laufen lassen. Wollt Ihr vielleicht wegen eines Affen Schiffbruch erleiden?«, fragte der Kapitän, nun auch an die übrigen Passagiere gewandt.

Aber nein, das wollen wir nicht, dachten die anderen Reisenden und blickten finster den Spielmann an.

»Ihr behandelt meinen Affen wie einen Menschen, dabei ist Gennarina doch ein Tier und folgt nur ihrem Spürsinn. Sie kennt keine Regeln«, erklärte Lelio, während man den Affen von unten laut klagen hörte.

Der Kapitän antwortete wie folgt: »Ich behandle sie wie einen Menschen, da ich sie eines Menschen würdig halte. Eines Tages werden uns Tiere viel näherstehen. Früher, vor vielen Jahren, schienen mir alle Tiere gleich, ohne Willen oder Gefühle, doch das Zusammenleben mit ihnen hat mich ihre Natur gelehrt, die unendliche Verschiedenartigkeit des ihnen jeweils eigenen Wesens. Jedes Tier, ob groß oder klein, hat einen eigenen Charakter, eine eigene Art zu leben und die Welt zu genießen, wie wir. Katzen, Hunde, Pferde … Eines Tages werden wir vielleicht auch die Gefühle von Fischen verstehen.«

Langsam wurden die Passagiere unruhig.

Also fasste sich der Kapitän kurz: »Signor Lelio, jeglicher Protest ist vergebens, ich lasse nicht mit mir verhandeln. Euer Affe bleibt vierundzwanzig Stunden im Kerker, aber nicht ohne Nahrung. Und wenn Ihr nicht aufhört, Euch zu beschweren, dann erwartet Euch das Gleiche wie Gennarina.« Das sagte er so rigoros, dass keiner mehr einen Mucks tat, weder der Spielmann noch einer der anderen Reisenden.

Antonio stand da mit seinen schleifenden Schnürsenkeln, ohne Billett, ohne Geld, nur mit einem Eckchen Provolakäse und einem Koffer voller Erinnerungen.

Der Kapitän löste die Menge auf, er wollte mit den beiden Spielern allein sein. »Ich weiß nicht, wen von euch beiden ich zuerst ohrfeigen soll«, schimpfte er. »Soll ich den arglosen Passagier ohrfeigen, der seinen Lebenstraum leichtsinnig bei einem lausigen Kartenspiel verloren hat, oder den listigen Passagier, der nichts hatte und nun im Handstreich dem neuen amerikanischen Kontinent entgegenfährt? Ich weiß es einfach nicht. Es gibt ziemlich viel, was ich nicht weiß, obgleich ich doch, wie man sagt, ein erfahrener Mann bin. Ich weiß nicht, was ich mit euch beiden machen soll, und vielleicht steht mir das auch gar nicht zu, schließlich bin ich ein Schiffskapitän und kein Schicksalskapitän. Außerdem ist jeder für sein eigenes Glück verantwortlich«, brummte er, und er hätte noch viel mehr gesagt, doch da fegte plötzlich ein heulender Windstoß übers Deck.

»Sturm, Sturm«, kam schon der Ruf aus dem Heck, das Horn tutete ein-, zwei-, dreimal, und wie die Mäuse huschten alle unter Deck, Lelio vorneweg.

Ein Flüchten und Fliehen.

Nur Antonio stand still neben dem Kapitän in einer Ecke.

Doch der bemerkte ihn gar nicht, griff sich das Steuer, und schon brachen riesige Wellen über das Schiff herein und überzogen die Bullaugen mit einer Salzschicht. Aufmerksam blickte der Kapitän nach vorn – für ihn gab es jetzt nur noch das Schiff und die See.

Die Angst saß allen im Nacken.

Minuten werden zu Stunden und Stunden dauern drei Ewigkeiten.

Ein riesiges Schiff wird zu einer Nussschale.

An jenem Tag war das Meer von graugrüner Farbe, aufgewühlt von eisigem Wind, und es brüllte furchterregend wie ein Ungeheuer. Aus den Tiefen fuhren unergründliche Strömungen auf, brodelten in den hochschlagenden Wellen, und es tönten die Hörner der Hölle. Nie ist der Tod dem Menschen näher als im Sturm. Für gewöhnlich nimmt man den Tod wie einen Geruch in der Luft wahr, in einem Sturm aber geht er einem ohne Umschweife an die Kehle.

Das Schiff atmete schwer, die von den Wellen durchgeschüttelten Menschen ebenso. Hinauf und hinab ging es, und alle riefen ihre Mütter oder einen Heiligen an, irgendwen, der nicht da war in dieser brodelnden Wasserhölle.

Nur Herman De Gubernatis reihte sich nicht ein in diese klagende Litanei aus »Mamma« und »San Gennaro, San Cristoforo und San Giovanni«, die überall auf dem sturmumpeitschten Schiff zu hören war.

Und im Auf und Ab der Wellen, im für Körper und Geist zermürbenden, erschöpfenden und aufreibenden Hinauf und Hinunter, sprach er zur See wie zu einem treuen Gefährten: »Geschätzter Kamerad, auch wenn ich ertrinken sollte, finde ich doch Worte, dir zu danken. Danke, mein Gefährte, dass du so wunderbar und großzügig bist, dass du uns Menschen in die Ferne zu bringen vermagst, dass du in deinen Tiefen Tausende Fische und Geheimnisse beherbergst. In deinen Weiten schlafen Wälder, die noch kein Mensch erblickte, und Überreste antiker Kulturen. In deinen Abgründen ruhen Städte aus Marmor, Bronze und Alabaster, ja, auch Atlantis liegt in deinen Tiefen, die schönste jemals von Menschenhand geschaffene Stadt. Das alles liegt unter deinem sichtbaren Antlitz, welches seine Farben ändert wie wir Menschen unsere Launen. Jeden Tag bist du anders. Mein lieber Freund, von allen Naturgewalten bist du die mächtigste. Du klammerst dich mehr als die Erde an die Welt, und immer bist du in Bewegung, weichst zurück und trittst hervor, gebärst Inseln und begräbst sie wieder unter deinen Wassermassen, schlägst als Tsunami hoch in den Himmel oder ziehst dich in die Tiefen zurück. Du bist überall, wie die Seele der Erde, bist fließend und niemals gleich. Für dich ist jeder Tag vollkommen neu. Bin ich im Wasser, denke ich, dass diese Welle dort auch Odysseus benetzt haben mag. So ist es doch, mein Freund, oder führt die Fantasie mich in die Irre? Und doch ist es die Fantasie, die mich hält in den Momenten, da ich das Leben sich dem Ende neigen spüre, wie jetzt …« Bei diesen Worten wurde er von einer Welle umgerissen, ihm schwanden die Sinne, und tropfnass lag er da auf Deck.

Sofort war Sanscrit zur Stelle, um ihn mit einer Sandelholzmassage seiner orientalischen Königshände wieder zu Bewusstsein zu bringen.

Elide hatte sich nach drinnen zurückgezogen, sie, die das Meer doch so gut kannte, hatte es noch nie auf diese Art erzürnt gesehen. Als Einzige wusste sie, dass man im Sturm keine Schwäche zulassen darf, denn wer sich von Angst übermannen lässt, findet schnell den Tod.

Liu Pu, Lia und Lucilla klammerten sich aneinander wie ein edles Juwelengeschmeide, Caravello war bleich wie ein ungebackenes Brötchen. Immer weiter schwoll die See an, hob sich bis in den Himmel, an dem endlich hier und dort Sterne ihr Licht streuten.

Lelio und sein nunmehr befreiter Affe waren nicht bei den anderen, sie hatten sich in die tiefste Ecke des Laderaums zurückgezogen. Gennarina lag im Arm ihres Herrn, der sie mit der rechten Hand streichelte, während die linke das beim Kartenspiel gewonnene Schiffsbillett fest an die Brust drückte. Er hatte es in eine Serviette aus dem Speisesaal der ersten Klasse eingeschlagen, eine aus flämischem Leinen, die das so wertvolle Billett vor Salzwasser, Feuchtigkeit und Wasserspritzern schützen sollte. Doch Wasserspritzer waren überall, flogen umher wie Nadelstiche, und die Einzige, der das nichts auszumachen schien, war Elide, die nun wieder zu Antonio an Deck zurückgekehrt war, ihrem geliebten Antonio, der mit jedem Tag ein bisschen magerer wurde.

Sie suchte seine Hand, doch er hielt sie verborgen in der Tasche.

Sie sprach und er gähnte.

Hartnäckig war sie, und wie.

Wenn sie allzu nahe rückte, ihm eine Hand auf die Schulter legte oder den Blick länger auf ihm ruhen ließ als nötig, dann rückte er ab, wand sich, denn er wusste nicht mit diesen Zärtlichkeiten umzugehen, auch wenn er sich eigentlich danach sehnte.

Ihre Hände näherten sich den seinen wie Wellen.

Doch er bemerkte sie gar nicht.

Im Sturm vergessen wir, wer wir sind.

Der Körper selbst wird eine Welle.

Der Einzige, der aufrecht dastand, war der Kapitän. Er sah aus wie eine Statue, keine aus kaltem Marmor, denn innen drin bebte sein Körper von heißem Blut und sich überschlagenden Gefühlen, eher eine aus mondlichtgeschliffener Bronze, und der Schimmermond spiegelte sich auf seinem vollkommen durchnässten Körper. Er hielt den Blick fest auf das Meer gerichtet, die Hände entschlossen um das Steuer, jeder Muskel angespannt. Nie schloss er die Augen, zwei Schlitze, denen nichts entging, weder eine menschliche Bewegung noch eine der See.

Seit einem Tag und einer Nacht wurde das Schiff nun schon von den Wellen hin- und hergeworfen. Mittlerweile waren alle verstummt, die Zwiegespräche oder vielmehr Selbstgespräche mit den Heiligen beendet, die Beschwörungen getan, nun blieb nichts mehr, als nach dem Warum zu suchen.

»Warum dauert der Sturm so lange?«

»Warum passiert das ausgerechnet mir?«

»Warum muss ich all das ertragen?«

Die üblichen Fragen, wenn sich die Angst ein wenig legt und Zähigkeit erwacht. Doch irgendwann bricht auch Stahl. Und sie, die Reisenden, waren keineswegs aus Stahl, sie waren aus Fleisch und Blut und heulten Rotz und Wasser, und irgendwo zwischen Bug, Heck und Rumpf heulte auch das Schiff.

Wind und Meer, in der Antike Äolus und Neptun genannt, tobten seit Stunden und scherten sich nicht um die winzigen Menschen mittendrin. Im Sturm ist ein Mensch noch winziger als ein beliebiger roter Fisch, eine Sardelle, oder ein Krebs. Die eigene Winzigkeit wird den Menschen nicht unter den Sternen bewusst – dort geraten sie zu sehr ins Staunen –, sondern in einem Sturm auf hoher See. Und niemand hatte mehr die Kraft, in die Wellen zu blicken.

Nach vierundzwanzig Stunden Sturm blickten alle Augen ins Nichts.

Brennend von Salz und Trostlosigkeit.

Manchmal ist es gut, nirgendwohin mehr zu schauen und einfach nur dazusitzen. Dann verschwindet alles, selbst die eigenen Erinnerungen.

Auch Antonio hatte nun keine Erinnerung mehr, er sah nichts mehr, und vielleicht hoffte er auch nichts mehr, doch er war ein einfacher Mann und fasste sich dann und wann an Bauch, Arme, Kopf und Hals, um sich zu vergewissern, dass er in dieser Hölle aus Wasser und Wind noch lebendig war. Ja, das war er, auch wenn er seinen Atem nicht mehr spürte, der im Windgeheul verschwunden war, doch er lebte, hier auf diesem Höllenschiff, und wartete auf Erlösung.

Elide bat San Francesco aus Paola um Hilfe, hatte der Heilige doch selbst zahlreiche Schiffbrüche überlebt.

»Wenn die Heiligen es geschafft haben, dann kann ich das auch«, sagte Elide trotzig.

Die Chinesen entzündeten Weihrauch für die Windgeister. Wasserspritzer und Windböen löschten ihn wieder, doch sie ließen sich nicht beirren und versuchten es von Neuem.

Auch Sanscrit, der in seinem Leben schon viele Stürme gesehen hatte, gab die Hoffnung nicht auf. In all den Stunden auf dem sturmgepeitschten Schiff sagte er nur: »Das wahre Wesen eines Mannes erkennt man während eines Sturms«, und mit gekreuzten Beinen blieb er an Deck sitzen wie eine Tempelstatue, den ganzen heulenden Sturm über.

Herman De Gubernatis, dem Worte immer lieber waren als Taten, redete weniger und tat überhaupt nichts mehr. Er meditierte nicht wie Sanscrit, sondern auf seine eigene Art: In seinem mittlerweile vollkommen durchnässten rotseidenen Wiener Sessel jonglierte er mit Worten im Kopf, das Wasser rann an ihm hinab, und in der Hand hielt er einen Kelch Champagner. Er war der Einzige der Passagiere, der trank, und jedem, der ihn sah, wurde hundsübel. Wie Schaben, denen in der Küche mit dem Besen zu Leibe gerückt wird, flohen alle vor seinem Anblick.

Ein jeder halb tot vor Angst, und De Gubernatis saß da und trank Champagner.

Jetzt konnte man nur noch beten.

Doch nach vierundzwanzig Stunden hatten alle das Beten satt, und De Gubernatis bemerkte das.

»Ihr nichtigen Menschen mit euren tausend Befindlichkeiten, was betet ihr, was hetzt ihr herum wie die Ameisen? Genießt die kleinen Momente, für manche ein Glas Wein, für andere ein Blumenstrauß. Gebet und Kummer sind doch vergebens, was bleibt, ist ein Schwall abstrakter Worte.«

Niemand wusste, was »abstrakt« bedeuten sollte, vielleicht hatte es mit »astral« zu tun, also mit Sternen und Gestirn, und alle sahen auf zum Himmel. Die Sterne waren verschwunden, aber ein Streifen gelben Lichts glomm am Horizont, und in diesem Lichtschein heulte kein Wind. Verzweifelt versuchte der Kapitän, das Schiff dorthin zu steuern, jagte es darauf zu, und als sie das glimmende Schimmern erreicht hatten, beruhigte sich der Sturm.

Das Schiff glitt wieder ruhig durch die Wellen, und plötzlich war Land in Sicht.

Dieses Land sah aus wie eine Stadt.

Und eine Stadt war es auch: Genua lag vor ihnen.

Wie eine weiße Nelke auf dem Meer.

Manch einer würde in Genua bleiben, manch einer weiterfahren.

Antonio würde bleiben.

Und was das Schicksal bringen würde, das wussten nur die Sterne.

XV

Genua und Versprechungen

Wie eine weiße Nelke öffnete sich Genua, die Häuser am Hafen, die grüne Landschaft ringsum, Tausende Schiffe mit gesetzten Segeln schön nebeneinander aufgereiht, ja, die Segelboote waren schon gut zu sehen. Menschen noch nicht, die waren noch fern, doch auf dem Schiff wurden die ersten Jubelrufe laut.

»Endlich Land«, »Mamma mia!«, »Endlich!«, »Es lebe der Kapitän!«, »Hurra!«, »Es ist geschafft!«, »Danke, Kapitän«, und so weiter und so fort, und je lauter die Rufe an Bord wurden, umso fester schlief Antonio.

So war das mit ihm.

Er schlief, um seinem Kummer zu entkommen.

Tief und fest, wie in einem Winterschlaf oder wie ein Neugeborenes in der Wiege.

Nichts konnte ihn wecken, er träumte, und sein Kummer rückte in weite Ferne. Hin und wieder passierte das, und es war immer dasselbe: Wurde sein Herz schwer, legte sich ihm ein Schleier über die Augen, und alles verschwamm. Ihn schwindelte, er fiel auf das erstbeste Bett oder Sofa, irgendein Liegemöbel, und schlief ein. Schlief und schlief, und niemand konnte ihn wecken, nicht einmal Kirchenglocken, und seien sie gleich neben seinen Ohren.

Weil das vorläufige Ziel fast erreicht war, ertönte an jenem Morgen festliches Glockengeläut auf dem Schiff. Doch Antonio war im Reich der Träume.

Sein ganzes Leben war dorthin gezogen, ins Reich der Träume.

Denn das wahre Leben, das gefiel ihm nicht.

Schreckliches erwartete ihn: Seine Reise war zu Ende, ohne Billett würde er beschämt das Schiff verlassen müssen, sich von Elide verabschieden, von den Freunden, dem Kapitän und auch von New York.

Nein, lieber schlafen.

Das Leben war so schwer, da schlief er doch lieber einen blauen Schlummer.

Steif wie ein Stockfisch und mit gefalteten Händen lag er da und sah aus wie tot. Er hatte auf das Ende des Sturms gewartet, das Ende aller Stürme. Gennarina war auf ihm herumgehüpft, der Papagei hatte ihm mit dem Schnabel an den Haaren gezogen, doch Antonio schlief. Elide war bei ihm, endlich konnte sie nach Herzenslust ihren Blick über ihn gleiten lassen, und sie merkte sich jedes Detail: die schmalen Handgelenke, die feingliedrigen Finger, den breiten Nacken und die kleine weiche Vertiefung am Ohr, Wimpern, Fußknöchel und den Leberfleck auf der Lippe.

Bald würden sie auf immer getrennt sein.

Während er schlief, zog sie sich ganz in ihre Trauer zurück.

Antonio schlief nicht aus Feigheit, nein, vielmehr schlief er im Vertrauen auf das Schicksal.

Warum kämpfen, wenn der Sturm wütet?

Warum kämpfen, wenn das Herz so schwer ist?

Im Angesicht großer Dinge ist der Mensch so lächerlich klein.

Besser, man vertraut auf das Schicksal.

Manchmal ist warten besser als kämpfen.

Sein Schlaf war vertrauensvoll und tief, nicht ängstlich.

Wenn das Leben verloren ist, dann ist alles andere auch verloren.

Doch solange noch Leben da ist, ist nichts verloren.

Wie ein Kind schlug Antonio nach seinem langen Schlummer die Augen auf. Mit der ihm eigenen Sanftmütigkeit blickte er auf die feiernden Leute ringsum, und je aufgeregter die Menge wurde, umso ruhiger sah er sich das Geschehen an.

Beim Aufwachen verschwand für ihn alles Bittere, und das Leben schien ihm jedes Mal aufs Neue süß wie Honig.

Er blickte Elide an, die anderen Reisegefährten, den Affen und den Papagei und bemerkte: »Ich habe zwar kein Billett mehr, aber ich bin zwanzig Jahre alt und habe in euch treue Freunde gefunden.«

Auf der ruhigen blauen Seeoberfläche hinterließ das Schiff eine Linie wie einen Pinselstrich. Der Papagei war aufgeregt wie ein Affe, und der Affe schüttelte irgendwo aufgegriffene Schlüssel wie Glocken.

Alle blickten auf Antonio, niemand auf Lelio, der seinerseits seine neuerdings gepflegten Fingernägel und einen Fleck auf den geputzten Schuhen betrachtete.

»Das ist alles deine Schuld«, wandte Elide sich dem Neapolitaner zu.

»Es ist das Schicksal, das unsere Schritte lenkt, und manch einer denkt, es sei schurkig gesinnt, doch es ist nur ein Kind«, erwiderte Lelio mit einem seiner ungelenken Reime.

Er spürte viele düstere Blicke auf sich. Doch er wusste, wie man eine Menge zerstreut. Er tanzte zwei, drei Schritte, sang eine Tarantella und begleitete sich mit der Mandoline. Auf einer Schulter saß sein Äffchen, auf der anderen der Papagei, und Lelio musizierte so gut, dass alle tanzten. Die Liu Pus tanzten zu dritt Ringelreigen, Caravello nahm Elides Hand, Sanscrit und De Gubernatis wippten so gut wie möglich im Takt, und je näher das Schiff dem Ufer kam, umso höher schwangen sich die Töne in den Himmel auf, und von dort regneten sie wieder herab und machten den Tanzenden Beine.

Die weißen Häuser waren vom Schiff aus nun klar zu erkennen, hell säumten sie den Hafen, und die Leute dort, die bewegten sich alle blitzschnell.

Menschen sind immer in Bewegung und Küstenbewohner ganz besonders.

Das Schiff verlangsamte die Fahrt, da hörte Lelio auf zu musizieren, blickte alle mit seinen schwarzen Augen an und sagte: »Ich weiß, ihr könnt mich wenig oder gar nich leiden, aber das is mir egal. Ich bin 'n guter Mensch, auch wenn ich arm bin und 'n Backpfeifengesicht hab.«

Elide blickte ihn neugierig an, die anderen misstrauisch, und Antonio blickte in die Wolken.

Da legte Lelio seine Mandoline ab, schubste Affen und Papagei grob von sich, holte das rote Schiffsbillett hervor, wedelte damit durch die Luft und rief: »Hier ist die Karte, für Antonio, bei meinem Barte, ich bin so nett, schenk meinem Freund das Billett, dank meiner Güte fährt er zu Amerikas Blüte.«

Antonio errötete, und die anderen stockten.

Er musste nur die Hand ausstrecken, das Billett nehmen, und er würde weiter über das Meer reisen. Doch in seinem Inneren ging es drunter und drüber.

Einfach nach der Karte greifen und Lelio hier zurücklassen? Der hatte sie doch in einem fairen Spiel gewonnen, und Antonio war mit allem einverstanden gewesen oder einfach nur arglos, aber das ist ja oft dasselbe. Nichts war so wichtig für ihn wie das Schiffsbillett. Aber war nicht auch sein Wort wichtig, sein Wort, das er gegeben, als er das Billett gesetzt hatte? Ist ein gegebenes Wort vielleicht keine ernste Sache?

Sicher, hier auf dem Meer vor Genua schöpfte er wieder Hoffnung in der spätfrühlingshaften leichten Brise, im anschwellenden Stimmengewirr der Genueser, in der Sehnsucht, nach dem Sturm friedlich einen sicheren Hafen anzusteuern. Er verlangte nach der Schiffskarte, wollte nach ihr greifen, und schauderte bei der Vorstellung, sie Lelio überlassen zu müssen, nur wegen seiner eigenen Arglosigkeit.

Und während in seinem Inneren Herz und Verstand miteinander rangen, ergriff Sanscrit das Wort: »Ein Mann weiß, dass er die eigenen Fehler nicht ungeschehen machen kann.«

Und Antonios Hand sank, ließ für immer von dem Stück Papier ab, das doch schön war wie ein roter Schmetterling.

»Ja«, stimmte er zu, »ein Mann weiß, dass er die eigenen Fehler nicht ungeschehen machen kann.« Und noch bevor die ersten Tränen flossen, noch bevor jeder seine Anschauungen dazu äußern konnte, warum Antonio bleiben, fahren, oder gar noch ein Spielchen wagen solle, huschte er zur Brücke, um sich vom Kapitän zu verabschieden.

Außer Atem kam er bei Bruno an, der inmitten einer Flut Seekarten, Sextanten und Bücher über die sieben Weltmeere wie immer in seiner marineblauen Jacke und dem schief aufliegenden Mützchen dasaß.

Antonio war außer Atem, weil er so schnell die Eisentreppe hinaufgerannt war.

»Kapitän, ich muss mich verabschieden oder vielleicht auch nicht«, rief er.

»Nein, nein, Zeit, Lebewohl zu sagen, Antonio, ein Wort, das niemand mag, und doch sagt man es oft im Leben. Nun denn, lebe wohl, mein Freund, gehe in Freiheit, so wie du bist, und werde glücklich, wenn du es kannst. Es gibt so viele Paradiese.«

Antonio ließ den Kopf hängen wie ein Veilchen im Regen und raunte: »Kann ich vielleicht auf dem Schiff bleiben …«

»Wie bitte? Du hast dein Schiffsbillett verspielt.«

»Ich habe keine Karte, aber ich könnte doch trotzdem an Bord bleiben und die Toiletten säubern, Schuhe putzen, Wäsche waschen, Eure Uniform in Ordnung halten. Ein paar Zwiebeln und eine Brotkruste würden mir reichen, ich schlafe auf dem Deck und seh mir das Wolkentreiben an.«

»Nein.«

»Ich könnte Kartoffeln schälen, Balken sägen, Netze knüpfen, Vögel rösten, Euch gegen Piraten verteidigen …«

»Nein und nochmals nein.«

Und dieses »Nein« war unumstößlich.

Antonio schluckte bitter, und der Kapitän versuchte, ihm seine Gründe für dieses »Nein« darzulegen: »Sieh mal, lieber Freund, jeder Mensch baut sein eigenes Luftschloss, auch um der Langeweile zu entkommen, und je flinker er es baut, umso flinker bringt er es zum Einstürzen. Dein Luftschloss liegt in Trümmern, und du musst dir ein neues bauen. Ich kann dir nicht helfen, es wieder zusammenzusetzen, du allein bist der Baumeister für dein Leben«, erklärte Bruno.

»Was soll ich in Genua machen?«

»Das Schiff verlassen, arbeiten, noch mehr arbeiten und dann ein neues Schiffsbillett besorgen und vielleicht in einem Jahr oder in zweien … nach Amerika«, erwiderte der Kapitän.

»Oder mich im Laderaum verstecken«, schlug Antonio spitzbübisch vor.

»Bist du ein Mann oder ein Kakerlak?«, brauste der Kapitän verächtlich auf.

Antonio blickte zu Boden.

»Kein Mann und keine Frau sollte sich wie Ungeziefer verstecken, sondern aufrecht sein und den Blick gerade halten, auch wenn man es mit dem Stock bekommt.«

»Wir sehen uns in New York oder auf Stromboli, Kapitän.«

»Stromboli« war das magische Wort des Kapitäns, und ein Schwermutschleier legte sich über seine Augen. Er blickte zum Hafen, der da vor ihnen lag, drosselte die Geschwindigkeit, trat vom Steuer zurück, stoppte das Schiff und raunte: »Genua kann warten … Sind ohnehin zu viele Schiffe im Hafen. Ich erzähle dir jetzt etwas.«

Und er richtete sich Kragenspiegel und Sterne auf den Schultern und sah Antonio tief in die Augen: »Wir denken uns tausend Dinge aus, tun alles, nur um der Eintönigkeit zu entfliehen.«

Antonio war überrascht. »Eintönigkeit auf Stromboli? Ich dachte, die gibt es in Gesso, nicht aber auf Stromboli.«

»Eintönigkeit gibt es überall«, entgegnete der Kapitän.

»Aber aus ihr ersteht das Verlangen nach Freiheit, und damit merzen wir die Eintönigkeit aus«, gab Antonio zu bedenken, und der Kapitän war berührt von diesem Satz und schien diesem Freiheitsgedanken durchaus etwas abgewinnen zu können.

»Glaubst du etwa, ich steuere gern Schiffe die Meere rauf und runter, durch Stürme und Delfinschwärme, mache mir nichts aus den Tränen derer, die in den Häfen zurückbleiben, und dem Freudentaumel derer, die abreisen? Vielleicht wäre ich besser in meinem Gemüsegarten geblieben, hätte schön frischen Salat gegessen und den Blick übers Meer schweifen lassen? Aber nein. Du weißt, Stromboli ist eine wundervolle Insel, ich habe dort ein Grundstück, und, ähem, auch eine Frau … eine unglaublich langweilige Frau. So langweilig, dass sie sogar immer das Gleiche sagt. Eines Tages, da hat sie mit diesem unheimlichen Glimmen in den Augen noch mehr als sonst gezetert, und hat mit Zwiebeln nach mir geworfen. An jenem Tag, und keinen Tag vorher, habe ich begriffen, dass mir mein Leben entgleiten würde, mein schönes Leben. Mir wurde klar, dass ich mit dieser Frau, die mich tätlich angriff und immerzu zeterte, die nach Altsein und Zwiebeln roch, vorzeitig sterben würde. Woran hätte ich sonst sterben sollen auf Stromboli, lieber Freund, zwischen den vier Wänden meines weißen Hauses am blauen Meer?«

»Stimmt, woran kann man sterben, Kapitän, auf einer wundervollen Feuerinsel mitten im Meer?«, erkundigte sich Antonio neugierig.

»So eine Frage stellen nur junge Leute, lieber Freund. Glaub mir, vor Eintönigkeit kann man überall sterben«, raunte der Kapitän. »Die Eintönigkeit frisst einen von innen auf. Manche sagen und glauben, dass der Tod von außen kommt, mit Krankheiten, Pistolenschüssen, Blitzeinschlägen. Aber das ist nicht wahr, der Tod kommt fast immer von innen. Nach und nach verlischt die Lebensfreude, und der Tod ermächtigt sich der Seele jeden Tag ein Stückchen mehr. Schleichend wie Gift kriecht Eintönigkeit in deine Stunden. Ja, so kann man sterben, lieber Freund, man stirbt langsam von innen, und niemand bemerkt es, nicht einmal du selbst, und dann, zack, schlägt er zu, der Tod, plötzlich und unbarmherzig. Lieber sind mir Haifische und Tsunamis als das Leben, das ich zurückgelassen habe. Lieber tausend Stürme erleben, als wie ein in Essig eingelegter Fisch in einer Konservendose dümpeln, so war mein Leben mit dieser Frau – eng und essigsauer. Lieber den Tod auf See finden, in blauer Unendlichkeit, als in der Unzufriedenheit.« Als er das alles ausgesprochen hatte, stieß der Kapitän einen schweren Seufzer aus, er schien erleichtert zu sein, als habe er sich einen Stein von der Seele geredet.

Kein müder Sturmbändiger war er mehr, nein, ein neues Licht glomm in ihm auf, und lebhafter fuhr er fort: »Da vorne ist der Hafen von Genua, jeder Hafen ist ein neuer Ort mit Menschen voller Tatendrang, Menschen, die nicht in der Eintönigkeit vor die Hunde gehen wollen, so wie ich. Neue Gesichter, neue Leben, wenig Bindungen, denn jede Bindung ist ein Kerker. Das suche ich. Sonst nichts.«

Er fuhr fort: »Auch wenn ich dich mag, halte ich dich nicht auf. Geh los, und lebe dein neues Leben, ein schönes oder weniger schönes, wer weiß das schon. Aber versuche, es gut zu leben, und lass keine Eintönigkeit hinein, nur wenn es einmal gar nicht anders geht.« Daraufhin ergriff er das Steuer mit neuer Kraft.

Antonio verabschiedete sich mit einer schüchternen Umarmung und wollte dann rasch an den Freunden vorbeihuschen, die sich schon ihre Abschiedsworte zurechtgelegt hatten.

Bei jedem Abschied wird eine Flut Erinnerungen hervorgekramt. »Weißt du noch, das Sternenbad, der Engel, die Würfelinsel, der Sturm, das violette Meer, der Heuschreckenregen und das unglückselige Kartenspiel?« Und jeder fügte den Erinnerungen noch Einzelheiten bei. Süße Schwermutsnebel verschleierten glänzend die Blicke, und dann stand alles still, ganz plötzlich.

Die Freunde blickten Antonio an, und er blickte zurück.

Das Schiff machte sich ans Anlegen, die Matrosen warfen den Anker, doch die Freunde hatten nur Augen für Antonio, das Anlegemanöver interessierte sie nicht mehr. Sie erinnerten sich noch einmal an seine Ruhe während des Sturms, wie er fröhlich Wein eingeschenkt hatte, wie er wenig, jedoch immer weise sprach, an seine Zurückhaltung mit Elide.

Ach, Elide, Elide. Niemand war so verzweifelt wie sie.

Die anderen stimmten sich auf das Lebewohl ein und waren nun bereit.

Der Erste war Herman De Gubernatis, überzeugt, dass es nur die richtigen Worte braucht, um einen Moment besonders zu machen. »Lebe wohl, junger Freund«, rief er, ruderte mit den Armen durch die Luft und erzeugte damit Wind, wie er doch vor Genua kein bisschen wehte. »Lebe wohl, vielleicht werden sich unsere Wege in den unergründlichen Wirren menschlichen Schicksals noch einmal kreuzen«, fügte er hinzu und fuhr dann hoffnungsfroher fort: »Eines Tages werden wir uns wiedersehen und miteinander trinken und den Gedanken im Fluss von Wein und Champagner freien Lauf lassen, nicht wahr?«

Schließlich ermahnte er Antonio ein wenig vorwurfsvoll: »Du warst nicht sehr umsichtig, lieber Freund, und vielleicht hätte ich deinen Spieleifer bremsen sollen. Aber mit deiner Leidenschaft für die Freiheit tust du ohnehin nur, wonach dir ist, und damit ist es dir ernst, du hörst auf niemanden und lässt dir nichts sagen.«

In seinen Worten hörte Antonio das Echo Don Lios, seines Vaters. De Gubernatis fuhr fort: »Ich habe dich nicht aufgehalten, als du mit glänzenden Augen deine Karten aufgenommen und gespielt hast, ich habe dich nicht aufgehalten, als du deine Schiffskarte gesetzt hast. Ich hätte etwas sagen können, doch ich habe geschwiegen, ich wollte dem Willen eines jungen Mannes und seinem jugendlichen Eifer freien Lauf lassen. Glücklicherweise macht man sich mit zwanzig Jahren noch keine Sorgen. So, die Würfel sind gefallen, nichts geht mehr, du musst nun das Schiff verlassen, und wir müssen die Reise ohne dich, mit Lelio an deiner statt fortsetzen.«

Alle blickten Antonio an, alle außer Lelio, der sich etwas abseits herumdrückte, unschlüssig, ob er an der Verabschiedung teilnehmen oder lieber im Hintergrund bleiben sollte. Gennarina sprang auf dem Schiff umher und zog den Passagieren an Haaren und Kollaren. Das tat sie aus purer Freude, und einige lachten, einige erschraken, und einige fielen glatt in Ohnmacht, je nach Befindlichkeit.

Elide ließ ihren Blick unermüdlich über Antonio gleiten, wollte sich seine Gesichtszüge einprägen, seinen Körper, die Knopflöcher seines Hemds, seine an diesem Tag meergrünen Augen, seine sparsamen Worte. Unruhig rang sie die Hände und wünschte sich einen Fotoapparat. Doch 1923 gab es nur wenige Menschen, die einen solchen Apparat besaßen.

Ein Foto würde ihr reichen, nur eines, das sie immer bei sich tragen konnte, es nachts mit Tränen benetzen und am Morgen mit Küssen bedecken. Antonio wiedersehen, das wäre zu schön. Doch hier am Hafen von Genua würden sie voneinander Abschied nehmen, sich wohl nicht mehr wiedersehen auf der großen weiten Welt.

Die Freunde klebten an ihm wie Briefmarken auf einem Umschlag. Ihre Arme schienen Flammen auf den Schultern von Antonio, den ihr Abschiedsschmerz in tiefe Verlegenheit stürzte. Seine Wangen waren tiefrot, und in seinen Augen glänzte es. Doch die Freunde wollten ihn einfach nicht freigeben.

In Lucillas Augen glitzerten mehr Tränen als in denen der anderen, doch sie weinte nicht, zu viel hatte sie schon erlebt. »Manchmal wird das Leben anders, als man will, denn irgendwas passiert immer. Ich war arm, ausgehungert und wurde ins Wasser gestoßen. Und nun bin ich hier und hab einen neuen Vater, das sagt man wohl so, obwohl er schon ziemlich alt is, und eine neue Mutter, die sehr lieb is, glaub ich jedenfalls. Du hattest 'n schönes Billett nach Merika und hast's verspielt. Siehst du, alles kann sich von jetzt auf gleich ändern. Nich weinen, vielleicht findeste in Genua ein neues Billett, ein schöneres sogar, oder 'ne Königin verliebt sich in dich und nimmt dich mit in ihren Palast. Nich verzweifeln, alles kann sich ändern, von jetzt auf gleich.«

Die neuen Eltern waren ergriffen von der Weisheit ihres Kindes, das ihr Leben von Grund auf verändert hatte.

Caravello hielt ein ofenwarmes Brötchen für Antonio bereit. »Mein Freund, Leute, die faul geboren sind und nichts mit sich anzufangen wissen, die ertrage ich nicht. Aber du bist ein aufgeweckter Junge. Vergiss nicht, immer zur Tat zu schreiten, am besten mit den Händen, denn wer die Hände gebraucht, ist ein glücklicher Mann. Hände sind wie Bäume, sie tragen viele Früchte.« Damit reichte er ihm das Brötchen, dessen Oberseite Sesamsamen zierten.

Doch der Sesam bedeckte das Backwerk nicht gleichmäßig, und das Brötchen selbst hatte auch nicht die sonst übliche Brötchenform. Fragend blickten alle darauf.

Das Schiff lud und entlud Waren und Passagiere.

Es wurde bereits umarmt und verabschiedet.

»Sag, was ist das für ein merkwürdiges Brötchen?«, erkundigte sich Antonio.

»Schau's dir gut an, du Döskopf.«

Antonio, Elide und die Freunde sahen genauer hin.

»Amerika!«, rief Elide.

»Die Vereinigten Staaten«, verbesserte De Gubernatis.

Und die Sesamsamen, einige braun, andere blass und noch andere nahezu verbrannt, standen für die großen Städte – Los Angeles, Detroit, Chicago, Philadelphia, San Diego, Dallas, Indianapolis, Nashville, Atlanta und Boston –, und der Sesamsamen für New York war der größte.

Alle lobten das Brot und wollten es berühren, aber das tut man nicht mit frischem Brot. Caravello wickelte es in ein Leinentuch, auf dem sein Name eingestickt war, Stefano Caravello, als Erinnerung, und reichte es Antonio.

»Liebe Freunde, es ist jetzt an der Zeit für den endgültigen Abschied«, erklärte Antonio.

»Nichts zu machen, der Mann aus dem Süden kündet doch immer eine Katastrophe an«, meinte De Gubernatis, der am liebsten noch eine Flasche für den Abschied geöffnet hätte.

Doch da ertönte schon das Schiffshorn, die Matrosen wuselten umher wie Ameisen, halfen den neuen Passagieren an Deck und trieben diejenigen, die in Genua ausstiegen, von Bord.

Der Kapitän beobachtete alles von oben.

Auch ohne Flasche hielt De Gubernatis noch eine kleine Rede: »Jetzt müssen wir es mit der Vernunft halten, Emotionen lassen nur Schwermut aufkommen. Nichts ist verloren, meine lieben Freunde, wirklich nicht. Wir verlieren uns nicht, nein, wir werden uns wiedersehen. Glaubt mir ...«

Die Freunde hingen an seinen Lippen.

»Ihr wisst, es ist leicht, sich in der Welt zu verlieren. Taschentücher und Freunde gehen ständig verloren. Doch wir können uns wiederfinden. Der Einfall kam mir, als ich das Brötchen gesehen habe.« Daraufhin blickten alle fragend auf das Brötchen in den Händen von Antonio, und der wickelte es wieder aus.

»Seht her«, fuhr De Gubernatis fort, »schaut es euch gut an. Wir können uns in ein oder zwei Jahren alle hier wiedertreffen, wer weiß ...«

»Wo denn?«, riefen alle durcheinander.

De Gubernatis legte seinen Finger auf das Brötchen.

»Wo, wo?«, wollten alle wissen.

»In Atlantic City«, antwortete De Gubernatis strahlend.

»Warum?«, wollte Antonio wissen.

»Das liegt am Meer, wie unsere Heimatorte, aber dort sind hohe Wellen und viel Gischt, und das Meer ist nicht blau wie das unsere. Es gibt dort Häuser, die sehen aus wie Feenschlösser, und das Leben ist ein sorgloser Fluss«, erklärte De Gubernatis.

»Ja!«, riefen alle aus, denn sei's drum, für sie war ein Ort wie der andere, aneinandergereihten Rosenkranzperlen gleich, die im unbekannten Land auf sie warteten.

»Wir sehen uns dort: Atlantic City.«

Im Grunde war Amerika für sie alle ein unwirklicher Ort auf dem Planeten der Absurditäten: die Städte mit den hohen Türmen, Flüsse von Wein, schöne Frauen, Dollars, Zahnpasta und Coca-Cola. In den Straßen freilaufende Pferde, die von den Ureinwohnern ohne Sattel geritten wurden. Männer und Frauen mit schwarzer Haut, die aus Afrika gekommen waren, Mammutbäume, Schießereien und Freiheit.

»Ja!«, rief auch Antonio, während das Schiffshorn ein zweites Mal tutete und der Kapitän von der Brücke aus ein Zeichen machte, das anmutete wie eine Segnung.

Elide hielt sich an Antonio fest, drückte ihn, wollte ihn küssen, während der Affe um die beiden herumhüpfte.

Dieser Kuss … dieser Kuss …

Dieser Kuss, der immer noch keine Wirklichkeit geworden war.

Was versetzt unsere Herzen in größeren Aufruhr, ein wirklicher Kuss oder ein erträumter?

Antonio errötete und ließ den Blick in die Ferne schweifen.

Blickte in die Meeresunendlichkeit.

Ohne zu weinen.

Antonio hatte gelernt, dass Tränen vergehen, wenn man übers Meer blickt.

Elide lief ihm noch auf der Treppe hinterher, ihr Haar war aufgelöst, ihr Leibchen ebenso.

»Heute Nacht werd ich kein Auge zumachen, auch in den nächsten Jahren nicht. Ich werd allein im Bett liegen und immer dein Bild vor Augen haben. Nie mehr werd ich schlafen können …«, raunte sie.

»Binde dich nicht an einen Mann, der fortmuss«, mahnte Antonio.

»Ich würde mit dir bis ans Ende der Welt gehen«, rief sie.

»Und wenn es dort keine Thunfische gibt?«

»Das ist doch egal. Dich zu verlieren bringt mich um«, japste sie, und Antonio hielt sie fest und schnupperte noch einmal ihren kräftigen Seegeruch.

»Jetzt übertreibst du aber«, murmelte er und küsste verlegen ihre salzige Hand.

Die Taue wurden losgemacht, die Zugangsbrücke, die das Schiff mit dem Hafen verband, schwebte zwischen Land und Meer, und die beiden standen da noch, wie Molluske und Muschel.

»Wenn du mich nicht liebst, dann will ich nicht mehr leben«, verkündete sie.

»Du wirst noch ein schönes Leben haben, auch ohne mich«, widersprach er.

Von den Matrosen an Land gescheucht, stand er da schließlich mit seinem Koffer und dem eingewickelten Sesambrötchen in Genua, sah im abendlichen Menschengewimmel die ersten Laternen am Hafen aufleuchten und das Schiff fortfahren, neuen Abenteuern entgegen.

Weder Schiffsbillett noch Geld hatte er also in dieser Nacht am Hafen in Genua, einer Stadt, die ihm vollkommen fremd war, nur einen süßen Salzgeschmack auf den Lippen, so süß.

Um ihn herum war alles trostlos, allein der Duft Elides ließ ihn Mut schöpfen. Er ging einen Schritt, zwei Schritte, und ihm war, als hörte er ihre Schritte neben sich, und die länglichen Wolken erinnerten ihn an ihre Zöpfe.

In den verwinkelten Gassen schwirrten hier und da sich küssende Pärchen umher wie Glühwürmchen. Und diese Glühwürmchenpaare führten ihm schonungslos die Wahrheit vor Augen: Nun war er allein, wirklich allein.

XVI

Auf der Suche nach dem verlorenen Billett

Der Mond kehrte der Erde den Rücken.

Das Schiff kehrte Genua den Rücken. Für immer.

Antonio streifte durch unbekannte Straßen.

Seine Schritte fanden den Weg durch laternenloses Gassengewirr und hallten einsam auf dem Pflaster. Mit dem abklingenden Verkehr der Schiffe und Fischkutter hatten sich die Menschen zerstreut, und nur wenige gingen durch die dunkle Nacht. Einige strichen umher, so wie er, andere eilten in die Tavernen, eine Kutsche fuhr haarscharf an ihm vorbei, und Soldaten in schwarzen Hemden marschierten wie im Siegesrausch in diesem Jahr 1923.

Antonio folgte den Soldaten, beeindruckt von ihrem schneidigen Schritt, der so anders war als der der Fischer, so anders als der Gang der Eier feilbietenden Frauen und der Gemüsehändler, die mit ihren leeren Körben und ein paar Münzen in der Tasche nach Hause trotteten. Die sieben mit Schlagstöcken bewehrten Soldaten in Schwarz betraten die Taverne *Gatto Blu*, deren von Sonne ausgeblichenes Messingschild die Zeichnung einer blauen Katze zeigte, hell beleuchtet von einer Gaslaterne gleich davor. Alles andere – das Gassengewirr, die winzigen Fenster, die blumenlosen Balkone, von denen Fischernetze hinabbaumelten – war in Dunkelheit getaucht.

Nicht einmal der Mond schenkte ein wenig Licht her in dieser Nacht. Angezogen von der blauen Katze oder vielleicht auch von der Fröhlichkeit, die aus den Fenstern mit den zerbrochenen Scheiben wehte, betrat Antonio die Taverne.

Drinnen ein Rausch aus Stimmen, Geständnissen, Gelächter

und fröhlichem Tanz. Niemand lachte und brüllte so laut wie die sieben Soldaten, doch auch andere Gruppen palaverten vernehmlich und tranken über den Durst. Die, die allein da waren, saßen vor ihren Gläsern und wohnten zerstreut dem Treiben bei, oder aber sie waren schon so betrunken, dass sie überhaupt nichts mehr wahrnahmen, weder den Boden ihres Glases noch ihre eigenen Gedanken.

Antonio setzte sich in eine Ecke und bestellte Malvasia-Wein, er stellte den Koffer hinter sich ab, holte ein Blatt Papier und eine Feder hervor und schrieb einen Brief an die Seinen:

> Liebe Familie,
> momentan befinde ich mich in Schwierigkeiten. Mit einer gewissen Blauäugigkeit habe ich mein Billett verspielt und musste hier in Genua das Schiff verlassen. Ich versuche, wieder auf die Beine zu kommen und ein neues Schiff zu finden. Ganz bestimmt kehre ich nicht nach Gesso zurück, ein richtiger Mann macht seine Entscheidungen nie rückgängig. Aber ich möchte auch nicht lange in Genua bleiben, hier ist es wie in Messina, nur etwas unheimlicher. Ich halte euch auf dem Laufenden. Das ist alles für heute.

Er leckte über den Papierrand, um den Brief zu verschließen, der – wie ihm schien – das Todesurteil all seiner frohen Hoffnungen barg.

Wie hatte er sich abgemüht für diese Schiffsreise und das Billett, wie groß waren seine Hoffnungen gewesen, und nun war alles fort, zerplatzt wie eine Seifenblase.

Du Tölpian, dummer, dummer Tölpian, schalt er sich immer wieder, Schluck um Schluck, und die Dinge um ihn herum verloren langsam ihre Umrisse, begannen glitzernd zu verwischen.

Zu viel Wein floss durch die Adern des einsamen Reisenden.

Antonio sah Menschen, deren Gesichter flackerten wie kleine Flammen, Tische wurden zu Flusskrebsen und schäbige Gläser zu Silberkelchen. Perlgraue und blaue Bruchstücke seiner Vergangenheit in Sizilien zogen an ihm vorüber, trieben wie Motten durch die Luft: die Pferde Aurora und Audacio, der Tintenfisch in der Badewanne bei Donna Vittoria, der Zikaden- und Grillengesang, der unermüdliche Tino Zulli mit seiner Hacke, die windgebeugten Zypressen, die sich irgendwann wieder aufrichten, der ins Kraut geschossene Kopfsalat, Basilikum, das nach zu langer Zeit bitter wird, die Glockenblüten der Minze, Zibibbo-Trauben, getrocknete Feigen, weiß blühender Oregano, nur schwarz darf er nicht blühen, dann schmeckt er nicht mehr. Und Gesichter, viele Gesichter, jünger als die, von denen er sich verabschiedet hatte, und doch waren sie unverkennbar: sein Bruder als Kind, der Vater, wie er einst hoch zu Ross durch seine Ländereien ritt, das Dorf und die Freunde, alle noch so jung.

Der Wirt hatte kobaltblaue Augenringe und blickte Antonio an wie seine anderen schon berauschten Gäste.

Haben sich alle im Wein verloren, dachte er, in der Liebe, den Erinnerungen, wie ihnen gerade zumute ist, Menschen verlieren sich immer, und er trocknete sich die Hände an seiner grauen Schürze.

Antonio sah Hunderte Gesichter, die gar nicht da waren.

Und diese Gesichter platzten in seinem Kopf wie Seifenblasen, eine tauchte auf, eine andere verschwand, und dann blieb nur noch Schwindel. Und wie er da so trank und trank, geriet er in eine absurde Welt, in einen von Ziegen zerstörten Wald, einen dumpfen Sumpf, in dem rote Teufel tobten, er sah Frauenschenkel, die wie Salamis an Haken baumelten, springende Lachse in einem Champagnerfluss voller Genuss, sah den äthiopischen Negus, Nachkomme Salomons und der Königin von Saba, der ihm das Zepter reichte, und eine Feluke auf dem roten Meer, die im Himmel nach Ägypten bis zum Pharos von Alexandria flog.

Oh, du schöne Fantasie, dachte Antonio, meine und die des Weins, zum Glück gibt es die Fantasie, wenn jede Hoffnung verloren scheint.

Er glaubte sich in einer Grotte, die Knochen gebrochen und in Liebe entflammt, und da sackte er besinnungslos von seinem Stuhl, stürzte mit dem Gesicht auf den Boden, und sein Koffer kippte auf ihn. Ein Soldat hob ihn hoch, andere Kämpfer eilten herbei, und unter Gelächter und Hauruck goss man ihm einen Eimer kaltes Wasser über den Kopf, um ihn wieder zu sich zu bringen.

Er kam halb zur Besinnung – der dösige Zustand war ihm noch ein wenig vergönnt – und sah sich umringt von Soldaten.

Die haben mir gerade noch gefehlt, dachte Antonio, der nie besonders viel von Soldaten gehalten hatte, denn sie ziehen in den Krieg, und im Krieg sterben so ehrsame junge Menschen wie Ignazio.

»Sie nehmen mich mit in den Krieg, und ich sterbe im Bombenhagel, und auf Nimmerwiedersehen, große Träume und Luftschlösser«, das war ein Lied, das sein Bruder Placido immer gesungen hatte.

Doch die sieben Soldaten hörten sein Geflüster gar nicht, sie lachten darüber, wie verwirrt und hilflos er war, und schubsten und stießen ihn hin und her.

»Siehst aus wie ’n Püppchen, ’n hübsches blondes Püppchen«, rief einer, »weiß deine Mamma, wo du dich rumtreibst, hübsch wie du bist?«, ein anderer knuffte ihn vor die Brust, wieder ein anderer zog ihm die Hose herunter, doch Antonio begriff nicht, was da geschah oder noch geschehen konnte. Er fühlte sich wie ein Gummiball in den Krallen sieben schwarzer Raben und wünschte sich einen Zauberstab, mit dem er diese sieben Raben in sieben liebe Kinderlein verwandeln könnte.

Außerdem war der aus Salina stammende Malvasia, aus lang in der Sonne gereiften kleinen Trauben gekeltert, außergewöhnlich stark. Doch Antonio sah weder Sonne, Mond noch Sterne, sondern spürte Tritte, Schläge und Hiebe von sieben Raben. Er wankte, schwankte, stürzte, rappelte sich auf, und wieder fielen sie über ihn her, stießen und knufften ihn. So zerbrechlich war er nach all dem, was er erlebt hatte, so niedergeschlagen, und jetzt auch noch diese Demütigung.

Schon wurde der erste Schlagstock gezückt, und ein Messer blitzte auf. Als der Wirt das sah, griff er hinter der Theke nach einem Weinschlauch und spritzte kurzerhand alle nass. »Malvasia, Malvasia, der beste Malvasia ist der aus Salina von den Liparischen Inseln. So, und jetzt reicht es, ihr Burschen, lasst den Jungen in Ruhe.«

Die sieben Soldaten leckten sich den süßen Wein aus Bärten und Haaren und ließen Antonio achtlos auf dem Boden liegen, um sich neuen Verlockungen zuzuwenden.

So verging noch eine Stunde, bevor die Sonne am Himmel emporkletterte, die Soldaten sangen, Antonio weinte still vor sich hin, und der Wirt brachte ihm heimlich eine Tasse heißen Tee, hausgemachte Kekse und einige Stücke dunkler Schokolade. Antonio lag noch im Dämmerlicht auf dem Boden, alles schmerzte, Trostlosigkeit und Demütigung lasteten schwer auf ihm. Doch beim dritten Stück Schokolade öffnete er die Augen, hob den Kopf, und mit getrockneten Tränen wandte er sich an den Wirt: »Solange es Schokolade gibt, ist nicht alles verloren.« Damit ließ er sich wieder zurücksinken und schlief ein, und im Traum sah er einen riesigen runden Mond über Gesso thronen, der ihn mit Elides samtigen Augen anschaute.

Wie jede Nacht hatte auch diese ein Ende, die Sonne ging auf und überzog Straßen, Taverne und Antonio Grillos Augen mit etwas verhaltenem Licht. Als er erwachte, waren die Rabensoldaten verschwunden, das schien ihm schon zu schön, um wahr zu sein, und der Wirt kniete neben ihm und sammelte die Scherben der Nacht auf.

Antonio versuchte aufzustehen, doch schwach wie er war, fiel er zurück.

»Was tust du denn da?«, rief der Wirt, »du bist ja noch viel zu elend, brauchst erst mal ’ne Stärkung.« Er reichte ihm einen Kaffee.

»Sind die Verräter weg?«, wollte Antonio ängstlich wissen.

»Ja, sind zurück in die Kaserne, ein Glück, und wenn Gott will, sind wir die los, oder die ziehen in den Krieg, da tun sie mir einen Gefallen, aber in einen Krieg, der weit weg ist vom meinem *Gatto Blu*«, seufzte der Wirt, und da huschte eine Katze zwischen seinen Beinen hindurch, eine schwarze, aber im Licht der Sonne und einer noch brennenden Laterne schimmerte das Fell dunkelblau.

Die Schokolade, die Freundlichkeit des Wirts und die Katze, das alles schien Antonio fast unwirklich. Er spürte jeden Knochen. Der Wirt half ihm schließlich auf und führte ihn zum einzigen Sofa in der Taverne, einem abgewetzten aus ausgeblichenem dunkelblauem Samt, und dort hieß er ihn sich niederlegen.

»Und jetzt erzähl mal«, forderte der Wirt ihn auf, »erzähl mir deine Geschichte. Jeder, der hier reinkommt, bringt eine eigene mit.« Er stellte den Besen beiseite und setzte sich, um Antonio zu lauschen.

An jenem Morgen drang die Sonne mit aller Kraft durch die Ritzen und Ecken, durch die altersschwachen Fenster in die Taverne. Eine Wonne, diese Sonne.

Antonio besah sich das Lichtspiel, die hellen Streifen auf dem Boden, und noch ganz verstrubbelt von der durchtrunkenen Nacht und den Schlägen fing er an zu erzählen.

»Wie schön, dass du die Geschichte eines glücklosen Sonderlings anhören willst«, bemerkte Antonio.

»Wähle deine Worte mit Bedacht«, mahnte der Wirt, »wie sollte ein vollkommen gesunder Zwanzigjähriger glücklos sein, nur weil er mal ein paar Schläge kassiert hat. Glücklos, das ist etwas anderes, mein Freund, Alter zum Beispiel oder Krankheit, da verlässt einen wahrlich das Glück. Also sprich, aber fang hier bloß nicht an zu jammern, das ertrag ich nämlich nicht. Was wir für eine Tragödie halten, ist doch meistens eine Gelegenheit. Also erzähl, aber ohne Ach und Weh.«

Antonio richtete sich auf und fing ganz von vorn an: »Mein

Vater heißt Lio Grillo, meine Mutter habe ich nie kennengelernt, denn sie starb bei meiner Geburt. Meine Familie besitzt große Ländereien und Gipsminen in Gesso, das ist ein kleines Dorf in den Hügeln von Sizilien mit Blick auf die Liparischen Inseln. Eines Tages beschloss ich, nach Merika zu fahren, alle wollten mich abhalten, doch ich habe es irgendwann geschafft, das Geld für eine Schiffskarte von Messina aus aufzutreiben.«

»Wie?«, erkundigte sich der Wirt neugierig.

»Zuerst habe ich auf einem verlassenen Stück Land nach einem Schatz gegraben, zwei magische Gänse haben mich dabei begleitet, dann habe ich mein Glück beim Kartenspiel versucht, und schließlich konnte ich einen Geschäftsmann namens Ciraolo überzeugen, mir Geld zu borgen. Wenn ich in Amerika mein Glück mache, dann zahle ich es ihm zurück. Aber das Glück hat mich auf immer verlassen, ist zerplatzt wie eine Seifenblase.« Er brach in Tränen aus.

Der Wirt mochte keine Tränen, und um sich weiteres Gejammer zu ersparen, wollte er schon aufstehen aus seinem Sessel, der nicht ganz so zerschlissen war wie das Sofa, doch die Neugier hielt ihn zurück. »Beschwer dich nicht, meine Güte, tränenduselige Geschichten sind schlimmer als gepanschter Wein. Erzähl weiter. Du bist also abgefahren, davon gehe ich mal aus, schließlich bist du jetzt hier in Genua. Immerhin hast du es bis hierher geschafft. Was ist passiert? Warst du auf dem Schiff mit diesen Unmengen von Auswanderern, das gestern angekommen ist? Und wenn du da von Bord gegangen bist, warum bist du dann nicht wieder drauf? Das Schiff ist doch schon längst weitergefahren. Warum bist du hier, lädiert, verzagt und von blauen Flecken übersät?«

»Ich bin hier und nicht auf dem Schiff, weil ich meine Schiffskarte verspielt habe«, erklärte Antonio, und dann versuchte er, sich inmitten dieser Trostlosigkeit an etwas Schönes zu erinnern. »Ich hatte Freunde, die mich wirklich mochten. Die schöne Elide, Caravello, eine chinesische Familie, De Gubernatis und seinen weisen

Begleiter Sanscrit … Aber ein Verräter war darunter, oder vielleicht auch nur ein Dummkopf oder ein Lump, ich weiß auch nicht, was für einer Lelio ist …«

»Lelio?«, fragte der Wirt neugierig. »Hört sich an wie einer, der aus Neapel kommt.«

»Ja, genau, am Hafen in Neapel ist er ins Wasser gesprungen, wäre mitsamt seinem Affen und einer Mandoline fast ertrunken, wenn der Kapitän sie nicht aus Nächstenliebe aus dem Wasser gefischt hätte.«

»Ein Affe?«, wunderte sich der Wirt und kniff die Augen zusammen, als versuchte er, sich an etwas zu erinnern.

»Er und der Affe waren unzertrennlich, auch wenn er tanzte oder Karten spielte. Ach, die Karten, bunte Papierfetzen, die einem mehr noch als eine schöne Frau oder eine Liebhaberin den Kopf verdrehen. Bringen einen vom Weg ab, gaukeln einem vor, es gäbe einen besseren …«

»Ihr Sizilianer seid doch alle gleich: Wenn ihr einmal angefangen habt, dauert's ewig, bis ihr zum Punkt kommt, weil ihr immer um den heißen Brei herumredet. Fass dich kurz, Junge, ich muss arbeiten, hab keine Zeit zu verlieren, ich muss schlafen und die Taverne putzen, nachdem hier gestern diese Horde Dreckschweine durchgerannt ist. Es laufen doch tatsächlich mehr Schweine als Menschen herum«, stellte er fest, während er umherblickte.

Überall waren noch Reste der vorherigen Nacht zu sehen, Likörspritzer an den Wänden, Zündhölzer auf dem Boden, Knöpfe, von Kerzenwachs verklebte Spielkarten.

»Ja, ja, die Karten«, wiederholte Antonio und dachte mit einer Mischung aus Abneigung und Leidenschaft daran, »ich habe meine Schiffskarte gesetzt beim Kartenspiel und habe verloren, gewonnen hat sie …«

»Lelio«, rief der Wirt, der immer noch in seinem Gedächtnis kramte. »Sag mal, dieser Lelio, ist der klein, stämmig, hat listige Augen und singt immerzu? Zuerst mag man's gerne hören, aber irgendwann schwindelt's einen nur noch, und der Affe, der ist immer dabei?«

»Genau, er ist klein und hat dunkles lockiges Haar, redet mit neapolitanischem Akzent oder ohne, wie es ihm passt, bringt einen mit irgendeiner Zauberei zum Tanzen und macht alle fröhlich, und seine Hände, die bewegt er schneller als der Affe«, erklärte Antonio.

»Lelio, Lelio … Aber sicher, warum ist mir das nicht gleich eingefallen!«, rief der Wirt aus und fügte hinzu: »Und hatte er beim Spiel vielleicht auch seinen Affen dabei?«

»Aber ja, er und der Affe, unzertrennlich waren die«, antwortete Antonio.

»Du bist wahrlich ein Traumtänzer, hier in Genua wissen alle, dass Lelio schummelt. Der Affe kennt die Karten und gibt ihm irgendwie Hinweise auf das Blatt der anderen. Lelio, Lelio, wie konntest du dem nur über den Weg trauen?«

»Woher kennst du Lelio?«, rief Antonio entgeistert aus. Jetzt endlich begriff er alles, doch es fiel ihm schwer, sich einzugestehen, dass der Affe so schlau und er so dumm gewesen war.

»In den Hafenstädten kennen alle Lelio. Er fährt von Hafenstadt zu Hafenstadt, und irgendwie kommt er immer auf ein Schiff. Entweder springt er ins Wasser und wird dann herausgefischt, gibt sich als Wandermusiker aus, oder er erobert ein unansehnliches Frauenzimmer mit dickem Geldbeutel, das ihn mit in seine Kabine nimmt. Irgendwie bekommt er, was er will, ändert alle sechs Monate sein Leben, lässt's sich gut gehen und kommt herum. Und der Affe, ja, der Affe … Der ist fast ein Wunder, schlauer als Lelio ist der, beobachtet alles, nur sprechen kann er nun mal nicht. Wer wenig spricht, der beobachtet viel, und wer viel spricht, der beobachtet wenig. Ach Gott, jetzt hab ich geschwatzt wie einer aus Sizilien. Um es kurz zu machen: Der Affe kann Karten spielen. Unmöglich, gegen Lelio und seinen Affen zu gewinnen, die beiden sind das reinste Gaunerpärchen.«

Antonio, der schon niedergeschlagen genug war, wurde noch trübsinniger, er konnte nicht glauben, dass er sich von einem Affen hatte hereinlegen lassen.

Schweigend unterdrückte er seine Tränen und dachte über seine missliche Lage nach.

Es gibt zwei Arten von Schwierigkeiten, sinnierte er, die einen sucht man sich selbst, und die anderen brechen über einen herein. Ein Sturm bricht über einen herein, da kann man nichts machen, aber dass ich das Billett verspielt habe, das ist ganz allein meine Schuld, meine und die meiner Hände.

Er betrachtete seine Hände, biss in eine hinein, ergriff dann einen Schraubenzieher, der auf dem Tisch lag, und zog der anderen damit eins über. Mit funkelnden Augen ließ er die Arme wie Windmühlen durch die Luft kreisen, schlug auf Armleuchter und Stuhllehnen ein.

Der Wirt sah ihm schweigend zu.

Schließlich schlug Antonio zweimal gegen die Wand.

»Du undankbarer Kerl«, brauste da der Wirt auf, »ich rette dich, höre mir deine Dummheiten an, tröste dich, und du, du drischst auf meine Wände ein?« Wütend riss er die Tavernentür auf, um Antonio hinauszuwerfen, so wie er ja ständig Leute an die Luft setzte – Schläger, Schmarotzer, Halbverrückte und dergleichen.

Durch die sperrangelweit aufgerissene Tür fiel warm die Sonne herein, Staubpartikel tanzten im Goldlicht, das den dunklen Laden erfüllte und in die Herzen der beiden Männer drang.

Diese Sonne war wundervoll.

Antonio ließ die Fäuste sinken, in einen wärmenden Goldstrahl hinein, und der Wirt vergaß seufzend seine Wut.

»Genug, diese Nacht haben wir schon genug erlebt«, beschloss der Wirt, »wir sollten unsere erhitzten Gemüter mit etwas Gutem besänftigen«, und er bereitete eine heiße Schokolade zu.

Dann betrachtete er Antonios Hände, geschunden von den

Schlägen gegen die Wände, übersät mit Schrammen, Blutergüssen und Messerkratzern, und das ging ihm ans Herz. Er sagte: »Ach, Hände, Menschen haben Hände, Katzen nicht, und anstatt mit den Händen Gutes zu tun, machen die Menschen lieber Unfug oder einfach gar nichts. Und doch sind es die Hände, mit denen der Mensch sein Glück macht, nicht der Kopf.«

Und dann fing er an herumzuhantieren, klebte hier und da Schildchen an Flaschen, stellte eine neue hin, machte eine andere zu, sammelte Scherben auf, putzte Flecken weg und hob umgeworfene Stühle auf. In Antonio regte sich der gute Wille, er nahm sich ein Vorbild am Wirt und half, die Taverne ein wenig in Ordnung zu bringen nach den Verwüstungen der letzten Nacht.

Sanft wischte er seine eigenen Blutflecken vom Boden auf.

Ich lebe, dachte er, ich lebe, und nur das zählt. Was sind schon eine Schiffskarte, ein paar Schläge oder Kummer? Ich bin lebendig genug, mein eigenes Blut wegzuwischen, nichts weiter als ein paar rote Tropfen.

Das waren Antonios Gedanken, mittlerweile war es Mittag, und im Himmel erklangen die Glocken Genuas. Die Taverne war so weit wiederhergestellt, zwar sah man ihr die allabendlichen Ausschweifungen immer noch an, doch für den heutigen Abend war sie bereit.

Der Wirt war müde, von seinen sechzig Jahren hatte er dreißig auf dem Meer verbracht, die anderen dreißig Nachtgestalten Likör und Wein serviert, er ließ sich auf das ausgeblichene Sofa fallen, wo schon die Katze mit dem blau schimmernden Fell zusammengerollt lag. Wirt und Katze schmiegten sich aneinander und waren nun bereit, ins Reich der Träume hinüberzugleiten.

Doch Antonio wollte seinen Putzarbeiten noch den letzten Schliff geben.

»Wie geht es dir jetzt?«, erkundigte sich der Wirt.

»Besser, besser«, versicherte Antonio.

»Siehst du, ich hatte recht. Wenn man die Hände benutzt,

dann beruhigt sich der Kopf. Wer nichts mit seinen Händen tut, dem kommt allerhand Unsinn den Kopf. Also, immer schön dran denken: Wenn du traurig bist, aufstehen und was mit den Händen machen, dann geht alles vorbei. Hier in Genua gibt's genug zu tun. Geh arbeiten, Junge, und abends kannst du fischen, das Meer ist großzügig. Erde und Meer geben immer reichlich«, erklärte der Wirt und betrachtete Antonios Hände.

»Du hast kräftige Hände, Junge«, stellte er fest. »Die Hände sind das Glück eines jeden Mannes. Du willst eine neue Schiffskarte nach Amerika? Geh arbeiten, und dann siehst du weiter. Wenn du willst, dann komm morgens hierher und bring den Saustall in Ordnung, den die Gäste hinterlassen. Kannst auch abends kommen, ich bring dir etwas bei über Likör und Wein, was meinst du?«

Dankbar nahm Antonio das Angebot an.

Er wusch sich die Hände mit Kernseife und trocknete sie.

Der Wirt blickte auf die trockenen Finger des neuen Freunds und goss etwas Hanföl mit Jasminblütenessenz darüber. »Vergiss nicht, deinen Händen am Tagesende zu danken, sie zu ehren. Und jetzt geh in die Stadt, und verdien dir Brot und die Schiffskarte. Und heute Abend um sechs Uhr kommst du wieder her.« Damit öffnete er die Tür des *Gatto Blu*.

Draußen war alles in gleißendes Licht getaucht.

Rasch schlug der Wirt die Tür wieder zu und ging endgültig schlafen.

Ziellos streifte Antonio durch die Gassen Genuas und sprach jedermann an: »Könnt Ihr jemanden brauchen? Habt Ihr Arbeit für mich? Ich kann vieles, und was ich nicht kann, werde ich lernen«, einige sagten Ja, andere sagten Nein.

Abends und morgens half er in der Taverne. Der Wirt besorgte ihm einen Schlafplatz, eine Dachstube mit Blick auf die von Schiffen bevölkerte See und einem Storchennest.

Einem runden Nest mit drei großen Eiern darin, bewacht von zwei weißen Störchen.

Antonio lernte viel vom Wirt des *Gatto Blu*.

Er lernte, Menschen zu beobachten, ohne selbst wahrgenommen zu werden. An der Theke einer Taverne sah man Männer lachen, weinen, verzweifeln, sah sie im Wein neuen Mut schöpfen, hörte sie verträumt seufzen über eine neue Liebe, oder niedergeschlagen klagen über eine, die gerade zu Ende gegangen war.

An einer Theke sieht man das Leben wie hinter einem Bullauge vorbeiziehen, sieht es brennen, sieht, wie es stürzt und sich wieder aufrappelt.

Vor einem Gastwirt oder Barmann sind die Menschen nackt.

Der Wirt lehrte Antonio auch ein wenig darüber, wie man Wein, leichte und schwere Liköre mit Säften, Kräutern, Eis und Minze mischt.

Viele Jahre sollte Antonio nicht vergessen, was der Wirt des *Gatto Blu* ihm beibrachte.

Genua umfing ihn und lehrte ihn zu arbeiten, und er erlernte unzählige Tätigkeiten in allen möglichen Berufen.

Am Morgen putzte er in der Kaserne die schwarzen Soldatenstiefel, bis sie glänzten, und das machte er so gut, dass die Soldaten ihm schließlich auf die Schultern klopften – keine Rede mehr von Backpfeifen. Er arbeitete so viel, dass er am Ende des Tages ganz zerschuftet war, doch seine Taschen, die waren gefüllt.

All das hatte er seinen Händen zu verdanken.

Auf dem Markt im Hafen flocht er Körbe.

In Gesso hatte Antonio von einem Korbflechter, der Körbe für die Traubenernte flocht, schon ein wenig in dieser Fertigkeit erlernt, aber in Genua brachte Antonio diese Kunst mit fliegenden Händen zur Vollendung. Alle wollten seine Körbe für Fische, Obst, Brot oder Bonbons. Kleine und große, aus Binsen oder Weide, mit Henkeln oder einem halbrunden Griff, eng oder breit geflochten, jeder Korb für sich war eine Besonderheit.

Alles dank seiner Hände.

Wenn es ihm gut ging, flocht er schöne Körbe. Wenn er traurig war, gerieten sie schief und krumm. Glücklicherweise war er nicht oft traurig, denn er hatte immer zu tun, und bei der Arbeit verfliegt jeder Gram.

Er arbeitete hart, sah am Abend die Schiffe auslaufen und seufzte.

Eines Tages gehe auch ich an Bord, die Schiffe fahren hier jeden Tag … Und ich werde wieder Freunde finden und eine Frau, sagte er sich.

Fern hielt er sich nur von anderen Sizilianern, denn das Zusammensein mit seinen Landsleuten bereitete ihm schlimmes Heimweh. Sie erinnerten ihn an die Vergangenheit, und er wollte doch vorwärts, vorwärts in die Zukunft.

Sicher, manchmal zog Gesso schillernd an seinem inneren Auge vorüber: das sanft dahinplätschernde Leben, das schöne Haus in den Hügeln, der an Früchten reiche Boden, der frische Fisch, seine Stute Aurora, die Gänse, sein Bruder, der runde Mond über der Talsenke. Dann fing er an, wie wild herumzuhantieren, oder er vertiefte sich in den Anblick des Storchennests auf seinem Dach.

»Ihr lieben Störche, Erinnerungen sind bloß Ballast für die Seele, so was ist nur gut für alte Leute«, erklärte Antonio den weißen Störchen.

Eines Tages traf er im Hafen auf einen Knoblauchverkäufer aus Palermo, der sagte, Palermo sei die schönste Stadt der Welt: die Santuzza, der Monte Pellegrino, die goldenen Mosaiken der Cappella Palatina, Kapern, Sardellenpasta, die Senatskutschen, die Wurzeln des Ficus auf der Piazza Marina, die sich zwischen den Toten der Heiligen Inquisition schlängeln – mit leuchtenden Augen erhob er die Stadt in den Himmel empor.

Der Rest der Welt interessierte ihn kein bisschen.

Antonio, vollkommen mitgerissen von dieser Erzählung, tat es ihm gleich und lobte sein Dorf über den grünen Klee hinaus: die Corniola-Trauben im Sonnenuntergang, Tomaten, süßer als Erdbeeren, Margeriten wie Königinnenkronen, der heilige Antonio, der Stürme und Tiere zu bändigen vermag. »Alles, wirklich alles in meiner Heimat ist wunderschön.«

Doch während er so redete, sank sein Mut, das Leben hier in Genua und später in Amerika freudig zu meistern.

So verabschiedete Antonio sich eilig: »Compare, zu viele Erinnerungen machen einen nur verrückt. Sie hindern einen daran, ein neues Leben anzufangen«, und mit diesen Worten ging er rasch davon.

Die Sonne stand noch hoch, als er zu einer seiner zahlreichen Gelegenheitsarbeiten eilte.

Erst am Abend, nachdem er Tische gewischt, Soldatenstiefel geputzt, zwanzig Körbe geflochten und die Glocken einer Kirche geläutet hatte, deren Küster verstorben war, nachdem er Hühner bei einem Metzger gerupft, bei einem Schleifer Messer geschärft und Portwein aus Porto abgefüllt hatte, saß er auf der Hafenmole in Genua und betrachtete die letzten Lichter des Tages in der untergehenden Sonne.

Die im Wasser versinkende Sonne zu verabschieden hatte ihm schon immer gefallen.

In der Hand hielt er sein Abendessen, eine Tüte frittierter Sardellen, da sah er am Horizont die Umrisse eines ihm wohlbekannten Schiffs auftauchen.

Hoch und rund, für Antonio war es die Königin aller Schiffe.

Das Schiff, mit dem er von Messina nach Genua gefahren war, mit Kapitän Bruno und den Freunden.

Zweifellos. Das war sein Schiff.

Er steckte das Tütchen mit den Sardellen in die Jackentasche und blickte auf das herannahende Schiff. Der Kapitän zögerte ein wenig festzumachen, bedeutete für ihn doch jeder Hafen die Unterbrechung seines Abenteuers, aber schließlich warf er den Anker.

Mit einem Tuten legte das Schiff an.

Mein Schiff … Mir kommen die Tränen, dachte Antonio.

Und wie ein hungriger Fuchs sich auf seine Beute stürzt, wollte Antonio zum Schiff eilen, doch ein Matrose hielt ihn auf. Wild wedelte Antonio auf der Mole mit den Armen und schrie in Richtung der Kommandobrücke: »Kapitäääään, mein Kapitän …« Die Seele schrie er sich aus dem Leib, doch nichts tat sich.

Bekleidet wie er war, die Tüte frittierten Fisch in der Tasche, sprang Antonio ins Wasser. Der Kapitän sah ihn und warf flugs einen Rettungsring, doch erst als Antonio triefend vor ihm stand, erkannte ihn der Kapitän. »Antonio, lieber Freund! Du bist immer noch hier in Genua? Es ist viel Zeit vergangen … Und da stehst du auf einmal hier vor mir, klitschnass und erschöpft«, rief er und gab ihm ein Tuch zum Abtrocken, denn Antonio zitterte schon vor Kälte.

»Kapitän, mein Kapitän, ich arbeite hier von morgens bis abends, um das Geld für ein neues Billett zu verdienen, damit ich weiterfahren kann. Ich arbeite den ganzen Tag mit meinen Händen.« Antonios Stimme war tränenerstickt und schwach.

Bruno betrachtete die Hände, die er so gut kannte, einst glatt und weich, nun voller Schrammen, Schwielen, Sonnen- und Salzflecken, die Nägel abgebrochen. Auch Antonios Gesicht war viel dunkler geworden, doch seine Augen glitzerten darin nach wie vor blau wie das Meer.

»Nicht weinen, mein Junge«, beruhigte ihn der Kapitän, »ein Schiff kommt und eines geht, so ist das auf dem Ozean. In drei Monaten komme ich wieder hier vorbei, sei reisefertig, wenn mein Schiff kommt.«

Er bot ihm süßen Wein an, und mit dem süßen Geschmack blühten süße Erinnerungen auf.

»Wie geht es den anderen? Elide? Was ist aus ihnen geworden?«, wollte Antonio wissen.

»Alle von Bord gegangen.«

»Ja, aber wie geht es ihnen jetzt in Amerika?«

»Woher soll ich das wissen? Meine Aufgabe ist es, die Leute von einem Ort zum anderen zu bringen. Euer Leben geht mich nichts an. Ich glaube, sie waren glücklich. Alle haben sich auf den Weg nach Atlantic City gemacht, an die Ufer des Ozeans.«

»Sind sie während der Reise zusammengeblieben?«

»Aber sicher. De Gubernatis, Sanscrit und der Papagei waren unzertrennlich, ebenso die kleine Familie, Liu Pu, Lia und Lucilla, und Caravello mit seinen Träumen, der natürlich auch. Und Lelio und sein Affe Gennarina, die Verführerin, sind Tag und Nacht um Elide herumscharwenzelt«, erzählte der Kapitän.

Schwindel ergriff Antonio an Leib und Seele.

Alles in ihm zog sich zusammen, ein Stein legte sich schwer auf seinen Magen, Trauer verschleierte seinen Blick.

Vor seinem inneren Auge blitzten unwirkliche Bilder einer amerikanischen Hochzeit auf, festlich mit Küssen und Tänzen. Elide … mit diesem Tunichtgut von Lelio, ineinandergeschlungen wie rankendes Efeu an turmhohen Gebäuden. Er sah ihre sanften Augen mit den langen schwarzen Wimpern, vor denen er misstrauisch stets auf der Hut gewesen war. Ihre im Wasser aufgelösten Zöpfe, damals, im Sternenbad. Das war mehr, als er ertragen konnte, gebeutelt wie er war von Demütigung und Armut, von der alltäglichen Schufterei, um seines Glücks wieder habhaft zu werden, seines Glücks, das er doch selbst fortgeworfen hatte. Mit diesem einen Kartenspiel hatte er alles verloren: Reise, Liebe und Frau. Ja, seine Frau … die doch gar nicht seine war. Sollte sie auf einen Tölpian warten, der sein Billett im Kartenspiel gesetzt und vor der Liebe die Augen verschlossen hatte, einzig von seinem Wunsch nach Freiheit beseelt? Der ihr nie »Ich liebe dich« oder Ähnliches gesagt hatte? Was erwartete er also?

Ach, das Schicksal verzeiht den Menschen nichts. Er sah es förmlich vor sich, wie sie eng aneinandergeschmiegt durch die Tavernen tanzten, Elide und Lelio, und bald würden sie Hochzeit halten, mit dem Affen Gennarina als Brautjungfer, der Elides Schleier tragen würde. Und flink wie kleine Äffchen würden auch ihre Kinder werden, fürwahr, dachte Antonio, und namenlose Eifersucht und Reue fraßen sich in sein Herz.

All diese Gedanken schwirrten wild durch seinen Kopf.

Der Kapitän bemerkte, wie es um den Freund stand, denn Antonio war bleich, und das Blut schoss ihm stoßweise ins Gesicht, wie ein Leuchtturm in dunkler Nacht sah er aus, und seine Augen sprühten Funken.

Also versuchte der Kapitän, ihm Trost zu spenden und Mut zuzusprechen, für solche Gelegenheiten hielt er stets einige Worte bereit: »Kopf hoch, noch ist nichts verloren, du schaffst das«, und dergleichen. Doch je mehr er redete, umso weniger drangen die Worte zu Antonio durch, denn in den Ohren eines gebrochenen Mannes klingen solcherlei Sätze wie ein schiefes Pfeifkonzert.

Missmutig blickte Antonio Bruno an, erst weckte der Kapitän Eifersucht in ihm, und dann versuchte er, ihn mit solch törichten Worten zu trösten.

Worte kann man nicht wieder ungesagt machen.

Sie bleiben im Raum, die schönen und die weniger schönen.

Und die weniger schönen wiegen immer schwerer als die schönen.

Der Kapitän bot dem Freund noch mehr Wein an, doch Antonio wollte nicht. Er bot ihm abgehangene Salami aus der Romagna an, spanischen Schinken, Mandelgebäck, Zimteis, doch nichts zu machen, Antonio blickte ihn nur stumm aus seinen glasblauen Augen an.

Also ließ Bruno ihn mit seiner Liebes-Märtyrermine allein und huschte in sein geheimes, mit Seekarten vollgestopftes Hinterzimmerchen. Er kramte in den Karten, fand darunter eine ganz zarte – blassrosa, viereckig mit goldenen Rändern – und blickte versunken darauf. Kurz dachte er nach, dann nahm er einen Füllfederhalter und schrieb in verschnörkelten Buchstaben: *Ich warte auf dich. Deine Elide.*

Um das E von Elide zeichnete er einen Amorpfeil, dann faltete er das Blatt zweimal und legte es in einen Umschlag, und auf diesen Umschlag schrieb er: *Für Antonio Grillo.*

Schließlich straffte er sich, bündelte all seine Kapitänswürde und kehrte zurück zu seinem Freund. Gebeugt wie ein knorriger Baum saß Antonio da und grübelte über seine Niederlage, über die Untreue der Frauen, über Affen, die Menschen in gefährliche Abenteuer verwickeln, denn eingesperrt wird am Ende der Mensch, nicht der Affe, über Trauer vertreibenden Wein, über Gram, der schlimmer ist als Krebs, weil er den Krebs verursacht, über Frauen, die viel geben und wenig bekommen, über Elide und ihren Marmorhals und so einiges mehr.

Triumphierend wedelte der Kapitän mit dem Umschlag, wie Nelson mit den Flaggen in der Schlacht von Trafalgar.

»Ich habe etwas für dich, mein lieber Freund«, verkündete er und reichte Antonio den Umschlag.

Antonio war noch ganz versunken in seine Gedanken an Elides wunderbaren Hals, doch da fiel ihm die runde weibliche Schrift auf, in der sein Name geschrieben war.

Er stockte und sah genauer hin.

Da stand sein Name.

Er streckte die Hand nach dem Umschlag aus, öffnete ihn zitternd, und als er las: *Ich warte auf dich. Deine Elide*, da wurde er erst blass und danach rot, dann wurde sein Gesicht wieder schön rund wie das eines Kindes, und all seine Verzweiflung löste sich im Wind über dem Schiffsdeck auf.

Der Kapitän blickte ihn an und fragte sich: Darf man einen Mann täuschen?

Doch als er den Freund so aufblühen sah, gab er sich selbst die Antwort: Jeder Mensch lebt in einer Welt aus Wirklichkeit und Fantasie und schwankt und springt, wie er es vermag, zwischen Schein und Sein. Einige lieben die Wirklichkeit, andere nicht, und Antonio, der liebt die Fantasie wie sein täglich Brot. Zu viel Wirklichkeit ist nichts für diesen armen Jungen.

Das dachte der Kapitän, und er sollte seinen Schwindel nie bereuen.

Aber war es denn wirklich ein Schwindel? War es nicht eher eine Arznei? Schließlich erwachte mit diesem falschen Stück Papier doch in dem Jungen die Lebenslust wieder.

Und schon vollkommen eingelullt von dem rosa Papier, von Elide und doch nicht von Elide, stellte Antonio sich vor, in New York anzukommen und sie dort vorzufinden, schön wie eh und je, mit ihren wehenden Zöpfen, er stellte sich vor, wie sie sich lange umarmten und dann tagelang miteinander lachten.

Wenn man liebt, dann lacht man, dachte er, man lacht und liebt sich und sonst nichts.

Mit dem rosa Stück Papier in der Hand schöpfte er wieder Mut und rief: »Danke, Kapitän, wir sehen uns in drei Monaten, ich werde hier wieder an Bord kommen, das verspreche ich mir selbst.« Damit verabschiedete er sich und verließ das Schiff, immer noch tropfnass, aber was machte das schon? Ein anderer Mann war aus ihm geworden, sein Blick ging durch Wolken, Sterne und Ozeane hindurch bis nach New York und schließlich nach Atlantic City, der Stadt am Ozean, wo Schlösser die Ufer säumen.

Flink wie ein Wiesel huschte er von Bord und beschloss, so bald wie möglich das ersehnte Ziel zu erreichen.

Er stieg auf das Dach zu den beiden Störchen und rief: »Liebe Störche, bald bin ich nicht mehr allein, dann sind wir zu zweit«, woraufhin die Störche unbeirrt weiter ihre drei Eier ausbrüteten und ihr Gefieder putzten.

Von da an arbeitete Antonio noch mehr, um seine Geliebte bald in die Arme zu schließen.

Klaglos schuftete er Tag und Nacht, und die Erinnerung an ihren sanften Salzgeruch linderte seine Erschöpfung.

Oft redete er mit den Störchen: »Meine lieben Störche, bald wandere ich aus, so wie ihr.« Denn die Störche schienen nur darauf zu warten, dass die Küken schlüpften, um wieder fortzuziehen.

Tags arbeitete Antonio ohne Unterlass, und schon vor Sonnenaufgang nahm er eifrig jede Arbeit an, die das Schicksal ihm bot. Er putzte Schuhe, flocht Körbe, half dem Wirt des *Gatto Blu*, säuberte mit großen Bürsten die im Sommer schlafenden Kamine und kümmerte sich um Blumen auf den Balkonen der vornehmeren Häuser. Er half einem Schmied, braune Pferde zu beschlagen, und ein Maler lehrte ihn die Kunst, Farben zu mischen und selbstständig alle möglichen Schattierungen herzustellen. Der Maler schickte ihn zu den Schiffen, die aus dem Orient kamen, um Türkis, Lapislazuli und Ambra zu kaufen. Die zerrieb er im Mörser und mischte sie mit Leinöl, und so kamen sie auf den Pinsel des Malers, der von Engeln und Licht umschwirrte Madonnen malte.

Jede Madonna erinnerte Antonio an Elide.

Wenn er mit der Farbherstellung fertig war, lief er zum Hafen, um dort Säcke voller Proviant von den Schiffen zu laden: Zucker und Mehl, manchmal auch Schnecken oder Schokolade. Und wenn er Schokolade auslud, dann war seine Freude groß, denn aus dem Sack auf seiner Schulter fielen immer winzige Stückchen heraus, und er hob sie auf und hielt sie im Mund, bis sie sich auflösten, und sofort war er wieder fröhlich.

Manchmal dachte er an Sizilien, das er verlassen, und an Amerika, das er noch nicht erreicht hatte.

Wie geht es ihnen wohl in Sizilien, ohne mich? Wie geht es wohl den Freunden, die schon in Amerika sind, ohne mich? Und dieses »ohne mich« trieb ihn um.

Sie waren ohne ihn, aber doch beieinander.

Er war ohne sie, aber einsam, einsam wie ein aus dem Nest gefallener Spatz.

Tags, wenn er arbeitete, da fehlten sie ihm nicht ganz so sehr. Aber nachts, da flatterte die Sehnsucht um ihn herum wie frühjahrs in Gesso die großen Kohlweißlinge im Gemüsegarten.

Er drückte das Kissen an sich, an dem er Elides Salz schmeckte, und sagte sich: Vielleicht drückt auch sie ein Kissen an sich, das nach mir schmeckt, nach einem einfachen Naturburschen.

Oder er stellte sich beim Blick auf den Boden seines Weinglases das Gesicht von Herman De Gubernatis vor, sah ihn neben sich stehen, mit seinem Seidenschal und seidenen Worten.

Er war ein so weiser Freund, es schmerzte, ihn in der Ferne zu wissen.

Vielleicht sieht er ja auf dem Boden seines Rotweinglases auch mein Gesicht, überlegte Antonio, oder vielleicht haben meine Freunde auch viel zu viel zu tun, und ich verblasse jeden Tag ein wenig mehr in ihrer Erinnerung, bin noch da, aber nicht mehr greifbar, wie ein Geist. Vielleicht haben sie sogar die Farbe meiner Augen vergessen.

Das erste Mal dachte er über Freundschaften nach und die Gefühle, die es braucht, um die Menschen miteinander zu verflechten.

Er fühlte sich immerzu den Tränen nahe, zerbrechlich, zart wie ein junges Veilchen. Es war ein Glück, dass er arbeitete, und zwar wie ein Pferd, sonst hätte er wohl nur noch geweint und sehnsüchtig an seinem Dachfenster gestanden, neben den Störchen, die ja ebenfalls nur darauf warteten weiterzuziehen. Manchmal überkam ihn auch die Sehnsucht nach heimatlichen Leckerbissen wie Plattpfirsiche mit ihrem satten Sommeraroma, und Düfte aus Gesso stiegen ihm mit schwindelerregender Fülle in die Nase: getrockneter Lorbeer, Rosmarin, Ricottakäse vom Schäfer Abramo, ofenfrisches Brot, Honig, der aus Bienenstöcken troff, das Harz der Pinien, die Schirokkobrise, die afrikanischen Wüstensand mit sich trug, und er konnte nicht aufhören, an all diese Dinge zu denken, die es in Genua nicht gab.

Seine Rettung war die Arbeit, ihr widmete er seine ganze Kraft, arbeitete verzweifelt, um irgendwann das Geld für seine Schiffskarte beisammenzuhaben.

Und er dachte viel über Menschen nach.

Wie viele verrückte Menschen doch diesen verrückten Planeten bevölkern, den wir »Erde« nennen, fürwahr! Jeden Tag traf er die unterschiedlichsten Leute, und doch waren sie alle gleich. Und im Zusammensein mit ihnen lernte er, im Bruchteil eines Augenblicks einzuschätzen, wer geizig, wer mürrisch, gemein, nachtragend, aufgeblasen oder dümmlich war. Er wusste sofort, wer zu den Großkopfeten gehörte, wer Griesgram, Feigling, Angsthase, Nörgler oder Melancholiker war. Sah auf den ersten Blick, wer die Nase hoch trug, wer einen Grund zum Frohsein hatte, und wer es ohne Grund war. Erkannte den Gläubigen, der nicht glaubt, und den, den man für heilig hält, und der es doch nicht ist. Spürte, wem ein eigener Zauber innewohnte, und wem es daran fehlte. Erfasste, wer es im Kopf, aber nicht in den Beinen, und wer es in den Beinen, aber nicht im Kopf hatte.

Mit Frauen hatte er fast gar keinen Umgang. Guten Tag, Guten Abend, mehr nicht. Die Welt der Frauen blieb ihm fern, zumindest hier in Genua.

Zum ersten Mal war er ausschließlich von Menschen umgeben, die nicht aus seinem Heimatdorf kamen, ja nicht einmal aus Sizilien. Niemand beschützte ihn hier, er war ganz auf sich gestellt. Musste sein eigenes Leben leben und lernen, mit den Menschen umzugehen, die noch vielschichtiger waren als die Farben des Malers, bei dem er Lapislazuli und Lavapulver rührte.

»Ich wusste nicht, dass jeder Mensch seine eigene Marotte hat«, erzählte er den Störchen, bei denen er sich vor dem Schlafengehen aussprach.

»Ach, meine lieben Störche, wusstet ihr, dass jeder Mensch ein bisschen verrückt ist? Der eine mehr, der andere weniger.«

Anfangs begriff er die Menschen überhaupt nicht, doch je mehr er ihnen zuhörte und sie beobachtete, desto besser lernte er, sie einzuschätzen: Der eine war den Frauen verfallen, ein anderer dem Geld, noch ein anderer der Macht, einer dem Wohl der Welt, dem auch das eigene entsprach, einer dem Frieden, während er im

Inneren mit sich Krieg führte, und wieder andere zogen in den Krieg, weil sie unglücklich waren.

Er erkannte, wen es nach allem und wen nach überhaupt nichts hungert, wer mutlos ist und wer andere entmutigt, wer neidisch ist und wer verwöhnt, er erkannte den Lehrer, der nicht klug ist, und den klugen Träumer, der statt zu lernen lieber dem Flug des Adlers nachschaut. Es gibt die Ich-weiß-alles-Menschen und die Ich-will-nichts-davon-wissen-Menschen, und die, an denen das Leben vorbeizieht wie ein Schiff, ohne dass sie es je schaffen aufzuspringen.

Doch Antonio, der wollte aufspringen, aufspringen auf das Schiff nach Amerika. Aber was war das doch für eine Schufterei. Mit jeder Münze wuchsen seine Ersparnisse, doch der Weg zum Billett war noch so weit.

Um noch ein paar Münzen mehr zusammenzukratzen, fing er das Würfelspiel an, Boccia, und schließlich schloss er Wetten ab mit ein paar Halsabschneidern auf den Bänken am Hafen, gleich vor dem Meer.

»Wollen wir wetten, dass dieses Boot da vorn mit viel Fisch wiederkommt?«

»Wetten wir, dass es heute Abend regnet? Dass es einen schönen Sonnenuntergang gibt?«

»Wetten, dem Mädchen da vorn fliegt gleich der Hut vom Kopf?« Solcherart Wetten waren es, die er einging.

Antonio gewann immer. So kam er noch zu ein paar Münzen mehr und begriff, dass er Dinge wusste, bevor sie eintraten. Einige nannten das Ahnung, andere den Sechsten Sinn, und er selbst freute sich über seine immer genauere Wahrnehmung.

Wenn er abends mit hängendem Kopf nach Hause kam, war nicht sein Gemüt schuld daran, sondern die Erschöpfung. Vor dem Schlafengehen ging er fischen, denn das Meer gibt reichlich, wie der Wirt gesagt hatte. Auch die Erde tut das, sagte sich Antonio, und er dachte an den Nutzgarten in Gesso, als er sich in der Nähe seiner Bleibe ein Stückchen Land erschloss, wo er Kartoffeln,

Zwiebeln, Tomaten, Basilikum, Minze, Zucchini, Kopfsalat und noch einiges mehr anpflanzte, und nie fehlte es ihm nun an einer Beilage zum Fisch.

Manchmal ging er in das *Gatto Blu*, um zu trinken und um die von der Schufterei erschöpften Gedanken ein wenig tanzen zu lassen. Und eines Nachts, da traf er in der Taverne auf den Tod.

Nicht etwa auf einen Sensenmann, sondern auf einen Menschen aus Fleisch und Blut, der irgendwie nach Tod aussah.

Dieser Mann stand da und redete, doch seine Augen waren tot.

Die Gäste in diesem Raum voller Gläser, Flaschen, ramponierter Tische, voller Rülpser, Gesang, Flüche und Scharmützel richteten sich in dieser Nacht wie immer auf Verzweiflung, Prügeleien, Wunder und Wein ein.

Die unterschiedlichsten Gestalten waren hier versammelt: Soldaten und Söldner, Abenteurer, ein Priester und ein Blinder, ein reicher Genießer und ein Schlachter mit blutbefleckter Schürze. Ein Bauer, der Antonio an Tino Zulli erinnerte, offenbar das erste Mal in einer Stadt war und nicht wusste, wie er sich verhalten sollte, ein weinerlicher Mann, dem schon die Tränen kamen, bevor er betrunken war, und einer, der vielleicht Dichter war, denn er saß ganz für sich in einer Ecke und schrieb, als wäre er allein auf der Welt, nur er und die Blätter, die er mit schwarzer Tinte beschrieb, schwärzer als die mondlose Nacht in den Gassen von Genua.

Doch mitten in der Nacht, als die eine Hälfte der Leute betrunken war und die andere Hälfte fast, da trat ein hünenhafter Mann mit einer Laterne in der Hand ein, die ihn in fahles Licht hüllte. Der Riese stellte seine Laterne auf der Weintheke ab und blickte sich um wie ein Jäger auf der Pirsch. Doch als er den Kopf wandte, da fiel dem Wirt und Antonio etwas auf, das noch keiner von ihnen je gesehen hatte.

In den Augen des Mannes schimmerte kein Licht.

Wie in den Augen eines Toten. Und doch bewegten sie sich, glitten auf der Suche nach Beute hierhin und dorthin. Aber es war kein Lebenszeichen darin zu erkennen, dieses kleine Schimmern, in dem sich das Außen spiegelt, von den einstigen Malern mit einem winzigen weißen Punkt dargestellt, nur ein winziger Pinselstrich.

Dieser Punkt, diese gespiegelte Welt im Auge, bedeutet, dass das Auge die Welt anblickt, und wer dieses Auge anblickt, nimmt die Welt in sich auf.

Diese Spiegelung war nicht da, und auch wenn der Riese lebte, denn er stand und wandte den Kopf nach links und rechts, so wirkte er doch wie tot. Wer ihn ansah, dachte, vor ihm stehe ein Skelett mit ein wenig drangehängtem Fleisch, so mager war der Riese. Immerzu ruckte er suchend den Kopf, schien prüfend zu schnuppern. Vielleicht wollte er mit jemandem sprechen, und als er schließlich bestellte, da klang seine Stimme süß und schrill zugleich.

»Ich wünsche Wein des Jahrgangs 1915, das Jahr, in dem für Italien der große Krieg begann.«

»Bitte sehr, Signore«, beeilte sich der Wirt, »er ist nicht leicht zu bekommen, aber im *Gatto Blu* gibt es auch Wein von 1915, einem Jahr, in dem alle an Gewehre und Bomben dachten, weniger an einen guten Tropfen Wein.« Damit öffnete er den Wein, schnupperte, ob er Kork habe, und schenkte ihn in ein Glas, das er vor den seltsamen Riesen stellte.

Der Mann, ganz Kenner, führte seine Nase mit bebenden Flügeln über das Glas, schwenkte es und ließ den Wein zehn Minuten stehen, bevor er trank. Wein muss atmen, damit er sich entfalten kann. Mischt er sich mit frischer Luft und Freiheit, dann kommt wieder Leben in ihn, er ist wie ein Gefangener, der seine Zelle verlässt und die ersten Schritte unter freiem Himmel tut.

Dieser Wein erfüllte die Taverne mit einem neuen Geruch.

Antonio spürte ihn in der Luft.

Auch die schwarze Katze des Wirts ging in Habachtstellung und miaute.

Dieser Wein roch nach Blut, nach abgestandenem Blut.

Eisiger Wind kam in der Taverne auf.

Wie merkwürdig, dass es im Sommer plötzlich so kalt wird, dachte Antonio, doch er näherte sich dem Riesen, denn seine Neugier war stärker als seine Angst.

Der Mann hauchte einen Schwall eisiger Luft aus und sagte: »Ich bin der, der kommt, auch wenn er nicht gerufen wurde.«

Im täglichen Umgang mit Menschen hatte Antonio gelernt, dass man merkwürdige Menschen besser nicht mit weiteren Fragen unterbricht, und es schien ihm lohnenswerter, sich vorzustellen: »Ehrlich gesagt, habe ich nicht verstanden, wer du bist. Ich für meinen Teil heiße Antonio Grillo, komme aus Gesso in Sizilien und will nach Amerika. Ich arbeite hier, um mir das Geld für die Schiffsfahrkarte zu verdienen.«

»Dein Leben ist kurz, also verschwende keine Zeit«, mahnte der Mann mit den toten Augen, blies die Kerze vor sich aus, und sein Gesicht wurde vom Dunkel verschluckt.

»Ich bin noch jung, Signore«, erklärte Antonio, dem die Kälte eisig in die Knochen fuhr.

Diese seltsame Kälte, mitten im Sommer.

»Es gibt keine Zeit zu verlieren, Junge, weder für dich noch für irgendwen sonst«, hauchte der Mann, trocknete sich die violetten Lippen, und Antonio sah auf dem Taschentuch einen gestickten Falken in Rot und Blau.

»Tu, was du tun musst, und tu es bald«, mahnte der Mann.

»Oh ja, Signore, das hat auch Padre Luvarà aus Gesso in der Messe gesagt.« Doch als Antonio »Padre« und »Messe« sagte, bäumte der Mann sich auf wie die Stute Aurora, die ganze knochige Gestalt fuhr in die Höhe, Beine und Arme wirbelten hoch, und Glas und Flasche fielen klirrend zu Boden. Gesenkten Hauptes ließ er ein Geldstück auf dem Tisch zurück, hastete zum Ausgang und verschwand in der Nacht.

Der Wirt war seltsame Menschen gewohnt, die Leute im *Gatto Blu* hatten wie üblich nichts bemerkt, und Antonio grübelte noch einen Moment, doch dann gelangte er zur Überzeugung, dass dieses nur eine Begegnung unter vielen in seinem ereignisreichen Leben war, eine Sternschnuppe, die mit einem kurzen Lichtschweif auftaucht, und ehe man sich's versieht, ist sie auch schon wieder verschwunden.

Nur dass diese Sternschnuppe eine tote Sternschnuppe war.

Die Kälte in den Knochen ließ Antonio nicht mehr los.

Was meine Freunde wohl sagen würden zu den Worten dieses seltsamen Mannes mit den toten Wolfsaugen … *»Ich bin der, der kommt, auch wenn er nicht gerufen wurde … Dein Leben ist kurz, also verschwende keine Zeit … Es gibt keine Zeit zu verlieren, Junge … Tu, was du tun musst, und tu es bald.«* Fürwahr, die Welt ist voller seltsamer Menschen, meine Welt aber verharrt, wartet, verweilt, grübelte Antonio vor sich hin und merkte gar nicht, dass die Nacht sich schon dem Ende zuneigte.

Er drehte und wendete die Worte des Mannes. Würden sie für seine Zeit in Genua einen Sinn ergeben?

Warten ist so mühsam, es zermürbt mich, sagte er sich, und ein Sonnenstrahl stahl sich schon durch die Fensterläden des *Gatto Blu*.

Dann betrachtete er seine Hände, geschunden von Bürsten, Pinseln, Hämmern, Spaten und Angelruten, betrachtete die in verzweifelten Tagen abgekauten Fingernägel und merkte, wie müde er war. Er rief dem Wirt, der damit zugange war, die letzten Schmarotzer hinauszuwerfen und gleichzeitig den Fuß des zerschlissenen Sofas zu reparieren, zu: »So kann ich nicht weitermachen. Mich dumm und dusselig schuften für ein Ziel in weiter Ferne. Ich bin vollkommen erschöpft. Wenn ich so weitermache, dann bleibt mir keine Kraft mehr für Amerika, wo ich sie bitter nötig haben werde. Das ist doch sinnlos. Warum sein Ziel so zaghaft ansteuern, wenn man doch eigentlich darauf zurennen möchte? Denn genau das sollte ich tun: losrennen, mich aufmachen nach Atlantic City, zu Elide, zu meinen Freunden.«

Und als er am Morgen aus der Taverne in die Sonne trat, da sagte er zu allen, die er traf: »Ich habe dem Tod in die Augen gesehen, und er hat mir geraten, keine Zeit mehr zu verschwenden.«

Er sagte das zu fremden Leuten, die ihm entgegenkamen, aber auch zu Bekannten, die er vom Korbflechten kannte, vom Schuheputzen, von der Blumenpflege, vom Schornsteinfegen, Netze flicken, Pferde beschlagen und so weiter.

Denen, die er kannte, erklärte er die Sache etwas genauer: »Der Tod hat mit mir geredet, ich nenne ihn Tod, weil dieser Mann da gestern Nacht tote Augen hatte, keine lebendigen, so wie du oder ich, und deshalb muss es der Tod gewesen sein. Er hat mir gesagt, dass mein Leben kurz ist und ich keine Zeit verschwenden soll, ich habe schon so viel Zeit im Leben verschwendet, zu viel, um es erzählen zu können«, und er fuhr fort: »Der Tod ist spindeldürr, in seinen Augen spiegelt sich nichts, und er verschlingt die Zeit wie Treibsand.«

Dann sinnierte er weiter: »Der Nebel um mich herum muss verschwinden. Jeden Tag nimmt er mir ein bisschen von meinem Leben weg.«

Wer seinen Worten lauschte, wurde anfangs von Neugier gepackt, doch je länger Antonio redete, umso mehr dachten seine Zuhörer, er sei nicht ganz bei Verstand, wenn nicht gar, er sei wohl durchgedreht.

Außerdem flocht Antonio neuerdings drei Henkel statt zwei an seine Körbe, rieb nicht mehr nur Stiefel mit Schuhcreme ein, sondern auch die Hosen, trug in übertriebenem Eifer Kisten mit Fischen und Orangen durch die Gegend, dabei wurde er doch nach Stunden und nicht nach Stückzahl entlohnt. Warum also schleppte er da plötzlich fünfhundert statt hundert Kisten am Tag?

Die Leute um ihn hielten ihn also inzwischen für nicht weniger sonderlich als die Körbe, die er nun flocht. Als man ihn aber dann in seinem Gemüsegarten mit den Pflanzen reden hörte – sie sollten rasch wachsen, denn der Herbst komme schließlich bald und dann der Winter –, und als man hörte, wie er den Störchen auf seinem Dach zurief: »Ihr Glücklichen, habt nur drei Eier und braucht keinen Pass und könnt gehen, wohin ihr wollt«, da hielten ihn wirklich alle für vollkommen durchgedreht.

Zuerst wurde es nur gezischelt, dann schon etwas klarer ausgesprochen und schließlich laut und deutlich gesagt: verrückt.

»Antonio, der ist ja verrückt«, hieß es erst noch wohlwollend, doch dann, als man ihn zu den Wolken sagen hörte: »Rasch, fliegt rasch, denn ein Zurück gibt es nicht«, und er anfing, Mäuse aus Katzenklauen zu befreien, um ihnen das Leben zu schenken, da wurde seine Verrücktheit zu etwas mehr als einer Marotte, sie wurde zu etwas Bedrohlichem, sodass die Leute schließlich ihre Kinder zu sich holten, sobald er sich näherte.

Immerzu verschwitzt und pausenlos bei der Arbeit, ein ruheloses Feuer in den Augen, rannte er hierhin und dorthin, wie von einer Horde Wildhunde gehetzt, so war sein Leben, und für alle war er nunmehr der verrückte Antonio.

Als er eines Tages mit einem Korb voll stacheliger Brombeerzweige aus einem ans Meer angrenzenden Garten seines Weges schritt, die Arme bis zum Hals hinauf dornenzerkratzt, traf er auf einen der Kriegssoldaten aus der Taverne, einen von denen, die am Tag ihre Wut an den Leuten ausließen und in der Nacht am Wein, und manchmal droschen sie im Schlaf sogar auf das Kissen ein, auf dem sie angeschmiegt lagen.

Dieser Soldat war leichter als die anderen wiederzuerkennen, denn er war über die Maßen groß. So groß, dass er den Kopf einziehen musste, wenn er das *Gatto Blu* betrat, und es gab keinen bequemen Stuhl für ihn, wenn er kurz auf einem saß, staken seine Beine in die Gegend wie die Gliedmaßen einer toten Giraffe. Seine Arme waren so lang, dass sie fast auf dem Boden neben ihm her schleiften, und sein Kopf ähnelte einer Wassermelone. Zähne glänzend-groß wie Hauer, Hände wie Schaufelräder, und sobald er sich bewegte, stieß er andere an, auch ohne es zu wollen.

Wer ihn in Genua sah, der drückte sich in einen Hauseingang. In den engen Gassen, die nach Seeluft und Fisch rochen, und an jenem Tag auch nach Seeigelrogen, wich man beiden aus, dem riesigen Soldaten und dem verrückten Antonio.

Als die beiden aufeinandertrafen, trug der Riese eine neue Uniform und einen kupfernen Helm. Seine schwarze Lederjacke war bedeckt mit untereinander verbundenen, beweglichen Eisenplättchen, die ihn vor Schlägen und Schüssen schützten, jedoch auch dafür sorgten, dass man ihn schon von Weitem hörte, denn bei jedem Schritt rieben die Eisenplättchen klappernd aneinander.

Auch in Antonios Taschen klimperte es, denn er hatte einen Haufen Münzen beim Würfelspiel am Hafen gewonnen, doch das Geklimper und Geklapper geriet jäh ins Stocken, als Riese und Junge in der schmalen Gasse vor Antonios Behausung aufeinandertrafen, einer von unten kommend, der andere von oben.

Antonio gerade einmal halb so groß wie der Soldat.

Er wollte soeben ins Haus gehen, der Schlüssel steckte schon.

Ihre Blicke kreuzten sich, der Soldat zögerte kurz, und in diesem Moment des herausfordernden Zögerns traf ihn etwas am Kopf. Irgendetwas Hartes zerbrach, und daraufhin ergoss sich eine gelbliche Brühe über ihn.

Der Soldat konnte noch gerade »Au« sagen, fast wäre er vor Überraschung in Ohnmacht gefallen, dann wischte er sich den Schleim aus dem Gesicht, und obgleich er nicht die geringste Ahnung hatte, was da gerade passiert war, sagte er: »Das warst du, du Bastard.«

Antonio blickte den Soldaten mit seiner üblichen Verwunderung an – ob er nun etwas Schönes oder weniger Schönes sah, verwundert war er doch immer. Er rieb sich die hellen Augen und erkannte am Boden und im Soldatengesicht Reste eines Storcheneis, das doch eigentlich oben auf dem Dach ausgebrütet werden sollte.

»Nein«, sagte Antonio, »der Storch war das.«

Bei dem Wort »Storch« stutzte der Soldat – wie konnte einer wagen, ihn so zum Narren zu halten? Er wollte Antonio einen Tritt versetzen, doch der war flink und wich aus.

»Ich schwör's Euch, Signore, das war ein Storchenei, was Euch da auf den Kopf gefallen ist, hier oben ist ein Nest, der Storch war's, ich habe wirklich nichts damit zu tun, es tut mir leid.«

Doch der Soldat, der »eins-zwei-Marsch, eins-zwei-Marsch« gewöhnt war, fand diese Eiergeschichte recht weit hergeholt, ein Storchenei sollte vom Himmel herab auf seinen riesigen Kopf gestürzt sein, so was aber auch, da braucht es doch einiges an Fantasie für eine solche Mär, fürwahr, und so wurde er nur noch wütender.

Also ließ er einen Hagel Schläge auf Brust und Beine des jungen Mannes herabregnen, dann auf Herz und Kopf, und je mehr Schläge Antonio trafen, umso weniger reagierte er. Wie sollte er auch?

Wie ein Stein stürzte er zu Boden, der Riese lief davon, die Zeugen ebenso. Bis zum Sonnenuntergang blieb Antonio reglos liegen, erst als der Wirt kam und ihm einen Schluck Rum einflößte, erwachten seine Lebensgeister wieder.

»Wie geht es dir, mein Freund?«, erkundigte sich der Wirt.

»Ging mir noch nie besser«, erwiderte Antonio. Zusammengekrümmt lag er da, Blut lief ihm aus den Augenwinkeln, und auch aus den Ohren rann ein violettes Rinnsal.

»Erzähl, was ist passiert?«

»Ich habe den Sinn des Lebens begriffen: Es ist nur ein kurzer Abschnitt, der jeden Tag kürzer wird, Halsabschneider und Narren treiben sich darin herum und Blutsauger, die sich als anständige Leut ausgeben.« Bei diesem einen seltsamen Satz blieb es nicht, Antonio wurde nur immer wirrer.

»Gibt es etwas, das ich für dich tun kann?« Der Wirt war besorgt. Neugierig blieben einige Leute stehen.

»Bitte lasst mich selbst über mein Leben bestimmen, bitte lasst mir meine Träume, bitte lasst mir wenigstens zehn Minuten Ruhe am Tag. Ich ertrage eure Kleinlichkeit nicht mehr, krank macht ihr mich. Das Menschsein ist euch abhandengekommen, und gegen eure Lügen nimmt sich die Pest harmlos aus. Ich will euch nichts Böses, nein, aber lasst mir bitte ein wenig Frieden. Den habe ich bitter nötig, wirklich. Ich bin so klein und unwichtig, und meine Zeit ist knapp. Wo ist der Duft der Freiheit geblieben, der mich im Tal umfing, wo der Lichtschein, der mein Blut in Wallung brachte? Trübes Wasser ist aus meinem Blut geworden, und meine Arme und Hände sind schwach.«

Auch in diesen Worten konnte der Wirt keinen Sinn erkennen.

Und Antonio redete immer weiter wirres Zeug.

»Die Hölle ist auf Erden, genau hier. Hier unter meinen Füßen und auf euren Gesichtern. Ich war wie glühende Kohle, und nun bin ich erloschen«, rief Antonio, während ein Rinnsal Blut aus seiner Nase troff.

Voller Mitleid nahm der Wirt ein frisches Tuch und säuberte damit Antonios blutverschmiertes Gesicht.

Antonio sah in den Himmel, ein so schöner Himmel.

Er sah das Licht, doch drang es kaum zu ihm vor. »Wo seid ihr Lichter, die das Leben mir versprochen hat? Welches Licht entspringt aus sinnlosen Tagen, welche Hoffnung hält sich noch?«

Kopfschüttelnd flüchteten einige Leute vor den dahindelirierten Worten dieses blutig geschlagenen jungen Mannes.

Auch auf dem Boden war Blut.

Jemand rief einen Arzt.

Der Arzt versuchte, Antonio zu beruhigen, aber der redete weiter: »Ich habe einen Fuchsschwanz, hast du auch einen, Herr Doktor?«

Der Arzt band ihm die Hände zusammen. »Wir haben hier einen Verrückten«, stellte er fest, und kurz darauf erschien ein Wagen vom Irrenhaus. Antonio wehrte sich, biss einen Pfleger, doch trotz allem schafften sie ihn in den Wagen, und unter lautem Glockengebimmel wurde er in der von zwei schwarzen Pferden gezogenen Kutsche in die Anstalt gebracht.

Hier wurde er aufgenommen oder vielmehr weggesperrt, wie die anderen Verrückten. Zu jener Zeit, im Jahr 1923, war das Irrenhaus die Hölle auf Erden. Ein Gebäude voller Menschen, denen das Menschsein abgesprochen wurde.

Als Antonio dort ankam, ging der Mond gerade auf, aber drinnen sank er gleich, und mit ihm Antonios Mut.

Seine Leidensgenossen kamen ihm vor wie Kugeln, die in rotem Wasser kochten. Viele der Männer lagen auf dem mit Exkrementen bedeckten Boden, oder sie saßen zusammengekauert in einer Ecke und warteten. Worauf? Auf nichts, nichts und wieder nichts. Vielleicht auf einen Schlag ins Gesicht. Oder auf eine Schüssel mit Wasser und Brot, ein bisschen Brühe, falls sich jemand erbarmte, oder ein Stückchen zähes Fleisch, hart wie Elefantenhaut. Ein wenig Essen kam in die Münder der Leute, anderes fiel zu Boden, so ärgerten sich die Insassen gegenseitig. Einer legte ein Stück Brot einem anderen auf den Kopf, einer pinkelte in die Schüssel des Nachbarn, und in einer frischen Schale landete eine Spinne oder ein Haarbüschel.

Drinnen, im Irrenhaus, wurde alles anders.

Weinen wurde zu Lachen und das Lachen zu Schluchzern.

Gespräche nahmen nicht zwei, drei Richtungen, sondern einhundertfünfzig, Worte wurden zu Wortungetümen, und Gesagtes war im nächsten Moment vergessen. In der Welt außerhalb dieser Mauern zeigt sich eine Eigenheit hin und wieder, geht jedoch in der alltäglichen Flut des Lebens unter. Innerhalb der Mauern aber beherrschten Eigenheiten den Ablauf eines Tages.

Albträume ließen keinen Platz für Träume, weder am Tag noch in der Nacht.

Einige hielten sich für Grillen, andere fürchteten sie, einige fühlten sich groß, andere klein. Eine Frau stickte von morgens bis abends, doch heraus kam nur ein Wirrwarr aus Garn, kein Bild, ein Mann riss sich die Haare aus, und als er keine mehr hatte, versuchte er es bei seinen Nachbarn. Einer sah überall Stachel, ein anderer Klauen, und alle waren sie auf der Flucht.

Einer schrieb mit allem, was er finden konnte – Kohlestückchen, stumpfen Messerklingen, Seifenpulver –, ellenlange mathematische Formeln an die Wände, die durchaus stimmig schienen. »Ich suche das Unendliche«, erklärte er, nur um dann vage in die Runde zu fragen: »Und was ist mit euch, was sucht ihr?«

Alle legten den Kopf schief, immer, ob sie standen oder saßen, den Grund dafür kannte niemand. Vielleicht wollten sie einen anderen Blick auf die Welt gewinnen, Dinge anders als gewöhnlich betrachten, etwas, das eigentlich überall und von allen unbedingt abgelehnt wird.

Niemand weiß, wie Antonio die Dinge in diesen Irrenhaustagen betrachtete, denn das erste Mal in seinem Leben beschloss er, nicht zu sprechen, was von dem dunkel gelockten Arzt, der ihn beobachtete, als gesundes Zeichen angesehen wurde. Wer in jener Zeit in die Irrenanstalt kam, der hatte genau zwei Möglichkeiten: einige Tage bleiben oder für immer. Fast alle, die einmal dort waren, starben auch dort.

Von tausend wurden ein oder zwei wieder entlassen.

Und Antonio wollte einer von ihnen sein. Er versuchte, seine seltsamen Gedanken zu bändigen, und erzählte nichts von seinem Amerikatraum, denn im Irrenhaus gelten Träume an sich schon für Zeichen großen Irrsinns.

Antonio beobachtete alle, und von allen lernte er etwas und verurteilte niemanden.

Einer aus Brescia träumte davon, mit Skiern Berge hinauf- und hinunterzufahren, einer aus Bergamo wollte Kohl, Zwiebeln und Radieschen in den Fußboden pflanzen, der zwar braun, doch ganz bestimmt nicht aus Erde war. Dem aus Brescia schnallte Antonio die unsichtbaren Skier an die Füße, und dem aus Bergamo reichte er Pflanzen zum Einsetzen.

Eine Römerin sah sich umgeben von Verehrern, obgleich sie mit ihrer filzigen Haarmähne und den wie stumpfe Murmeln aus den Höhlen glupschenden Augen von niemandem angeschaut wurde. Antonio küsste galant ihre runzlige Hand, und sie war im Glück.

Ein Mailänder umklammerte Tag und Nacht die Gitter an den Fenstern und brüllte: »Ich will frei sein«, und um ihn zu beruhigen und seine Stimmbänder zu schonen, beschwichtigte Antonio ihn: »Du wirst frei sein, ganz bestimmt, bloß nicht verzweifeln, früher oder später bist du frei«, und dann gab der Mailänder für kurze Zeit Ruhe.

Oder Antonio sagte: »Freiheit ist ein Gefühl. Bewahre sie in deinem Herzen, die Freiheit.«

Und während der Mailänder ruhiger wurde, fragte Antonio sich, ob Freiheit eine Errungenschaft oder eine Gabe sei, und nach eingehendem Nachdenken hielt er sie für eine Errungenschaft, denn niemand bekommt sie geschenkt.

Ein Palermitaner sah überall drei Meter hohe Wellen, denen er geschickt auswich, zumindest glaubte er das. Er rannte und sprang über die Liegen, auf denen die Laken grau und verknäult lagen wie schmutzige Gischt.

Ein Neapolitaner hinterließ, wo er ging und stand, eine Drecksspur, und ein Venezianer putzte ihm hinterher, wischte, wo der andere spuckte, Brotkrümel oder Popel hinwarf.

Der Arzt, der die neuen Patienten untersuchte und natürlich auch die, die er schon ewig kannte, kam aus Messina. Antonio hörte es sofort, an dem leicht weinerlichen, aber weichen Ton, den Vokalen, die lang gezogen wirkten wie Wellen auf einem See. Aus »Ich geh zum Meer« wird in Messina »Ich geeeh zum Meeer«.

Er fragte Antonio: »Weeer biste deeenn? Woheeer koommste deeenn?«

Antonio, der sich mit seinem Gegenüber gern im Einklang fühlte, erwiderte: »Ich heiß Antooonio Grillooo und komm aus Geeessooo bei Messinaaa.«

Müdigkeit und Schaudern verließen das Gesicht des Arztes, ein sanftes Lächeln erschien, und er begann über Süßes zu reden, so machen das die Leute aus Messina, wenn sie außerhalb Siziliens aufeinandertreffen. Sie redeten also über Maulbeer- und Zitronengranita, wie sie zubereitet wird und wer die beste macht, über Cassata und Messineser Bianco e Nero, über Pignolata, die nicht mehr so ist, wie sie früher einmal war, das Öl kommt ja heutzutage wer weiß woher, und auch über Cannoli.

Patient und Arzt waren sich einig bei den Cannoli, beide mochten am liebsten die mit Ricottacreme, aber dünn muss das Teigröllchen sein und ganz frisch gefüllt, sonst weicht es durch. Ganz natürlich entspann sich ihr Gespräch, der Arzt schaute Antonio wohlwollend an, und der Patient erwiderte verschwörerisch den Blick.

Doch auch wenn der Arzt aus Messina ihm wohlgesonnen war, gab es doch noch einige Hindernisse zu überwinden, um die Irrenanstalt verlassen zu können, also nicht dort zu verfaulen und schließlich elendiglich zu verrecken. Antonio wollte sich ja frei durch die Straßen bewegen, durch die an Land und auch die auf See, doch drei lange Tage behielten sie ihn noch zur Beobachtung da, so sahen die gesetzlichen Bestimmungen es vor.

Am ersten Tag steckte man Antonio in einen mit schmierigen grünen Kacheln versehenen Raum, zusammen mit einem Mann aus Livorno, der überall Tiere sah und hörte. Im Dschungel war ein Tiger hinter ihm, dann kam eine Eule, eine Grasmücke thronte beständig auf seinem Kopf, und ein Delfin sprang vor ihm aus den Wellen. Dieser grüne Raum mit seinen von Exkrementen und Dreck verschmierten Wänden wurde zum Tropenwald oder zur Sargassosee, je nachdem, was er gerade sah.

Antonio begriff, dass dies das Wesen der Fantasie ist: in einem furchtbaren Zimmer Dinge zu sehen, die nicht da sind, Totes lebendig werden zu lassen.

Er fühlte sich dem Mann aus Livorno, der sein trostloses Leben in Gesellschaft freier Tiere verbrachte, tief verbunden, bewunderte, wie er aus seiner Fantasie eine Überlebensstrategie gemacht hatte. Auch wenn es gar keine Tiere dort gab, stellte Antonio sich doch die vor, die der andere zu sehen glaubte, und ab und zu strich er dem Mann sanft über die Schulter.

So bestand er die erste Prüfung: Neben diesem Mann, der in seiner fantastischen Welt lebte, blieb Antonio ganz ruhig.

Am zweiten Tag steckte man ihn wieder in einen mit schmierigen grünen Kacheln versehenen Raum, diesmal mit einem angriffslustigen Mann aus den Abruzzen. Er griff auf zwei Arten an: mit Worten und mit Fäusten. Dem armen Antonio, der noch von den blauen Flecken infolge der Schläge des Soldatenriesen übersät war, blieb glücklicherweise ein handgreiflicher Angriff erspart.

Ein Angriff mit Worten ist jedoch nicht weniger schlimm als einer mit Fäusten, aber wenigstens ist es nach einem Wortschwall möglich, hoch erhobenen Hauptes auf den eigenen Beinen zu fliehen.

Der Mann sah aus wie einer der Wölfe, die es in den Abruzzen zuhauf gibt, mit dicht wuchernden Brauen über tückischen Augen.

Benutzt jemand Sprache als Waffe, dann schlägt er mit Beleidigungen Wunden. Und genau wie Faust und Schwert ringen sie den anderen zu Boden, nehmen ihm Menschenrechte und Würde.

Der Mann aus den Abruzzen legte sofort los: »Du bist ein Niemand, eine Null, bist bestimmt Mafioso, ein Lakai, sieht man dir doch an, hässlich, wie du bist.«

Es gab keine Spiegel, in denen man das hätte nachprüfen können, und was Lakai, Mafioso und den Niemand anging, so war der Abruzzese der Einzige, der so etwas sagte. Alle anderen mochten Antonio.

Das war erst der Willkommensgruß gewesen.

»Du bist ein Wurm, tut einem ja fast leid, wie armselig du bist, dich wird nie eine heiraten, du bist ein Stück Aas, hältst dich für Salomon und bist doch nicht mehr als ein dummer Narr …«

Der Abruzzese war ziemlich hager und groß, beinahe ein Riese. Antonio ließ den Blick über seine volle Länge schweifen und stellte dann fest: »Donna Vittoria hatte recht, als sie sagte: ›Ich sehe, dass du Riesen begegnest, unglaublichen Riesen.‹ Ich komme mir geradezu umzingelt vor von Riesen. Aber warum müssen die immer so launisch sein? Wer weiß, vielleicht treffe ich ja mal auf einen netten.«

Doch der Abruzzese hörte nicht auf, er spann Antonio geradezu mit seinen Beschimpfungen ein, wie eine Spinne eine Fliege, aber Antonio war keine Fliege, alles in ihm sträubte sich gegen diesen Mann, und er versuchte, sich zu wehren. Das war jedoch gar nicht so einfach, würde Antonio seinerseits den Mann beleidigen, würde der bestimmt zur Hochform auflaufen und Antonio in Grund und Boden stampfen. Handgreiflichkeiten wären ebenso sinnlos, außerdem beobachtete ihn der Arzt unbemerkt durch ein weit oben liegendes Fensterchen.

Antonio schloss die Augen, doch davor machten die Worte des Riesen nicht halt, wie Feuerwellen brandeten sie durch seinen Körper. Er konnte nirgendwohin, war allein mit diesem Riesen, eingesperrt im Irrenhaus.

Was soll ich nur tun, ich armer Kerl?, fragte er sich verzweifelt.

Da dachte er kurz an den Mann, mit dem er zuvor eingesperrt gewesen war, der in allen Ecken Tiere sah, was sein Leben erträglicher werden ließ.

Also, sagte er sich, in einer so ausweglosen Lage könnte doch auch ich mir einfach etwas anderes vorstellen als das, was ich vor mir habe.

Den schrecklichen Menschen neben sich, dachte er an Sizilien und den Felsen, der dort vor Gesso im Meer stand, ungerührt, mochten die Wellen an ihm auch noch so hochschlagen, er dachte an Delfine, azurblaue Boote, an den blauen Dunst des Stromboli, all das sah er vor seinem inneren Auge.

Es war nicht da, und doch sah er es.

Und dann ließ er sich ganz in diese Vorstellung fallen, er selbst wurde der Felsen in der Brandung und blieb wehrhaft stehen. Worte können schlimm sein wie ein Sturm, dachte er.

Der Abruzzese ließ unterdessen nicht von ihm ab und brüllte schließlich: »Du bist ein Nichts, ein Nichts, ein Nichts, hast du verstanden, ein Nichts, ein Nichts ...« Und wenn er Luft holte, dann hallte im hohen Raum das Echo grollend nach.

Wachs für die Ohren gab es nicht, hatte es damals für Odysseus auch nicht gegeben, doch dem war betörender Sirenengesang erklungen, keine Beleidigungen. Es war so schrecklich, Antonio hielt es kaum noch aus, und sein Atem war nurmehr ein schwaches Keuchen, mit dem er erfolglos versuchte, dem boshaften Sturm etwas entgegenzusetzen.

Noch einmal tauchte er in eine Vorstellung ein.

Er beschwor Gesso herauf, Gesso im Sonnenuntergang, immer wieder anders, immer wieder neu, gezeichnet von Wind und einem Reigen weicher Farben: Rot, Gelb, Violett, Türkis, einige Pinselstriche Orange über dem blauen Meer und dem Stromboli. Kein Sonnenuntergang, kein Meer auf den schäbigen grünen Kacheln der Irrenanstalt, und doch sah er alles, als säße er vor dem Haus in den Hügeln.

Er sah Gesso mit seinen Bäumen, vom Schirokko gebeugt, sah die Glühwürmchen des Nachts tanzen, Sterne, Grillen und Zikaden, die sich im unsichtbaren Atem der Pflanzen wiegen, und da wurde er ruhiger, obgleich der hagere Riese ihn weiter beschimpfte, stand einfach nur da, wie der Fels, dessen Umrisse er gar nicht mehr sah, denn nun war er selbst der Fels.

So überstand er zwölf Stunden übelster Beschimpfungen.

Weitere zwölf Stunden musste er standhalten und dem unsichtbaren Arzt beweisen, dass er nicht verrückt war und es verdiente, in die Welt da draußen entlassen zu werden.

Fürwahr, wie mühselig es doch ist, unversehrt zu bleiben bei all den Scheußlichkeiten, die die Welt bereithält. Antonio zitterte, er konnte nicht einmal mehr ein Stück Brot oder eine Gabel halten, zu tief war er verletzt. Noch zwölf Stunden, dabei war er doch jetzt schon nichts weiter als Hackfleisch, vollkommen willenlos. Wie eine tote Katze lag er da auf der Liege mit den kaputten Sprungfedern, und der andere hörte einfach nicht auf.

Er holte nur Luft, um eine neue Schimpftirade auf Antonio niederprasseln zu lassen.

Schief blickte der Mann Antonio an, und schon ging es wieder los: »Du bist ein mieser Schuft, sieh dich nur an, wie furchtbar du aussiehst, so hässlich, hässlich, hässlich …«

Das erste Mal nun flüsterte Antonio eine Antwort: »Du hast recht.«

»Ich habe recht? Du gibst mir recht?«, wunderte sich der andere. »Wenn du mir recht gibst, dann bist du nicht ganz so schlimm.« Er schien ein wenig besänftigt.

Er sah sich um, doch da niemand anderes da war, den er beleidigen konnte, fiel sein Blick wieder auf Antonio, und er fuhr fort, ihn zu beschimpfen, nun jedoch etwas ruhiger.

»Du bist so hässlich, niemand will dich, aber ohne dein schreckliches blaues Hemd wärst du nicht ganz so schlimm«, fuhr der Riese fort und schien noch besänftigter.

Antonio zog das von der vielen Schufterei zerschlissene Hemd über den Kopf und steifte sich das weiße Anstaltshemd über.

»Jetzt bist du nicht mehr ganz so abstoßend«, befand der Abruzzese.

»Du hast recht, du scheinst dich ja wirklich auszukennen«, sagte Antonio.

Ein bisschen »Du hast recht« hier und ein bisschen »Du hast recht« da machten den Mann immer sanftmütiger.

»Ein Wurm bist du immer noch, aber ein bunter, nicht so ein ekliger grüner … Ein Stück Aas bist du auch noch, aber noch nicht ganz zersetzt, nur ein bisschen. Und hässlich bist du auch, aber deine blauen Augen erinnern mich an die meiner Mutter.«

»Erzähl mir von deiner Mutter«, forderte Antonio ihn auf, und der Mann erzählte stundenlang von seiner Mutter, ihrer Schönheit und ihrer Güte, und wie jede Mutter eines Verrückten oder Weisen war natürlich auch sie eine wahrhaft himmlische Gestalt.

Als die Sonne unterging, plauderten Angreifer und Angegriffener in vollkommener Eintracht, wie Brüder. Und in der Nacht beobachtete der Arzt verwundert, wie sie Schulter an Schulter friedliche Träume träumten.

Am nächsten Morgen, als der Arzt Antonio aus dem Raum holte und den Riegel wieder vorlegte, da fing der Angriffslustige gleich wieder an zu schreien.

»Was soll das? Ein Wurm kam hier rein, hat sich in einen Schmetterling verwandelt, und jetzt bringt ihr ihn fort von mir?«, ereiferte er sich und ließ einen Hagel Faustschläge auf die Eisentür herabregnen.

Antonio sagte zum Arzt: »Seht Ihr, lieber Doktor, was Worte vermögen?«, und dem Arzt schien der sizilianische Patient weiser als jeder Doktor um ihn herum, ja, als er selbst, aber die Regeln der Anstalt verlangten noch eine weitere Prüfung für seinen Landsmann.

Am dritten Tag steckte man Antonio mit einem dritten Mann zusammen, wieder in einen mit schmierigen grünen Kacheln versehenen Raum, diesmal wurde die Tür jedoch nicht abgesperrt, denn der andere Patient war getrieben von dem unstillbaren Bedürfnis zu laufen.

Er rannte Tag und Nacht, ein Ziel hatte er nicht. Rannte im Raum herum und herum, manchmal lief er auch durch den Flur, dann wieder zurück in den Raum, wo er so lange im Kreis lief, bis ihn schwindelte und er stürzte.

Nicht einen Augenblick stand er still, und das seit Jahren.

Er war muskulös, besessen und kam aus Catania.

»Warum rennst du die ganze Zeit, ohne jemals anzuhalten?«, wollte Antonio wissen.

»Was weiß ich, ich renne, so ist das eben«, erwiderte der andere außer Atem.

»Du läufst und läufst und kommst doch niemals an«, versuchte Antonio ihn zur Vernunft zu bringen.

»Ist doch egal, ich laufe einfach, kann nicht stehen bleiben.«

Da er bei dem angriffslustigen Mann aus den Abruzzen so erfolgreich damit gewesen war, gab Antonio dem Läufer recht und lief ihm hinterher. Lief und lief, er konnte fast nicht mehr, und doch machte sich auch ein Glücksgefühl in ihm breit wie das vom Schokoladeessen, und atemlos, aber begeistert sah er auf sein Leben wie auf einen sich drehenden Kreisel.

Mit heraushängender Zunge und hämmerndem Herzen sackte er schließlich nach dreistündigem Lauf auf die eiserne Liege.

Der Läufer aber lief und lief, und nach zwölf Stunden fragte Antonio: »Warum bleibst du nicht stehen? Du bist doch erschöpft. Wenn du dich etwas ausruhst, dann hast du morgen umso mehr Kraft«, und diesmal stimmte der andere ihm zu: »Du hast recht, mein Freund, ich muss wohl mal ausruhen.«

Antonio fügte hinzu: »Wer den Bogen überspannt, sprengt ihn.«

Diesen Satz hatte er irgendwo gelesen, aber das war jetzt nicht wichtig.

Wichtig war, dass er die erwünschte Wirkung hervorrief.

»Ach ja? Wenn man den Bogen überspannt, dann sprengt man ihn?«, staunte der Läufer. »Du hast recht, mein Freund. Dann sollte ich wohl mal stehen bleiben.« Und das tat er, das erste Mal seit Jahren.

Auch diese beiden Männer fand der Messineser Arzt schlafend vor, auf der eisernen Liege mit der mehr schlecht als recht bezogenen Strohmatratze und einem grauen, seit Ewigkeiten nicht mehr gewaschenen Laken.

Und so bestand Antonio die drei Prüfungen im Irrenhaus und wurde wieder in die Freiheit entlassen.

In seinen ärztlichen Bericht, den gut aufzubewahren ihm der Doktor riet, denn »Man kann nie wissen, vielleicht wirst du noch einmal in ein Irrenhaus gesteckt, da kann so ein Stück Papier eine große Hilfe sein«, schrieb er:

> Der Patient Antonio Grillo, der einige Seltsamkeiten oder besser gesagt eine gewisse Originalität aufweist, ist vollkommen gesund und stabil.

Antonio verabschiedete sich herzlich von dem Arzt und lief rasch davon, durch die Straßen von Genua gleich zum Meer, das ihm schon gefehlt hatte.

An jenem Tag schrieb er den Seinen einen Brief, der im Hause Grillo immer noch aufbewahrt wird:

> Wie schön es doch ist, sich die Freiheit ins Gesicht wehen zu lassen, wenn man sie schon einmal verloren hatte. Denn erst dann begreift man, wie viel sie wirklich wert ist.

Er dachte auch, dass das menschliche Gleichgewicht doch eine zerbrechliche Sache sei, aber das ist eine andere Geschichte.

Unstillbare Meeressehnsucht trieb ihn vorwärts. Fort, nur fort, weit weg von der Irrenanstalt. Er schlängelte sich zwischen Kutschen und Wagen hindurch zum Hafen, bis er endlich das Meer vor sich liegen sah, mit seinen ankernden Booten, Feluken, Briggs und Dampfschiffen, und eines der Schiffe, ein stolzes Marineschiff, war viel, viel größer als alle anderen.

Auf dem Schiff standen vier bronzene Kanonen, die von den Matrosen innen und außen geputzt wurden. Zwei zeigten nach unten auf das Wasser, zwei nach oben, zu den Sternen.

Warum Kanonen? Wollen die die Sterne bombardieren?, fragte sich Antonio.

Er sah, wie die Mannschaft an Deck mit großen Messern einen fast noch lebenden Thunfisch zerteilte. Die italienische Flagge wehte, und der schwarze Rauch aus dem Schornstein hüllte die Kommandobrücke ein.

»Wohin fahrt ihr?«, erkundigte sich Antonio bei einem kleinen Matrosen mit breiten Schultern, der unten Wache hielt.

»Nach Norfolk.«

»Wo ist Norfolk?«

»In Amerika.«

»Ist Norfolk in der Nähe von Atlantic City?«

»Woher soll ich das wissen?«

»Dort ist meine Frau …«

»Interessiert mich nicht.«

»Was interessiert dich denn?«

»Der Krieg.«

»Und mich die Freiheit.«

»Dann haben wir nichts gemeinsam.«

»Nein, wohl nicht. Aber sag mir doch, ist Norfolk weit weg?«

»Ich bin doch kein Geografieprofessor. Amerika ist groß, wenn man da ankommt, kann man sich leicht verlaufen. Und jetzt lass mich in Ruhe, du Lump, ich hab zu tun, muss die Kanonen polieren, wir fahren nämlich bald.«

»Wer kann mir denn sagen, wo Norfolk liegt?«

»Nur der Kapitän.«

»Dann bring mich zu ihm.«

»Du bist ja vollkommen übergeschnappt. Außerdem ist der heute für niemanden zu sprechen.«

»Warum?«

»Weil er fuchsteufelswild ist.«

»Was ist denn passiert?«

»Irgendjemand hat seine neuen schwarzen Stiefel zerschrammt.«

»Bring mich zu ihm.«

»Nichtmals im Traum.«

»Ich will mit ihm sprechen.«

»Was hast du ihm denn zu sagen?«

»Dass ich alte, schäbige Stiefel wieder wie neu machen kann, schöner sogar noch als neu.«

»Im Ernst?«

»Im Ernst.«

»Dann komm mit«, forderte der Matrose Antonio auf und führte ihn zum Kapitän wie einen Hochwohlgeborenen, und allen, die ihnen entgegenkamen, sagte der Matrose: »Lasst uns vorbei, der hier kriegt das mit den Stiefeln wieder hin, dann beruhigt er sich, der Kapitän.«

Oben saß der hagere Kapitän und blickte niedergeschlagen und voller Groll auf die eine Stiefelspitze, auf der eine lange Schramme wie von einem Rasiermesser zu sehen war, und das schwarze Oberleder darum herum war nun nicht mehr glatt, sondern warf runzlige Falten.

»Meine schönen Stiefel, hab sie beim besten Schumacher von Livorno machen lassen, und jetzt sieh sich das einer mal an ...«

Natürlich vergoss er keine Tränen, war ja ein stolzer Kapitän, aber eine lange Falte der Enttäuschung lief ihm über das Kinn, und seine Hände zitterten.

»Und wer bist du?«, erkundigte sich der Kapitän und heftete seinen Blick auf Antonios blaue Augen.

»Ich bin einer, der sich mit Stiefeln auskennt, Signor Kapitän. Hier in Genua habe ich unter anderem auch diese Kunst erlernt: Altes und Gebrauchtes wieder in neuem Glanz erstrahlen zu lassen.«

Der Kapitän verstand nicht recht, und Antonio selbst war erstaunt über seine eigene Ausdrucksweise. Er bat den Wachmatrosen um Schuhwichse, Bürsten und Bürstchen, Hirschleder, Nadel, Faden und Fett und machte sich gleich ans Werk.

Flink wie Wiesel bewegten sich seine Hände über das Leder, putzten die Stiefel sorgfältiger als eine Katze ihre Jungen, glätteten das Leder an den verschrumpelten Stellen, kreisten federleicht und so schnell, dass einem beim Zusehen schwindelte. In Windeseile waren die Stiefel schöner und glänzender, als sie es beim Verlassen der Werkstatt des berühmten Livorneser Schuhmachers gewesen waren.

Die Augen des Kapitäns funkelten begeistert.

Da nutzte Antonio die Gunst der Stunde.

»Kapitän, darf ich mitfahren?«

»Junge, du bist angeheuert. Wer so gut Stiefel putzt, muss magische Hände haben. Lauf, und hol deine Sachen. In einer halben Stunde legen wir ab. Aber verschwende keine Zeit.«

Antonio stockte kurz, vielleicht hatte er die Bedeutung des Wortes »angeheuert« nicht verstanden, denn er kannte dieses Wort nicht, dann rannte er los, nach Hause, um seine spärlichen Habseligkeiten zu holen.

»In einer halben Stunde legen wir ab. Aber verschwende keine Zeit«, schien ihm das schönste Geschenk, das er je erhalten hatte, und er bahnte sich seinen Weg durch den Hafen, vorbei an Kisten und Kästen, durch die hellen und dunklen Gassen der Stadt, bis zu seiner Dachstube mit dem Storchennest.

»Hallo, liebe Störche, ich lasse euch jetzt allein mit euren Eiern … Wie viele habt ihr eigentlich noch? Zwei? Passt gut auf, dass bloß nicht noch eines auf den Kopf eines Riesen fällt. Gebt acht, denn aus jedem Ei muss ein Storch werden, der genau so schön ist wie ihr.«

Der eine Storch pustete ihm eine Feder auf die Nase, daraufhin ergriff Antonio seinen Koffer, der so schwer war, dass er fast mit ihm die Treppe hinuntergepurzelt wäre. Im Eilschritt zum Hafen zurück, nachdem er es gerade eben geschafft hatte, beim *Gatto Blu* zu klopfen und dem Wirt »Lebewohl« zu sagen.

Der Wirt war dieses Wort gewohnt, so viele Männer waren schon zu ihm gekommen und dann im Gassengewimmel der Welt verschwunden, doch diesen Jungen hier, den hatte er in sein Herz geschlossen.

»Gelassenheit und Ruhe, das ist das A und O!«, mahnte der Wirt und prostete seinem Freund zu.

»Gelassenheit und Ruhe, und ab und zu ein Gläschen Wein«, rief er Antonio noch nach, der jedoch schon im Gassengewühl verschwunden war.

Das Herz hämmerte Antonio bis zum Hals, Heiligenbildchen und Schwefelstücke fielen aus seinem Koffer, der sich im Lauf geöffnet hatte, er sammelte alles wieder ein, stolperte über einen kaputten Schachtdeckel, aus dem eine Maus hervorsprang, doch all das war einerlei. Er flog buchstäblich auf das Schiff zu, das schon das Abfahrtssignal gab, und wie ein flinker Affe sprang er auf die Zugangsbrücke, die schon im Wasser baumelte.

Er blickte in die ersten Sterne der Nacht und sagte: »Jetzt beginnt ein neues Leben, der Sonne der Zukunft entgegen.«

»Die Sonne der Zukunft«, das hatte er irgendwo gehört, aber egal. Antonio war jung, und er glaubte felsenfest an die Zukunft, basta.

Auch das Meer war wie neu in dieser Nacht, und es duftete nach Freiheit. Als das Schiffshorn das dritte Mal ertönte, kam Wind auf.

Ein neues Leben, ein ganz neues Leben, welch magischer Moment, wenn ein Mann spürt, dass plötzlich ein neues Leben beginnt.

XVII

Spanien: Cádiz und Sevilla

Genua verschwand, und vom Schiff aus gesehen war die Küste nurmehr ein samtiger blauer Streifen. Das Schiff nahm Kurs auf Gibraltar, würde dann Cádiz ansteuern und schließlich über den weiten Ozean nach Amerika weiterfahren. Noch war das Ziel weit entfernt, und das Schiff glitt in voller Fahrt unaufhaltsam durch die Wellen.

Antonio bemerkte sofort, dass auf einem Marineschiff ein anderer Ton herrscht.

Auf dem ersten Schiff hatte man geplaudert, hier wurde gehorcht.

Kapitän Bruno hatte den Passagieren keinerlei Vorschriften gemacht, Kapitän Diolosà, »Gottweißes«, hingegen gab Befehle, wo er ging und stand, sogar Delfinen und Walen. Als ihnen am Anfang der Reise ein Delfinschwarm folgte, da schimpfte er mit diesen so fröhlichen Kreaturen: »Haut ab, ihr Viecher, ihr macht mir zu viel Unruhe.«

Auf dem Schiff hatte man zu schweigen, jeder tat seine Arbeit, Blicke wurden gesenkt und Arme gekreuzt.

Antonio begann vor Sonnenaufgang mit der Arbeit, und erst spät in der Nacht war er damit fertig. Man gab ihm eine hellgrüne Uniform ohne silberne Kragenspiegel. Die anderen trugen alle Waffen bei sich, er aber bekam nur sein Arbeitsgerät: Nadel, Faden, Bürsten, Bügeleisen, Schuhcreme und Fett, und auf den Schultern trug er eine riesige Werkzeugkiste.

Auf dem Schiff wehte die Marineflagge.

Alle gehorchten, nur der Wind nicht.

Kapitän Diolosàs Blick ruhte immerzu auf dem Letztangeheuerten, Antonio, und der Letzte in der Kette, das war er in der Tat, denn er kniete stundenlang mit gesenktem Kopf den Soldaten zu Füßen, polierte und bürstete ihre Stiefel, sammelte Schmutzwäsche ein, säuberte die Latrine, und wenn er am Boden kniete und den Soldaten den Rücken zuwandte, dann bekam er hier und da sogar einen Tritt verpasst.

»Au, au, wer war das?«, rief er dann.

Doch keiner der Soldaten sagte »Ich«, sondern alle lachten nur.

Der Kapitän beobachtete alles von oben und nickte zufrieden, denn Antonio arbeitete klaglos ohne Unterlass, und eines Tages ließ er ihn zu sich rufen.

Er ließ seinen Blick an Antonio hinab- und wieder hinaufgleiten und sagte schließlich: »Du arbeitest anscheinend gern, Soldat.«

»Wenn ich ein Ziel habe, dann strengt mich nichts an, Signore«, erwiderte Antonio.

»Gut, gut«, antwortete Kapitän Diolosà und strich sich über den Schnäuzer, der ihm mit einer kleinen Unterbrechung sonnengebräunter Haut bis zum braunen Bart reichte.

»Dich strengt nichts an?«

»Ich stelle mir einfach anderes vor.«

Der Kapitän zwirbelte seinen Schnäuzer und sagte: »Das verstehe ich nicht.«

»Wenn ich eine Latrine putze, dann sehe ich da keine Latrine, sondern den Mond, und nicht nur das …«

Staunend hob der Kapitän die Brauen. »Du siehst den Mond in einer Latrine?«

»Nicht nur den Mond, Signore, ich sehe dort drinnen auch Glühwürmchen und Eulen, einen alten Mandelbaum, zwei magische Gänse, ein freies Pferd und frisch gebackenes Brot.«

Diolosà verdrehte die Augen und übergab Antonio weitere Aufgaben: die ganze Mannschaft entlausen, denn alle Männer waren bis zu den Nasenhaaren von Läusen befallen, Kartoffeln schälen, Töpfe spülen und die runden Topfdeckel putzen, was seit mindestens zehn Jahren niemand mehr getan hatte.

Antonio ließ die Soldaten Schwefel aus Stromboli inhalieren und befreite sie so von den Läusen, er schälte die gekeimten Kartoffeln, spülte jeden Topf und auch die runden Deckel, die, nachdem er sie zum Trocknen auf Deck in die Sonne gelegt hatte, glänzten wie Trojanerschilde, und einer ganz besonders, der glänzte wie der Schild von Achilles.

Am Abend sank er auf seine lediglich von einem schäbigen Laken bedeckte Liege und beschwor andere Welten vor seinem inneren Auge herauf. Er sah im New Yorker Hafen auf einem Karren voller Rosen seine Elide sitzen. Sie wartete auf ihn, und als sie ihn schließlich erblickte, schwenkte sie fröhlich und ausholend die Arme, Trommeln und Saxofone spielten ihm einen Willkommenstusch, und dann waren da nur noch sie beide in einem Schlaraffenland der Liebe, das Bett eine Wolke aus Gänsefedern, und wie Schwäne flogen sie auf in den Himmel.

Und so schlief er friedlich ein.

Am nächsten Tag ließ Diolosà ihn in seine Kabine rufen und sagte Läuse, Kartoffeln und Topfdeckel betreffend, bloß: »Gut gemacht, Junge«, und dann löcherte er ihn mit Fragen.

»Ich habe dich angeheuert, aber ich möchte noch etwas mehr über dich wissen. Wessen Sohn bist du? Ist dein Vater vielleicht ein Bandit? Und wer war deine Mutter? Ein Weibsstück oder eine achtbare Frau? Gibt es Mörder unter deinen Ahnen? Besuchst du die Messe? Warst du schon mal im Gefängnis? Geht es dir gut hier? Was fehlt dir?«

Der vollkommen verwirrte Antonio beantwortete nur die letzte Frage: »Was mir fehlt, Signore, fragt Ihr mich … Also, mir fehlt es nur an Zeit.«

»Zeit«, wiederholte der Kapitän verwundert, der alles andere als diese Antwort erwartet hätte.

»Genau, Zeit«, bestätigte Antonio, und schnell redete er weiter, damit der Kapitän auch ja nicht weiterfragte. Denn diese Fragerei, die gefiel ihm ganz und gar nicht.

»Wo ist meine Zeit geblieben, Kapitän? Das frage ich mich unentwegt. Entweder haben Menschen viel Zeit oder wenig, etwas dazwischen gibt es nicht. Und die mit wenig Zeit sind stets außer Atem und keuchen: ›Keine Zeit, keine Zeit.‹ Wo ist denn die ganze Zeit geblieben? Am Abend hängt uns allen die Zunge heraus, wie bei Hunden, die den ganzen Tag herumgetollt sind. Aber wir sind doch keine Hunde, also bitte, noch nicht wenigstens.«

»Also dir fehlt ein Hund?«, fragte der Kapitän, der zumeist nur die letzten Worte einer Antwort hörte, manchmal nicht einmal die.

»Nein, Signore«, erwiderte Antonio, »nur an Zeit fehlt es mir. Mir fehlen die Stunden, in denen ich mich der Ruhe hingegeben, den Wolken nachgesehen habe und nichts sonst. Oder die, in denen ich auf das Meer geblickt habe, beobachtet habe, wie es sich glättet und wieder kräuselt. Ich würde gerne einen Tag lang einfach nur den Wolken nachschauen«, seufzte er.

»Du siehst also Wolken am Horizont, die ich noch nicht sehe, sag mal, Antonio Grillo, sind das vorbeiziehende Wolken, oder kündigen sie Sturm an? Und kommen sie von Norden oder Süden?«

Da schwieg Antonio und sagte nichts mehr darüber, was ihm wirklich wichtig war. Obgleich er noch so jung war, begriff er doch, dass es reine Zeitverschwendung ist, mit jemandem zu reden, der nicht zuhört.

Da ist es besser, mit Wind und Wolken zu sprechen, und das tat er.

Er verabschiedete sich vom Kapitän mit der Ausrede, dass er noch weitere Läuse im Laderaum vernichten müsse, dass seine Uniform gebügelt gehöre und dass die Sonnenuhr an Deck ganz salzverkrustet und zu säubern sei.

Er zauderte kurz, bevor er die Treppe hinunterging, blieb unbemerkt neben der geöffneten Tür vor der Kabine stehen und beobachtete Diolosà.

Diolosà, der sich allein glaubte, rief alle möglichen Heiligen an, das tat er oft. Der Kapitän war nämlich der festen Überzeugung, dass sein Nachname Diolosà, »Gottweißes«, bedeutete: Er, der alles weiß, wie Gott. Er, der wie Gott ist. Und so behandelte er die Heiligen wie Gleichberechtigte, manchmal auch wie Untergebene.

Seine Kabine hing voller Kruzifixe, Kultbilder, Bilder von Nonnen und Reliquien, sogar ein Knochenstückchen des Heiligen Sebastiano erlebte dort Stürme und die Launen des Kapitäns Diolosà. Und an diese Heiligen, an Calogero, Rosalia, Ambrogio, Lucia, Sebastiano und die Madonna von Lourdes, an Teodoro, Nicola und Pancrazio wandte er sich an jenem Tag, um wegen Antonio Rat einzuholen. Ganz per du, als spräche er mit ein paar Kasernenkameraden.

»Heiliger Ambrogio, hast du den komischen Vogel gesehen, der in meiner Kabine war? Was meinst du, ist das einfach nur ein Döskopf oder ein gemeingefährlicher Irrer? Aber arbeiten, das kann er, ist schnell und tut, was man ihm sagt. Was meinst du, heiliger Sebastiano, sollen wir ihm noch mehr Arbeit aufhalsen?«

Als müsste er nun scharf darüber nachdenken, schwieg er kurz, dann fuhr er fort: »Heilige Lucia, du weißt, wie sehr ich Tintenfisch mag, und ich habe schon seit Tagen keinen mehr gegessen. Ein Matrose hat mir erzählt, dass eine Tintenfischfamilie an unserem Kiel hängt. Was meinst du, wenn ich den Soldaten Antonio während der Fahrt an ein Seil binde und unter Wasser lasse, damit er einen oder zwei Tintenfische für mich vom Kiel schneidet? Hältst du das für gefährlich? Ich glaube nicht, der ist doch jung und stark, und guten Willens ist er auch.«

Als Antonio hörte, dass er festgebunden unter Wasser einen Tintenfisch vom Kiel holen sollte – bekanntermaßen sind das ziemlich zähe Tiere –, bekam er ganz weiche Knie. Rasch schlich er davon und hoffte auf Gnade, für sich, nicht für Diolosà.

Doch als er in seiner Hast fast die Treppe hinunterpurzelte, wurde das Schiff von plötzlichem Getöse erschüttert, und die Matrosen liefen aufgeschreckt durcheinander.

Das Schiffshorn gab dreimal ein Warnsignal und jemand schrie: »Wale am Bug, Wale am Bug«, und genau so war es.

Vor dem Schiff paarten sich zwei wundervolle Blauwale, bäumten sich liebeshungrig und hingebungsvoll auf.

Es sah aus, als wollten sie in den Himmel hinauffliegen und den Mond berühren.

Zeit und Raum außerhalb ihrer Wahrnehmung.

Ihre Mäuler zeigten in die Höhe, die Körper schienen schwerelos.

Gleich neben dem Schiff feierte das Verlangen seinen Triumph. Doch als die beiden Blauwale das Schiff bemerkten, mit dem im Wasser glitzernden Kiel, da hielten sie es für einen Artgenossen und kamen noch näher. Als sie begriffen, dass das Schiff kein Wal war, da dachten sie vielleicht, dass man doch hervorragend unter dem Schiff, ein bisschen abgeschirmt, mit der Paarung fortfahren könne. Und das taten sie auch, entbrannten in einem schwindelerregenden Liebestanz, und bei jedem Schwanzschlag des Männchens, jedem Zucken des Weibchens schlingerte und bebte das Schiff.

Wie ein Hurrikan gleich unter ihnen.

Menschen bewegen sich bei der Paarung ja schon viel, man kann sich vorstellen, wie es bei Blauwalen zugeht. In vollendetem Glück hoben und senkten sie sich, und ihre blau-violette Haut schimmerte wie flüssiges Mondlicht.

Je länger ihr Liebestaumel dauerte, je höher ihre Herzen schlugen, umso mehr stampfte das Schiff.

»Schiffbruch, Schiffbruch …«, schrien die Matrosen durcheinander und rannten zu den Rettungsbooten.

»Schiffbruch, Schiffbruch …«, schrie der Kapitän auf dem Weg von seiner Kabine in Richtung Deck und gab dann eine Reihe zusammenhangsloser Befehle: »Lasst die Rettungsboote zu Wasser, nein, doch nicht, hier behalten!« Er holte tief Luft: »Schüttet Wein ins Wasser, dann hören die Wale auf.«

Verzweifelt beschwor er die Heiligen seiner Kabinenwand herauf und rief: »Meine Güte, so eine Liebeshitze. Werft Anker, nein, besser, wir leeren den Laderaum, dann sind wir leichter und können fliehen. Heiliger Sebastiano, hilf uns doch. Zwei liebesverrückte Wale im Wasser, was eine Plage!«

»Plage«, das war also sein Wort für die leidenschaftliche Liebe der beiden Blauwale.

Und während die Wale sich liebten, verloren sich seine Worte im Wind. Das Schiff war eine Nussschale, ein Spielball in den Leidenschaftswellen zweier verliebter Wale. Jeder Lendenstoß des Wals zog das Schiff hinab, und mit jedem freudigen Hüpfer des Walweibchens flog das Schiff wieder auf. Fröhlich setzten die Wale ihr Liebesspiel fort und verschwendeten dabei keinen Gedanken an die kleinen Seeleute da oben in ihrem Bötchen.

»Was soll denn diese Liebeshitze?«, schimpfte der Kapitän.

Die haben es gut, die Blauwale, dachte Antonio.

Bei all dem Auf und Ab von Schiff und Walen schwankten scheinbar auch die Sterne. Und auch die Gedanken der Matrosen schwankten: zwischen Schreck und Sehnsucht nach einer Liebsten in der Ferne. Das Schiff schien dem Untergang geweiht, es neigte sich zur Seite, die Bullaugen zerbarsten, Wasser strömte ein, und der Mut der Matrosen erschlaffte. Diolosà sprach wirr, und die Mannschaft beachtete ihn nicht mehr.

Nur Antonio war ganz ruhig.

Sein Vater hatte oft gesagt, Antonio habe »immer einige Stücke Eis dabei«, unsichtbares Eis, das manches Feuer löschte. Die Feuer von Angst und Schrecken, von Schwäche und Bitterkeit – von Blut kühlendem Eis verzehrt. Antonio regte sich nie auf, er besah sich gelassen das Schauspiel der ach so flüchtigen Welt.

Er blieb ruhig.

Löste die Knoten der Angst.

Und überlegte, was zu tun war.

Das war seine Stärke.

Niemand hatte ihm beigebracht, die Ruhe zu bewahren.

Er tat es ganz einfach.

Er betrachtete die beiden Wale, während sich die Nacht über das Meer legte, ein Meer, in dem es vor Liebe nur so bebte. Es bebten auch die Männer, und zwar vor Angst. Wie Schnecken an einen Felsen klammerten sie sich an das Schiff.

Nur Antonio stand ungerührt da und sah sich die ersten Sterne an. Schließlich ging er wie in Trance unter Deck in die Kombüse. Dort holte er die Topfdeckel, die er am Vortag geputzt hatte und die nun glänzten wie die Schilde alter Helden, und legte sie einen neben den anderen auf den Boden an Deck.

So laut er konnte, rief er dann alle Matrosen.

Jedem von ihnen gab er zwei der Deckel, und wie ein Dirigent schlug er seine als Erster gegeneinander. Ein zweites Mal öffnete er die Arme und schlug die Deckel erneut gegeneinander. Den Matrosen rief er zu, es ihm gleichzutun, und ohrenbetäubender Lärm erhob sich gen Himmel. Einmal, zweimal, dreimal, und jeder Schlag hallte weit übers Meer.

Höllischer Höllenlärm.

Beim ersten Schlag stockten die Wale.

Beim zweiten, noch lauteren Schlag ließen sie voneinander ab.

Beim dritten Schlag schließlich wurden sie ungehalten, dass man mit einem solchen ohrenbetäubenden Krach ihr Liebesfest störte, und machten sich auf den Weg in ruhigere Gewässer. Langsam verschwand ihr blaues Glimmen im nächtlichen Meer.

Das Schiff war gerettet.

Antonio wurde gefeiert wie ein Held.

Der Kapitän hatte sich in den Laderaum geflüchtet und trat nun bleich hervor, sichtlich verschnupft über den großen Erfolg des Matrosen Antonio, doch er rettete seinen Ruf wie folgt: »Euer

Kapitän wusste sofort, aus welchem Holz der Matrose Antonio geschnitzt ist. Er kam ohne Billett hier auf das Schiff, allein mit dem eisernen Willen zu arbeiten«, und dann drückte er Antonio einen schäbigen Eimer mit ein paar zerschlissenen Lappen in die Hand, damit er auch die in Vergessenheit geratene Latrine hinten im Laderaum gleich neben dem Schiffsgefängnis säuberte. Ebenso in Vergessenheit geriet nur allzu bald, dass der Held Antonio durch das ehrenhafte Aneinanderschlagen glänzender großer Topfdeckel das Schiff und seine Besatzung gerettet hatte, und Kapitän wie Matrosen nahmen ihre üblichen Verrichtungen wieder auf, als wäre nichts gewesen.

Am nächsten Tag, während Antonio die beißenden Dämpfe der seit Jahren außer Acht gelassenen, verkrusteten Latrine in die Nase stiegen, versuchte er vergebens, vor seinem inneren Auge die Schlösser heraufzubeschwören, die das Ufer von Atlantic City säumten, und die seidenen Arme seiner Geliebten. Er war ganz einfach zu erschöpft. Nicht einmal einen winzigen Streifen blauer See bekam er dort unten zu sehen, denn es gab keine Bullaugen.

Halb tot vor Trostlosigkeit und umgeben von abscheulichem Gestank dachte er, dass er ja geradezu verfolgt sei von Unglück und Niedertracht, und seufzte. Da klopfte jemand an die rostige Tür.

»Hallo, mein Junge, bloß nicht den Mut verlieren, wird irgendwann alles gut. Gibt immer jemanden, der zu dir hält.«

Diese Worte wärmten Antonio wie ein weicher Sternenumhang.

Wer aber war in diese Hölle zu ihm hinabgestiegen?

Der Schiffskaplan, Padre Giuseppe Ardiri, ein fröhlicher kleiner Mann. Ursprünglich kam er aus Messina, hatte als Jesuit in der Casa Professa in Palermo gelebt und war nun als kirchlicher Seelsorger an Bord.

Antonio so hoffnungslos und einsam.

Und nun Padre Ardiri, Gestank hin oder her.

Der Geistliche hatte kleine Hände und ein wahres Kindergesicht, vollkommen faltenfrei, Pfirsichhaut und sorglose klare Augen.

In diesen ruhigen Augen glomm ein kluger Glanz, weiser, als sein Alter es vermuten ließ. Das wache Glimmen eines mindestens hundertjährigen Propheten, nicht eines Padre von sechzig Jahren. »Ich bin alt«, sagte er, »und du bist noch ein Junge, ich bin sechzig und du zwanzig. Zwanzig Jahre, ach, wie wundervoll.«

»Ihr sagt doch alle das Gleiche, ›Zwanzig, ach, wie wundervoll‹, dabei habt ihr wohl vergessen, dass es mit zwanzig auch ziemlich drunter und drüber geht, und ab heute erlaube ich niemandem mehr zu behaupten, es wäre das schönste Alter im Leben eines Menschen«, ereiferte sich Antonio.

»Gut, gut, da weiß ich wenigstens, wo ich dran bin.«

Nur dieser eine Mann war zu ihm heruntergestiegen, ohne sich um den Gestank zu scheren, und seine warmherzigen Worte waren wie frischer Wind.

Außerdem verströmte Padre Ardiri den Duft sizilianischen Sesambrots.

»Bloß nicht den Mut verlieren, Junge«, riet der Padre noch einmal und machte sich daran, gemeinsam mit Antonio verkrustete und weniger verkrustete Seemannsexkremente zu entfernen, und je länger sie da zusammen putzten, umso weniger einsam fühlte sich Antonio.

»Padre, zu viel Arbeit bringt einen um.«

»So ist es.«

»Padre, ich kann nicht mehr.« Antonio krümmte sich – da es hier unten nicht einmal Bullaugen gab, konnte auch von frischer Luft nicht die Rede sein.

»Nur Mut, Junge, ein bisschen musst du noch aushalten. Im Leben geht es vor allem ums Aushalten. Man verbringt mehr Zeit damit, Dinge auszuhalten, als damit, zu leben«, seufzte der Padre und leerte Antonios Eimer.

»Warum seid Ihr zu mir in diese Kloake heruntergestiegen, aus Mitleid?«

»Ich träume davon, glückliche Menschen zu sehen, mein Junge, wenigstens ein wenig glücklich. Und ich gebe mein Bestes, Gram zu erleichtern und Leute aufzuheitern. Und das ist sehr schwer, aber ich bin es zufrieden, und der Herrgott auch, wenn er mir von oben dabei zusieht, wie ich alles gebe für Leute, die hin- und hergerissen sind.«

»Hin- und hergerissen?«

»Jeder Mensch ist zwischen Mut und Verzweiflung hin- und hergerissen. Manch einer zerbricht daran, manch einer nicht.« Und als er so sprach, schoss plötzlich ein Wasserstrahl aus einer Kloschüssel heraus und überschwemmte den Boden.

»So eine Sisyphusarbeit, diese Latrine hier wird ewig schmutzig bleiben, das ist doch ein Fass ohne Boden«, stöhnte Antonio und trocknete sich den Schweiß, aber vielleicht waren es auch Tränen, die er trocknete.

Da schoss ein weiterer Wasserstrahl aus der Kloschüssel hoch, etwas Kometenviolettes, Großes war darin.

Ein Tintenfisch.

Dieser Tintenfisch lief und rutschte über den Boden, so gut es eben ging, saugte sich fest, wo er konnte, hüpfte in den Eimer mit trübem Wasser, sprang wieder hinaus und klammerte sich schließlich an Antonios Knie.

Antonio stockte, er versuchte, sich zu befreien, doch der Tintenfisch ließ nicht locker.

»Wie wunderbar! Wusstest du, dass Tintenfische drei Herzen haben? Hilf ihm, du bist seine Rettung«, rief Ardiri aus, »komm, wir gehen nach oben an Deck und werfen ihn zurück ins Meer«, und das taten sie auch. Verließen die Kloake und stiegen hinauf, schon war der Himmel zu sehen, und schließlich standen sie auf dem lichtüberfluteten Deck. Antonio humpelte, damit er nicht das Knie beugen musste, an das der Tintenfisch sich klammerte, dann machte er ihn mühevoll los und nahm ihn in die Hand. Strich ihm über den runden violetten Kopf mit der hohen Stirn und sah in den klugen Augen des Tintenfischs die blanke Angst aufblitzen.

»Lieber Tintenfisch, ich gebe dir die Freiheit zurück«, rief Antonio, öffnete die Hände, und das Tier stürzte zurück ins Meer, in seine Welt.

Jeder hat seine eigene Welt.

Zur Landung breitete der Krake seine acht Arme wie Sonnenstrahlen aus, traf auf die Wasseroberfläche und verschwand schließlich in der nachtblauen Tiefe. Die beiden Männer sahen zu, wie sich der violette Punkt im unendlichen Blau langsam auflöste, und blickten dann weiter in die sich kräuselnden Wellen.

»Mit seinen drei Herzen dankt er dir aus der Tiefe«, bemerkte Ardiri und legte Antonio die Hand auf die Schulter, so wie es sein Vater Don Lio auch immer getan hatte.

»Schon mit einem Herz leidet man genug, aber mit drei Herzen, da stirbt man sicher früher«, überlegte Antonio.

So spannen sie den Faden ihrer Freundschaft weiter, und Antonio wurde ganz redselig.

»Auch die schönsten Dinge zu Hause konnten mich nicht von meiner Reise abhalten. Nichts konnte mich aufhalten, nicht mein alter Vater, nicht das Meer, die liebliche Landschaft, meine Freunde oder mein Bruder. Das Bedürfnis, in die Ferne zu gehen, war einfach stärker«, erzählte Antonio.

»Rede, Junge, rede, auch wenn ich eigentlich die Stille den Worten vorziehe. Wie viel musste ich mir doch im Laufe der Zeit anhören. In der Einsamkeit wird man stark«, erwiderte der Padre, und in diesem Moment färbte sich das Wasser milchblau, wurde fast durchsichtig, leicht wie der Himmel.

Antonio erzählte dem Padre mit einigen kleinen Übertreibungen seine Geschichte. Zum Beispiel: »Keine Mutter gab es in meiner Kindheit und keine Zärtlichkeit, niemand liebt mich so, wie ich bin, nur die Stute Aurora. Alle sagen, ich bin ein Träumer, und machen sich über mich lustig, lachen, wenn ich über die Freiheit rede, sagen, dass ich verrückt bin, weil ich mit Tieren spreche …«, und natürlich erzählte er auch von seinen Missgeschicken: dem beim Kartenspiel verlorenen Billett, den Schlägen der Soldaten in Genua, dem Irrenhaus und schließlich auch vom Kapitän Diolosà, der ihn am liebsten zertreten hätte wie einen Kakerlak.

Ein wenig zurückhaltender und mit geröteten Wangen sprach er über Elide: »Die schönste Frau der Welt ist sie, und ich habe sie für immer in den Strudeln des Lebens verloren.«

Ardiri lauschte geduldig und sagte nur: »An Leid wachsen wir, nur zu viel Leid bringt einen jeden rasch ins Grab. Jeder Mensch hat sein Kreuz zu tragen, eines schickt ihm Gott, die anderen sucht er sich selbst. Gib acht, dass du dir keine unnötigen Kreuze aufbürdest. Je weniger Wünsche du hast, umso zufriedener bist du. Adler, Montgolfieren und Störche fliegen so hoch, weil sie kein Gewicht mit sich führen.«

Antonio verstand einiges davon, und einiges verstand er weniger, solcherlei Reden verwirrten ihn.

Der Padre bemerkte das und murmelte nur sanft: »Wie schön es doch ist, hier auf dem Meer ein wenig zu plaudern«, und Antonio sagte: »Nach dem Sonnenuntergang gibt es Abendessen, und ich habe schon großen Hunger.« Das schien den Padre auf einen Gedanken zu bringen: »Abendessen, Abendmahl, für jeden gibt es ein letztes Abendmahl.«

Antonio wurde düster, aber der Padre fuhr fort: »Das letzte Mahl kann üppig sein wie das von Jesus, es kann aber auch ein mickriges sein, in den Gängen eines Krankenhauses, und man ist vollgepumpt mit Medizin oder an einen elektrischen Stuhl gebunden. Ich wünsche dir ein letztes Abendmahl, das so wundervoll ist wie das Essen, das ich einmal bekommen habe, ein Kaninchen in Schokolade …«

Als er »Kaninchen in Schokolade« sagte, da erinnerte Antonio sich an sein letztes Abendessen in Gesso und an das Kaninchen in Schokolade, das er wegen des Schlafmittels darin nicht hatte kosten können und dem Bauern Tino Zulli geschenkt hatte.

»Wo habt Ihr Kaninchen in Schokolade gegessen? Wer hat es zubereitet?«, wollte Antonio neugierig wissen.

»Da war so eine Monsù, Marina hieß sie, die arbeitete für die Prinzen del Monte in Palermo, als ich dort lebte …«, und seine Augen leuchteten, jedoch nicht etwa wegen der Erinnerung an Palermo, die Prinzen oder das Jesuitenseminar, sondern wegen der Speise.

Da standen die beiden an Deck, zu essen gab es ein paar getrocknete Feigen aus Sizilien, gefüllt mit Mandeln aus Modica, eine eingesalzene Sardelle auf einer Kruste dunklem Brot, und schwärmten von Kaninchen in Schokolade.

Über Freiheit redeten sie auch.

»Jedem Menschen steht es frei, zu tun, was er will«, rief Antonio aus.

»So denken junge Leute, lieber Antonio, und ich hoffe, dass Gott dir diesen Gedanken erhält, denn Freiheit löst sich allzu oft in Nichts auf, wie Granitaeis in der Sonne.«

Sie sprachen über Dankbarkeit.

»Nie bedankt sich jemand bei mir, Padre, niemals.«

»Die Menschen bedanken sich, wenn man ihnen Wasser reicht, aus Höflichkeit, aber sie bedanken sich nicht für Güte, Wohlwollen oder die Zeit, die jemand ihnen schenkt. Nie das Wort ›Danke‹. Aber lass uns hier nicht zu schwermütig werden, bald ist es Nacht.«

Die mondlose Nacht kam näher, und noch bevor die Sonne unterging, wurde das Meer grau. Mit einer Handvoll Sterne brach die Nacht schließlich herein, und der Padre und Antonio wurden an Deck vom Schlaf übermannt. Windstille und warme Luft hüllten das Schiff ein.

Arm in Arm schliefen die beiden, und das führte gleich zum nächsten Unheil. Als die Wachmatrosen bei Sonnenaufgang den

Jungen und den Geistlichen Arm in Arm schlafend vorfanden, riefen sie sofort den Kapitän.

»Arm in Arm wie Brüder«, meinte ein Matrose.

»Arm in Arm wie Liebhaber, ein Skandal!«, wütete Diolosà und sperrte sie ins Gefängnis im Laderaum, gleich neben der Latrine. Die Zelle zwei mal zwei Meter, auf dem Boden ein schäbiger Strohsack, in dem die Flöhe tanzten. Diolosà legte den Riegel vor und schleuderte eine Schimpftirade gen Himmel.

Um sich ein klares Bild zu verschaffen und die Anschuldigungen zu bekräftigen, postierte der Kapitän hinter einer kleinen verborgenen Öffnung in der Wand eine Wache, oder eher zwei, eine für den Tag und eine für die Nacht. Er wollte ganz genau wissen, was sich die beiden Liebhaber erzählten und was sie da taten, der Junge und der Geistliche.

Nach zwölf Stunden fragte er die erste Wache: »Was haben die beiden gemacht?«

»Haben nur geredet«, antwortete der Wachmann, und der Kapitän entließ ihn verstimmt.

Nach weiteren zwölf Stunden fragte er die zweite Wache: »Was haben die beiden gemacht?«

»Haben nur geredet«, antwortete auch dieser Wachmann, und verstimmt entließ Diolosà ihn. Doch die Neugier ließ dem Kapitän keine Ruhe, außerdem verdächtigte er die Wachen, gemeinsame Sache mit den Gefangenen zu machen, und so beobachtete er selbst die beiden, um herauszubekommen, was die zwei Sünder dort wirklich trieben.

Worte können Meuterei sein, aufständische Lügen, sie können sogar eine Revolution anzetteln …, sagte er sich und saß einen Tag und eine Nacht lang auf einem wackeligen Hocker und beobachtete die beiden Freunde durch die kleine Öffnung in der Wand. Er machte sich Notizen und schrieb alles mit, was er hörte, denn »Jedes Wort kann eine verborgene Mitteilung, ein Geheimzeichen beinhalten«, wie er sagte.

Dieses Protokoll begleitete Antonio auf unbekannte Weise bis nach Atlantic City und darüber hinaus. In sepiafarbener, sorgfältig geführter Handschrift, vermeintlich zwielichtige Sätze rot hervorgehoben, tauchte dieses Schriftstück immer wieder zu unterschiedlichen Gelegenheiten in seinem Leben auf.

Wer im Laufe der Zeit diese Sätze las, runzelte misstrauisch die Stirn, doch wenn Antonio die Worte Ardiris las, wurde ihm ganz warm ums Herz.

Worte verändern sich, je nachdem, wer sie hört.

Mehr oder weniger dies stand in dem Schriftstück, das, nach vielen Jahren und von vielen betrachtet, immer noch in der Familienkommode in Gesso aufbewahrt wird:

Hiermit erkläre ich, der Unterzeichnende, Kapitän Diolosà, auf dem nach Norfolk fahrenden Schiff der Königlichen Armee, im vollen Bewusstsein meiner Kräfte, von den Inhaftierten Padre Ardiri Giuseppe und Grillo Antonio – beide im Morgengrauen an Deck, auf dem Weg nach Gibraltar, bei den Vergehen des Aufruhrs, der Simonie und Homosexualität ertappt und noch am selben Tag ins Gefängnis des besagten Schiffs befohlen –, folgende Worte gehört zu haben. Ergänzend möchte ich darauf hinweisen, dass die Inhaftierten während der Haft keinerlei Zeichen jedweder Trübsal zeigten, sondern im Gegenteil, als die Eisentür geöffnet wurde, noch in der Zelle verbleiben wollten, um ihre Gespräche fortzuführen. Dies sind, nach bestem Wissen und Gewissen, die Worte, die ich gehört habe und hier in zwölf Punkten wiedergebe. Padre Ardiri sagte:

»Vergiss nicht, dass du ein Hoffnungsträger bist
Mut kommt mit dem Sturm
Lebe den Alltag auf nicht alltägliche Art
Unsere Kraft erlischt, wenn wir in Bedrängnis sind
Auch ein Atom Gutes hat sein Gewicht

Ist deine Sprache sanft oder kühn? Wie ist deine Sprache?
Befreie dich von den Gedanken, um Makelloses zu vollbringen
Pflanze den jungen Baum neben einen alten
Sprich im Angesicht der See, denn die Worte gleichen Wellen
Weise ist, wer sich nicht von den Dingen beherrschen lässt
Weise ist, wer sich selbst keine Schmerzen zumutet
Interessiere dich nur für das Wesentliche.«

Seit die Gefangenen nach achtundvierzigstündiger Haft ohne besondere Vorkommnisse freigelassen wurden, trage ich, der Unterzeichnende, oben genannter Kapitän Diolosà, dafür Sorge, dass den verdächtigen Subjekten Tag und Nacht ein Kadett zur ständigen Beobachtung zur Seite steht.
Gelesen, bestätigt und unterzeichnet.
Bei meiner Ehre
Dem Duce treu ergeben
Giovanni Diolosà

Er hatte also die Zelle geöffnet und die beiden Inhaftierten grob hinausgescheucht. Berühren wollte er sie nicht, waren sie doch seiner Ansicht nach »unrein«.

Padre und Matrose kamen jedoch nur kurz in den Genuss von Wind und frischer Meeresluft, denn um sie den Rest der Reise zu trennen, befahl der Kapitän dem Padre, der gesamten Besatzung die Beichte abzunehmen, und zwar jedem Einzelnen und zum Schluss ihm selbst, und Antonio, alle Kochstellen blank zu putzen, auch die seit Jahren außer Acht gelassenen.

Ardiri war also an Deck und hörte sich die Kümmernisse der Männer an, und Antonio putzte die Kochstellen, drei Tage waren sie getrennt, nur hin und wieder, wenn Antonio heraufkam, um das Wasser im Eimer zu wechseln, kreuzten sich ihre Blicke, und der Glanz ihrer neuen Freundschaft blitzte darin auf.

Cádiz rückte erfreulicherweise immer näher, denn nach vielen

Tagen der Seefahrt sehnt man sich nach Land. Wie man sich nach vielen an Land nach dem Meer sehnt.

Cádiz war weiß und voller Türme.

Von der Sonne in gleißendes Licht getaucht, sandte die Stadt von den mit glänzenden Kacheln bedeckten Dächern, Terrassen, Türmen und Kuppeln gleichermaßen strahlendes Licht hinauf in den Himmel, mitten in wolkenähnliche, weiße Vogelschwärme.

Das Schiff näherte sich dem Hafen an einem ruhigeren Abschnitt, an dem wenige Schiffe ankerten und kaum Matrosen unterwegs waren.

Der Kapitän warf den Anker und gab von der Brücke seine Anweisungen: »Drei Tage Aufenthalt in Cádiz. Mit einigen meiner vertrautesten Männer werde ich mich zum Zweck der Proviantbeschaffung nach Sevilla begeben. Meine Offiziere bleiben hier und übernehmen das Kommando über Schiff und Matrosen. Ihr seid den Dienern der Königlichen Armee und dem Faschismus zu äußerster Ergebenheit verpflichtet.«

Antonio wusste nicht viel über den Faschismus, er sah die Faschisten nur immer ganz in Schwarz gekleidet und fand sie etwas verstiegen.

Er sah die Welt von seinem Luftschloss aus, und dort ging es ihm gut, doch von dort oben sah er alles verschwommen. Der Faschismus fand gleich neben ihm in der wirklichen Welt statt, und das begriff er irgendwie, aber irgendwie auch nicht. Es war in etwa, als würde man einem Kind sagen, dass es in die Schule gehen solle, und das Kind antwortet: »Kann ich dann meine Spielsachen mitnehmen?«

Doch die Zeit der Spiele war endgültig vorüber, ein scharfer Wind war aufgekommen. Antonio bemerkte das, beachtete es aber nicht weiter, obgleich man um ihn herum schon dabei war, dem Gang der Geschichte eine ungute Richtung zu geben.

Er verstand das alles nicht, begriff nicht den Sinn der Dinge, die größer waren als er und nicht sichtbar, aber das Schicksal der ganzen Welt verändern, das von Menschen wie auch das von Tieren, und alles in andere Bahnen lenken.

Ihm ging es einzig und allein um die Freiheit und darum, endlich nach Amerika zu kommen, Elide in seine Arme zu schließen, die Freunde zu sehen und sein Glück zu machen.

Der Faschismus war für ihn damals nichts weiter als eine dunkle Wolke.

Aber wie aus Wolken alles Mögliche herabregnen kann, kann auch alles Mögliche von den Mächten über uns herabregnen: Himmelsbrot und Bomben, Bosheiten und Heucheleien, Utopien und deren Tod, Gerechtigkeit und Enttäuschungen. Aber das begreift man erst als erwachsener Mensch.

Antonio war zwanzig Jahre alt damals, ein unschuldiger Landjunge, der sich bald dieser Sache, bald jener zuwandte, und aus allem zog er das Beste und gab mit seiner Lebenslust etwas zurück.

Wie er also Kapitän und Getreuen nachblickte, bemerkte er nicht, wie angriffslustig sie waren auf ihrem Weg durch die gleißenden Straßen von Cádiz, wie sehr sie sich mit ihrer schwarzen Kleidung von der Stadt abhoben, von diesen hellen, von der spanischen Sonne mit Licht übergossenen Gassen.

Als sie verschwunden waren, da dachte er nicht mehr an sie, im Gegenteil, er stieß einen Seufzer der Erleichterung aus, denn er mochte keine Befehle, und schon gar nicht die von Diolosà. So spazierte er also mit Ardiri ein paar Schritte durch die warmen Gassen, nicht wissend, dass Diolosà einen Spitzel angeheuert hatte, der ihnen auf Schritt und Tritt folgen sollte. »Lass die beiden Teufel bloß nicht aus den Augen«, hatte der Kapitän dem Spitzel eingeschärft. In welche Sträßchen Ardiri und Antonio ihre Schritte auch lenkten, der Spitzel folgte ihnen.

Die Tatsache, dass Diolosà keinen kleinen, dünnen und flinken Mann als Spitzel angeheuert hatte, sondern einen großen, dicken, behäbigen, bestätigte einmal mehr, dass er ein wirklich unverbesserlicher Tölpian war. Der Spitzel schleppte sich schwitzend hinter den beiden her, die im Gegensatz zu ihm flink wie Katzen neugierig die Stadt erkundeten.

Der Padre hatte gleich bemerkt, dass ihnen jemand folgte, und schlüpfte in einen andalusischen Patio, an dem der Spion prompt vorbeilief. Dort setzten sich die beiden Gefährten und besahen die gold-blau gewundenen Säulen, die Zwergpalmen und einen Brunnen, aus dem kein Wasser sprudelte, sondern Orangensaft.

Durstig tranken sie den kühlen Saft.

»Manchmal ist das Leben wunderschön«, stellte Ardiri fest.

»So ist es. Aber ohne Freiheit ist alles wertlos und schal«, erwiderte Antonio, als er eine Amsel im Käfig bemerkte, die einen herzerweichenden Gesang angestimmt hatte.

Auch der Padre ließ den Blick über die schwarzen Federn des Vogels gleiten, dann über violette Blumen und Minze, über klares, mit Goldreflexen gesprenkeltes Wasser, einen grünen Frosch, der auf dem Brunnenrand reglos auf Beute wartete.

Eine Libelle setzte sich auf seine Finger, und da seufzte er: »Die Erde ist ein Meisterwerk.«

Antonio hatte ein Fläschchen Malvasia dabei und bot Ardiri davon an.

»Wir lassen uns die gute Laune nicht verderben, Junge«, meinte Ardiri.

»Es ist schon ziemlich mutig, überhaupt gute Laune zu haben.«

So tauschten sie Weisheiten aus und plauderten drei Stunden lang, während der Spitzel sich auf der Suche nach ihnen abmühte und um jedes Haus mit Patio schlich. Und je länger er suchte, desto mehr geriet er außer Atem, er trocknete sich den Schweiß mit seinem gelben Hemd, und gegen Abend zog er sich in die *Taverna del Sol* zurück, gleich am Meer.

Und siehe da, da waren sie ja, die beiden Teufel, wie er in der *Taverna del Sol*, gleich am Meer.

Als Padre Ardiri ihn sah, begrüßte er ihn freundlich: »Hallo, mein Freund, setz dich doch zu uns und koste den Pata Negra Jámon, andalusischen Schinken von schwarzen Schweinen, die sich von Eicheln ernähren. Das solltest du dir nicht entgehen lassen, er zergeht auf der Zunge, und nicht nur das …«

Antonio staunte, dass der Geistliche so freundlich war, worauf dieser ihm zuflüsterte: »Um Feinde zu besiegen, müssen wir ihre Freunde werden. Alte Jesuitenweisheit.«

Und so nahm der Abend mit Pata Negra, Tapas und reichlich Wein seinen Lauf.

Später betrat eine andalusische Cantaora mit seidig schimmernden Augen, Mantille, Fächer und Gitarre die Taverne. Antonio schien ihre Stimme schöner als alles, was er bisher gehört hatte, und es gab nichts mehr um ihn herum, nur noch die Falten ihres roten Rocks und ihr schimmerndes Dekolleté. Er seufzte schwer.

»Ach, schöne Andalusierin, du erinnerst mich an meine Elide und ihren Hals … Abertausend Küsse gäbe ich ihr, ach, was rede ich: Abertausend Küsse gäbe ich dir«, hauchte er, und seine Augenlider senkten sich auf Halbmast.

Ardiri versuchte sein Feuer ein wenig zu zügeln: »Liebe ist nur Schall und Rauch.«

»Ohne Liebe kann ich nicht leben.«

»Eines Tages wirst du verstehen, dass all dieser Liebeszauber vergeudete Zeit ist. Es gibt so viel Bedeutenderes, so viel Höheres als Liebschaften und andere Gefühlswallungen. Eure besten Jahre verschwendet ihr damit, Sirenen nachzustellen.«

»Ich bin noch jung, Padre.«

»Und ich bin alt, Junge.«

Und während sie so sprachen, lauschte der gelb gekleidete Spitzel stumm und blickte sie an, wie man im Zirkus exotische Tiere ansieht, und keinen einzigen Augenblick ließ er sie aus den Augen.

Als die schöne Andalusierin wie ein Glühwürmchen in der Nacht verschwunden war, sie Teller und Gläser geleert hatten und es genug der Worte waren, bot der Wirt den drei Fremden für wenige Geldstücke einen Schlafplatz auf dem Strohlager im Stall an.

Ardiri vergaß im Schlaf Predigten und Mission, Antonio träumte von Mädchenaugen, und dem Spitzel erschien der heimische Gemüsegarten in Kalabrien voller Tomaten, Kürbisse, Maiskolben und Blumenkohl.

Jedem seine eigenen Träume.

Als der Sonnenaufgang am nächsten Tag alles rosa färbte, liefen die drei durch die Stadt und ließen sie schließlich hinter sich, Padre Ardiri voran, dann Antonio und hintendrein der nach Atem ringende Spitzel.

»Wo gehen wir hin, Padre?«

»Sei still und lauf.«

»Ist es noch weit?«

»Wir nehmen gleich eine Kutsche.«

»Wo geht es denn hin?«

»Nach Sevilla.«

»Warum?«

»Um gute und christliche Taten zu tun.«

»Und welche wären das?«

»Sei still und lauf. Mehr kann ich jetzt nicht sagen.«

Und Antonio und der kalabrische Spitzel liefen ihm hinterher.

Sie kamen in eine ländliche, sonnenverbrannte Landschaft, in der sich riesige Stiere tummelten. Das Leben schien förmlich in ihnen zu brodeln, und die weißen Häuser mit ihren ockerfarbenen Fensterläden verschwanden geradezu neben ihren massigen Körpern, die sich tiefschwarz von dem staubigen Gelände abhoben. Der Fluss Guadalquivir strömte zum Meer, Wasservögel ließen sich in seinen klaren Fluten bis zur See treiben, ohne einen Flügel zu rühren, am grasbestandenen Ufer suchten andere Tiere Schutz vor der Dürre, man sah Schwanenfamilien, Wäscherinnen, Kinder mit nassen Füßen und Fischer. Ein Stück weiter saßen Gitanos mit ihren Gitarren im Schatten der Oliven- und Mandelbäume. Manch einer schlug sich mit seiner Frau in die Maisfelder, und dort liebten sie sich auf den niedergedrückten Halmen, und wenn der Liebestaumel vorbei war, erhoben sich Menschen und Halme zur gleichen Zeit.

Sie neckten sich, liefen einander hinterher und liebten sich erneut, dankten der Jungfrau Maria vom Rosenkranz, am Leben zu sein, und kamen von den Feldern mit leuchtenden Augen zurück.

Mitunter entfacht ein Blick Feuer.

Die drei Männer liefen durch diese erwartungslosen, in gleißendes Licht getauchten Landschaften, in denen Schwärme schwarzer Vögel und Schwärme von Menschen es mit dem Tag aufnahmen.

»Wie weit ist es denn noch? Müssen wir den ganzen Tag laufen?«, wollte Antonio wissen, dessen Kopf von der andalusischen Sonne schon brummte.

»Nein, hinter dem Johannisbrotbaumwald dort hinten wartet eine Kutsche auf uns.«

Nach den staubtrockenen gelben Feldern erreichten sie den Wald, der so dicht war, dass kein einziger Sonnenstrahl eindrang. Von der Hitze ermüdet, freuten allerlei Tiere sich dort am kühlen Schatten.

Sie sahen Füchse, Marder, Schildkröten, Schnecken und Frösche und Kröten in einem Weiher hinter dem Wald, und neben dem Weiher stand eine Kutsche mit zwei davor gespannten Pferden, die ihre Mäuler ins Wasser tauchten. Die Kutsche sah so ähnlich aus wie eine Militärkutsche: grobe Holzbänke, das Türchen festgebunden, und der Kutscher saß da mit einer übers Gesicht gezogenen schwarzen Kappe.

Unentschlossen trat der Spitzel von einem Bein auf das andere, da sprach Ardiri ihn freundlich an: »Dir hat wohl jemand aufgetragen, uns zu folgen. Na, dann steig ein, und wenn wir in Sevilla sind, geht jeder seiner Wege.«

Der Kalabrier war sichtlich erstaunt über die abermals freundlichen Worte und machte Anstalten, in die Kutsche zu steigen, doch im selben Moment wurde ein Pferd von einer Wespe gestochen, schrak zurück, der Mann verfehlte die Stufe, stolperte und stürzte.

Padre Ardiri reichte ihm die Hand, zog ihn hoch, klopfte ihm den Staub aus dem gelben Hemd und hieß ihn neben sich sitzen. Und dann entschuldigte er sich auch noch, dass die Kutsche nicht mit weicheren Sitzen und Kissen ausgestattet war.

»Ihr müsst geradewegs aus'm Himmel kommen, müsst Ihr wohl«, stammelte der Mann verblüfft.

»Sag mal, wie heißt du eigentlich, Mann aus dem Süden?«

»Mattia Bagnara.«

»Bagnara … Da kommt meine Liebste her«, rief Antonio.

»Du hast's gut, hast 'ne Liebste, da träum ich nichmal von, von 'ner Liebsten«, seufzte Mattia.

Sein Blick war gehetzt, und die Augen hielten in ihren Tiefen unzählige Tränen bereit. Bereit war auch die Kutsche, und der Kutscher wusste, wo es hingehen sollte.

Sie ließen den Wald hinter sich, fuhren an weiten Feldern vorbei, und der Mann erzählte: »Bin weggelaufen aus 'nem Dorf voller Mörder in Kalabrien, alle Gewalt der Welt hat Gott dort gebündelt.«

»Nicht Gott hat die Gewalt dorthin gebracht, mein Sohn. Es sind die Menschen, die gewalttätig sind, Gott lässt alle frei entscheiden, das ist das Problem«, mahnte Ardiri.

»Bin weggelaufen aus 'nem Dorf voller Mörder in Kalabrien, alle Gewalt der Welt hat Gott dort gebündelt«, wiederholte Mattia.

Diesmal schwieg der Padre, und Mattia fuhr fort: »Nichts als Mörder im Dorf, und meine Familie war auch nich besser.«

Die Kutsche ruckelte und schuckelte über die steinige Straße, man sah manche Wildpferde ungestüm galoppieren, andere gemütlich umherwandern.

Tränen liefen Mattia übers Gesicht, als er weitersprach: »Vor langer Zeit hat mein Großvater in Kalabrien aus Versehen 'n Feldstück von 'nem Cousin verbrannt, und dieser Cousin hat ihn dann ermordet. Als der Cousin meinen Großvater umgebracht hatte, hat mein Vater den Vater von dem Cousin umgebracht. Daraufhin hat der Bruder von dem Vater von dem Cousin einen von den

Söhnen von meinem Vater entführt, gefoltert und dann noch halb lebendig auf dem Feld begraben, das mein Großvater versehentlich angezündet hatte.«

Antonio zog sich der Magen zusammen, solche Geschichten waren ganz und gar nichts für ihn. Lieber vertiefte er sich in den Anblick der gigantischen Bergketten, die sich vorne dunkelgrün, weiter hinten blau vor dem wolkenlosen Azur des Himmels abhoben.

Nicht eine Wolke.

Die Kutsche kam nur langsam voran, Ardiri hatte es dem Kutscher vorausgesagt, denn andere Kutschen, Karren und Kaleschen mit singenden, Gitarre spielenden Männern füllten die Straßen, und die Wildpferde liefen durch die Felder.

Mühevoll versuchte Mattia, sich an weitere Einzelheiten der langen Familienfehde zu erinnern, in die schließlich noch eine Nachbarsfamilie mit hineingezogen wurde.

»'n Nachbar hat im Buchenwald unsere Säge gestohlen und die dann benutzt, um 'nem Verwandten 'n Bein abzuschneiden, weil der angeblich die Tomaten von ihm neidisch angeguckt hat. Als mein Bruder davon gehört hat, hat er dem, der die Säge gestohlen hatte, die Hand abgehackt. So is einer nach dem anderen gestorben, und es sind nich viele von uns übrig geblieben.«

»Mein Gott«, rief Ardiri aus.

»Schreckliche Dinge geschehen unter diesem Himmel«, stellte Antonio fest, und er sah in den Himmel, der ihn mit seinem allerschönsten Blau tröstete.

Nun schluchzte Mattia wie ein Kind: »Wir sind nur noch zu viert, meine Mutter, meine zwei Schwestern und ich. Ich war gerade zehn Jahre alt, da hat meine Mutter gesagt: ›Du musst weg von hier, weg musste, Sohn, sonst bringen sie dich auch noch um. Geh fort, so weit du kannst.‹ Und das hab ich gemacht.«

»Und dann?«, erkundigte sich Antonio, der tiefes Mitleid für den Mann verspürte.

»Mit zehn Jahren hab ich als Schiffsjunge angeheuert, bei Kapitän Diolosà. Er is nich so gemein, wie's scheint, hat mir jeden Tag was zu essen gegeben: Brot und Zwiebeln, und sonntags immer drei Sardellen. Wenn er nich gewesen wär, dann wär ich wohl längst tot.«

»Und jetzt hat der Kapitän dir befohlen, uns zu verfolgen«, stellte Antonio fest und sah zu, wie ein Rabe auf der Kutsche landete.

»Ja, so isses. Er sagt, ihr tut schändliches Zeug und redet 'ne Menge. Dass ihr viel redet, das ist mal sicher, aber ich glaub nich, dass ihr schändliches Zeug macht«, erklärte Mattia.

»Ach, Mattia, dich hat der Himmel geschickt. Jeder hat sein Päckchen zu tragen, Junge, aber deins wiegt ganz schön schwer«, befand Ardiri. »Doch nun sind wir zu dritt, und das ist viel lustiger«, fügte er mit einem fröhlichen Blitzen in den Augen hinzu. Dann schwieg er.

»Was machen wir denn jetzt, Padre?«, wollte Mattia wissen.

»Ach, Sevilla steckt voller Schätze«, seufzte der Padre sehnsüchtig. »In ganz Europa ist keine Stadt so betörend und beglückend. Das Glück liegt dort förmlich auf der Straße.«

»Dann morden die Leute dort wohl nich, oder?«, vermutete Mattia.

»Und keiner schreit, und es werden auch keine unschuldigen Jungen verprügelt?«, hoffte Antonio, auf dessen Armen immer noch Spuren der blauen Flecken aus Genua zu sehen waren.

Da warfen sich die beiden jungen Männer das erste Mal einen Blick zu, erstaunt, dass sie dieselben Gedanken hatten, und folglich auch dieselben Hoffnungen in die neue Stadt setzten.

Am Horizont tauchten langsam die Umrisse der weißen Stadt auf, Glocken läuteten von der von rosafarbenen Störchen umkreisten Giralda. Aus den Höfen lugten Palmenspitzen, und Falken stießen im Sturzflug auf die Dachterrassen hinab, auf denen Menschen auf den Sonnenuntergang warteten. Hier und da wurden die

Straßen gewässert, und aus den Höfen tönte der Gesang der blau gekachelten Brunnen. Hunde und Katzen suchten im Schatten Schutz vor der Sonne, und die Stadtbewohner waren geneigt, nun den Tag zu beenden und den Mond willkommen zu heißen.

Der Fluss legte sich behäbig um die Stadt und das menschliche Treiben darin, und ein Maler versuchte, die Wasser des Guadalquivir mit Pinsel und Leinwand einzufangen.

Der Maler saß gleich neben einer Kutschstation, und dort ließ auch Ardiri halten. Bevor er bezahlte, wechselte er leise einige Worte mit dem Kutscher. »Morgen Abend hier« war das Einzige, was Antonio von dem Gewisper verstand.

Nur einen Tag für Sevilla, dachte Antonio, dann muss ich mich beeilen, denn das Glück, das findet man wohl nicht überall.

Im Herzen der Stadt lag versteckt in einer Ecke der Calle Gerona eine Taverne, *El Rinconcillo*, in der einst Cervantes verkehrt hatte. Die Wände waren weiß, gelb und blau gefliest, von der Decke hingen Schinken, groß wie Kirchenglocken.

Junge Leute standen an der Bar und mümmelten Fisch-, Peperoni- und Bacalao-Tapas, und dazu zwitscherten sie sich Cerveza und Tinto de Verano. Ältere, deren Knie nicht mehr mitmachten, saßen, waren aber nicht minder fröhlich.

Es gibt Orte, an denen lacht das Herz, dachte Antonio.

Auf seiner Reise hatte er bis jetzt drei Tavernen besucht: das *Gatto Blu* in Genua, das *Sol* in Cádiz und jetzt in Sevilla das *El Rinconcillo*.

In Tavernen fühle ich mich wohl, einerlei, in welcher Stadt, dachte Antonio, die Leute haben gute Laune, lassen ihre Sorgen zu Hause, dabei hilft der Wein, warum auch nicht? Wichtig ist doch, einmal unbeschwert sein zu können. Und da sah er plötzlich eine wunderschöne Frau und vergaß alles um sich herum, sah nur noch sie und hörte auf zu denken.

Meña hieß sie und sang von ihrem Liebesschmerz, ein Schmerz, der überall auf der Welt gleich ist. Das schwarze Haar fiel ihr bis auf die schmalen Hüften, auf denen sich der rote Volantrock zu einem wahren Gebirge auftürmte. Ihre Brust hob sich beim Gesang und sprengte fast das Mieder, das von einer Brosche in Form eines Pfaus zusammengehalten wurde. Der Rock selbst breitete seine Schleppe wie ein Pfauenschwanz aus, als sie auf die hölzerne Plattform trat, der man die unzähligen Nächte voller Gesang und Tanz ansah.

Antonio versank in der nächtlichen Schwärze ihrer Augen.

Über ihr zeigte eine Uhr die Zeit an.

Doch der Klang ihrer Gitarre löste jegliche irdische Zeit auf.

Verscheuchte die Schwere trostloser Stunden, verscheuchte Lug und Trug.

Antonios Blick galt nur ihr.

Ardiris Blick huschte aufmerksam umher.

Mattias Blick richtete sich auf seine Flasche Gran Reserva.

Mattia war gefangen in seiner Angst.

Antonio war gefangen in den Augen der Andalusierin.

Ardiri war alles andere als gefangen.

»Bist ihr schon in Liebe verfallen«, schmunzelte der Padre, und Antonio erzählte ihm von Elide, deren Arme so alabastern waren wie die der singenden Andalusierin.

»Von einem Traum zum nächsten geht's im Leben«, murmelte Ardiri, schob seinen Stuhl zurück und stand auf.

»Was ihr euch alles zusammenträumt …«, brummelte er, schenkte Mattia Wein nach, ließ die beiden jungen Männer mit ihren Träumen allein und verschwand unbemerkt in der Nacht.

Die beiden Jungen hingen also ihren Träumen nach, und der Jesuit strich durch die nächtlichen Gassen. Es war tief in der Nacht, schwach beleuchtete Fenster, in Liebesbriefe versunkene Frauen, klappernde Schritte. In Sevilla ist die Nacht süß, und man kostet sie aus, denn niemand möchte, dass sie je zu Ende geht.

Ardiri trug einen weiten, leichten Umhang in Tintenschwarz, der ihm die Anmutung einer Fledermaus verlieh, und ähnlich flink bewegte er sich. Er betrat die Calle Allhóndiga, die so eng war, dass sie weder Sonne noch Mondlicht einließ, der Umhang wehte dunkel hinter ihm her. Schließlich läutete er an einem Tor, das sich auf einen Hof und ein weiteres Tor öffnete. Auch an diesem läutete er, das Tor tat sich auf, dahinter erschien ein weiterer Hof, in dessen Mitte ein Brunnen und Papyri zu sehen waren, und etwas weiter hinten ein Busch weißer Rosen, hinter dem noch ein Tor wartete. Ardiri läutete abermals, und das efeuberankte Tor, etwas kleiner als die anderen, wurde von einem Windstoß aufgedrückt.

Der Padre war Schlüssiges, jedoch auch Übernatürliches gewohnt, und so gab er nichts darauf. Drinnen befanden sich ein Springbrunnen mit einem steinernen Löwen, dessen Grau das Wasser blank geputzt hatte, und drei Männer mit Dolchen in den Gürteln und Gewehren über den Schultern. Weitere Gewehre lagen auf einem alabasternen Tisch. Hinter ihnen stapelten sich an die hundert Holzkisten, einige zugenagelt, aus anderen quoll Stroh hervor.

Streng erkundigte sich der Padre bei den dreien: »Sind die Waffen alle da?«

»Ja, *Señor*, alle da.«

Anerkennend klopfte Ardiri ihnen auf die Schultern und segnete sie.

»Versteht ihr es, zu sterben? Zu siegen?« Die Männer blieben die Antwort schuldig, denn in diesem Moment öffnete sich hinter den dreien eine kleine, schief in den Angeln hängende Tür mit unheilvollem Quietschen. Es erschien der Schatten von einem Mann, der so groß war, dass er beim Durchgehen fast mit dem Kopf gegen den Türrahmen gestoßen wäre. Er hatte eine hohe Stirn, und seine Augen, die nicht andalusisch-dunkel, sondern blau, nordseeblau waren, leuchteten.

»Sondaal!«, rief Ardiri aus. »Bist du eigens für unsere Mission aus den Niederlanden gekommen?« Er sprang auf, um den niederländischen Freund zu begrüßen, wobei er erst über sein eigenes und dann über Sondaals Gewand stolperte.

Sie begrüßten sich herzlich, ließen dann zwei oder drei Sätze in Latein und Griechisch folgen, denn sie beherrschten und mochten beide Sprachen.

»*Si vis pacem, para bellum.*«

Willst du Frieden, dann bereite Krieg vor.

Kameraden aus besseren Zeiten waren die beiden, jeder Satz zwischen ihnen sprühte Funken und entzündete einen flammenden neuen.

»Du wirkst leichtherziger.«

»Immer wenn ich dich sehe.«

»Sei nie mehr betrübt.«

»Nur in der Nähe verbitterter Menschen.«

»Das Leben bitter, süß das Glück ...«

»Das Glück hat mich zu dir geführt. Dann los, mein Freund, fangen wir an.«

»Dann los, mein Freund, fangen wir an.«

Ardiri und Sondaal gaben den drei bewaffneten Männern, die mit ihren Dolchen unbeweglich vor den Holzkisten Wache standen, ein Zeichen, woraufhin diese schweigend zur Seite traten.

Die beiden Jesuiten streiften die Umhänge ab, krempelten die Ärmel ihrer Gewänder hoch, trockneten sich den nervösen Schweiß von den Stirnen und tauchten ihre Hände in die nun geöffneten Kisten. Sie holten ein Strohbüschel nach dem anderen daraus hervor, bis schließlich etwas Hartes, Glänzendes aufblitzte.

Gewehre.

Nagelneue, schwere Gewehre, von einigen prüften sie die Läufe, von anderen den Abzug, und jedes Mal sagten sie: »Gut. Gut so.«

Einige Gewehre leuchteten silbern, andere messingfarben, alle hatten zwei gezogene Läufe. Ohne die Anstrengung zu spüren, öffneten sie die Kisten, kontrollierten Tausende Gewehre, und manchmal fragten sie die drei Soldaten aus Sevilla: »Sind alle gleich, oder?«

Oder: »Jede Waffenpartie ist gleich?«

Sie hantierten, kontrollierten, fragten immer wieder: »Sind alle so, wie wir ausgemacht hatten?«

Und die drei Männer antworteten immer: »Ja, *Señor*, alle.«

Kein Ton mehr in der tiefen Nacht, weder Gitarren, Gesang, noch Schritte. Als sie alle Kisten geprüft hatten, eine nach der anderen, legten sie mit den drei Soldaten wieder das Stroh um die Waffen und nagelten jede Kiste mit neuen Nägeln zu, die verbogenen alten Nägel ließen sie auf der Erde liegen.

Der Brunnen mit dem nass glänzenden Löwen plätscherte leise vor sich hin, und ein Kauz schrie von irgendwoher seinen nächtlichen Ruf. Die beiden Freunde wollten noch nicht Abschied nehmen und murmelten einander zu: »*Similes cum similibus facillime loquuntur.*«

Die, die sich gleichen, führen ein leichtes Gespräch.

Als eine Glocke schlug, ließen sie voneinander ab und verabschiedeten sich: »*Valeo si tu vales.*«

Es geht mir gut, wenn es dir gut geht.

Soldaten und Jesuiten gingen ihrer Wege, erst in Sevilla, dann in die Welt hinaus. Die schwarzen, vorn geöffneten Umhänge verliehen den Schritten der Jesuiten Schwung, die Soldaten hingegen kehrten müde gleich in ihre Kaserne an den Ufern des Guadalquivir in Triana zurück. Dieses Viertel liegt auf der anderen Flussseite und ist weit entfernt von der Kathedrale, aber man kann sie von dort sehen. Bewohnt wird es nahezu ausschließlich von Menschen auf der Durchreise, Tänzern und Cantaores, die man wie Motten nur des Nachts sieht. Die Nacht war noch immer tief, und kein Laut war zu hören, der Duft von frisch frittierten *Churros* mit Schokolade für das Frühstück durchzog schon die Luft.

Ardiri ging ins *El Rinconcillo* zurück, wo die beiden Freunde noch ihren Träumen nachhingen. Antonio war betrunken und der Liebe satt, um seinen Hals zogen sich kussblaue Male, Hemd und Hose waren zerknittert. Mattia war betrunken und des Weines satt, er war mit dem Kopf auf dem Tisch eingeschlafen, seine Zunge hing aus dem Mund, ein dunkelrosafarbenes Stück Schinken hatte sich in sein Haar verirrt.

Ardiri packte die Jungen am Nacken, wie kleine Katzen, brachte sie hinaus, wo er ein Lager für die Nacht fand, und alle drei träumten tief, bis der Sonnenaufgang die Welt in zartes Rosa tauchte. Alles war noch ruhig, denn in Sevilla bevölkern Pferde und Kutschen erst spät die Straßen. Auf leisen Sohlen ging es dann zum Königlichen Alcázar, durch Höfe und Gassen, vorbei an Retablos, Brunnen, Säulen, an Kastagnetten, Fächern, Schatten spendenden Pflanzen und Rosmarin. Und nach ausführlichem Umherstreifen, nach aufmerksamem Lauschen nach außen und innen, an Kirchen und Höfen vorbei, an Patios und Lokalen, an duftenden Gärten und sonnengetrockneten Plätzen, erreichten sie schließlich den Alcázar, und dort blieben sie erst einmal. Betrachteten die Pfauen, genossen die Kühle, den Gesang der Amseln, die Steinreliefs und Arabesken, die lang gestreckten Wasserbecken und die sich in den Himmel emporreckenden Palmen.

Überall plätscherte Wasser.

»Wie frisches Wasser zieht die Welt dahin«, bemerkte Ardiri.

Ein reich mit Alabaster und blauen Fliesen verziertes kleines Haus lag im Herzen der Gärten hinter den Wasserbecken an einem grasumstandenen Bach, an dessen Ufer sich ein uralter Jasmin bis zu einem Storchennest in die Höhe rankte. Dort, in diesem kleinen Haus, in dem einst ein König mit seiner Geliebten ein Liebesnest hatte, blieben sie, legten sich in blaue Hängematten und rasteten.

Ardiri wurde feierlich.

»Jungens, ihr müsst im Leben die Vollkommenheit anstreben, ihr folgen wie dem Polarstern …«, setzte er an, doch er kam nicht mehr dazu, seine Predigt weiter auszuführen, denn mit Fanfaren und lautem Eins-Zwei-Drei-Getrappel kam eine Militärstreife des Weges marschiert.

Die Soldaten blieben fast neben ihnen stehen, lösten die Reihen auf, und der Hauptmann entfernte sich ein Stück, um an einen großen Gummibaum zu pinkeln. Da fingen die Soldaten an, eine schwarz gefiederte Entenfamilie mit orangen Schnäbeln, die friedlich im Wasser ihre Kreise zog, mit Steinen zu bewerfen. Jeder Wurf streckte eine der Enten nieder, oder sie taten nur so, um weiteren Würfen zu entgehen. Die kleinen Entchen versteckten sich unter großen Seerosen und zitterten ängstlich.

Außer sich sprang Ardiri aus der Hängematte.

»Ihr Mörder, Schlächter seid ihr, Schlächter von Menschen wie von Tieren, was seid ihr für Kreaturen, dass ihr Spaß daran habt, schutzlose Wesen zu morden?«, ereiferte er sich, ging Fäuste schüttelnd auf zwei mit Steinen bewaffnete Soldaten los und versetzte ihnen ein paar ordentliche Hiebe. Ja, zu zweit und bewaffnet waren sie. Und Ardiri allein. Im Handumdrehen machten sie ihn unschädlich und brachten ihn zu ihrem Hauptmann, der soeben den Hosenlatz schloss.

Der Hauptmann, ein Mann mit langem, an den Enden gezwirbeltem Schnauzbart, warf einen ungläubigen Blick auf den grimmig dreinschauenden Priester, dessen Fäuste immer noch erhoben waren. »Padre, bei allem Respekt, ein Geistlicher, der es mit zwei Soldaten aufnimmt, so was sieht man nicht alle Tage«, bemerkte er und zog die Nase hoch.

»Das Leben hält jeden Tag die ungewöhnlichsten Überraschungen bereit, Hauptmann«, erwiderte Ardiri, die Hände noch immer zu Fäusten geballt.

Der Hauptmann murmelte: »Na ja, ich bin ein wenig erstaunt, ein alter Priester, der auf zwei Soldaten losgeht … Was würde wohl Jesus zu so einem Wutausbruch sagen?«

»Signor Hauptmann, Ihr kennt anscheinend das Evangelium nicht. Habt Ihr vergessen, dass Jesus die Tische der Händler im Tempel umstieß? Der Zorn der Gerechten ist erlaubt, mein Freund.«

»Dann ist es also guten Menschen erlaubt, die Beherrschung zu verlieren?«, wollte der Hauptmann wissen.

»Ihr habt die Frage für mich schon beantwortet. Gute Menschen dürfen ihrem Grimm freien Lauf lassen.«

»Oha. Und die Grimmigen also erst recht.«

Ardiri bejahte das, und der Hauptmann ließ ihn umstandslos für »weitere Ermittlungen«, wie er sagte, in die Kaserne bringen. Antonio und Mattia, die sich ängstlich etwas abseits gehalten hatten, folgten nun der Streife und ihrem abgeführten Padre und befürchteten das Schlimmste.

Antonio war noch benommen von den Küssen des vorherigen Abends, und wie er nun dem festgenommenen Padre hinterhertrottete, fühlte er sich wie in einem schlechten Traum.

Mattia war mit dem gestrigen Rausch noch schlechter dran. Der in rauen Mengen genossene Wein hatte nicht, wie erhofft, dazu geführt, die heimischen Schrecklichkeiten zu vergessen, sondern noch mehr Tote und Niedergemetzelte in seinem Gedächtnis auftauchen lassen. Schatten erschienen ihm nun in den Straßen Sevillas, und auf den Bänken sah er amputierte Gliedmaßen beim Sonnenbad. Während er der Streife folgte, hielt eine düstere Welt ihn gefangen, und er fand keinen Weg hinaus.

Eine honigsüße Welt war es hingegen, die Padre Ardiri gefangen hielt, und auch er fand keinen Weg hinaus. Mit gefesselten Händen lächelte er entrückt zu Wolken und Vögeln hinauf.

»Himmelstiere, überleben wir ihre Gewalt?«, und Schwalben kreisten um ihn herum.

»Sie ziehen in den Krieg, weil sie noch nie einem schlagenden Herzen gelauscht haben«, und zwei Störche flogen von der goldenen Spitze eines Turms auf.

Die bewaffneten Soldaten schubsten den von Vögeln umgebenen Padre in die Kaserne, warfen mit lautem Scheppern die Eisentür zu, und dann war alles still.

Niedergeschlagen und mit hängenden Köpfen saßen Antonio

und Mattia auf den dunklen Stufen vor der Kaserne in der brennenden Sonne und warteten und hofften, den Padre bald wiederzusehen.

Eine Stunde verging, dann zwei, und als die dritte Stunde anbrach, öffnete sich die Eisentür mit einem lang gezogenen Quietschen. Padre und Hauptmann traten gemächlich heraus, lächelnd und mit ruhigem Blick.

Der Hauptmann umarmte Ardiri und steckte ihm ein Fläschchen Rum in die Tasche, in der Antonio einen Soldatendolch aufblitzen sah.

»Padre, Padre, Ihr habt ja den Wolf in 'n Lämmchen verwandelt, habt Ihr«, begeisterte sich Mattia.

»Wie habt Ihr das gemacht?«, staunte Antonio.

»Mit Worten«, antwortete Ardiri.

»Mit welchen?«, fragte Antonio.

»Wie sollte ich mich an all meine Worte erinnern? Worte vergehen wie Rauch …«

»Was macht dieser Dolch da in Eurer Tasche?«, wollte Antonio wissen.

»*Si vis pacem, para bellum* … Willst du Frieden, dann bereite Krieg vor.«

»Ihr macht Euch etwas aus Waffen?« Antonio war verblüfft.

»Aber nein, überhaupt nicht, wer Waffen schafft und mit ihnen Handel treibt, der gehört geradewegs in die Hölle«, rief Ardiri, und beschwingt liefen sie durch die hellen und dunklen Gassen der Stadt, in fröhlicher Begeisterung vorbei an Kirchen, Fenstern hinter schmiedeeisernen Gittern, an Statuen von Cervantes und Don Giovanni, und erreichten schließlich die Posthalterei, wo der Kutscher mit Kutsche und Pferden sie schon für die Rückfahrt nach Cádiz erwartete. Die Sonne tauchte Terrassen und Gärten in gleißendes Licht, und Antonio schaffte es gerade noch, einen Brief an seinen Bruder Placido zu schreiben.

Und dies schrieb er:

Lieber Bruder Placido,
hier in Sevilla habe ich einen wundervollen Garten gesehen. Vieles an Wundern und Wundervollem gibt es in der Welt, nicht nur in Gesso, auch wenn du das anders siehst. Es begleitet mich ein italienischer Jesuit, oder eigentlich begleite ich ihn, der alles weiß, wirklich alles, und vor allem weiß er, wie man auf Erden leben sollte, obgleich er immerzu in den Himmel blickt.
Hier schreibe ich dir einiges, was er sagt, auch wenn Worte vergehen wie Rauch, wie er selbst behauptet.

»Wie frisches Wasser zieht die Welt dahin.
Man soll die Vollkommenheit anstreben, ihr folgen wie dem Polarstern.
Wer Waffen schafft und mit ihnen Handel treibt, gehört geradewegs in die Hölle.«

Solche Dinge sagt er, ich muss noch drüber nachdenken.
Von Spanien aus fahre ich endlich nach Amerika.
Der Ozean ist ganz schön lang, oder eigentlich ist er ganz schön breit.
Das ist alles für heute.
Ich denke an dich.
Dein Bruder Antonio

Der Kutscher legte den beiden schwarzen Pferden zum Schmuck rote Bänder um den Hals, und niemals war dem jungen Antonio ein Rückweg schöner und vielversprechender erschienen.

Wenn man lange an Land ist, dann beginnt man, von der See zu träumen.

Wenn man lange auf See ist, dann sehnt man sich nach Land.

Aber das waren natürlich nicht alle Träume. Antonio sah Elides Profil in den Wolken, Mattia malte sich sein amerikanisches Zuhause aus: ein Heim voller Frieden und Blumen, mit rotem Dach und weißem Lattenzaun, von Mördern und kreischenden Sägen keine Spur. Padre Ardiri beobachtete an jenem Tag den Wind, der es den Pferden erleichterte, durch rote Mohnblumenfelder der See entgegenzulaufen, der immer neuen See.

Am Horizont glitzerte schon das Meer vor Cádiz, vom warmen Wind hier- und dorthin gepeitscht, und im Hafen erwartete sie das Schiff, auf dem sie die alte Welt verlassen würden. Langsam zeichneten sich seine Umrisse ab, abseits von den anderen Schiffen und vor neugierigen Blicken geschützt.

»Da is das Schiff«, rief Mattia.

»Das Schiff der Wünsche«, schmunzelte Ardiri.

»Kommt Ihr mit uns nach Amerika, Padre?«, wollte Antonio wissen.

»Tut mir leid, aber ich bleibe hier in Spanien, habe eine Mission zu erfüllen. Nichts zu machen.«

»Welche Mission?« Antonios Neugier war geweckt.

»Eine Mission. Mehr kann ich nicht sagen«, erwiderte Ardiri.

Da tauchte plötzlich eine Schlange auf dem Weg auf, eines der Kutschpferde scheute, wieherte, bäumte sich auf, riss das Pferd an seiner Seite erst mit nach oben, dann nach unten. Die Schlange kroch indessen ungerührt weiter. Die Kutsche stürzte um, und der alte Kutscher konnte gerade noch schreien: »Los, springt!«

Die Jungen waren schneller als der Padre, Antonio packte Ardiri wie ein großes Kaninchen und schubste ihn auf das Gras, so weit wie möglich von der berstenden Kutsche entfernt. Der Wagen umgestürzt, die Holzbänke zerbrochen, die Passagiere in Sicherheit, doch das Pferd, das gescheut hatte, lag reglos auf der Erde.

Blut rann von seinem Hals in den Staub, und die Fliegen bevölkerten schon seine großen dunklen Augen, ruhig wie tiefe Seen.

Ardiri betete, für Mensch und Pferd.

Antonio beugte sich über das Pferd und flüsterte: »Liebes

Pferd, nie dankt dir jemand, dass du immerzu läufst. Lebe noch ein bisschen, bitte, auch wenn du humpeln wirst, ich bitte dich, du schaffst das«, und er streichelte seine Mähne.

Das Pferd öffnete die Augen, zitterte und ließ die Lider wieder sinken.

Antonio sagte: »Wenn du jetzt diese schöne Welt verlässt, dann wird sie dir fehlen. Komm schon, nimm noch einmal deine Kraft zusammen, neue Abenteuer warten auf dich.«

Auch der Kutscher sprach nun zu dem Pferd: »Freund meiner schönsten Tage, ich verspreche dir, dass ich dich nie mehr stundenlang vor die Kutsche spanne, dass du nie wieder arbeiten musst. Von nun an sollst du frei durch die andalusische Sierra laufen und in Freiheit leben«, und als das Pferd das Wort »Freiheit« hörte, da öffnete es noch einmal die Augen, schlug mit dem Schwanz, erhob sich, schüttelte sich und lief weit fort von Kutsche, Kutscher, Passagieren und dem anderen Kutschpferd. Endlich frei galoppierte es in die weite Ferne und ward nie mehr gesehen.

Die Gruppe sah dem Pferd hinterher, nunmehr ein schwarzer Punkt, die Kutsche war kaputt, das Schiff lag auslaufbereit im Hafen, und da hörte man auch schon klar und deutlich das Schiffshorn tuten.

Den Freunden sank der Mut, nun rückte auch die Reise in die Ferne, verschwand am Horizont wie das Pferd.

Zusammen blickten sie auf das Meer, das die Welt mit Blau überzog.

Ach, das Meer. So eine Meeressehnsucht. Das Meer war ihr Zuhause geworden, sein zauberhaftes Strömen gab es nicht an Land. Und jetzt würde das Schiff gleich ablegen, oh nein, wie ein neues Schiff nach Amerika finden? Da rannten die drei los wie Pferde, furchtlos über Stock und über Stein, rannten und rannten. Über Treppen und Wege, durch eine dem Hafen entgegenwuselnde Menschenmenge, der wilde Ziegen folgten, strauchelten sie durch Dornen dem Meer zu.

»Nich fahren, bitte nich fahren«, schrie Mattia.

»Bitte nicht fahren, liebes Schiff«, schrie Antonio.

Ardiri lief einfach nur, ohne zu schreien, und die Sonne überzog sein Schweigen mit Gold.

Am Hafen hörte man schon Jubeln, von Abfahrenden und Ankommenden, Worte, Melodien verflochtener Schicksale, die sich zufällig auf dem Wasser kreuzen.

Ich muss das Schiff mit der Kraft meiner Gedanken und meiner Jugend aufhalten, dachte Antonio atemlos, und so geschah es.

Keuchend erreichten sie beim zweiten Signal das Schiff.

Kapitän Diolosà stand an Deck und nahm Antonio und Mattia sofort in Beschlag. Dem Ersten drückte er Eimer und Lappen in die Hand, dem Zweiten Stift und Papier, damit er haarkleinst aufschreibe, was die beiden Teufel in Sevilla getrieben hatten.

Im Laderaum standen schon Kisten voller Obst und Fisch, hundert weitere Holzkisten warteten noch auf dem Steg, bewacht von drei bewaffneten Männern.

Antonio machte sich daran, die Latrinen zu säubern, Mattia erstattete dem Kapitän Bericht, und Ardiri blieb auf dem Pier vor der Zugangsbrücke stehen, ein wenig an der Seite, und flüsterte heimlich mit den drei bewaffneten Männern, die die Holzkisten bewachten.

»Das sind die Waffen, oder?«, erkundigte er sich.

»Habt ihr auch nichts verwechselt? Seid ihr sicher?«, fragte er weiter.

»Natürlich, *Señor*, das sind die Waffen, die Ihr gesehen habt, *Señor*«, erwiderte einer von ihnen.

Seine Stimme war kummervoll.

Schon wurde die erste Kiste an einem Seil vom Großmast hochgezogen. Hundert Kisten, und Padre Ardiri stand da an der Zugangsbrücke.

Besorgt mahnte er: »Langsam, gebt acht, das sind wichtige Gewehre, Gott allein weiß, wie wichtig diese Gewehre sind.«

Doch dieser Satz, den der Padre leise gesagt, ja, unbemerkt geflüstert zu haben glaubte, wurde gehört von jemandem, der hinten im Laderaum unter dem Bullauge mit einem Eimer kniete. Antonio war nicht zu sehen, doch so nahe, dass er jedes Wort verstand.

Als Antonio die Worte »Langsam, gebt acht, das sind wichtige Gewehre, Gott allein weiß, wie wichtig diese Gewehre sind« hörte, wurde er bleich wie ein Flussbarsch, rote Wutflecken erschienen an seinem Hals und dem Gesicht, und die sonst so leuchtend blauen Augen wurden zu zwei düsteren Schlitzen.

Was soll das?, fragte er sich. Hatte denn nicht der Padre selbst in Sevilla gesagt: »Wer Waffen schafft, der gehört geradewegs in die Hölle«? Alles Lüge, so ein Judas!

Das halte ich nicht aus, dachte Antonio, das kann doch gar nicht wahr sein.

Er stellte sich also noch etwas näher hinter das salzverkrustete Bullauge und vernahm folgende Worte des Padre: »Diese Waffen sind gesegnet, und gesegnet ist der, der sie gemacht hat«, und dann das Geräusch von einem schmatzenden Kuss.

Hat dieser Verräter tatsächlich eine der Kisten geküsst?, entgeisterte sich Antonio, und seine Augenschlitze wurden noch düsterer. Ein so gutmütiger Mann, liebt euch wie Brüder, auch Grillen sind Gottes Geschöpfe, seid friedlich und zieht nicht in den Krieg, und dann das. Alles nur Theater. Nichts davon war gemeint, wie er es gesagt hat. Hat einfach nur den Mund aufgemacht, und nichts dahinter, eine falsche Schlange ist er, hat Unheil und Krieg im Sinn und wasweißich. Vielleicht ist er Waffenhändler. Von wegen gleich in die Hölle mit denen, die Waffen schaffen. Antonio war außer sich.

So ist das, wenn man mit zwanzig Jahren erfährt, dass Menschen nicht das sind, wofür wir sie gehalten haben, dann legen sich Schwermutsschleier über die Augen, solche, die nicht wieder vergehen.

Dann sind Menschen ja wie der Mond, der auf- und wieder untergeht und irgendwann ganz weg ist, erst hü und dann wieder hott, dachte Antonio. Er stellte den Eimer mit dem Lappen ab und drehte dem Bullauge den Rücken zu, da sah er eine graue Spinne ihr feines Netz spinnen.

So sind seine Worte, dachte er, wie ein Spinnennetz, er wickelt die anderen ein, und genau in diesem Moment fiel eine kleine Fliege in das Netz, verfing sich, zappelte noch ein wenig und hielt dann still, woraufhin die Spinne sie sofort verschlang.

»Worte sind wie Spinnweben, man kann andere damit einwickeln«, sagte Antonio laut, und während er so vor sich hin sinnierte, fuhr Padre Ardiri fort, die Kisten zu segnen.

Als alles ab- und die Gewehre eingeladen waren, trockneten die Männer mit den Ärmeln ihren Schweiß, und Ardiri zeichnete allen dreien ein Kreuz auf die Stirn.

Die Sonne stand schon hoch, und das Schiffshorn tutete ein drittes Mal.

Nun war es an der Zeit, Abschied zu nehmen, ein Hergang, der sich wie Gummi in die Länge zieht, die Matrosen hatten die Taue schon gelöst.

Ardiri wollte Antonio Lebewohl sagen, doch je verzweifelter er ihn suchte, umso besser versuchte dieser sich zu verstecken: erst hinter einem Tauknäuel, dann im Schatten einer Eisentür, schließlich unter den Bänken auf Deck. Ardiri sah ihn hin und her huschen wie eine Kakerlake oder ein Eichhörnchen, je nachdem, ob er von einem zum anderen Versteck kroch oder sprang.

Anfangs dachte Ardiri, Antonio spiele Verstecken, damit er sich nicht verabschieden müsse, er war doch so schüchtern, aber dann bemerkte er, wie düster die Augen des Jungen waren.

Er versuchte es mit guten Worten: »Komm, mein Freund, ich will mich von dir verabschieden«, rief er ihm zu. »Vielleicht trennen sich unsere Wege hier für immer. Du fährst nach Amerika, und ich bleibe in Cádiz, und wer weiß, wo es mich dann hinzieht …«

»Ein Glück, dass unsere Wege sich trennen. Was mich betrifft, so werde ich Euch meiden wie die Pest«, stieß Antonio von Deck aus grob hervor.

»Was ist denn los, warum bist du böse auf mich?«, wollte der Padre wissen, der immer noch an der Zugangsbrücke stand.

»Ihr seid gar kein Gottesmann, Ihr tut nur so. Seid nicht aus Überzeugung Padre, es ist nicht mehr als ein Beruf für Euch.«

Ein eisiger Windstoß fuhr ihnen beiden durch das Haar. »Was redest du denn da, jeder Tag im Leben ist eine Mission für mich ...«

»Ihr seid falsch wie Judas«, rief der Junge und senkte den Blick, aus Verachtung, aber auch, weil er dem des Padre nicht begegnen wollte.

Da fiel es Ardiri wie Schuppen von den Augen, und er fragte: »Du hast gehört, was ich eben gesagt habe, nicht wahr?« Das schien ihn keineswegs zu beunruhigen. Sein Gesicht war ganz ehrlich und ruhig, niemand konnte ihm etwas anhaben.

»Ich falle nicht mehr auf Euch herein.«

»Lass es mich erklären, die Dinge sind nie, wie sie scheinen.«

»Das geht mir jetzt zum einen Ohr rein und zum anderen wieder raus.«

Das Schiff wollte indessen ablegen, alle waren an Bord, Zugangsbrücke und Anker wurden gerade eingeholt, und die weißen Wellen plätscherten ringsum.

»Bitte, hör mich an ...«

»Ich bitte Euch, geht.«

Der Padre zauderte. Ein Fuß auf dem Pier, den anderen in der Luft auf der Zugangsbrücke. Er blickte in Antonios düstere Augen und dachte, wie herrlich ihr blaues Leuchten doch gewesen war.

Er setzte auch den zweiten Fuß auf die Zugangsbrücke und bestieg das Schiff.

Entschied sich gegen die Mission und für den Freund.

So standen sie beide an Deck und sahen zu, wie das Schiff über das Meer glitt, weil sie dieses Schauspiel beide mochten, aber vor allem, um nicht dem Blick des jeweils anderen zu begegnen.

Ardiri wartete auf ein freundliches Wort.

Aber der Freund war noch immer fuchsteufelswild.

»Ein Mann, der den Frieden predigt, sollte sich nicht mit Waffen abgeben. Weisheiten, Gerede und Lügen … Nichts als Rauch aus Eurem Mund. Ich will die Wahrheit wissen, dafür braucht es nicht viele Worte, die braucht es nie«, stieß Antonio hervor.

Der Gegenwind hüllte die beiden in dichten schwarzen Schornsteinrauch, wo sie doch gerade versuchten, in diesem Durcheinander Klarheit zu schaffen.

»Die Mission von Padre Ardiri … Waffenschmuggel«, brummte Antonio und hustete.

»Nein, es ist eine höhere Mission. Jetzt hör mir doch mal zu …«

Antonio schwieg, aber nur, weil ihm der Qualm im Rachen brannte.

»Wie du weißt, oder vielleicht weißt du es ja auch nicht, bereitet sich Europa auf einen neuen großen Krieg vor, und die Länder brauchen Waffen, viele Waffen, du kannst dir gar nicht vorstellen, wie viele. Das geht alles stillschweigend vonstatten, sie sagen niemandem, dass sie Waffen herstellen und kaufen, so viele anhäufen, wie es irgend möglich ist, die schönsten und grausamsten …«

»Und dann kommt Ihr und segnet die so schönen, grausamen Waffen.«

»Sachte, sachte. Du solltest dich in der Kunst des Zuhörens üben.«

»Ich habe schon viel zu viele Lügen gehört, und dennoch höre ich Euch zu«, antwortete Antonio.

»Krieg wird kommen, und er wird schrecklich sein, im Vatikan wissen wir schon Bescheid und bereiten uns, soweit möglich, vor. Die Kirche hat tausend Ohren, bleibt aber von allen unbemerkt«, erklärte Ardiri, während die Blaue Stunde langsam in die sanften Farben des Sonnenuntergangs zerfloss.

Das Meer war ruhig und undurchdringlich.

»Niemand merkt, wenn ein Geistlicher Kisten voller Gewehre segnet.«

»Du glaubst nur das, was du siehst. Aber nichts ist, wie es scheint.«

»Ihr straft Eure eigenen Worte Lügen«, giftete Antonio.

»Jetzt hör mir mal zu, dann wirst du mich verstehen«, bat Ardiri, und diesmal lauschte Antonio.

»Die Kirche bildet sich aus vielen Menschen, es gibt da welche, die immer wegsehen, und welche, die alles so hinnehmen, wie es ist. Und es gibt Rebellen, eine Kategorie, der anzugehören ich mich rühme.«

»Rebellische Priester, die Gewehre anlegen?«, unkte Antonio.

Antonio glaubte Ardiri nicht mehr, und um ihm das klarzumachen, griff er wieder nach dem Eimer und sah stur aufs Meer hinaus.

»Du bist wirklich ein Esel, der kein bisschen zuhört«, stellte Ardiri fest.

»Und Ihr seid ein Wolf im Schafspelz«, gab Antonio zurück.

»Ich habe nur Gutes im Sinn, und dafür riskiere ich mein Leben«, donnerte Ardiri, »und wenn du jetzt nicht aufhörst, mich zu beschuldigen, dann werde ich überhaupt nichts mehr sagen, das schwöre ich.«

Antonio schwieg, stellte den Eimer wieder ab und ließ den Blick zwischen dem Meer, das sich auf die Nacht vorbereitete, und dem Betrüger hin und her wandern.

Und Ardiri hob an, die Zweifel seines Freundes zu zerstreuen: »Es ist wahr, ich habe Waffen gesegnet. Es ist wahr, diese Waffen liegen mir am Herzen. Diese. Andere nicht. Und sie liegen mir am Herzen, weil sie nicht so sind wie andere, sie sind anders, sehr anders. Die Waffen, die du gesehen hast, sind mit Fehlern zusammengebaut, sie sind nicht richtig in Ordnung. Wie kann ich das erklären … Diese Gewehre, sie sehen neu und vollkommen aus, aber man kann nicht richtig mit ihnen schießen. Von drei Schuss bleibt einer im Lauf stecken, beim zweiten fällt die Kugel nur vorne raus, und erst der dritte geht wirklich los. So ist das mit diesen Gewehren.«

»Was?« Antonio riss seine nun wieder blauen Augen auf.

»Die Heere kaufen und stapeln Gewehre in den Arsenalen, aber diese Gewehre sind … Wie würdest du sagen?«

»Pimpernellige Gewehre, zerbaute, halunkige Schießgewehre.«

»Wo die korrekte Sprache versagt, muss man sich selbst behelfen«, schmunzelte Ardiri. »Nun, es sind also Gewehre, die dem Krieg nicht helfen, sondern ihm schaden, ihm Steine in den Weg legen«, erklärte der Padre.

Nun blickte Antonio ihn nicht mehr schief an, er stellte den Eimer ab und hob den Blick, das Leuchten war in seine Augen zurückgekehrt, als er sagte: »Padre, Ihr tut das für uns? Alles das?«

»Ja, und ich riskiere mein Leben dabei. Ich stehe jetzt hier und erzähle dir das alles, aber meine Mission sah eigentlich etwas anderes vor. Für mich wäre es sicherer gewesen, in Cádiz zu verweilen und das Schiff seinem Schicksal zu überlassen. Aber ich wollte dir die Wahrheit sagen, mein Freund, deshalb bin ich hier. Denn Wahrheit macht uns frei.«

Er fuhr fort: »Dennoch kann ich nicht mit dir nach Amerika fahren, in Gibraltar gehe ich von Bord, das ist der nächste Halt.«

Die aufleuchtenden Sterne beflügelten Antonios Gedanken. »Es ist immer gut, dem Guten zu folgen, auch wenn alles ringsherum schiefläuft.«

Dem Padre gefiel das, und er wiederholte den Satz: »Es ist immer gut, dem Guten zu folgen, auch wenn alles ringsherum schiefläuft.«

Mit Kurs auf Gibraltar pflügte das Schiff durch die noch ruhigen Wasser des Mittelmeers.

Seit dem Halt in Cádiz war Mattia seinem Kapitän nicht von der Seite gewichen und hatte Diolosà Protokoll seiner Verfolgung von Padre Ardiri und Antonio erstattet. Unverzüglich hatte er seine Beobachtungen jemandem diktiert, denn schreiben konnte er nicht, und sie lauteten wie folgt:

> Verfolgung der Verschwörer Ardiri Giuseppe und Grillo Antonio durch die Straßen von Sevilla, denn da sind wir hingefahren. Beide sind vortreffliche Menschen. Der Padre betet die ganze Zeit, er trinkt nicht, sucht keine Frauen auf, redet und spaziert gerne. Der Matrose Antonio liebt die Frauen, ist aber kein Draufgänger, und er kann zuhören. Es folgt eine Karte des Wegs, den wir in Sevilla zurückgelegt haben. Später haben wir die Stadt Richtung Cádiz verlassen, und zwar in einer marodigen Kutsche, die von zwei schwarzen Pferden gezogen wurde. Von denen hat eins sich erst verletzt, aber dann ist es in die Freiheit davongelaufen.

»Marodig« stand genau so geschrieben, es folgte eine Zeichnung des Weges und eine Unterschrift aus wackeligen Buchstaben für den Vornamen und einem Kreuz für den Nachnamen, mit dessen Schreibung er wohl nicht vertraut war.

Bagnara war Mattias Nachname.

Nach kurzer Fahrt war der Felsen von Gibraltar in Sicht.

Über Gibraltar war trotz der Dunkelheit eine finstere Wolke zu erkennen, die bleiern und schwer auf dem Felsen lastete.

XVIII

Gibraltar und der Pirat aus Palermo

Wie ein Hut sah der Felsen aus, ein abgetragener Hut, gebeutelt von starkem Wind, und ein solcher peitschte eben an jenem Morgen über Gibraltar und sein grünes Gestein hinweg. An Land fiel den Matrosen schon nach wenigen Schritten auf, dass keine Menschen, sondern nur Tiere zu sehen waren. Affen, Pfauen, Papageien, Schildkröten, Ziegen, Zicklein und Böcke, ein Fuchs, Hunde und Katzen, Truthähne und Esel, Marder, Schnecken und Nattern.

Keine Menschen, nur Tiere.

»Wie schön«, freute sich Padre Ardiri, als auf seinem Kopf ein gelb-blauer Papagei landete.

»Warum sind wir eigentlich wieder zurück und nach Gibraltar gefahren, Kapitän?«, schrie Ardiri zu Diolosà hinauf, der auf der Kommandobrücke geblieben war.

»Um uns für die Überfahrt mit Rum einzudecken«, rief Diolosà zurück, »wir müssen hier nur kurz warten …«

»Wie immer warten wir Menschen, aber hier und jetzt in der Gesellschaft einiger Tiere, so ein Glück«, frohlockte Ardiri.

Nur wegen ein bisschen Rum ist er also wieder ein Stück zurückgefahren, dachte Antonio, einige Kapitäne sind doch wirklich merkwürdig.

Da lief mit einem Mal eine Schar wolliger Schafe auf sie zu, Affen sprangen herbei, und eine Flut frisch geschlüpfter Schildkröten wogte zwischen ihren Füßen dem Meer entgegen.

»Seht mal, bei ihrer Geburt sind Meeresschildkröten nicht größer als ein kleiner Finger, und sobald sie geschlüpft sind, laufen sie zum Wasser und schwimmen los«, staunte Antonio.

»Glücklich ist, wer sein Leben so schön beginnt«, seufzte Ardiri.

Auch die Matrosen, Antonio und Mattia gingen nun ins Wasser, während Diolosà von der Kommandobrücke aus auf die mit Delfinen und Schildkröten schwimmenden Männer hinabsah und brummselte: »Menschen sollten sich nicht mit Tieren abgeben.«

Aber dieses Gebrummsel störte niemanden, einige Matrosen spielten mit ein paar Affen Ball und machten sich dabei regelrecht selbst zum Affen, Antonio und Mattia gingen in die Dünen, pflückten zarte Pflänzchen für die Ziegen und brachten die Lämmchen, die sich verirrt hatten, zu ihren Müttern zurück.

Mattia machte sich einen Spaß daraus, einige der Böcke zu den Ziegen zu locken, obgleich die Ziegen keinerlei Lust verspürten, sich zu paaren, und er verzierte Ameisenhügel mit Seesternen.

Ein Rudel roter Wildkatzen hatte es Antonio angetan: Sie kletterten auf unbelaubte breite Bäume und räuberten dort die kleinen Vögelchen aus den Nestern. Ihr rotes Fell glänzte, und ihre Köpfe waren viel größer als die der Katzen, die er bisher gesehen hatte. Ab und zu richtete sich eine von ihnen auf, blieb auf den Hinterpfoten stehen und rieb ihre Krallen aneinander.

Am Horizont dieses friedlichen Miteinanders von Mensch und Tier erhob sich mit einem Mal eine dichte Staubwolke: Pferde preschten heran, die von ihnen gezogenen Kutschen polterten hintendrein, und je näher sie kamen, umso höher stob der flimmernde Staub gen Himmel.

Die Rumschmuggler waren auf dem Weg, und sie kündigten sich mit Schüssen aus so klapperigen alten Gewehren an, dass Ardiri mit zugehaltenen Ohren spottete: »Sehen aus wie Hellebarden mit Schießpulver und Karabinern von vor dreihundert Jahren.«

Die Tiere gerieten außer sich vor Angst.

Affen, Wildpferde, Meeres- und Landschildkröten, Pfaue, Störche, Papageien, kurz: Alle Tiere stoben auseinander, liefen jedoch nicht fort, sondern verschwanden im Besenginster, der die Ufer säumte.

Verbargen sich, so gut es eben ging.

Und da waren auch schon die Kutschen, Zügel wurden angezogen, und die schweißgebadeten Pferde blieben schnaubend stehen. Ein plötzliches Gewirr von Männern mit verbeulten Hüten und rauen Manieren, die grölend Kisten mit Rum entluden.

Die Tiere verharrten unterdessen reglos in ihren Verstecken, die Schwänze zusammengerollt unter Steinen, keine Feder, kein Schnurrhaar regte sich. Matrosen und Schmuggler hingegen regten sich, und wie, hantierten mit den Kisten, handelten die Bezahlung aus, zogen an dicken Zigarren, husteten und zählten klimpernde Münzen.

Als der Handel schließlich abgeschlossen war, schoss einer der Schmuggler noch einmal in die Luft, mitten in die Stille hinein, die das sandige Ufer säumte. Das war wohl seine Art, sich zu verabschieden. Da bebten mit einem Mal die wilden Sträucher, unheimliches Schnaufen und Wispern war zu vernehmen. Ungehalten schoss der Schmuggler ein zweites und ein drittes Mal, und der Lärm war so ohrenbetäubend, dass selbst die Wolken auseinanderstoben.

Da schlugen die Tiere zurück.

Wasserhühnchen, Möwen und Albatrosse stürzten vom Himmel, mit gespitzten Schnäbeln, Krallen und gespreizten Flügeln, aus den Sträuchern sprangen Böcke mit riesigen Hörnern, Schildkröten krochen zwischen die Wagenräder und brachen die Felgen entzwei. Affen umklammerten die Schmuggler, zogen an Bärten, kniffen zwischen die Beine und entrissen Gewehre. Wildpferde stürmten heran, schnappten und traten nach den Kutschpferden, die ausschlugen, buckelten, sich aufbäumten und die Kutschen mitsamt den Männern umrissen.

Mückenschwärme und Ameisenarmeen stachen und bissen in Fußknöchel und Handgelenke.

So begann die Revolution der Tiere.

Frei oder in Gefangenschaft, alle nahmen an der Revolte teil.

Ein Affe und ein Papagei jubelten auf einer Palme am Strand.

Die Männer konnten nicht mehr schießen, die Gewehre waren verschwunden. Dem Anschein nach waren nun die Affen die Anführer und Aufrührer, befahlen lauthals Bisse und Tritte, Griffe und Kniffe. Falken, Katzen, Schaben und Raben, Adler, Nattern, Schlangen und Schnecken, Frösche und Vögel, Land- und Wasserschildkröten, Ziegen und Ibisse, Füchse und Tausendfüßler packten und schnappten nach den Männern, die wie Marionetten kraftlos zusammensackten.

Dies war die Schlacht zwischen Menschen und Tieren an einem Morgen des Jahres 1923 in Gibraltar, niemand hat je darüber berichtet, doch als sie beendet war, schrieb Antonio einen Brief an die Seinen:

Meine Lieben,
heute in Gibraltar haben Tiere gegen Menschen aufbegehrt. Sie ertrugen Gewalt und Geballere nicht länger und haben mit allen Kräften, wild wie Furien, die Menschen angegriffen. Affen haben die Waffen der Männer an sich genommen, woraufhin diese so hilflos waren, dass sie sofortigst das Weite gesucht haben.
Ohne Waffen machen sich Menschen die Hosen voll.
Beste Grüße
Euer Antonio Grillo

Die Schmuggler liefen auf und davon, ließen die umgeworfenen Kutschen und die befreiten Pferde zurück und verschwanden in einer dunstigen Sandwolke.

Und als keine bewaffneten Menschen mehr da waren, kehrte wieder Frieden ein.

Zwitschern erhob sich, Paarungen wurden fortgeführt, Flossen geschlagen, es wurde geschwommen und geflogen, die Affen sprangen wieder von einem Matrosen zum anderen.

Ardiri segnete Mensch und Tier.

»Das Paradies ist vielleicht ein Ort, an dem Menschen und Tiere in Frieden miteinander leben«, überlegte er laut, während Diolosà die Rumkisten zählte.

Mattia molk eine Ziege, und Antonio war von Neuem fasziniert von dem roten Katzenrudel mit den großen Köpfen. Er folgte ihm in Richtung eines Hains aus jungen Palmen und sah, dass die Katzen nicht auf vier Pfoten liefen, sondern aufrecht auf zweien. Eigentlich führten sie ein gewöhnliches Katzenleben: auf der Lauer liegen, springen und klettern, nur eben auf zwei Pfoten. Also ein bisschen wie Menschen.

Doch nicht nur das.

Auf den Hinterpfoten liefen sie, mit den Vorderpfoten warfen sie Steine, strichen sich über Schnurrhaare und Schwänze und kratzten sich die Bäuche. Die Kater schnappten Kohlweißlinge gleich aus der Luft und fütterten damit ihre Liebsten, die ihrerseits die Kätzchen zurechtwiesen.

Antonio lief zu Padre Ardiri und erzählte ihm von diesem Wunder.

»Padre, ich habe hier Katzen gesehen, die laufen aufrecht so wie wir«, berichtete er aufgeregt.

»Gut, gut …« Der Padre nickte, doch er war abwesend.

»Padre, Ihr glaubt mir nicht, aber die Katzen sind genauso wie wir, wirklich, sie laufen auf zwei Pfoten, und die Vorderpfoten benutzen sie wie wir Menschen unsere Hände, nur reden können sie nicht. Was passiert hier eigentlich?«

»Es passiert, dass du zu viel Fantasie hast.«

»Aber ich habe sie doch gesehen, wirklich«, beteuerte Antonio und forderte den Padre auf, ihm zu folgen. »Diese Katzen sind Zweifüßer, und sie können fast sprechen«, versicherte er und war selbst überrascht über den Ausdruck »Zweifüßer«, wo hatte er den her? Er war doch ein durch und durch schlichter Junge.

Er folgte seinen Fußspuren zurück, um die roten, fast sprechenden Katzen wiederzufinden, und da waren sie noch, unter Palmen und Ginster, Lavendel und wilden Rosen. Doch nun liefen sie wie ganz gewöhnliche Katzen, auf allen vieren, jagten Schmetterlinge und Eidechsen, putzten sich und spielten mit ihren Schwänzen.

Ardiri sah, wie enttäuscht Antonio war, und versuchte ihn zu trösten: »Sieh mal, sie sind wieder zu Katzen geworden, waren sie vorher und werden sie immer sein, auf allen vieren und mit glattem oder aufgestelltem Fell, je nach Rasse oder Gemütslage.«

»Padre, ich schwöre, ich habe gesehen, wie sie auf zwei Beinen liefen, wie Menschen, mit eigenen Augen habe ich es gesehen. Auch wenn ich vielleicht manchmal etwas wuschig im Kopf bin – meine Augen sind gut«, beteuerte Antonio.

»Aber sicher, das bezweifle ich ja gar nicht, du hast sie gesehen, und doch, mein Freund, kann sich alles von einem Moment auf den anderen ändern, das ist das Leben.« Ardiri hob den Blick gen Himmel und betrachtete die lichten Wolken. »Es ist Zeit zu gehen. Der Moment ist gekommen. Ich muss fort.«

»Padre, bitte bleibt bei mir, bitte geht nicht!«

»Halte mich nicht auf. Ich habe eine Mission, die größer ist, als ich es bin. Es gibt da einige Männer, die versuchen, großes Unheil abzuwenden.«

»Gelingt es ihnen?«, fragte Antonio.

»Manchmal ja. Manchmal nein. Aber sie glauben daran«, erwiderte Ardiri.

»Werde ich jemals mit Katzen sprechen können?«, überlegte Antonio laut, und der Padre lachte.

Sie ließen die Katzen unter den Palmen auf allen vieren zurück und machten sich auf den Weg zum Schiff. Nach wenigen Schritten drehte Antonio sich um, und da standen die Tiere wieder aufrecht wie Königswachen auf den Hinterbeinen.

Er wollte schon sagen: »Da, die Katzen stehen wieder auf zwei Beinen«, aber als er sich erneut umwandte, standen sie wieder ganz katzenartig auf allen vieren.

Und er begriff, dass sich tatsächlich alles von einem Moment auf den anderen ändern konnte.

Der Abschied war gekommen.

Es gibt den Moment des Zusammentreffens und den des Abschieds.

Ardiri war mit seinen Gedanken schon in einer anderen Welt.

Noch einmal blickte er auf die See und in den Himmel, dann schritt er langsam über den Sand dem Gebirge zu.

Diolosà hatte schon das erste Signal gegeben, und die Matrosen, die noch mit den Schildkröten im Wasser planschten, sprangen sofort auf Deck, bereit, zu gehorchen und die Freiheit ziehen zu lassen.

»Padre, bitte verlasst mich nicht, kommt mit nach Amerika.«

»Ich kann nicht, mein Junge. Meine Mission ist nicht in dieser Welt, sondern in jener.«

»Was soll ich ohne Euch tun, bei all den Wölfen, Stürmen und Enttäuschungen?« Antonio lief Ardiri hinterher.

»Steh auf und geh, das hat schon jemand vor mir gesagt.«

»Und wenn ich das nicht schaffe, aufstehen und gehen, was dann?«

»Jemand im Himmel, der über uns steht, wird dir auf die Beine helfen, auch wenn sie gebrochen sind.«

»Aber wie soll das gehen ohne einen, der mir hier unten beisteht?«

»Du musst es allein schaffen.«

»Ohne einen Padre?«

»Es kommt der Moment, da hat ein Mensch keinen Padre an seiner Seite, keinen, dem er sich anschließt, keinen Lehrer, da muss er das Leben allein meistern. Das nennt man Reife.«

Immer weiter entfernte er sich, ging mit bedächtigen Schritten den Strand entlang, über den der Wind des Atlantiks und der des Mittelmeers herfielen, von jeder Seite einer und Ardiri dazwischen.

Das zweite Signal ertönte. Zeit des Abschieds, schmerzhafter als alles, glücklicherweise kurz.

»Lebt wohl, Padre.« Antonio folgte Ardiri und hielt nun seine Tränen nicht mehr zurück.

»Wenn du den Blick auf Gott richtest«, rief der Padre, »dann verlierst du dich nicht.«

»Lebt wohl«, murmelte Antonio, sah den Padre an und wiederholte mit neuem Mut: »Den Blick auf Gott richten«, und seine jugendlichen Tränen versiegten.

Beim dritten Schiffssignal küsste Antonio die Hand des Padre, lief vom Flug einiger Störche begleitet durch den weißen Sand und schaffte es gerade noch an Bord. Rasch legte das Schiff ab, und durch den Dunst von See und Wind sah Antonio die Gestalt des Padre am Strand langsam verblassen.

Er schrieb den Seinen einen Brief, dem man heute noch die darauf vergossenen Tränen ansieht.

Meine Lieben,
von Gibraltar kann ich euch noch berichten, dass es wie auf der Arche Noah zugeht. Und ich habe hier rote Katzen gesehen, die aufrecht auf zwei Beinen liefen, wie wir. Mein spiritueller Vater ist fortgegangen, wie soll ich nun wissen, was richtig ist und was falsch? Ich hoffe, ich schaffe es allein, bin aber nicht sicher. Das ist alles für heute. Lasst es euch gut gehen.

Antonio und Mattia, Kapitän und Matrosen verließen also die weiten Gewässer des Mittelmeers und erreichten die noch weiteren des Ozeans.

Die Fahrt ins Ungewisse begann.

Es war schon fast Abend, und die Nacht auf See ist nicht jedermanns Sache.

An Land geht man ins Haus, sperrt Türen und Fenster ab und ist in Sicherheit. Auf See hingegen gibt es keine Häuser, keine Türen und Fenster, und wer auf See ist, der kann nirgendwo unterkriechen. Entweder bekommt man es dann mit der Angst, oder man wächst über sich hinaus, hebt den Blick zu Mond und Sternen. Denn Mond und Sterne schenken Licht und Wagemut und helfen, dem endlosen Schwarz furchtlos entgegenzusehen.

Unter dem runden Mond mutete das Meer in jener Nacht weniger finster an, und die Wasser breiteten eine lichte Decke über die Welt.

Die ganze Welt war nun Ozean.

Nicht einmal mehr eine Erinnerung blieb vom Land.

Lebt wohl, Land, Küste, Bäume, Kräuter, Tiere, Männer und Frauen, lebt wohl, Padre Ardiri und schönes Andalusien und einmal mehr lebt wohl, Gesso und Sizilien.

Der Ozean hatte sich alles einverleibt. Die vorherige Welt war entschwunden und die neue noch nicht zu erahnen.

Angestrengt versuchte Antonio, eine Erinnerung in dieser Zwischenwelt heraufzubeschwören.

Dann sah er zum nächtlichen Himmel auf, verfiel der Mondscheinmagie, konnte seinen Blick nicht mehr abwenden.

Mit einem Auge betrachtete er den Mond, mit dem anderen seine Erinnerungen, und seine Erinnerungen waren so dicht bevölkert von Menschen, dass von Müdigkeit nun gar keine Rede mehr sein konnte.

Er fand keinen Schlaf, und sein inneres Auge konnte sich nicht sattsehen an Gesichtern, die weit fort waren.

Er fand keinen Schlaf und konnte sich am Meer nicht sattsehen.

Er fand keinen Schlaf und konnte sich an den Sternen nicht sattsehen.

Als Diolosà bemerkte, dass Antonio wach war, stellte er ihn sogleich ans Steuer.

»Tag und Nacht treiben sich hier Piraten rum, gib auf die Piraten acht«, mahnte er. Antonio betrachtete weiter den Mond und seine Spiegelungen auf dem Wasser, und falls Piraten diese Spiegelungen durchkreuzten, dann sollte er pfeifen und schleunigst alle wecken, auch den Kapitän höchstselbst.

Antonio vertiefte sich in die unendliche Wasserfläche vor dem Schiff, und das Schaukeln der Wellen wirkte nun doch einschläfernd. Seine Hände hielten noch das Steuer, doch der Kopf sank ihm immer wieder auf die Brust, und da bat er Mattia um Hilfe.

Mattia band ihn fest an das Steuer und straffte das Seil, wann immer Antonios Beine nachgaben.

»Was kann dich wachhalten?«, wollte Mattia wissen.

»Nur der Gedanke an Elide.«

»Dann denk an sie.«

In jener Nacht trafen sie nicht auf Piraten.

Alles war ruhig und doch so geheimnisvoll.

»Die Erinnerungen an sie wirbeln in meinem Kopf umher, wo mag sie jetzt nur sein?«

»Auf 'ner Ranch mit 'nem amerikanischen Cowboy, zieht Hühner und Kinder groß«, vermutete Mattia.

Antonio wollte ihm schon eine Ohrfeige geben, doch er war ja noch an das Steuer gebunden.

»War doch nich ernst gemeint«, beschwichtigte Mattia ihn.

»Wie lange dauert die Fahrt nach Merika?«, erkundigte sich Antonio.

»Mit richtigem Wind und ohne Zwischenfälle einundzwanzig Tage«, erwiderte Mattia.

»Einundzwanzig Tage?«, vergewisserte sich Antonio.

»Ja, einundzwanzig Tage, und zum Schluss fühlste dich wie neu geboren, wenn wir ankommen, biste 'n anderer Mensch.«

»Ein anderer Mensch? Das ist mir gar nicht recht«, überlegte Antonio.

»Woher willste das wissen? Du wirst 'n anderer Mensch, und vielleicht gefällste dir dann viel besser als vorher.«

»Ich will aber bleiben, wie ich jetzt, mit zwanzig, bin.«

Da kam vom Himmel etwas geflogen, das aussah wie eine Fledermaus, aber keine Fledermaus war, sondern ein Papier, das Diolosà von der Kommandobrücke geworfen hatte.

Sie öffneten den zusammengefalteten Zettel und lasen:

Hört mit eurem Gequassel auf. Wenn in Palermo jemand am Steuer eines Schiffs die ganze Zeit quasselt, dann wird der ins Meer geworfen. Stop. Diolosà.

Das Schiff war so groß und sie noch so jung.

So schwiegen sie und sahen zum Horizont, während Diolosà traumlos schlief. Die Jungen wechselten sich am Steuer ab, und weiter ging es, in der Ferne ein Dreimaster und endlich – ein Streifen Morgenröte.

Wie ein Pfeil glitt das Schiff durch die Wellen, und während der Mond über dem Ozean verschwand, dachte Antonio an die Worte seines Schullehrers: »Okeanos ist der Sohn von Uranos, Gott des Himmels, und von Gaia, Göttin der Erde.«

Und als er so am Steuer den Ozean betrachtete, da begriff er auch, was ein »Ozean voller Glück« bedeutet, einer voller Schmerz oder voller Liebe, etwas, das man nicht fassen kann, auch nicht mit dem Blick. Etwas, auf dem nicht die Spur von Land in Sicht ist, weder tags noch nachts, etwas, in dessen Mitte man sich klein fühlt oder mächtig.

Der Ozean entscheidet, ob du eine Randfigur bist oder ein Held.

Größer als der Ozean ist das All.

Größer als das All ist das Universum.

Eines nach dem anderen.

Erst mein Zuhause, dachte Antonio, dann das Land rundherum und die Stadt. Hinter der Stadt liegt das Meer, und nach dem Meer kommt der Ozean, und irgendwann ist da das All und zum Schluss das Universum.

Und so steuerte Antonio die Nussschale weiter durch die Unendlichkeit.

Mut erfüllte ihn.

Das erste Mal nahm er es mit etwas auf, das er nicht sehen konnte.

Und die Abgründe?, fragte er sich, die Untiefen des Ozeans? Wer weiß, was hier unten alles lauert, nicht einmal vorstellen kann ich mir das.

Und da war die Nacht auch schon vorüber. Die Morgenröte flammte auf, und Antonio dachte: Ich bin von einem winzigen Dorf namens Gesso aufgebrochen, die Welt zu erobern. Aber ich will es ohne Waffen tun. Wie soll ich das anstellen?

Dann sah er sich das Schauspiel am Horizont an und rief aus: »Wie dumm von mir, warum habe ich nicht gleich daran gedacht? Mit meinen Augen, natürlich. Ich sehe den wunderbaren Ozean und spüre ihn in mir, dann kann ich auch die Welt erobern, und zwar nur mit meinem Blick, ohne Waffen. Meine Augen sind stark genug, ich kann die Welt in mir tragen, ich muss sie gar nicht besitzen.«

»In meinem Dorf werden solche wie du weggebracht«, bemerkte Mattia, doch er konnte seine Gedanken nicht zu Ende führen, abgelenkt von einem schwarzen Pfeil, der die Goldschimmer der See durchkreuzte.

Sie sahen genauer hin.

Eine schwarze Feluke, kein Trugbild. Und diese Feluke fuhr genau auf das Schiff zu, das der Träumer Antonio steuerte, unterstützt von seinem Freund Mattia, der kein ganz so großer Träumer war.

Antonio aber sah ja immer allerhand, und so hielt er dieses leichte Boot, das mit dem ausgeprägten Bug nahezu über die Wellen sprang, und das auch noch fast lautlos, zunächst für einen Wal. Dann für eine abgestürzte Montgolfiere, dann eine sich durch die Wellen kämpfende Wasserschlange, und während sich ein Bild über das nächste schob, näherte sich die Feluke in Windeseile und gab die ersten Kanonenschüsse ab.

Sofort stürzte sich Diolosà auf die beiden Freunde, wie ein Fuchs auf eine Hühnerschar. »Ihr Dösel, mehr als Spatzenhirne könnt ihr zwei ja wirklich nicht haben, seht ihr denn nicht, dass das ein Piratenschiff ist? Ihr Tölpiane, ihr Irren …«

Er schaffte es nicht mehr, die beiden ins Gefängnis zu werfen, denn schon hagelte es Kanonenkugeln und Dynamit von allen Seiten. Der Kapitän versuchte, die Feluke zu rammen, aber die wich zwischen den Wellen geschickt aus.

Kleine sind immer wendiger als Große.

Er hob den Rammsporn an und versuchte erneut, die Feluke zu erwischen, doch die schnellte flink wie ein Delfin durch die Wellen, als sei das alles ein Spiel.

Die Jagd zwischen Groß und Klein dauerte etwa so lang wie ein Tänzchen, dann spottete eine schrille Stimme aus der Feluke: »He, du klobiger Riese, gib mir die Waffen, dann lasse ich euch in Ruhe.«

»Welche Waffen?«, rief Diolosà.

»Die aus deinem Laderaum, du Esel! Schon vergessen, oder was?«, erwiderte der Pirat hustend.

»Waffen?«, fragte Diolosà noch einmal. Die Wellen schlugen donnernd gegen den Kiel, der Wind frischte auf, und die Feluke kreuzte geschickt vor ihm hin und her. »Zeig dich, dann können wir darüber reden«, forderte der Kapitän, wechselte einen Blick mit dem nächststehenden Matrosen und griff zur Pistole.

»Wenn du das Feuer eröffnest, dann lasse ich dich und dein ganzes Schiff in die Luft fliegen«, drohte der Pirat, »ich hab nämlich jede Menge Dynamit im Laderaum – wenn ich das loslasse, hört man die Explosion bis zum Nordpol.«

Diolosà senkte die Pistole und forderte: »Jetzt zeig dich, wenn du Mut genug hast.«

»Sicher habe ich genug Mut, der Feigling bist du«, spottete der Pirat und trat aus dem Schatten.

Mager wie ein Schiffsmast und flink wie ein Wiesel war dieser Pirat, trug einen Krummsäbel im Gürtel und eine grüne, bodenlange Jacke, über deren Kragen eine Flut langer schwarzer Locken fiel.

Eine Frau.

»Eine Piratin?«, wunderte sich Diolosà und hätte fast gelacht, so erleichtert war er.

»Was ist so komisch daran?«, wollte die Piratin wissen, und ohne eine Antwort abzuwarten, schoss sie einmal in die Luft. »Es gibt ziemlich viele Piratinnen«, erklärte sie, »tragen fast alle Männerkleidung und stehen Männern in nichts nach.« Wie um ihre Worte zu bekräftigen, zog sie flink wie ein Aal den Säbel und hieb mit einem einzigen Schlag die Leine des Bugankers durch.

Der Kapitän wurde blass. »Mein Anker … Den brauche ich doch …«

»Wusste ich's doch, dass du ein Döskopp bist. Ich schenk dir einen, den hab ich gerade von einem englischen Schiff gestohlen. Lass mich rüberkommen, dann können wir alles besprechen. Ich gebe dir etwas, wenn du mir etwas gibst. Und wenn du mir nichts geben willst, dann drehe ich dir den Hals um wie einem Suppenhühnchen.«

Dem Kapitän blieb keine Wahl, denn ohne Anker kann ein Schiff nirgendwohin. Also forderte er die Piratin auf, herüberzukommen, unschlüssig, ob er nun die klassischen Waffen schärfen sollte oder die der Galanterie.

Doch als die Frau an Bord erschien, erstickte sie jeden Zweifel im Keim: »Wenn du mich anfasst, dann schneid ich dir die Kehle durch, bevor du auch nur Piep sagen kannst, ja, so läuft das in Palermo: Noch vor dem letzten Mucks im Jenseits.«

Der Kapitän versuchte es also erst gar nicht mit Galanterie, und als er »Palermo« hörte, den Namen seiner geliebten Heimatstadt, da glätteten sich die Falten in seinem Gesicht.

»Du bist aus Palermo, wirklich?«, erkundigte er sich.

»Ja, ich komme aus Palermo und verbreite hier und da Angst und Schrecken, stehle das ein oder andere, amüsiere mich und erschrecke die Leute zu Tode. Das alles macht mir großen Spaß.«

»Und wo genau aus Palermo, mit Verlaub?«, fragte der Kapitän, während seine Matrosen, die kerzengerade neben ihm standen, ihr Staunen über die Piratin kaum verbergen konnten.

»Ballarò, *Mister*«, antwortete die Piratin.

Als Diolosà »Ballarò« hörte, verengte er die Augen zu Schlitzen, und dann stellte er noch eine Frage, eine, die alle erwarteten:

»Wie heißt du?«

»Gott weiß es, wie ich heiße, und niemand sonst«, erwiderte sie.

»Gottweißes?«, staunte der Kapitän, und sein Blick war ganz verklärt.

»Ja, *Señor*, als ich geboren wurde, hat man mich in ein Waisenhaus gegeben, und ich habe nicht die leiseste Ahnung, wer mein Vater oder meine Mutter sind. Einer von beiden hat wohl so dunkle Augen wie ich. Nur Gott weiß, wie ich wirklich heiße.«

Diolosà war sichtlich gerührt, vielleicht dachte er, er habe hier auf offenem Meer die Schwester gefunden, die er nie hatte, vielleicht berührte ihn auch die Erinnerung an das Viertel seiner Kindheit in Palermo.

»Komm, Schwester, lass uns etwas zusammen trinken.«

»Was nennst du mich Schwester? Wer bist du, dass du mich so nennst? Ich bin keine Nonne und du kein Pfarrherr und erst recht nicht der Erzengel Gabriel.« Um ihren Worten Gewicht zu verleihen, legte sie die Hand an ihren Krummsäbel.

Diese Piratin trieb doch tatsächlich ihre Scherze mit dem Kapitän.

»Schwester, weil wir beide das Meer lieben und aus dem gleichen heruntergekommenen Viertel stammen. Außerdem: Nur Gottweißes, Diolosà, ob wir nicht doch Bruder und Schwester sind«, sagte er und bot ihr einen Rum an.

So machten sich die beiden in aller Ruhe über eine Flasche Rum her.

Die Piratin und Diolosà hatten Gewehre, Karabiner und Säbel auf Deck abgelegt und lachten sich in ihren rumgeschwängerten Erinnerungen halb tot.

Und wie sie da so saßen und sich ihre Verbrüderung schöntranken, vertrauten sie allerhand einander an. Antonio hockte hinter einem Rettungsboot und konnte jedes Wort verstehen, während die beiden ihn gar nicht bemerkten. Er hörte Diolosà sagen, der Krieg sei heilig, und die Piratin sah das ebenso. Sie schwelgten in Erinnerung an das Zitroneneis eines bestimmten Eiscrememachers vom Ballarò, dann kam die Rede auf ein Zwillingspaar, und es folgte eine hanebüchene Geschichte aus Palermos Unterwelt. Einem der beiden Zwillinge hatte man den Kopf abgehackt und in der Kutsche seines Bruders platziert, der ihn dort natürlich fand.

Da weinten sie.

Dann lachten sie in Erinnerung daran, wie ein Wagen für das Fest der Santa Rosalia Feuer gefangen hatte und noch in der Nacht vor dem Fest ein neuer, noch schönerer gebaut wurde. Sie gedachten der Feigenbäume auf der Piazza Marina, die nur wegen all der von der Heiligen Inquisition gefolterten, verbrannten und niedergemetzelten Menschen dort unter der Erde so starke Wurzeln haben. Sie sprachen über eine Knoblauchsorte, die es nur in Palermo gibt, der beste Knoblauch der Welt, ebenso Filet, Panelle, Cannoli mit Ricotta und Marzipan, nirgendwo so gut wie in Palermo.

»In der Cappella Palatina fühle ich mich wie im Paradies«, und so weiter, Amen.

Palermo war für sie schöner als der Mond.

Das Schiff lag nun schon seit vielen Stunden still auf offener See, die gemeinsamen Erinnerungen an Palermos Herrlichkeiten nahmen kein Ende, und der Gedanke, vielleicht Bruder und Schwester zu sein, schien seinen Reiz nicht zu verlieren. Die Wellen gingen auf und ab, die Matrosen wurden unruhig und drückten sich ratlos zwischen Deck und Laderaum herum.

Aber natürlich konnte niemand dem Befehlshaber Befehle erteilen.

Nein, das konnte niemand.

Daran ist schon vieles gescheitert.

Alkohol entspannt, doch zu viel davon bewirkt genau das Gegenteil, und so keiften sich Piratin und Kapitän irgendwann an.

»Du hältst dich wohl für was Besseres, weil dein Schiff größer ist«, beschuldigte die Piratin Diolosà.

»Du hältst dich wohl für einen großen Freibeuter, dabei bist du doch nur eine Frau.«

»Du bist nichts weiter als ein erbärmlicher Mann mit Gekröse zwischen den Beinen.«

»Anstatt mit deiner Feluke übers Meer zu schippern, solltest du dich um Kinder kümmern und am Stickrahmen sitzen.«

»Ach, wirklich? Pass auf, dass ich mich nicht gleich um dich kümmere, wollen mal sehen, wie dir das gefällt.«

»Gefallen würde mir, wenn du mir aus den Augen gehst, dann muss ich nicht mehr den Anblick einer Frau ertragen, die sich als Mann aufspielt.«

»Und mir würde gefallen, wenn du mir aus den Augen gehst, dann muss ich nicht mehr den Anblick ertragen von einem Mann mit Spatzenhirn.«

Und so weiter und so fort.

»Du hältst dich für werweißwas, weil du unter keinem Befehl stehst.«

»Und du bist der Sohn von einem Nichtsnutz.«

Nur mit Mühe hielt Diolosà die Fäuste zurück und die Piratin den Säbel.

Da näherte sich Antonio dem Kapitän und flüsterte ihm ins Ohr: »Kapitän, das ist eine starke Frau, und jetzt ist es an der Zeit, dass jeder seiner Wege geht, hier auf See. Reicht euch die Hand.

Wenn man ein Ziel hat, dann sollte man nicht Wege einschlagen, die einen davon abbringen. Es ist jetzt Zeit weiterzufahren.«

»Was, Matrose Antonio? Was rätst du mir?«, wunderte sich der Kapitän und erinnerte sich mit einem Mal daran, dass Antonio seinen Stiefeln zu neuem Glanz verholfen und das Schiff vor dem Untergang bewahrt hatte, als es in die Fänge zweier liebestoller Wale geraten war.

Matrose Antonio antwortete: »Ich rate Euch zu einem Freundschaftspakt: Ihr könntet der Piratin eine Kiste Gewehre schenken als Gegenleistung für einen neuen Anker, den brauchen wir ja für die Reise.«

»Nun, da der Padre nicht da ist, finde ich dich viel schlauer«, bemerkte der Kapitän.

Er wandte sich an die Piratin, deren Haar sich mittlerweile gelöst hatte und bis auf die Hüften fiel, an denen sie den golden gravierten Krummsäbel aus Walfischbein trug, und sagte: »Schwester, ich mache dir ein Geschenk: eine Kiste Gewehre für dich, dann fährt jeder seinem eigenen Ziel entgegen. Ich habe nämlich eines. Du auch?«

Die Piratin war zufrieden ob des unerwarteten Geschenks, und als ein Matrose mit einer Kiste Gewehre aus dem Laderaum zurückkehrte, riss sie mit dem Säbel drei Nägel aus dem Deckel und besah sich durch den Spalt die Waffen.

So schöne neue Gewehre hatte sie überhaupt noch nie gesehen, und dankbar gab sie Diolosà den englischen Bronzeanker, den sie ihm versprochen hatte – der des Militärschiffs lag ja nun in den Untiefen der See. Schließlich nahm sie die Kiste und sprang flink in ihre Feluke, die leicht wie ein Rochen davonglitt.

Als sie wieder allein waren, sagte Antonio zu Diolosà: »Wenn man ein Ziel hat, dann sollte man nicht Wege einschlagen, die einen davon abbringen, von ebenjenem Ziel«, und er wiederholte »ebenjenem Ziel«, denn »ebenjenem« schien ihm genau das richtige Wort zu sein.

Der Kapitän fasste diesen Satz als »Ungehorsam und Respektlosigkeit eines gemeinen Matrosen gegenüber seinem Vorgesetzten« auf. Genau das schrieb er: »Ungehorsam und Respektlosigkeit«. Auf demselben Papier ordnete er Antonios erneute Haft im Schiffsgefängnis neben dem Laderaum an, die Zelle zwei mal zwei Meter, ohne Bettstatt, dafür mit Jauchegestank.

Dort unten saß Antonio nun, eingesperrt und niedergeschlagen, die Augen grau und die Lider auf Halbmast, und sagte laut: »Padre Ardiri, du bist nicht mehr bei mir, und ich muss sagen, dass die Welt doch wirklich seltsam ist. Ich sorge dafür, dass das Schiff im Liebestaumel zweier Wale nicht untergeht und werde dazu verdonnert, Latrinen zu putzen. Ich umarme einen Pfarrer, und man steckt uns ins Gefängnis. Ich gebe dem Kapitän einen Rat, wie er die Piratin loswird, und schon wieder sitze ich im Gefängnis. Ich verstehe diese Welt nicht, sie ist ohne Sinn und Verstand.«

Ohne Sinn und Verstand.

Er trocknete sich den Schweiß der Trübseligkeit von der Stirn, seufzte, und als er gerade das Ohr an die eiserne Wand legte, um wenigstens das Seufzen der See zu hören, da öffnete sich quietschend die Tür und Mattia stand vor ihm, reichte ihm eine Tasse heißen Tee, Papier, Feder und Tinte und war schon wieder weg.

Der Tee spendete Trost, und mit Tinte und Feder würde Antonio seinem Herzen Luft machen können.

Auf das Papier, das er später nach Gesso schicken sollte, schrieb er:

Meine Lieben,
ich bin hier an einem gänzlich freiheitslosen Ort. Ich sage euch nicht, wo, sonst grämt ihr euch noch mehr als ich. Schon als Kind war ich auf der Suche nach Freiheit, und noch immer habe ich sie nicht gefunden. Schon ewig suche ich die Liebe und noch immer habe ich sie nicht gefunden. Was wird aus mir werden? Mir kommen die Tränen, aber besser, ich verwandle sie in etwas an-

deres. Sorgt euch nicht um mich, irgendwie schaffe ich es ja fast immer.

Euer Antonio

Der Tee schmeckte muffig, doch er flößte Antonio Mut ein.

Er nahm die Feder, tunkte sie in das Tintenfass und schrieb auf den Henkel der rauen Tasse: *Jedem Menschen steht es frei, zu tun, was er will*, dann schlief er ein.

Beherzt von diesem Satz, träumte er sogar.

Er schlief tief und fest.

Zuerst träumte er von Gesso, es war Sommer und alles hell. Dann hatte er einen Albtraum.

Er sah sich selbst auf einem Felsen, und ein Geier mit schwarzem Schnabel und einem Hals so krumm wie ein Regenschirmgriff versuchte, ihn in den Abgrund zu stoßen. Als es dem Geier fast gelungen war, pfiff plötzlich ein Schuss durch die Luft und traf den Vogel am Hals. Seine Augen suchten noch das Licht, doch schon stürzte er mit einem furchterregenden Schrei ins Nichts.

Antonio schreckte hoch, ängstlich und nass geschwitzt auf den schmutzigen Planken in der Zelle. Da bemerkte er einen Schatten: Jemand lag neben ihm.

Es war so dunkel, stockdunkel.

Er streckte die Hand aus und ertastete einen kalten, knochigen Körper, der auf seine Berührung nicht reagierte.

Vielleicht ist er tot, fürchtete Antonio, sie haben einen Toten hier neben mich in die Zelle gelegt, vielleicht haben sie ihn eben erst umgebracht und dann zu mir gelegt, damit sie behaupten können, ich wäre ein Mörder.

Er schwitzte und zitterte bei diesen Gedanken, hinzu kam der zuvor geträumte Albtraum, und er wusste gar nicht, was schlimmer war. Da hörte er ein Geräusch in der Luft, vielleicht eine Fledermaus, und fühlte sich nun vollends vom Unglück verfolgt.

Ich bin umgeben von schlechten Menschen, ich tue Gutes und

bekomme nur Schlechtes zurück, sobald ich aus dem Gefängnis raus bin, hau ich ab, und wenn ich nach Amerika schwimmen muss. Ich ertrage keine Soldaten, Schlachter in Uniform sind sie, sonst nichts. Was mache ich hier auf einem mit Gewehren und Soldaten vollgestopften Schiff? Und dann dieser Kapitän … Gibt Befehle und ruft zur Ordnung, dabei hat er selbst nicht die Spur von Ordnung im Kopf. Dass immer nur vertölpelte Leute das Kommando haben. Schluss mit Latrinen, Gefängnissen und versteckten Waffen im Laderaum, sagte er sich, und im Eifer seines Jammers versetzte er dem knochigen Körper neben sich einen Tritt.

Der Knochenmann machte: »Autsch.«

»Wer bist du?«, fragte Antonio verblüfft, und als Antwort bekam er einen Schlag auf das Herz.

Der Schmerz war so schlimm, dass er fürchtete zu sterben.

Der Knochenmann versetzte Antonios jungem Herzen weitere, heftigere Schläge, ohne dass Antonio ihm etwas entgegensetzte. Was hätte er auch tun sollen, er konnte ja nicht hinaus aus dieser lichtlosen engen Zelle.

Er rollte sich zusammen, und so blieb er liegen.

Der Knochenmann wartete schweigend. Schließlich entzündete er ein Streichholz, und Antonio erblickte jemanden, den er allzu gut kannte.

Kapitän Diolosà.

»Kapitän, Ihr habt mir Hiebe aufs Herz versetzt. Womit habe ich das verdient?«, entgeisterte Antonio sich, immer noch zusammengekauert wie ein alter Lappen.

»Du bist der Schandfleck auf meinem Schiff, bist wie eine Maus in der Vorratskammer, wie Pest und Cholera, zu nichts zu gebrauchen bist du. Du und dein rebellisches Gedankengut«, donnerte Diolosà.

Er griff sich die Tasse, auf die Antonio seinen Lieblingssatz geschrieben hatte, *Jedem Menschen steht es frei, zu tun, was er will*, hob sie hoch, warf sie in die Luft, fing sie wieder auf, und dann schmiss er sie wütend gegen die eiserne Wand. Die Tasse der Freiheit zerbarst in hundert Stücke und Scherben, Staub und winzige Splitter verteilten sich überall in der kleinen Zelle.

Doch Diolosà war noch nicht fertig, und da man nicht wissen kann, wann so ein Wüterich Ruhe geben wird, wartete Antonio einfach bewegungslos ab.

»Du bringst Unheil über mein Schiff und weißt es nicht einmal, fort musst du, bei der erstbesten Gelegenheit sorge ich dafür, dass du von Bord gehst. Seitdem du hier bist, geht alles drunter und drüber, keine Disziplin mehr, jeden Tag passieren irgendwelche komischen Dinge, deine Anwesenheit ist hier nicht erwünscht, kapiert? Ausdrücklich unerwünscht sogar, und wenn du nicht von selbst auf deinen eigenen Füßen oder vielleicht eher mit eigenen Rudern abhaust, dann drehe ich dir den Hals um, das schwöre ich«, und er hätte noch länger so weitergeredet, doch da durchbrach ein Schuss die stille Nacht.

Es zitterten allen die Ohren, auch das Schiff zitterte und vielleicht sogar das Meer.

Der Kapitän hielt inne, wie jemand, der eine Wespe summen hört und wissen will, woher sie kommt und was sie wohl als Nächstes vorhat.

Kurz verharrte er reglos, dann sprang er auf und verließ die Zelle, nicht ohne dem immer noch kraftlos am Boden liegenden Antonio vorher noch zu drohen: »Ich muss nachsehen, was da los ist, aber bei Gott: Am liebsten würde ich dich den Haien zum Fraß vorwerfen.«

Antonio hörte, wie die Zellentür ins Schloss krachte und der Riegel vorgeschoben wurde. Viele Stunden später in der Nacht vernahm er weitere Schüsse, die vom Meer auf das Schiff gefeuert wurden, dann hastiges Fußgetrappel.

Auch das Meer rumorte.

Es wurde weitergeschossen, irgendwer rannte davon, jemand anderes griff an, und dann erhob sich eine schrille Stimme, die alle anderen übertönte: »Betrüger, du wagst es, mir, einer Bürgerin Palermos, kaputte Gewehre zu geben?? Einer wie du hat den Tod verdient, verrecken sollst du.«

An der Stimme erkannte Antonio die Piratin aus Palermo. Nach ihrem Zornausbruch hatten die Schüsse ein Ende, und daraus schloss Antonio, dass sie davongesegelt war. Doch nun ertönte lautes Klagen, Ach und Weh und raue Stimmen.

Antonio hörte Mattia schluchzen: »Kapitän, mein Kapitän, was soll ich nur tun ohne Euch, ohne meinen Kapitän«, und da begriff er, dass Diolosà tot war.

Tot, getroffen von einem Schuss ins Herz von einer Kugel aus einem Gewehr, das er selbst der Piratin aus Palermo geschenkt hatte. Ein einziger Schuss, und schon war alles vorüber.

Als Schluchzer und ängstliches Jammern schließlich verklangen, ertönten laute Stimmen, Befehle, energische Schritte, Tumult, unruhiges Hin- und Hermarschieren und Wortgefechte.

Na ja, vielleicht war er ein Schuft, aber trotzdem, so früh hat er doch nicht sterben müssen, dachte Antonio.

Dann hörte er freudige Rufe: »Es lebe der neue Kapitän! Er lebe hoch!«

Auf Deck lag also anscheinend der gerade eben niedergeschossene Diolosà, und manch einer schrie schon freudig: »Es lebe der neue Kapitän! Er lebe hoch!«

Sie nehmen sich ja nicht einmal die Zeit für ein Begräbnis, einen letzten Gruß, irgendetwas Schönes könnten sie doch über ihn sagen, dachte Antonio.

Und er stellte sich vor, wie neben der Leiche von Diolosà der Name des neuen Kapitäns verkündet wurde, denn er hörte eine Trompete spielen, dann hissten sie wohl auch die Fahne und führten unter den Sternen die militärische Zeremonie durch.

Niemand dachte mehr an Antonio, der nun schon seit vierundzwanzig Stunden unten im Kerker saß, übersät mit blauen Flecken, ohne Wasser, ohne Essen.

Nur Mattia dachte an ihn, lief hinunter, hob die Tür aus den Angeln, denn wer wusste schon, wo Diolosà den Schlüssel versteckt hatte, und erzählte Antonio, was sich zugetragen hatte. Antonio hatte ja alles gehört und konnte sich denken, was geschehen war, doch er hörte dem Freund geduldig zu.

»Die Piratin kam da wieder angesegelt und hatte die kaputten Gewehre dabei, völlig außer sich war die, hat drei Schüsse abgegeben, eine Kugel is ins Meer, eine is wohl stecken geblieben, und die letzte, die hat den Kapitän mitten ins Herz getroffen. Er is sofortigst gestorben, ohne noch einen Mucks von sich zu geben … Dass jemand so 'n Ende nehmen muss …« Eine Träne rann ihm über die Wange.

»Ganz schön lumpig konnte der sein, aber auf seine Art hat er mich wohl gemocht«, erzählte Mattia, für den der Kapitän, der ihn nach seiner Flucht aus dem Mörderdorf aufgenommen hatte, ein bisschen wie ein Vater gewesen war. »Er is gestorben, ohne dass er noch was davon mitgekriegt hat«, fuhr er fort, »aber wütend musser gewesen sein, bevor's passiert is, man sieht's seinem Gesicht noch an. Einfach da liegen lassen hamse ihn auf Deck, und keinen schert's, dass ihm jetzt der Wind die Haare zerzaust. Dann ham die Offiziere und Matrosen geschachert und sich darum geprügelt, wer der neue Kapitän wird, 'n Schiff kann ja nich ohne Kapitän sein. Kein letzter Gruß, keine Messe, nichts. Da stirbt einer und wird sofort vergessen, das versteh ich nich. Gestritten und geprügelt hamse sich, und der Offizier, der am längsten dabei is, der hat gewonnen, Gaetano Falaguerra heißt er, ›Machmalkrieg‹, 'n komischer Geselle, wirst noch sehen, warum. Sieht aus wie einer, der 'nen Besenstiel verschluckt hat.« Schließlich gab Mattia Antonio ein frisches Hemd.

Die Tasse war nicht mehr zu retten, zerborsten in tausend Stücke. Die Tasse, auf die Antonio geschrieben hatte: *Jedem Menschen steht es frei, zu tun, was er will.*

Die Tasse war entzwei, sein Freiheitsgedanke nicht.

Antonio hatte immer noch Schmerzen in der Brust, als er hinaufging und endlich Himmel und Meer wiedersah.

Er sah den neuen Kapitän Falaguerra mit seinen Kragenspiegeln an der Uniform.

Er sah den alten Kapitän tot, mit zerzaustem Haar und ohne Mütze auf dem Boden liegen.

Mit ausgebreiteten Armen lag Diolosà da, und auf seinem Gesicht spiegelten sich Wut und Überraschung.

Auf einer Seite Wut, auf der anderen Überraschung.

So kann es gehen.

Vielleicht ist er wegen dem Wort »Freiheit« wütend gewesen, dachte Antonio, und überrascht, weil er eine Kugel ins Herz bekam und keine Medaille an die Brust. Der Arme, gestorben ohne die Medaille, auf die er gehofft hatte. Wie so viele.

Diolosà war noch einsamer als ein gewöhnlicher einsamer Toter, denn nicht einmal Fliegen umschwirrten ihn. Es gibt nämlich keine auf offenem Meer, schon gar nicht bei Nacht.

Er hatte die Macht geliebt und in einem einzigen Augenblick verloren, für immer war der Ruhm entschwunden, den er sich erträumt hatte. Und nun lag er da wie ein ausgewrungener Lappen, all seine Macht war fort, das Leben hatte seinen Körper verlassen.

Außer Mattia hatte niemand einen Blick für ihn übrig, alle umschmeichelten schon den neuen Kapitän, der das offensichtlich erfreut annahm. Falaguerra hatte einen stechenden Blick, sein Bauch stand keck hervor bei ansonsten schmächtiger Statur. Seine Hände waren rau, die Nägel abgekaut, der Schnurrbart hingegen einwandfrei frisiert. Das konnte man von Diolosàs aus der Form geratenem Schnäuzer nicht behaupten, und wie er da so lag, wirkte er noch ausgezehrter und zerbrechlicher als zu Lebzeiten. Antonio wollte ihm die Arme über der Brust kreuzen, so wie man das bei Toten tut, wenn die Starre noch nicht eingesetzt hat, und das hatte sie noch nicht. Doch die Füße, die waren längst eiskalt.

Unter Mattias wachsamem Blick nahm also Antonio diese

jetzt so schlaffen Arme, die ihm kurz zuvor noch heftig zugesetzt hatten, und kreuzte sie. Ohne Priester, ohne Kaplan, nicht einmal ein Kreuz trug Diolosà auf der Brust, wie es doch der sizilianische Brauch verlangt. Da legte Antonio ihm ein Bildchen des Heiligen Antonio in die Hände, das den bärtigen Heiligen in der Mitte einer Schar Tiere zeigte. Niemand segnete den Leichnam.

Im Leben so übergroß und nun so winzig.

Eine hochschlagende Welle durchnässte Diolosàs abgenutzte Uniform.

Ein Matrose griff nach der Uhr aus Diolosàs Tasche.

Und Antonio und Mattia saßen da bei der Leiche des Mannes, der des einen Fluch und des anderen Segen gewesen war, und Antonio sagte: »Geht in Freiheit, Kapitän Diolosà, geht in Freiheit durch die unendlichen Weiten von Himmel und See. Nun seid Ihr endlich frei, auch wenn Ihr das Wort ›Freiheit‹ nie gemocht habt.«

Sehr leise sagte er das.

Mattia setzte dem Leichnam die Kapitänsmütze auf, auf die Diolosà immer so viel Wert gelegt hatte. Ein Matrose band die Leiche auf ein Brett, das mit einem Seil hochgezogen wurde. Kurz schwebte Diolosàs Leichnam zwischen Himmel und Meer. Eine große Welle überzog den toten Kapitän mit Gischt. Sie ließen den Körper hinab, dann machte jemand das Seil los, der Hals des Leichnams streckte sich kurz, oder so mochte es zumindest wirken auf all jene, die den Kapitänsleichnam wie etwas gänzlich Belangloses aufs Wasser schlagen sahen.

Er entschwand auf immer in den Tiefen des Ozeans bei den Fischen.

Das Leben ist langsam.

Der Tod schnell.

Das Begräbnis eilig.

Auf Deck wurde das *Silenzio* gespielt, und noch bevor die letzte Note verklungen war, gehorchten die Matrosen Falaguerra aufs Wort, denn ein Schiff braucht jemanden, der es führt.

Müdigkeit legte sich über die Mannschaft und der rosarote Sonnenaufgang über die See.

»Land in Sicht!«, ertönte es da aus dem Ausguck.

»Inseln!«

Nach den unendlichen Wassermassen der letzten Tage erschienen jetzt auf dem Weg nach Amerika die ersten Inseln am Horizont: Sieben Inseln, weiß und schwarz, und in der Ferne war auch ein Vulkan zu sehen.

»Seht, die Kanaren«, rief Antonio.

»Gibt's da Kanarienvögel, oder warum heißen die so?«, wollte Mattia wissen.

»Was weiß ich. Seh ich vielleicht aus wie ein Professor?«, erwiderte Antonio.

Die Konturen der Inseln wurden nun klarer, hahnenkammähnliche kleine Spitzen zeichneten sich ab, sanft geschwungene Gipfel, Traum und Ziel aller Seefahrer, deren Fahrt schon allzu lange andauert.

XIX

Polyphema auf Lanzarote

Um Lanzarote herum wehte so harscher Wind, dass sich das Schiff in einer von steilen weißen Felsen umgebenen halbrunden Bucht in Sicherheit bringen musste. Oben trotzten Olivenbäume dem Wind, und zwischen grünen Weiden und violettfarbenen, stacheligen Sträuchern grasten Ziegen und Hammel, von denen einige übermütig bis zum Ufer hinunterstürmten, wo erst die anbrandenden Wellen ihren Lauf bremsten.

Als Erstes ging Antonio von Bord, dann folgten Mattia und die anderen, die sich die Beine vertreten und etwas trinken wollten. Der neue Kapitän blieb auf dem Schiff, um Seekarten zu konsultieren, während sich die Männer in ihren weißen Uniformen von wilden Ziegen begleitet einen Weg zwischen den blanken Steinen hindurchbahnten und der Wind unheimlich über die See heulte.

Die Nacht brach herein, die Matrosen schürten einige Feuer, um sich zu wärmen, Wolken verdeckten den Mond, der in jener Nacht nur einen schwachen Schein warf. Im Sand flackerte hier und da eine kleine Flamme, rundherum lagen die Matrosen mit ihren Weinschläuchen. Da erblickte Mattia mit einem Mal einen großen Feuerschein hinter einem Felsen im Gebirge, der ihn unwiderstehlich in den Bann zog.

Antonio folgte dem Freund über Gestein und den Strand hinweg bis zu einer tiefen Grotte, aus der die Flamme kam, die wild tanzend das Dunkel rundherum erleuchtete.

Dämpfe zischten aus der Grotte, Geklapper tönte, und es roch nach verbranntem Fleisch und Käse. Nachdem sie einen Misthaufen und schiefen Lattenzaun überwunden hatten, betraten sie die düstere, uralte Grotte und sahen einen Riesen mit struppigem Haar und einem filzigen Schurz um die Hüften, der ihnen den Rücken zuwandte. Mit knubbeligen Händen rührte er in Töpfen, die Milch für die geflochtenen Käseförmchen sollte gerinnen. Am Boden standen schon große Körbe, aus denen es grünlich schäumte, weil der Riese mit Feigenzweigen hantierte.

Angst und neugieriges Zittern durchlief die zwei Freunde, und Antonio wollte den Riesen schon fragen: »Wer bist du?«, als er im selben Moment über einige trockene Äste stolperte, die fertig zum Verfeuern am Boden lagen. Bei dem Geräusch drehte der Riese den zerzausten Kopf.

Er war eine Frau.

Eine solche Frau hatte man überhaupt noch nicht gesehen: volle Lippen, buschige Brauen, die sich über schmalen Augen wölbten. Ihren Augen war anzusehen, dass sie eine Wilde war, durch und durch – sicher wusste sie nicht, wie man Brot backt, auch war kein Altar in der Höhle, nur Ziegenmist und Blätterhaufen und Schiffsrelikte, ein Kiel, ein Bullauge, ein altes Ruder, das ihr als Regal diente für die härteren Käselaibe.

Die Riesin blickte die beiden an wie unbekannte Insekten und fragte: »Wer seid ihr, Fremde? Bringt ihr Gaben oder Lügen? Wo ist euer Schiff?«

Ihre donnernde Stimme hallte bis in die letzten Winkel der Höhle.

Ohne eine Antwort abzuwarten, fragte sie weiter: »Woher kommt ihr, Fremde?«

»Ich komme aus Sizilien«, erwiderte Antonio, »wir sind Matrosen auf der Suche nach Frieden und Freiheit, bringen gute Worte und eine Flasche Wein, und unser Schiff liegt ganz in der Nähe vor Anker. Der Wind hat uns hergetrieben, und wir befürchteten, er könnte sich zu einem Sturm auswachsen. Morgen bei Sonnenaufgang fahren wir weiter.«

»Sizilien, Sizilien …«, sagte die Riesin mit einem sehnsüchtigen Seufzen. »Heimat meiner alten Liebe.«

»Erzähl«, forderte Antonio sie neugierig auf.

»Ich bin in Cappadocia geboren und so auch mein Mann. Gemeinsam waren wir auf dem riesigen Schiff von Aschemio, dem Prinzen der Riesen, und erlitten Schiffbruch bei Sizilien. Die Wellen wirbelten uns ordentlich durch und warfen uns schließlich auf die Steine am Ufer. Dort trafen wir auf eine blökende Herde, die uns wärmte und mit warmer Milch nährte.« Angesichts der Erinnerung schien sich ihre riesige Brust zu weiten.

»Erholt und guter Dinge, trotz Schiffbruch und der Gewissheit, zu zweit allein auf einer Insel gestrandet zu sein, fanden wir schließlich Unterschlupf in einer noch tieferen Grotte als dieser, in der ich nun allein lebe.«

Während sie sich mit Antonios Wein Trost spendete, wollte der wissen: »Wer war denn der Mann, den du geliebt hast?«

»Polyphem«, erwiderte sie.

»Polyphem?«

»Ja, Polyphem. Was für eine große Liebe … Unermesslich war sie, unsere Liebe, und hat doch keine Frucht hervorgebracht, denn es dauerte nicht einmal einen Monat, da kam ein Diener von Aschemio, Luzante war sein Name, mit seinem Schiff. Der liebte mich und brachte mich gewaltsam hierher.«

Sie seufzte, und dieser Seufzer erinnerte an einen Windstoß.

»Viele Jahre sind vorübergezogen, so viele Jahre, aber ich denke noch immer an Polyphem, spüre ihn noch an meiner Seite, seine starken Hände, sein Auge, nur dieses eine auf der Stirn, wie könnte man einen solchen Mann vergessen … Ein wenig derb war er, das schon, und auch wild, aber zu mir war er immer sanft wie ein Lämmchen. Pflückte mir ganze Ginstersträucher und brachte mir Berge von Kaktusfeigen als Zeichen seiner Liebe und die schönsten Muscheln. Die versah er mit Löchern und bastelte Ketten daraus für mich. Er war so sanft und nun, wer weiß, vielleicht ist er nun zornig, weil ich nicht länger bei ihm bin …« Die beiden Besucher nickten verständnisvoll.

»Und jetzt sagt mir, wie geht es ihm? Riecht sein Bart noch immer nach Rauch und Ricotta? Beherrscht er seinen Zorn, den ich einst voller Liebe gebändigt habe? Oh, meine verlorene Liebe …«

So erzählte die Riesin, ohne eine Antwort zu erwarten, und ihr lautes Schluchzen, das in der Höhle zu vernehmen war, konnten weder Schafe noch Ziegen mit ihrem Blöken übertönen.

»Solltet ihr je wieder nach Sizilien kommen, dann sagt ihm, meiner auf immer verlorenen Liebe, sagt ihm, dass die Erinnerung mir hilft, das Leben zu ertragen. Die liebliche Erinnerung an das Vergangene ist mächtiger als all die Schrecklichkeiten, die die Jahre mit sich bringen.«

Inzwischen hatte sie den sizilianischen Wein ausgetrunken und verlangte nach mehr. Als sie die zweite Flasche Rotwein in der Hand hielt, eine Köstlichkeit aus Ätna-Trauben, sprach sie weiter: »Fremde, die ihr auf der Suche nach Frieden und Freiheit die Welt bereist, vergesst bei all euren Abenteuern nicht die Erde eurer Väter. Es gibt kein schöneres Meer, keine schönere Erde als die, die man verlassen hat. Es gibt keine andere Liebe, keinen lieblicheren Mann als den verlorenen. Es gibt keine andere Frau, keine lieblichere als die verlorene«, und so hätte sie bis zum Sonnenaufgang weiterreden können, auf ihren weingeschwängerten Sehnsuchtsschwingen.

Sie liebte ihre Vergangenheit, und Neues wollte sie nicht hören.

»Solltet ihr je nach Sizilien zurückkehren«, fuhr sie fort, »geht zu ihm und streicht ihm von mir über die stopplige Brust und die mächtigen Knie. Ihr müsst wissen, dass er sanft wie ein Lämmchen wird, wenn man ihm die Knie streichelt«, und dann nahm sie ein Lämmchen auf den Arm, das sich, eben erst geboren, kaum auf den Beinen halten konnte und nach Milch und Wärme verlangte.

»Zorn lässt sich nur mit Zärtlichkeit beruhigen«, fügte sie

hinzu, setzte das Lämmchen wieder ab und machte sich nun daran, in den Unmengen Tand zu kramen, der sich in ihrer Höhle türmte.

Tief tauchte sie die Hände in Kisten und Kästen mit den Trouvaillen längst vergessener versunkener Schiffe. Schwerter mit Schmuckgriffen aus Elfenbein, Glasscherben aus Phönizien, purpurfarbene Fetzen, wohl von christlichen Schiffen, von Korsarenschiffen schwarze Fahnenfetzen. Logbücher, löchrig vom Schimmel, alte Zeichnungen eines englischen Seefahrers, der auf den Inseln nach fremden Vögeln gesucht hatte, eine blaue chinesische Vase, ein Fässchen Rum, mit Muscheln verkrustet, die Korallen aus dem Roten Meer glichen, eine lange ausgestopfte Klapperschlange, und von ganz unten holte sie gigantische Muscheln, an einem Goldfaden aufgefädelt, das Geschenk ihrer alten Liebe.

Sie hielt Antonio und Mattia die Kette hin: »Ich bitte euch, nehmt sie mit auf See und gebt sie Polyphem, vielleicht lebt er noch, und wenn er noch lebt, dann träumt er von mir und denkt an mich.«

Erstaunt über die sanfte Kraft dieser riesigen Frau, nickten die beiden Freunde nur schweigend.

Antonio nahm die Kette.

Rasch kehrten sie zum Strand und zum Schiff zurück, ein rosafarbener Himmelstreif kündete schon von der Morgenstunde. Von ihrem Erlebnis erzählten sie niemandem.

Mattia redete wenig und hörte viel zu.

Antonio legte die Kette in seinen Koffer und schrieb einen Brief an die Seinen:

Meine Lieben,
ich bin auf Lanzarote, einem verlorenen Eiland zwischen Afrika und Spanien. Ich habe die Frau von Polyphem kennengelernt, Polyphema, die sehr höflich ist und überhaupt nicht so wild wie ihr Mann, oder eher, wie ich mir ihren Mann vorgestellt hätte. Sie

hat mir eine Muschelkette mitgegeben und Gold. Beides soll ich eines Tages dem Riesen überlassen.

Ich werde euch noch genauer davon berichten. Aber für heute ist das alles.

Euer Antonio

Als dieser Brief Sizilien erreichte, wurde ein Familienrat einberufen. Der Vater lief zu Donna Vittoria, um das Papier segnen zu lassen und seinen Sohn vom Malocchio des Irrsinns zu befreien, der ihn offensichtlich ergriffen hatte. Donna Vittorias Kopf drehte sich wie eine Kurbel, als sie in den weißen Teller blickte, den sie für das Malocchio-Ritual benutzte. Im gesalzenen Wasser darin wirbelten die Öltropfen wie verrückt umher. Dann rief Donna Vittoria ihre weißen Tauben und gab ihnen das mit Öl und Salz vermischte Wasser zu trinken, und die Tauben sprangen wie Eichhörnchen von Ast zu Ast und hackten im Takt auf einen Brunnendeckel ein. Donna Vittoria war selbst verblüfft angesichts des Mirakels. Als die Tauben sich endlich beruhigten und Füßchen und Köpfchen auf Donna Vittorias Haupt sinken ließen, erholte sich schließlich auch Don Lio von seinem Schrecken und kehrte nach Hause zurück.

Matrosen und Kapitän hingegen waren keineswegs erholt, denn der Wind wehte weiter mit aller Heftigkeit landeinwärts.

Einen weiteren Tag und eine weitere Nacht warteten sie darauf, dass der Wind aufhören würde zu wüten. An jenem Tag wollte es den Raben nicht gelingen, zu fliegen, Nester fielen zu Boden, und trockene Blätter wurden haufenweise aus der Ferne von anderen Inseln herübergeweht. In der Nacht tanzten abermals viele kleine Feuerchen am weingeschwängerten Strand, vom Gebirge aber, wo die Höhle war, leuchtete kein Feuerschein in die Nacht hinaus, im Gegenteil, nichts rührte sich in der Stille hinter dem Strand. Und doch hielten Antonio und Mattia in ihren Händen weiße Muscheln, die ein goldener Faden miteinander verband, ein Liebesgeschenk Polyphems.

Am dritten Tag schließlich legte sich der unbarmherzige Wind, und der Kapitän ließ die üblichen drei Mal mit dem Schiffshorn tuten. Wie eine Herde Schafe liefen die Matrosen zum Schiff, das still in den nun ruhigen Gewässern den Anker lichtete und auf immer die Kanaren und Polyphema verließ.

XX

Fieber und Sondaals Specht

Auf hoher See, neuen Inseln entgegen, wurden Kapitän und Matrosen von einem seltsamen Fieber ergriffen. Im Gegensatz zum üblichen Verlauf stieg es am Morgen, und am Abend fiel es: Glühten morgens die Köpfe wie Feuer, waren sie abends kalt wie Eis, Schüttelfrost rüttelte die Seeleute ordentlich durch, und ihre Knochen fühlten sich zerbrechlich an wie die Stängel junger Margeriten.

»Wer weiß, wann wir wieder auf Land stoßen, bis zu den Azoren ist es noch weit … Wie sollen wir das schaffen?«, brummte Kapitän Falaguerra, die Hand an der unbemützten Stirn.

Mit geschwollenen, bläulichen Füßen und schweißnassem Haar liefen die Matrosen barfuß über das Deck und kippten sich eimerweise Meerwasser über die Beine, was jedoch nur bewirkte, dass ihnen nachher das Salz auf der Haut brannte. Auf Schultern und Armen bildeten sich bläuliche Quaddeln, ähnlich wie Eiterbeulen, die anwuchsen und aufplatzten wie Soffioni aus einem Vulkan oder ein Kuchen, der beim Backen Blasen wirft.

Ärzte oder Teufelsaustreiber waren nicht an Bord, und der Pestilenz, die vom Laderaum bis zum Deck gefräßig um sich griff, haftete ein Todeshauch an, obgleich an Bord ein vollkommen neues Hochgefühl herrschte.

Brach die Nacht herein, wollten alle tanzen, tanzen und nochmals tanzen.

Sonst nichts.

Unter Sternen tanzten die Matrosen halb nackt auf dem Deck.

Sie tanzten auch, wenn keine richtige Musik gespielt wurde,

dann schlugen sie dazu mit Holzlöffeln gegen die eisernen Schiffswände, fuhren mit Fingerkuppen über Glasränder, eine Blechdose wurde zu einer Trommel, und einer der Matrosen, ein Neapolitaner, klapperte mit Kastagnetten, die grell mit dem Vesuv und einer brünetten Frau bemalt waren.

Alle wurden von dieser Manie befallen. Leichtfüßig oder unbeholfen tanzten sie Walzer und Tarantelle, Polkas mit Sprüngen aus der Reihe, und die Schritte setzte jeder so, wie es ihm gerade in die Füße fuhr.

Schlimmes Fieber war das eine, das andere unzähmbare Tanzwut.

Auch der Kapitän war nicht mehr Herr seiner selbst, hielt die Matrosen für hübsche Mädchen und rief ihnen mit samtiger Stimme zu: »He, Mädels, liebliche Frolleins, schwingt doch mit das Tanzbein, ein paar Schritte nur hier auf dem Schiffsflur. Ach, was gäbe ich nicht dafür, noch einmal zwanzig zu sein, über Gebühr … Je älter ich werde, umso mehr fühle ich mich wie ein Fisch auf trockener Erde.«

Er drehte sich und tanzte und kam sich vor wie ein Sternchen an der Oper.

Antonio und Mattia waren ähnlich wirr.

Sie tanzten wie die Derwische, und wenn eine Sternschnuppe ins Meer stürzte, dann knieten sie nieder.

»Sieh mal, eine Sternschnuppe stürzt ins Wasser«, rief Antonio.

»Erlischt ’ne Sternschnuppe im Wasser, oder verbrennt sie?«, fragte dann Mattia.

Windgeheul wurde in ihren Ohren zu Harfenklängen von Engelshänden, und wenn sie an Deck ein vergessenes Ruder fanden, dann drückten sie es an die Brust.

Je mehr Füße tanzten, umso tiefer kletterten die Sterne und sandten den Matrosen Kraft herab.

Unter solchem Himmelszelt fragte Antonio Mattia: »Werden wir für immer zwanzig sein?«

Mattia war verwirrt, er stammelte etwas und nahm dann wieder seine Walzerschritte auf, doch Antonio ließ nicht locker.

»Werden wir für immer zwanzig sein?«, fragte er noch einmal, als Mattia beim Ausprobieren einer neuen Schrittfolge ausrutschte, unbeholfen, wie er war. Er stieß sich den Kopf, und als er verwirrt auf dem Boden lag, hörte er die gleiche Frage noch einmal: »Werden wir für immer zwanzig sein?«

»Ja, für immer, ich schwör's. Müssen nur einfach so weitertanzen unter 'n Sternen wie heut Nacht«, antwortete Mattia.

Antonio und Mattia waren unzertrennlich geworden, und glücklicherweise musste Mattia den Freund nun nicht mehr ausspionieren wie zu Zeiten von Diolosà – einem Kapitän, der immer und überall Unheil gewittert hatte. Falaguerra war ruhiger, nur hatte er Kurs oder Entscheidungen nie klar im Kopf, sondern immer viel zu vieles gleichzeitig.

Vielleicht ist dieser Kapitän einfach nicht so geordnet wie andere, dachte Antonio eines Tages, als er sah, wie Falaguerra, angesichts der fiebrigen Hitze mit einem blauen baumwollenen Turban bewehrt, sich an einem Tango versuchte: mit einer Bratpfanne als Partnerin, die er inbrünstig an seine Brust drückte.

Das Schiff schipperte derweil umher wie eine führerlose Nussschale.

Das Fieber stieg, Sterne hin, Sterne her, und auch die bläulichen, fast schwarzen Pusteln breiteten sich über den ganzen Körper aus, verschonten allein die Gesichter – die jedoch waren bleich in der Nacht und feuerrot am Tag. Und in aller Augen glomm der Irrsinn.

Doktoren waren nicht an Bord und ringsherum nur Wasser, aufgewühlt oder glatt, je nach Wind, der sich ohnehin nach nichts und niemandem richtete. So versuchte sich jeder ein bisschen selbst als Heiler.

Ein lombardischer Matrose rieb sich den Körper mit aus seiner Heimat mitgebrachter Polenta ab, ein sehr gläubiger Venezianer strich mit einem Kruzifix seiner Heimatstadt über die Pusteln der anderen, ein Genueser hingegen glaubte an das Wunder vom Eis. Das ein oder andere Mittel half erst rasch, doch kurz darauf verflog die Wirkung, und Fieber und Tanzwut kehrten zurück, die Tanzwut noch heftiger als zuvor.

Die Tanzwut nahm nie ab.

Eigentlich sollte das Schiff Kurs auf die Azoren nehmen, schlingerte jedoch umher wie ein Betrunkener, der nicht nach Hause findet. Es war die dritte Nacht der Pestilenz unter den Sternen, und endlich erschien eine schmale Mondsichel am Himmel. In der lauen Nacht des sich neigenden Sommers war es, als wären sie allein auf der Welt, der Himmel vogellos, kein anderes Schiff weit und breit. Ungeduld ergriff die Mannschaft, die Pusteln blühten, Kräfte und Tanzwut klangen langsam ab. Niemand auf dem Schiff kochte für die Mannschaft, bei Stockfisch drehte sich allen der Magen um, ebenso bei Kohlsuppe, und das Brot schmeckte längst muffig.

Antonio, nicht mehr Herr seiner Sinne, fragte Mattia wieder und wieder: »Werden wir für immer zwanzig sein?«

Und Mattia antwortete manchmal »Ja« und manchmal »Nein«, wie es ihm gerade einfiel.

Auch Mattia war vollkommen wirr, sah anstelle der Ruder Gewehre mit abgesägten Läufen und anstelle der Rettungsboote Karren voller Waffen.

Jeder sah, was er sehen wollte und was er fürchtete.

Alle im Wahn.

Die einen sahen riesige Schmetterlinge und Untiere, aufragende Flaschen und Kohlen und Bohlen, Schatz- und Schreckenshöhlen. Andere sahen Ödland, Greife, Fabeltiere und Wesire, Schurken und Ufer und Paarhufer. Antonio sah die Grillos von tausend Grillen umschwirrt, den Garten in Gesso von Heuschrecken zerstört, auf einem samtroten Sofa küsste Elide einen Affen, und die Liparischen Inseln brannten lichterloh.

Jeder in seinem ganz eigenen Wahn, den niemand sonst versteht. Einigen ging es gut darin, wie während eines behaglichen Bads, anderen stockte der Atem in ihrem Rausch.

Als die trüben Bilder langsam Antonios Kopf verließen, schlummerte er bei lauem Westwind ein und träumte, was er zu träumen wünschte. Die Magierin Donna Vittoria und Lino Merlino aus Gesso kamen ihm zu Hilfe, im Traum saßen sie neben ihm vor den nun ruhig daliegenden Liparischen Inseln und sagten: »Wir sind hier, um dir zu helfen.«

»Wie gut, dass ihr mir helft, dieses Fieber wird meiner Reise sonst noch vollkommen den Garaus machen. Zum Glück kommen die einstigen Freunde mir zu Hilfe.«

»Du bist doch wirklich ein Esel«, seufzte Donna Vittoria, auf dem Haupt die geflochtene Haarkrone, an den lang gezogenen Ohrläppchen die goldenen Kreolen.

»Du bist doch wirklich ein Esel«, brummte Lino Merlino, der in seinem blauen Mantel den Alchimisten gab, Ampulle und Mineralstein in der Hand.

»Ich höre«, sagte Antonio mit gesenktem Blick.

»Hebe den Kopf, wenn du in Schwierigkeiten steckst«, riet ihm Donna Vittoria.

»Hebe den Kopf, wenn du in Schwierigkeiten steckst«, mahnte nun auch Lino Merlino.

»Ich höre«, wiederholte Antonio und hob den Blick.

»Schwefel«, riefen die beiden Erscheinungen im Traum gleichzeitig aus.

»Schwefel?«, wunderte sich Antonio, doch er konnte nicht mehr weiter fragen, denn Mattia, der bemerkt hatte, wie der Freund im Schlaf ruhelos immer wieder den knallroten Kopf schüttelte, leerte nun einen Eimer Wasser über Antonio aus.

Antonio riss die Augen auf, zunächst unschlüssig, ob er dem Freund einen Hieb versetzen oder das Schiff retten sollte, doch dann entschied er sich für Zweiteres.

»Schwefel, Schwefel … Natürlich, warum habe ich nicht gleich daran gedacht? Hilft gegen jedes Übel, Schwefel aus sizilianischen Vulkanen«, murmelte er und rannte in den Laderaum.

Er riss seinen Koffer auf, wühlte in den Dingen, die er mitgenommen hatte, und ganz unten, zwischen Tüchern, Fotografien, einer Ricottaform, Bimssteinen, Fossilien, Heiligenbildchen und Spielkarten fand er schließlich zwei Stücke Vulkanschwefel, eines aus dem Stromboli und eines aus dem Vulcano.

Ehrfürchtig hob er die unglaublich gelben Stücke in die Höhe.

Schwefelgelb ist kräftiger als sonnengelb.

Freunde sind sie, Schwefel und Sonne.

Beides Feuerkinder.

Stolz nahm er also die beiden glänzenden Schwefelstücke und zeigte sie der Sonne, und ihm war, als höre er ein Seufzen.

Dann brachte er den Schwefel zum Kapitän und erklärte alles, erzählte ihm von seinem Traum und brachte ihm einige sizilianische Weisheiten nahe. Beteuerte, dass es sich lohnt, auszuprobieren, was man nicht für möglich hält, wenn einem alles um die Ohren fliegt, denn das Leben hält eine Menge Überraschungen bereit und so weiter und so fort. Der Kapitän, schon von Natur aus wenig entscheidungsfreudig, nickte ergeben, obgleich ihm die Sache nicht ganz geheuer war.

»Mit Schwefel macht man doch eher Feuer, habe noch nie gehört, dass er gegen Fieber hilft«, gab er zu bedenken.

Doch seine bläulichen Pusteln hatten sich schon schwarz verfärbt, so langsam bekam er es mit der Angst, sein Fieber stieg und sank in schwindelerregendem Tempo, in seinem Kopf geisterten Erinnerungen daran, wie er als Kind in eine Besenkammer gesperrt worden war, und er zitterte.

Er vermochte die Gegenwart nicht mehr von der Vergangenheit zu unterscheiden.

Er hörte Antonios Worte, und doch hörte er sie nicht, begriff die Heilkraft des vulkanischen Schwefels und begriff doch überhaupt nichts und sagte schließlich: »Für einen Zwanzigjährigen ist alles möglich. Geh und schau, was du tun kannst, und dann sehen wir weiter.« Daraufhin zog er sich in seine Kabine zurück, wo ihm der letzte gesunde Matrose die Stirn trocknete und Wadenwickel anlegte.

Sofort machte sich Antonio mit einem Messer an seinem Schwefel zu schaffen, schnitt Stückchen ab und zerrieb sie zu Pulver. Er mischte Frucht und Kraft der sizilianischen Vulkane Stromboli und Vulcano, ein bisschen vom einen und ein bisschen vom anderen, bis er eine Handvoll gelbes feines Pulver zusammen hatte, das er sodann in eine alte Glasschale füllte.

Mit dieser Schale gingen Antonio und Mattia auf dem Schiff umher. Vielleicht um der Medikamentenvergabe eine gewisse Bedeutsamkeit zu verleihen, hatten sie sich, wie Geistliche aus dem alten Ägypten, blaue Laken übergeworfen und am Hals geknotet, und bei jeder Stufe und jedem Windstoß flogen die Laken auf und sahen aus wie Phönixflügel.

Hoch und wieder herunter ging es, vom Deck in den Laderaum und wieder zurück, in jeder Ecke des Schiffs verteilten sie das Pulver auf Körper und Köpfe, gaben es in Krümeln unter Matrosenzungen, ähnlich wie bei einer Kommunion. Jeder Matrose bekam etwas, die ruhigen, die verwirrten und die berauschten.

Kapitän wie Matrosen begriffen die Bedeutsamkeit des Heilmittels und begriffen doch überhaupt nichts, aber jeder gab ein traumversunkenes Zeichen und ließ sich den Schwefel einmassieren und unter die Zunge geben.

Eine Stunde verging, dann noch eine und zur dritten Stunde kehrte auf dem Schiff halbwegs gewöhnliches Treiben ein.

Die Seeleute sahen wieder Meer und Sterne, verschwunden waren Pusteln und Fieber. Es herrschte ein heilloses Durcheinander, da man etliches auf dem Schiff hatte schleifen lassen, doch sofort wurde die Arbeit wieder aufgenommen, der Kurs neu berechnet und Befehle erteilt.

Der Kapitän ließ Antonio in seine Kabine rufen, und der

dachte nur: Oje, ob mich jetzt auch dieser Kapitän ins Gefängnis werfen wird? Tue Schlechtes und bereue, tue Gutes und vergiss es … Wann immer ich etwas Gutes getan habe, ist es mir danach schlecht ergangen.

Aber diesmal war alles ganz anders.

Kapitän Falaguerra verlieh Antonio einen höheren Rang, enthob ihn für immer der Pflicht, die Latrinen zu säubern, und auch für Mattia hatte er nur Lob übrig. Ganze drei Stunden lang waren die beiden Freunde die Helden des Schiffs, denn Ordnung war eingekehrt und der Kurs wieder aufgenommen.

Und was sie sonst noch Gutes getan, das wussten vielleicht die Sterne, die in jener Nacht mit neuer Kraft schimmerten.

Da Fieber und Tanzwut verklungen waren, schlief Antonio friedlich ein und träumte allerhand.

Alte Dinge von zu Hause erschienen ihm im Traum wie vorbeiziehende Sterne: eine rote Suppenschüssel, ein Petroleumlämpchen mit im Lichtschein flimmernden aufgemalten Rosen, das in blaues Tuch eingeschlagene Silberbesteck, der Lichtschein im Fenster, dunstig im Herbst und gleißend im Sommer, Ameisen, so klein, dass man sie für Sandkörner hielt, und die flämische Leinentischdecke, für die es drei Leute brauchte, um sie zum Waschen an den Fluss zu bringen.

Dinge aus der Kindheit durchschweben unsere Träume, auch wenn sie nicht mehr da sind, und Antonio träumte und sah diese entschwundene Welt wie hinter einer beschlagenen Glasscheibe. Hinter diesem Glas lag Gesso, das ganze Dorf, nunmehr unerreichbar für ihn, denn er hatte fortgewollt.

Ein heftiger Stoß durchbrach seinen Traum.

An Deck schrien die Matrosen wild durcheinander.

Alle blickten dem Horizont entgegen, wo sich eine unbekannte Kreatur geradewegs auf sie zubewegte. Lang und riesig war sie, hatte einen dreieckigen Schwanz und tauchte in regelmäßigem Auf und Ab aus den Wellen auf, die Haut silbrig glänzend.

»Das Leben hält immer neue Ungeheuer bereit«, stellte Mattia fest.

»Das Leben hält immer neue Wunder bereit«, entgegnete Antonio, während sich die lange Kreatur flink dem Schiff näherte. Alle versuchten zu erkennen, was dieses Ding da war und ob man ihm ausweichen oder eher ein paar Kanonenschüsse in seine Richtung abfeuern sollte.

Das riesige Ding hielt geradewegs auf sie zu, als hätte es kein anderes Ziel weit und breit als ihr mit Waffen und Munition vollbeladenes Marineschiff.

Es schoss durch die graugrünen Wasser und durchschnitt die schäumenden Wellen. Obgleich der Kapitän nicht übel Lust hatte, diese äußerst verdächtige Hexerei zu umfahren, ließ er weder flüchten noch ausweichen, er behielt einfach den Kurs bei. Die Erinnerung an die Piratin und den Mord an seinem alten Kapitän waren noch allzu lebhaft, und so hielt er zitternd das Fernrohr auf die silbergraue Masse gerichtet, die durch das Wasser pflügte und dabei die Wellen vor sich herschob.

Der Kapitän war verwirrt, die Matrosen aufgeregt, Antonio und Mattia neugierig. Das Ding kam im Meergeglitzer immer näher und streifte schließlich die Schiffsspitze.

Es war ein Unterseeboot.

Quietschend öffnete sich die Luke, und der große Kopf eines blonden Mannes mit breitem Gesicht erschien. Er trug eine Kutte mit einem bronzenen Kreuz auf Höhe der Brust, in dessen Mitte ein Rubin die Sonnenstrahlen bündelte.

»He, da oben, schießt nicht auf mich! Ich bin ein Bote Jesu«, rief er sofort wie zur Beschwichtigung, »ich bringe Frieden, keinen Krieg … Ich bin Jesuit, meine Name ist Sondaal.«

Als Antonio das Wort »Jesuit« hörte, erkundigte er sich gleich: »Sondaal, kennt Ihr zufällig Padre Ardiri?«

»Aber sicher, mein Junge, wir sind seit unseren Zwanzigern gute Freunde, leider sind wir nun nicht mehr so jung«, antwortete

Sondaal. »Wir waren viele Jahre unzertrennlich, seit wir uns in Palermo kennengelernt haben. Ich bin Niederländer, komme also aus einer ziemlich flachen Gegend, Ardiri hingegen saß schon immer auf einem Vulkan.«

Seine Kutte kräuselte sich auf den Stufen, als er die Zugangsbrücke zum Schiff hinaufstieg.

Sein Schritt war vollkommen ruhig, die Augen von nordischem Blau und gen Himmel gerichtet.

In der einen Hand hielt er eine schmale ovale Schale, über die ein rotes Tuch gebreitet war. Und dieses Tuch beulte sich wie von selbst leicht nach oben.

»Was führt Ihr mit Euch, Padre?«, wollte Falaguerra wissen.

»Nur gute Absichten«, erwiderte der, und das rote Tuch beulte sich abermals nach oben und nun auch ein bisschen zur Seite.

Sondaal fuhr fort: »Ich fahre schon so lange unter Wasser, mir fehlt es an Sonne. Man vergisst, wie schön die Sonne ist. Dort unten habe ich niemanden zum Reden, wie sehr mir das gefehlt hat … Man vergisst die Schönheit der Worte.«

Daraufhin stellte Sondaal die Schale behutsam ab und begann, das Schiff von oben bis unten mit Weihwasser zu segnen.

Auch die Seeleute bekamen ein paar Tropfen ab.

»Nun, da ich euer Schiff gesegnet habe, wird es hoffentlich ein Ende haben mit Stürmen und Pestilenzen, ich segne euch und eure Reise. Und ich möchte euch um einen Gefallen bitten: Es geht um eine Mission, die ich euch anvertrauen will«, sagte er in die Runde und nahm die Schale wieder vorsichtig auf.

»Welche Mission? Wir sind bereit.« Vor Stolz schwellte dem Kapitän die Brust.

»Ihr müsst einem Lebewesen helfen, das mir sehr am Herzen liegt«, erklärte Sondaal und hob das rote Tuch, das sich vorhin so seltsam auf und ab bewegt hatte.

Mucksmäuschenstill und halb tot lag da ein Specht, schwarzweiß-rot. Sein Kopf war gesenkt, der Schnabel einen Hauch weit geöffnet, die Äuglein trüb, und die Flügelchen flimmerten wolkenweich.

»Liebe Freunde, dieser Specht ist mir in der Normandie durch die geöffnete Luke ins Boot gefallen. Er war mehr tot als lebendig, und ich habe ihn aufgenommen. Schon seit einiger Zeit leistet er mir Gesellschaft: Wenn ich schreibe, dann sitzt er auf meinen Knien, und er pickt mich ins Ohr, wenn ich am Morgen nicht zeitig aufwache. Aber wie jedes Lebewesen braucht auch er Luft und Freiheit, und wenn er bei mir in der Tiefe bleibt, dann könnte das seinen Tod bedeuten«, erläuterte Sondaal an alle gewandt.

Dann fiel sein Blick auf Antonio, Freund seines Freundes Ardiri, und er sagte: »Ich vertraue ihn dir an, deine Aufgabe soll es sein, dich um ihn zu kümmern. Bleib immer bei ihm. Wenn du am Morgen aufstehst, dann sagst du dir: Ich muss mich um den Specht kümmern.«

Vorsichtig nahm Antonio den Specht in die Hand und spürte das Herz des kleinen Vogels mit dem roten Schopf sacht schlagen. Die Flügel zitterten, doch plötzlich ging ein Ruck durch den kleinen Körper, der Specht hob das Köpfchen und hieb seinen Schnabel in Antonios Hand. Blut spritzte auf sein Hemd.

»Ich vergaß einen Wesenszug des Spechts zu erwähnen … Er ist nicht besonders friedfertig, eigentlich kein bisschen, ja, ich würde sogar sagen, dass er ein sehr undankbarer Vogel ist. Und doch ist er eine Kreatur Gottes, wie jede Kreatur auf Erden«, erklärte Sondaal, während Mattia dem Freund das Blut abtupfte.

An Antonios warme Brust gedrückt, kam rasch wieder Leben in den Specht, und Antonio machte sich auf die Suche nach etwas Essbarem für ihn. Moskitos, Mücken, Motten aus der Kombüse, ein Wurm auf Deck, doch der Specht verschmähte alles. Er hob den Kopf, und mit herausforderndem Blick versetzte er Antonio einen weiteren Schnabelhieb, diesmal in den Arm, und auch diese Wunde blutete. Der Vogel machte sich darüber her, und als er alles

Blut aufgesogen hatte, wurde er ungehalten und hackte weiter auf Antonio ein.

Das Blut seines Wohltäters wollte und wollte ihm nicht genügen, und je mehr er davon trank, umso lebendiger wurde er.

»Sei bereit, Blut zu geben, ohne dass es dir jemand dankt«, riet Sondaal, und dann blickte er über die See und in den Himmel. Da schob sich eine krakenförmige Wolke vor die Sonne, doch einige Strahlen durchbrachen die dunkle Masse.

Der Himmel hing voll goldener Lichtpfeile.

»Ich möchte sterben, während ich den Himmel betrachte«, murmelte Sondaal.

»Ich möchte sterben, während ich das Meer betrachte«, raunte Antonio.

Da fächerte das Meer sein Blau in lange Streifen auf – kobaltblau, kornblumenblau, nachtblau, pfauenblau, saphirblau, indigo und türkis, und zum Schluss leuchtete um das Schiff herum ein fast durchsichtiges Blau.

In diesem durchscheinenden Schimmer schwebten einige federleichte Rochen.

»Ich möchte sterben, während ich Meer und Himmel zugleich betrachte«, seufzte Sondaal.

Da tat der Specht einen Satz und reckte den Kopf. Er war noch ein wenig schwach, doch dank Antonios Blut spürte er neues Leben in sich.

Antonio war mittlerweile vollkommen ausgesaugt, und als er später einen Brief an seine Familie schrieb, schmerzten seine Finger. Er gab den Brief Sondaal, und dieser Brief, der noch immer aufbewahrt wird, ist tatsächlich mit einer alten niederländischen Briefmarke versehen.

Ihr Lieben,

nachdem ich bei Polyphema, der Frau des Riesen Polyphem, war, ist nun ein niederländischer Jesuit an meiner Seite, der mir einen kleinen, sehr kranken Specht anvertraut hat. Dem schwarz-weißroten Specht geht es bei mir sehr gut, nicht zuletzt, weil er sich von meinem Blut nährt. Ich hoffe, ihr seid alle wohlauf, mehr noch als der Specht und ich.

Das ist alles für heute.

Euer Antonio Grillo

P. S.: Ich hoffe, leben und sterben zu können, während ich Himmel und Meer betrachte.

Als der Jesuit Sondaal schließlich den Blick von Himmel und See wandte, wirkte er in Gedanken vertieft und blickte weder den Jungen noch den Specht an.

Der Specht lag mit seinem weichen Körper unter Antonios Hemd, nur sein roter Kopf schaute oberhalb heraus. Antonio wollte noch weiter mit Sondaal sprechen und sagte: »Eines ist sicher: Dem Specht wird am Morgen mein erster Gedanke gelten, lieber Sondaal, aus den Federn holen jedoch wird mich meine Liebe für die Freiheit.«

»Die Suche nach Freiheit ist von jeher im Menschen verankert«, erklärte Sondaal. »Aber der Mensch strebt nach unendlicher Freiheit, wo doch manchmal allein der Duft nach Freiheit schon ein wahres Wunder ist.«

Da stieg vom Meer herber Salzgeruch auf, und aus der Kombüse duftete es nach Hering mit Tomate.

Der Specht hob den Kopf, die Wolken zogen rasch vorüber, und auch in Antonios Kopf ging alles rasch: »Wie kann man ohne Freiheit leben?«

»Es ist nicht wichtig, wie man lebt, sondern für wen«, erklärte Sondaal.

Antonio brachte manchmal keinen Sinn in die Worte anderer, schließlich war er ein einfacher junger Mann, und er blickte den Jesuiten verständnislos an. Sondaal erklärte es noch einmal: »Du kannst ein schönes Leben haben, ein großes Haus, ein weiches

Bett, doch wenn du am Morgen aufwachst und nicht weißt, für wen du lebst, dann ist dein Tag ein verlorener. Wenn es diesen ›Wen‹ nicht gibt, dann schmeckt auch der süßeste Wein bitter.«

»Da muss ich mal drüber nachdenken … für wen«, erwiderte Antonio.

»Für den Specht«, riet ihm der Niederländer.

»Oh nein, dieser undankbare Vogel. Da lebe ich doch lieber für meine Elide, obwohl ich weder weiß, wie es ihr geht, noch, wo sie ist.«

»Na, dann denk doch in der Zwischenzeit an den Specht«, schlug Sondaal vor, während der Vogel nicht davon abließ, Antonio zu piesacken.

Er hieb den Schnabel in Antonios Ohrläppchen, dann wieder in den Finger, es folgte ein Schwall Erbrochenes und danach ein Hieb in den Arm, alles durchbohrte er mit dem Schnabel.

Während der Specht also auf seinen Wohltäter einhackte, blickte Sondaal zum Horizont.

»Ich muss wieder zurück in die Tiefe«, seufzte er.

»Wir müssen Abschied nehmen, wieder ein Abschied, langsam ertrage ich all diese Abschiede nicht mehr«, klagte Antonio.

»Jeden Tag ein Abschied, Junge. Nicht verzweifeln, besser, du gewöhnst dich dran. Taschentücher und Menschen verliert man so oft im Leben, wenn du das schon weißt, dann ist es nicht mehr so schlimm.«

Sondaal redete noch viel, während der Himmel langsam an Blau verlor. Schließlich vertraute er Antonio an, dass er eine Mission zu erfüllen habe, aber »mehr kann ich nicht sagen«, raunte er ihm ins Ohr.

Und dann hielt Sondaal eine Ansprache, dieser Mann, dessen Herz gleichsam für Gott wie für die See schlug, eine Ansprache an das Meer, die Antonio niemals vergessen sollte. Und als der Jesuit weiterzog, machte sich Antonio mit seiner einfachen Art daran, Sondaals Worte niederzuschreiben.

Auch dieses Schriftstück liegt heute noch in der Familienkommode in Gesso.

Es gibt ein Oben und ein Unten.
Im Meer und im Menschen.
Das Oben ist vertraut, das Unten geheimnisvoll.
Einst war die ganze Welt ein Paradies.
Der Mensch aber schlug die Welt entzwei wie ein Ei, hat Hackfleisch daraus gemacht und Brei. Das irdische Paradies, was bleibt von diesem Ort? So gut wie nichts, ein Fleckchen hier, ein Fleckchen dort. Der Mensch hat sich die Welt gemacht, wie er es sich gedacht … Häuser, Mauern und Ländereien, Tiere in Gefangenschaft oder auf den Teller gebracht. Jedem menschlichen Schritt wohnt Zerstörung inne, ja, auch deinem. Wie viele Insekten metzelt jeder deiner Schritte im Gras? Weißt du das? Es gibt keine Pest, der Mensch selbst ist die Pest.
Und du, sei kein Kain. Lebe jeden Tag für deine Welt, sie ist das größte Lebewesen unter unserem Himmelszelt, nur der Himmel ist größer über der Welt. Pflanze Bäume, Blumen und Samen, kümmere dich um die Kreaturen dieser Erde, auch um die kleinsten wie diesen Specht, der eigentlich ein gutes Herz hat, das sag ich zu Recht …

Hier brechen Antonios Notizen ab.

Sondaal verschwand wieder in den Tiefen des Meeres, das sich nun, kurz vor Sonnenuntergang, grau färbte, verschwand in seinem silbergrauen Unterseeboot, und während der Specht die Flügel schlug, erschienen die ersten Sterne am Himmel.

Das Schiff hielt Kurs auf die Azoren, und dieses Ziel, wenn auch noch in weiter Ferne, machte den Matrosen Mut, denn sie waren der Unendlichkeit des Meeres schon wieder überdrüssig.

Anfangs war die Nacht ruhig.

Doch als die Seeleute schon von Land träumten, schlugen die

Wellen mit einem Mal hoch, und das Schiff geriet ins Schlingern. Wind fegte über die Wogen hinweg, und unzählige Matrosenmützen wirbelten über die schwarze See.

Kein Mond stand am Himmel, und die Männer bekamen es mit der Angst.

In mondlosen Nächten wird Angst zu etwas Bodenlosem.

In jener Nacht tat sich über und unter ihnen tiefschwarzer Abgrund auf.

Das Schiff war eine Nussschale, der Bug ging runter, das Heck rauf und andersherum, der Wind kam plötzlich von der Seite, schlug einen Takt wie eine Höllentrommel.

Nur der Specht freute sich, denn er mochte Wind.

Die Männer hingegen waren bleich wie der Tod.

Der Kapitän noch bleicher.

Falaguerra gab einen Befehl, gab einen weiteren, dann überlegte er es sich wieder anders, sprang auf der Suche nach einer Lösung auf dem Schiff herum, ließ sich jedoch von keinem Offizier eine Entscheidung abnehmen, denn er traute niemandem.

Eine Riesenwelle schwappte auf die Brücke und über ihn und das Steuer, riss einen Silberknopf von seiner Jacke, und salziger Schaum legte sich über seinen Schnauzbart.

Da zitterte er und dachte an Antonio.

Rief sich ins Gedächtnis, wie klug Antonio immer gehandelt hatte.

Erinnerte sich, wie Antonio sie alle vor den liebestollen Blauwalen gerettet, wie er mit seinen Schwefelsteinen die Pestilenz besiegt hatte. Und er rief laut: »Matrose Antonio, in meine Kabine …«, doch Antonio hörte ihn nicht, das eine Ohr hatte der Specht in Mitleidenschaft gezogen, im anderen dröhnten die Wellen. Da schickte der Kapitän einige Kadetten, ihn zu suchen, doch die liefen nur kopflos umher, und so ging er schließlich selbst.

Je länger er suchte, umso tiefer geriet das Schiff in die aufgewühlten Sturmwellen hinein, doch er gab nicht auf und fand

Antonio schließlich verschnürt wie ein Paket an den Schiffsbaum gebunden.

»Was machst du hier? Warum bist du angebunden?«

»Kapitän«, mühte Antonio sich zu sprechen, bei diesem Wind war das nämlich gar nicht so einfach, »ich bin so leicht, dass mich der Wind mir nichts, dir nichts über Bord wehen kann, und dann auf Nimmerwiedersehen, Freiheit und Amerika. Außerdem muss ich doch auf den Specht achtgeben, ich kann nicht riskieren zu sterben. Deshalb habe ich mich hier angebunden, und jetzt genieße ich das Spektakel, einen solchen Sturm habe ich noch nie gesehen.« Und während er sprach, wirkte er kein bisschen verängstigt.

Der Kapitän band ihn los, und als sie zusammen in seiner Kabine waren, in die nun schubweise Wasser durch die zerborstenen Bullaugen drang, bat der Kapitän: »Antonio, weiser Antonio, du musst uns retten, bitte.«

»Kapitän, ihr verwechselt mich mit einem Magier.«

»Du redest zu viel, Matrose, in einem Sturm braucht es Taten, keine Worte«, kommandierte der Kapitän knapp.

Ein weiterer Wasserschwall schwappte durchs Bullauge herein.

»Jawohl, also, um nicht unterzugehen … Wir müssen die Ladung loswerden, dann wird das Schiff leichter«, brüllte Antonio gegen das Windgeheul an, die Locken salzverkrustet.

»Die Vorräte?«

»Allesamt.«

»Die Waffen?«

»Auch die.«

»Oh nein, nicht die Waffen, dann komme ich ins Gefängnis …«

»Kapitän, um diesen Sturm hier zu überstehen, müssen wir leichter sein.«

Der Kapitän nickte.

»Ach, ich Armer, muss zwischen Leben und Tod entscheiden«, jammerte Falaguerra, »die Waffen … und das Essen …«

»Auf den Azoren bekommen wir neuen Proviant«, wandte Antonio ein.

»Und die Waffen?«

»Das sind doch nur Dinge, und Dinge kommen und gehen, man kann sie alle neu kaufen«, erwiderte Antonio.

In diesem Moment fuhr ein heftiger Stoß durch das Schiff, und der Kapitän stürzte zu Boden. Er spürte, dass die Wellen bald für immer über ihm zusammenschlagen würden, und schrie wie von Sinnen: »Dann sorge dafür, dass alles ins Meer geworfen wird.«

Und das tat Antonio.

Er brüllte und schrie aus Leibeskräften, rief alle zusammen, das Schiff war von oben bis unten von seinem Geschrei erfüllt, und die Matrosen machten sich eifrig daran, Kisten ins Wasser zu werfen. Erst die mit Tomaten, mit Pasta, Stockfisch, Nüssen und Wein, dann mit Roggenbrot und Öl, eingesalzenen Sardellen, mit Knoblauch und Zwiebeln. Anfangs schaukelte alles auf den Wellen, bis es schließlich auf immer in der Tiefe verschwand, Nahrung nun für die Fische.

Dann waren die Waffen an der Reihe.

Die Matrosen zogen die Nägel aus den Deckeln, und jedes Gewehr fiel schwer ins Wasser, durchschnitt die Wellen wie ein Schwert, mit der Spitze oder dem Griff zuerst, jedes mit einem anderen Wispern, das sogleich vom Wind verschluckt wurde.

Das nun viel leichtere Schiff richtete sich auf.

Herr seiner selbst.

Es schlingerte noch ein wenig, lag jedoch sicher auf den Wellen.

Noch in den Fängen der See, doch nunmehr viel robuster, keine Welle würde es umwerfen.

Und endlich glätteten sich die Wogen, das Dröhnen verklang, Himmel und Matrosengesichter klarten auf.

Am Horizont leuchtete unverhofft ein bläulicher Streifen Land.

Die Herzen schlugen ruhiger, doch der Specht, der hatte sich keineswegs beruhigt, er hackte immer noch nach allem, was seinen Weg kreuzte – Seile, Hände, Rettungsringe, und nach dem Augenlid seines Wohltäters. Antonio war versucht, das farbenfrohe Federvieh ins Wasser zu werfen, doch er hielt sich zurück, hatte er doch Sondaal versprochen, sich um den undankbaren Vogel zu kümmern.

»Hast du gesehen, lieber Specht, ohne die Ladung sind wir gerettet«, flüsterte er ihm zu.

Dann trocknete er dem Vogel das Gefieder, sammelte einige vergessene Brotkrumen auf, während die Matrosen vor Hunger weder ein noch aus wussten, und setzte sich den Specht auf die Brust. Doch der war beileibe nicht satt und hackte nach Antonios Milz.

Auf den immer näher rückenden Azoren würde es genug zu essen geben, und mit dieser Aussicht heizten die Matrosen dem Schiff ordentlich ein.

Der Specht erholte sich plötzlich sehr rasch, hackte seinem Wohltäter eine Wunde ins Knie, eine in den Brustkorb und verpasste dem Koffer ein Loch.

Antonio hatte genug von seinen Schikanen, und der Specht wirkte gesund. Als sie Land unter den Füßen hatten, oder genauer den Sand Terceiras, holte Antonio den Vogel aus seiner Jacke und setzte ihn auf einen Ginsterzweig.

Der Specht blickte ihn an, als wollte er fragen: »Ist der Spaß jetzt vorbei?«, und saß da ganz still. Doch dann erblickte er ein junges Spechtweibchen, drehte seinem Wohltäter den Rücken zu und flog davon.

»Fliege in Freiheit, Vogel, durch die unendlichen Himmelslüfte«, murmelte Antonio, und obgleich er doch einigermaßen erleichtert war, als er den Vogel davonfliegen sah, war er von seinen eigenen Worten gerührt.

In Terceira also fand der Vogel Freiheit und Antonio Frieden, Mattia hatte den Anker werfen dürfen, während der Kapitän von der Kommandobrücke rief: »Wir sind gerettet! Um dem Sturm zu entkommen, braucht es Leichtigkeit.«

Und dann verstreuten sich alle wie die Kaninchen auf der Azoreninsel Terceira, liefen über Stock und über Stein auf der Suche nach etwas Essbarem.

XXI

Azoren: Brot, Krieg und Liebe

An drei Azoreninseln legten sie an.

Terceira, São Miguel und Graciosa.

Es gibt viele Azoreninseln.

Alle kann man nicht anfahren.

Leider.

Die erste fuhren sie wegen Brot an.

Die zweite wegen Gewehren.

Die dritte der Liebe wegen.

Auf Terceira also stürzten sich die Matrosen wie hungrige Wölfe in die Hügel, schwärmten aus, Proviant zu erbeuten.

Antonio und Mattia hingegen sahen zu, wie die Sonne am Himmel entlangwanderte und die den Strand säumenden Mohnblumen auf und ab wogten.

»Wie sehr ich Mohnblumen mag, sie sind so leicht, dass sie mit dem Wind auf Reisen gehen«, seufzte Antonio.

Eine wahre Mohnblumenflut erstreckte sich über die Insel, hier und da löste sich aus den gesenkten Köpfchen ein Blütenblatt, dann noch eines und noch eines, und vom Wind getragen, verließen sie schließlich die Erde.

Die beiden jungen Männer betrachteten das Treiben der Störche, der frei über die Felder laufenden Stiere, der rosafarbenen Krebse, sie bestaunten blaue Schmetterlinge, Glockenblumen, Lilien. Über dem Meer strahlte der Himmel blau, über der Insel jedoch zeichnete er gelbe und orangefarbene Streifen. Orangenbäume standen bis zum Ufer, die Wurzeln meerumspült.

»Das Meer steht nie still«, murmelte Mattia.

»So wie wir«, meinte Antonio.

»Das Meer kommt überallhin«, sagte Mattia staunend.

»So wie wir.«

Aus vier Ästen und einem zerschlissenen blauen Tuch, das der Wind hergetragen hatte, bauten sich die zwei Freunde ein Zelt.

»Ich kann nicht stillstehen, ich bin wie das Meer«, sagte Antonio leise.

»An 'nem Ort, den ich nich kenne, komm ich nich zur Ruhe«, sagte Mattia, der in ständiger Angst vor Überfällen, Angriffen und Fallen lebte.

»Dabei wär ich gern so ruhevoll wie 'n Gemüsegarten«, fuhr er fort, und die beiden Freunde bemerkten gar nicht die kleinen und großen Tiere hinter ihnen, die sich, von der unbekannten Witterung angezogen, langsam näherten.

»Wir müssen etwas zu essen besorgen«, stellten sie gemeinsam fest.

»Brot, Krieg und Fantasie, das sucht der Mensch«, meinte Antonio.

»Brot, Krieg und Wahn, das sucht der Mensch«, meinte hingegen Mattia.

Und während er das sagte, näherte sich am Boden ein lautloser Schatten.

»Manchmal denk ich, dass der Tag gefährlicher is als die Nacht«, murmelte Mattia unruhig, ein Schauder lief ihm den Rücken hinunter.

Die Sonne schien, rosafarbene Krebse krabbelten in einer langen Reihe den Strand entlang, der Wind rüttelte ein wenig an ihrer Glückseligkeit, und eine salzige Brise mischte sich mit dem süßen Duft alter Reben, die im Schilf wucherten und sich um weiße Steinsäulen schlangen.

Mattia sah überall Schatten, bei jedem Blatt, das zu Boden fiel, schreckte er zusammen, und nun blickte er ängstlich in die Höhe und seitlich über die Schultern, nicht ahnend, dass die Gefahr zu seinen Füßen lauerte. Eine Viper ringelte sich gleich neben ihm am Boden, und er blickte ganz woanders hin. Erst, als die Viper sich um seinen Knöchel wand, schreckte er zusammen und erblickte sie: erdfarben, die Schuppen aufgestellt, die Zunge ein zitternder Pfeil. Mattia konnte gerade noch stammeln: »'ne Viper … mein Tod«, dann verlor er das Bewusstsein und stürzte. Erschreckt glitt die Viper in sein Hosenbein und schlängelte sich von dort hinauf bis zu seinem Hemdkragen und um seinen Hals.

Antonio erstarrte, die Augen weit aufgerissen.

In diesem Moment brach im zuvor so friedlichen Himmel wilder Tumult aus. Schwärme von Vögeln durchkreuzten die Luft, große, kleine und leichte, allein oder paarweise. Und einer von ihnen stieß im Sturzflug auf sie hinab. Blitzend wie ein Feuerwerksfunke und entschlossen wie ein Bomber, der sein Ziel klar vor Augen hat. Schwarz-weiß-rot.

Der Specht.

Mit seiner neu gewonnenen Kraft stürzte er sich auf die Schlange, die sich um Mattias wie leblos daliegenden Körper gewunden hatte. Hieb ihr seinen Schnabel in Kopf und Schwanz und hämmerte schließlich von oben bis unten auf die zitternde Viper ein. Die Schlange ließ von Mattia ab, fiel wie ein abgenutztes Seil in sich zusammen und hauchte ihr Leben aus.

Der siegreiche Specht setzte sich kurz auf Antonios Schulter, womöglich unschlüssig, ob er auch ihm vielleicht noch den ein oder anderen Schnabelhieb versetzen sollte, doch dann lenkte er seine Aufmerksamkeit erst auf einen Kirschbaum, dann auf ein vorbeifliegendes Spechtweibchen und flog schließlich davon.

Mattia kam wieder zu Bewusstsein, und Antonio rief erleichtert: »Lieber Freund, ich hatte schon Angst, dich zu verlieren … Doch sieh uns an: Hier sitzen wir, im Sonnenschein. Erst jetzt weiß ich, wie gern ich dich habe«, und er war so gerührt, dass sich eine Träne aus seinem Augenwinkel stehlen wollte, die er jedoch rasch und heimlich trocknete.

Mattia war so verwirrt, dass er stotterte: »M-mein F-Freund, f-fast hä-hätt mich d-der Tod e-e-erwischt«, und abermals verlor er das Bewusstsein, um so fest einzuschlafen, dass ihn nicht einmal der Specht hätte wecken können.

Der Junge schlief lange, lag da neben der toten Schlange mit dem spitzen Schwanz, und als er schlaftrunken aufwachte, die Augen noch halb geschlossen, murmelte er: »Ich hab so großen Hunger, dass ich sogar die Schlange hier essen könnte.«

Da lief eine Ziegenherde vorüber, Antonio molk eines der Tiere, und die warme, salzige Milch schenkte den beiden Gefährten neue Kraft. Die Viper war tot, die beiden frohen Mutes, und so machten sie sich auf die Suche nach ihren Kameraden, die schon mit Körben und Kiepen auf der Insel unterwegs waren, um Proviant aufzutreiben.

Auf Terceira gab es erloschene Vulkane, die nach Jahrhunderten zu grün-gelben Feldern geworden waren.

Das Meer war tiefblau und immer ein wenig aufgewühlt. Ab und zu erhob sich eine riesige Welle und begrub andere unter sich.

Wie ein Tatzenhieb des Ozeangottes.

Deshalb standen die Häuser der Einwohner nicht gleich am Meer, sondern auf den Hügeln oder noch weiter weg, sie zogen sich bis zu einem Bergsee vulkanischen Ursprungs, der selbst wie ein kleines Meer anmutete, einem Sohn des Okeanos gleich.

Antonio und Mattia fuhren zu den Städten und durch die Lande mit einem Karren, der von einem schwarzen Pferd gezogen wurde, widerstandsfähig wie Audacio aus Gesso, doch mit weniger Mut, gefolgt von einem Braunem mit Blesse, und dieser Braune ähnelte der Stute Aurora, doch er war nicht so sanftmütig.

»Pferde meiner Heimat, an euch denke ich mehr als an meine Familie«, seufzte Antonio.

»Du übertreibst«, wandte Mattia ein.

»Nein, ich schwöre, so ein sanftes Pferd … ach … Aurora hat mich besser verstanden als jede Frau.«

»Besser als Elide?«

»Ganz bestimmt besser als Elide.«

Im ländlichen Gelände konnten sie Gemüse besorgen, das robust genug war, die noch folgende Seereise zu überstehen: Broccoli, Zwiebeln, Paprika, Zucchini und Auberginen. Tomaten und weiches Obst hingegen nahmen sie nicht, dafür saftige Weintrauben mit knackiger Schale, die Antonio an Insolia-Trauben aus Gesso erinnerten. Auch an Wein dachten sie, den man auf Terceira in kühlenden Terrakottakrügen verkaufte. Reichlich nahmen sie davon mit.

Als sie bepackt wie Esel zum Schiff zurückkehrten, brach fast schon der Abend herein.

Die anderen Matrosen kamen in ochsengezogenen Karren voller Kisten mit eingesalzenem und frischem Fleisch, Fisch in Öl und Trockenfrüchten, Nüssen und Mandeln für den letzten Teil der Reise von den Azoren nach Norfolk in der neuen Welt. Auch ganze Käselaibe lagen auf den Karren, frisch und eingesalzen für die Überfahrt, und die Matrosen brachten sie in einem wahren Triumphzug ans Ufer.

Behutsam wurden die Kisten mit dem Proviant eingeladen.

»Danke, Insel, für das Essen, das du uns gibst«, sagte Antonio mit einem Lächeln.

»Danke, Erde, für das Essen, das du uns gibst. Wenn ich in Amerika bin, dann mach ich da 'nen Nutzgarten, mach ich da«, versprach Mattia.

Das Meer wartete geduldig auf die Seeleute, verpasste ihnen jedoch noch einen gehörigen Schreck, als sich mit einem Mal eine Welle, größer als die mächtige Kuppel des Petersdoms, erhob. Die Seebären unter den Männern sprangen auf das Schiff, sofort bereit, ihm unter dieser riesenhaften Woge Beistand zu leisten. Die Landratten, denen die Erde vertrauter war als das Wasser, flohen auf die Hügel, denn für nichts auf der Welt wollten sie unter der Riesenwelle begraben werden.

Die Nacht kam näher, und immer wieder türmten sich riesige Wellen auf. Da zogen die Männer das Schiff schließlich in eine windgeschützte Bucht und blieben dort über Nacht, auf Ruhe und Sternenblinken hoffend.

»Sterne geben Hoffnung«, sagte Antonio.

»Manchmal würd ich mich gern an einem festhalten«, sagte Mattia.

»Wann denn?«

»Wenn ich all die Schrecklichkeiten inner Welt sehe, dann stell ich mir vor, dass ich 'nen Haken mit 'nem langen Seil dran hab und damit nach ganz oben steigen kann, wo ich meine Ruhe hab. Es gibt so viele schurkige Menschen.«

Sie standen mit den Seeleuten an den Feuern, Flasche um Flasche des guten Inselweins wurde geleert, die Welt um sie herum geriet in Vergessenheit, es gab nur noch den Himmel und das eigene Herz. Vertraulichkeiten machten die Runde, Erinnerungen und Gedanken wurden ausgetauscht, und in Blicken glomm das Verlangen auf, einige der nächtlichen Lichter zu bewahren. Frauen, Liebe, heimatliche Aromen, Wünsche, Erinnerungen, Leid, Sehnsüchte, all diese Vertraulichkeiten tauschten die Seeleute unter dem weiten Sternendach aus.

Himmel, Gestirne, Klänge der Welt, manchmal ist die Sehnsucht ein Sternenzelt.

Antonio und Mattia sprachen lange über Gesso und das kalabrische Dorf, in dem Männer barbarisch übereinander herfielen.

Antonio sagte: »In Gesso hatte ich immer das Gefühl, dass es mich dort schon gab, bevor ich überhaupt geboren wurde. Für jeden gibt es doch einen Ort auf der Welt, an dem das Leben sanft zu ihm ist, vor allem, wenn man allein ist. Es sind die anderen Menschen, die das Paradies vertreiben. Ich sehe heute Nacht nicht nur Sternenbilder, nein, ich sehe auch die byzantinische Burgruine in Gesso, bemooste Bruchsteinmauern, Brombeersträucher, die stacheliger sind als Igel, ich höre Grillen zirpen und plötzlich verstummen, sehe Wolken und spüre, wie Petersilie meinen Gaumen kitzelt.«

Mattia hatte ganz andere Gedanken: »Das Dorf, aus dem ich geflüchtet bin, könnte auch schön sein, wenn da keine Menschen wär'n, denn die vertreiben ganz sicher jedes noch so kleine Paradies. 'n Dorf, das sich von Zorn nährt, und die Familien, schrecklichst sind die, manchmal is es besser, ohne Familie zu leben.«

»Familien behaupten, für einen da zu sein, dabei sperren sie einen ein«, meinte Antonio.

»Jede Familie zerfleischt sich doch auf ihre eigene Art. Bei manchem wütet der Krieg außer Haus, bei manchem aber eben auch drinnen. Dann wird man verrückt, wird man«, fügte Mattia hinzu.

Viele der Seeleute schliefen, die Sterne jedoch nicht.

»Sterne schlafen nie«, bemerkte Antonio.

»Sind immer wach und blicken ins All«, fügte Mattia hinzu.

Da blickten auch sie zu den Sternen, die wiederum ins All blickten, und den beiden Freunden fiel auf, dass einige Sterne grünlich schimmerten, einige blau und einige sogar rötlich. Und über dem Meer schienen sie ganz leicht und licht.

»Wir haben's gut hier unterm Sternendach, aber woanders wird gemordet und Krieg geführt. Der Mensch is so dumm«, sagte Mattia.

»Wir haben es gut hier unter diesem Sternendach, aber keine Frau ist bei uns«, seufzte Antonio, denn in einem der Sternenbilder glaubte er, das Profil einer Frau zu erkennen, und diese Frau war Elide.

Der Wein umfing sie sanft, und unter der Sternendecke schliefen sie friedlich und tief.

Bevor sie bei Sonnenaufgang ablegten, wollte Antonio hinauf in die Hügel, um bei den Bäumen ein wenig Zeit allein zu verbringen. Seitdem er Gesso verlassen hatte, war er nicht mehr in Gesellschaft von Bäumen gewesen.

»Ich werde noch eine ganze Weile auf See sein, da möchte ich doch die Zeit an Land noch nutzen«, sagte er zu Mattia und lief los.

Weinreben schlangen sich um die Inselhügel, und Lotospflaumen hingen von den Zweigen.

Er dachte an die Lotospflaumen in Gesso.

Die Grillos waren große Lotospflaumenesser.

Er umarmte einen alten Feigenbaum, einen Birnbaum mit saftigen Früchten und einen, den ein Blitz gebeugt hatte.

Man sieht, wenn ein Baum bald stirbt, wie bei Menschen. Man sieht, wenn ein Baum noch ein langes Leben hat, wie bei Menschen, dachte Antonio.

Er dachte auch, dass jeder Mensch ein Baum mit Beinen ist, Wurzeln hat, dass er Parasiten, Stürmen und Trockenheit ausgesetzt ist und feindlichen Angriffen, die ihn unaufhaltsam den Tod näher bringen. Und dass Bäume, genau wie Menschen, allem trotzen. Und wie er so durch die Stille der Bäume wandelte, vergaß er beinahe Schiff und Meer.

Wo mag das Leben leichter sein, auf See oder an Land?, fragte er sich nachdenklich und eilte dann beim ersten Ton des Signalhorns zum Schiff.

Rasch lief er von den Hügeln in die Ebene hinab, Steine sprangen um seine Knöchel, Dornen zerkratzten seine Hände, und als der Anker schon algenbehängt in Wind und Sonne schaukelte, erreichte er atemlos das Meer. Der Ostwind trug das Schiff alsbald aufs offene Meer hinaus, und Terceira verschwand im unermesslichen Blau.

Und in diesem unermesslichen Blau nahm das Schiff Kurs auf São Miguel, denn nachdem man sich mit Obst, Trockenfleisch, Gemüse, Zwieback, eingesalzenem Fisch, Öl und Kräutern eingedeckt hatte, brauchte es nun neue Gewehre, die der Kapitän – für welche Kämpfe auch immer – in Norfolk abzuliefern hatte.

São Miguel war die Insel der Waffen, und Falaguerra wusste das.

In Richtung der neuen Insel war das Meer tief, so tief, dass man nur schwarzes Blau sah, dunkel wie erloschene Kohle.

Mattia und Antonio besahen den blanken, wolkenlosen Horizont, vor dem einzig ein flaches Boot zu sehen war, das träge in der Windstille dümpelte.

»Nehmt euch in Acht, hier auf See treiben sich genug Bösewichte herum. Wenn wir auf so einen treffen, dann werfen wir den am besten ohne Umstände ins Meer«, mahnte der Kapitän die beiden Freunde.

»Bösewichte, wie an Land«, murmelte Antonio.

»Genau, aber auf See ist man nicht so abgelenkt wie an Land, deshalb erkennt man sie leichter, auf See sind alle viel leichter durchschaubar.«

Das kleine Boot war jetzt schon ziemlich nahe.

»Schnell! Da is ein Mann«, rief Mattia.

»Na, dann lass mal sehen«, erwiderte Antonio.

Rasch näherten sie sich dem hölzernen Etwas inmitten der blauen Unendlichkeit.

Es war ein Floß.

Ein gut gebautes, aber ohne Ruder und ohne Segel, ohne Fahne, ohne alles. Das Geflecht aus Buchenholzstämmen und Seilen war etwa so groß wie ein Boot, nur eben viereckig. Ein rotbärtiger Mann mit einem himbeerfarbenen Mal auf der Wange saß darauf und ließ seinen Blick in den Himmel schweifen. Reglos saß er da und zupfte sich einige Haare aus dem roten Bart.

»Wer bist du?«, erkundigte sich der Kapitän.

»Keine Ahnung.«

»Wie heißt du?«

»Keine Ahnung.«

»Wie hat dich denn deine Mutter genannt?«

»Hatte ich überhaupt eine? Komm wohl eher aus dem Meer …«

Falaguerra schüttelte verständnislos den Kopf, während in Mattia und Antonio die Neugier geweckt war.

»Na, ich glaube, dann fahren wir mal weiter«, verkündete der Kapitän, um den Mann aus der Reserve zu locken.

»Wen schert's? Macht doch, was ihr wollt. Mach ich auch.«

»Wie alt bist du?«, wollte der Kapitän noch wissen.

»So alt, wie du meinst«, erwiderte gereizt der Barbarossa, Rotbart, und wandte sich um, weil er See und Himmel gern aus einem neuen Blickwinkel betrachten wollte.

Man ließ einen mit Nahrungsmitteln gefüllten Korb an einer Schnur zu ihm hinab, sogar ein Stückchen Schokolade war darin, doch dem Mann schien das alles gleichgültig zu sein.

Seerecht und Menschlichkeit verpflichten dazu, keinen Menschen auf offener See zurückzulassen, wo unvorhergesehene Stürme hereinbrechen können und der Wind über alles herfällt. Außerdem hatte dieser Mann nichts dabei, nicht einmal einen Krug Wasser. Der Kapitän konnte sich also nicht einfach so davonmachen, im Übrigen entsprach das auch gar nicht seiner Natur, die im Grunde eher mitfühlend als befehlshaberisch war.

Er löcherte den Mann weiter: »Warum sprichst du nicht?«

»Hat keinen Sinn.«

»Hat keinen Sinn?«

»Worte verlieren sich ohnehin im Wind.«

»Aber jetzt sprichst du doch.«

»Und schon bereu ich's. Je mehr man spricht, umso weniger denkt man nach.«

»Na dann«, wandte sich der Kapitän an die beiden Freunde, die dem Wortwechsel begierig gelauscht hatten, »der hier ist ein Genie, redet wenig oder gar nicht und denkt stattdessen viel. Lasst uns ihm noch ein paar Fragen stellen, vielleicht kriegen wir heraus, wer er ist, bevor wir ihn weiter seinem Schicksal überlassen.«

»Sein Schicksal scheint aber kein gutes zu sein, Kapitän«, gab Antonio zu bedenken, »am Horizont zieht ein Sturm auf, da wird es nicht lange dauern, und er landet im Bauch eines Haifischs.«

Und so war es: Am Horizont türmten sich dunkle Wolken wie

schwarze Ziegenwolle auf, und der Wind zerrte am Schiff, vom Kiel bis zum Mast. Unter dem Schiff und um das Floß herum lungerte ein Schwarm Haie mit hellen Flossen, die das Festmahl kaum erwarten konnten.

Nein, man durfte den Mann nicht einfach so auf offenem Meer treiben lassen, sondern sollte versuchen, diesen Barbarossa zu überzeugen.

»Komm aufs Schiff, bitte. Ich verspreche dir, dass wir dich bis zur nächsten Insel in Ruhe lassen, du bekommst eine heiße Suppe, und schon bist du an einem sicheren Strand«, versuchte es der Kapitän.

»Niemand ist jemals irgendwo sicher.«

»Du kannst morgen bei der nächsten Insel von Bord gehen.«

»Für mich gibt es kein Morgen«, erklärte Barbarossa und fügte hinzu: »Für mich gibt es kein Morgen, kein Gestern, Vergangenheit und Zukunft scheren mich einen Dreck. Für mich gibt es nur das Hier und Jetzt.«

»Jeder Mensch hat eine Vergangenheit, eine Zukunft und eine Gegenwart.«

»Die Vergangenheit ist tot, die Zukunft noch nicht da, ihr redet über etwas nicht Vorhandenes«, versetzte Barbarossa und ließ den Blick über die See schweifen, die schon anschwoll und das Floß ordentlich ins Schlingern brachte.

Ehre und Starrsinn geboten dem Kapitän, den Mann an Bord holen zu lassen, erst im Guten, doch schließlich waren auch Fäuste erforderlich, um den Mann vor dem sicheren Tod zu bewahren – den Haien knurrten schon die Mägen.

Barbarossa schien die Gedanken des Kapitäns erraten zu haben, als er zu einer eigenbrötlerischen Rede ausholte, die er wer weiß woher haben mochte: »Fürchtest du dein Ende, blasser Mann? Fürchtest du das Ende der Menschheit, dummer Mann, der du mit Mühe und Not auf deinen zerbrechlichen Beinchen stehst wie ein Vogel, nur dass du nicht fliegen kannst? Was lässt dich verzweifeln? Der Mensch überlebt doch immer, auf Erden wie auf See, denn er ist an beides gebunden. Wir sind zäher als Mäuse und Kakerlaken, trotzen Bomben, Schicksalsschlägen, Pestilenzen und Krankheit. Vielleicht sterben wir daran, aber zwei, drei schaffen es immer und vermehren sich sodann wie die Karnickel. Uns wird es geben bis zum Ende, und während wir unseren Planeten langsam vernichten, lebt die Menschheit immer wieder auf. Wie Unkraut.«

Dann schwieg er, befeuchtete seine trockene Kehle mit einem Schluck Rum, den er aus dem zuvor hinuntergelassenen Korb nahm. Schließlich brauchte es zehn Matrosen, den Mann zu ergreifen, so erbittert wehrte er sich, verteilte Tritte hier und Schläge dort. Erst als man auch das Floß an Deck holte, beruhigte er sich und setzte sich sodann mit verschränkten Armen und Beinen darauf, und so blieb er sitzen, während der Sturm kam und wieder ging.

Kapitän und Seeleute waren längst an Sturm gewöhnt, denn irgendwann gewöhnt man sich an alles – peitschende Wellen und pfeifender Wind entsetzten nun wirklich niemanden mehr. Regen fiel nadelspitz, Uniformen durchnässten, das Schiff hob und senkte sich wie ein aus dem Takt geratenes Uhrpendel. Und dann, plötzlich, Stille.

Am Ende dieser sturmumtosten Nacht waren da ein Streifen Sonnenlicht, ein Regenbogen und am Horizont die klaren Umrisse eines kleinen Eilands.

São Miguel.

Einst Insel zahlreicher Vulkane, waren nun nur noch zwei übrig, ganz oben in den Gipfeln. Wellen brandeten an die Klippen, und hier und da tummelten sich ganze Walfamilien vor dem Strand. Von Weitem sah die Insel aus wie ein frisch gebackenes längliches Brötchen, das jemand mit besonderer Sorgfalt auf das Meer gelegt hatte. Kastanienwälder erstreckten sich über die Insel bis nach oben in die Berge, der Gipfel war kahl und reichte bis in die Wolken.

Sie mussten dort einen Halt einlegen, um neue Gewehre einzuladen, ihre hatten sie ja im Sturm über Bord geworfen.

Auf São Miguel sollte es eine Waffenfabrik von gutem Ruf geben.

Die Matrosen scherten sich nicht um die Gewehre, es war ihnen einerlei, doch für den Kapitän war die Waffeninsel wichtig: Käme er ohne Gewehre in Norfolk an, drohte ihm Gefängnis.

Im rosafarbenen Sonnenaufgang legten sie in São Miguel an, Barbarossa saß noch immer reglos auf seinem Floß im Trockenen. Doch als das Schiff Anker warf, griff er sich das Floß, warf es ins Meer und wollte sich davonmachen.

»Warte, wo willst du denn hin?«, rief Gaetano Falaguerra. »Du könntest dich wenigstens verabschieden, immerhin habe ich dich vor einem schlimmen Schicksal bewahrt.«

»Du Esel, das Schicksal eines Menschen kann niemand ändern, auch du nicht. Und auch dein eigenes Schicksal wirst du tragen müssen.« Damit bestieg Barbarossa ohne Abschiedsgruß sein Floß.

Auf der Insel zirpten Zikaden, die Seeleute schwärmten wie Mäuse, die soeben dem Laderaum entkommen sind, in drei Richtungen aus. Doch die drei von alten Kastanienbäumen beschatteten Wege führten alle zum gleichen Ziel: zu einer Grotte.

Es war nicht ersichtlich, ob die Grotte auf natürliche Art entstanden oder von Menschenhand in die Felsen gegraben war. Die Öffnung war ein riesiger Schlund, von einem Erdrutsch oder einem Riesen gerissen, und der Eingang war aus grauem Stein mit weißen Flecken darin, die aussahen wie Efeublätter, die sich um das in der Sonne glitzernde graue Dunkel wanden. Innen gab die Grotte ein vollkommen anderes Bild ab: Dunkle, von Menschhand gleichmäßig geschlagene Stollen öffneten sich, und diese Stollen führten alle auf einen Platz zu, einen viereckigen großen Raum, dessen Boden violett gepflastert war und an dessen Wänden sich übereinandergestapelte Holzkisten türmten.

»Wir sind umzingelt von Gewehren«, wisperte Mattia.

»Mehr Gewehre hier drinnen als Bäume da draußen«, flüsterte Antonio zurück.

Mit militärischem Gebaren schüttelte Falaguerra dem Comandante der Waffenfabrik die Hand, ein kühner Mann mit deutlichem Bauch.

»Comandante, sind das auch gute Gewehre?«, erkundigte sich Falaguerra.

»Nehmt mal eines in die Hand: Hier gibt es nur hervorragende Gewehre«, antwortete der Comandante und hielt sich eins an die Brust.

Inmitten der Höhle, in diesem Lärmen aus Schleifen und Schweißen von Abzügen und Zahnrädchen, Metallfedern und Läufen, nahm Falaguerra ein Gewehr zur Hand und hob es hoch wie ein Neugeborenes. Seine Hände glitten über die glänzenden Läufe, er legte an und tat, als würde er aufs Geratewohl in Richtung der Arbeiter schießen, die die Rädchen und Schräubchen in der Waffenfabrik zusammensetzten. Er zielte auf einen kleinen Mann.

»Peng Peng«, machte er laut, drückte ab, und der anvisierte Mann wurde bleich.

Der Mann, auf den er gezielt hatte, warf erschrocken einen raschen Blick auf den Kapitän, Antonio und Mattia und wandte ihn gleich wieder ab. Zitternd und schwitzend, mit flatterigen Händen, montierte er einen Abzug, viel zu fahrig für einen Arbeiter in der Waffenfabrik.

Der Comandante und der Kapitän schenkten dem kleinen Mann, der da so unsicher hantierte, gar keine Aufmerksamkeit, Antonio und Mattia aber fiel er auf, das zerzauste Haar rief ein fernes Bild in ihnen wach, auch wenn ein wuchernder Bart seine Züge verbarg.

Zögernd näherten sie sich und betrachteten ihn genauer. Als der Mann ihre Blicke bemerkte, beugte er sich auf seinem Holzstuhl noch tiefer über seine Werkzeuge, den Blick auf die Schräubchen geheftet, den Hals wie einen Regenschirmgriff gebogen.

Antonio und Mattia kramten in ihren Erinnerungen.

Vor allem Antonio konnte seinen Blick nicht abwenden.

»Padre Ardiri!«, rief er dann.

»Padre Ardiri!«, echote Mattia.

Doch der Mann blieb schweigend an seinem Platz, den Blick immer noch fest auf die Arbeit geheftet, nur seine Hände zitterten ein wenig.

Antonio sah ihn in aller Ruhe an und sagte: »Mein Freund, vielleicht ist ›Freund‹ nicht das richtige Wort … Aber wenn ich Euch ›Lehrmeister, Leuchtturm, Schutzengel‹ nenne, dann ist das wohl kaum ausreichend. Ihr seid ein besonderer Mensch, einen wie Euch trifft man alle fünfzig Jahre, vielleicht auch nie. Ein Jesuit mit einer Mission im Herzen, auch wenn er nur auf den Markt geht, die Mission, die Menschen besser zu machen und ihnen Hoffnung zu geben. Ohne Hoffnung kommt man nirgendwo an«, und während Antonio sprach, zitterte seine Stimme, und dem Arbeiter zitterte der Hammer in der Hand.

Mattia fasste sich ein Herz und sagte: »Wenn Ihr wirklich der seid, für den wir Euch halten, also Padre Ardiri, dann hustet einmal. Ich weiß, Ihr könnt nich sagen, dass Ihr 'n Mann Gottes seid, während Ihr Waffen herstellt. Na? Wenn Ihr Padre Ardiri seid, dann hustet doch bitte einmal.«

Und der Mann hustete.

Sie wollten ihn schon umarmen, doch Ardiri hielt sie zurück: »Kommt mir nicht zu nahe, Jungens, ihr seid in Gefahr … Wir sind in Gefahr. Wer das Gute verfolgt, ist immer in Gefahr. Zeit zu gehen, nicht Zeit zu sterben, ab ins weite Meer mit euch, Jungens, frei wie Delfine sollt ihr sein.«

»Nichtmal ein Handschlag …«, seufzten die Jungen leise.

»Was 'ne seltsame Welt, in der 'n Pfarrer Waffen herstellt«, überlegte Mattia.

»So ist es. Ich bekriege den Krieg mit seinen eigenen Waffen. Ich sabotiere, manipuliere die Gewehre, setze hier eine Feder zu wenig und da eine zu viel ein, so feuert das Gewehr manchmal und manchmal nicht. Gebt acht auf Feinde in eurer Nähe. Von denen gibt es mehr als in der Ferne«, mahnte er, während ein Fabrikaufseher mit einem Schlagstock in der Hand langsam näher kam.

»Geht nun, rasch. Wenn man mich hier erwischt, erschießen sie mich gleich«, konnte der bleiche Padre gerade noch sagen, und die beiden Freunde wandten sich rasch dem Ausgang zu, wo hell die Sonne schien.

»Stehen bleiben, oder ihr seid des Todes!«, donnerte da der Wachmann, fuchtelte mit seinem Schlagstock und zog eine Pistole hervor.

»O Signore, bitte, den Reinen ist alles rein, wir führen nur Gutes im Schilde. Dieser Mann ist ein hervorragender Arbeiter, ganz hervorragend, er hat uns nur gezeigt, wie er den Abzug angebracht hat«, sagte Antonio mit einem unschuldigen Lächeln.

»Ganz richtig, er ist einer unserer besten Arbeiter. Ihr kennt euch anscheinend aus«, erwiderte der Wachmann und stieß die beiden Gefährten nach draußen, wobei er weder Schlagstock noch Pistole aus der Hand legte.

Draußen sahen sie ihre Kameraden kistenweise Gewehre schleppen, und auch Antonio und Mattia mussten jeder eine Kiste schultern und sie zum Schiff bringen.

Das Schiff war mit seiner neuen Fracht nun sehr schwer, und als der Anker gelichtet wurde, sahen die beiden Freunde zu, wie die Insel der Kastanien und Berge langsam verblasste.

Je weiter sie sich von der Insel entfernten, umso größer wurde der Schmerz darüber, Padre Ardiri ein weiteres Mal zurücklassen zu müssen.

»Da schlägt man sich ständig nur mit Nichtsnutzen rum, schlägt man sich, und wenn dann mal ’n Anständiger kommt, ’n Besonderer, dann muss er gleich wieder gehen«, seufzte Mattia.

»Es gibt Menschen, die sind wie Sternschnuppen«, sagte Antonio.

»Genau, Menschen wie Sternschnuppen, 'n Himmelslicht auf Erden. Kaum hat man's erblickt, ist es auch schon fort.«

»Irgendwann nimmt alles ein Ende«, meinte Antonio.

»So was sagen nur alte Leute.«

»Du hast recht. Wir sind doch erst zwanzig.«

»Genau, zwanzig. Bleiben wir hoffentlich immer.«

»Aber jetzt sehen wir uns den Sonnenuntergang an«, schlug Antonio vor, denn er mochte Sonnenuntergänge.

Sonnenaufgänge weniger, Untergänge mehr.

Der Sonnenuntergang jenes Abends, als sie in Richtung der Insel Graciosa fuhren, war leuchtend rosa, und dieses Rosa hatte sich alle Blautöne von Himmel und See einverleibt.

Alles war rosa. Auch ihre Gesichter.

Die Nacht war ruhig und wunschlos, viele Sternschnuppen fielen ins Wasser.

»Siehst du, wie rasch Sternschnuppen verglühen?«, sagte Antonio.

»Genieß es einfach«, brummte Mattia.

»Aber es ist so kurz.«

»Dann umso mehr.«

Schließlich überkam sie der Schlaf, und nebeneinander träumte jeder seine eigenen Träume.

Die Insel Graciosa war nah, die dritte und letzte Azoreninsel, umhüllt von Stille und umgeben von durchscheinenden Wassern, in denen sich nachtblaue Fische tummelten. Sie war geformt wie zwei Kamelhöcker, und auf diesen Höckern wand sich in Serpentinen eine Straße hinauf. Große Kirschbäume säumten das Spinnennetz der Inselwege.

Unter den Kirschbäumen lagen verstreut einige Hütten aus Lehm und Ästen, dort lebten die Frauen. Männer nicht, die waren immer unterwegs, schliefen unter den Sternen und ritten kräftige Pferde ohne Sättel. Auch die Männer selbst waren muskelbepackt und trieben die Pferde mit ihren stählernen Knien in den Galopp. Außerdem erschlugen sie wilde Tiere, kletterten affengleich auf Bäume und aßen ausschließlich das rohe Fleisch von wilden schwarzen Schweinen. Hatten sie ein Schwein erlegt, häuteten sie es sofort mit langen Messern, griffen das Herz und pressten es sich gleich über dem Mund aus wie eine Orange.

Das noch warme Herzblut war ihre Leib- und Magenspeise.

Als die Männer von Graciosa Antonio, Mattia und die anderen Seeleute sahen, wollten sie diese umstandslos verscheuchen, wie lästige Fliegen. Sie fanden die weißen Uniformen mit den spitzen Kragen ganz einfach lächerlich. Den Matrosen wiederum waren die Einheimischen in ihrer Kleidung aus schlecht zusammengenähten Tierhäuten ein Gräuel.

Einheimische und Seeleute beäugten einander also misstrauisch, unentschlossen, ob sie kämpfen oder die anderen einfach links liegen lassen sollten.

»Dein Kragen ist so lächerlich wie dein Nacken«, wandte sich ein Einheimischer, vielleicht der Anführer, an Mattia und kaute dabei an einem rohen Fleischstück.

»Dafür wirkt dein Nacken stark wie ein paar Pferdehacken«, kam Antonio dem Freund zu Hilfe.

»Der kleinste Windhauch wirft euch auf den Bauch«, erwiderte der Mann.

»Und ihr, ihr seid bestimmt stärker als der Wind«, vermutete Antonio.

Der Vin Santo eines Matrosen und der sizilianische Amarena von Antonio sorgten dafür, dass sich die Wogen zwischen den Männern glätteten.

Die Einheimischen führten die Seeleute zu den Hütten unter den Kirschbäumen, wo die Frauen sie schon erwarteten. »Ihre Frauen« konnte man allerdings nicht sagen, denn die Frauen gehörten zu niemandem. Die Männer schliefen mal hier, mal dort, jede Nacht woanders. Und das Gleiche galt für die Frauen. Klopfte es bei ihnen, dann sahen sie nach, wer es war, und sagten: »Komm rein«, oder aber: »Geh wieder«. Und oft schickten sie den, der die vorherige Nacht bei ihnen verbracht hatte, mit den Worten fort: »Hab genug von dir.«

Die Männer brachten also die Seeleute zu den Frauen der Insel Graciosa, etwa so, wie man nach dem Essen einen Nachtisch anbietet, und ließen sie dort.

Die von Wasser und Abenteuern gesättigten Matrosen, die es umso mehr nach Liebe dürstete, konnten ihr Glück kaum fassen. Denn mochten die einheimischen Männer grobschlächtig sein, sonnenverbrannt und blutbeschmiert, so glichen die Frauen mondlichtgeschliffenen Perlen und sanften Wellen. Den Seeleuten erschienen sie wie Traumbilder, alle so schlank und graziös, mit langem schwarzem Haar wie Seealgen, das ihnen offen über die Schultern fiel. Schwarze, undurchdringliche Murmelaugen, umrahmt von dichten Wimpern, die korallenroten Lippen voll wie die Kirschen in den Bäumen über den Hütten. Und die reifen Kirschen fielen auf die Hüttendächer und purzelten von dort auf den Boden, überall standen Körbe, um sie bequem aufsammeln zu können.

Die Männer von Graciosa jagten und ritten durch die Wälder bis zu den Klippen, die Frauen hingegen mussten sich nur um sich selbst kümmern und hatten sonst nichts groß zu tun.

Sie glätteten sich das Haar, wuschen sich mit Meerschwämmen an den Quellen und massierten sich mit Austern- und Rosencreme. Sie trugen ausschließlich Stoffe, die sie aus dem dort wachsenden Papyrus gewannen, nahezu durchsichtige Gewebe in Wassergrün, wie die jungen Blätter der Papyruspflanzen. Graciosas Frauen waren alle jung, ihre Fingernägel mit Bimsstein gefeilt, gefärbt von einem Hauch Fischleim mit rotem Chilipulver. Farbe für die Lippen gewannen sie aus Mohnblumen und Parfüm aus dem Saft von Gardenien, in Honig aufgelöst.

An ihren Hälsen baumelten glatt geschliffene Scherben oder kleine blaue Muscheln.

Nachdem Antonio von dem Vin Santo und dem Amarena getrunken hatte, schlief er im Kirschbaumwald ein. Als er aufwachte, war da neben ihm eine Frau, die mit Wimpern und Hüften klimperte wie ein Schmetterling mit den Flügeln.

Um den Hals trug sie eine Kette aus roten Glasstückchen und verriet ihm, ihr Name sei Enziana.

»Warum denn Enziana?«

»Keine Ahnung. Vielleicht, weil ich weiß, wie bunt und blühend das Leben ist.«

»Und was hat es mit deiner Kette auf sich?«

»Eine Scherbe, die das Meer glatt geschliffen hat, ist schöner als jeder Rubin.«

»Lass uns schwimmen gehen, Enziana«, schlug Antonio vor.

Das taten sie auch, und dann behielt Enziana ihn einen ganzen Tag und eine Nacht in Liebesgefangenschaft. In jener Nacht badeten sie nackt im mondschillernden Wasser, seidene Algen und kleine Fische mit spitzen Zähnchen wanden sich um ihre Knöchel, und am Strand trillerten Nachtvögel.

Am nächsten Morgen sagte Antonio zu Mattia: »Ich war so lebendig, dass ich fast tot war. Ich bewohnte nicht mehr die Erde, sondern einen Stern. Und die Sterne waren groß wie Billardkugeln.« Er hielt sich nur mit Mühe auf den Beinen.

»Was hast du? Geht's dir nich gut?«, fragte Mattia besorgt.

»Nein, nein, bin nur ein bisschen wackelig auf den Beinen, eine Frau aus Graciosa hat mich ganz schwindelig gemacht.«

»Dann ruh dich doch aus.«

»Aber nein, das ist nur die Aufregung, außerdem halten meine Beine was aus, ich werde jetzt den Gipfel besteigen, um mir das Eiland von oben anzusehen.«

Der Freund ließ ihn gehen, während im Tal die Männer Trommeln aus Häuten von Ziegen schlugen.

Ziegen waren überhaupt überall auf der Insel, bevölkerten sie von oben bis unten, kletterten über Felsen, tranken an Quellen, sprangen umher, paarten sich und liefen in der Gluthitze ihren Zicklein hinterher.

Einige alte Ziegen und Böcke hielten sich etwas abseits, um die allgemeine Freude nicht zu trüben. Ihre Hufe waren zittrig, sie rannten nicht mehr umher und mieden das übermütige Getümmel der jungen Ziegen.

Der älteste Bock der Herde schlich sich langsam in Richtung Gipfel davon, erst folgten ihm noch einige Ziegen, doch sie ließen bald von ihm ab. Antonio hingegen war ihm dicht auf den Fersen – nach seiner Liebesnacht wollte er nun die Insel erforschen, trunken von Küssen und Zärtlichkeiten, mit einer Lebenskraft aus Jugend, Abenteuer, Freiheit und Liebe.

Munter und voller Tatendrang folgte er also diesem betagten Ziegenbock. Das schwarze Fell des Bocks war verfilzt, die Hörner gezeichnet von den Kämpfen eines ganzen Lebens und gebogen wie ein ionisches Kapitell. Nur noch mühevoll kaute er einige weiche Blätter, an die harten Sträucher wagte er sich gar nicht mehr, die trockene Zunge hing aus seinem Maul, doch der Weg zur Quelle war noch weit.

Über Äste und an abschüssigen Felsen vorbei kletterte der Bock hinauf zum Gipfel der Insel.

Dicht gefolgt von Antonio.

Die Beine des Tiers wollten nicht mehr recht weiter, Dornen streiften den alten Ziegenbock, doch er gab sich nicht geschlagen: Er hatte ein Ziel und würde nicht aufgeben, bevor er es nicht erreichte.

Antonio war dicht hinter ihm.

In den Tälern weder Tier noch Geräusch.

Ein schmaler Pfad auf einen steilen Fels zu.

Eine Wand wie ein Grab aus weißen Steinen.

Eine Anhöhe und eine schlichte Grotte.

Der Junge sah sich die Landschaft ringsherum an.

Auch der alte Bock ließ seinen Blick umherschweifen.

Unendliches Meer, schwarze und rote Erde, Tiere und Menschen.

Menschen, die es einfach nicht vermögen, innezuhalten, getrieben von ihren niemals endenden Wünschen.

Das müde Tier hatte sein Ziel erreicht, besah sich das alles wie ein Schiffskapitän und schlüpfte dann in die sich weit öffnende Grotte. Moos wucherte an den Felswänden, die von Fledermausdreck bedeckt waren.

Auf dem Boden lagen runde weiße Steine.

Nein.

Antonio sah genauer hin.

Es waren Totenköpfe.

Er entdeckte alte und weniger alte Schädel von Ziegen und Böcken, mit porösen Hörnern, erdüberschüttet, hier und da blitzte ein heller Zahn hervor.

In der Grotte waren Ziegen gestorben, oder sie waren hierhergekommen, um zu sterben, dachte Antonio und beobachtete den Bock, der sich in der Grotte auf die Knie niederließ, den Blick nach draußen, in die Ferne gerichtet.

Er sank nieder, doch ein Restchen Leben zitterte noch in ihm, sein Fell zuckte, er bebte und blickte Himmel und Meer entgegen. Mühevoll hielt der Bock die Augen geöffnet, seine Hörner schienen schwer zu wiegen, und sein Blick schweifte abermals zum Horizont. Dann stieß er ein raues langes Meckern aus, wie einen Abschiedsgruß an das Land, in dem er gelebt hatte, und hauchte die Seele aus.

Ohne weitere Klage, Himmel und Meer vor Augen.

Antonio streichelte das Tier sacht, und auch wenn der Bock ihn nun nicht mehr hören konnte, sagte er: »Du schönes, gutes Tier. So wie du will ich einmal sterben, klaglos und würdevoll, weit weg von allen und Himmel und Meer vor Augen.«

Dann strich er ihm über den noch warmen Kopf, und mit der Kraft seiner zwanzig Jahre ging er eilig davon.

Von der Liebe zum Tod war es hier auf der Insel nur ein kurzer Sprung gewesen: vom nächtlichen Strand mit Enziana zur Friedhofsgrotte der Ziegen.

Doch so ist es oft.

Liebe und Tod liegen nah beieinander.

Seine kräftigen Beine trugen Antonio rasch wieder hinunter ins Tal, an gelbem Ginster vorbei auf den Pfaden, die auch die Ziegen entlangtrotteten, bis er schließlich das Meer erreichte.

Am Ufer eine Traube junger Frauen und Matrosen, denn das Schiff stand schon zur Abreise bereit. Die Frauen aus Graciosa umarmten weinend die Seeleute, denen es auch schon ganz bang ums Herz war.

Auch Antonio ging der Abschied von Enziana nah, und er sagte: »Du zartes Gardenienblättchen, ich werde dich immer duftend und licht in Erinnerung behalten. Und wenn ich alt bin und mein Leben sich neigt, wenn ich Himmel und Meer vor Augen haben werde, dann werde ich auch dich sehen.«

Sie verstand nicht.

Sie hielt ihn nicht zurück, vielmehr stieß sie ihn fort, hin zum Schiff.

Einige der Matrosen lenkten ihre Schritte zum Schiff, andere zauderten, und wieder andere fanden in ihren Herzen keinen Grund, diese wilde Liebesinsel zu verlassen.

Antonio gehörte zu den Zaudernden, doch da kam ihm Elide in den Sinn, blitzte mit den Freunden und der Aussicht auf sein neues Leben in seinen Gedanken auf. Er sah das graziöse Leben dort auf Graciosa, so herrlich und ohne viele Worte, und doch schritt er zur Zugangsbrücke.

Nicht viele der Männer taten es ihm gleich, etliche der Matrosen entledigten sich ihrer Uniformen, warfen sie ins Wasser und riefen den Kapitän.

»Deserteure!«, ereiferte sich der Kapitän, doch er konnte sie auf Graciosa nicht verhaften, denn es gab weder Gericht noch Gefängnis. Also versuchte er es mit guten Worten: »Jungens, was soll denn dann aus euren Familien werden? Was mit euren Liebsten? Was soll aus eurem Leben werden?«

»Wen kümmert die Familie, die Liebste, wen unser bisheriges Leben? Wir sind hier glücklich«, riefen einige.

»Ich kann euch nicht erschießen und auch nicht auspeitschen lassen, hier auf einer einsamen Insel im Ozean«, rief der Kapitän, der dies den damaligen Gesetzen nach sehr wohl gekonnt hätte, aber ihm war nicht danach.

Kapitän Falaguerra war Menschen mehr zugetan als Gesetzen.

»Ich bitte euch! Was soll denn jetzt aus mir werden? Was aus euch?«, versuchte er es ein letztes Mal.

Seine Kapitänsmütze saß nicht mehr gerade auf dem Kopf, sondern hing schief über dem rechten Ohr.

Die Deserteure erwiderten: »Lieber Kapitän, Ihr könnt doch einfach sagen, dass wir hier gestorben sind, ermordet von den schrecklichen Jägern hier. Macht euch über uns keine Gedanken. Wir haben hier ein freies Leben, mehr verlangen wir nicht. Freiheit und schöne Frauen, was will man mehr?«

Der Kapitän begriff, dass er diese Schlacht verloren hatte, das Schiffshorn ertönte das erste Mal, und die Seeleute klammerten sich an die Frauen von Graciosa.

Das Horn tutete ein zweites Mal, und nun kam der Abschied. Beim dritten Tuten legte das Schiff ab, verließ für immer Graciosa und die liebestrunkenen Matrosen.

XXII

Ozean, Lucia, Vulkan und Drago

Nun nahm das Schiff Kurs auf die Bermudainseln, bis nach Amerika war es nicht mehr weit, doch weiter, als es Antonio lieb war. Nach wochenlanger Seereise war aus ihm ein Seemann geworden, und doch sehnte er sich nach Land wie ein Vogel nach einem Nest.

Auch auf See träumte er von Dingen, die nicht da waren, und verklärte, was er sah. Die salzige Luft hatte nun auch seine letzte Pore durchdrungen, war Teil von ihm geworden, und nachts fürchtete er sich nicht mehr. Mondlicht überzog diese flüssige Welt mit Glanz, und wenn nur die Sterne leuchteten, dann durchdrang Sternenstaub die Nachtschwärze, und gleich war alles weniger Furcht einflößend.

»Die See lügt nie, immer zeigt sie ihr wahres Gesicht: ruhig, aufgewühlt oder widerspenstig, manchmal auch heiter. Sie verstellt sich nicht und steht nie still, wie menschliches Blut … Doch im Unterschied dazu zeigt sie sich in unzähligen Blautönen, während Blut immer rot ist«, sagte er am ersten Abend der Fahrt, nachdem sie Graciosa bei Sonnenuntergang mit Kurs auf die Bermudainseln verlassen hatten.

Und doch war das Meer an jenem Abend rot, glutrot.

Der Sonnenuntergang war von so durchdringendem Rot, dass Antonio sich fragte: Ob die Sonne heute Feuer legen will?

Und wie er so über die zunderroten Wellen blickte, sah er plötzlich etwas Glänzendes daraus auf- und wieder abtauchen, etwas, das aussah wie der Hals eines riesigen, eisernen Geiers, den die Strömung vor sich hertrieb.

Er sah dieses Etwas als Erster, dann sah es Mattia, der murmelte: »Was für 'n seltsames Ding … Aber auf See sieht man wohl hunderttausend Seltsamkeiten.«

Dann sah es der Kapitän, und schließlich zeigten alle Matrosen auf das Ding, das sich vorwärtsbewegte wie ein Betrunkener im Dunkel. Eine Seeschlange konnte es nicht sein, denn es war aus festem Material, auch kein Kriegsschiff, dafür war sein Kurs zu ungenau. Der Kapitän schrieb an jenem Abend in das Schiffstagebuch:

> In der Nähe der Azoren ein unbekanntes Objekt gesichtet, welches sich wie führerlos ohne erkennbaren Kurs vorwärtsbewegt.

Es gab weder Riffe noch Inseln, das Schiff glitt sicher durch die Wellen, wohin der Geierhals wollte, war hingegen nicht zu erkennen.

Da man auf See zur Hilfeleistung verpflichtet ist, näherten sie sich rasch und vorsichtig. Erst als sie das Ding auf den sonnenuntergangsroten Wellen erreicht hatten, sahen sie, dass der Geierhals eine uralte U-Boot-Luke war, die sogar handgefertigt sein musste, denn handgeschmiedete Nieten hielten unterschiedlich geschweißte Teilstücke wie ein Flickenkleid zusammen.

Allein die Strömung trieb das U-Boot voran, das jetzt mit seinen leopardig anmutenden Rostflecken dunkel und träge auftauchte.

Das Schiff näherte sich vorsichtig, so weit es ging, und Antonio begab sich allein in einem Beiboot auf Erkundungsfahrt.

»Pass bloß auf, und wenn da Bomben sind oder es verbrannt riecht, dann hau ab«, riet Mattia ihm noch.

Doch als Antonio langsam die Luke des U-Bootes mit einem dumpfen Geräusch öffnete, da schlugen ihm Rosenduft und der Wohlgeruch einer Frau entgegen. Mühsam ließ er sich in der von Dunkelheit erfüllten engen Luke hinunter. Er entzündete eine Fackel und blickte in ein wildes Wirrwarr aus altertümlichen Gegenständen; Helme, Bruchstücke von Statuen, zerbrochene Krüge und Muscheln, und in einer Ecke lag auf einer mit einem Leinenlaken bedeckten Matratze eine Frau, deren einer Arm bis auf den Boden baumelte.

So gläsern und reglos, dass sie aussah wie tot.

Wer würde eine so schöne Frau umbringen?

Oder hatte sie es gar selbst getan?

Seltsam, so allein unter Wasser den Tod zu finden.

Die Finger ihrer Hand waren gekrümmt, nur der Zeigefinger wies ausgestreckt auf ein Mosaik, das einen springenden Delfin abbildete.

Das blonde Haar fiel bis auf ihre Hüften hinab, die Augenbrauen waren geschwungen, ihre Nase winzig wie die eines Kindes, und auf den bei Tageslicht vielleicht hellroten Lippen lag ein blaublütiger Leichenschimmer.

Der Anblick dieser leblosen jungen Frau versetzte Antonio in helle Aufregung.

Er strich über ihr Haar – nichts.

Er lauschte auf ihren Atem.

Er berührte die Lippen der wie tot wirkenden Frau mit den seinen.

Da spürte er einen sanften Hauch.

Dann Rosenduft.

Und schließlich Worte: »Hilf mir … Wer bist du … Siehst wie ein Lebensretter aus«, wisperte die Frau, schloss die Augen wieder und verfiel erneut in Reglosigkeit.

Die stickige Luft tat ihr bestimmt nicht gut, Antonio öffnete also die Luke und rief seinen Kameraden auf dem Schiff zu: »Hier ist eine Frau, die dringend Hilfe braucht, schnell!«

Rasch kam der Kapitän mit einem Sanitäter, doch die einzige Hilfeleistung, die dieser für tatsächlich nützlich hielt, war ein Schluck Rum. Er nahm also die Flasche, öffnete den Mund der Frau und flößte ihr mithilfe eines Trichters die Flüssigkeit ein. Antonio hielt den Trichter, und der Sanitäter goss den Inhalt der Flasche hinein, was prompt eine durchschlagende Wirkung erzielte.

Die Frau riss die Augen auf, ihr weicher Medusenkörper schoss in die Höhe, und den Blick ihrer blauen Augen auf Antonio geheftet, stieß sie hervor: »Was für ein Glück, dass mich die Wellen zu dir gebracht haben.«

Sie hielt Antonio für einen rettenden Engel.

Er hielt sie für eine Mischung aus Fee und Hexe.

Sie lebte in diesem U-Boot inmitten Tausender Trouvaillen, Bruchstücke und nicht klar auszumachender Dinge.

»Wer seid Ihr?«, erkundigte sich der Kapitän.

»Weiß ich nicht so richtig, aber eigentlich doch«, antwortete sie.

»Ich bin nicht zum Rätselraten hier, meine Dame. Wir sind nur von unserem Kurs abgewichen, um Euch Hilfe zu leisten. Nun sagt uns bitte, wer Ihr seid und was wir tun können, denn wir möchten gern möglichst bald unser Ziel erreichen.«

»Ihr möchtet Euer Ziel erreichen? Ihr habt ein Ziel, Kapitän?«, fragte sie schlagfertig, dann wandte sie sich an ihren Retter, Antonio: »Ich bin dir so dankbar, werde dir immer dankbar sein, dass du mich wieder zu Bewusstsein gebracht hast. Noch dankbarer wäre ich allerdings, wenn jemand dieses U-Boot ans Laufen bekäme. Seit einem Monat treibt es beschädigt durchs Wasser, ist den Strömungen der See ausgesetzt und lässt sich nicht mehr steuern, denn das Ruder ist auch kaputt. Ich habe kein Trinkwasser mehr und seit einer Woche nur noch trockenes Brot. Bitte helft mir, ihr kühnen Matrosen, ich bin am Ende meiner Kräfte angelangt.«

Kalte Tränen liefen ihr die Wangen hinunter, es war nämlich eisig dort unten. Dann sagte sie: »Ach, ich arme Frau, so verloren im Ozean … Was muss ich nur alles ertragen. Ihr seid doch Ehrenmänner, helft mir, ich bitte euch, ich bin in einer Mission unterwegs.«

Antonio blickte sie an, sie wirkte so zerbrechlich und doch voller Willenskraft.

»Ach ja?«, erkundigte er sich neugierig. »Was denn für eine Mission?«

»Ich bin Archäologin und erforsche seit Jahren die Untiefen des Meeres auf der Suche nach verlorenen Schätzen«, antwortete sie und ließ ihren Blick über die angehäuften Gegenstände in ihrem U-Boot schweifen.

Darunter waren eine weiße, muschelverkrustete Marmorbüste, Krüge, Amphoren, Helme, ein bronzener Schild und das Mosaik mit dem springenden Delfin, auf das sie in ihrer Ohnmacht gezeigt hatte. Außerdem fanden sich in dieser unterirdischen Unordnung Likörflaschen und zerbröselte Biskuits, offene Sardellendosen, Mandarinenschalen, Krumen und Krusten von Brot.

Seit wann aß diese in Seenot geratene Frau schon nichts mehr?

Antonio bot ihr von dem Zwieback an, den er griffbereit in der Jacke trug, und strahlend verschlang sie ihn.

Von draußen hörte man nun die Rufe der besorgten Matrosen, die wissen wollten, wo ihre Kameraden und der Kapitän blieben. Der kam nun herauf in die Sonne und rief: »Alles in Ordnung, da unten ist eine Frau, die die Tiefen erforscht, ein bisschen verrückt, aber harmlos. Ihr Gefährt ist havariert, wir müssen es in einen sicheren Hafen schleppen. Macht die Leinen fest, Matrosen.«

»Aber Kapitän, wenn wir das U-Boot in Schlepptau nehmen, dann sind wir sehr langsam, dann brauchen wir ja noch länger zu unserem Ziel«, warf ein Matrose ein.

»Junge, wenn ich auf offener See auf jemanden treffe, der Hilfe benötigt, dann bin ich verpflichtet, sie zu leisten, und mehr noch als ein Gesetz ist dies eine menschliche Pflicht. Nur jemand mit einem Herz aus Stein würde seine Hilfe verweigern«, erklärte der Kapitän und kam mit dem Sanitäter hinüber auf das Schiff.

Während nun die Abschleppvorkehrungen in Angriff genommen wurden, geriet Antonio in einen Zauber. Je länger er diese Frau anblickte, umso schöner schien sie ihm, und er hing geradezu an ihren Lippen.

»Ich suche dort, wo niemand hinsieht: unter Wasser«, ließ sie ihn wissen. »Es gibt Dinge, die von der Last unzähliger Blicke schon ganz verschlissen sind, unter Wasser aber ist alles rein, da forscht noch niemand nach. Die Vergangenheit beflügelt mich, nicht die Gegenwart. Altertümliches geht mir ans Herz, Neues langweilt mich. Wertvoller als ein Zug ist eine griechische Säule: Mag der Zug mich in eine Stadt bringen, die Säule ebnet mir den Weg in den Himmel. Hart und steinig ist das Land, nur im Meer fühle ich mich leicht und nicht fehl am Platz.« Sie saß da halb aufgerichtet, doch dann fiel sie wieder weich wie eine Medusa in sich zusammen, und diese Mattigkeit gefiel Antonio.

»Pass bloß auf, eigentlich hattest doch dein Herz der Fischerin Elide geschenkt«, flüsterte Mattia ihm zu.

»Elide suchte im Meer nach Fischen und die Frau hier nach alten Schätzen. Ich mag sie«, wisperte Antonio zurück.

Mattia warf ihm einen zweifelnden Blick zu und ließ die beiden dann allein.

Schweigend zeigte die Frau Antonio nun einige ihrer Schätze: Da waren griechische Statuen, Tränenkrüge, Amphoren für Wein und Öl von einem griechischen Schiffswrack, der Rammsporn eines römischen Schlachtschiffs, ein antiker Bronzespiegel und einige Halsketten, Goldmünzen und Silbertaler mit darauf geprägten Hasen, Delfinen und Palmen.

»Alles, was der Mensch erschafft, geht irgendwann unter, aber wenn eine Kultur schön war, dann sind es auch ihre Überbleibsel«, sagte sie, während sie über die Fragmente alabasterner Säulen strich.

Antonio fiel ein milchblaues Marmorstück auf, das im Dunkel hell aufblitzte.

»Was ist das, Magie?«, wollte er wissen.

»Ach, nichts«, sagte sie leichthin, »das stammt aus Atlantis.«

»Atlantis?«, fragte Antonio. »Liegt das vielleicht in Atlantic City?«

Sie schwieg, und das Marmorstück pulsierte wie ein schlagendes Herz leuchtend weiter.

»Ich höre dir zu, dabei weiß ich nicht einmal, wie du heißt«, sagte Antonio.

»Du bist in mein Unterwasserhaus gekommen, ich zeige dir meine Schätze, dabei weiß ich nicht einmal, wie du heißt«, erwiderte sie.

»Antonio Grillo aus Gesso«, stellte er sich vor.

»Lucia Gentilezza aus Genua«, tat sie es ihm gleich.

Dann stiegen sie aus der Luke.

Die Nacht war sternenklar.

»Wir sind einsamer als die Sterne«, stellte Lucia fest.

»Wir sind einsamer als die Sterne«, echote Antonio.

Unzählige Sterne standen über dem Meer. Mit ihrem schillernden Licht verjagen sie gramvolle Gedanken, heilen Verletzungen und Schmähungen, und jedem Stern ist ein eigenes Leuchten inne.

Mit den Sternen verschwindet jede Niedertracht.

Kein Stern gleicht dem anderen.

So wie kein Stein, keine Welle, kein Haar dem anderen gleicht. Kein vergangener Tag.

Und keiner, der kommt.

Die Sternenflut löste die Zungen der beiden jungen Leute, sie fassten Vertrauen zueinander, offenbarten ihre Hoffnungen, und obgleich sie sich gerade erst kennengelernt hatten, hörten sie gar nicht mehr auf zu reden. Antonio erzählte Lucia in zuckersüßen Worten von Elide, schwärmte, wie es nur Verliebte tun, in deren Erinnerung die Umrisse der fernen Liebe schon zu verblassen beginnen, Duft, Wesenszüge und Antlitz schon verwischen, und doch sind sie noch ganz hingerissen, schwelgen in Erinnerung an Gesten, Worte und Gaben.

»Elide, Elide, kräftige Schultern, Hände wie Wellen, alles gekrönt von schönen Worten. In einer Nacht trug sie ein Kleid aus Meer, und dann diese leuchtenden Augen …«

Da erzählte auch Lucia von ihrer fernen Liebe.

Ist die Liebe fern, redet man viel darüber.

Ist sie nah, weniger.

Ist sie seit vielen Jahren in dichter Nähe, dann redet man gar nicht mehr darüber.

Sie erzählte also von Drago, das war der Name ihres fernen Geliebten. Wie sie war auch er Archäologe, und durch seine Adern floss ein wenig blaues Blut, denn er stammte aus einer spanischen Herzogsfamilie. Für sie war er jedoch vor allem Archäologe. Jedoch einer, der nicht die Wasser nach antiken Schätzen durchsuchte, sondern die Erde. Außerdem hatte Drago Frau und Kinder, und zu Lucia Gentilezza flüchtete er, wenn er genug von Erdreich und Familie hatte.

In jener Nacht nun waren es Antonio und Lucia, die einander hatten.

Sie spürten eine große Nähe zueinander, obgleich beider Herzen gebunden waren an eine ferne Liebe.

Nähe, so viel Nähe unter dem Sternenzelt auf offener See.

Hier und da glitt die Hand des einen an der Schulter der anderen entlang, und die Köpfe rückten zueinander. Doch in dieser ganzen Stunde Gerede über Elide und Drago, mit all den Schillersternen und Flüsterwellen, erstarb die kaum erwachte Sehnsucht nach Zärtlichkeiten wie eine Kerze, deren Docht erlischt. Sie saßen auf der Brücke des U-Boots und erzählten im Klang der glucksenden Wellen von ihren Lieben, die nicht dort waren, rückten Elide und Drago in den Mittelpunkt wie Heilige, die in den Wolken sitzen und über die Geschicke der Menschen wachen, ohne selbst in Erscheinung zu treten. Blicke und Herzen von Antonio und Lucia waren also in die Ferne gerichtet, nicht aufeinander. Doch jene laue Nacht, in der die Sehnsucht nach der fernen Liebe ihre Herzen überquellen ließ, behielten sie beide lange in Erinnerung, wie eine süße Aprikose, die keiner von ihnen gepflückt hatte.

»Ich bin hier, bin glücklich unter diesem Sternenhimmel mit dir, und doch möchte ich nicht hier sein«, sagte sie.

»Ich bin hier, bin glücklich unter diesem Sternenhimmel mit dir, und doch möchte ich nicht hier sein«, sagte er.

»Das Glück suchen wir immer in der Ferne«, seufzte Lucia, und dann schwärmten sie von den Tugenden ihrer jeweils Geliebten.

»Drago ist klein und heißblütig, nie hält er still, und sein Forscherdrang ist nicht zu bremsen, er isst wenig und gräbt sehr viel. Er war der Erste, der eine Stadt der Königin von Saba in Arabia Felix entdeckt hat.«

»Arabia Felix?«, fragte Antonio. »Ist das vielleicht eine Schokoladenfabrik?«

»Nein, dort gibt es gar keine Schokolade«, erwiderte sie.

»Ach, das tut mir aber leid, glücklich ist die Gegend, in der Kakao gedeiht«, meinte Antonio, der keine Ahnung von Geografie hatte und nicht weiter fragte, lieber wollte er Lucia weiter dabei zusehen, wie sie über Drago sprach.

Sie fuhr fort: »Für Drago gibt es zwei Welten: Tag und Nacht und Licht und Dunkel. Ist er bei mir oder gräbt nach Schätzen, dann ist da Licht, aber fern von mir in den vier Familienwänden, da ist Dunkel.«

Nun war die Reihe an Antonio: »Elide ist großzügig und herzlich zu allen. Sie begeistert sich für die kleinsten Dinge auf der Welt, und zum Glücklichsein reicht ihr auch ein Tintenfisch, sie ist nämlich Hochseefischerin. Ich bin so ein Tölpian, nicht einmal geküsst habe ich sie, hätte ich doch ihren Hals geküsst, ach, ihr Hals.«

Der Klang des Wassers umspülte sanft ihre Worte, und die Statuen im Bauch des Boots umschatteten sie weich.

»Was ist denn mit ihrem Hals?«, wollte Lucia wissen.

»Wie eine griechische Säule ist er; weiß, glatt und mit sich und der Welt zufrieden.«

Lucia lächelte, und Antonio fuhr fort: »Ich möchte an diesem

Hals entlanggleiten wie Malvasia, wie Honig, dieser Hals ist so wundervoll.«

»Dann solltest du ihr eine Kette schenken«, riet ihm Lucia, »komm mit, unten habe ich viele, altehrwürdig und sehr schön.«

So stiegen sie hinab in den Bauch des U-Boots und tauschten die Sterne gegen andere Schätze ein. Tauchten ein in diese von bronzenem Licht umhüllte Wirrnis. Unter dem eisernen, mit Stücken von ägyptischem Lapislazuli verzierten Steuer stand eine Truhe. Sie war aus dunklem Holz gefertigt und mit goldenen Beschlägen versehen, ein Schloss verriegelte den gerundeten Deckel, auf dem das goldverblichene Bild einer Sphinx thronte, deren blaue Augen aussahen wie echt.

Lucia holte unter einem purpurroten Kissen den Schlüssel hervor und versuchte, die Truhe zu öffnen, doch das seit Jahren nicht mehr benutzte Schloss ließ sich nicht bewegen. Je mehr sie drehte und drückte, umso mehr verkeilte sich der Schlüssel. Sie seufzte: »Eine vollkommen vergessene Schatztruhe, ich bin doch wirklich nicht von dieser Welt … Drago sagt auch immer, dass ich selbst gar nicht mehr weiß, was ich alles hier habe.«

Antonio schwieg gespannt, doch je mehr Lucia sich mühte, umso weniger ließ sich der Schlüssel bewegen. Hier unten waren die schwindelnden Unterwasserströmungen zu spüren, hier und da ein dumpfer Stoß von einem Fisch, der den Kiel streifte, und die Zeit schien ihren ganz eigenen Gesetzen zu folgen.

Durch die geöffnete Luke sahen Himmel und Sterne zu ihnen hinunter. Rütteln, Stöhnen und Bitten, aber das Schloss blieb stur. Schließlich überließ Lucia die Truhe Antonios starken Händen, es folgte erneutes Drücken und Drehen, Stöhnen und Bitten, bis zu guter Letzt der Schlüssel abbrach. Lucia war den Tränen nahe, doch Antonio verlor nicht den Mut.

Er dachte an einen Satz, den sein Vater, Don Lio, einmal zu ihm gesagt hatte: »Es gibt immer eine Lösung.«

Es gibt immer eine Lösung, nun gut, er drehte also die Truhe um, und, siehe da: Auf der Rückseite war ein weiteres Türchen mit einem Schloss und einem wie ein Mosaiksteinchen in das Holz eingelassenen Schlüssel.

Eine Drehung, noch eine Drehung, und schon sprang das Schloss auf. Ganz langsam und ehrfürchtig öffnete Antonio das Türchen.

Und als es offen war, da erblickte er Dinge, wie er sie nie zuvor gesehen hatte.

Unzählige Schätze, aus den Tiefen hervorgeholt: Gold und Preziosen, griechische, römische und ägyptische aus den unterschiedlichsten Epochen, auf Grund gesunken bei Schiffbrüchen verschwundener Kulturen und Raubzügen von Piraten, *Conquistadores*, Abenteurern. Ein ganzer Berg an Ringen, Ketten, Diademen und Armreifen, an geschenkten und wieder verkauften Juwelen, gestohlen auf See und an Land, vor dem Einschmelzen bewahrt und davor, immer weitergereicht zu werden.

Antonio war sprachlos angesichts all dieser edlen Geschmeide.

Er kannte sich mit solchen Kostbarkeiten nicht aus, doch er sah, wie sie glitzerten und blinkten. Schwarze und weiße Perlen, gewundenes Ebenholz, Millefiorigläser, Rubine und Lapislazuli. Helle und dunkle Jade, Gold in verschiedensten Schattierungen, gewunden, poliert oder matt. Preziosen, denen sich die See eingeschrieben hatte, und solche, denen sich das Land eingeschrieben hatte, Juwelen, die längst dahingegangene Frauen geschmückt hatten. Prinzessinnen und Prophetinnen, Sibyllen und Kaiserinnen, Ehefrauen und Konkubinen, sie alle goldverziert und türkisbehängt, mit Elfenbein und Turmalin, Smaragden, gelbem und braunem Bernstein. Außerdem Haarkämme und dazu passende Ringe und Schnallen, Armbänder und Ohrringe, Gaben, um vormals korallenlippige Frauen zu schmücken und zu besitzen.

Antonio schwindelte es, denn er sah sie alle vor sich, diese Frauen von einst, tanzend und lachend im Kolosseum, in Ägypten, an den Küsten Afrikas und Kretas.

Lucia erzählte ihm die Geschichten einiger dieser Schmuckstücke: »Diese Goldkette gehörte vielleicht Agrippina, dieser Rubinohrring einer Germanin, die einen Konsul aus Rom heiratete, doch sie fror sehr im Norden, da zog er mit ihr ins sonnige Capri, der Ring hier aus Türkis und parischem Marmor gehörte einem Mädchen aus Messina, das von einem tunesischen Piraten entführt wurde, er verkaufte sie dem Sultan von Konstantinopel, der sie dann einem mongolischen Krieger zum Geschenk machte …«

»Ach, immer diese traurigen Geschichten«, seufzte Antonio.

»Eine Mischung aus Freud und Leid … Wie das Leben«, gab sie zurück.

Antonio ließ seinen Blick über all diese Herrlichkeiten gleiten, doch weder berührte noch nahm er etwas davon.

»Nimm eine Kette für deine Frau«, forderte Lucia ihn auf.

»Die sind viel zu wertvoll für einen Jungen wie mich.«

»Du hast mir das Leben gerettet, Dinge hingegen kommen und gehen.«

»Ich käme mir vor wie ein Dieb.«

»Ach was. Schließ die Augen, und dann nimmst du dir einfach eine.« Ihr Ton duldete keinen Widerspruch.

Antonio war immer noch vollkommen überfordert, er streckte die Hände in diesen Berg aus Gold und antiken Edelsteinen, wühlte und grub wie ein Maulwurf und kehrte das Unterste zuoberst. Schließlich zog er eine einzelne, schlichte Kette hervor.

Sie wirkte ganz leicht, war aber schwer. Die goldenen Steine waren bienenwabenförmig und fügten sich vollkommen ineinander. Ein wenig sahen sie selbst aus wie Bienen, und unter jedem hing eine verschnörkelte Goldträne.

»Für die Azteken war Gold der Schweiß der Sonne und Silber der des Mondes«, erklärte Lucia.

»Azteken … Ist das eine Arznei?«, wollte Antonio wissen.

»Nein, altes Volk aus Mexiko, und die Kette gehörte ihrem König, Montezuma.«

»Eine Königskette, die nun einem Landburschen namens Antonio Grillo in die Hände geraten ist … Das Leben geht seltsame Wege.«

»Auch das Leben der Dinge ist seltsam. Möchtest du die Geschichte der Kette hören?«, erkundigte sich Lucia.

»Ich bin ganz Ohr.«

»Diese Kette gehörte also Montezuma, dem König der Könige und Herrn des Aztekenreichs. Er hatte sie von seinem Vater geerbt, und diesem hatte sein Großvater sie vererbt und so weiter, bis zum Anbeginn der Zeit. Vor tausend Jahren also fertigte diese Kette ein Handwerker an, der Sohn des Sonnengottes, ein Halbgott. Er schuf sie nach Anweisungen eines aztekischen Königs, eines mächtigen Mannes, dessen Hakennase so furchterregend war, dass jede Frau bei seinem Anblick die Straßenseite wechselte, König hin oder her.«

»Und jetzt halte ich sie in meinen Händen«, wisperte Antonio und errötete.

»Der König mit der Hakennase gab sie ihm hoffnungsvoll in Auftrag: ›Bitte fertige eine Kette für mich an, welche die Frau, die ich liebe, meine Nase vergessen lässt‹, und der Goldschmied legte sich so ins Zeug – er bekam auch Hilfe von seinem Vater, dem Sonnengott –, dass er die Kette mit einem weiteren Zauber ausstattete: Legte ein Mann diese Kette einer geliebten Frau um den Hals, dann sah sie nicht nur über Makel hinweg, sondern entbrannte zugleich auch in tiefer Liebe. Der hakennasige König also hatte sich in Malinche verliebt – lange Beine, graziöse Gestalt, glänzende, orientalisch anmutende Augen –, und als er ihr die Kette, die du jetzt in Händen hältst, zum Geschenk machte, da liebte sie ihn sofort und für immer. Das ist die Geschichte der Kette«, schloss Lucia ab.

Antonio wusste nicht, ob er einfach nur seine leuchtenden Augen aufreißen oder in Ehrfurcht erzittern sollte, und tat dann beides.

»Und so eine Kette … für mich? Womit habe ich das verdient?«, flüsterte er, und um ihn ein wenig abzulenken, nahm Lucia die Kette und legte sie in ein nachtblaues, von einer goldenen Bordüre eingefasstes Samtkästchen.

Vielleicht spürte Lucia Antonios Unsicherheit, seine Gedanken, die hin- und herschwankten zwischen der Freude über die schöne Kette und der Hoffnung auf seine Frau Elide, eine Hoffnung, die so schwer zu greifen war wie aufsteigender Dunst am Morgen.

»Diese Kette … Vielleicht ist doch alles nur ein Trugbild. Was ist Elide schon mehr als ein verwischtes Bild meiner Fantasie?«, gab er zu bedenken.

»Ohne Hoffnung keine Liebe«, erwiderte sie.

»Ich glaube, ich habe mehr Träume im Kopf als Haare darauf. Ich liebe eine neue Welt, die ich gar nicht kenne. Ich liebe eine Frau, ohne zu wissen, wo sie ist. Auch im Dunkel suche ich das Licht ihrer Augen, doch sie sucht das meine nicht. Mein ganzes Leben verschwimmt im Nebel, einem Nebel der Fantasie.«

»Einem Nebel der Fantasie, und wenn schon, er macht dich doch glücklich, oder etwa nicht? Wer keine Fantasie hat, der ist verdammt in alle Ewigkeit«, rief Lucia und legte ihm das Kästchen mit der Kette in die Hände.

Glitzerndes Licht lag auf den antiken Schätzen, und der Atem von Antonio und Lucia hob und senkte sich mit den Wellen.

Lucia sagte noch einige Worte: »Gib auf die Kette acht, und dann lege sie Elide um den Hals. Halte sie nicht auf, nicht die Kette und nicht deine Frau, lass ihnen die Freiheit, andere Wege einzuschlagen. Das ist das Schicksal der Menschen und auch das der Dinge …«, doch sie konnte den Satz nicht mehr zu Ende bringen, denn plötzlich erschütterte ein grollender Donner aus tiefsten Tiefen das U-Boot.

Helme, Scherben, Büsten, Krüge und Mosaike, alles bebte und flog auf den eisernen Boden.

Die Stimme des Kapitäns ertönte, der brüllte, als steckte er am

Spieß: »Signora, ich befehle Euch, sofort das U-Boot zu verlassen und auf unser Schiff zu kommen!«

»Ich habe Euch eigentlich für höflich gehalten«, seufzte Lucia.

»Jetzt sofort, und zwar schnell!«, donnerte der Kapitän.

»Auf gar keinen Fall, Kapitän. Mein U-Boot ist mein Heim.«

»Signora, zum letzten Mal: Verlasst Euer U-Boot und kommt zu uns an Bord«, tönte der Kapitän, nun noch ein wenig bestimmter.

»Wenn ich die Meerestiefen verlassen muss, dann sterbe ich«, rief Lucia.

»Wenn Ihr sie nicht verlasst, dann sterbt Ihr erst recht«, versetzte der Kapitän.

»Was soll das denn …?« Sie konnte ihren Satz nicht zu Ende bringen in den Gewässern der Azoren, denn drei Matrosen sprangen hinüber auf ihr U-Boot und packten sie, obgleich sie sich erbittert wehrte und wild um sich schlug.

»Halunken, Blödiane, Bestien, ihr Irren, was macht ihr denn da? Was soll denn jetzt aus meinem U-Boot werden?«, schrie sie.

Und während sie so zeterte, beschützte Antonio sie vor den Matrosen und steckte selbst Hiebe seiner Kameraden ein, die nun auch ihn gewaltsam auf ihr Schiff brachten.

Und als sie eben das Schiffsdeck erreichten, erhob sich jäh eine Welle, erhob sich bodenloses Tosen aus der Tiefe.

Gewaltiges dumpfes Grollen.

Dann ein Pfiff und ein Knall.

Eine markerschütternde Explosion.

Donnerndes Wasser und berstender Stahl.

Ein flüssiges Feuerwerk, jede Flamme ein Seeungeheuer. Brausend spien die Wasser gewaltige Feuerspiralen, wie eine hundertköpfige Bestie, und schließlich schossen die Überreste des U-Boots hinauf in den Himmel. Tausende Bruchstücke zerstreuten sich leuchtend und tiefschwarz im violetten Luftstrom und im düsteren Nachtwind, stürzten tiefer und tiefer, durchstießen die Wasseroberfläche und versetzten schließlich Fische wie Kraken in Erstaunen.

Vom U-Boot war nichts mehr übrig.

Alles verloren.

Lucia hatte erstarrt mitangesehen, wie ihr U-Boot in die Luft geflogen war, und traurige Scham färbte ihre Wangen. Schweigend im Angesicht der gen Himmel geborstenen Splitter, der in Untiefen hinabsinkenden Bruchstücke, rannen zwei große weiße Tränen aus ihren Augen ins unendliche Meer hinab.

Es war noch Nacht.

Was sind schon zwei Tränen im Meer?

Blech- und Eisenstücke, Büsten, Krüge, Glas und Mosaike, Truhen, Gold und Silber, Schweiß der Sonne und des Mondes, phönizisches Glas, alles, alles entschwand ins Reich der See. Dinge mit Gewicht sanken rasch auf immer in die Tiefe, leichtere schaukelten noch ein wenig auf den Wellen, dann gingen sie ihrer wässrigen Wege.

Die Wellen trieben das Schiff weiter und bedeckten jede Erinnerung. Lichter Nebel überzog die Wasseroberfläche und hüllte das Schiff ein, während Lucia nicht nur ihr Zuhause samt Hab und Gut, sondern auch die Sprache verloren hatte. Steif wie ein eingesalzener Fisch blickte sie ins Nichts, denn nichts war übrig geblieben.

Antonio und Mattia standen nun zu ihren Seiten, beide hatten einen Arm um sie gelegt und versuchten, ihr Mut zuzusprechen: »Du bist am Leben, das ist das Wichtigste«, oder »Bestimmt hast du bald ein neues U-Boot und wirst andere Schätze finden …«

Doch sie hüllte sich in Schweigen, und dieses Schweigen wog schwer in der Dunkelheit, denn noch hatten die tröstlichen Rosenfinger der Morgenröte den Himmel nicht berührt.

Den Blick verloren zum Horizont gerichtet, murmelte sie: »Wir werden nie irgendwo ankommen, es gibt kein Ufer, keinen Ankerplatz für den Menschen, der die Welt wahrhaftig begreifen will.«

»Nach dieser langen Reise wird Drago da sein … Seine Arme sind ein sicherer Hafen und ein Zuhause«, ermutigte Antonio sie.

»Ein Heim is für Menschen das, was ’n Hafen für ’n Schiff is: der einzige Ort, an dem wirkliche Ruhe herrscht«, sagte Mattia.

»Aber wer einen Sinn sucht so wie ich, der wird niemals ein Zuhause, einen sicheren Hafen finden, denn die Wellen treiben mich überallhin, die Wellen haben auch alle Dinge, die mir wichtig waren, mit sich fortgespült. Mein U-Boot, mein treues Wasserwesen aus altem Eisen, und alles, was ich in den Gewässern dieser Welt entdeckt habe, hat nun wieder in die Tiefe zurückgefunden. Vielleicht sollte es so sein. So sind die antiken Dinge, verlieren sich, wie Menschen es auch tun, nur dass sie die Zeit überdauern …«

Aber während Antonio und Lucia noch über ferne Dinge sprachen, über Büsten und Mosaike, Vasen, Dublonen und versunkene Kulturen, fragte sich der bodenständigere Mattia: Warum?

Warum war das U-Boot in die Luft geflogen, ihr Schiff aber nicht? Warum hatte der Kapitän Lucia und dem Matrosen Antonio befohlen, mitten in der Nacht das U-Boot schleunigst zu verlassen? Was verbarg sich dahinter? Genau, was verbarg der Kapitän?

Er vertraute sich Antonio und Lucia an.

»Warum ging das alles so schnell? Schicksal? Rache oder Sabotage, oder was?«, überlegte Mattia.

»Warum geht überhaupt alles so schnell vorbei?«, fragte Lucia.

Mattia war schon ganz wuschig im Kopf, er war es schließlich nicht gewohnt, scharf nachzudenken, und zermarterte sich fast das Hirn.

»Ich hab Kopfschmerzen, warum is das Leben eigentlich so schwierig?«, seufzte er.

Schließlich gingen sie zu dritt zum Kapitän, der sich ausschließlich für Kurs und Ziel interessierte.

Falaguerra blickte zum zartblau schimmernden Horizont und dachte bei sich: Eine so dösige Frau, die sich in den Tiefen der

Meere zu schaffen macht, habe ich noch nicht gesehen. Was für eine Explosion, Herrgott, dieses U-Boot, so schön ist es gewesen, und dann in tausend Teile zerborsten. Alles zerlegt sich irgendwann in winzige Teile oder wird zu Staub. Nur ganz manchmal wird etwas oder jemand zu Schall und Geist.

Das dachte er, als er die drei jungen Leute auf sich zukommen sah, einerseits noch von der Tragödie gezeichnet, anderseits schon mit Neuem im Sinn.

»Warum?«, fragte Lucia.

»Warum?«, fragte Antonio.

»Warum?«, fragte Mattia.

Alle drei wollten sie wissen, was mit dem U-Boot geschehen war. Eine Bombe? Und wenn, wer hatte sie gelegt? Und warum sollte jemand diesen eisernen Fisch, der einer neugierigen Archäologin gehört hatte, die die Meeresuntiefen auf der Suche nach versunkenen Schätzen erkundete, in die Luft jagen?

Und wenn alles tatsächlich einen Sinn hat, welchen Sinn hatte dann diese Explosion?

»Kapitän, Lucia hat ein Recht darauf zu wissen, warum sie ihr U-Boot verloren hat, ihr Ein und Alles. In nur einem Augenblick, zack, weg.«

»Alles ist zack weg in nur einem Augenblick, Junge«, erwiderte der Kapitän.

»Ja, aber sie hat alles verloren, alles«, gab Antonio noch einmal zu bedenken.

»Solange einer noch das Leben hat, hat er nicht alles verloren. Und Dinge, die kommen und gehen wie Wellen«, bemerkte der Kapitän und strich über seine besternte Kappe, sichtlich zufrieden mit seiner Aussage. Dann fuhr er ernst fort: »Dinge sind unwichtig, die meisten nicht einmal von Dauer. Was ist schon ein Ring, ein U-Boot? Irgendwann geht alles kaputt, geht verloren oder wird ersetzt.«

»Worte, Kapitän, Worte. Lucia is doch fix und fertig vor

Schmerz. Alles, was sie entdeckt hat … so viel Schönheit, nun für immer vergraben in den Abgründen der See. Sie hat doch 'n Recht darauf zu erfahren, was wirklich geschehen is«, beharrte Mattia nun entrüstet.

»Die See ist keine so gute Seele, wie es scheint, sie nimmt und gibt, und manchmal rächt sie sich«, bemerkte Falaguerra etwas vage, und mehr bekamen sie nicht aus ihm heraus.

Er schweifte ab wie jemand, der Bescheid weiß, sich aber seines Wissens schämt.

Kapitäne sagen den Matrosen nie alles.

Doch mittlerweile hatte Antonio den Dreh raus: Er wusste einen sicheren Weg, jemanden zum Reden zu bringen, selbst den Kapitän und ähnlich Verschwiegene. Das Mittel dafür trug den schlichten Namen »Alkohol« – Wein, Likör, Malvasia, Amarena, kurz: alles, was die Zunge löst, so sehr sie sich auch erst zu sträuben scheint.

Also sagte er: »Kapitän, Eure Ehrenhaftigkeit schätzen wir sehr. Lasst uns nun das Thema wechseln. Trinken wir auf die Schönheit des Augenblicks, denn wir sind am Leben. Trinken wir auch auf die Schönheit von Lucia, die Ihr gerettet habt, und zu guter Letzt auf Norfolk, unser aller Ziel, das langsam, aber sicher näher rückt.«

Der Kapitän schien's zufrieden und stieß einen erleichterten Seufzer aus, er ließ seinen Blick über das Meer schweifen und erteilte Antonio schließlich die Erlaubnis, Getränke zu holen.

Antonio bewahrte im Laderaum noch immer den bittersüßen Amarena aus seiner Heimat Gesso auf, und dieser Amarena vermochte geschmeidig und zuverlässig Zungen zu lösen. Er holte also aus seinem mit blauem Samt ausgeschlagenen Überseekoffer eine Flasche des Likörs und vier der blauen, goldbesternten Gläser und brachte alles nach oben an Deck.

Sie tranken auf das wiedergefundene Leben, oder eher das gerettete Leben, und auf das nahe Ziel.

Beim ersten Glas redete der Kapitän über seine Angelegenheiten, beim zweiten über seine Liebschaften, beim dritten ließ er die Katze aus dem Sack, wie man so schön sagt: »Junge, Junge, was 'ne Bombe, was 'ne Bombe. Nur durch ein Wunder haben wir überlebt, ja, wir alle, diese groteske Bombe, die sollte uns tilgen.«

»Grotesk? Tilgen? Sind das Likörsorten aus Triest, oder was?«, fragte Antonio.

»Jungs, was 'ne Bombe«, murmelte Falaguerra vor sich hin, und so konnten sie sich einer Sache ganz sicher sein: Eine Bombe war es gewesen, die das U-Boot in tausend Stücke gerissen hatte.

Antonio schenkte noch ein Gläschen Amarena ein, wenn auch schweren Herzens, denn das war die vorletzte Flasche aus Gesso, doch dieses Opfer musste er bringen.

Lucia lauschte schweigend.

Falaguerra fuhr fort: »Kameraden, Freunde und Matrosen, die Bombe, die das U-Boot in die Luft gejagt hat, war für uns bestimmt.«

»Für uns?«, fragte Antonio ungläubig.

»Ganz genau, für uns«, erwiderte der Kapitän.

»Was haben wir denn Schlechtes getan?«, wollte Antonio wissen.

»Schlechtes gibt es nicht, aber das Schicksal, das gibt es«, sagte er.

»Kapitän, jetzt verliere ich aber gleich die Geduld. Anscheinend kennt Ihr den Weg der Klarheit nicht«, wandte Lucia nun ein, und, so seltsam wie wahr, in diesem Moment legte sich geheimnisvoller Nebel über das Schiff. Hüllte alles ein, Steuer, Hebel, Bullaugen, und Dinge und Menschen verwischten. Auch die Konturen des Kapitäns, der weiter um den heißen Brei herumredete, über ferne Inseln palaverte, über Tamarisken und die Galeeren der Marine.

Erst ein weiteres, bis zum Rand gefülltes Glas brachte die Wahrheit über die Explosion von Lucias U-Boot ans Licht: »Als Ihr mit Antonio über wer weiß was geredet habt, sah ich, wie uns im weinfarbenen Meer ein neues, schmales und wendiges U-Boot mit geöffneter Luke folgte. Ich tat so, als hätte ich nichts gesehen, überließ das Steuer Mattia und versteckte mich. Unbemerkt konnte ich zwei deutsche Offiziere auf dem fremden U-Boot belauschen, die auch sofort zur Sache kamen.«

»Wollten sie meine antiken Schätze rauben?«, erkundigte sich Lucia.

»Nein, Signora Lucia, in Kriegszeiten interessieren sich Menschen nicht besonders für Antiquitäten. Heutzutage bereiten sich alle Nationen auf Krieg vor und verzehren sich nach Waffen, die sie gleichzeitig auch fürchten. Jede Nation füllt ihre Arsenale und trachtet danach, die der anderen zu zerstören. Die beiden Offiziere hatten das vom Schiff geschleppte U-Boot gesehen, dachten, es wäre voller Waffen, und fanden, es sei das Beste, es in die Luft zu jagen. Der Jüngere der beiden hat sich wie ein Äffchen an Euer U-Boot geklammert, Signora Lucia, und drei Bomben mit langen Zündschnüren an der Schiffsschraube angebracht, und dann sind sie uns weiter lautlos gefolgt. ›Gut, gut‹, hab ich gedacht, ›sie haben nicht rausgekriegt, wo die Munition tatsächlich ist.‹ Aber als sie dann die Lunten gezündet haben, da wurde mir angst und bange. ›Der gute Antonio, die schöne Lucia, die müssen da weg!‹, habe ich gedacht. Also habe ich alles drangesetzt, euch da noch rauszuholen, bevor das Ding in die Luft flog. Den Rest kennt ihr. Das ist eine wahrlich traurige Geschichte, und Ihr, meine liebe Lucia, Ihr habt alles verloren, aber das Leben nicht, und das ist mein Verdienst.«

Er küsste Lucia die Hand, und eine Träne wollte sich aus den Augen der Archäologin stehlen, geriet jedoch ins Stocken. »Danke, Kapitän, das werde ich Euch niemals vergessen.« Lucia schluckte.

Dann wandte sie sich fast gedankenverloren an Mattia und Antonio: »Ich bin keine gewöhnliche Frau, und auch mein Leben ist bisher nicht in gewöhnlichen Bahnen verlaufen. Es war irgendwie immer außergewöhnlich. Ich habe Schätze tief unten im Meer gefunden und sie nun in einem Augenblick verloren. Und ich bin auf Menschen wie euch getroffen, liebe Freunde.«

Damit stieß sie einen Seufzer aus, Ruhe breitete sich in ihr aus, und sie trank auf die beginnende Morgenröte.

»Tag um Tag ist die Morgenröte rosa«, sagte Antonio.

»Tröstlich ist diese Morgenröte«, murmelte Lucia.

Das Sonnenlicht linderte Lucias Schmerz, er glühte nun nicht mehr, sondern war erloschen wie ein ausgebranntes Kohlestück. Sie war Dunkelheit und Tiefe gewohnt, und dieses gleißende Licht war ihr fremd, von Rosa zu Gelb und Orange mündete es schließlich in einem Blau, das noch schmiegsamer war als das der See.

Sie konnte gar nicht genug von diesem Himmel bekommen.

Wolken kommen und gehen und sind dann fort.

Stehen nie still.

Ein wenig wie das Meer.

Schiffe kommen und gehen und sind dann fort.

Einsam hielt das Schiff auf den Horizont zu, an dem ausschließlich die unendliche gerade Linie zwischen Himmel und Meer zu sehen war, zwischen diesen beiden Giganten, die seit jeher um ihre Weite wetteifern.

»Gab es erst den Himmel oder das Meer?«, wollte Lucia wissen.

»Den Himmel«, antwortete Mattia.

»Nein, das Meer«, entgegnete Antonio.

»Wer hat sie gemacht?«, fragte Lucia.

»Gott«, erwiderte Mattia.

»Mutter Natur«, entgegnete Antonio.

»Immer diese Widersprüchlichkeiten«, sagte Lucia und fügte hinzu: »Dass Menschen sich nie einig sein können.«

Dieses Frage-und-Antwort-Spiel hätte noch Stunden dauern können, denn Worte sind wie Wellen.

Doch plötzlich durchlief ein Zittern das Schiff.

Von oben nach unten.

Von unten nach oben.

In den Tiefen bebte die See.

Das Meer spie heiße Blasen.

Das blaue Wasser fing an zu brodeln.

Die See brodelte, so etwas hatte es ja überhaupt noch nicht gegeben, fürwahr, und die drei jungen Leute sperrten ob dieses neuen Wunders die Augen weit auf. Kein Windhauch in der Luft, seltsam, nur Meeresbrise, und das Meer brodelte und brodelte, und heißer Dampf stieg auf. Blasen so groß wie Wagenräder und klein wie Tellerchen schwollen auf dem Wasser an und platzten, Hunderte tauchten auf und verschwanden wieder, um tausend neuen Platz zu machen.

Wie ein riesiger Topf auf dem Herd.

Nur dass hier nicht der Inhalt eines Topfes kochte, sondern das ganze, unermessliche Meer.

Es kochte und kochte und wollte gar nicht mehr aufhören.

Ein Fließen und Strömen.

Brodelnde See.

Schreckliches Gurgeln.

Die Blasen blubberten hoch, blubberten miteinander und blubberten wieder hinunter.

Wurden größer und größer.

Ja, das Meer brodelte.

»Oooooh«, riefen Freunde und Seeleute.

Was war das nun wieder?

Je wilder das Meer brodelte, umso langsamer kam das Schiff voran, ängstlich wie ein Schaf in der Schockstarre, wenn es sich im Wald von Wölfen umzingelt weiß.

Keine Fische, keine Vögel weit und breit, nur diese strömende Wüste. Eine heiße Dampfwolke und Geruch nach Feuer erhoben sich in die Luft, das Schiff fürchtete sich, aber was half's? Unsicher schlingerte es weiter. Unter dem Kiel färbte sich die See gelb, und dann wurden die Blasen zähflüssiger, wie frisch geschmolzenes Pfirsicheis, hier und da versetzt mit roten Flecken, und dieser seltsame Schleim spratzte von den sich brechenden Wellen hinauf zum Schiff.

Augen und Münder brannten, Motoren und Segel vermochten nichts mehr auszurichten, das brodelnde Meer schwoll an, es wurde heiß, und roter Schlick schoss in die Höhe. Dann ein Heulen, ein Beben, eine schreckliche rote Welle türmte sich höher als das Schiff auf, kletterte so rasch empor, dass sie sofort krachend ins Meer zurückstürzte, einen schäumenden Abgrund riss, aus dem ein Feuer spuckender kleiner Vulkan erwuchs.

»Oooh, ein kleiner Vulkan«, riefen sie vom Schiff.

Der Vulkan wütete und bebte, spuckte Lava in die Höhe, die dann glühend auf seine Schultern zurückfiel.

»Oooh, ein Vulkan, groß wie das Schiff«, riefen sie an Deck.

Schiff und Vulkan von gleicher Größe und Höhe, man hätte sie für Brüder halten können.

Nur dass sich aus dem Schiffsschornstein bloß grauer Rauch ringelte, der Vulkan hingegen Asche, Steine und Lava gen Himmel schleuderte, während das Meer pfiff wie ein Wal unter Wasser.

Das Schiff seufzte, und der Vulkan brüllte.

Seeleute reden nicht viel, denn sie sind wahrlich mit allen Wassern gewaschen, und angesichts dieses Vulkans redeten sie noch weniger. Doch als sich der Vulkan einmal beruhigt hatte, obgleich er noch immer Feuer spuckte, legte sich die erste Schockstarre, und auf dem Schiff erhob sich dichtes Stimmengewirr, jeder versuchte, den anderen zu übertönen und seine Meinung kundzutun. Niemand erwartete eine Antwort, jeder redete drauflos, versuchte kopflos, der eigenen Verwirrung Herr zu werden. Satzfetzen schwirrten um diesen Vulkan, der aus der Tiefe emporgetaucht war, aus dem Nichts, und Feuer spie.

Eine Flut pimpernelliger Ausrufe, die zu nichts führten: »Hätt ich doch …«, »Vater, Sohn und Heiliger Geist«, »Meine Mutter, die hat's mir ja gesagt, bleib zu Haus, dann passiert dir nichts, hat sie gesagt …«, »Ich dacht, so seltsames Zeug gibt's nur an Land, und jetzt das hier«, »Träum ich, oder wach ich?«, »Warum hab ich das nur gemacht, besser wär ich zu Haus geblieben. Der Ärger geht erst los, wenn einer das Zuhause verlässt«, und so weiter, bauchgefühlige Ausrufe, von herzhaften Seufzern begleitet.

Wind und Wolken füllten die Luft mit Schwefel und Lärm. Der Himmel trug nun Gelb und Rot, Braun durchsetzte das Meer, aus dem Vulkankrater purzelten Steine, und der ganze Vulkan bebte wie eine läutende Glocke. Mehrere Stunden ging das so.

Die dröhnende Vulkanstimme ließ alle anderen Geräusche verstummen. Kein Lebewesen befand sich auf dem Vulkan, nur einige geröstete Seeigel und ein paar Algen hatte der Vulkan mit sich in die Höhe gerissen.

Die Sonne beendete ihren Rundgang für diesen Tag.

Das Schiff stand abwartend still.

Die Seeleute fingen an zu brummseln: »Und der Kapitän? Der hält wohl ein Nickerchen, oder was? Das Schiff muss doch weiterfahren.«

Doch Falaguerra brachte sie zum Schweigen: »So ein Vulkanfeuer, das sollte man sich nachts ansehen«, befand er und stellte die Motoren ab. Widerspruch zwecklos.

Einige holten ihre Hängematten an Deck, um mit Blick auf den Vulkan einzuschlafen, andere wollten nicht verpassen, wie ein Vulkan mitten in der Nacht auf dem Meer Feuer spuckt. So blickten sie ihn mit aufgerissenen Augen an, aufgeregt wie Grillen in heißen Sommernächten.

Antonio war, wie die anderen Seeleute auch, begeistert und rief: »Wie wunderbar, da kann man ja vor lauter Glück nicht schlafen.«

»Wenn man die Augen schließt, dann verpasst man so viel Schönes«, fand Lucia.

»Dann lassen wir sie doch auf«, meinte Antonio.

Eine schmale Mondsichel in jener Nacht, unzählige reglose Sterne, das Rauschen der See, und ein Vulkan, über dem rote Flammen tanzten, wie ein Hellebardier, der brüllend die Welt erobern will.

Von der Kommandobrücke schrie der Kapitän: »Ich befehle

euch, an Bord zu bleiben. Der Vulkan könnte gefährlich sein, und wir sollten bereit sein, die Flucht zu ergreifen, wenn er ausbricht. Wir können uns das Spektakel ansehen, aber nicht näher herangehen. Wer sich nicht daran hält, wird streng bestraft.«

Alle blieben also brav an Deck, besahen sich den Vulkan und gaben ab und zu ein staunendes »Oooh« von sich.

Doch Antonio wurde wieder einmal von diesem Kribbeln im Kopf gepackt, Neugier genannt, und Lucia erging es nicht anders.

»Sehen wir uns das Ganze aus der Nähe an, was meinst du?«, schlug er vor.

»Natürlich sehen wir uns das aus der Nähe an«, erwiderte sie.

Zwei Zwanzigjährige, die sich davon abhalten lassen, ihrem Tatendrang zu folgen? Das wäre wider die Natur.

Klammheimlich kaperten sie also ein Beiboot, verließen das Schiff und erreichten schon nach einem Dutzend Ruderschlägen den rostfarbenen Kraterrand im nachtschwarzen Meer.

Wie vom Schlag Tausender Trommeln bebte es im Inneren des Vulkans, und obenauf wanden sich Flammen im düsteren Sternenlicht. Das Feuer tanzte, und Steine schlugen krachend auf die samtige Wasseroberfläche. Fische flüchteten vor diesem Tumult, doch Lucia und Antonio waren unaufhaltsam angezogen wie von einem rauschenden Fest.

Der Vulkan dankte es ihnen mit bunt glänzenden Lavastückchen.

Was eine Lustbarkeit, jenseits menschlicher Langeweile.

Die Kraft der Erde lag da geballt vor ihren Augen.

Antonio und Lucia Hand in Hand, Füße und Beine im Wasser, Oberkörper und Köpfe schauten heraus, und der Feuerwiderschein lag rot auf ihren Gesichtern.

Verzauberte Augen, hier und da machte einer von beiden: »Oooh.«

Ganz der Sizilianer, bemerkte Antonio: »Da schmilzt mein Herz dahin wie eine Cassata.«

Ganz die Genuesin, sagte Lucia: »Wunderbar wie frisches Pesto«, und sie hielten sich an den Händen, die Finger ineinander verflochten, und seine Verzauberung übertrug sich auf sie und ihre auf ihn, floss von einem Körper in den anderen und wieder zurück. Eine Runde Karussell fuhr sie, die Verzauberung, im Strudel, der in den Augen der beiden aufloderte und dann ihr Innerstes ausfüllte.

Der Anblick war wundervoll, der Vulkan so allgewaltig, dass es nur noch ihn zu geben schien auf dieser Welt.

Der schwarze Himmel loderte auf, die Sterne verschwanden, kurz spiegelte sich das flammende Himmelsrot im Meer, doch die Wasser fanden rasch zu ihrem Nachtblau zurück.

Augenblicke im Dunkel.

Dann loderte der Vulkan wieder auf.

Dann: »Oooh«, was ein wundervoller Himmel, was ein wundervolles Leben.

Das Schiff lag im Dunkel auf offener See, viele der Seeleute waren schon im Reich der Träume. Nächtliches Schwarz umgab Antonio und Lucia, das plötzlich von einem blinkenden Licht durchbrochen wurde. Flink wie ein Aal kam dieses Licht auf sie zu, bestimmt ein kleines Boot, so wendig, wie es sich auf dem Wasser bewegte. Je näher es kam, desto fester hielten sich die beiden an den Händen. Erst hatten sie die Hände im Bann der Verzauberung gedrückt, nun, um sich Mut zu machen. Näher und näher kam das Licht, und als es genau vor ihnen war, da blendeten zwei Scheinwerfer auf.

Die Flammen des Vulkans erblassten, und ein Schiffshorn durchbrach die nächtliche Stille.

Wer erlaubte sich, dieses Schauspiel so schamlos zu stören?

Da flammten auch die Scheinwerfer ihres großen Schiffs auf.

Antonio und Lucia japsten wie Fische auf dem Trockenen, das Licht blendete, und das Horn heulte in ihren Ohren. Auf dem kleinen Boot hielt jemand die Scheinwerfer scharf auf sie gerichtet und blickte sie an, ohne dass sie diesen Jemand dahinter sehen konnten.

Nun war ihnen angst und bange.

Antonio nahm Lucia fest in die Arme.

Und sie fühlte sich sicher und aufgehoben bei ihm.

Da ertönte hinter den Scheinwerfern eine donnernde Stimme: »Lucia, du nun auch? Ihr Frauen seid doch alle gleich, gebt euch dem erstbesten dahergelaufenen Blödian hin«, doch das war noch längst nicht alles.

»Ich dachte, du wärst ein Engel, dabei bist du nur 'ne Hexe, kaum kommt einer mit blauen Augen daher, verlierst du den Verstand. Habt ihr schon Nägel mit Köpfen gemacht? Liebe ist doch nichts als ein Kerker, ein Haufen Lügen, nur am Anfang scheint alles rosa und duftig, doch das ändert sich allzu bald. Ich dachte, du wärst ein Engel, dabei bist du nur 'ne Hexe, wie so viele.«

»Drago, ach, mein Drago«, rief Lucia, und während eine weitere Flamme den Himmel in rotes Licht tauchte und die Nachtluft mit Schwefel durchzog, glitt sie neben dem Beiboot ohnmächtig ins Wasser.

Da 1923 Duelle noch groß in Mode waren, rutschte Antonio das Herz in die Hose, und zwar vollkommen zu Recht.

Wieder dröhnte die Männerstimme, der Vulkan hingegen schwieg: »Du bist ein Versager, nichts als schöner Schein, ich fordere dich zum Duell heraus, um die Beleidigung zu tilgen, auch wenn der Ehrenkodex sechs Stunden Wartezeit verlangt, außerdem Sekundanten und Zeugen.« Er warf einen verächtlichen Blick auf Lucia, die da neben dem Beiboot im Wasser trieb.

Antonio war angesichts dieses Wutausbruchs sprachlos, das Licht des Vulkans flackerte gespenstisch über Dragos Gesicht, das vor Eifersucht verzerrt war. Im Schein der tanzenden Flammen sah er wahrlich teuflisch aus. »Wähle die Waffen: Pistole, Säbel oder Degen, du erbärmlicher Kakerlak, ehrlose Landratte. Was ist? Hast du nichts zu sagen? Fliehen kannst du nicht, denn ich spüre dich überall auf, das schwöre ich beim Namen meiner Mutter, der Herzogin D'Albas.«

Durch Antonios Adern floss ja nicht ein Fitzelchen adliges Blut, und bei dieser Aufforderung schwanden seine ohnehin schon spärlichen Kräfte gänzlich dahin. Er brachte gerade einmal einige halbherzige Sätze zustande, um wenigstens ein klein wenig Eindruck auf Drago zu machen: »Signore und Ehrenmann, ich habe Eure perlengleiche Frau Lucia aus ihrem dahintreibenden U-Boot gerettet, vor dem sicheren Tod, und seit ich sie kenne, spricht sie nur in den ehrfurchtsvollsten Worten von Euch.«

Vermutlich hatte er diesen Satz in einem alten Ritterroman gelesen, und Drago, der große Begeisterung für Ritterromane hegte, fühlte sich zutiefst getroffen, berserkerte wie ein Berserker und erfüllte so die Rolle des Duellherausforderers noch überzeugender.

»Die Beleidigung verlangt nach Blut, und wenn mit dem Blut die Tränen der Maid fließen, dann wird sich zeigen, wem ihr Herz gehört«, rief er, zog aus seinem zerschlissenen Ledergürtel einen Degen, einen sehr kleinen, und reckte ihn zum Himmel empor, an dem bereits einige Sterne flimmerten.

»In mir steckt so viel Leben, du kannst mich gar nicht töten, du Feigling«, fügte er hinzu, und um seiner Kraft Ausdruck zu verleihen, fing er an, auf seinem Boot kunstvoll gegen einen unsichtbaren Gegner zu kämpfen.

Antonio schlug das Herz bis zum Hals. Das große Schiff tauchte die gesamte Szenerie in gleißendes Licht, was dem Kapitän sichtlich Freude bereitete.

Ein ausbrechender Vulkan auf offener See, ein Mann, der auf einem Bötchen einen unsichtbaren Gegner bekämpfte, sein Lieblingsmatrose steif wie ein Stockfisch und eine ohnmächtige Schönheit, das war wahrlich ein Spektakel!

Doch ein Seefahrer weiß, wann Gefahr in Verzug ist, und das war hier der Fall.

Falaguerra stellte also die Motoren an, richtete Gewehr und

Kanone aus, und als Drago schrie: »Ich, Drago D'Albas, vernichte euch alle, mein Wort darauf. Einfach so meine Frau aus ihrer geliebten Tiefe nach oben zu holen, um sie dann mit ein paar mickrigen Vulkanflämmchen zu beeindrucken …«, da schoss der Kapitän.

Drei Kanonenkugeln in die Luft.

Der Vulkan, der sehr wohl gehört hatte, dass man sein Feuer als »mickrige Vulkanflämmchen« bezeichnete, schickte noch einmal ein so donnerndes Getöse gen Himmel, das alles ringsherum erbebte, Schiff, Beiboot und Menschenknie.

Drago fuchtelte noch immer mit seinem Degen, seine Bewegungen waren nun aber weniger ausholend und zeigten nicht mehr in Richtung seines Rivalen, sondern eher auf die Taue im Vorschiff.

Da fasste Antonio sich ein Herz: »Ich werde eine so wunderbare Frau nicht den Händen eines Verrückten überlassen«, und noch bevor Drago wieder wütend werden konnte, hob Lucia den Kopf, und schrie so laut, wie sie es vermochte: »Nein, Liebe ist alles, was ich habe.« Noch einmal holte sie tief Luft: »Nein, Liebe ist alles, was mir geblieben ist.« Und diese sibyllinischen Sätze deuteten beide Männer so, wie es ihnen gefiel.

Antonio fasste sie als Liebeserklärung auf, als Sorge, Angst und Furcht ihm gegenüber.

Drago fasste sie ebenso auf, nur eben auf ihn gemünzt.

Vielleicht war dieser blauäugige Dummrian auf dem Beiboot ja nur im richtigen Moment des Weges gekommen, dachte er, hielt jedoch seine, wenn auch abgeschwächte, Verachtung dem Rivalen gegenüber nicht zurück: »Geistloser Halunke, die Pest ist mir lieber als Dummheit«, und dann schaltete er Motor und Scheinwerfer aus und wartete auf Sekundanten und Duell.

Antonio dachte: Ausgerechnet ich muss hier auf offener See ein Duell ausfechten, wo ich doch wirklich keinen Ärger gewollt habe. Sein Blick suchte Mattia, seinen möglichen Sekundanten, doch da feuerte der Kapitän ein weiteres Mal. Kein Geplänkel wie zuvor, nein, gewaltiger Donner erhob sich, lauter als das Vulkangetöse, und ließ alles ringsum erbeben.

Ein Donner nicht aus drei Kanonen, sondern aus dreizehn.

Die Fische erzitterten, und der Vulkan hüllte sich in Schweigen.

Es war Aufgabe des Kapitäns, Schiff und Matrosen vor Angriffen jeglicher Art zu verteidigen, und für den Fall, dass dieser Donner nicht ausgereicht hatte, feuerte er noch einmal und nun mit noch mehr Dynamit. Da schien sich sogar der Vulkan zu ducken, und mehr als eine dünne Rauchsäule wusste er diesem Getöse nicht entgegenzusetzen.

Vielleicht begriff der Vulkan nun, dass das Leben unter Wasser ein besseres war. Wenn man sich die Menschenwelt so ansah …

Blitzende Explosionen, der neu in Liebe entflammte Drago – da schwamm Lucia einen Zug in Richtung ihres feurigen Geliebten.

Und noch einen.

Und einen dritten.

Und schließlich erreichte sie Drago.

Der Kapitän ließ einen Hagel Kanonenschläge folgen, und Drago, nun mit seiner schönen Lucia an Bord, fürchtete, ausgerechnet jetzt sein Leben zu verlieren. Er ließ die Motoren aufheulen, und nachdem er Lucia ein wenig hölzern in die Arme geschlossen hatte, fuhr er mit seiner Frau ohne ein Wort des Abschieds entschlossen in die tiefe Nacht hinein.

Antonio blickte ihnen hinterher und dachte, dass Frauen sich doch allzu leicht für Prahlhänse begeisterten. Doch als der Wind ihm durchs Haar fuhr, frischten auch seine Gedanken auf, über die Zukunft und das, was sie mit sich bringen würde.

Eines Tages werde ich Lucia wiedersehen und ihr alles erklären. Ja, eines Tages werde ich sie wiedersehen, dachte er und tastete in seiner Tasche nach der antiken Kette von Montezuma, die Lucia ihm geschenkt hatte.

Er wunderte sich über seine eigenen Worte, über den Ausdruck

»eines Tages«, der ihm nun über die bittere Tatsache hinweghalf, dass sie ohne Abschiedsgruß verschwunden war, sich einfach so davongemacht hatte, diese wunderschöne Frau.

»Auch du, Lucia, bist ohne Kuss aus meinem Leben verschwunden«, murmelte Antonio.

Er ließ den Kopf hängen und kehrte mit aufgewühltem Herzen auf das Schiff zurück, ohne den leisesten Gedanken daran, dass er den Kapitän gegen sich aufgebracht haben könnte.

»Du hast einen Befehl deines Kapitäns missachtet! Ich hatte befohlen, dass niemand das Schiff verlässt, hast du das schon vergessen, du Tunichtgut? Ein Marinematrose verlässt nicht einfach so sein Schiff … Schon gar nicht wegen eines Vulkans und darüber hinaus mit einer halb verrückten Frau, denn dass sie das ist, hat sie zweifelsfrei bewiesen. Dieser Mann, dieser Drago, der hat sich ja wegen drei Blindschüssen fast in die Hosen gemacht. Ordentlich Zunder haben wir dem gegeben, und wie. Was hast du dir eigentlich dabei gedacht, du Tunichtgut? Ein Marineschiff, das ist kein Kinderspiel, sondern eine ernste Angelegenheit, und da du das bis jetzt nicht kapiert hast, werde ich dir mal sofort die Gepflogenheiten der Marine beibringen«, verkündete er und steckte Antonio für drei Tage in Einzelhaft.

Antonio hörte das verhasste Geräusch des einrastenden Riegels, ein Geräusch, das er nur allzu gut kannte, aber bevor er in den Kerker hinabstieg, konnte er noch einen letzten Blick auf den Vulkan werfen.

Die Nacht ging auf ihr Ende zu, und ein schmaler blauer Lichtstreif ließ das unendliche Meer ein bisschen weniger geheimnisvoll wirken. Der ungestüme junge Vulkan spie Flammen empor, wie es alle tun, die jung sind, und unter feuerblitzendem Firmament begab sich das Schiff auf die letzte Etappe seiner Reise.

»Lebe wohl, kleiner Meeresvulkan«, wisperte Antonio.

Norfolk war nicht mehr weit entfernt, aber doch weiter, als es den Matrosen lieb war.

Alles, was sich der Mensch vornimmt, verläuft anders als geplant, so ist es wohl immer.

Nun saß Antonio wieder in der verhassten Zelle.

»Je mehr ich den wahren Wert der Freiheit begreife, umso öfter werde ich eingesperrt«, seufzte er vor sich hin, doch er war nicht, wie Mattia befürchtete, vollkommen am Boden zerstört. Denn wie elend seine Lage auch sein mochte, Antonio sah immer einen goldglimmenden Lichtstreif am Horizont.

Diese Tugend war ihm eigen, und sie rettete ihn immer. Wenn er dann Dinge heraufbeschwor, die gar nicht da waren, war alles gleich halb so schlimm. Er vertiefte sich in den Anblick heraufbeschworener Bilder, oder aber veränderte mit seiner Vorstellungskraft alles um sich herum, und das zauberte rasch wieder ein Lächeln auf sein Gesicht. Als ihn also wegen des Latrinengestanks Übelkeit befiel in dieser Zelle, von deren Wänden der Rost auf die von früheren Gefangenen urindurchsetzten Planken blätterte, war er schon nach wenigen Augenblicken in seiner Fantasiewelt verschwunden.

Im Zwischenreich von Traum und Wirklichkeit erschienen ihm zahlreiche Menschen, die vor ihm in dieser Zelle eingesessen hatten; Matrosen, die sich um Kopf und Kragen gewürfelt hatten, eine berberische Sklavin, die, bevor sie das Schafott bestieg, ihrem Henker den Leib aufschlitzte, ein Philosoph, den man eingesperrt hatte, weil er zu einem Minister gesagt hatte: »Signore, ich liebe die Freiheit mehr als jede Frau.«

Und Antonio dachte dort unten darüber nach, dass die Freiheit, seine und die aller anderen, so vergänglich war.

»Ach, lasst mich ruhig allein, ihr Frauen dieser Welt, nur du, Freiheit, du sollst immer bei mir bleiben«, sprach er laut, und dann lenkte er seine Aufmerksamkeit auf einige rosa und schwarze Flecken auf dem Rost.

Er stellte sich eine fantastische Insel vor, die Insel der schwarzen und rosa Füße, eine Insel, auf der die Schwarzfüßler alles schwarz sahen und die Rosafüßler alles rosa.

Außerdem war ihm, als hörte er die Stimmen jener, die vor ihm hier eingesessen hatten, und da fühlte er sich gleich weniger einsam.

Viele Gefangene, viele Vergehen, und doch bleibt die Zelle immer dieselbe, sagte er sich.

Kleines Vergehen, großes Vergehen, alle Verurteilten in dieser Zelle. Schlägerei, Blutbad, Diebstahl, jemand stiehlt ein Hühnchen, ein anderer einen Schatz, Geldfälscherei, alles einerlei, Messerjocke oder Zauberflotte, enden alle hier, in einer zwei mal zwei Meter großen Zelle, mit Gestank nach Urin von Mensch oder Tier. Jede Zelle ist ein Sarg, raunte es in Antonios Kopf, schützt nicht, macht krank.

Und doch ließ sich Antonio nicht die Laune verderben – in weiteren Rostflecken sah er Archipele und Schmetterlinge, Ritter und Urgeschöpfe. Auf den von Exkrementen verrunzelten Planken sah er Pfade, die sich durch Wälder wanden, und sizilianische Schwefelminen. Die Verkrustungen an den Wänden wurden in den Augen von Antonio, der für Märchen etwas übrighatte, ein Eisschloss in der Nordsee, erbaut auf steil aufragenden Felsen, die dem eisigen Wind trotzten.

Und Wind, den konnte er von draußen hören.

So vergingen drei Tage, die ihn nicht weiter quälten, da er sie in den Tiefen anderer Welten verbrachte.

Die Flecken wurden zu Inseln, und plötzlich schien Wind in seinen Kopf zu wehen, frischer Wind, oder eigentlich alter, der aus Gesso nämlich. Der weder gerufene noch herbeigesehnte Erinnerungssturm fiel über ihn her, als Mattia aus Mitleid mit seinem eingesperrten Freund in dessen angestoßene metallene Essensschüssel – in der man ihm eine wässrige Suppe, ein paar zersäbelte Karotten und Hering, der mehr nach Schimmel als nach Fisch schmeckte, servierte –, als Mattia also in diese trübe Brühe eine Olive hatte fallen lassen, eine pralle Olive, die erst die Sonne Siziliens aufgesogen hatte und dann zur Entbitterung mit Knoblauch, Sellerie und wildem Fenchel in Lake eingelegt worden war.

Diese eine Olive also entfaltete ihr Aroma erst in Antonios Mund und drang dann bis in die letzten Winkel seines Gedächtnisses vor, wo sie eine wahre Erinnerungsflut auslöste.

In manchen kleinen Dingen schlummert diese Eigenschaft.

Sie lösen eine Erinnerungsflut aus.

Vor seinem inneren Auge erschienen Gesso, Sonne und Felsen, die sieben Liparischen Inseln am Horizont, baldrianüberwucherte Bruchsteinmauern, vorsichtige Geckos im Dunkel und fröhliche Eidechsen in der Sonne. Er sah die rankenden Weinstöcke und Obst, Fässer aus Kastanienholz, die vor der Ernte mit Schwefel gereinigt wurden, Füße, die blutrote Weintrauben zerstampften, Vollmondnächte und solche mit Neumond. Er sah den Wildbach Gallo bei Hochwasser und bei Niedrigwasser, und zwar von der Mauer aus, auf der er immer gesessen hatte, um sich am Duft der Freiheit zu berauschen.

»Freiheit, ach, Freiheit, mein seltsames Laster bist du«, säuselte er, »im Namen der Freiheit bin ich aus Gesso fortgegangen, habe alles zurückgelassen: Freunde, Familie, die Stute Aurora und meine magischen Gänse. Wo seid ihr nur, meine lieben Gänse, seid ihr ausgewandert oder am Ende doch im Ofen gelandet? Einige Familien sind wie Verliese …«, so redete er in seinem schwimmenden Gefängnis vor sich her.

Es ist doch wirklich merkwürdig, in einem Kerker mitten auf dem Meer zu sitzen, dachte er, eingesperrt in unendlicher Weite. Wo soll da der Sinn sein? Doch vieles, was passiert, hat keinen Sinn, oder wenigstens keinen sichtbaren.

In der letzten Nacht sah er vor seinem inneren Auge alle Menschen, die er bisher auf seiner Reise getroffen hatte, mitsamt ihren seltsamen Eigenheiten. Jeder Mensch hat ein paar Eigenheiten, sichtbare oder unsichtbare. Er sah Kapitän Bruno, dessen Augen beim Anblick von Stromboli aufleuchteten, die samtene Weisheit von De Gubernatis, Liu Pu, seine Frau Lia und Lucilla, die ihnen unverhofft zur Tochter wurde, er sah den Bäcker Caravello und den verdammten Lelio, der ihm sein Billett abgeluchst hatte, den klugen Affen und den Papagei, der weiser war, als viele Menschen es sind. Und dann sah er Elide, Elide mit ihrer Sommermondhaut, den leuchtenden Augen und dem Marmorhals, und ihrer großen Liebe für die See. Elide, die schwamm wie ein Fisch und die ihm wie ein Fisch entglitten war.

Sein Kopf brummte, und alles färbte sich schön darin, denn Antonio war verliebt.

Ach, Elide, Elide, die du so schön bist und bezaubernder noch als die Morgana. Jene Nacht, in der wir das Sternenbad nahmen, und dein Körper trug ein Kleid aus Meer, deine Hände waren wie Wellen, und deine Augen so leuchtend … Ach, Elide, warum nur habe ich dich gehen lassen? Gleiches Leben, gleiches Schicksal. Wo bist du, meine Liebe? Großzügig und herzlich bist du zu allen, begeisterst dich auch für die kleinen Dinge, und zum Glücklichsein reicht dir ein Tintenfisch. Wie fließt die Sehnsucht durch meine Adern, Sehnsucht, die mir das Hirn zerfrisst, den Atem nimmt. Ja, den Atem, ich bekomme keine Luft mehr, dachte er.

Röchelnd versuchte er, Luft zu holen, doch manchmal, da sind die Lungen steif vor Angst und lassen keine Luft mehr ein.

Alles wirbelte in seinem Kopf umher.

»Ich werde dich mit seidenen Küssen bedecken, werde dir Tag für Tag dienen, ich werde dich beschützen vor den Gräulichkeiten der Welt, vor Unheil, Elend und Unwetter, meine Arme werden dir ein sicherer Hafen sein …«

Er sang fast.

»Elide, Elide, an allem könnte ich zweifeln, doch nicht an meiner Liebe zu dir. Elide, Elide, die eine Frau bekommt man, die andere verliert man, und die verlorene ist immer die schönere. Wer weiß, ob ich dich in Amerika wiederfinde, in diesem großen Land …«

Und er stellte sich Amerika vor, das noch so weit weg war und doch gleich vor ihm lag, hinten am Horizont.

Aber je mehr er versuchte, sich etwas aus seiner Zukunft in Amerika vorzustellen – Bäume, Menschen, Häuser, Schiffe, irgendetwas aus seinem leuchtenden Morgen, umso widerspenstiger wurde seine Fantasie. Er versuchte, sich einen Ruck zu geben, und sagte sich: Na los, stell dir die haushohen Wellen, Frauen, Seidenstrümpfe über rasierten Beinen, wie Champagner prickelnden Wein und so weiter und so fort vor, doch seine Vorstellungskraft rührte sich nicht vom Fleck.

Es war wie Fliegenfangen.

Er versuchte die Beschaffenheit von Flügeln, Fühlern und Beinchen zu verstehen, doch ein einziger Augenblick reichte, und schon waren sie wieder fort, Fliegen und Bilder. Amerika war nur noch ein Haufen verschleierter Punkte, undeutlich wie fliegende Insekten. Und doch war es nicht mehr weit, das Schiff kam zügig voran, der Bug pflügte durch die Wellen einem neuen Kontinent entgegen, einem neuen Leben.

Aber so sehr Antonio sich anstrengte, stiegen doch keine Bilder seiner möglichen Zukunft in ihm auf.

»Die Fantasie ist freier als der Wind, niemand kann über sie bestimmen«, sagte er laut.

So gab er es auf, versuchte nicht mehr, Bilder heraufzubeschwören von Amerika, von neuen Frauen und auch nicht von seiner Geliebten, vom Meer und von alten Freunden, auch nicht von neuen Freunden und der neuen Sprache, die ihm bis auf »yes«, »okay« und »job« gänzlich unbekannt war.

Er tauchte aus seiner Traumwelt auf und lenkte all seine Gedanken auf die Olive, die, knackig und weich zugleich, in seiner Gefängnissuppe schwamm.

Diese Olive war es gewesen, die all die Bilder an jenem Tag heraufbeschworen hatte, eine kleine Olive, die im Schiffsgefängnis in einer wässrigen Brühe schaukelte. Und ein weiteres Mal führte ihn die nach Sonne und Essig schmeckende Olive auf die Hügel von Gesso, in seine Vergangenheit.

Noch einmal sah er die Burgruine, Kapern, die die alten Steine aufbrachen, murmelnde Zypressen im Wind, frischen und verblühten Jasmin, der verwelkte mit seinem Duft nach Mondscheinmarmelade war ihm der liebste.

Er sah den Mond ganz oben am Himmel und dann ganz tief hängen, sah ihn groß und klein.

Der Mond tauchte jedes Mal in seinen Vorstellungen auf, und das beruhigte ihn. Wie immer ertrug er die Gegenwart besser, wenn in seinem Inneren Bilder seiner Heimat auftauchten, und wenn diese Gegenwart furchtbar war, so wie jetzt, wurde sie doch leidlicher angesichts von Gessos Himmel, Erde und Meer. Es reichte wenig, der Schatten einer Eidechse oder der einer Pflanze, und schon war der Schmerz gelindert, und sein Blut floss wieder ruhig durch die Adern.

Gesso wirkt auf mich wie Opium, sagte er sich.

Und in diesem Moment hörte er, wie der Riegel bewegt wurde, unerträgliches Geräusch beim Vorschieben, pure Freude beim Zurückschieben, und dieses Mal wurde er zurückgeschoben.

Da stand Mattia mit einem Teller Fisch-Frittelle und sagte: »Kamerad, die Strafe is abgesessen, drei Tage sind vorbei. Wir nähern uns 'ner Inselgruppe, die Bermuda heißt, und ich hab keine Ahnung, was dieses Mal passiert, aber irgendwas wird passieren, denn auf 'ner Insel passiert ja immer was.«

Antonio verließ also das Gefängnis und blinzelte oben an Deck in die Sonne, deren Gleißen er in nur drei Tagen schon vergessen hatte. Der Wind roch nach Meer, das auf Land trifft. Er kniff die Augen zusammen, und da sah er die Hauptinsel der Bermudas, lang gezogen wie ein gestrandeter Thunfisch.

Während das Schiff sich der Insel näherte, klopfte Antonio sich den Staub aus Jacke und Hose und hängte das Hemd in die Sonne, um den Zellenmief daraus zu vertreiben.

»Alle Gefängnisse stinken«, stellte er fest.

Wie eine weiße Fahne flatterte das Hemd im Wind, als Antonios Blick auf ein Bullauge fiel, in dem er sich spiegelte. So in der Sonne mit bloßem Oberkörper, freiem Blick, freier, als es sein Körper war, dachte er: Ich bin ein sonniger, schöner Mensch.

Das war kein eitles Gehabe, er fühlte sich in diesem Moment einfach nur stark wie nie zuvor, imstande, es mit allen Säbelhieben und Sturmwellen der Welt aufzunehmen.

Er hatte viele Hiebe einstecken müssen und nie aufgegeben.

Er fühlte sich wie ein gleichmäßig schlagendes Uhrpendel, bereit, ohne zu rasten oder zu ermüden immer voranzuschreiten. Nach zahlreichen Abenteuern auf See und fast am Ziel, begriff er nun, dass er wie eine tief verwurzelte Zypresse aus Gesso war und kein Wind sein Leben mehr aus den Angeln heben konnte. Er war keine kleine, schwache Zypresse, nein, ein Turm war er, und von diesem Turm aus konnte er Freunde und Feinde sehen, Spatzen und Drachen, alle mit dem gleichen Wohlwollen.

Wohlwollen.

Das war seine Tugend, vor allen anderen.

Alles, was geschah, betrachtete er mit Wohlwollen. Er urteilte nicht, erwartete nicht, dass Dinge schieflaufen oder Menschen bösartig sein würden, es gelang ihm immer, etwas Goldenes aufblitzen zu sehen, etwas, das das Leben lebenswert machte. Dieses Wohlwollen gab ihm Kraft.

Er hatte auch andere Stärken, doch diese war seine größte.

Vom Leben Gutes erwarten, nicht Schlechtes.

Er war ein einfacher Junge ohne Arg.

»Was werde ich in der neuen Welt tun? Wie sind die amerikanischen Wolken?«, fragte er Mattia.

»Das Leben wird's dir schon zeigen, was zu tun is. Die Wolken durchschweben den Himmel von der ganzen Welt, vielleicht schafft 'ne Wolke aus Gesso es bis nach Atlantic City.«

Antonio mochte Wolken, vor allem die über Inseln. Über jeder Insel hängt eine Wolke, und hier auf offener See nahe den Bermudainseln, da wehte nicht nur das weiße Hemd wie eine Fahne im

Wind, es hingen auch eine Menge Wolken im Himmel an jenem Morgen.

Eine Wolkendecke über der größten Insel und weitere Wolkenfetzen über kleinen Inselchen, dreihundert vielleicht.

Nach so viel Zeit auf See tat es gut, Land zu sehen.

»Ich mag das Land, auch wenn auf See die Freiheit größer ist. Das Meer ist nackt, das Land bekleidet«, bemerkte er, ohne dass Mattia ihn verstand.

Er blickte also auf die Mutterinsel und die Kinderinseln der Bermudas und fühlte sich gut, er füllte seine Lungen mit Luft, streifte das sonnengewärmte Hemd über und setzte die Matrosenmütze auf, die man ihm in der Zelle zur Strafe abgenommen hatte. Die Jacke roch noch immer nach Gefängnis, doch gegen diesen Geruch brauchte es Wasser und Seife, und auf dem Schiff gab es zwar Seife, aber nur wenig Wasser.

Ich werde sie auf einer der Inseln waschen. Ich mag alle Inseln, angefangen bei den Liparischen, dachte Antonio und konnte gar nicht genug bekommen vom Meer und den darauf verteilten grünen und smaragdenen Inseltupfern auf dem undurchdringlichen Tiefblau. Das Schiff war vorsichtig jetzt, in der Nähe der Hauptinsel, denn es hieß, sie sei von Piratenfamilien bewohnt. Also nahm es Kurs auf die kleineren Inseln, einige waren wirklich winzig. Niemand wollte noch lange irgendwo bleiben, nein, bitte nicht, denn sonst würde man ja überhaupt nie in Norfolk ankommen.

Es hieß auch, dass auf diesen Inseln eine Menge Trugbilder herrschten. Abenteuerinseln, denn nach so viel Zeit auf See geht mit den Menschen alles durch: Gelüste und Betrug.

XXIII

Fünf Bermudainseln und ein Sturm

Inseln und Trugbilder berühren sich hier und da. Dessen war Antonio sich sicher, nachdem sie einige der Bermudainseln besucht hatten.

Sie fuhren fünf Bermudainseln an, manchmal blieben sie einen ganzen Tag, manchmal nur wenige Stunden. Der Kapitän schickte die Mannschaft auf Erkundungstour, er selbst verließ das Schiff jedoch nicht, und am Tagesende berichteten die Matrosen ihm, was sie gesehen und entdeckt hatten.

Ein Tag, wenige Stunden – gerade genug Zeit, einen Blick über die jeweilige Insel zu werfen, einen Hauch Abenteuer zu atmen, denn das eigentliche Abenteuer, das hieß Amerika und stand unmittelbar bevor.

Fünf Inseln in fünf Tagen, viele Inseln, wenig Zeit.

1923 trugen sie die folgenden Namen:

Tingor, Insel der Schatten.

Ghost, einstige Pirateninsel.

Mandelinsel, Heimat zweier Seen und der Jacke eines zufriedenen Mannes.

Ferlitiana, Insel der Schiffbrüche.

Morgana, die letzte Insel.

Am ersten Tag besuchten sie Tingor, eine Insel, die von Weitem wie ein weißes Kaninchen auf dem Wasser aussah.

So weiß, dass dort alles blendete, vor allem unter der gleißenden Sonne. Bald sahen sie die Inselbewohner, kleine Menschen mit winzigen Köpfen und Händen. Sie liefen mit gesenktem Blick in der prallen Sonne umher und murmelten: »Ach, wie schön, das gefällt mir.« Erfolglos versuchten die beiden Freunde herauszubekommen, warum und an wen gewandt die Inselbewohner so daherredeten.

Fragend blickten Antonio und Mattia sich um, entdeckten jedoch nichts außer Schatten: die Schatten der Insulaner, der Bäume oder der durch die Lüfte gleitenden Albatrosse. Sonst nichts.

Nur Schatten.

Ja, Schatten.

»Warum blickt ihr alle auf den Boden?«, erkundigte sich Antonio.

»Weil man dort die Schatten sieht, und Schatten sind das Schönste überhaupt«, antworteten die Leute aus Tingor.

Daraufhin sahen Antonio und Mattia sich die Schatten genauer an, so wie die Einheimischen.

Flammend heiße Mauerschatten, Nachtschatten unter stillem Mond und solche von Schritten und im Wind fallenden Blütenblättern.

Schatten von Schilden einstiger Krieger, von Ziegen und einem alten Flieger, von Schmetterlingsflügen und Schwalbenzügen, von geöffneten Türen und verdorrten Gewächsen, von Fledermäusen und kleinen Echsen, von Grashalmen und Felsnasen und orientalischen Vasen.

Schatten einer Drachenbaumspitze in großer Hitze, der vom Mondlicht auf den Sand geworfene Umriss einer Palme, daneben riesige Schachtelhalme, der hauchdünne Schatten einer schwebenden Feder auf Bastmatten.

»Sonne und Mond werfen unterschiedliche Schatten«, erklärte ein Inselbewohner.

Auf Tingor wetteiferten Sonne und Mond geradezu darum, wer den schöneren Schatten warf.

Die Sonne zeichnete klare Umrisse, der Mond malte perlenfarben und milchig. Sonnenschatten sind lebendig und wollen es bleiben, Mondschatten hingegen träumen, am liebsten für immer.

Und so verrückt die Bewohner Tingors nach Schatten jeglicher Form und Dichte waren, so wenig reizte sie alles andere. So sagten sie etwa: »Dinge, die keinen Schatten werfen, interessieren uns nicht.«

Nun gibt es viele Dinge, die keinen Schatten werfen: unterirdische Gräber, Wind, Tiefseefische, Sterne, Planeten und überhaupt alles, was in Erinnerungen wohnt oder weit von der Erde entfernt ist.

Sehr zum Lachen fanden die Inselbewohner die Schatten der Bäuche der beiden Freunde; der von Mattia sah aus wie ein Heißluftballon, der von Antonio hatte etwas weniger Umfang, doch rund war auch der. Was lachten die Insulaner über die Schatten der prallen Bäuche, wahrscheinlich weil sie selbst alle spindeldürr waren, und wenn die Sonne am höchsten stand, dann waren ihre Schatten wie die von Blumenstängeln.

Als die beiden Freunde zurück an Bord gingen, weinten einige Inselbewohner, jedoch nicht etwa wegen der Abreise der Besucher, sondern weil in diesem Moment der Himmel bedeckt und keinerlei Schatten zu sehen war.

Sie schenkten Mattia und Antonio ein altes Gerät mit Namen Laterna magica, im Inneren ein Licht und schwarze Umrisse bewaffneter Ritter und Liebesschlösser. Wenn man das Licht entzündete, dann liefen die Abenteurer durch ferne Länder.

»Schatten sind uns lieber als Dinge selbst«, sagten sie, und dann fügten sie einen Satz hinzu, den die beiden Jungen ein wenig düster fanden: »Wenn du stirbst, dann verschwindet dein Schatten vom Angesicht der Erde.«

Sie waren zwanzig Jahre alt, und der Satz hallte traurig in ihnen wider, doch die Laterna magica tröstete sie.

Auf dem Schiff forderte der Kapitän Mattia auf: »Berichte mal, was ihr gesehen und entdeckt habt«, und Antonio antwortete für seinen Gefährten: »Kapitän, die Bewohner der Insel Tingor lieben Schatten mehr als die Dinge selbst, alles, was man berühren kann, ist ihnen gänzlich gleichgültig. Vielleicht mögen sie die Schatten lieber, weil sie so leicht sind«, und der Kapitän schrieb diese Aussage in das Schiffstagebuch, obgleich er sie nicht verstand.

Der Schatten von Tingor verblasste und verschwand schließlich für immer. Die neue Insel vor ihnen war düster wie der Himmel über Gesso, wenn sich Sturm ankündete.

»Welche Insel is das? Sieht nach Unheil aus«, fand Mattia.

»Der Kapitän hat gesagt, sie heißt Ghost, mehr weiß ich auch nicht. Keine Ahnung, was es auf Ghost gibt und was nicht.«

»Was is wohl schlimmer«, überlegte Mattia, »das, was da is oder das, was nich da is?«

»Das ist die zweite Insel, wie viele kommen denn noch vor Amerika?«

»Nach Ghost noch drei.«

»Das ist wirklich eine lange Reise.«

»Fragt sich, was besser is, 'ne lange Reise oder 'ne kurze Reise«, sagte Mattia nachdenklich.

Die beiden Freunde bemerkten gleich, dass die Dinge auf dieser Insel nicht so glattliefen wie auf Tingor. Die See rundherum brodelte tiefgrau, es war windstill, und doch spratzte die Gischt am Strand wütend in die Höhe. Die Bewohner waren ruhelos, wie von bösen Geistern heimgesucht, sie ließen ein Netz ins Wasser, packten es sich mit dem gefangenen Thunfisch darin auf die Schultern, plötzlich riss das Netz, der Fisch fiel zu Boden, und sie suchten das Weite. Rannten weg oder sprangen auf ihre weißen Pferde, die ohne Sattel am Ufer grasten, und die Pferde, empfindsamer als andere Tiere, fielen von gemütlichem Trab in rasenden Galopp, wurden ohne ersichtlichen Grund zu Furien, und ihre Mähnen standen aufrecht wie Helmbüsche von Schattenhelden.

Türen schlugen ohne Grund und ohne Wind, Ziegel stürzten auf Menschen und Tiere hinab, auf den Kopf einer vorbeischleichenden Katze, einer Ratte oder eines Spatzen.

Unzählige ausgezehrte Spatzen flatterten am Himmel umher

und bettelten um Nahrung, und gelbe Kürbisse purzelten von ganz allein langsam von den Anhöhen in die Täler.

Kürbisse und Ziegel trafen von Zeit zu Zeit auch Menschenköpfe, und dann schrien die Inselbewohner, unter deren Augen sich tiefblaue Ringe gegraben hatten: »Hilfe, Hilfe, immer er, er ist schuld, seit dreihundert Jahren macht er uns das Leben hier zur Hölle.«

»Was ist hier los?«, fragten Antonio und Mattia und hielten sich schützend die Hände über den Kopf, und sie taten gut daran, denn in diesem Moment rollten zwei Kürbisse gleich auf sie zu, und einer traf Antonio an der Stirn, der andere Mattia am Hals.

»Autsch«, riefen beide gleichzeitig, krümmten sich wie zwei Regenschirmgriffe und blickten sich suchend um nach diesem unsichtbaren Jemand, der es auf sie abgesehen hatte. Wer schmiss hier heimlich mit Ziegeln und Kürbissen?

Und obgleich die Sonne schien, legte sich eisige Luft um ihre Schultern.

Das Schiff lag auf Reede, der Kapitän und die anderen Matrosen waren erschöpft an Bord geblieben, während Antonio und Mattia an Land gegangen waren, einmal mehr von unstillbarer Neugier getrieben.

Dass auf der Insel Ghost seltsame Dinge vor sich gingen, davon ließen sie sich nicht Bange machen, im Gegenteil.

Raben flogen von Baum zu Baum, von den Zweigen verschwanden schwarze Feigen im Nichts, und hühnergroße Affen kletterten unter schrillem Kreischen von Ast zu Ast. Von affenartiger Fröhlichkeit nicht die geringste Spur.

Irgendetwas lag in der Luft und wollte keine Ruhe einkehren lassen.

Und dieses Irgendetwas war eine unheilvolle Heimsuchung.

Die Bewohner waren totenbleich und blickten sich immerzu ängstlich um. Sprach ein Besucher sie an, dann zuckten sie verstört zusammen.

Schon das Summen einer Wespe versetzte sie in Angst und Schrecken.

Antonio und Mattia waren übermütig und ließen sich nicht ins Bockshorn jagen, ob nun der Unwissenheit oder Jugend wegen, sicher ist, dass sie alles daran legten herauszufinden, wem oder was die beständige Mühsal auf der Insel geschuldet war.

Die Unrast war für die beiden buchstäblich mit Händen zu greifen, und sie bemerkten, dass an diesem Morgen auf der Piazza die Stimmung angespannter als woanders war. Die Kirchenglocken läuteten wie verrückt, ohne jedoch die Stunden zu schlagen. Auf dem Glockenturm war niemand zu sehen, die Glocken läuteten scheinbar wie von selbst.

Antonio und Mattia wollten der Sache auf den Grund gehen und stiegen rasch hinauf. Oben angekommen sahen sie neben dem Klöppel einen zornerfüllten dunkelhaarigen kleinen Mann sitzen, oder eher den Schatten eines Mannes, mit einem ramponierten schwarzen Hut auf dem Kopf, auf dem ein Totenkopf und zwei gekreuzte Schwerter zu sehen waren. Antonio hatte so einen schon in Büchern gesehen, ein Piratenhut war das.

»Wer bist du, und warum läutest du hier wie verrückt?«

»Ihr närrischen Matrosen mit euren lächerlichen Hemdchen und den spitzen Krägelchen, wer hat euch eigentlich so dämlich herausgeputzt? Ihr lebt doch heute«, rief der Mann, und Antonio hätte am liebsten erwidert: »Und was ist mit deinem Piratenhut? Der ist ja wohl auch schon längst aus der Mode«, doch dafür war er zu höflich, und so schwieg er.

Da fing der Pirat an zu erzählen, und keiner von den zwei Jungen vermochte ihn aufzuhalten: »Ich war ein sagenumwobener Pirat, als ich gestorben bin, einer, der spanische Galeonen überfallen und bis auf das letzte Goldstück ausgeraubt hat. An einem Morgen im Mai 1623 kam ich als Pirat hier an und habe die drei Töchter des Bürgermeisters nackt im Meer baden sehen. Hab mich Hals über Kopf in alle drei verliebt. So sehr, dass ich mit einer Truhe voller Dublonen zu ihrem Vater gegangen bin. Ich wollte die drei Schönheiten kaufen und heiraten. Drei so schöne Bräute, ach … Drei Schwestern mit smaragdgrünen Augen. Der Vater sagte Nein, und damit ich ihn auch bestimmt nicht mehr belästigen würde, hat er mir mit einem Karabiner ein Loch in den Bauch geballert, das ganze Gedärm hing raus und lag da wie ein Haufen toter Schlangen. Ist das eine Art zu sterben? Weil einer mit einem in Liebe entbrannten Mann kein Mitleid hat … So habe ich also das Leben verloren, ihr lächerlichen Jungens, und das hatte ich wirklich nicht vorgehabt, wollte doch gerade erst glücklich werden.«

»Und dann bist du ein Geist geworden«, stellte Antonio fest.

»Ganz genau, scheinst dich ja auszukennen. Als ich tot war, hat meine Seele beschlossen, hierzubleiben, und ich bin immer noch so voller Zorn, dass ich den Nachkommen meines niederträchtigen Mörders das Leben zu Hölle mache. Es gibt nichts Schlimmeres als zu sterben, wenn einem nicht danach ist, wenn man glücklich und verliebt ist«, schnaubte er und versetzte der Glocke mit dem Schlägel einen so heftigen Schlag, dass er selbst das Gesicht verzog und ein Stück zurückwich.

»Und die drei Mädchen mit den grünen Augen? Was ist aus denen geworden?«, wollte Antonio wissen.

»Dreimal darfst du raten … Die drei Schönheiten haben welche von der Insel geheiratet, die der Bürgermeister, ihr Vater, ausgesucht hat. Haben viele Kinder bekommen, sind alt geworden, unansehnlich und zeterig und dann gestorben«, antwortete der Pirat und trocknete sich die Schweißperlen auf der Stirn.

»Licht und Meer will ich, ertrage das Reich der Finsternis nicht mehr«, fügte er hinzu, und das waren seine letzten sehnsüchtigen Worte über das Leben, das man ihm entrissen hatte. Sein Schatten verschwand, kehrte wieder zu den Gassen und Stränden von Ghost zurück, um erneut Unfrieden zu stiften.

»Als er am Leben war, da hat er gern gelebt«, murmelte Antonio.

»Ja, sicher. Wollen mal hoffen, dass es uns nich so schnell an 'n Kragen geht«, erwiderte Mattia.

»Armer Mann, ohne Sonne, ohne Sterne, was ein Glück wir doch haben unter diesem Himmel, frei zu gehen, wohin es uns beliebt.«

Nach diesen Worten verspürte Antonio etwas Warmes an den Ohren, und ihm war, als höre er neben sich jemanden atmen.

So gingen die beiden Freunde zurück zum Schiff und verließen Ghost, die Geisterinsel.

Den Geist des Piraten, der nicht hatte sterben wollen.

Niemand will sterben. Doch er hatte es am allerwenigsten gewollt.

Auf dem Schiff forderte der Kapitän die beiden auf: »Berichtet mir, was ihr gesehen und entdeckt habt.«

Antonio sagte: »Kapitän, ich habe herausgefunden, dass jemand, der ganz und gar nicht sterben will, zum Geist werden kann«, und dann erzählte er Falaguerra haarklein die Geschichte des Piraten und vom Unfrieden, den er den Lebenden bereitete.

Aufmerksam lauschte der Kapitän und sagte dann: »Das scheint mir ziemlich eigentümlich, ich weiß nicht, ob ich das glauben soll«, und während er das sagte, tauschte jemand, den niemand sah, seine Marinekapitänsmütze gegen eine Melonenschale aus.

Auch das glaubte er nicht, er war überzeugt, dass die beiden Jungens ihm einen Streich gespielt hatten.

Unter Sternen ging die Reise weiter über das Meer und am darauffolgenden Tag im Sonnenschein einer neuen Insel entgegen, der dritten Bermudainsel. Wie eine Mandel geformt war sie, und Schwärme von Blauwalen schwammen in ihren Gewässern.

»Wie heißt diese Insel, und wie weit ist es noch?«, erkundigte sich Mattia.

Wie immer wusste Antonio mehr: »In der Karte vom Kapitän steht ›Mandelinsel‹, und dann ist da noch eine Glosse.«

»Was ist denn 'ne Glosse? 'n fieses Riesentier, groß wie 'ne Walflosse? Die Waffen vom Affen? Die Villa von Skylla?« Mattia lachte.

»Die Glosse ist eine verborgene Posse, nichts für Kolosse. Kleiner Scherz. Also, wo waren wir stehengeblieben? In der Karte vom Kapitän steht ›Mandelinsel‹, und in der Glosse, das ist eine Art Beschreibung in kleinerer Schrift, steht:

> Oben erwähnte Mandelinsel wird von jedem Besucher mit einem anderen Namen bedacht, denn jeder findet dort eine Gabe. Die letzten Namen der Mandelinsel waren: ›Insel des froh stimmenden Kakaos‹, ›Insel des Biancomangiare‹, ›Insel der glücklichen Kaktusfeige‹, und es gab noch viele mehr. Jeder Seemann gibt ihr einen anderen Namen.

»Interessant«, fand Mattia, »woll'n mal seh'n, was das Schicksal hier für uns bereithält.«

»Ja, wollen mal sehen. Das Schicksal hat uns schon eine Menge Geschenke gemacht«, erwiderte Antonio.

Die dritte Insel war also geformt wie eine Mandel und ihre Gewässer voller Blauwale.

Die Walfische schwammen rundherum, angezogen wie Nägel von einem Magneten, doch kamen sie zu nah, strandeten sie.

Ein beständiges Hin und Her von Walen.

Sie näherten sich der Insel, strandeten, gelangten wieder ins offene Meer, und wenn sie dann weit genug entfernt waren, machten sie auf dem Absatz oder vielmehr auf der Flosse kehrt und kamen wieder zurück. Schwammen wieder auf die Magnetinsel zu, und alles begann von vorne: Gequält schnappten sie auf dem Strand nach Luft, flohen wieder hinaus aufs offene Meer und so fort.

Hin und zurück vom Meer zur Insel und von der Insel zum Meer.

Es war die Insel der Wiederholungen.

Eine Insel, die von Rosen und Johannisbrotbäumen bewachsen war und über die beständig Wind hinwegpeitschte.

Die Karuben fielen auf die Rosenbüsche, die Rosen neigten sich zu Boden, brachen jedoch nicht und erhoben ihre Blüten wieder, doch dann riss der Wind erneut eine Karube herunter, die abermals auf eine Rose fiel. Karuben fielen, stürzten auf Blumen, die Blumen richteten sich wieder auf, und wieder fielen die Früchte auf die Rosensträucher, und das Gleiche wiederholte sich hundert und tausend Mal.

Die Insel der Wiederholungen.

Auf der mandelförmigen Insel lag ein See, der ebenso mandelförmig war, und in diesem See lag eine kleine Insel von ebensolcher Form.

Drei Mandeln ineinander.

Durch von Menschenhand gegrabene Kanäle gelangte salziges Meereswasser in den Süßwassersee, und so lebten dort Süßwasserfische und Meeresfische. Das seichte, durchscheinende Wasser hatte einstige Wege und Pfade überschwemmt, denen nun keine menschlichen Schritte mehr folgten, sondern Forellen, Hechte, Zackenbarsche und Lachse.

Meeresfische und Süßwasserfische schwammen ohne Unterlass vom See ins Meer und vom Meer in den See.

Die Insel der Wiederholungen.

Walfische, Rosen, Karuben, Forellen, Hechte, Zackenbarsche und Lachse waren gleichermaßen angezogen wie abgestoßen von der Insel.

Antonio und Mattia ging es nicht anders.

Ein absurdes Spiel, fürwahr, je näher sie der Inselmitte kamen, umso mehr entfernten sie sich von ihr.

Wie Blauwale, Rosen und Fische unterschiedlicher Gewässer konnten sie sich dem Bann nicht entziehen, liefen umher und fanden sie irgendwann tatsächlich, die Inselmitte, dem Zufall oder ihrer Sturheit sei Dank. Der See lag dort, groß wie ein Schloss, und über den See führte ein Steg zu einer Insel vom Ausmaß eines Hauses. Das war die Inselmitte.

Auf dem Steg wehte ein laues Lüftchen, in das sich der Duft von Rosen mischte, vom Meer und stillen Gewässern.

Rosen, Meer und Süßwasser, alles zusammen.

Auf dem letzten Pfahl des Holzstegs hing verlassen an einem Nagel eine sorgfältig gebügelte helle Herrenjacke, der man weder ansah, woher sie stammte, noch aus welcher Zeit. Sie war aus milchkaffeebrauner leichter Wolle, mit zwei Silberknöpfen besetzt und hatte eine Uhrentasche, in der tatsächlich eine fröhlich tickende Taschenuhr in einem tintenblauen Samtkästchen steckte. Auf dem Deckel stand:

Dies ist die Jacke eines zufriedenen Mannes, zufrieden, weil er seine Zeit zu nutzen weiß.

Antonio schnupperte an der Jacke, roch Rosenduft, Karuben, Salz und klares Wasser und dachte, dass sie ihm bestimmt gut passen würde. Mattia wäre sie sicher zu klein, er war doch ein ganzes Stück breiter als Antonio.

Als Antonio die Jacke angezogen hatte, sagte er: »Das ist nicht nur eine Jacke, glaub mir, das ist viel mehr. Fühlt sich an wie eine neue Haut, die Haut eines neuen Mannes«, und tatsächlich wirkte er auf dem Rückweg zum Schiff um einiges aufrechter und größer.

Die Jacke stand ihm wahrlich gut.

Noch einmal sahen sie die Ufer des Süßwassersees, in dem sich nun schon die Sterne spiegelten, sahen von Rosen und Johannisbrotbäumen gesäumte schiefergraue Wege und Blauwale, die auf die Insel zuschwammen und wieder fort von ihr.

Bevor sie das Schiff erreichten, glaubten sie beide, Elefanten gesehen zu haben, auf deren Rücken Affen thronten, aber das mochte ein Trugbild sein.

Folgendes berichtete Antonio dem Kapitän über die mandelförmige Bermudainsel: »Kapitän, auf der Insel gibt es Rosen, Johannisbrotbäume, Elefanten, Affen und Blauwale, die dort anstranden. In der Inselmitte liegt ein Süßwassersee, und dort haben wir diese Jacke gefunden, die ich jetzt trage.«

»Endlich siehst du anständig aus, Matrose Antonio, und nicht mehr wie ein argloser Landjunge auf Reisen. Ich erinnere dich daran, dass wir die amerikanischen Gewässer bald erreicht haben werden. Lass die neue Jacke ruhig an, aber vergiss nicht die Matrosenmütze, denn solange du noch hier bei mir bist, bist du ein Matrose der italienischen Marine«, erwiderte Falaguerra. Dann notierte der Kapitän in das Schiffstagebuch:

> Dritte Insel des Bermudaarchipels von den zwei mutigen Matrosen Grillo Antonio und Bagnara Mattia erkundet. Von der Mandelinsel erzählen besagte Matrosen, dass sie eine Mandel sei, auf der sich ein mandelförmiger See befinde, in dem ein ebenso mandelförmiges Eiland schwimme. Drei Mandeln also. Die beiden Matrosen berichten, eine Jacke gefunden zu haben, die einem zufriedenen Mann gehört habe, ›zufrieden, weil er seine Zeit zu nutzen weiß‹. Die Insel scheint von affenberittenen Elefanten bevölkert zu sein, ihre Gewässer von eigensinnigen Blauwalen. Mehr gibt es nicht zu berichten, vielleicht noch, dass die beiden Matrosen in ihren Herzen die Mandelinsel umgetauft haben in ›Insel der Jacke eines zufriedenen Mannes‹.

Antonio knöpfte erst den einen, dann den anderen Silberknopf zu, sah auf die Uhr und sagte: »Es ist Zeit abzufahren.« Dann glitt sein Blick zufrieden über die Sterne im Himmel und die im Meer.

Der Kapitän ließ drei Mal das Schiffshorn ertönen, das Schiff legte ab, und die Reise ging weiter. Am Horizont war die nächste Insel schon zu sehen, denn die Bermudainseln liegen alle sehr nah beieinander.

Von Walfischen begleitet, nahm das Schiff Kurs auf das nächste Ziel.

Die vierte und vorletzte Insel war schon ganz nahe.

Ferlitiana war ihr Name.

Mattia jammerte: »Wann komm'n wir endlich nach Merika?

Hab keine Lust mehr, überall haltzumachen, will endlich mal da sein.«

»Das ist die vierte Insel, die vorletzte, dann beginnt das neue Leben.«

»Noch eine? Ich kann nich mehr, ich hab genug, hab ich, von all den Höllen und Paradiesen, die wir schon gesehen haben«, klagte Mattia.

»Nur Mut, mein Freund. Sind dir die kurzen Reisen vielleicht lieber? Die kurzen Geschichten? Ich dagegen mag es, mich in langen Reisen und langen Geschichten zu verlieren«, erwiderte Antonio.

»Hab ich gemerkt«, seufzte Mattia.

»Diese Insel hier heißt Ferlitiana.«

Sie hieß Ferlitiana, weil dort ein einziger Mann lebte, der ihr seinen Namen gegeben hatte – Ferlito, der einzige Inselbewohner: ein Mann von kleiner Statur, mit starken Händen, rotem Haar und einer alten Matrosenjacke, die unzählige Motten, salzige Luft und ständiges Tragen so durchgescheuert und zerschlissen hatten, dass sie kaum noch als Jacke zu erkennen war. Vor vielen Jahren hatte Ferlito vor der Insel Schiffbruch erlitten, vor wie vielen, das wusste er selbst nicht mehr. Seitdem sammelte er alles, was die Wellen von untergegangenen Schiffen, seinem eigenen und anderen, an die Ufer der Insel spülten, und hielt es in Ehren.

Wenn ein Schiff sinkt, dann reißt es auf, und aus jedem Riss entstehen viele weitere. Das Schiff zerfällt nach und nach, und die einzelnen Teile treiben ab. Schaukeln über das Meer, mitgerissen von Strömungen. Fragmente und Elemente, Scherben, Bruchstücke, Splitter und Flitter schwimmen gemeinsam oder allein einem neuen Leben entgegen.

Verschwinden im Meer oder stranden irgendwo.

Erblickte Ferlito von der Insel Ferlitiana aus nun irgendetwas Schaukelndes auf den Wellen, dann war seine Freude groß, er wartete am Ufer auf das Treibgut oder sprang ins Wasser und holte es heraus. Und dann drückte er es an sich wie ein vor dem Ertrinken gerettetes Täubchen oder Neugeborenes.

Allerlei fand seinen Weg auf die Insel: Beiboote, Bimssteine und Bilderrahmen, Säbel, alte Seile und Pfeile, Schuhe und eine Truhe, Kübel, Körbe, Köder und Karaffen, kleine Kuckucksvögel von Kuckucksuhren und ein Kuckucksgerippe, Korken, Kompasse und eine Schippe, eine kaputte Violine, aztekische Münzen, Teile einer Kabine, Morgenröcke und Spazierstöcke, Nachttöpfe, Mützen, Schnäbel toter Vögel, alte Posaunen und Kissen aus Daunen. Aber auch Strumpfhalter und Schwämme, feine Puderquasten und Klaviertasten, Parfümflakons und Plüschtiere, Taschenuhren und Figuren, Champagnerkorken, Käseformen, Heiligenbildchen, bestickte Servietten, Gläser und Glocken.

Fast nie erreichten Menschen das Ufer, weder lebende noch tote, denn über die machten sich vorher die Haie her. Dinge aber von in der Ferne gesunkenen Schiffen, die wurden von geheimnisvollen Strömungen zuhauf angespült, an die Ufer von Ferlitiana.

Schiffbrüchige Menschen wurden von Haien gefressen.

Dinge strandeten an den Inselufern.

Dinge sind robuster als Menschen.

Sie haben ein längeres Leben.

Leider.

All dieses Treibguts nahm sich Ferlito an, säuberte es von Muscheln, ließ es in der Sonne trocknen und legte es dann in Holzkisten, die er selbst anfertigte. Er hatte auch Register erstellt, vergilbte Hefte aus längst vergangenen Zeiten, dort hinein schrieb er die Bezeichnungen der angetriebenen Gegenstände, um ihnen so die Würde zukommen zu lassen, die ihnen seiner Meinung nach zustand. Er wunderte sich nie, so seltsam die Dinge auch sein mochten, und trug alles in seine Register ein. Und wenn ihm der Sinn eines solchen Gegenstandes verborgen blieb, malte er mit roter Tinte ein großes Fragezeichen in das Register und hoffte, irgendwann zu erfahren, was es damit auf sich hatte.

Was war wohl einst diese Scheibe? Zu wem gehörte dieses Haarbüschel, oder war es vielleicht ein Kaninchenschwanz? Welches Geheimnis barg dieses in einer Holzkiste verschlossene Manuskript in antiker Sprache? Welches war der Zweck dieser Klinge, schnitt man damit Zigarrenenden ab oder doch eher Kehlen durch?

Er mühte sich ab, suchte nach Antworten, fand keine, legte den jeweiligen Gegenstand in eine seiner Holzkisten und malte ein Fragezeichen in roter Tinte darauf.

Antonio und Mattia erblickten Ferlito auf seiner Insel Ferlitiana gebeugt über einen alten Bronzerahmen.

Der kleine Mann saß also dort in seiner zerschlissenen Jacke vor einem salzverkrusteten alten Bronzerahmen, auf dem sich Drachen, Drachenschwänze und Drachenklauen zu einem teuflischen Tanz verwoben. Die Ohren der Drachen sahen aus wie Vogelfedern, die Brauen wie Fledermausflügel.

Antonio sah sich dieses bronzene Drachengeflecht an und dachte, dass er diesen Rahmen irgendwo schon mal gesehen hatte.

Er suchte Mattias Blick, doch der Freund sagte nur: »Sehen aus wie chinesische Drachen.«

Da wich Antonio alles Blut aus dem Gesicht, und er stammelte: »Dieser Rahmen gehörte meinem Freund Liu Pu, Chinese aus kaiserlicher Familie.«

Er erinnerte sich, wie Liu Pu ihm dieses Erinnerungsstück noch vor Neapel gezeigt und erzählt hatte, der Rahmen mit den Drachen stamme aus dem kaiserlichen Palast in China. Er war Liu Pu lieb und teuer gewesen, da er die einzige Erinnerung an seine Kindheit war, die er im Palast des Kaisers in der verbotenen Stadt in Peking verbracht hatte. Die einzige Verbindung von all seinen verschlungenen Wegen durch die Weltgeschichte zu seinem alten glücklichen Leben auf dem Schoß des Kaisers.

Wie konnte dieser Rahmen auf Ferlitiana angespült worden sein?

War das Schiff der Freunde etwa gesunken? Aber Kapitän

Bruno hatte ihm doch in Genua noch erzählt, dass sie alle in New York angekommen seien. Hatten die Freunde in New York ein weiteres Schiff genommen, nach Atlantic City vielleicht, und dann Schiffbruch erlitten?

Die Farbe wich nun vollends aus seinem Gesicht.

Angst packte ihn an der Kehle.

Alles drehte sich.

Und dann fiel Antonio in Ohnmacht.

Mattia fing ihn auf wie einen Schiffbrüchigen in einer See aus Schmerz, er spritzte ihm kaltes Wasser ins Gesicht, woraufhin Antonio hilflos den Kopf schüttelte. Seine Gedanken wirbelten wild umher: Oh nein, das Schiff … Es ist gesunken. Liu Pu, Lia und Lucilla, und mit ihnen meine Freunde und meine Liebe … Elide, Elide, warum nur habe ich dich gehen lassen? Warum hat das Schicksal uns getrennt? Süße Gefährtin, wie viele Tote liegen auf dem Meeresgrund … Alles in mir ist voller Liebe für dich, Elide, du mit deinem Kleid aus Meer …

Er weinte und krümmte sich wie ein junger Baum im Wind.

Mattia verstand sofort und sagte: »Ganz ruhig, mein Lieber, vielleicht is das Schiff gar nich gesunken, vielleicht hat er diesen Rahmen ja selber ins Wasser geworfen, vielleicht hat den jemand gestohlen, und dann isser untergegangen mit allem Drum und Dran. Wer weiß. Man kann nie wissen, was wirklich mit so Sachen passiert is, und leider reden die ja nich, die Sachen.«

Doch Antonio versank immer tiefer in seiner Verzweiflung: »Warum sollte er etwas fortwerfen, das ihm so teuer war? Kann mir das mal einer erklären?«

»Nur die Zeit kann dir helfen, nich jetzt, nich sofort findeste Antworten auf deine Fragen, sondern morgen, übermorgen, oder vielleicht auch nie«, bemerkte Mattia, äußerst zufrieden mit seinen Worten, und er strich sich über den Schnauzbart, denn das war seine Art, die Gedanken zu ordnen.

Bringt man den Schnauzbart in Ordnung, so glaubte er nämlich, bringen sich auch die Gedanken in Ordnung, und man kann wieder klar sehen.

Er strich sich also sorgfältig den Schnauzbart glatt und sagte zu dem totenbleichen Freund: »Hör mal zu, das Leben is immer seltsam, jawoll, Tränental oder Feuer spuckender Vulkan, wie's ihm gerade passt. Ich glaub, dass dieses chinesische Drachending deinem Freund geklaut worden is, und der's geklaut hat, is dann untergegangen. So is das, wenn man Schlechtes tut: Man kriegt's doppelt und dreifach zurück.«

Diese Worte schwellten Mattia regelrecht die Brust.

Antonio hatte sich ein wenig beruhigt, betrachtete nun den von Ferlito aus Wassern und Strömungen geretteten chinesischen Rahmen und bat: »Kannst du mir bitte diesen bronzenen Drachenrahmen überlassen? Er gehört einem Freund von mir, und ich möchte ihn ihm wiedergeben.«

Ferlito zog die Nase kraus und krümmte die Finger: »Und was bekomme ich dafür von dir?«

Antonio war schon immer großzügig.

Das lag in seiner Natur.

Er gab lieber, als dass er nahm.

Aus der Jacke des zufriedenen Mannes holte er eines der Heiligenbilder hervor, das den weißbärtigen Antonio Abate mit einer Schar Tiere zu Füßen abbildete.

Er legte es Ferlito in die Hände und sagte: »Wusstest du, dass Antonio Abate einen Schiffbruch überlebt hat? Die Wellen auf offenem Meer waren riesig, so riesig, und er hat nur seinen Umhang erhoben und so den Sturm gebändigt.«

»Glücklich ist der, der einen Schiffbruch überlebt«, meinte Ferlito.

Dann legte er Antonio den chinesischen Rahmen in die Hände und sagte: »Glücklich ist der, der einen Schiffbruch überlebt, aber noch glücklicher ist der, der zwei, drei oder vier Schiffbrüche im Leben überlebt, so einer ist ein ganz besonderer Mensch, der

Stärkste der Starken, denn er hat nicht nur den Wellen getrotzt, sondern ist neu aus ihnen auferstanden und fürchtet nichts und niemanden mehr.«

Der Drachenrahmen lag nun in Antonios Händen, und Mattia war glücklich, dass der Freund wieder zu Kräften gekommen war. Die beiden Gefährten bemerkten, dass Ferlito unruhig wurde, als er am Horizont etwas ziellos auf den Wellen schaukeln sah.

Neues Strandgut trieb auf die Ufer der Insel zu, und wir werden nie erfahren, um was es sich handelte, denn bevor Ferlito ins Wasser sprang, tutete das Schiffshorn drei Mal, und die Freunde gingen an Bord ihres Schiffs.

Der Kapitän sagte zu den beiden Freunden: »Jetzt sind wir wirklich bald da, verlasst euch drauf. Die nächste Insel ist die fünfte und für uns die letzte. Obwohl mich eigentlich der Hafer sticht – zu gern würde ich mir noch andere ansehen … Aber ich muss meiner Kapitänspflicht nachkommen und Matrosen, Gewehre und Munition ohne weitere Umwege nach Norfolk bringen.«

Antonio sah die Insel Ferlitiana langsam verblassen und blickte dann auf die See, die Bruchstücke längst vergangenen Daseins an die Inselküste schwemmte.

Er sagte zu Mattia: »Die Sonne wärmt mein Leben, und die See bringt es immer an neue Ufer.«

»Meine Güte, bist du verzwickelt, bist du, manchmal versteht man kein Wort von dem, was du erzählst«, erwiderte Mattia und fügte hinzu: »Und wir Menschen an Land wie auf See sind simpelig und gehen ständig mit unsern Schiffen unter und benehmen uns wie Tölpiane.«

»Die nächste Insel ist wirklich die letzte. Ich werde das Meer vermissen«, bemerkte Antonio.

»Alle Reisen und Geschichten ham früher oder später 'n Ende«, sagte Mattia.

»Ich mag es, mich in langen Reisen und langen Geschichten zu verlieren«, erklärte Antonio noch einmal.

Der Kapitän unterbrach ihre Betrachtungen.

»Macht euch mal zu schaffen, ihr beiden«, mahnte er.

Damit holten sie den Anker ein und verließen für immer Ferlitiana, im Meer verlorene Insel und Zuflucht verlorener Dinge.

Sodann forderte der Kapitän: »Berichtet mir, was ihr gesehen und entdeckt habt.«

Antonio zeigte ihm den bronzenen Rahmen mit den chinesischen Drachen, er erzählte von seinem chinesischen Freund, der am kaiserlichen Hof gelebt hatte, und dass der Rahmen von dem leidenschaftlichen Treibgutsammler Ferlito gefunden wurde, und zum Schluss sagte er: »Kapitän, ich glaube, dass es im Leben eines Menschen sehr viele Schiffbrüche gibt« und ließ seinen Blick über das Meer schweifen, weit vor ihnen und weit hinter ihnen, hier und da war ein Schiff zu sehen auf der Suche nach Abenteuern oder auch auf der Flucht davor.

»Auch unser Schiff könnte Schiffbruch erleiden, Junge«, gab der Kapitän zu bedenken.

»Zum Glück gibt es Menschen, die die verlorenen Dinge dann einsammeln«, erwiderte Antonio und drückte das Erinnerungsstück des Freundes an sich, der wie er selbst von Hafen zu Hafen gereist war.

Die letzte Insel war noch nicht zu sehen und auch nicht zu erahnen.

Schließlich legte sich die Nacht über ihre Wünsche und Hoffnungen.

Die letzte Insel hieß Morgana, und die Freunde fragten sich nicht, warum. Bisher hatten sie sich das immer gefragt, doch bei Morgana nicht.

Die Insel Morgana war schneeweiß wie frisch zubereiteter Ricottakäse und bestand eigentlich aus zwei Zwillingsinseln, die ein Sandstreifen miteinander verband. Die Inseln glichen sich wie ein Ei dem anderen: jede eine Kuppel, auf deren Gipfel eine Hütte mit braunroter Spitze stand, die aufrecht in den Himmel zeigte.

Näherte man sich vom Meer, sah die Insel aus wie ein gigantischer Busen, der sich aus dem Wasser erhob. Wie Ameisen liefen unzählige Menschen mit ihren Karren die Insel hinauf und hinab, vom Ufer zu den Gipfeln und wieder zurück, ein unaufhörliches Kommen und Gehen, alle schön in Reih und Glied.

Ein Karren fuhr herunter, ein anderer hinauf, einer hinauf, ein anderer wieder herunter.

Krsch krsch krsch knirschten die Holzräder über die Steine auf dem Weg zum Ufer.

Der Kapitän blieb auf dem Schiff und sah zu, wie die Matrosen ausschwärmten, einige wollten die Insel nur genießen, andere sie erkunden.

Mattia und Antonio waren von beidem getrieben: Sie wollten genießen und erkunden, nicht nur jetzt.

Sie liefen kreuz und quer über die Buseninsel Morgana, von den mondlichtgeschliffenen Ufern bis zu den Gipfeln, schön gemächlich an den kleinen Karren mit ihrem *krsch krsch krsch* vorbei.

Die mageren Menschen liefen geschäftig von den Gipfeln zum Meer hinunter, kaum, dass sie sich umsahen, und mit Fremden redeten sie auch nicht.

Ergriffen sogar die Flucht, als sie die Matrosen erblickten.

Oder sahen einfach weg.

Die Gesichter entrückt, die gläsernen Blicke stets auf der Suche nach dem Mond – Kannibalen konnten es also kaum sein, auch keine, die anderen die Köpfe abschlugen, nein, Leute, deren Blicke den Mond suchen, sind zu so etwas nicht fähig.

Sie alle blickten zum Mond.

Zogen ihre verschlossenen Karren an Seilen hinauf und wieder herunter und suchten mit gläsernen Blicken immer wieder den Himmel nach einem Streifen Mondlicht ab. Berührte sie dann ein Mondstrahl, beschleunigten sie voll neuer Energie freudig ihre Schritte.

Antonio und Mattia stiegen auf der einen Kuppel einen ebenmäßigen Weg hinauf zum Gipfel und der braunen Hütte, deren Tür von einem Frosch und einer Maus bewacht wurde, die ohne Mucks und ohne Quack reglos die geschäftigen Menschen beobachteten.

Die beiden Jungen klopften, doch niemand öffnete ihnen.

Die Tür war nur angelehnt.

Behutsam betraten sie die Hütte und erblickten im Inneren eine schlafende Frau mit blondem Haar, das auf ihren schneeweißen Hals fiel. Ihr entblößter Busen war genauso geformt wie die Insel Morgana, Insel zweier vollkommener Kuppeln auf dem Meer. Ihr Atem ging ruhig, und so schien auch ihr Schlaf. Nur ihr Busen war entblößt, ein hellblauer Umhang bedeckte den restlichen Körper, und an ihrem rechten Handgelenk trug sie einen Armreif aus Quarz, der sich mit ihrem Herzschlag hob und senkte.

Schweigend betrachteten Antonio und Mattia die Frau, von ihrer Schönheit verzaubert.

Obgleich ihnen nicht wohl dabei war, sie kamen sich vor wie Einbrecher.

Der Schlaf ist doch ein so persönlicher Moment.

Die Schlafende atmete leise.

Im Dunkel hob sich ihr Busen nur ganz leicht, und durch den Spalt eines kleinen blauen Fensters fiel ein Mondstrahl darauf. Die beiden Freunde blieben lange dort stehen und betrachteten diesen mondlichtübergossenen Busen.

Plötzlich ein Zucken – die Frau schien zu spüren, dass sie nicht mehr allein war.

Öffnete erst ein Auge, dann das zweite, erblickte Antonio und Mattia im Dämmerlicht und murmelte: »Unerträglich, diese Männer, die Morgana suchen.« Daraufhin seufzte sie, drehte sich auf die andere Seite, bedeckte ihren Busen und schlief weiter. Die beiden Jungen betrachteten nun ihren schlafenden Rücken und fragten sich, was sie wohl träumen mochte.

Da drehte Morgana sich noch einmal um, öffnete ein Auge und sagte: »Schlaf ist meine Zuflucht«, und schlief weiter.

Dann streckte sie sich im Mondlicht aus, und die beiden Freunde konnten sehen, wie groß sie war, größer als alle Frauen, die sie je zu Gesicht bekommen hatten.

Sie reckte und streckte sich, sodass Hände und Füße die sich gegenüberliegenden Wände der Hütte berührten

»Wie gut, dass der Schlaf uns mit seinen Träumen von den Beschwerlichkeiten des Tages befreit.« Sie gähnte und blickte die beiden erneut an.

Blickte sie an, wie man ein fremdes Insekt ansehen würde.

»Wer seid ihr?«, wollte sie wissen und fügte dann hinzu: »Gut seht ihr nicht gerade aus und auch nicht gesund.«

»Wir sind zwei Matrosen auf Reisen, kommen aus Italien und sind auf dem Weg nach Amerika, das soll ja gar nicht weit von hier sein«, erklärte Antonio.

»Was man in der Nähe glaubt, liegt oft in weiter Ferne«, meinte die Frau und blickte die beiden Jungen aufmerksam an.

Gescheit wie Antonio war, drehte er den Satz flink um: »Was man in der Ferne glaubt, ist oft ganz in der Nähe.«

»Matrose, du wirst es noch weit bringen mit deinem hellen Köpfchen«, stellte Morgana fest. Daraufhin fiel ihr Blick erst auf Mattias deutlich gewölbten Bauch, dann auf den etwas weniger runden von Antonio, eingerahmt von der hellen Jacke mit den zwei geöffneten Silberknöpfen.

Sie hob die Brauen und sagte anerkennend: »Du trägst die Jacke des zufriedenen Mannes, zufrieden, weil er seine Zeit zu nutzen weiß, ein Geschenk meines Freundes Merlino, welches er nur wenige Menschen auffinden lässt. Sehr gut, alles deutet darauf hin, dass du imstande sein wirst, dein Leben gut zu leben. Besser als die meisten Menschen es vermögen.«

Die beiden Matrosen schwiegen, verwirrt von ihrer Schönheit und dem Singsang ihrer Worte.

»Zufriedenes lebt länger«, fügte sie hinzu, öffnete das Fenster, und sogleich übergoss der Mond sie mit Schimmerlicht, sie und die beiden Jungen, die dort staunend standen und sich von diesem Wunderbild nicht losreißen konnten.

Nie zuvor war der Mond strahlender als in jener Nacht gewesen.

Riesig glomm er über der Insel im endlosen Meer.

So hell auf der Haut der Frau mit Namen Morgana.

Eine atmende Perle.

»Wo kommst du her, Fremder mit der Jacke des zufriedenen Mannes?«

»Sizilien.«

»Oh, aus Sizilien. Sizilien ist wundervoll, eine Insel, die die Fantasie fördert, jede Art von Fantasie. Und der Ätna, einst lebte ich dort … auf dem Feuer des Vulkans, und blickte auf die See, wie wunderbar es dort war, wie wunderbar«, hauchte sie.

Dann löste sie sich aus ihren Erinnerungen und sagte: »Nun bin ich hier, auf der Insel, die geformt ist wie mein Busen, sie scheint mein Schicksal zu sein. Menschen und Orte ziehen sich an, wusstet ihr das? Genaueres ist darüber allerdings nicht bekannt. Die Insel ist meine Zuflucht, die Insel und der Schlaf. Hier auf diesem Fleckchen Erde finde ich die ganze Welt, und das Mondlicht, dieses wundervolle Mondlicht gibt mir Frieden, so viel Frieden …«, und sie betrachtete den Mond, der sein Glimmerlicht vom Meer bis zu ihrem Haus ergoss.

»Das Mondlicht durchleuchtet meine Seele«, fügte sie hinzu, und da verspürte Antonio den unbezwingbaren Wunsch, sie zu berühren.

Er hob nur ganz leicht die Hand.

Sie sah die Bewegung.

Die Ohrfeige knallte.

»Autsch«, stieß Antonio hervor. Sein Ohr brannte. »Warum tust du mir weh?«

»Es bringt Unglück, jemanden aus der Welt der Wunder zu berühren. Eine Frau zu berühren, ohne zu wissen, ob sie das will, das führt zu Unheil, du Dummrian«, schnaubte sie, wand ihren Blick ab und hüllte sich in Schweigen.

Antonios Ohr schmerzte, sein Kopf wollte zerspringen. Alles wirbelte durcheinander: Erinnerungen, Hoffnungen, Magie, Angst und Einsamkeit und einige Worte, die sein Vater ihm einst zugeflüstert hatte: »Deine Kraft ist die Ruhe, deine Schwäche ist, dass du den Stand der Dinge nicht begreifst«, und er dachte, dass diese Morgana vielleicht nur ein Gebilde seiner Fantasie war.

Doch die Ohrfeige war echt gewesen – sein Ohr brannte immer noch.

In seinem Kopf brannte es auch – ein sicheres Zeichen dafür, dass er gleich Tränen vergießen würde, und da stahl sich auch schon die erste aus seinem Auge.

Morgana trocknete sie sanft.

Mit der ihm eigenen Schlichtheit riss Mattia die beiden aus ihrer mondbeschienenen Trägheit: »Mond, Mond, immer dieser Mond«, und er fuhr fort: »Mond, Mond, immer dieser Mond, macht einen nur dösig und nich satt.« Dann holte er Brot und Ziegenkäse aus seiner Tasche und begann mit fröhlichem Appetit zu essen, und die Brot- und Käsekrümel, die dabei auf den Boden fielen, sahen aus wie kleine Mondsplitter.

Diese Hütte zog das Mondlicht auf magische Weise an, es schimmerte auf Morganas Fingernägeln, durchsetzte ihren blauen Mantel mit hellen Flecken, schimmerte auf den weißen Marinehemden der zwei Matrosen, die dort wie angewachsen standen und dieses verfluchte wie wundervolle Licht bestaunten.

Antonio war vollkommen verzaubert.

Verzaubert von Morgana, verzaubert vom Mond.

Doch der Feind des Zauberlichts nahte schon, ein zartrosa Streifen am Himmel kündete bereits von der Sonne und ihrem Feuerwagen.

Rosafarbener Schimmer legte sich auf Morganas Haut, die nun nicht mehr hell leuchtete, und sie wich zurück und klagte:

»Oh nein, die Sonne, jeden Tag bringt sie mich fort von der Insel der Träume. Doch wenigstens gibt es Träume, sonst würde ich den Verstand verlieren. Geht jetzt, ihr Fremden, das Sonnenlicht nimmt mir Schönheit und Glanz, und mein Zauber zerfällt zu Staub.«

Antonio wollte schon gehen, da fiel Morgana noch etwas ein, und sie rief ihn zurück. Sie nahm ein Kissen von ihrem Bett und reichte es ihm: »Auch wenn du noch grün hinter den Ohren bist, möchte ich dir dieses Kissen schenken. Vergiss nicht, dass Schlaf das Einzige ist, was du wirklich brauchst, ohne Schlaf verlierst du den Verstand. Schlafe, nur so wirst du nicht untergehen.«

Antonio nahm das Kissen, und als er mit Mattia das Haus verlassen hatte, betrachtete er es aufmerksam. Am Rand waren mit orange-rosafarbenem Garn die folgenden Worte eingestickt: *Vergiss nicht zu schlafen*.

Frosch und Maus sahen reglos zu, wie die beiden Jungen sich mit beschwingtem Schritt entfernten und rasch den Weg über die helle Kuppel der Insel Morgana wieder hinunterstiegen.

Nun wollten die beiden noch herausfinden, was die kleinen Menschen so unerschöpflich in ihren hölzernen Karren *krsch krsch krsch* transportierten. Außerdem wollten sie gerne die Hütte auf dem Gipfel der anderen Kuppel erkunden. Doch diese Wünsche blieben unerfüllt, denn die Sonne hatte schon strahlend den Himmel erobert, und der Kapitän gab bereits das erste Signal mit dem Schiffshorn. Beim dritten Signal gingen sie an Bord, das Sonnenlicht hatte sich in alle Winkel geschlichen, nur Morganas Worte schwebten noch durch die Luft wie lichte Nebelschwaden.

Als Antonio gemeinsam mit Mattia das Schiff bestieg, oder vielmehr gerade noch rechtzeitig über die Zugangsbrücke flog, bemerkte er nicht, wie sich eine kleine rote Spinne mit ihren acht Beinen an seinen Knöchel klammerte.

Da durchzuckte ihn ein kurzer Schmerz, und er rief: »Autsch.«

»Dich hat ’ne kleine rote Spinne gebissen«, bemerkte Mattia.

Mit diesem Biss sollte sich tiefer, bodenloser Schlaf über Antonio legen, doch vorher schaffte er es noch, einen hastigen Brief über die Bermudainseln an die Seinen zu schreiben:

> Liebe Eltern, Freunde und Verwandte,
> bald komme ich in Merika an, gerade habe ich fünf Bermudainseln besucht, die kamen mir vor wie aus Tausendundeiner Nacht. Auf einer Insel waren Schatten wichtiger als wirkliche Dinge. Auf Ghost wohnte ein Geist, der wie alle Geister nicht im Geringsten zum Sterben aufgelegt war. Auf der nächsten Insel habe ich eine Jacke gefunden, die zufrieden macht. Auf der vierten Insel, Ferlitiana, wird alles Mögliche von untergegangenen Schiffen angeschwemmt, und dort habe ich einen mit Drachen verzierten Bronzerahmen gefunden, der meinem Freund Liu Pu gehörte. Ich frage mich, was aus ihm geworden ist. Ob ich es je erfahren werde?
> Auf der letzten Insel, der fünften, war ich bezaubert von einem wundervollen Mond und einer ebenso wundervollen Frau mit Namen Morgana.
> Das ist alles für heute.

Als sein Vater, Don Lio, den Brief zu lesen bekam, lief er los, eine Segnung für seinen Sohn in der Ferne sprechen zu lassen, denn er dachte, nun habe der sich endgültig in Hirngespinsten verloren.

Antonio aber fiel nun in einen tiefen Schlaf, ja, er stürzte regelrecht hinein. Seine Beine wurden gummiweich, sein Kopf sank auf das Kissen, welches Morgana ihm zum Geschenk gemacht hatte, und er glitt in ein Durcheinander aus Frieden, Freude, Unbekanntem und Neuem, und dieser Schlaf ersparte ihm einige Schrecklichkeiten der Wirklichkeit.

Denn das Schiff fuhr geradewegs in einen Sturm hinein, einen Sturm von bis dahin unbekannter Heftigkeit, ja, geradezu biblischen Ausmaßes. Und er, Antonio, lag in blauem Schlummern und erfuhr erst bei seinem Aufwachen drei Tage später von dem Unwetter.

»Wenigstens gibt es Träume, sonst würde ich den Verstand verlieren«, hatte Morgana gesagt. Ist denn das Leben ein Traum? Oder ist vielleicht der Traum unser Leben?

Während Antonio schlief wie ein Stein, färbte sich das Meer blutdunkel, das Schiff zitterte, und die Wellen wüteten schlangengleich, peitschten über das Deck, weiße Gischt verschwand und tauchte brodelnd wieder auf. Wie jeder Sturm kam auch dieser plötzlich und wie aus dem Nichts.

Angekündigt bloß von eisigem Wind.

Doch Sturmwind kommt nicht nur aus einer Richtung, aus Tausenden fällt er mit seinen Pfeilen her über Schiff und Menschen, die sich im Auge des Sturms Ziel von allem glauben.

Alle Winde der Welt gegen sie vereint.

Himmelswind und der, der aus dem Wasser emporsteigt.

Windgewordenes Wasser vermag ein Schiff in die Höhe zu heben wie einen Spielball.

Das Leben liegt nun nicht mehr in des Menschen Hand.

Das Meer, einst so brüderlich, ist nun eine mörderische Bedrohung.

Die Wellen werden zu Messerklingen.

Die Brücke zittert im peitschenden Wind.

Vom Atem bleibt nur der Klang.

Das Meer, einst so licht, wird schwer, schwerer als Erdklumpen, die dumpf auf einen Sarg aufschlagen, und am schwarzen Himmel steht kein einziger Stern. Alle eint der Wunsch zu fliehen, fort, nur fort, doch der Sturm lässt das Schiff nicht gehen, und es bleibt nichts als furchtsames Warten.

Hielt der Kapitän auf die Wellen zu, fielen ihre schwarzen Wasser über das Schiff her, wollte er ihnen ausweichen, nahmen sie brausend die Verfolgung auf.

Die Höllenfahrt wollte kein Ende nehmen.

Wo ist deine Sanftmut geblieben, geliebte See, was wütest du so grausam und unbarmherzig? Angst ermächtigt sich der Seelen, wenn sich das Unterste zuoberst kehrt – Kisten, Wanten, Taue, alles ein einziges Wirrsal.

Wellen berserkern über die fahle See, Schatten suchen das Schiff heim, Sterne flirren über den Himmel, und die tiefsten Ängste kriechen bis in die letzten Winkel des Körpers.

Antonio träumte, er wäre wieder ein Kind.

Die Matrosen schrien, doch im Sturm hört niemand irgendwen oder irgendwas, zu laut und schrecklich brüllt der Wind. Und irgendwann erhebt sich Gelächter, Gelächter, obgleich die Wellen drohen, über allem zusammenzuschlagen, verzweifeltes Gelächter in einem Moment, in dem die Welt aus den Fugen gerät.

»Verschluckt euch doch an eurem Lachen«, scheint die einst so sanfte See, dieser Wolf im Schafspelz, zu brüllen.

Ach, ihr Menschen, was sucht ihr auch immer nach einem behaglichen Kissen, einer warmen Mahlzeit? Euer kurzes Leben wird von Schatten heimgesucht.

Alles Sein verschwindet in einem einzigen Augenblick.

Vielen Stürmen mag das Schiff trotzen. Wellengebrüll verliert sich im Nichts, erhebt sich wieder, Wind braust ohrenbetäubend, und die Klage der Menschen verklingt ungehört. Plötzlich ein Strudel, ein Sog und unbezwingbare Wassermassen.

Das Leben wird zu einem einzigen Atemzug, und immer noch ertönt Gelächter, Gelächter, um den Gedanken an das Ende etwas entgegenzusetzen, dem Brausen und Tosen, der See, die unbarmherzig nach Schiff und Menschen greift.

Und wenn das Schiff sinkt, was wird dort unten sein? Licht oder nur Scherben, wer weiß. Während des Sturms weiß man überhaupt nichts, und auch die Fantasie hilft nicht weiter, ist fahler noch als das Meer. Wird die Reise im Bauch eines Hais enden oder als angeschwemmtes Treibgut, angsterstickt und mit brennenden Augen?

Ein dem Untergang geweihtes Schiff leuchtet auf, ein letztes Liebeslicht, und dann erheben sich Schatten wie ein wassergewordener Sarg. Das im Sturm versinkende Leben ist ohne Halt, scheint nie kostbarer, als wenn Wellen und Wind an ihm zerren und es an sich reißen wollen.

Mit allerlei Finessen sucht der Kapitän zu entfliehen, schlängelt sich durch die Wellen und entkommt einer brechenden Woge, doch was hilft's? Allein die See entscheidet, wer sich rettet und wer nicht.

Ist die See mild gestimmt, hellen sich die schwarzen Wellen auf, werden schaumweiß, schrumpfen schließlich und glätten sich wie eine gebügelte Tischdecke. Der Himmel klart auf. Ein müdes Brausen noch, das endlich einer leisen Melodie weicht. Die sanften Klänge kehren wieder ein, der Klang des menschlichen Herzens, der des Bluts, das durch die Adern fließt, das Rauschen des Schiffs. Auch das Herz der See schlägt nun ruhig, und der Sturm ist vorüber.

Als der Sturm ausgestanden war, wachte Antonio auf, blickte seinen Freund an und fragte: »Was war?«

Mit noch schreckverzerrtem Gesicht erklärte Mattia: »'n schrecklicher Sturm, mein Freund, das war. Ich dachte, ich sterbe.«

»Aber du lebst«, stellte Antonio fest.

Da entdeckte er, dass er mit blauen Flecken übersät war, Beine, Füße und Arme, der Sturm hatte seinen schlafenden Körper stundenlang gegen die eisernen Schiffswände geschlagen.

Doch seine Träume hatten Antonio schützend umhüllt.

Keine Qual.

Keine Angst.

Während des ganzen Sturms hatte er glücklich geträumt.

Wie immer hatte er Dinge gesehen und gehört, die gar nicht da waren.

Das Windgebrüll auf dem Ozean war ihm der Schirokko Siziliens geworden, der sommers wie winters in den Zypressen rauscht, die Schläge gegen die Beine waren ein Ritt auf Auroras Rücken.

Das Windgeheul waren nächtliche Dohlen, Kauze und Eulen.

Im Traum verändert alles sein Wesen.

Antonio war fern von Angst und Schmerz aufgewacht.

Auf dem Schiff schrieb man den Sommer des Jahres 1923, und Amerika war nah.

Sehr nah.

XXIV
Norfolk, U. S. A.

Wie viel Meer, wie viel Wasser hatte Antonio mit seinen wundervollen blauen Augen gesehen, bevor er einen Fuß auf amerikanischen Boden setzte. Wie viele Menschen und Blumen, Frauen und Fische, Worte und Abenteuer, fröhliche und traurige Zusammenkünfte. Und nun war Amerika ein blauer Streif am Horizont, nur ein paar Schritte entfernt, oder eigentlich Ruderschläge. Fast schüchtern verlangsamte das Marineschiff die Fahrt, waren die anderen Schiffe auf Reede doch alle so glänzend und wundervoll. Das von Kapitän Falaguerra und seiner Mannschaft hingegen war sturmverbeult, wellengebeutelt und vom Kiel bis zur Brücke salzverkrustet.

Eine Promenadenmischung unter stolzen Rassehunden.

Nach all dem Wasser hatte Antonio Grillo aus Gesso so große Sehnsucht nach Land, dass er seine Füße kaum stillhalten konnte.

Dieser Kontinent wirkte so frisch, glänzte förmlich, wie nigelnagelneue Schuhe. In der Ferne war ein Bahnhof zu erkennen, und mit Kohlen beladene Lokomotiven sausten durch die Prärien. Antonios erste Blicke galten dieser schwindelerregenden Weite, so betörend wie angsteinflößend.

Als sich das Schiff dem Ufer näherte, hörte man Orchestermusik, Trompetenklänge, Klavierklimpern und Glockenläuten, das Schnaufen der Schiffsschornsteine und Bierfabrikschlote. In der Luft hing Geruch nach Bier und Whiskey, und als sie schon fast angelegt hatten, mischte sich der von Brillantine mit hinein. Matrosen in weißen Uniformen küssten Frauen in Glockenröcken und auf Absatzschuhen, und das Schmatzen war weithin zu hören.

So viele Küsse, und das vollkommen unverhohlen.

Und überall dieser Eifer, die Menschen so aufrecht, ihre beschwingten, furchtlosen Schritte.

Das Schiffshorn tutete, eine Lokomotive pfiff, und das Schiff legte an, allerdings nicht dort, wo die anderen Schiffe schön eines neben dem anderen lagen, sondern an einem dunkleren Teil des Hafens. Fahles Licht beleuchtete das Gewässer dort, und es lagen nur einige Fischerboote im Dämmer an der Pier. Tröstlich legte sich schimmerndes Mondlicht auf im Wind zitternde Birkenblätter. Als man den Anker hinabließ, gab die inzwischen rostig gewordene Kette ein ohrenbetäubendes Quietschen von sich. Der Anker glitt in die Tiefe, die Motoren verstummten, und Kapitän Falaguerra brüllte den Matrosen auf seinem waffenbeladenen Schiff Befehle zu: »Gewehre polieren und im Laderaum hübsch wie Juwelen nebeneinander aufreihen, und zwar schnell. Und Uniformen und Kragenspiegel anlegen.«

Antonio, dessen Augen dunkelblau, ja fast nachtblau geworden waren, warf Mattia einen verschwörerischen Blick zu. Und Mattia blickte zurück.

Da raunte Antonio nur: »Komm, lass uns abhauen, jetzt sofort. Ich hasse Krieg und Gewehre«, und wie immer folgte Mattia ihm.

Das war Fahnenflucht, und die entsprechenden Papiere stellte man den Grillos zu. Das Dokument befindet sich noch immer in einer der sechzehn Schubladen der kirschhölzernen Familienkommode:

> Grillo Antonio, geboren am 21. März 1903 in Gesso, Provinz Messina, als Sohn des Grillo Letterio, genannt Don Lio, und der verstorbenen D'Agostino Filippa, wird beschuldigt, sich am 21. September 1923 unerlaubt von dem vor Norfolk ankernden Marineschiff, dessen Besatzung er angehörte, entfernt zu haben, und somit gemäß Art. 264, 205 E. M. M. der Fahnenflucht angeklagt …

Nicht einmal im Traum hatte Antonio daran gedacht, dass diese Flucht strafbar sein und zu einer Anklage führen könnte.

Man sinnt eben nicht immer über die Suppe, die es nachher auszulöffeln gilt.

Er floh also, und der Koffer mit seinen Erinnerungen wog schwer, groß, wie er war, und dann ging er auch noch auf, und einige Teile fielen heraus ins Dunkel. Er sammelte sie wieder ein – die Schwefelstücke, den Bezug mit dem eingestickten Schriftzug *Seid immer glücklich*, die Kette Polyphemas und die orientalisch anmutenden Pantoffeln, in die der alte Name von Gesso eingestickt war, den Brief von Elide, das Kopfkissen Morganas und die Jacke des zufriedenen Mannes.

Rasch stopfte Antonio Erinnerungen und Geschenke zurück in den Koffer. Mattia trieb eine Sackkarre für den Überseekoffer auf, den ein Schild mit den Worten WAG ES zierte, und so kamen sie ein wenig besser voran. Die beiden Jungen rannten einer Zukunft entgegen, die sie nicht kannten, ja, sich nicht einmal vorstellen konnten, und liefen am Ufer entlang, denn sie fürchteten sich im Dunkel vor Wald und Prärie. Irgendwann blieben sie hinter einigen Büschen am Strand stehen, außer Atem wegen ihrer hastigen Flucht und der ungewissen Zukunft, streckten sich aus und betrachteten den rot untergehenden Mond und einige Sterne.

Das beruhigte sie.

»Hier sind wir, bereit für die Zukunft«, sagte Antonio.

»Hier sind wir, bereit für 'n Panino«, sagte Mattia.

»Der Mond ist wie der auf Sizilien.«

»Sieht aus wie der in Kalabrien.«

Stundenlang hätten sie sich weiter so ausbreiten können, doch das Geräusch von glucksendem Wasser und klatschenden Rudern ließ sie aufhorchen.

Furcht kroch in ihre Körper.

Etwas oder jemand glitt über die Wellen auf sie zu.

Ihre Herzen setzten aus, und ängstlich blickten sie ins Dunkel.

Zwölf Kanus.

Mattia hatte sie genau gezählt: »Das sind zwölf, sind das. Wie die Apostel«, sagte er.

»Mach keine Witze.«

»Mach ich gar nich, guck, wie meine Knie zittern, das sind wirklich zwölf.« Die Kanus kamen immer näher.

Elf Männer, angeführt von einer Frau, mit schwarzer Haut.

Die Frau bewegte gerade eben das Ruder, als wollte sie nur sanft über die kleinen Wellen streichen. Fast hatte ihr von Delfinen begleiteter erhabener Zug die Ufer erreicht.

Antonio stand auf und betrachtete sie neugierig.

Die Frau stieg aus dem Boot und machte zwei, drei Schritte im Sand.

Sie war die schönste Frau, die Antonio je gesehen hatte. Hochgewachsen, um einiges größer als er, mit Lippen von dunklem Rosa und leuchtenden Zähnen. Ihr Busen schien ihm das vollkommene Ebenbild zweier Hügel aus Gesso, hübsch gerundet und keck. An den Ohren trug sie Perlen, und eine Krone aus Seesternen schmückte ihr Haar. Ihr Kleid war so bezaubernd blau wie Antonios Augen und umhüllte eng anliegend ihre Hüften und die kräftigen Beine. Von den Schultern fiel ein ebenso blauer Schal hinab auf ihre Füße.

Die Männer entzündeten ein Feuer und waren von tanzenden Funken umringt.

»Wer bist du?«, fragte Antonio schüchtern.

»Mein Name ist Luce. Ich bin die Königin von Barbados. Und wer bist du?«

»Antonio Grillo aus Gesso.«

Die elf Männer zogen die Kanus ans Ufer, einige pulten Krebsfleisch, pflückten wilde Blumen für die Frau oder massierten ihre Knie, und Antonio suchte mit ehrfürchtig niedergeschlagenem Blick nach den richtigen Worten für die Königin.

Da flüsterte Mattia ihm zu: »Is also wieder so weit. Kaum ham wir 'n neuen Kontinent betreten, schon haste dich verliebt.«

Die Delfine schwammen in einer Reihe im Wasser und sahen nun mit vor Verwunderung aufgerissenen Augen zu ihnen herüber.

»Du reist mit Delfinen im Gefolge«, bemerkte Antonio.

»Ich bin von jeher mit Delfinen befreundet, die Männer hingegen sind meine Leibwachen, Wachen meines Körpers, der schön ist, solange ich lebe und vor allem, solange ich jung bin.«

»Wie alt bist du denn?«, erkundigte sich Antonio.

»Zwanzig.«

»Ich auch.«

»Gar nicht so einfach, zwanzig Jahre alt zu sein.«

»Nein, denn man fühlt sich überall eingesperrt.«

Antonio hob den blauen Schal auf, der auf die Erde gerutscht war, und legte ihn Luce um die Schultern. Die Luft war feucht, und die Landschaft lag in dunstigem Seenebel.

»Warum bist du hier?«, fragte Luce.

»Der Wunsch nach einem neuen Leben und der Wind, der sich Freiheit nennt, trieben mich her.«

»Mich auch, auch als Königin treiben mich der Wunsch nach einem neuen Leben und der Wind, der sich Freiheit nennt.«

»Die Wellen haben uns nach Amerika gebracht.«

»So sagt man wohl.«

»Was werden wir hier finden?«, überlegte Antonio.

»Furchtbares und Wunderbares, wie immer und überall.«

»Meine Insel ist klein, sie heißt Sizilien.«

»Meine ist auch klein, Barbados heißt sie, aber vor ihr liegt die Unendlichkeit«, erwiderte Luce.

Antonio küsste ihre Hand, und Luce ließ ihn gewähren.

»Auch die Welt ist eine Insel, eine im All«, sagte Antonio.

»Und jeder Mann, jede Frau. Eine Insel auf zwei Beinen«, fügte Luce hinzu.

Das Wort »Insel« traf Antonio immer mitten ins Herz, und da es in den letzten Sätzen so häufig Erwähnung gefunden hatte, kniete er gerührt nieder.

Kniete vor Luce nieder wie ein einstiger Kavalier vor einer strahlenden Königin, wie ein neugeborener Mann vor einer Frau aus alten Zeiten.

»Was machst du denn da? Hör auf«, rief Mattia.

Doch so war Antonio – einfach gestrickt, leicht entflammbar und immerzu bereit für Wunder.

Er blieb vor Luce knien, so lange wie das Schnellen der Delfine auf offener See, so lange, wie die Sterne brauchten, um hinter sämtlichen Hügeln zu verschwinden, so lange, bis sich der erste Lichtstreif in den Himmel schlich – eine Ewigkeit oder nur einen Augenblick.

Dann rief Luce ihre Begleiter.

Mattia rief den Freund.

Antonio erhob sich und fragte: »Werden wir uns hier zu Hause fühlen?«

»Ich fühle mich überall zu Hause, wo ich den Himmel sehen kann«, erwiderte Luce.

»Wenn ich die Sterne sehe und das Meer, dann fühle ich mich unermesslich, obwohl ich es gar nicht bin«, sagte Antonio.

»Besser, wir vergessen, wer wir waren, und fühlen uns unter diesem Himmel hier zu Hause«, sagte Luce.

Das Feuer erlosch, und als der erste Sonnenstrahl in den Himmel griff, verblassten die Sterne.

Mit runden grauen Steinen löschten sie die letzten Funken, und diese Steine schienen Antonio wunderschön, auch Steine sind mitunter Poesie.

Es war der erste Sonnenaufgang in der neuen Welt, und von Weitem sah man Glimmen und Feuer. Doch nein, es waren keine Flammen, sondern das Feuer eines Sonnenaufgangs, dessen Himmel man niemals wieder vergisst: rot in allen Schattierungen, durchsetzt mit Blau.

Dann machten die Neuankömmlinge behutsam die ersten Schritte in die neue Welt.

Danksagung

Die Autorin möchte den drei Pythias danken, Priesterinnen Apollons: Sandra Pareja, Marilena Rossi und Lara Giorcelli. Außerdem Herman De Gubernatis, Freund in der Ferne, der doch immer in der Nähe ist, und Vittoria Grillo, dem wahren Gedächtnis der Grillos.

Inhalt

Von einem verlorenen Sohn und einer späten Aussöhnung

Jesús Carrasco
BRING MICH
NACH HAUSE
Roman
Aus dem Spanischen
von Silke Kleemann
288 Seiten
ISBN 978-3-8479-0120-4

Juan hat Spanien vor Jahren im Streit mit den Eltern verlassen und sich in seinem neuen Leben fern der Heimat eingerichtet – bis sein Vater stirbt und er zur Beerdigung in das Dorf seiner Kindheit zurückkehren muss. Juan möchte den Besuch kurz halten, um den alten Beziehungsdynamiken möglichst bald wieder entfliehen zu können. Doch dann erfährt er, dass seine Mutter erkrankt ist und nicht mehr länger allein leben kann. Er sieht sich gezwungen, sein altes Leben hinter sich zu lassen – und lernt darüber erst jetzt, als erwachsener Mann, seine Mutter wirklich kennen.

»Mit Bring mich nach Hause erreicht Carrasco den Gipfel seiner Erzählkunst.« LA VANGUARDIA

Eichborn

»Ein Diamant von einem Buch. Einfach wunderbare Literatur« DAILY MAIL

Elizabeth Macneal
ZIRKUS DER WUNDER
Roman
Aus dem Englischen
von Eva Bonné
432 Seiten
ISBN 978-3-8479-0117-4

Südengland, 1866. Die junge Nell, von Muttermalen gezeichnet, wird von den anderen Dorfbewohnern gemieden – bis »Jasper Jupiters Zirkus der Wunder« im Ort kampiert. Nells skrupelloser Vater wittert ein Geschäft und verkauft sie als »Leopardenmädchen« an Jasper. Doch was als traumatische Erfahrung beginnt, scheint sich als Glücksfall zu erweisen: Erstmals findet Nell eine echte Heimat. Sie schließt Freundschaften, verliebt sich in den sensiblen Toby – und wird, als „achtes Weltwunder" gefeiert, zum Star des Zirkus. Doch mit dem Ruhm stellen sich neue Probleme ein.

Eichborn

USA
NORFOLK,
VIRGINIA
BERMUDA-
INSELN
AZOREN
PORTUGAL
Atlantischer Ozean
LANZAROTE